○南戲文獻全編　劇本編○

俞爲民　主編

琵琶記

第二册

王良成　整理

ZHEJIANG UNIVERSITY PRESS
浙江大學出版社
·杭州·

袁了凡先生釋義琵琶記

目録

袁了凡先生釋義琵琶記卷上目録

袁了凡先生釋義琵琶記卷下目録

袁了凡先生釋義琵琶記卷之上

新都無無居士汪廷訥昌朝父校

第一齣　副末開場

【水調歌頭】秋燈明翠幕，夜案覽芸編。今來古往，其間故事幾多般。少甚佳人才子，也有神仙幽怪，瑣碎不堪觀。正是：不關風化體，縱好也徒然。論傳奇，樂人易，動人難。知音君子，這般另作眼兒看。休論插科打諢，(一)也不尋宮數調，只看子孝共妻賢。正是：驊騮方獨步，萬馬敢争先。(二)

（問内科）且問後房子弟，今日敷演誰家故事，那本傳奇？（内應科）三不從《琵琶記》。（末）原來是這

(一) 眉批：諢：音『渾』。
(二) 眉批：驊騮：音『華留』。

本傳奇，待小子略道幾句家門，便見戲文大意。

【沁園春】趙女姿容，(一)蔡邕文業，(二)兩月夫妻。奈朝廷黄榜，遍招賢士；高堂嚴命，强赴春闈。一舉鰲頭，再婚牛氏，利綰名牽竟不歸。饑荒歲，雙親俱喪，此際實堪悲。堪悲，趙女支持，剪下香雲送舅姑。把麻裙包土，築成墳墓；琵琶寫怨，逕往京畿。(三)孝矣伯喈，賢哉牛氏，書館相逢最慘悽。重廬墓，一夫二婦，旌表門閭。

極富極貴牛丞相，施仁施義張廣才。

有貞有烈趙真女，全忠全孝蔡伯喈。

釋義：翠幕：宋陳康伯苦學，以燈達旦。秋月多蚊，常垂青帷以避之。芸編：芸香草薰書，可辟蠹。風化：《詩序》：『風以動之，教以化之。』傳奇：小説也。唐有傳奇，宋有戲曲。知音：鍾子期與伯牙爲友，伯牙善琴，子期善聽。伯牙志在高山，子期曰：峨峨然若泰山。志在流水，曰：洋洋然若江河。及子期死，伯牙絶響，以世無知音者。驊騮：良馬名，赤黑色。蔡邕：陳留郡人，字伯喈。

(一) 眉批：姿：音『資』。

(二) 眉批：邕：音『雍』。

(三) 眉批：畿：音『基』。

漢靈帝時，仕爲議郎。校正六經，親書於碑，置之太學門外。觀視摹寫者，(一)車乘日千輛。後董卓辟之署祭酒，遷侍御史，又遷侍書都御史，又遷尚書。三日之間，周歷三臺。竟以卓黨死於獄。**黄榜**：古用蜀中麻黄絞寫之，以招賢才。**春闈**：禮闈。國家以禮進賢，故試士禮部掌之。**鰲頭**：《列子》：『渤海之東，有大壑，中有五山，曰岱嶼、圓嶠、方壺、瀛洲、蓬萊，根無所著，常隨潮波上下，帝命禺强使巨鰲十五頭舉首載之。其上皆仙聖所居。』故進士中魁者謂之占鰲頭。**香雲**：髮也。杜詩：『香霧雲鬟濕。』**琵琶**：胡樂器。推手前曰琵，引手却曰琶。

第二齣　高堂稱慶

【正宫引子・瑞鶴仙】(生)十載親燈火，論高才絶學，休誇班馬。風雲太平日，正驊騮欲騁，(二)魚龍將化。沉吟一和，怎離却雙親膝下？且盡心甘旨，功名富貴，付之天也。

〔鷓鴣天〕宋玉多才未足稱，子雲識字浪傳名。奎光已透三千丈，風力行看九萬程。經世手，濟時英，玉堂金馬豈難登？要將菜綵歡親意，且戴儒冠盡子情。蔡邕沉酣六籍，貫串百家。自禮樂名物，

(一) 眉批：摹：音『幕』。
(二) 眉批：騁：音『逞』。

以及詩賦詞章，皆能窮其妙；由陰陽星曆，以至聲音書數，靡不得其精。抱經濟之奇才，當文明之盛世。幼而學，壯而行，雖望青雲之萬里；入則孝，出則弟，怎離白髮之雙親？到不如盡菽水之歡，甘虀鹽之分。正是：行孝於己，責報於天。自家新娶妻房，纔方兩月。却是陳留郡人，趙氏五娘。儀容俊雅，也休誇桃李之姿；德性幽閒，儘可寄蘋蘩之託。(一)正是：夫妻和順，父母康寧。《詩》中有云：『爲此春酒，以介眉壽。』今喜雙親既壽而康，對此春光，就花下酌杯酒，與雙親稱壽，多少是好？昨已囑付五娘子安排，不免催促則個。娘子，酒完了，請爹媽出來。（旦内應科）（外扮蔡公、净扮蔡婆上）

【雙調引子・寶鼎兒】（外）小門深巷，春到芳草，人閒清晝。（净）人老去星星非故，春又來年年依舊。（旦扮趙氏上）最喜今朝春酒熟，滿目花開如繡。（合）願歲歲年年，人在花下，常斟春酒。(二)

（外云）孩兒，你請我兩個出來做甚麽？（生跪科）告爹媽得知：人生百歲，光陰幾何？幸喜爹媽年滿八旬，孩兒一則以喜，一則以懼。當此青春光景，閒居無事，聊具一杯蔬酒，與爹媽稱慶則個。（净笑云）阿老有得喫。（外云）阿婆，這是子孝雙親樂，家和萬事成。（生進酒科）

(一)　眉批：蘋：音『平』。
(二)　眉批：斟：音『貞』。

【雙調過曲・錦堂月】（生）簾幕風柔，庭幃晝永，朝來峭寒輕透。(一)親在高堂，一喜又還一憂。惟願取百歲椿萱，長似他三春花柳。（合）酌春酒，看取花下高歌，共祝眉壽。

【前腔換頭】（旦）輻輳，獲配鸞儔。(二)深慚燕爾，持杯自覺嬌羞。怕難主蘋蘩，不堪侍奉箕箒。惟願取偕老夫妻，長侍奉暮年姑舅。（合前）

【前腔換頭】（外）還愁，白髮蒙頭。紅英滿眼，心驚去年時候。只恐時光，催人去也難留。孩兒，惟願取黄卷青燈，及早换金章紫綬。(三)（合前）

【前腔換頭】（浄）還憂，松竹門幽。桑榆暮景，明年知他健否安否？嘆蘭玉蕭條，一朵桂花難茂。媳婦，惟願取連理芳年，得早遂孫枝榮秀。（合前）

【醉翁子】（生）回首，嘆瞬息烏飛兔走。(四)喜爹媽雙全，謝天相佑。（旦）不謬，更清淡安閒，樂事如今誰更有？（合）相慶處，但酌酒高歌，共祝眉壽。

（外）孩兒，你今日爲我兩個慶壽，這便是你的孝心。人生須要忠孝兩全，方是個丈夫。我纔想將起來，

(一) 眉批：峭：音『俏』。
(二) 眉批：儔：音『仇』。
(三) 眉批：綬：音『受』。
(四) 眉批：瞬：音『舜』。

今年是大比之年，昨日郡中有吏來辟召，你可上京取應。倘得脱白掛緑，濟世安民，這纔是忠孝兩全。

（生云）爹媽高年在堂，無人侍奉，孩兒豈敢遠離？實難從命。

【前腔換頭】（外）卑陋，論做人要光前耀後。勸我兒青雲萬里，早當馳驟。（浄）聽剖，真樂在田園，何必區區公與侯？（合）相慶處，但酌酒高歌，共祝眉壽。

【僥僥令】（生、旦）春花明綵袖，春酒泛金甌。㈠但願歲歲年年人長在，父母共夫妻，相勸酬。

【前腔】（外、浄）夫妻好厮守，父母願長久。坐對兩山排闥青來好，看將一水護田疇，㈡緑遶流。

【十二時】山青水緑還依舊，嘆人生青春難又，惟有快活是良謀。

逢時對景且高歌，須信人生能幾何。

萬兩黄金未爲貴，一家安樂值錢多。

釋義：親燈火：夜讀也。昌黎勉子詩：㈢『燈火稍可親。』班馬：後漢班固，字孟堅，安陵人，九歲能文。明帝時典校秘書，著《西漢書》。司馬遷，字子長，龍門人。弱冠遊江、淮，浮沅、湘，涉汝、泗，過

㈠ 眉批：甌：音『歐』。

㈡ 眉批：疇：音『仇』。

㈢ 眉批：黎：音『離』。

梁、楚以歸。武帝太中初爲太史令，作《史記》。後世稱良史，必曰班馬。**風雲**：《易》曰：『雲從龍，風從虎。』喻士之乘時也。**宋玉**：楚人屈原弟子，憫其師忠而見放，作《九辨》述其志以悲之。又作《高唐》《神女》等賦，皆寓言有所諷也。**子雲**：漢楊雄字也。成都人，博學群書，口吃，訥不能劇談，而好沉思。善識奇字，劉棻從學之。**九萬里**：《莊子·逍遥》篇：『北溟有魚曰鯤，[一]鯤之大不知其幾千里。化而爲鵬，鵬之大皆不知其幾千里。怒而飛，其翼若垂天之雲。是鳥也，居北海，則將徙於南溟。南溟者，天池也。鵬之徙，擊水三千里，搏扶摇而上者九萬里。』扶摇，風上行也。**玉堂**：漢武帝所建，猶今翰林也。宋蘇易簡爲學士，太宗以『紅綃飛帛』四字，曰：『玉堂之署，賜本院掛之。』**金馬**：門名。《三輔黄圖》：『金馬門，宦者之署，在未央宫右。武帝時，得大宛馬，以銅鑄像，立於署門，因以爲名。東方朔、主父偃、[二]嚴安、徐樂待詔於此。』**萊綵**：老萊子，楚人，嘗著書言道家之用。事親至孝，年七十，身着五色斑斕之衣。常取水上堂，佯仆地，爲小兒啼；弄雛於親側以娱之。**青雲**：莆田鄭矯，乾道間中省，未廷對，夢空中一梯，雲氣圍繞，俄至梯側。既而果登第一。**菽水**：菽，豆也。《禮記》：『啜菽飲水，盡其歡心。』**齏鹽**：《送窮文》：『朝齏暮鹽。』言學者燈窗勤苦。**幽閒**：《詩》言文王之妃，有幽閒貞静之

[一] 眉批：鯤：音『崑』。

[二] 眉批：偃：音『掩』。

德。蘋蘩：皆草名。古人以奉祭祀。《詩》云『采蘋采蘩』。星星：髮變班也。謝靈運詩：『星星白髮垂。』椿萱：《莊子》云：『山中有大椿木，以八千歲爲春，八千歲爲爲秋。』凡稱父爲椿者，取久長之義。萱，忘憂草也，食之令人忘憂。凡稱母爲萱者，蓋取忘憂之義也。輻輳：輻，車輻也；輳，輻共轂也。〔一〕喻夫婦合而成家也。鸞儔：鸞凰常和鳴，故以喻夫婦和合。箕帚：單父吕文，字叔平，善相貌。高祖狀貌非常，〔二〕曰：『吾有女，願爲箕帚妾。』箕帚，掃除之器也。偕老：偕，同也。《詩》：『與子偕老。』黄卷：古人爲書，用黄紙；有誤，以雌黄塗之，故曰黄卷。金章：章，印也。以金爲印，故曰金章。紫綬：紫，組以貫玉佩者。桑榆：《淮南子》：『日西，垂影在木端。』端，木末也。喻人老不久也。蘭玉桂花：俱喻子孫也。晉謝玄與從兄朗輩爲叔父安所器，曰：『子弟亦何預人事，正欲使其佳。』玄答曰：『譬如芝蘭玉樹，欲使其生於庭堦耳。』孫枝：《風俗通》云：『梧桐生孫枝。』瞬息：瞬，一轉目也；息，一呼吸也。言光陰之迅速。烏飛：《淮南子》：『日中有三足驄烏。』蓋烏之飛翅屬陽，以喻日。兔走：《酉陽雜俎》：『月中有兔，與蟾蜍并明，陰擊於陽也。』兔之唇缺，陰類，月太陰之精，積而成獸，故以兔喻之也。

〔一〕眉批：轂：音『谷』。
〔二〕高：原作『而』，據文義改。

第三齣　牛氏規奴

（末扮老院子上）風送爐香歸别院，日移花影上閒庭。晝長人静無他事，惟有鶯啼三兩聲。小子不是别人，却是牛太師府裏一個院子。若論俺太師的富貴，真個：只有天在上，更無山與齊。舉頭紅日近，回首白雲低。怎見得富貴？他勢壓中朝，資傾上苑。白日映沙堤，青霜凝畫戟。（一）門外車輪流水，城中甲第連天。瓊樓酬月十二層，錦障藏春五十里。香散綺羅，寫不盡園林景致；影摇珠翠，描不就庭院風光。好耍子的油碧車輕金犢肥，没尋處的流蘇帳暖春鷄報。畫堂内持觴勸酒，走動的是紫綬金貂；繡屏前品竹彈絲，擺列的是朱唇粉面。玳瑁筵前爇寶香，真個是朝朝寒食；琉璃影裏燒銀燭，果然是夜夜元宵。這般樣福地洞天，可知有仙姝玉女。休誇富貴的牛太師，且説賢德的小娘子，真個好一位小娘子呵！看他儀容嬌媚，一個没包彈的俊臉，似一片美玉無瑕；體態幽閒，半點難勾引的芳心，如幾層清冰徹底。珠翠叢中長大，倒堪雅淡梳妝；（二）綺羅隊裏生來，却厭繁華氣象。怪聽笙歌聲韻，惟貪針指工夫。愛景清幽，鎮白日何曾離繡閣；笑人遊冶，傍青春那肯出香閨。開遍海棠花，也不問夜來多少；飛殘楊柳絮，竟不道春去如何。要知他半點貞心，惟有穿瑣窗的皓月；能回他一

（一）眉批：凝：音『迎』。
（二）眉批：妝：音『粧』。

雙嬌眼，除非翻翠幌的清風。決非慕司馬的文君，肯學選伯鸞的德耀。更羡他知書知禮，是一個不趋蹌的秀才；若論他有德有行，好一位戴冠兒的君子。多應是相門相種，可惜不做厮兒；少甚麽王子王孫，争要求爲佳配。呀！理會得麽？他是玉皇殿前掌書仙，一點塵心謫九天。(一)莫怪蘭香熏透骨，霞衣曾惹御爐烟。呀，好怪麽！只見府堂中老姥姥和惜春姐兩個，笑哈哈舞將出來。我且躲在一邊，看他來此做甚麽。（浄扮老姥姥、丑扮惜春上）

【仙吕入雙調・雁兒落】（浄）庭院重重，怎不怨苦？要尋個男兒，又無門路。（丑）甚年能勾和一丈夫，一處裏雙雙雁兒舞？

（相見科）（末云）來，我且問你兩個，往常間不曾恁的快活，今日如何這般快活？（丑云）院公，你那得知我喫小姐苦哩！并不許半步胡踹，又不要我説男兒那邊去！咳，苦也！你不要男兒，我須要哩。他也道我和他相似，笑也不許我笑一笑。今日天可憐見，喫我千方百計去説動他，只限我半個時辰去後花園閒耍一遭。你道我如何不快活？（浄云）院公，便是我，也千不合萬不合。前生不曾種得福田，爹娘把我送在府堂中做個丫頭。到今年紀老了，不曾得一日眉頭舒展。今日天可憐見，老相公入朝，我纔得偷身來此閒耍一遭。你道我如何不快活？（末云）原來恁的，可知道你二人快活也。（浄云）院公，你伏侍老相公，却是公的又撞着公的；我與惜春伏侍小姐，却是雌的又撞雌的。（末云）呀！老

(一) 眉批：謫：音『則』。

姥姥，你怎的説這話？惜春年紀小，也怪他傷春不得。你年紀這般老大，也説這般傷春的話，成甚麼樣子？（浄云）哱嗯老畜生！倒喫你識破了。却不道秋茄晚結，菊花晚發？我雖然老便老，似京棗，外面皺，裏頭好。你不聞東村有個李太婆？年紀七八十歲，頭光撻撻的，也只要嫁人。人問道：婆婆，你這般老了，又要去嫁人怎的？那婆婆做四句詩，應得好。（末云）如何説？（浄云）道是：人生七十古來稀，不去嫁人待何時？下了頭髻床上睡，枕頭上架兩個大擂搥。(一)（末云）你有些欠尊重。（丑云）休閒説。今日能彀得來此花園遊嬉，也不容易。又撞着院公在此，咱每三個何不做個耍子？（末云）也説得是。還是做甚麼耍子好？（浄云）院公，和你踢氣毬耍子？（末云）不好。（浄云）怎的不好？〔西江月〕（末云）白打從來逞藝，官場自小馳名。如今年老脚蹉蹭，圓社無心馳騁。空使繡襦汗濕，(二)謾教羅襪生塵，兀的是少年子弟俏門庭。老姥姥，不似你寳妝行徑。（丑云）院公，踢氣毬不好，便和你鬥百草耍子？（末云）也不好。（丑云）怎的不好？（末）香徑裏攀殘柳眼，雕闌畔折損花容。又無巧藝動王公，枉費工夫何用？驚起嬌鶯語燕，打開浪蝶狂蜂。若還尋得個並頭紅，惜春姐，早把你芳心引動。（浄、丑云）院公，你道兩樣都不好。如今打鞦韆耍子好麼？（末云）這個却好。你聽我説：　玉體輕流香汗，繡裙蕩漾明霞。纖纖玉手綵繩拿，真個堪描堪畫。　本是北方戎戲，移

(一) 眉批：擂：音『雷』。
(二) 眉批：襦：音『儒』。

來上苑豪家。女娘撩亂隔墻花，好似半仙戲耍。（浄、丑云）恁地，便打鞦韆。只是没有架子。（末云）這花園中那裏得他？一來老相公不喜，二來小娘子不好，縱有也倒壞了。（丑云）院公，没奈何，我每三個在這裏厮輪做個鞦韆架，一人打，兩人擡。（末云）如此也好。誰人先打？（浄、丑云）我兩人擡，院公先打。（做架科）（末云）你兩人不要跌了我。（浄、丑云）院公，你放心，只管上去打。（末打科）

【窣地錦襠】（末）花紅柳緑草芊芊，正值春光艷陽天。我和你不來此處打鞦韆，爲人一生也徒然。

（放跌科）（末云）你兩個跌得我好！如今輪該老姥姥打。（浄云）你兩個也不要跌了我。（末云）老姥放心，不妨事，只管打。（浄打科）

【前腔】（浄）春光明媚景色鮮，遊遍花塢聽杜鵑。(一)那更上苑柳如綿，我和你不打鞦韆枉少年。

（放跌科）（浄云）你兩個騙得我好！如今輪該惜春打。（丑云）你兩人也不要跌了我。（浄云）惜春放心，也只管打便罷。（丑打科）

【前腔】（丑）奴是人間快活仙，喫了飽飯愛去眠。莫教小姐來撞見，那時高高吊起打三千。

(一) 眉批：塢：音『烏』。

（放跌科）（貼扮牛氏上云）莫信直中直，須防仁不仁。是耍得好呵！（末、净走下）（丑做不知云）你兩個騙得我好！如今我打了，又該院公打。（貼扯丑耳科）賤人！恁的爲人不尊重，只要閒耍并閒哄？（丑驚科）小姐，怎不去閒哄？你看那鞦韆架尚兀自走動哩。（貼云）賤人！我只教你在此閒玩片時，誰許你如此？（丑云）小姐，奴家心裏憂悶，只得在此消遣則個。（貼云）賤人！你心中憂悶怎的？（丑云）小姐，奴家名唤做惜春，見這春去了，便自傷春起來。教人如何不悶？（貼云）賤人！有甚傷春處？（丑云）小姐，我早晨裏只聽疏辣辣寒風，吹散了一簾柳絮；餉午間只見淅零零細雨，㈠打壞了滿樹梨花。一霎時囀幾對黄鸝，猛可地叫數聲杜宇。奴家見此春去，如何不悶？（貼云）春光自去，有甚麽悶來？我和你去習學女工便了。（丑云）咳！苦也！這般天氣，誰不去閒嬉？小姐却教惜春去習女工，兀的不是悶殺惜春麽？（貼云）婦人家誰許你閒嬉？不習女工，有甚勾當？你却不學那不出閨門的。（丑云）小姐，你有盈箱羅綺，滿頭珠翠，少甚麽子，却這般自苦？（貼云）賤人！好怪麽？做女工是你本分的事，問有和没有做甚麽？（丑云）恁地，惜春拜辭小姐去也。（貼云）你拜辭我那裏去？（丑云）小姐，我去伏侍别人，與他傳消遞息，㈡隨趁得些快活。（貼云）咳！賤人，你伏侍我，我有甚虧了你？（丑云）小姐，我伏侍着你時節，見男兒也不許我擡頭看一看。前日艷陽天氣，花

㈠ 眉批：淅：音『昔』。
㈡ 眉批：遞：音『替』。

紅柳緑，猫兒也動心，你也不動一動；　如今暮春時候，鳥啼花落，狗兒也傷情，你也不傷一傷。　惜春其實難和小姐過活。（貼云）呀！　這賤人，你是顛是狂，説這般話？　我就去對老相公説，好生施行你。（丑跪科）小姐，可憐見惜春心裏悶，因此這般説。（貼云）賤人！　我饒你這遭。　你看麽。

【越調・祝英臺近】（貼）緑成陰，紅似雨，春事已無有。（丑）聞説西郊，車馬尚馳驟。（貼）怎如柳絮簾櫳，梨花庭院，（合）好天氣清明時候。

〔玉樓春〕（丑云）清明時節單衣試，争奈晝長人静重門閉？（貼云）我芳心不解亂縈牽，羞睹游絲與飛絮。（丑云）小姐，我在繡窗欲待拈針指，忽聽鶯燕雙雙語。（貼云）賤人！　無情何事管多情？　任取春光自來去。（丑云）小姐，你有甚麽法兒，教惜春休悶哩？（貼云）你且聽我説。

【越調過曲・祝英臺序】（貼）把幾分春，三月景，分付與東流。（丑云）小姐，如今鳥啼花落，你須煩惱些麽？（貼唱）啼老杜鵑，(一)飛盡紅英，端不爲春閒愁。（丑云）你不閒愁，也還去賞玩麽？（貼唱）休休，婦人家不出閨門，怎去尋花穿柳？（丑云）小姐，你不去賞玩，只怕消瘦了你。（貼唱）我花貌，誰肯因春消瘦？

【前腔换頭】（丑）春晝，只見燕成雙，蝶引隊，鶯語似求友。（貼云）呀！　賤人，你是人，却説那蟲

(一)　眉批：鵑：音『涓』。

蟻做甚麽？（丑唱）那更柳外畫輪，花底雕鞍，都是少年閒遊。（貼云）這賤人，你是婦人家，説那男兒的事做甚麽？（丑唱）難守，繡房中清冷無人，我待尋一個佳偶。（貼云）呀，你到思量丈夫起來！（丑唱）這般説，我終身休配鸞儔？

【前腔換頭】（貼）惜春，知否？我爲何不捲珠簾，獨坐愛清幽？（丑云）清幽，清幽，怎奈人愁！（貼唱）縱有千斛悶懷，百種春愁，難上我的眉頭。（丑云）小姐，只怕你不常恁的。（貼唱）休憂，任他春色年年，我的芳心依舊。（丑云）只怕風流年少的哄動你。（貼唱）這文君，可不擔閣了相如琴奏？

【前腔換頭】（丑）今後，方信你徹底澄清，我好没來由。（貼云）惜春，你怎的不收斂了心？（丑唱）想像暮雲，分付東風，情到不堪回首。（貼云）你怎的不學着我？（丑唱）姐姐，聽剖，你是蕊宫瓊苑神仙，不比塵凡相誘。（貼云）恁地，自隨我習女工便了。（丑唱）我謹隨侍娘行，拈針挑繡。

（丑云）姐姐，你聽那子規却是啼得好哩！

休聽枝上子規啼，悶在停針不語時。

窗外日光彈指過，席前花影坐間移。

釋義：牛太師：指董卓也。卓，漢靈帝時爲太師，蔡邕嘗爲其所辟召，卒坐卓黨以死，故托牛姓而以邕爲婿也。只有天在上：寇萊公童時詠華山詩也。沙堤：唐故事。拜相，府縣載沙填路，自私第至於城東街，名沙堤。清霜晝戟：儀衛兵仗也。清霜，言其森嚴也。車輪流水：言侍從奔趨之多也。瓊樓：唐翟乾祐於中秋玩月，或問月中何所有，答曰：『隨我手中看之。』月現半圓，瓊樓玉宇滿焉。酙月：酙，以酒沃地也。錦障：晉常侍石崇與後將軍王愷鬥富，作錦障五十里。金貂：(一)貂，鼠屬。北方以其皮爲暖額，因以爲侍中冠飾，取其内勁捍而外温潤。晉阮孚常以金貂换酒。玳瑁：狀類龜而殼稍長，其足有六，後兩足無爪，首毛如鵁鶄，甲有文，背有鱗，大如扇。將作器煮，鱗如柔皮。取甲繫人臂，以辟蟲毒。寒食：冬至後百五日有疾風暴雨，謂之寒食。其日不動火，預辦熟食，謂之禁烟節。琉璃：出高麗國，光彩瑩徹，逾於玉色。『油碧車輕』二句：温飛卿詞：『倦遊緑錦帳，盤綫繪緒之。』毬，五綵爲之，同心而下垂者曰流蘇。福地洞天：仙靈勝境有三十六洞天，七十二福地。包彈：猶言褒貶也。包肅公拯多所抨彈，故曰包彈。遊冶：冶，自飭也；少年恣遊而粧飾也。司馬、文君：漢司馬相如也，字長卿，成都人；文君，字妙姬，臨邛卓王孫之長女。相如與臨邛令王吉善，王孫聞令有貴客，具酒召之，并召令。酒酣，令前奏琴，曰：『竊聞長卿好之，願以與娱。』相如爲鼓之時，文君新寡，相如因以琴心挑之。文君竊窺，心悦之，夜自奔相如，遂馳歸成都以成夫婦焉。伯鸞、德耀：

（一）眉批：貂：音『凋』。

伯鸞，漢梁鴻字也。平陵人，家貧尚節。孟光，字德耀，體肥而黑，擇配不嫁。曰：『欲得節操如梁鴻者。』鴻聞而娶之。及嫁，以裝飾入門，七日而鴻不答。妻曰：『妾自有隱居之服。』鴻乃喜，曰：『此真鴻之妻也。』鴻家貧，賃春於皋伯通，(一)妻以荆釵裙布。每具食，則不敢仰視，舉案齊眉。後夫婦共入灞陵山中，以耕織爲業。

第四齣　蔡公逼試

【南吕引子・一剪梅】(二)（生）浪暖桃香欲化魚，期逼春闈，詔赴春闈。郡中空有辟賢書，心戀親闈，難捨親闈。

世間好物不堅牢，彩雲易散琉璃脆。蔡邕本欲甘守清貧，力行孝道。誰知朝廷黄榜招賢，郡中把我名字保申上司去了；一壁廂已有吏來辟召，自家力以親老爲辭。這吏人雖則去，只怕明日又來，我只得力辭便了。正是：人爵不如天爵貴，功名爭似孝名高？

【南吕過曲・宜春令】（生）雖然讀萬卷書，論功名非吾意兒。只愁親老，夢魂不到春闈裏。

(一) 眉批：賃：音『任』。

(二) 吕：原作『宫』，據明萬曆金陵繼志齋刊本《重校琵琶記》改。下同改。

便教我做到九棘三槐，(一)怎撇得萱花椿樹？天那！我這衷腸，一點孝心對誰語？（末扮張太公上）

【前腔】（末）相鄰並，相依倚，往常間有事來相報知。（生云）來的却是張太公呵。（相見科）（末云）秀才，試期逼矣，早辦行裝前途去。（生云）公公，我雙親年老，不敢去。（末云）呀！秀才，子雖念親老孤單，親須望孩兒榮貴。你趁此青春不去，(二)更待何日？

（生云）公公言極有理。争奈父母無人奉侍，如何去得？（末云）你既不肯去呵，且看老員外和老安人出來如何說；我想起來，也只是教你去的分曉。道猶未了，老員外來也。

【前腔】（外）時光短，雪鬢催，守清貧不圖甚的。有兒聰慧，但得他爲官吾心足矣。（外、末相見科）（外云）孩兒，天子詔招取賢良，秀才每都求科試。你快赴春闈，急急整着行李。

（末云）呀！老安人也出來了。

【前腔】（净）娘年老，八十餘，眼兒昏又聾着兩耳，又没個七男八婿。只有一個孩兒，要他供甘旨。方纔得六十日夫妻，老賊，强逼他争名奪利。天那！細思之，怎不教老娘嘔氣？

(一) 眉批：棘：音『吉』。

(二) 眉批：趁：音『秤』。

（相見科）（淨云）孩兒，我不合娶個媳婦與你，方纔得兩個月，你渾身便瘦了一半；　若再過三年，怕不成一個骷髏？[一]（末云）呀！　老安人，你要他夫妻不諧呵？（外云）孩兒，如今黄榜招賢，試期已逼，郡中既然辟召你，你的學問可知，如何不去赴選？（生云）告爹爹得知：　孩兒非不要去，争奈爹媽年老，家中無人侍奉。（末云）老員外和老安人，不可不作成去走一遭。（淨云）咳！　太公，你豈不知道？我家中又没有七子八婿，只有一個孩兒，如何去得？（外云）呀！　你怎説這話？　如今去赴選的，家中都有七子八婿麼？（淨云）老賊，你如今眼又昏，耳又聾，又走動不得，你教他去後，倘有些個差池，兀教誰來看顧你？　真個没飯喫便餓死你，没衣穿便凍死你。　你知道麼？（外云）你婦人家理會得甚麼？　孩兒若做得官時，也改换我門閭，如何不教他去？（生云）爹爹説得自是，只是孩兒難去。

【繡帶兒】（生）親年老光陰有幾？[二]　行孝正當今日。（末云）秀才此行，必定脱白掛緑。（生唱）終不然爲着一領藍袍，却落後五彩斑衣？　思之，此行榮貴雖可擬，怕親老等不得榮貴。

（外）孩兒，春闈裏紛紛的都是大儒，難道是没爹娘的方去求試？

【前腔】（末）秀才，你休疑，男兒漢凌雲志氣，何必苦恁淹滯？　秀才，你此回不去呵，可不干費

[一] 眉批：骷髏：音『枯婁』。

[二] 眉批：幾：音『紀』。

了十載青燈，(一) 枉捱過半世黃虀？ 須知，此行是親志，你休固拒。秀才，那些個養親之志？(二)（净）我百年事只有此兒，老賊！ 難道是庭前森森丹桂？

【太師引】（外）他意兒難提起，這其間就裏我自知。（末云）老員外知他爲着甚麽？（外唱）他戀着被窩中恩愛，捨不得離海角天涯。（生云）孩兒豈有此心？（外云）孩兒，你是個讀書人，我説一個比方與你聽： 塗山四日離大禹，你今畢姻將近兩個月了。直恁的捨不得分離？（末笑云）秀才，你敢是如此麽？（生云）太公，卑人怎敢？（末云）秀才，你貪鴛侶守着鳳幃，只怕誤了你鵬程鶚薦消息。(三)

【前腔】（净）太公，他意兒只要供甘旨，又何曾貪歡戀妻？ 自古道曾參純孝，何曾去應舉及第？ 功名富貴天付與，天若與不求而至。（生）娘言是，望爹行聽取。（外云）呀！ 娘言的是，我言的非呵！ 你敢是戀新婚，逆親言麽？（生云）天那！ 孩兒若是戀着新婚，不肯去呵，天須鑒孩兒不孝的情罪。

(一) 青：原作『親』，據汲古閣刊本《繡刻琵琶記定本》改。
(二) 眉批：養：去聲。
(三) 眉批：鵬：音『朋』。鶚：音『愕』。

（外怒科）畜生！　我教你去赴選，也只是要改換門閭，光顯祖宗。你却七推八阻，有許多説話！（生云）爹爹，孩兒豈敢推阻？　争奈爹媽年老，無人侍奉。萬一有些差池，一來人道孩兒不孝，撇了爹娘去求取功名；　二來人道爹爹所見不達，止有一子，教他遠離，孩兒以此不敢從命。（外云）不從我命也由你，你且説如何唤做孝？（浄云）老賊！　你年紀七八十歲，也不識做孝？　披麻帶索便唤做孝。（外云）咦！　你曉得甚麽？（生云）告爹爹：　凡爲人子者，冬温而夏凊，昏定而晨省。問其燠寒，搔其痾癢，〔一〕出入則扶持之，問所欲則敬進之。所以父母在，不遠遊；　出不易方，復不過時。古人的大孝，也只是如此。（外云）孩兒，你説的都是小節，不曾説着大孝。（浄云）老賊！　你又不曾死，只管教他做大孝，越出去赴選不得。（末云）咦！　這話有些不祥。（外云）孩兒，你聽我説：　夫孝始於事親，中於事君，終於立身。身體髮膚，受之父母，不敢毁傷，孝之始也。立身行道，揚名於後世，以顯父母，孝之終也。是以家貧親老，不爲禄仕，所以爲不孝。你若去做得官時節，也顯得父母好處，兀的不是大孝是甚麽？（生云）爹爹説得極是。但孩兒此去，知道做得官否？　若還不中時節，〔二〕既不能彀事親，又不能彀事君，却不兩下擔閣了？（末云）秀才所見差矣。老漢嘗聞古人云：　幼而學，壯而行；　懷寶迷邦，

〔一〕眉批：搔：音『早』。

〔二〕眉批：中：去聲。

謂之不仁。孔席不暇暖，墨突不得黔；伊尹負鼎俎於湯，百里奚把五羊皮自鬻，㈠也只要順時行道，濟世安民。自古道：學成文武藝，貨與帝王家。秀才，你這般才學，如何不去做官？（淨云）太公，你都有好言勸我孩兒去赴選，我有個故事説與你聽。（末云）老漢願聞。（淨云）在先東村李員外，有個孩兒，也讀兩行書。他爹爹每日鬧炒，只是教孩兒去求官。孩兒喫不過爹爹鬧炒，去到長安，那裏無人擡舉他，遂流落去街上乞食。見個平章宰相，他疾忙在地上拜着，叫聲擡舉他。那宰相道：我與你做個養濟院大使，去管你爹娘。這孩兒自思道：做個養濟院大使，如何管得自己的父母？比及他回家去，不想他父母無人供養，流落在養濟院裏居住。他父母見孩兒回來，説道：我教孩兒去得是？今日我孩兒做個頭目，衆人也不敢欺負我。你如今勸我孩兒去赴選，千萬叫他做個養濟院頭目回來，衆人也不敢欺負我。（末笑科）老安人，你説這乞丐事，㈡儘教我聽了半日。（外云）孩兒，你趁早收拾行李起程。（生云）爹爹，孩兒去則不妨；只是爹媽年老，教誰看管？（末云）秀才不必憂慮。自古道：千錢買鄰，八百買舍。老漢既忝在鄰居，你但放心前去；若是宅上有些小欠缺，老漢自當應承。（生云）如此，多謝公公！凡事仗托周濟。此行若獲寸進，決不敢忘恩！卑人没奈何，只得收拾行李便去。

㈠　眉批：鬻：音『育』。
㈡　眉批：丐：音『蓋』。

【三學士】（生）謝得公公意甚美，凡事仗托扶持。假饒一舉登科日，難道是雙親未老時？只恐錦衣歸故里，怕雙親不見兒。

【前腔】（外）萱室椿庭衰老矣，指望你改換門閭。孩兒，你道是無人供養我，若是你做得官來時節呵，三牲五鼎供朝夕，須勝似啜菽并飲水。(一) 你若錦衣歸故里，我便死呵，一靈兒終是喜。

【前腔】（末）托在鄰家相依倚，自當效些區區。秀才，你爲甚十年窗下無人問？只圖個一舉成名天下知。你若不錦衣歸故里，誰知你讀萬卷書？

【前腔】（净）一旦分離掌上珠，我這老景憑誰？苦！忍將父母饑寒死，博得孩兒名利歸。你縱然錦衣歸故里，補不得你名行虧。(二)

急辦行裝赴試闈，父親嚴命怎生違？

一舉首登龍虎榜，十年身到鳳凰池。

釋義：人爵：品秩章服。天爵：仁義忠信。夢魂不到：宋崔翰累官瑞州團練使，從太祖征大原，謂人曰：『吾身雖在此，而夢魂不離親幃也。』九棘三槐：《周禮·秋官》：『朝士掌建外朝之法。

(一) 眉批：啜：音『掇』。

(二) 眉批：行：去聲。

左九棘，孤、卿、大夫位焉，群士在其後；右九棘，公、侯、伯、子、男位焉，群吏在其後。面三槐，三公位焉，州長衆庶在其後。左嘉左，平罷民焉；右師右，達窮民焉。」注：棘者，象志心而外刺也；槐者，懷來人也。森森丹桂：馮道《贈燕山》詩：「丹桂五枝芳。」塗山：禹娶塗山氏之女，甫及四日，治水於外，三過不入。鵬程：鵬鳥背大，怒飛，其翼垂天海，運徙於南溟，擊水三千里，摶扶摇而上者九萬里。〔一〕《送人赴舉》詩：「萬里鵬程要遠圖。」鶚薦：漢禰衡，孔融愛其才，疏薦之云：鷙鳥累百，不如一鶚云云。墨突不得黔：突，竈窗出烟之處。墨翟遍歷天下，急於濟物，所居處竈窗烟燻未黑遂行。伊尹於湯：伊尹爲有莘之勝臣，負鼎俎於湯，以致王道。百里奚自鬻：百里奚，春秋人。家於百里，因氏焉。事虞，知其將亡而去之秦，困於牛口之下。穆公以五羊皮贖之，〔二〕授以國政。或謂其自賣於秦養牲者，得五羊之皮而爲之食牛，以干穆公焉。「千錢」二句：宋行雅市宅，居吕僧珍宅側。珍問宅價，曰一千一百萬。怪其貴。曰：「百萬買鄰，千萬買舍。」忍將父母饑寒死：宋薛英登進士，陳言忤旨，謫南海尉。及歸，親没。人曰：「可惜父母飢寒死，且喜孩兒名利歸。」

〔一〕眉批：摶：音「團」。
〔二〕眉批：贖：音「孰」。

第五齣　南浦囑別

【雙調引子・謁金門】（旦）春夢斷，臨鏡緑雲撩亂。聞道才郎遊上苑，又添離別嘆。（生）苦被爹行逼遣，脉脉此情何限。（合）骨肉一朝成拆散，可憐難捨拚。

（旦云）官人，雲情雨意，雖可拋兩月之夫妻；雪鬢霜鬟，竟不念八旬之父母？功名之念一起，甘旨之心頓忘，是何道理？（生云）娘子，膝下遠離，㈠豈無眷戀之意？奈堂上力勉，不聽分剖之詞。咳！教卑人如何是好？（旦云）官人，我猜着你了。

【仙吕入雙調・忒忒令】（旦）你讀書思量做狀元，我只怕你學疏才淺。（生云）娘子，那見我學疏才淺？（旦唱）官人，只是《孝經》《曲禮》，你早忘了一段。（生云）咳！我幾曾忘了？（旦唱）却不道夏清與冬温，昏須定，晨須省，親在遊怎遠？

【前腔】（生）我哭哀哀推辭了萬千，（旦云）那張太公如何説？（生唱）他鬧炒炒抵死來相勸。（旦云）官人，你不去時，也須由你。（生唱）將我深罪，不由人分辯。（旦云）罪你甚的？（生唱）他道我戀新婚，逆親言，貪妻愛，不肯去赴選。

㈠　眉批：膝：音『昔』。

【沉醉東風】（旦）你爹行見得好偏，只一子不留在身畔。官人，公婆如今在那裏？（生云）在堂上。（旦云）既在堂上，我和你去説。（生云）娘子，怎的又不去了？（旦云）罷、罷、罷。我和你去説時節呵。他又道我不賢，要將伊迷戀。苦！這其間教人怎不悲怨？（合）爲爹淚漣，爲娘淚漣，何曾爲着夫妻上掛牽？

【前腔】（生）做孩兒節孝怎全？做爹行不從幾諫。(一)（旦云）官人，你爲人子的，不當恁地埋怨他。（生唱）非是我要埋冤，只愁他影隻形單，我出去有誰來看管？（合前）

（生云）呀！爹媽來了。娘子，你且揾了眼淚。

【仙吕過宫·臘梅花】（外、浄）孩兒出去在今日中，爹爹媽媽來相送。但願魚化龍，青雲得路，桂枝高折步蟾宫。

（外云）孩兒，你行李收拾了未？（生云）行李收拾已了。（外云）收拾既了，如何不去？（浄云）老賊，他若出去了，家中别無第二人，止有一個媳婦，如何不分付幾句？（生云）孩兒没别事，只待張太公來，把爹媽拜托與他，教他早晚應承，孩兒庶可放心前去。（旦云）呀！張太公早來。（末云）仗劍對樽酒，恥爲遊子顔。所志在功名，離别何足嘆？（生云）太公，卑人如今出去，家中并無親人。爹媽年老，只

(一) 眉批：幾：音『譏』。

有一個媳婦，却是女流，凡事全賴公公相與扶持；家中倘有些小欠缺，亦望公公周濟。昨日已蒙親許，今日特此拜懇。卑人倘有寸進，自當效結草銜環之報，(一)決不敢忘恩。(末云)秀才，受人之託，必當終人之事。況一言既出，駟馬難追。昨日已許秀才，去後決不相誤。(生云)如此，多謝公公！(外云)孩兒，既蒙張太公金諾，必不食言，你可放心早去。(生云)孩兒就此拜辭爹媽便去。

【仙呂入雙調·園林好】(生)兒今去，爹媽休得要意懸，兒今去今年便還。但願得雙親康健，(合)須有日拜堂前，須有日拜堂前。

【前腔】(外)我孩兒不須掛牽，爹只望孩兒貴顯。若得你名登高選，(合)須早把信音傳，須早把信音傳。

【江兒水】(净)膝下嬌兒去，堂前老母單，臨行密密縫針綫。眼巴巴望着關山遠，冷清清倚定門兒盼，(生云)母親，且自寬懷消遣。(净唱)教我如何消遣？(合)要解愁煩，須是頻寄音書回轉。

【前腔】(旦)妾的衷腸事，有萬千。(生云)娘子，你有甚麼事，當說與我知道。(旦唱)說來又恐添縈絆。(生云)娘子，有甚麼縈絆？(旦唱)六十日夫妻恩情斷，八十歲父母教誰看管？(生云)

(一) 眉批：『銜』與『啣』同。

娘子，你這般説，莫不怨着我麼？（旦唱）教我如何不怨？（合前）

【五供養】（末）貧窮老漢，託在鄰家，事體相關。秀才，此行雖勉强，不必恁留連。（生云）卑人去後，只慮父母獨自在堂，難度歲月。（末云）秀才放心，你爹娘早晚間吾當陪伴。（生悲科）（末唱）丈夫非無淚，不灑別離間。〔一〕（合）骨肉分離，寸腸割斷。（生跪告科）

【前腔】（生）公公可憐，俺爹娘望你周全。（末扶起科）（生唱）此身還貴顯，自當效銜環。（旦挽生背唱）有孩兒也枉然，你爹娘倒教別人看管。此際情何限，偷把淚珠彈。（合前）

【玉交枝】（外）別離休嘆，我心中非不痛酸。孩兒，非爹苦要輕拆散，也只是圖你榮顯。（淨）孩兒，蟾宫桂枝須早攀，北堂萱草時光短。（合）又未知何日再圓？又未知何日再圓？

【前腔】（生）雙親衰倦，娘子，你扶持看他老年。飢時勸他加餐飯，〔二〕寒時頻與衣穿。（旦）官人，我做媳婦事舅姑，不待你言；你做孩兒離父母，何日返？（合前）

【川撥棹】（外）孩兒，歸休晚，莫教人凝望眼。〔三〕（生）但有日回到家園，怕回來雙親老年。

〔一〕眉批：「灑」與「洒」同。
〔二〕眉批：「餐」與「飡」同。
〔三〕眉批：凝：音「迎」。

（合）怎教人心放寬？ 不由人不珠淚漣。

【前腔】（旦）官人，我的埋冤怎盡言？（生云）你埋冤我如何？（旦唱）我的一身難上難。（生）娘子，你寧可將我來埋冤，莫將我爹娘冷眼看。（合前）

【餘文】（合）生離遠別何足嘆，但願得你名登高選。 衣錦還鄉，教人作話傳。

此行勉强赴春闈，專望明年衣錦歸。

世上萬般哀苦事，無過遠別共生離。

（外、浄、末下）（旦云）官人，你如何割捨得便去了？（生云）咳！ 卑人如何捨得？

【中吕·犯尾引】（旦）懊恨別離輕，㈠悲豈斷絃，愁非分鏡。 只慮高堂，風燭不定。（生）腸已斷，欲離未忍。 淚難收，無言自零。（合）空留戀，天涯海角，只在須臾頃。

【犯尾序】（旦）無限別離情，兩月夫妻，一旦孤零。 官人，你此去經年，望迢迢玉京。 思省，（生云）娘子，莫不是慮着山遥水遠麽？（旦唱）奴不慮山遥水遠，（生云）莫不是慮着衾寒枕冷麽？（旦唱）奴不慮衾寒枕冷。 奴只慮，公婆没主，一旦冷清清。

【前腔】（生）我何曾，想着那功名？（旦云）官人既不想着功名，如今又去怎的？（生唱）欲盡子

㈠ 眉批：懊：音『襖』。

情，難拒親命。娘子，年老爹娘，望伊家看承。畢竟，你休怨朝雲暮雨，且爲我冬温夏凊。思量起，如何教我割捨得眼睁睁？

【前腔】（旦）官人，你儒衣纔换青，快着歸鞭，早辦回程。十里紅樓，休戀着娉婷。〔一〕叮嚀，不念我芙蓉帳冷，也思親桑榆暮景。咳！我頻囑付，知他記否？空自語惺惺。

【前腔】（生）娘子，你寬心須待等，我肯戀花柳，甘爲萍梗？只怕萬里關山，那更音信難憑。須聽，我没奈何分情破愛，誰下得虧心短行？〔二〕從今後，相思兩處，一樣淚盈盈。

（旦云）官人此去，千萬早早回程。（生云）卑人有父母在堂，豈敢久戀他鄉？（旦云）須是早寄個音信回來。（生云）音信不妨，只怕關山阻隔。（拜别科）

【鷓鴣天】（生）萬里關山萬里愁，（旦）一般心事一般憂。（生）桑榆暮景應難保，客館風光怎久留？（生下）（旦唱）他那裏，謾凝眸，正是馬行十步九回頭。歸家只恐傷親意，閣淚汪汪不敢流。

纔斟别酒淚先流，郎上孤舟妾倚樓。

〔一〕眉批：娉：音『聘』。

〔二〕眉批：行：去聲。

片帆漸遠皆回首，一種相思兩處愁。

釋義：緑雲：《阿房宫賦》：『緑雲擾擾，梳曉鬟也。』《孝經》《曲禮》：言弟子之職。温清、定省皆其語也。其節目委曲，故曰《曲禮》也。夏清：扇枕也。冬温：温衾也。昏定：安其床衽也。晨省：問安也。親在遊怎遠：《論語》：『父母在，不遠遊，遊必有方。』幾諫：微諫也。《論語》云：『事父母，幾諫。』魚化龍：《三秦記》：『龍門，魚登者化爲龍。』譬士人及第得爲官也。《水經》：『鱸鯉出鞏穴，(一)三月上渡龍門，得渡爲龍，否則點額而還。』青雲得路：譬士人得中也。《應舉》詩云：『青雲有路終須到，黄榜標名及早歸。』桂枝：晉郄詵舉賢良射策，爲天下第一。武帝問：『卿才何如？』詵曰：『猶桂林一枝，崑山片玉。』陳狀元《及第》詩：『桃花先透三層浪，月桂高攀第一枝。』步蟾宫：及第之榮，比步蟾宫。張衡《靈憲序》：『月者，陰宗之精，積而爲獸，象兔，陰之類，其数偶。其後有窮后羿請不死之藥於西王母，其妻姮娥竊之，以奔月宫，是爲蟾蜍。』(二)《送赴省詞》：『姮娥剪就緑羅袍，待來步蟾宫與换。』結草：《左傳·襄公十五年》：『魏顆父武子有嬖妾，武子疾，曰嫁；是病劇，曰以殉。及卒，顆嫁之。疾病則亂，吾從其始也。及敗秦師於輔氏，獲杜回。顆見老人結草以亢

(一) 眉批：鞏：音『拱』。
(二) 眉批：蜍：音『余』。

杜回，回蹶，故獲之。夜夢老人曰：「余，所嫁婦人之父也。爾用先人之治命，余是以報耳。」』銜環：漢楊寶爲童時，行泰山，見一黄雀被瘡，爲蟻損。寶收巾箱内，採黄花喂之十餘日。愈，旦去暮歸。忽一日，變爲黄衣少年，與寶雙玉環。曰：『好掌此環，累世爲三公。』其子震至彪，果四世爲太尉。金諾：謂人相許曰金諾。漢曹丘生揖季布曰：『楚諺曰：得黄金百斤，不如季布一諾。足下何以得此聲於梁、楚，顧不美乎？』食言：欲人守信，曰望勿食言。楊子或問信，曰不食其言。倚定門兒望：王孫賈事齊愍王，王出走，賈失王之處。母曰：『汝朝去而晚來，吾則倚門而望；暮出而不還，吾則依閭而望。汝今事王，不知其處，汝尚何歸？』衣錦：《南史》：『劉之遴除南郡太守，帝謂曰：「卿母年德并高，令卿衣錦還鄉，盡榮養之禮。」』(一)斷絃：漢武帝后趙氏善琴，常退朝令彈之。忽然絃斷，后悲之。帝謂后曰：『絃斷可續，奚爲悲之？』后曰：『絃斷者，凶兆也，是以悲之。』帝令左右以西海所献鸞血作膠續之，而絃兩頭相着，雖彈不斷，帝悦。後后竟以太子幼故，賜死。分鏡：後陳太子舍人陳德言尚樂昌公主，陳政衰，隋遣楊越公素領兵伐之。德言謂妻曰：『國破，汝必入權豪之家，倘情緣未斷，尚冀相見。』乃破菱花鏡，各分其半，約他時正月望日賣於都市。及陳亡，其妻果爲楊素得之。後德妻寄詩曰：『鏡與人俱去，鏡歸人未歸。無復姮娥影，空隨明月輝。』樂昌得詩，悲泣不已。越公憫之，遂召德言，還其妻。

(一) 眉批：養：去聲。

風燭：元初劉田穎悟過人，留心性理，隱居事母。至元間，徵之不起。人問其故，曰：『母年九十，如風前之燭耳，豈可貪禄而取一朝之富貴乎？』**朝雲暮雨**：楚懷王遊高堂館，怠而晝寢，夢一婦人，見而謂曰：『妾乃巫山之女，聞王遊於此地，願薦枕席之歡。』王遂幸之而去。辭曰：『妾居巫山之陽，唐山之北，朝爲行雲，暮爲行雨，朝朝暮暮，只在陽臺之下。』今人男女合歡，謂之行雲雨，義本此。**紅樓娉婷**：白樂天詩：『紅樓富家女，娉婷美好貌。』**芙蓉帳**：蜀後主孟昶於成都城種芙蓉，每至秋，四十里如錦，高下相照，因名錦城。以其花染繒爲帳。白樂天《長恨歌》：『芙蓉帳暖度青春。』**桑榆暮景**：見第二齣。**惺惺**：朱子云：『惺惺，心不昏昧之謂也。』**萍梗**：浮萍。萍梗，枝梗無根(一)飄蕩之物也。

第六齣　丞相教女

（末扮院子上云）珠幌斜連雲母帳，(二)玉鈎半捲水晶簾。輕烟裊裊歸香閣，月影騰騰轉畫簷。小子不是别人，却是牛太師府中一個院子。這幾日老相公進朝，不知有甚勾當。久留省中，未曾回府，府裏幾個使女每，鎮日在後花園閒耍，今日知道老相公回來，都不見了。小子不免灑掃書館，伺候老相公回來。

(一) 眉批：梗：音『哽』。

(二) 眉批：幌：音『恍』。

呀！好怪麼！只見一個婆子走入來做甚麼？（净扮媒婆上）

【仙呂入雙調·字字雙】（净）我做媒婆甚妖嬈，談笑。說開說合口如刀，波俏。合婚問卜若都好，有鈔。只怕假做庚帖被人告，喫栲。

（末云）你來這裏做甚麼？（净云）老媳婦特來與張尚書的舍人做媒。（末云）咳！我這小娘子的媒，怕難做！（净云）如何難做？（末云）老相公不肯輕許。（净云）院公，我這頭親事，你老相公必然許我。（末云）呀！且慢着，又有一個婆子來了。（丑扮媒婆上）

【前腔】（丑）我做媒婆甚艱辛，尋趁。[一]有個新郎要求親，最緊。咱每只得便忙奔，討信。

（净云）你這老乞婆來這裏怎的？（丑唱）真個是路上更有早行人，心悶。

（末云）你這婆子也來這裏做甚麼？（丑云）告勾管哥得知，老媳婦特來與樞密的舍人求親。（末云）我方纔正對那婆子說了，這媒怕難做。（丑云）如何難做？（末云）我老相公要揀擇得仔細。（丑云）院公，你休管。我說這椿親事，必定成也。（净云）呀！我是張媒婆，幾年在府前住。今日這媒，倒喫你老乞婆做去了？（丑云）呀！老乞婆，偏你會做媒？但是門當户對的便好了。終不然你在府前住，定要你做媒？你與乞兒做媒，也嫁了他？（末云）你休鬧，老相公回來了，你每且躲開一邊立地。

（外扮牛太師上）

（一）眉批：趁：音『秤』。

【正宮引子·齊天樂】（外）鳳凰池上歸來環珮，衮袖御香猶在。棨戟門前，[一]平沙堤上，何事車塡馬隘？星霜鬢改，怕玉鉉無功，赤舃非材。回首庭前，淒涼丹桂好傷懷。

下官這幾日久留省府，不曾回家。左右，方纔甚麼人在我廳前喧鬧？（末云）有事不敢不報，無事不敢亂傳。適間有兩個婆子來老相公處求親。（外云）着他進來。你這兩個婆子做甚麼？（浄云）奴家是張尚書府裏差來求親。（丑云）奴家是李樞密府裏差來做媒。（外云）不揀甚麼人家，但是有才學，做得天下狀元的，方可嫁他；若是其餘，不問親。（浄云）告相公得知：我的新郎，術人算他命，道他今年得做狀元。（丑云）告相公得知：他的新郎命不好，只有奴家這個新郎，人算他命，今科必定得中狀元。（浄、丑相打科）（外云）呀！這兩個婆子到我跟前無禮！左右，不揀有甚麼庚帖，都與我扯破。把那兩個吊起，各打十八。（末扯打科）（外云）急把媒婆打離廳，（末云）除非狀元方可問姻親。（浄云）甘喫打十七八下黄荆杖，（丑云）那些个成與不成喫百瓶？（末、浄、丑下）（外云）光陰似箭催人老，日月如梭趲少年。自家没了夫人，只有一个女兒，如今不覺長成，未曾問親。只一件，我的女孩兒性格温柔，是事實會，若將他嫁个膏粱子弟，怕壞了他；只將他嫁个讀書君子，成就他做个賢婦，多少是好。我這幾日不在家，適聽得那使唤的，每日都在後花園中閒耍，這是我的女孩兒不拘束他。古人云：欲治其國，先齊其家。不免唤出女孩兒和老姥姥、惜春過來，好生訓誨他一番。（貼扮牛氏帶浄、

[一] 眉批：棨戟：音『啓揭』。

丑上）

【雙調引子·花心動】（貼）幽閣深沉，問佳人爲何懶添眉黛？(一)繡綫日長，圖史春閒，誰解屢傍粧臺？絳羅深護奇葩小，不許蜂迷蝶猜。（浄、丑）笑瑣窗，多少玉人無賴。

（外云）孩兒，婦人之德，不出閨門。你如今長成了，方纔有媒婆來與你議親。今日是我的孩兒，異日做他人的媳婦。我這幾日不在家，你却放老姥姥、惜春每都到後花園中閒耍，不習女工，是何道理？我想起來，都是你不拘束他。倘或做出歹事來，可不把你名兒污了？（貼云）謝得爹爹教道，孩兒從今自拘束他。（外怒科）老姥姥，你年紀大矣。你做管家婆，到哄着女使每閒耍，是何所爲？（浄云）不干老身事，都是惜春小丫頭。（丑云）不干惜春事，都是老姥姥。（外云）這兩個賤人尚自相推，都拿下打！（貼跪稟科）爹爹息怒。（外云）你且起來。

【雙調引子·惜奴嬌】（外）孩兒，你杏臉桃腮，當有松筠節操，(二)蕙蘭襟懷。閨中言語，不出閫閾之外。老姥姥，不教我孩兒伊之罪。惜春，這風情今休再。（合）記再來，但把不出閨門的語言相戒。

【前腔】（貼）堪哀，萱室先摧。嘆婦儀姆教，未曾諳解。蒙爹嚴訓，從今怎敢不改？老姥姥，

(一) 眉批：黛：音『代』。

(二) 眉批：筠：音『匀』。

早晚望伊家將奴誨。惜春，改前非休違背。（合前）

【仙吕入雙調・黑麻序】（浄）看待，父母心，婚姻事，須要早諧。勸相公，早畢兒女之債。

（外）休呆，如何女子前，胡將口亂開？（合前）

【前腔】（丑）輕浼，我受寂寞擔煩惱，教我怎捱？細思之，教人怎不珠淚盈腮？（貼）寧耐，温衣并美食，何須苦掛懷？（合前）

婦人不可出閨門，多謝嚴君教育恩。

休道成人不自在，須知自在不成人。

釋義：雲母帳：漢武帝賜趙后紫茸雲母帳。(一) 水晶：性堅而脆，出高麗國，色如白冰，清明而瑩。唐明皇天寶中，高麗以之制爲簾以貢之。鳳凰池：中書省也。自魏及晉，中書監令掌贊詔命記，會時事典，作文書。以地在禁近，秉鈞持衡，多承寵任，是以人固其位。晉荀勖，武帝朝爲中書監，除尚書令。人賀之，勖曰：『奪我鳳凰池，諸君何賀也？』

(一) 眉批：茸：音『戎』。

第七齣　才俊登程

（生、末、净、丑扮秀才上）

【中吕引子·滿庭芳】（生）飛絮沾衣，殘花隨馬，輕寒輕暖芳辰。江山風物，偏動別離人。回首高堂漸遠，嘆當時恩愛輕分。傷情處，數聲杜宇，客淚滿衣襟。(一)【前腔】（末）萋萋芳草色，故園入望，目斷王孫。謾憔悴郵亭，(二)誰與温存？（净、丑）聞道洛陽近也，還又隔幾座城闉。（合）澆愁悶，解鞍沽酒，同醉杏花村。

〔浣溪沙〕（生云）千里鶯啼緑映紅，（丑云）水村山郭酒旗風，（净云）行人如在畫圖中。（末云）不暖不寒天氣好，或來或往旅人逢，（合）此時誰不嘆西東？（相見科）（净云）動問老兄尊姓？（生云）小子姓蔡。（净云）貴表？（生云）伯喈。（丑云）動問老兄尊姓？（末云）小子姓李。（丑云）貴表？（末云）群玉。（生云）動問老兄尊姓？（净云）小子姓落。（生云）貴表？（净云）得嬉。（末云）動問老兄尊姓？（丑云）小子姓常。（末云）貴表？（丑云）白將。（净云）久聞列位高名，今日幸會，都是往長安赴選。（笑科）年兄年弟，休得抛撇。（衆云）言重，言重。（净云）既然如此，且在此歇息片時，講

(一) 夾批：此折組織秦少游『寒鴉點點，流水遶孤村』一曲而成者，雖出文人狡獪，亦可爲詞曲家一法。
(二) 眉批：郵：音『由』。

些學識，説些志氣何如？（衆云）正合愚意。（丑云）敢問蔡兄學識如何？（生云）小子坐則讀，行則吟，窮年屹屹苦搜尋。文章驚世無敵手，盡是當年惜寸陰。（丑云）有意思，有意思。（浄云）敢問李兄學識如何？（末云）小子不將窮達付前緣，常把勤勞契上天。人事盡時天理見，才高豈得困林泉？（浄云）自然，自然。（生云）敢問落兄學識如何？（浄云）小子讀書費力，每在螢窗講習。常念青春不再，那更白日可惜。熟讀《孝經》《曲禮》，博覽《詩》《書》《周易》。《春秋》諸子百家，篇篇義理紬繹。〔一〕前日行到學中，夫子潛自叫屈。（末云）呀！聖人如何叫屈？（浄云）道是可惜這個秀才，眼中一字不識。（末云）你却説一場春夢。（生云）敢問常兄學識如何？（丑云）小子言不妄發，寫字極有方法。先將好墨磨濃，次把純毫蘸着。推開浄几明窗，展舒錦箋繡札。不問真草隸篆，寫出都是法帖；大字麄如庭柱，〔二〕小字細似頭髮。王羲之拜我爲師，歐陽詢見我諕殺。（笑科）早間寫個八字，忘了一撇一捺。（末云）又道是一筆走龍蛇。（浄云）閒話休講，如今天色將晚，不免起程，趲行幾步。

【仙呂過曲·八聲甘州歌】（生）衷腸悶損，嘆路途千里，日日思親。青梅如豆，難寄隴頭音信。高堂已添雙鬢雪，客路空瞻一片雲。（合）途中味，客裏身，争如流水蘸柴門？休回首，欲斷魂，數聲啼鳥不堪聞。

〔一〕眉批：繹：音『亦』。
〔二〕眉批：麄：音『粗』。

【前腔】（末）風光正暮春，便縱然勞役，何必愁悶？緑陰紅雨，征袍上染惹芳塵。雲梯月殿圖貴顯，水宿風餐莫厭貧。[一]（合）乘桃浪，躍錦鱗，一聲雷動過龍門。榮歸去，緑綬新，休教妻嫂笑蘇秦。

【前腔】（浄）誰家近水濱，見畫橋烟柳，朱門隱隱。鞦韆影裏，墻頭上露出紅粉。他無情笑語聲漸杳，却不道惱殺多情墻外人。（合）思鄉遠，愁路貧，肯如十度謁侯門？行看取，朝紫宸，鳳池鰲禁聽絲綸。

【前腔】（丑）遥瞻霧靄紛，想洛陽宫闕，行行將近。程途勞倦，欲待共飲芳樽。垂楊瘦馬莫暫停，只見古樹昏鴉棲漸盡。（合）天將暝，日已曛，[二]一聲殘角斷樵門。尋宿處，行步緊，前村燈火已黄昏。

【餘文】（合）向人家，忙投奔，解鞍沽酒共論文，今夜雨打梨花深閉門。

江山風物自傷情，南北東西爲利名。
路上有花并有酒，一程分作兩程行。

[一] 眉批：餐：音『飡』。
[二] 眉批：曛：音『熏』。

釋義：杜宇：杜宇啼聲類『不如歸』，故客聞之淚下。芳草王孫：楚詞：芳草生兮萋萋，王孫遊兮不歸云云。郵亭：即今之急遞鋪。螢窗：晉車胤，[一]字武子，幼勤博覽，家貧無油。夏月，以練囊盛數十螢火以讀書，夜以繼日。後仕至尚書。洛陽：屬河南，東漢所都。長安：古雍州地，秦始皇所都，今屬陝西省。寸陰：見二十八齣。真草隸篆：楷書，上谷王次中所，即正書之小變。從簡易相間，流行草書。漢興，有草書，不知作者姓氏。至章帝時，有杜伯度等善書草書，章帝愛之，上表亦作草字，故謂之草章。篆書，大篆。周宣王時史籀所作也。[二]小篆，秦始皇時李斯所作也。隸書，秦時程無岑易小篆而爲隸。王羲之：晉人，字右軍。臨池學書，池水盡黑。草書爲古今之冠，論者稱其筆勢『飄若浮雲，矯若驚龍』。又曰：『烟飛霧結，狀若斷而實連；鳳翥龍鬐，勢若斜而反直。』其最爲後世重者，有《蘭亭記》《樂毅論》《黄庭經》也。歐陽詢：唐人，字信本。敏悟絶人。初學王羲之書，後險勁過之。尺牘所傳，時人以爲法，高麗人最重之。隴頭音信：陸凱仕吴，爲江南太守，與范曄相善。寄梅花一枝詩一首：『折梅逢驛使，寄與隴頭人。江南無所有，聊贈一枝春。』隴頭，長安也。客路空瞻一片雲：唐狄仁傑，字懷英。陳言忤旨，貶并州司法參軍。親舍在河陽，仁傑登太行山，反顧白雲孤飛，謂左右曰：

[一] 眉批：胤：音『印』。

[二] 眉批：籀：音『留』。

『吾親舍其下。』顧望久之，雲移乃去。流水蘸柴門：[一] 後漢姜肱，桓帝時常徵不起。常侍曹節專政，徵爲太守，不從。人問其故，以詩諭之曰：『任他富貴不須論，且隱深山樂素餐。縱使一身居要地，争如流水蘸柴門？』欲斷魂：《清明》詩：『路上行人欲斷魂。』芳塵：趙王石虎起高樓四十丈，異香爲屑，風作則揚之，名曰芳塵。妻嫂笑蘇秦：蘇秦，字季子，洛陽人，師鬼谷子。説秦王不用，裘敝金盡，憔悴而歸。妻不下機，嫂不爲炊。[二] 後爲六國丞相。十度謁侯門：侯門，權貴之門也；謁，干也。宋李觀初爲太學官，因上言役法不便，出通判處州。題詩自嘆云：『十謁侯門九不開，利名淵藪且徘徊。自知不是封侯骨，夜夜江山入夢來。』紫宸：漢之前殿，周之路寢也。鰲禁：禁，天子居也。儀林兆謂之鰲禁。絲綸：帝音也。《禮記》：『王言如絲，其出如綸。』樵門：鼓角樓也。樵門上建高樓以望敵也。

第八齣　文場選士

（末云）禮闈新榜動長安，九陌人人走馬看。一日聲名遍天下，滿城桃李屬春官。自家不是别人，却是

[一] 眉批：蘸：音『站』。
[二] 眉批：炊：音『吹』。

禮部一個祇候的便是。今歲乃大比之年，朝廷委命試官，已在貢院之内；各省中式舉人，(一)俱列棘闈之前。如今試官將次升堂，小人只得在此聽候。正是：一封纔下舉賢詔，四海都無遺棄才。道猶未了，試官大人早到。（浄扮試官上）

【南吕過曲·生查子】（浄）承恩拜試官，聲價重丘山。左右，那來科舉的，只問有文材，何必拘鄉貫？（末云）那有文材的如何發落他？（浄唱）取他居上第，做個清要官。（末云）那没文材的如何發落他？（浄唱）縱有父兄勢，也教空手還。

（末云）好公道老爺！（浄云）左右，今年却是大比之年，我爲國薦賢，但是各省、府、縣赴試的秀才，都唤入來。（末云）領鈞旨。

【黄鍾過曲·賞宫花】（生）槐花正黄，赴科場舉子忙。太學拉朋友，一齊整行裝。（合）五百英雄都在此，不知誰做狀元郎？

【前腔】（丑）天地玄黄，略記得三兩行。才學無些子，只是賭命强。（合前）

（末叫開門科）（生云）貢院門已開，列位尊兄依次而進。（浄云）左右，這些秀才，每人給與卷子一本，蠟燭一條，各分東西廊下伺候題目。（末云）領鈞旨。(二)（相見科）（浄云）你每衆秀才聽着：朝廷制

(一) 眉批：中：去聲。

(二) 眉批：鈞：音『均』。

度，開科取士，雖有定期；立意命題，任從時好。下官是個風流試官，不比往年的試官。往年第一場考文，第二場考論，第三場考策。我今年第一場做對，第二場猜謎，第三場唱曲。若是做得對好，猜得謎着，唱得曲好，就取他頭名狀元，插金花，飲御酒，遊街兒耍子。若是對得不好，猜得不着，唱得不好，就將他黑墨搽臉，亂棒打出去。（生、丑云）學生領命。（净云）東廊下秀才蔡邕過來領題。（生云）有。（净云）我出天文門一個對與你對。（生云）願聞。（净云）星飛天放彈。（生云）日出海抛毬。（净云）妙哉！妙哉！且站一邊。西廊下秀才落得嬉過來領題。（丑云）快些。（净云）《毛詩》三百首。（丑云）還有十一篇。（净云）不好，不好。且站一邊。蔡邕過來，我出天下八個省名的謎兒與你猜。（生云）願聞。（净云）一聲霹靂震天關，（一）兩個肩頭不得閑。去買紙來作裱褙，欠人錢債未曾還。（生云）第一句是京東京西，第二句是江東江西。第三句是湖東湖西，第四句是浙東浙西。（净云）妙哉！妙哉！且站一邊。落得嬉過來，我出山上四樣樹名的謎兒與你猜。（丑云）快些。（净云）雨中粧點望中黄，獨立深山分外長。廟廊之材應見取，家家織就綺羅裳。（丑云）第一句是柏樹，第二句是槐樹，第三句是楓樹，第四句是柳樹。（净云）不是，不是。且站一邊。蔡邕過來，我唱一隻曲兒，你末後湊一句，要押得韻着。（生云）願聞高音。

（一）眉批：靂：音『歷』。

【仙吕入雙調·北江兒水】（净）長安富貴真罕有，食味皆山獸。熊掌紫駝峰，(一)四座馨香透。你押下韻。（生唱）把與試官來下酒。

（净笑科，云）妙哉！妙哉！三場都好，這是個真秀才。且在東廊下伺候。（净云）落得嬉過來，我再唱一隻曲兒，你末後也湊一句，要押得韻着。（丑云）快唱。

【前腔】（净）看你腹中何所有，一袋醃臢臭。若還放出來，見者都奔走。你押下韻。（丑云）把與試官來下酒。

（净云）不濟，不濟。將他黑墨搽臉，亂棒打出去。（丑云）不須打。正是：薄命劉生終下第，厚顔季子且還家。（净云）蔡秀才，今科中式舉人雖多，(二)只有你才學高邁，文字老成。俺就復奏聖上，將你取爲第一甲頭名狀元，冠帶遊街赴宴。左右，取冠帶過來。（末取上云）正是：袍笏賜進士，斧鉞贈將軍。（净云）蔡狀元换了冠帶，今就隨我入朝謝恩。（换冠帶科）

【南宫過曲·懶畫眉】（生）君恩喜見上頭時，今日方顯男兒志。布袍脱下换羅衣，腰間横繫黄金帶，駿馬雕鞍真是美。(三)

(一) 眉批：駝：音『陀』。
(二) 眉批：中：去聲。
(三) 眉批：駿：音『俊』。

【前腔】（浄）狀元，你讀書萬卷非容易，喜得登科擢上第，功名分定豈誤期。那更三千禮樂無敵手，五百英雄盡讓伊。

【前腔】（末）人生當用顯門閭，廕子封妻榮自己。馬前喝道狀元歸，雁塔揮毫題姓字，一舉成名天下知。

一舉鰲頭獨占魁，誰知平地一聲雷。

明朝跨馬春風裏，盡是皇都得意回。

釋義：禮闈：國家以禮進賢，故試事禮部掌之。九陌：長安有八街九陌。春官：禮部之官也。棘闈：杜氏《通典·選舉類》：『禮部閲試之日，皆嚴設兵衛以防假濫。』禹門：禹鑿龍門，故以龍門爲禹門。[一]熊掌駝峰：俱美味也。駝峰，駝脊上肉峰也。[二]雁塔：《古今詩話》：唐韋肇及第，偶於慈恩寺雁塔題名，後人效之，遂成故事。杏園宴後於慈恩寺雁塔下題名，同年中推善著者記之。他時有將相，則朱書之。桃李：狄梁公爲相，姚元崇、桓彦範、史敬暉等一時名臣，皆其所薦。或謂之曰：『天下桃李，悉出公門弟矣。』公曰：『薦賢爲國，非爲私也。』

[一] 以：原作『爲』，據文義改。
[二] 眉批：脊：音『即』。

第九齣　臨妝感嘆

【正宮引子·破齊陣引】（旦）翠減祥鸞羅幌，香銷寶鴨金爐。楚館雲閒，秦樓月冷，動是離人愁思。目斷天涯雲山遠，親在高堂雪鬢疏，緣何書也無？

〔古風〕明明匣中鏡，盈盈曉來妝。憶昔事君子，鷄鳴下君床。臨鏡理笄總，(一)隨君問高堂。一旦遠別離，鏡匣掩青光。流塵暗綺疏，青苔生洞房。零落金釵鈿，慘淡羅衣裳。傷哉憔悴容，無復蕙蘭芳。有懷悽以楚，有路阻且長。妾身豈嘆此，所憂在姑嫜。念彼猸猱遠，眷此桑榆光。願言盡婦道，遊子不可忘。勿彈綠綺琴，絃絶令人傷。勿聽《白頭吟》，哀音斷人腸。人事多錯迕，羞彼雙鴛鴦。奴家自嫁與蔡伯喈，纔方兩月，指望與他同事雙親，偕老百年。誰知公公嚴命，强他赴選。自從去後，竟無消息。把公婆抛撇在家，教奴家獨自應承。奴家一來要成丈夫之名，二來要盡爲婦之道，盡心竭力，朝夕奉養。正是：　天涯海角有窮時，只有此情無盡處。

【仙吕入雙調·風雲會四朝元】春闈催赴，同心帶綰初。嘆《陽關》聲斷，送別南浦，早已成間阻。謾羅襟淚漬，(二)謾羅襟淚漬，和那寶瑟塵埋，錦被羞鋪。寂寞瓊窗，蕭條朱户，空把

(一) 眉批：笄：音『髻』。
(二) 眉批：漬：音『滋』。

流年度。嗏，瞑子裏自尋思，妾意君情，一旦如朝露。君行萬里途，妾心萬般苦。君還念妾，迢迢遠遠，也須回顧。(一)

【前腔】朱顔非故，緑雲懶去梳。奈畫眉人遠，傅粉郎去，鏡鸞羞自舞。把歸期暗數，(二)把歸期暗數，只見雁杳魚沉，鳳隻鸞孤。緑遍汀洲，又生芳杜。空自思前事，嗏，日近帝王都。芳草斜陽，教我望斷長安路。君身豈蕩子，妾非蕩子婦。其間就裏，千千萬萬，有誰堪訴？

【前腔】輕移蓮步，堂前問舅姑。怕食缺須進，衣綻須補，(三)要行時須與扶。(四)奈西山景暮，奈西山景暮，教我倩着誰人，傳語我的兒夫。你身上青雲，只怕親歸黄土，我臨别也曾多囑付。嗏，那些個意孜孜，只怕十里紅樓，貪戀着他人豪富。丈夫，你雖然是忘了奴，也須念父母。苦！無人説與，這淒淒冷冷，怎生辜負？

【前腔】文場選士，紛紛都是才俊徒。少甚麼鏡分鸞鳳，都要榜登龍虎，偏是他將奴誤。也

(一) 夾批：竟似唐人擬古樂府。
(二) 眉批：數：音『所』。
(三) 夾批：愈細愈妙。
(四) 夾批：轆轤一轉一惆悵。

不索氣蠱，(一)也不索氣蠱，既受託了蘋蘩，有甚推辭？索性做個孝婦賢妻，也落得名標青史，今日呵，不枉受了些閒悽楚。嗏，俺這裏自支吾，休得污了他的名兒，左右與他相回護。丈夫，你便做腰金衣紫，須記得荆釵與裙布。苦！一場愁緒，堆堆積積，宋玉難賦。

回首高堂日已斜，遊人何事在天涯。

紅顏勝人多薄命，莫怨春風當自嗟。

釋義：翠減香銷：鸞幌之翠減，寶鴨之香銷，言閨中寂寞之景象也。雲閒月冷：楚館之雲閒，秦樓之月冷，見懷人憶遠之情況也。臨鏡理笄總：笄，簪也；總，裂練繒以束髮者。《禮記》：『婦人事舅姑，鷄初鳴，咸盥漱櫛縱笄總。』姑嫜：夫之父母也。人事多違忤：言事差錯而不如願。同心帶綰：柳耆卿詞：『羅帶綰結同心。』夫婦相契之義也。《陽關》聲斷：王維有《送別陽關》之曲。送別南浦：齊江淹《別賦》：『春草碧色，春水緑波。送君南浦，傷如之何？』畫眉人遠：漢張敞，字子高。爲京兆尹，以經自輔，然無威儀。常爲妻畫眉，長安百姓傳之。有司奏聞，對曰：『閨房之内，夫婦之私，尤有過於此者。』上弗問之。傅粉郎去：魏何晏，字平叔，爲吏部尚書。美姿容，面至白。文帝

(一) 眉批：蠱：音『古』。

疑其傅粉，夏月賜熱湯，汗出，拭之愈白，文帝方信之。鏡鸞：《異苑》：罽賓王一鸞不鳴，(一)夫人曰：『見類則鳴。』懸鏡照之，鸞睹影悲鳴，中宵一奮而絶矣。雁杳魚沉：言無音信也。芳杜：楚辭：『采芳洲兮杜若。』杜若，葉似薑而有文理，味辛。西山景暮：《陳情表》：『日薄西山。』言祖母劉年老不久也。才俊：《白虎通》：『才過千人曰俊。』鏡分鸞鳳：見五齣『愁非分鏡』之下。榜登龍虎：唐陸贄主試事，得韓愈、歐陽詹、賈樓、陳羽、李絳等，皆天下俊偉之士，時稱榜登龍虎。青史：史者，記事之籍也。謂之青者，蓋古人以火炙簡，(二)令汗出，青易書，故曰汗青，亦謂青史也。蓮步：南齊東昏侯鑿金爲蓮花，貼地，令潘妃行其上，曰：『此步步生蓮花也。』

第十齣　春宴杏園

（末扮首領官上云）朝爲田舍郎，暮登天子堂。將相本無種，男兒當自强。自家不是别人，却是河南府一個首領官。往年狀元及第，赴宴遊街，但是鞍馬酒席供設祇應等件，都是府尹提調。今年蔡伯喈做狀元，循例赴宴，府尹却委着當職提調。昨日已分付太僕寺掌鞍馬的令史，并洛陽縣管排設的驛丞，專

(一) 眉批：罽：音『計』。
(二) 眉批：炙：音『執』。

聽俺這裏鳴鼓三聲，都要到此聚會聽點。（擂鼓科）掌鞍馬的在那裏？（丑扮令史上）有問即對，無問不答。相公有何鈞旨？（末云）鞍馬備辦了未曾？（丑云）告相公得知：俺這裏在先有一萬匹好馬。（末云）怎見得好馬？（丑云）但見耳批雙竹，鬃散五花。展開鳳臆龍鬐，〔一〕昂起豹頭虎額。響篤篤翠蹄削玉，點滴滴赤汗流珠。隅目青熒夾鏡懸，肉駿硍礧連錢動。一躍時尾捎雲漢，横鶩過玄圃崆峒；一霎時走遍神州，直赶上流星掣電。九方皋管教他稱賞，千金價不枉了追求。（末云）有甚顔色的？（丑云）布汗、論聖、虎刺、合里烏、赭啞兒、爺屈良、蘇盧、棗騮、栗色、燕色、兔黄、真白、玉面、銀鬃、繡膊、青花。正是：五花散作雲滿身，萬里方看汗流血。（末云）有甚麼好名兒？（丑云）飛龍、赤兔、騕褭、驊騮、紫燕、驌驦、嚙膝、踰暉、騏驎、山子、白義、絶塵、浮雲、赤電、絶群、逸驃、騄驪、龍子、驎駒、騰驦驄、皎雪驄、凝露驄、照影驄、懸光驄、決波騟、飛霞驃、發電赤、流金騧、翔麟、紫奔、紅赤、照夜白、一丈烏、九花虬、望雲騅、忽雷駮、〔二〕脊毛騧、獅子花、玉逍遥、紅叱撥、紫叱撥、金叱撥。正是：青海月氏生下，大宛越睒將來。（末云）有甚麼好厩？（丑云）飛龍、祥麟、吉良、龍媒、騊駼、駃騠、鵷鸞、出群、天花、鳳苑、奔星、内駒、左飛、右飛、左坊、右坊、東南内、西南内。正是：盡印三花飛鳳字，中藏萬匹好龍媒。（末云）却怎的打扮？（丑云）錦韉燦爛披雲，銀鐙熒煌曜日。香羅帕深覆金鞍，紫遊韁牽動玉

〔一〕眉批：鬐：音『其』。

〔二〕眉批：駮：音『博』。

勒。瑪瑙粧就轡頭，珊瑚做成鞍子。正是：　紅纓紫鞚珊瑚鞭，玉勒錦籠黄金勒。（末云）如今選多少在這裏？（丑云）告相公：　如今無了。（末云）如何無了？（丑云）原有一萬匹馬，却有一千三百個漏蹄，二千七百個抹靨，(一)三千八百個熟瘤，二千二百個慈眼。　那更鞍橋又破損，坐褥又傾欹。抽轡盡是麻繩，鞭子無非荆杖。　餓老鴟全然拉搭，雁翅板一發彫零。　鞍轡既不周全，牽鞚何曾完備？　此般物件，其實不中。（末云）休胡説！　若還不完備時節，我禀過府尹大人，好生打你。（丑云）相公可憐見，容小人一壁厢自理會。（末云）鞍馬若完備時節，可牽在午門外厢，等候狀元謝恩出來乘坐。（丑云）理會得。　只教他春風得意馬蹄疾，一日看遍長安花。（丑下）（末云）管排設的在那裏？（浄扮驛丞上）廳上一呼，堦下百諾。　相公有何鈞旨？（末云）排設完備了未曾？（浄云）告相公：　俺揀上等排設俟候點視。（末云）怎見得上等排設？（浄云）但見珠簾高捲，繡幕低垂。　珊瑚席鞸鞢得精神，(二)玳瑁筵安排得奇巧。　金爐内慢騰騰燒瑞腦，玉瓶中嬌滴滴插奇花。　四圍環繞畫屏山，滿座重鋪錦褥子。　金盤犀筯光錯落，掩映龍鳳珍羞；　銀海瓊舟影蕩摇，翻動葡萄玉液。　灑掃得乾乾浄浄，并無半點塵埃；鋪陳得整整齊齊，另是一般氣象。　正是：　移將金谷繁華景，粧點瓊林錦繡仙。（末云）安排既齊整，你每且退去，待等狀元遊街了赴宴。（浄云）領鈞旨。　正是：　瓊林勝處風光好，别是人間一洞天。（浄

(一) 眉批：靨：音『葉』。
(二) 眉批：珊：音『山』。

下）（衆云）遠遠望見一簇人馬鬧炒，想是狀元來了。（末下）（生、浄、丑騎馬上）

【仙吕入雙調・窣地錦襠】（衆）嫦娥剪就緑雲衣，折得蟾宫第一枝。宫花斜插帽簷低，一舉成名天下知。

【哭岐婆】洛陽富貴，花如錦綺。紅樓數里，無非嬌媚。春風得意馬蹄疾，天街賞遍方歸去。（生、浄先下）（丑墜馬科）救命！救命！爹爹、奶奶、伯伯、叔叔、哥哥、嫂嫂、孩兒、媳婦都來救命。（末騎馬上）

【越調過曲・水底魚兒】（末）朝省尚書，昨日蒙聖旨：道狀元及第，教咱去陪宴席。（丑叫踏壞了人了。（末唱）越着鞭越退，遣人心下疑。（丑云）救命！救命！（末唱）轉頭回望，叫我的還是誰？

（末云）漢子，你是誰？（丑云）我是墜馬的狀元。（末扶科）快起來。（丑云）尊官是誰？（末云）我是中書省陪宴官，不知足下爲甚墜馬？

【正宫・北叨叨令】（丑）鬧炒炒街市上遊人亂，（末云）你馬驚了呵？（丑唱）惡頭口抵死要回身轉。（末云）怎的不牽過一邊？（丑唱）我戰兢兢只怕韁繩斷，(一)（末云）爲甚不打他？（丑唱）怯

(一) 眉批：韁：音『腔』。

書生早已神魂散。（末云）你不害事麼？（丑唱）險些跌折了腿也麼歌，險些舂破了頭也麼歌，我好似小秦王三跳澗。

（末云）這馬如今那裏去了？（丑云）知他那裏去了？傷人乎？不問馬。（末云）咳！你兀自文縐縐的。我且就這裏人家借一個馬與你騎。（丑云）我不騎，若借馬與我騎，便索死。（末云）咳！怎的便死？（丑云）你不聞孔夫子説道：有馬者借人乘之，今亡已夫。（末云）一口胡柴。呀！遠遠望見一簇人馬來，有馬就借一匹與你騎。（丑云）不須得，不須得。（生、净騎馬上）

【窣地錦襠】（衆）荷衣新染御香歸，引領群仙下翠微。杏園惟有後題詩，此是男兒得志時。

（丑云）狀元，你每列位騎馬遊街，且是好。只不要似我騎馬，舂破了頭，跌折了脚。（生云）足下原來墜馬呵。（丑云）可知哩。（末云）不是下官搭救時節，險些送了一條性命。（净云）如此，更賴足下之力。（生云）請整頓同行。（丑云）你們三位自去赴宴，我到太平坊下李郎中家去便來。（衆云）你去做甚麽？（丑云）我去醫攧撲傷損瘡。（衆云）休要推故，我去借一個馬與你騎了同去。（丑云）小子告退，你三位自去。（末云）朝廷事例，[一]如何不去赴宴？（丑云）赴宴也好，只是騎馬不得。這等，你三位騎馬前去，我隨後提着胡床來。（末云）成甚麽模樣！（丑云）這個不妨，却有兩説：路上人問你，便説道是使唤的伴當；若是筵席之中，却説是打伴當的人。（末云）好窮對副。

（一）眉批：例：音『利』。

【哭岐婆】(衆)玉鞭裊裊,如龍驕騎。黄旗影裏,笙歌鼎沸。如今端的是男兒,行看錦衣歸故里。

(末云)這裏便是杏園,請列位駐馬。(丑云)左右,馬都牽到僻處去,倘或人道四位官員,如何有三個馬,不象模樣。(末云)好高見識。如今請列位照依年例,留下佳作。(浄云)蔡兄先請。(生云)五百名中第一仙,花如羅綺柳如烟。緑袍乍着君恩重,黄榜初開御墨鮮。禮樂三千傳紫禁,風雲九萬上青天。時人謾説登科早,未許姮娥愛少年。(浄云)妙!妙!紫金闕無極無上聖。(末云)這裏不是玉皇閣,休得誦他的寶號!如今却輪當足下。(浄云)我也有四句:遲日江山麗,春風花草香。(末云)且住。使不得,這是古詩。(浄云)呀!我前日三場也都是别人的文章,尚自中了。如何一首别人的詩,倒使不得起來?(末)休道是七步成章。(浄云)咳!你道我真個不會作詩呵?我且將就做一首與列位看着:赴選何曾入棘闈,此身未擬着荷衣。三場盡是倩人做,一字全然匪我爲。自笑持杯饕戀酒,(一)却愁把筆怎題詩。有人問我求佳作,(衆云)如何答他?(浄云)問我先生便得知。(末云)又道是當仁不讓於師。(丑云)倉官不識串字,中中。(末云)且休誇口,如今又輪當足下。(丑云)有,有。列位做律詩,都把那赴試的事爲題,恐是熟套,小子如今另立一題。(末云)你把甚麽爲題?(丑云)便把小子方纔墜馬爲題,胡做古風一篇,以紀其事如何?(衆云)尤妙!尤妙!(丑云)君不見去

(一) 眉批:饕:音『叨』。

年騎馬張狀元，跌了左腿不相聯？又不見前年跨馬李試官，跌了窟臀没半邊？[一]世上三般拚命事，行船走馬打鞦韆。小子今年大拚命，也來隨趁跨金鞍。跨金鞍，災怎躲？叵耐畜生侮弄我。大叫三聲不肯行，連攛兩攛不是耍。便把韁繩緊緊拿，縱有長鞭怎敢打？須臾之間掉下來，一似狂風吹片瓦。昨日行過樞密院，三個軍人來唱喏。小子慌忙走將歸，（末云）却如何？（丑云）怕他請我教戰馬。（末云）又説夢話！諸公請依位而坐。左右，看酒。（雜扮丞直上）[二]色動玉壺無表裏，光摇金盞有精神。告相公，酒在此。（衆把酒科）

【仙吕入雙調・五供養】（末）文章過晁董，對丹墀已膺天寵。（合）赴瓊林新宴，顫宫花，[三]緩引黄金鞚。

【前腔】（净、丑）九重天上聲名重，紫泥封已傳丹鳳。（合）便催歸玉簡侍宸旒，[四]他日歸來金蓮送。

【中吕・山花子】（末）玳筵開處遊人擁，争看五百名英雄。（生）喜鰲頭一戰有功，荷君恩奏

[一] 眉批：臀：音『屯』。
[二] 雜：原闕，據汲古閣刊本《繡刻琵琶記定本》補。下同改。
[三] 眉批：顫：音『氈』。
[四] 眉批：旒：音『流』。

捷詞鋒。（合）太平時車書已同，干戈盡戢文教崇，人間此時魚化龍。留取瓊林，勝景無窮。

【前腔】（淨）三千禮樂如泉涌，一筆掃萬丈長虹。[一]（丑）看奎光飛躔紫宮，光耀萬玉班中。（合前）

【前腔】（生）青雲路通，一舉能高中，三千水擊飛冲。（淨）又何必扶桑掛弓？也强如劍倚崆峒。（合前）

【前腔】（丑）恩深九重，絲絡八珍送，無非翠釜駝峰。[二]（末）看吾皇待賢恁隆，不枉了十年窗下把書來攻。（合前）

【大和佛】（生）寶篆沉烟香噴濃，（衆）濃熏綺羅蘘。[三]瓊舟銀海，翻動酒鱗紅，一飲盡教空。（生悲唱）持杯自覺心先痛，縱有香醪，欲飲難下我喉嚨。他寂寞高堂菽水誰供奉？俺這裏傳杯諠閧。（衆）狀元，你休得要對此歡娱意忡忡。[四]

【舞霓裳】（合）願取群賢盡貞忠，盡貞忠。管取雲臺畫形容，畫形容。時清莫報君恩重，惟

[一] 眉批：虹：音『紅』。

[二] 眉批：釜：音『甫』。

[三] 眉批：蘘：音『叢』。

[四] 眉批：忡：音『衝』。

有一封書上勸東封，更撰個河清德頌。乾坤正，看玉柱擎天又何用？

【紅繡鞋】（合）猛拚沉醉東風，東風。倩人扶上玉驄，玉驄。歸去路，望畫橋東。花影亂，日曚曨。沸笙歌，引紗籠。

【意不盡】（合）今宵添上繁華夢，明早遥聽清禁鍾。皇恩謝了，鵷行豹尾陪侍從。

名傳金榜換藍袍，酒醉瓊林志氣豪。

世上萬般皆下品，思量惟有讀書高。

釋義：太僕寺：太僕，衆僕之長。耳批雙竹：杜詩：『竹批雙耳駿。』鬃散五花：杜詩：『五花散作雲滿身。』鳳臆龍鬐：《胡馬行》：『鳳臆龍鬐未易識。』豹頭虎頷：伯樂《相馬經》云：『馬之可相者，必豹頭虎頷也。』翠蹄削玉：杜詩云：『脚下雙蹄削寒玉。』赤汗流珠：漢渥洼《馬歌》『霑汗赤珠流赭』義。（一）杜詩：『赤汗微生白雪毛。』『隅目青熒』二句：杜工部《驄馬行》。隅目，目有角也。肉駿，駿肉豊也。夾鏡，喻其清熒。連錢，喻其磊塊。東城在歧下，見秦州進一馬，駿如牛，領毛生肉端。番人曰：『此肉駿馬也。』玄圃：臺名。居崑崙山之一角，而崑崙山在陜西肅州，其嶺峻極，經月積雪不消。周穆王見王母於此。崆峒：山名。在河南汝州，昔廣成子隱此。相傳崆峒有五：

（一）注：原作『注』。眉批：赭：音『者』。

一在臨洮，一在安定。莊周述黄帝問道崆峒，遂言遊襄城，登具茨，訪大隗，皆於此山接壤。神州：《古今通論》：『崑崙山之東南方五千里，(一)謂之神州。』九方臯：《列子》：『秦穆公謂伯樂曰：「子之年長矣，子侄有可求馬？」對曰：「良馬可以形容，筋骨相也。臣有所與者九方臯。」穆公見之，使行求馬。還報曰：「已得之，在沙丘。」穆公曰：「何馬？」對曰：「牡而黄。」使人往取之，牝而驪。穆公不悦，召伯樂曰：「子之所求馬者，物色牝牡不能知，又何馬之能知？」伯樂曰：「若臯之所觀，天機也；得其精而忘其初，在其内而忘其外。」馬至，果良馬也。』赤兔：吕布有馬名赤兔，後爲關羽所獲。紫燕、絶塵、赤電、絶群、逸驃：《兩京雜記》：『漢文帝自代還，有良馬九匹，曰浮雲、赤電、絶塵、逸驃、紫燕、緑蜂、駿龍、子駒、絶群，名九逸。』奔電、睮暉：王子年《拾遺記》：『周穆王周行天下，得八龍之駿，名絶馬、翻羽、奔電、成影、踰暉、超光、騰露、狹翼。』追風：《古今注》：『秦王有七名馬，曰追風、白兔、躡景、追電、飛翮、銅雀、晨鳧。』(二)一丈烏：梁太祖温以愛馬一丈烏賜寇彦卿。五花虬：《胡馬行》：『五花馬，千金裘。』紫叱撥：鮑生與外弟韋生常以美妓换駿馬，名紫叱撥。大宛：國名，極産良馬。漢武帝使壯士以千金求之。龍騏：《索隱》：『劉牢之有馬號龍騏，嘗跳五丈澗以脱慕

(一) 眉批：崙：音『倫』。
(二) 眉批：鳧：音『扶』。

容垂之逼也。』錦韉：　韉，以藉鞍者，以錦爲之，故曰錦韉。紫遊韁：　以紫絲爲之。鄴下童謡：〔一〕青青御路楊，白馬紫遊韁。玉勒：　勒，馬銜也。以玉飾之，故曰玉勒。馬瑙：　形似馬瑙，多出北地，如纏絲者貴。有紅、黑、白三種，似人物、禽獸形最貴。珊瑚：　樹生海中者，色紅潤，出波斯、獅子等國。以鐵網沉水底，經年取之乃得。午門：　鄭玄云：天子之門有九，一縱横，故曰午門。又，天子正南之門曰午門。正南，午位也。瑞腦：　香名，形如蟬、蠶，老龍腦樹節方有之，出交趾。銀海、瓊舟：　俱酒器，各受酒一斗。葡萄玉液：　葡萄出大宛，漢張騫使西域所得，〔二〕有黑、白、黄三種。國人釀以爲酒，名曰玉液。富人藏酒至千斛，十年不敗。金谷：　園名，在河南府城西十三里，地有金水，自太白原南流經此谷。晉石崇因川阜造園館。嫦娥：　見第五齣『步蟾宫』下。三跳澗：　《唐史》：小秦王，唐太宗也。澗，虹蜺澗也，在山西蔚州廣靈縣南。〔三〕武德初，宋金剛寇澮州，王與戰，敗績。其將尉遲敬德追王至澗邊，王計窮，遂策馬跳過之。王將秦叔寶來援，與戰，二人亦策馬而跳過之。荷衣：　緑袍也。劉蕡詩：『身掛緑荷衣。』翠微：　山極上曰翠微。杏園：　《秦中雜記》：進士初宴，謂之杏園宴；又謂之探花

〔一〕眉批：鄴：音『業』。
〔二〕眉批：騫：音『謙』。
〔三〕眉批：蔚：音『悦』。

宴。绿袍：唐制，進士例賜緑袍。御墨鮮：狀元及第，御筆親註其名。禮樂三千：宋夏竦詩云：『縱横禮樂三千字。』樞密院：《會要》云：『樞密院掌天子之機務，及天下邊境軍馬之政令。』蓋取天樞之義也。玉壺：晉武帝時，鮮卑貢一白玉壺，容酒斗餘，其中酒温、寒隨人意。晁董：晁錯，潁州人，學申、韓，名以文學，爲太常掌故。文帝遣受《尚書》於伏生，遷太子家令，號智囊。景帝時，遷御史大夫。董仲舒，廣川人，少治《春秋》。江下惟教授，三年不窺園圃。以賢良對策，漢武帝嘉之，以爲都相。丹墀：殿堦也。以丹朱漆地，故曰丹墀。瓊林新宴：朝廷賜宴及第人謂瓊林宴。宋太宗太平興國八年，宋白等并賜及第，賜宴始就瓊林宴苑，後遂爲定制。九重：天子之門有九，謂關門、遠郊門、城門、皋門、庫門、雉門、應門、路門，象天有九重之霄也。紫泥：《漢書》以天子六璽，皆以武都紫泥封。李白詩云：『鳳凰丹禁裹，啣出紫泥書。』宸旒：旒，冕節。《説文》：『垂玉也。』《禮》：『王衮冕十二旒，鷩冕九旒，(一)毳冕七旒，希冕五旒，玄冕三旒。』金蓮送：令狐綯，字子直。唐太中初，爲翰林承旨。夜對禁中，燭盡，上以乘輿金蓮華花燭送歸院，故謂金蓮送。後宋蘇軾以學士召對，亦以金蓮送歸。詞鋒：潘岳詞鋒景焕。魚化龍：見第五齣。三千禮樂如泉涌：(二)唐李嶠與蘇頲同知制誥，以

(一) 眉批：鷩：音『敝』。

(二) 眉批：『涌』與『湧』同。

文翰顯名，時稱其『文思如泉涌』。紫宫：《天文志》：『北極五星皆在紫宫，文兆也。』萬玉班中：唐李宗敏知貢舉，門生多清秀，時號『玉笋班』。『扶桑』二句：扶桑，日出處也。崆峒，山名也。襄王謂宋玉曰：『能爲大言乎？』對曰：『彎弓射扶桑，長劍倚天外。』王益奇之。絡繹：不絶人也。八珍：食之美者曰珍。謂龍肝鳳髓，兔胎熊掌，鴞腸豹蹄，猩唇鯉魚尾，此皆極品之佳味也。酒鱗紅：王氏《世説》：鱗魚大口細鱗班彩，以煮酒，其味極佳。雲臺：漢明帝永平三年，因思中興功臣，乃圖二十八將於南宫雲臺之上。東封：東岳泰山封，用五色土雜封之。司馬相如病且死，有遺書勸上封泰山。河清頌：南宋元嘉中，河、濟俱清，文帝命鮑照爲《河清頌》，辭甚工。玉柱擎天：唐張説撰姚崇碑文曰：(一)『玉柱擎天，高明之位列焉。』玉驄：馬名，青白色。紗籠：唐李藩，字叔翰。少時問卜於葫蘆生，生曰：『紗籠中人。』藩不省。後有新羅僧言，凡位當宰相者，冥司必潛以紗籠護之。元和中，果拜相。清禁鍾：漢武帝時，未央宫殿前有鍾，號曰清禁，忽自鳴三日三夜。詔問東方朔，對曰：『銅者，土之子。子母感而相應，山恐有崩者，故鍾先鳴。』後三日，蜀郡太守上言銅山崩。武帝由是甚加重焉。鵷行：古詩『簉跡鵷鷺行，(二)朝官而班班』也。豹尾：《通典》曰：『《漢書》大駕法，駕法出

(一) 眉批：説：音『悦』。
(二) 眉批：簉：音『瘦』。

屬車，最後一乘懸豹尾。豹尾以前，皆省中也。』

第十一齣　蔡母嗟兒

【商調引子·憶秦娥先】（旦）長吁氣，自憐薄命相遭際。相遭際，暮年姑舅，薄情夫婿。

〔清平樂〕夫妻纔兩月，一旦成分别。没主公婆甘旨缺，幾度思量悲咽。　家貧先自艱難，那堪不遇豐年。恁的千辛萬苦，蒼天也不相憐。奴家自從兒夫去後，遭此飢荒；况兼公婆年老，朝不保夕，教奴家獨自如何應奉？婆婆日夜埋怨着公公，當初不合教孩兒出去；公公又不伏氣，只管和婆婆閙争。外人不理會得，只道是媳婦不會看承，以致公婆日夜閙炒。（一）且待公婆出來，再三勸解則個。

【憶秦娥後】（外）孩兒一去無消息，雙親老景難存濟。（净扯外耳科）（唱）難存濟，不思前日，强教孩兒出去。

（旦勸科）（净云）老賊！你抵死教孩兒出去赴選，今日没有飯喫，他便做得狀元，濟你甚事？若是孩兒在家，也會區處，終不到得恁的狼狽。如今凍得你好，餓得你好。老賊，你死了休！（外云）老乞婆，你埋怨我則甚？我是神仙，知道今日恁的飢荒苦？這般時年，誰家不忍飢受餓？誰似你這般埋怨

（一）眉批：炒：音『鈔』。

我？休休，我死！我死！今日飢荒也是死，被你埋怨不過也索死。（欲死，旦扯住科）（浄云）老賊！你便死，也消不得我這場嘔氣！（旦云）公公、婆婆且息怒，聽奴家一言分剖：當初公公教孩兒出去時節，不道今日恁的飢荒，婆婆難埋怨公公。今日婆婆見這般飢荒，孩兒又不在眼前，心下焦躁，公公也休怪婆婆埋怨。請自寬心，奴家如今把些釵梳首飾之類，典些糧米，以充公婆一時口食。寧可餓死奴家，決不將公婆落後。（浄云）媳婦，你說得好，我只是恨這老賊。

【南宮過曲・金索掛梧桐】（浄）區區一個兒，兩口相依倚。没事爲着功名，不要他供甘旨。你教他做官，要改換門閭，只怕他做得官時你做鬼。老賊！你圖他三牲五鼎供朝夕，今日裏要一口粥湯却教誰與你？相連累，我孩兒因你做不得好名儒。（合）空争着閒是閒非，空争着閒是閒非，只落得雙垂淚。

【前腔】（外）養子教讀書，指望他身榮貴。黄榜招賢，誰不去求科試？老乞婆，我說個比方與你聽：譬如范杞良差去築城池，他的娘親埋怨誰？（浄云）老賊，你固自口硬，再過幾時，餓得你口嗅屎哩。（外唱）休聒絮，[一]畢竟是咱每兩個受孤恓。（合前）

【前腔】（旦）婆婆，孩兒雖暫離，須有日回家裏。（浄云）媳婦，我豈不知孩兒自有一日回家？只是

（一）眉批：聒：音『刮』。

眼下受餓難過。（旦云）婆婆，奴有些釵梳，解當充糧米。（淨云）老賊！我若沒有這般孝順的媳婦會擺佈，可不把我的肝腸也餓斷了？（外云）老乞婆，這是時年如此，你苦死埋怨我怎的？（旦云）公公婆婆恁的閒争呵。教傍人道媳婦每，有甚差池，致使公婆争鬥起。婆婆，他心中愛子，指望功名就；公公，他眼下無兒，因此埋怨你。難逃避，兀的不是從天降下這災危？（合前）

【劉潑帽】（外）天那！我每不久須傾棄，嘆當初是我不是。不如我死了無他慮。（合）一度裏思量，一度裏肝腸碎。

【前腔】（淨）有兒却遣他出去，教媳婦怎生區處？媳婦，可憐誤你芳年紀。（合前）

【前腔】（旦）公公、婆婆，媳婦便是親兒女，勞役事本分當爲。(一) 但願公婆從此相和美。（合前）

形衰力倦怎支吾，口食身衣只問奴。
莫道是非終日有，果然不聽自然無。

釋義：蒼天：《爾雅》曰：『春爲蒼天，夏爲昊天，秋爲旻天，冬爲上天。』狼狽：狽，狼屬，無前足，附狼而行，無狼則不能行。森森：衆多也。范杞良：秦始皇三十三年，遣將軍蒙恬發兵三十萬北築

(一) 眉批：分：上聲。

長城。(一)起於臨洮，至遼東，萬餘里。湖南人范杞良預彼築城，未經一月，身死。其妻孟姜女親送寒衣，聞夫身死，乃於城下哭泣十餘日，城爲之崩。

第十二齣　奉旨招婿

(末云)縹緲紗窗映霧烟，深沉華屋鎖嬋娟。屏間孔雀人難中，幕裏紅絲誰敢牽？自家是牛太師府中一個院子。這幾日聽得府中喧傳，太師要招女婿。況我這個小娘子不比别的小娘子，一來是丞相之女，二來他才貌兼全，必須有文章、有官職、有福分的，方可中選。且在此等候，相公出來，便知端的。

【南宫引子·似娘兒】(外)華髮漸星星，憐愛女欲遂姻盟，蟾宫桂子才堪稱。紅樓此日，紅絲待選，須教紅葉傳情。

左右那裏？(末云)廳上一呼，堦下百諾。不知老相公有何鈞旨？(外云)自古道：男子生而願爲之有室，女子生而願爲之有家。我老夫人傾棄多年，只有一個小姐，美貌娉婷。昨日見官裏，問我道：『你的女孩兒曾嫁人未？』我回言道：『未曾嫁人。』官裏道：『既不曾嫁人，如今新狀元蔡邕，好人物，好才學，朕與你主婚，你可招他爲婿。你意如何？』俺奉着聖旨，就謝了恩。你每道此事如何？(末云)覆相公：男大須婚，女大須嫁。小姐是瑶臺閬苑神仙，狀元是天禄石渠貴客；何況玉音主

(一) 眉批：恬：音『甜』。

盟，金口説合。若做了百年夫婦，不枉了一對姻緣。這是：佳人才子兩堪誇，天付姻緣事不差。試看月輪還有意，定知丹桂近仙娃。（外笑云）你言正合我意。你就去喚府前官媒婆來，同去蔡狀元處説親。（末云）領鈞旨。（喚科）（丑扮媒婆拿秤、斧上）

【正宫過曲·醉太平】（丑）我做聰俊的媒婆，兩脚疾走如梭。生得不矮又不矬，(一)人人都來請我。我只要金多銀多，綾羅段匹多，方肯做。又且張家李家誇談我。（末云）誇談你甚的？（丑唱）道我每須勝是别媒婆。

媒婆媒婆，兩脚奔波。一斗好酒，一隻肥鵝。送到家裏，我和老公笑呵呵。（末云）婆子休閒説，且去見老相公。（外云）婆子，你手裏拿着甚麽東西？（丑云）這是斧頭。（外云）要他何用？（丑云）這是媒婆的招牌。（外云）如何將他做招牌？（丑云）告相公得知：《毛詩》有云：『析薪如之何？匪斧弗克。娶妻如之何？匪媒不得。』以此將他爲招牌。（末云）休在班門弄斧。（外云）媒婆，你要秤何用？（丑云）相公，這唤作量人秤，最是要緊的。大凡做媒時節，先把新婦新郎秤得一般，方纔與他説親，久後夫妻也和順。若是輕重了，夫妻到底相嫌。（外云）休閒説。媒婆，我昨日奉聖旨，教我將小姐招贅蔡狀元爲婿，如今你去他跟前説知。若得成就了這頭親事，我多多賞你。（丑云）這個有甚難處？一來奉當今聖旨，二來託相公威名，三來小姐才貌兼全，是人知道，蔡狀元有何不可？（末云）這話極説

(一) 眉批：矮：挫上聲。矬：音『磋』。

得是。（外云）媒婆，你近前來，聽我說。

【南呂過曲·鎖窗郎】（外）吾家一女娉婷，未曾許與公卿。昨承聖旨，招選書生。媒婆，你和他說：不須用白璧黃金爲聘。（合）説道姻緣前世已曾定，今日裏，共歡慶。

【前腔】（丑）在東京極有名聲，相公，論媒婆非自逞。今朝事體，管取完成。怕有一輕一重，全憑這條官秤。（合前）

【前腔】（末）雖然他高占魁名，得相招多少榮縈。依繡幕，選中雀屏。㈠媒婆，此一去，他必從命。（合前）

為傳芳信仗良媒，管取門楣得俊才。

百年夫婦今朝合，一段姻緣天上來。

釋義：華屋鎖嬋娟：漢武帝數歲時，公主抱而問曰：『兒欲得婦否？』曰：『欲得。』主指女阿嬌曰：『好否？』笑曰：『若得阿嬌，當以金屋貯之。』屏開孔雀：竇毅仕周，爲上柱國。有女數歲，讀《烈女傳》，一過目不忘。聞隋祖受周禪，自投床下，曰：『恨非男子，不能救舅家之難。』毅掩其口曰：『毋妄言，赤吾族矣。』毅常謂夫人曰：『此女有奇相，不可妄與人。』因畫二孔雀於屏間，令請婚者射二

㈠ 眉批：中：去聲。

矣，約中目則與之。[一] 唐高祖最後射，各中一目，遂以妻之。後爲后焉。幕裏紅絲： 太僕寺卿郭元振少有大志，開元初，中書令張嘉貞欲納之爲婿，謂之曰：『吾五女皆有姿色，各持一綫，以帷幔之，子可隨便牽之。』元振牽一紅綫，遂得第三女焉。紅葉傳情： 唐僖宗時，于祐步於禁衢，見御溝流一紅葉，題有詩云：『流水何太急，深宮盡日閒。慇懃謝紅葉，好去到人間。』祐見詩，亦題之云：『曾聞葉上題紅怨，葉上題詩寄阿誰？』祐託於韓泳門館，帝放宮女出嫁，泳以宮女韓夫人美姿，遂作伐而嫁於祐。韓於祐笥見紅葉，驚曰：『此詩乃妾所題，不擬君拾之。今果配合，事豈偶然？』一日，祐開宴宴泳，泳曰：『今日可謝冰人也。』韓笑曰：『一聯佳句隨流水，十載幽思滿素懷。今日結成鸞鳳友，方知紅葉是良媒。』瑶臺： 仙居之處。昔許瀍暴卒，三日醒，作詩曰：『曉入瑶臺霧氣衝，坐中惟見許飛瓊。塵心未盡俗緣在，十里空山秋月明。』復寢，驚起，改第二句云：『天風吹下步虚聲。』因謂人曰：『昨夜夢到瑶臺，有仙女三百餘人，一云飛瓊。今改一句，不欲世間知有我也。』蓋飛瓊，西王母之侍女也。閬苑：[二] 崑崙山有三角，北曰閬風苑，西曰玄圃臺，東曰崑崙宫，有五城十二樓，衆仙往來其間。天禄： 閣名，在未央宫之側。楊雄、劉向校書於此。石渠： 閣名。漢蕭何所造，以藏入關時所得秦圖書。宣帝亦藏秘書於此。

[一] 眉批：中：去聲。
[二] 眉批：閬：音『浪』。

其下礱石爲渠，以導水，故名焉。玉音金口：《索隱》云：『天子之言語，臣庶尊之爲玉音金口。』班門弄斧：公輸子，名班，魯之巧人也，斲木極有巧思。今人誇口於識者之前，譏之曰：『此班門弄斧也。』

第十三齣　官媒議婚

【商調引子·高陽臺】（生）夢繞親闈，愁深旅邸，那堪音信遼絶。淒楚情懷，怕逢淒楚時節。重門半掩黄昏雨，奈寸腸此際千結。守寒窗，一點孤燈，照人明滅。當時輕散輕别。嘆玉簫聲杳，庾樓明月。（一）一段愁煩，翻成兩下悲咽。枕邊萬點思親淚，伴漏聲到曉方徹。鎖愁眉，慵臨青鏡，頓添華髮。

〔木蘭花〕鼇頭可羡，須知富貴非吾願。雁足難憑，没個音信寄子情。田園將蕪，不知松菊猶存否？光景無多，争奈椿萱老去何？自家爲父母所强，來此赴選，誰知逗遛在此，竟不能歸。今又復拜皇恩，除爲議郎。雖則任居清要，争奈父母年老，安敢久留？天那！知我的父母安否如何？知我的妻室侍奉如何？欲待上表辭官，又未知聖意如何？苦！好似和針吞却綫，刺人腸肚繫人心。（末、丑上）

【勝葫蘆】（末）特奉皇恩賜結婚，來此把信音傳。（丑）若是仙郎，肯與諧姻眷，一場好事，管

（一）眉批：庾：音『預』。

取今朝便團圓。

（生云）兒家門户重重閉，春色緣何得入來？未審何人到此？（末、丑云）小人是牛太師府裏一個院子。老媳婦是媒婆。我兩人奉天子之洪恩，領太師之嚴命，特與狀元諧一佳偶。（生云）元來如此。不索多言，且聽我説。

【商調過曲・高陽臺】（生）宦海沉身，京塵迷目，名韁利鎖難脱。目斷家山，空勞魂夢飛越。（丑云）狀元，是好一個小姐。（生唱）閒聒，閒藤野蔓休纏也。俺自有正兔絲、親瓜葛。是誰人無端調引，謾勞饒舌。

【前腔换頭】（末）閥閲，㈠紫閣名公，黄扉元宰，三槐位裏排列。金屋嬋娟，妖嬈那更貞潔。（丑）歡悦，秦樓此日招鳳侶，遣妾每特來執伐。望君家慇懃肯首，早諧結髮。

【前腔换頭】（生）非别，千里關山，一家骨肉，教我怎生抛撇？妻室青春，那更親鬢垂雪。（丑云）狀元，老丞相見你這般青春年少，纔肯把小姐嫁與你，你不必推故。（生唱）差迭，須知少年自有人愛了，謾勞你嫦娥提挈。滿皇都豪家無數，豈必卑末？

㈠ 眉批：閥閲：音『伐悦』。

【前腔換頭】（末）不達，相府尋親，侯門納禮，兀自拒他不屑。㈠繡幕奇葩，春光正當十八。（丑）休撇，知君是個折桂手，留此花待君攀折。況親奉丹墀詔旨，非我自相攛掇。

【前腔換頭】（生）心熱，自小攻書，從來知禮，忍使行虧名缺？父母俱存，娶而不告須難説。悲咽，門楣相府須要選，奈戾㢊佳人，㈡實難存活。（丑云）狀元，小姐生得十分美貌，你休錯過了。

（生唱）縱然有花容月貌，怎如我自家骨血？

【前腔換頭】（末）迂闊，他勢壓朝班，威傾京國，你却與他相別。只怕他轉日回天，那時須有個決裂。（丑）虛設，夜静水寒魚不餌，笑滿船空載明月。下絲綸不愁無處，笑伊村殺。

【餘文】（生）明朝有事朝金闕，歸家奉親心下悦。（末）狀元，只怕聖旨不從空自説。

（生云）不須多言。你若果奉聖旨來，我明日上表辭官，一就辭婚便了。

君王詔旨不相從，明日應須奏九重。

有緣千里能相會，無緣對面不相逢。

㈠　眉批：屑：音『洩』。

㈡　眉批：戾㢊：音『弇移』。

釋義：玉簫聲杳：言夫婦之久别也。《仙傳》：蕭史，秦穆公時人，風神超邁，㈠善吹簫作鳳鳴，能致孔雀、白鶴。穆公有女弄玉，亦好吹簫，遂以妻焉。乃教玉作鳳鳴。居十餘年，有鳳凰止其屋，穆公爲作鳳凰臺，夫婦止其上。一日，史乘龍，弄玉乘鳳，升天而去。秦人爲作鳳女祠焉。議郎：漢靈帝建寧三年，蔡邕校書東觀，遷爲議郎。清要：唐李素立，貞觀中以親喪去官。既除服，上詔受以七品清要官。有司擬雍州司户，上曰：『此官要而不清。』又擬秘書郎，上曰：『此官清而不要。』乃授爲侍御史職。宦海沉身：唐顔真卿，字清臣。一日，鷄跖道士來訪，㈡謂之曰：『公骨可度世，不宜沉身宦海。』兔絲：《毛詩》：女蘿在草爲兔絲。《古樂府》：『兔絲附女蘿。』瓜葛：瓜葛之藤，延蔓相及。謂親戚之綿密也。饒舌：猶言口多。《傳燈録》：『閭丘胤出牧丹丘，忽頭痛，得豐干禪師呪水噴之，立瘥。胤異之，乞一言示此安危。師曰：「若到，謁文殊、普賢。在天台清涼寺，執爨洗器，㈢寒山、拾得是也。」胤到任，至寺訪之，三人在寺圍爐笑語。胤致拜，三人連聲叱咄。執胤手曰：「豐干饒舌。」』注：豐干是阿彌陀佛，寒山、拾得是文殊、普賢化身。閥閲：《史記》：『明其等曰閥，表其功曰閲。』又，門左曰閥，右曰閲也。紫閣：宋劉汾拜中書舍人，請復古制，建紫薇閣於西省。黄扉：扉，户扇也。漢丞相

㈠ 眉批：邁：音『賣』。
㈡ 眉批：跖：音『只』。
㈢ 眉批：爨：音『撰』。

黃扉黑幡。元宰：冢宰也，百官之長。門楣：唐玄宗册立楊貴妃，從兄國忠加御史大夫、銛騎鴻卿，女兄弟韓國、秦國、虢國三夫人。時謡云：『男不封侯女作妃，君看女却爲門楣。』楣，即門上横梁也。扊扅佳人：扊扅，門關也。百里奚事秦爲相，其妻歌曰：『百里奚，五羊皮。憶别時，烹伏雌，炊扊扅；今日富貴忘我爲。』問之，乃其妻也，還就焉。轉日：魯陽公與韓搆難，戰酣，日暮。公援戈而揮之，日返三舍。回天：唐太宗修洛陽宫，左庶子張玄素諫止之。魏徵聞之，曰：『張公論事，有回天之力。』『船空水寒』二句：華亭和尚偈云：『千尺絲綸直下垂，一波纔動萬波隨。夜静水寒魚不餌，(一)滿船空載月明歸。』

第十四齣　激怒當朝

【黃鍾過曲・出隊子】(外)朝夕縈掛，只爲孩兒多用心。不知月老事何因？爲甚冰人没信音？顒望多時，情緒轉深。

目斷青鸞瞻碧霧，情深紅葉看金溝。自家昨遣院子和官媒去蔡狀元處説親，尚未回音。且待他來，便知端的。

(一) 眉批：餌：音『二』。

【前腔】（末、丑）喬才堪笑，故阻佯推不肯從。豈無佳婿近乘龍？有甚福緣能跨鳳？料想書生，只是命窮。

（相見科）（外云）媒婆，你回來了。事體若何？（丑云）覆相公得知：他千不肯，萬不肯，只是不肯不肯。（末云）你且住休，待小人覆知相公。蔡狀元道他家中有垂白之父母，年少之妻房，明日要上表辭官家去，實難從命。

【正宮過曲·雙鸂鶒】[一]（外）聽伊說教人怒起，漢朝中惟吾獨貴，我有女，偏無貴戚豪家求配？奉聖旨，使我招狀元爲婿。媒婆，不知他回話有何言語？

【前腔】（丑）媒婆告相公知：恨那人作怪蹺蹊。千不肯，萬推辭。（外云）我奉聖旨招他爲婿，你曾把這話對他說麽？（丑唱）這話頭不惹些兒。道始得及第，縱有花容月貌休提。他駡相公，駡小姐。（外云）他駡小姐甚麽？（丑唱）道脚長尺二。（末）這般說謊没巴臂。[二]（末跪科）

【前腔】（末）恩官且聽咨啓：蔡狀元聞說皺眉。忠和孝，恩和義，念父母八十年餘。況已娶了妻室，再婚重娶非禮。待早朝，上表文，要辭官家去。請相公别選一佳婿。

[一] 眉批：鸂鶒：音『溪敕』。

[二] 眉批：臂：音『閉』。

【前腔】（外）他原來要奏丹墀，敢和我厮挺相持。細思之，可奈他將人輕覷。我就寫表奏與吾皇知，與他官拜清要地。務要來我處爲門楣。

【意不盡】（合）這讀書輩，没道理，不思量違背了聖旨。只教他辭官辭婚俱未得。

（外云）自古道：殺人可恕，情理難容。我的聲名，誰不欽敬！多少貴戚豪家，求爲吾婿而不可得，叵耐一書生顛倒不肯，(一)反要辭官家去。且由他。左右，你和官媒婆再去蔡狀元處説，看他如何？我如今先去奏知官裏，只教不准他上表便了。

枉把封章奏九重，不如及早便相從。

羈縻鸞鳳青絲網，牢絡鴛鴦碧玉籠。

釋義：月老：唐韋固求婚，客有議潘昉女，且期與隆寺門。(二)固往，見有老人倚囊坐堦，向月檢書。固問何書，曰：『天下婚姻牘。』固曰：『吾議潘昉女，可乎？』曰：『未也。君婦適三歲，十七入君門矣。』曰：『店北賣菜陳老嫗女耳。』(三)老人忽不見。固令奴刺女，中眉。後十四年，相州刺史王泰女以眉門常貼翠鈿，歲餘，問之，乃知爲泰侄女。父終宋城宰時，乳母陳養之，後泰取以爲己女而嫁焉。冰人：

(一) 眉批：叵：音『頗』。

(二) 期：原作『斯』，據文義改。

(三) 眉批：嫗：音『樞』。

晉令狐策夢立冰上，與冰下人語。索紞占曰：㈠『當在冰上，與冰下人語，爲陽語陰，媒介事也。當爲人作媒，冰泮婚成。』會太守田豹因策爲子求張公徵女，仲春成婚焉。青鸞：青鳥也。漢武帝七月七日齋居朝承殿，忽有一青鳥銜書從西來，集殿上。帝問東方朔，朔乃對曰：『此西王母欲來。』翌日，西王母果乘彩雲而至。紅葉：見十三齣。近乘龍：漢孫儁與李元禮二人皆位至司徒，俱娶太尉桓叔元之女，時人皆謂兩女俱乘龍。言得婿如龍也。跨鳳：見十三齣。

第十五齣　金閨愁配

【中吕過曲·剔銀燈】（貼）忒過分爹行所爲，但索强全不顧人議。背飛鳥硬求來諧比翼，隔牆花怎攀做連理？㈡姻緣，還是怎的？天那！我待對爹爹説呵。婚姻事女孩兒家怎提？

姻緣姻緣，事非偶然。好笑我爹爹定要將奴家招贅蔡狀元爲婿，那狀元不肯，俺這裏也索罷了。誰想爹爹苦不放過？天那！他既不肯，便做了夫妻也不和順。奴家待將此事對爹爹説，只是此事不是女孩兒每説的話。苦，好悶呵！（净魆地上探云）慚愧，慚愧，今日也能勾得小姐悶也。小姐，你想着甚麽？（貼云）我不想着甚麽。（净云）你既不想着甚麽，爲何手托香腮，在此憂悶？我且問你，你往常

㈠　眉批：紞：音『湍』。

㈡　眉批：『牆』與『墻』同。

間件件不煩惱，事事不動情，我想起來你都是佯詐。今日莫不是對景傷情麽？（貼云）老姥姥，你説那裏話？我爲爹爹做事不停當，以此憂悶。（浄云）老相公做甚事不停當？（貼云）我爹爹要將奴家嫁與蔡狀元，使官媒婆去説，狀元不肯從命。他既然不肯，俺這裏也索罷了。如今爹爹苦不放過他，又叫媒婆去説。老姥姥，你怎生與我對爹爹説一聲也好。（浄云）小姐，這是你爹爹的主意，如何肯聽我每説？

【仙吕過曲·桂枝香】（浄）書生愚見，忒不通變。不肯坦腹東床，謾自去哀求金殿。想他每就裏，想他每就裏，將人輕賤。小姐，非爹胡纏，怕被人傳。（貼云）呀！怕人傳甚麽？（浄唱）道你是相府公侯女，不能彀嫁狀元。

【前腔】（貼）百年姻眷，須教情願。他那裏抵死推辭，俺這裏不索留戀。想他每就裏，想他每就裏，有些牽絆。[一]（浄云）有甚牽絆？（貼云）怕恩多成怨。滿皇都少甚麽公侯子，何須去嫁狀元？

【南吕過曲·大迓鼓】（浄）非干是你爹意堅，只怕春花秋月，誤你芳年。況兼他才貌真堪羡，又是五百名中第一仙。故把嫦娥，付與少年。

[一] 眉批：絆：音『半』。

【前腔】(貼)姻緣雖在天，若非人意，到底埋冤。料想赤繩不曾綰，多應他無玉種藍田。休把嫦娥，强與少年。

匹配本自然，何須苦相纏。

眼前雖成就，到底也埋冤。

釋義：比翼：東方有比翼鳥，不比不飛。連理：稱人夫婦曰連理枝。上官姓名守愚者，揚州人也，爲奎章閣學士，與史官賈虛中爲友。各有子女一人，令之共學讀書，其父母議爲婚。既嫁未久，遇寇大亂，劫掠其家。[一]守愚父子全家被殺，惟賈女美貌，賊留之，逼爲妻。女詐曰：『吾家絶滅，身無所倚，待妾埋葬公姑、夫婿，然後爲婚，未遲也。』賊喜，從之。賊爲掘坑下夫屍，女執刀於手，曰：『寧共一坑死，不作兩處生。』遂刎死。賊怒曰：『汝要死，不與一坑。』移隔二十餘步埋之。曰：『使汝兩個空自相望。』其後，兩塚各生樹一，根枝柯相向，紐結連抱而生。後有晉化者爲是邦太守，民告其故。欲移爲一處，樹大不能動。以禮葬之，贈封塚壙。[二]後人號曰連理樹、連理枝。又：唐明皇與楊貴妃私誓曰：『在天願作比翼鳥，入地共成連理枝。』義出於此。坦腹東床：稱女婿爲東床。晉王羲之，王導之從子也。(註：從子，兄弟之子也。)郗鑒一女，使門生求婿於導，導令就東廂遍觀子弟門生。歸，曰：『王氏諸少

[一] 眉批：劫：音『結』。

[二] 眉批：壙：音『曠』。

年并佳焉。聞信至，或自矜持。惟一少在東床坦腹，食胡餅，若不聞。』鑒曰：『此佳婿也。』訪之，乃義之，遂妻焉。赤繩：　唐韋固問月下老囊中何物，曰：『赤繩子，以繫夫婦之足。雖仇敵之家，吴楚異鄉，富貴懸隔，此繩一繫，終不可違。』無玉種藍田：　漢陽雍伯兄弟六人，以傭菜爲業。公少修孝敬，達於遠邇。父母没，葬畢，不勝心目，乃賣田宅，北徙絶水漿處大道峻阪下爲居，(一)晨夜輦水漿以給行旅，兼補履，屨不受其值。如是累年不懈。一日，天神化爲書生，問曰：『何故不種菜以給？』答曰：『無種。』書生就懷中出石子二升與之，曰：『種此，生美玉，并得美婦。』雍大喜，種其石數歲。北平徐氏有女，美姿容，人多求，不許。雍試求焉，徐戲之曰：『得白璧一雙，乃可共婚。』雍於所種石處掘得白璧五雙，即以具送。徐氏大愕，乃以女妻之。後生十男，皆俊異，位至卿相。人皆以爲陰德所致，因名其地曰玉田。

第十六齣　丹陛陳情

【仙吕引子・北點絳唇】(末)夜色將闌，晨光欲散，把珠簾捲。移步丹墀，擺列着金龍案。

【北混江龍】(末)官居宮苑，謾道是天威咫尺近龍顔。(二)每日間親隨車駕，只聽鳴鞭。去螭頭上拜跪，隨着豹尾盤旋。朝朝宿衛，早早隨班。做不得卿相當朝一品貴，先隨着朝臣待

(一) 眉批：阪：音『販』。

(二) 眉批：咫：音『止』。

漏五更寒。空嗟嘆，山寺日高僧未起，算來名利不如閑。

自家是漢朝一個小黄門。往來紫禁，侍奉丹墀。領百官之奏章，傳一人之命令。正是：主德無瑕因宦習，天顔有喜近臣知。如今天色漸明，正是早朝時分，官裏升殿，怕有百官奏事，只得在此祗候。（内問）怎見得早朝時分？（末云）但見：銀河清淺，珠斗斑斕。數聲角吹落殘星，三通鼓報傳清曙。銀箭銅壺，點點滴滴，尚有九門寒漏；瓊樓玉宇，聲聲隱隱，已聞萬井晨鐘。曈曈曚曚，蒼茫紅日映樓臺；拂拂霏霏，(一)葱菁瑞烟浮禁苑。裊裊巍巍，千尋玉掌，幾點瀼瀼露未晞；澄澄湛湛，萬里璇空，一片團團月初墜。三唱天鷄，咿咿喔喔，共傳紫陌更闌；百囀流鶯，間間關關，報道上林春曉。午門外碌碌喇喇，車兒碾得塵飛；六宮裏嘔嘔啞啞，樂聲奏如鼎沸。只見那建章宫、甘泉宫、未央宫、長楊宫、五柞宫、長秋宫、長信宫、長樂宫，重重疊疊，萬萬千千，盡開了玉關金鎖；又見那昭陽殿、金華殿、長生殿、披香殿、金鸞殿、麒麟殿、太極殿、白虎殿，隱隱約約，三三兩兩，都捲上繡箔珠簾。半空中忽聽得一聲轟轟劃劃，(二)如雷如霆，震耳的鳴梢響；合殿裏只聞得一陣氤氤氲氲，非烟非霧，撲鼻的御爐香。縹縹緲緲，紅雲裏雉尾扇遮着赭黄袍；深深沉沉，丹陛間龍鱗座覆着彤芝蓋。左列着森森嚴嚴，前前後後的羽林軍、期門軍、控鶴軍、神策軍、虎賁軍，花迎劍佩星初落；右列着濟濟鏘鏘，高高下下

(一) 眉批：霏：音『非』。

(二) 眉批：劃：音『畫』。

的金吾衛、龍虎衛、拱日衛、千牛衛、驃騎衛，柳拂旌旗露未乾。金間玉，玉間金，烱烱爍爍，燦燦爛爛的神仙儀從；　紫映緋，(一)緋映紫，行行列列，整整齊齊的文武官僚。螭頭陛下，立着一對妖妖嬈嬈，花容月貌，繡鸞袍，鴛鴦靴的奉引昭容；　豹尾班中，擺着一對端端正正，銅肝鐵膽，白象簡，獬豸冠的糾彈御史。拜的拜，跪的跪，那一個敢挨挨拶拶縱諠譁？升的升，下的下，那一個不欽欽敬敬依禮法？但願得常瞻仙仗，聖德日新日新日日新；　與群臣共拜天顔，聖壽萬歲萬歲萬萬歲。從來不信叔孫禮，今日方知天子尊。道猶未了，一個奏事的官人早來。

【黄鍾過曲·點絳唇】（生）月淡星稀，建章宮裏千門曉。御爐烟裊，隱隱鳴梢杳。忽憶年時，問寢高堂早。鷄鳴了，悶縈懷抱，此際愁多少！不寢聽金鑰，(二)因風想玉珂。明朝有封事，數問夜如何？自家爲父母在堂，故上表辭官回去侍奉。如今天色已明，這是午門外廂，不免進入去咱。（末云）奏事官搢笏三舞蹈。

【黄鍾過曲·神仗兒】（生）揚塵舞蹈，揚塵舞蹈，遥瞻天表。見龍鱗日耀，咫尺重瞳高照。遥拜着赭黄袍，遥拜着赭黄袍。

【滴漏子】（生）臣邕的，臣邕的，荷蒙聖朝。臣邕的，臣邕的，拜還紫誥。（末云）狀元，你莫不

(一) 眉批：緋：音『非』。
(二) 眉批：鑰：音『約』。

是嫌官小麼？（生唱）念邕非嫌官小，奈家鄉萬里遥，雙親又老。干瀆天威，萬乞恕饒。

（末云）狀元，吾乃黄門，執掌奏章。有何文表，就此披宣。（生跪科）

【入破第一】議郎臣蔡邕啓：今日蒙恩旨，除臣爲議郎之職，重蒙賜婚牛氏。干瀆天威，臣謹誠惶誠恐，稽首頓首。伏念微臣，初來有志，誦詩書力學躬耕修己，不復貪榮利。事父母，樂田里，初心願如此而已。不想州司，謬取臣邕充試。到京畿，豈料蒙恩，叨居上第。

【破第二】重蒙聖恩，婚賜牛公女。臣草茅疏賤，如何當此隆遇？况臣親老，一從别後，光陰又幾。廬舍田園，荒蕪久矣。

（末云）老親在堂，必自有人奉侍，狀元不必憂慮。

【衮第三】（生）但臣親老鬢髮白，筋力皆癯瘁。(一)形隻影單，無兄弟，誰奉侍？况隔千山萬水，生死存亡，雖有音書難寄。最可悲，他甘旨不供，我食禄有愧。

（末云）聖上作主，太師聯姻，狀元，這也是奇遇。

【歇拍】（生）不告父母，怎諧匹配？臣又聽得家鄉裏，遭水旱，遇荒饑。多想臣親必做溝渠之鬼，未可知。怎不教臣，悲傷淚垂？

(一) 眉批：癯：音『渠』。

（生哭）（末云）狀元，此非哭泣之處，不得驚動天聽。

【中衮第五】（生）臣享厚禄，掛朱紫，出入承明地。惟念二親寒無衣，飢無食，喪溝渠。憶昔先朝朱買臣守會稽，司馬相如，持節錦歸。

【煞尾】他遭遇聖時，皆得回鄉里。臣何故，別父母，遠鄉閭，没音書，此心違？伏望陛下，特憫微臣之志。〔一〕遣臣歸，得侍雙親，隆恩無比。

【出破】若還念臣有微能，鄉郡望安置。庶使臣忠心孝意得全美，臣無任瞻天仰聖，激切屏營之至。

（末云）元來如此。吾當與狀元轉達天聽，可在午門外廂俟候聖旨。正是：眼望旌捷旗，耳聽好消息。

（生起科）

【神仗兒】（生）揚塵舞蹈，揚塵舞蹈，見祥雲縹緲。〔二〕想黄門已到，料應重瞳看了，多應是念我私情烏鳥。顒望斷九重霄，顒望斷九重霄。

（生云）黄門已將我奏章傳達，未知聖意允否？不免乘間禱告天地一番。

〔一〕眉批：憫：音『閔』。

〔二〕眉批：縹緲：音『漂眇』。

【滴漏子】（生）天憐念，天憐念，蔡邕拜禱。雙親的，雙親的，死生未保。天那！可憐恩深難報。一封奏九重，知他聽否？爹娘呵，俺和你會合分離，都在這遭。

黄門去了多時，怎的不見回報？想必是官裏准了。天那！若能彀回家侍奉父母，蔡邕何須做官？

（末捧詔同二昭容上）

【前腔】（末）今日裏，今日裏，議郎進表。傳達上，傳達上，聖目看了。（生云）聖目看了如何説？（末唱）道太師昨日先奏，把乘龍女婿招，多少是好？（生云）黄門大人，你莫不是哄我？

（末唱）見有玉音傳降聽剖。

（末云）聖旨已到，跪聽宣讀。皇帝詔曰：孝道雖大，終於事君；王事多艱，豈遑報父！朕以涼德，嗣纘丕基。眷兹警動之風，未遂雍熙之化。爰招俊髦，以輔不逮。咨爾才學，允愜輿情[一]。是用擢居議論之司，以求繩糾之益。爾當恪守乃職，勿有固辭。其所議婚姻事，可曲從師相之請，以成桃夭之化。欽予時命，裕汝乃心。謝恩。（生云）黄門大人，煩你與我再去奏知官裏，我情願不做官。（末云）咳！這秀才好不曉事，聖旨誰敢違背？（生云）黄門大人，你不去時節，待我自去拜還聖旨如何？（末云）呀！這秀才好怪麽？這所在，你如何去得？（生哭科）

（一）眉批：愜：音『竭』。

【啄木兒】（生）我親衰老，妻幼嬌，萬里關山音信杳。他那裏舉目淒淒，俺這裏回首迢迢。他那裏望得眼穿兒不到，俺這裏哭得淚乾親難保。閃殺人一封丹鳳詔。

【前腔】（末）狀元，你何須慮，不用焦，人世上離多歡會少。大丈夫當萬里封侯，肯守着故園空老？畢竟事君事親一般道，人生怎全忠和孝？却不見母死王陵歸漢朝？

【三段子】（生）這懷怎剖？望丹墀天高聽高。這苦怎逃？望白雲山遥路遥。

【前腔】（末）狀元，你做官與親添榮耀，高堂管取加封號。與他改換門閭，偏不是好？

【歸朝歡】（生）寃家的，寃家的，苦苦見招，俺媳婦埋寃怎了？飢荒歲，飢荒歲，怕他怎熬？俺爹娘怕不做溝渠中餓殍？（一）

【前腔】（末）狀元，譬如四方戰争多征調，從軍遠戍沙場草，也只是爲國忘家怎憚勞。

家鄉萬里信難通，争奈君王不肯從。

情到不堪回首處，一齊分付與東風。

釋義：金龍案：王建《宫詞》：『金鑾殿上金龍案。』玉案也。天威咫尺：齊桓公曰：『天威不違顔咫尺。』鳴鞭：《宋朝會要》曰：『唐及五代有之。《周官》：「條狼氏執鞭，趨避之。」遺法也。然

（一）眉批：殍：音『莩』。

則鳴鞭雖始於唐，亦本於周事。』螭頭：㈠《説文》：『螭若龍，無角。』《漢書》云丹墀上之堦曰螭頭也。五更寒：吴珏詩云：㈡『朝臣待漏五更寒，鐵甲將軍夜渡關。山寺日高僧未起，算來名利不如閑。』小黄門：居禁中，在黄門之内，掌傳箋奏。歷代有黄門侍郎是也。紫禁：宫闕之門。珠斗斕斑：《律曆志》：『五星於連珠斕斑。』《唐韻》：『色而不純也。』千尋玉掌：七尺爲尋。漢武帝元鼎二年，作承露盤，高二十丈，大七圍，以銅爲之，上有仙人掌以承露。和玉屑飲之，可以長生。紫陌：御墀也。《早朝》詩：『鷄鳴紫陌曙光寒。』五門：《周禮》：『君之門有五：一曰皋門，二曰雉門，三曰庫門，四曰應門，五曰露門是也。』建章宫：漢武帝太初元年，以伯梁殿災，粤巫占之曰：㈢『粤俗，有大災，則復起大屋以厭勝之。』帝於是作建章宫，度爲千門萬户，前殿度高未央。其東則鳳闕，高二十餘丈；其西則数十里虎圈；其北則太池，漸臺高二十餘丈，名曰太液池。中有蓬萊、方丈、瀛洲。其南有玉璧之屬，立井幹，高五十丈，輦道相屬焉。甘泉宫：陝西涇陽縣甘泉山，本秦林光宫。漢武帝增廣之，周十九里，去長安三百里，望見長安城。黄帝以來，圜丘祭天之處。武帝闕南，以象五色，又曰雲陽宫。内有竹

㈠ 眉批：螭：音『雉』。
㈡ 眉批：珏：音『質』。
㈢ 眉批：粤：音『越』。

宮、壽宮、迎風館、鳷鵲觀。(一)未央宮：漢高帝七年，命蕭何治未央宮，内有東闕、北闕、前殿、武庫、太倉。名未央者，取《詩》『夜未央』，勤政之義也。長楊宮：本秦離宮，漢因之以備行幸。有射熊觀，秦漢遊獵之所也。成帝行幸長楊宮，從胡人大接獵。上將誇胡人以禽獸，命張羅網罝罘，捕熊羆、豪猪、狐兔、虎豹、麋鹿，載以檻車，輸長射熊館。以網爲周阹，縱禽獸其中，令胡人手搏之，上親臨觀焉。是時，農民不得收斂。楊雄從至上林中，上《長楊宮賦》，以是諷之。五柞宮：宮有五柞樹，故云。長秋宮：《索隱》曰：『皇后宮名長秋者，秋，陽之始。取其長而久。』長信宮：始皇初，建以備行幸。漢太后所居之宮也。長樂宮：漢高帝建，内有東朝及宣德、通光、高明、長秋等殿。昭陽殿：漢景帝王美人，七月七日生。武帝於此後更名猗蘭殿。金華殿：在未央宮之右。長生殿：唐玄宗每歲七月七日賜楊貴妃乞巧於此。披香殿：唐蘇世長嘗侍宴於此。金鑾殿：唐玄宗於此殿見李白，論當世事，奏頌一篇。帝賜食，親爲調羹，詔供奉翰林。麒麟殿：漢明帝集公卿有文學八十人於此刊校經史。太極殿：即唐西内正殿也。高祖因隋大興殿，改今名。白虎殿：漢宣帝時，諸儒集論經傳，奏之曰白虎閣，因名曰《白虎通》。赭黄袍：赭，赤黄色，天子之服。龍鱗座：王建《宮詞》：『座列龍鱗耀日

(一) 眉批：鳷：音『支』。

月。』彤芝蓋：彤，赤色。《兩都賦》：『芝蓋九葩。』羽林軍：天有羽林大將軍之星，蓋羽翼鷙擊之意。(一)林喻若林木，漢武帝故以名武臣是也。金吾衛：秦有中尉，漢武帝更名執金吾。千牛衛：宋謀約《拾遺》：『千牛力，人主防身力也。故後魏有千牛備身，掌執御刀。』唐顯慶五年始置左右千牛府，龍翔二年改府曰千牛衛。陛下：陛，犴陛也。人臣與天子言，不敢指斥，故呼陛下。奉引昭容：唐女官，正二品。天子坐朝，昭容引坐。銅肝鐵膽：王敏懿公素既升臺憲，風力愈勁，議者目其銅肝鐵膽。獬豸冠：獬豸，神獸。似牛，號神羊，能觸邪佞。獄有疑，令其觸之，立別曲直。楚莊王獲之，爲冠，賜執法者服之。糾彈御史：御史之名，周官有之，北齊謂之南臺，掌察糾彈劾，臨制百官。萬歲：臣下有對，皆呼萬歲，秦漢以來皆然。叔孫禮：叔孫通，薛人也。漢高帝六年爲博士，説帝起朝儀，(二)采古禮與秦儀雜就之。始於長樂宫，自諸侯、王以下，莫不震肅。帝曰：『今日乃知天子之貴也。』問寢：文王之爲世子，朝於王季日三：鷄初鳴而衣服至於寢門外，問内豎之御者曰：『今日安否何如？』内豎曰安，文王乃喜。及日中又至，亦如之。及暮又至，亦如之。玉珂：馬勒飾也。杜詩：『與在驪駒白玉珂。』封事：漢舊儀，奏封板，故曰封事。搢笏：謂插笏於懷間。咫尺：十寸曰尺，六

(一) 眉批：鷙：音『至』。

(二) 眉批：説：音『税』。

尺曰咫，言近也。重瞳：瞳，目童子也。舜目重瞳。紫誥：杜詩：『紫誥鸞回紙。』出入承明地：翰林有承明金鑾。應璩詩：『三義承明地。』朱買臣：字翁子，會稽人。家貧，賣薪自給。擔束薪，行且讀書。漢武帝時，以同邑嚴薦召見，説《春秋》，拜中大夫，後爲會稽太守。初，買臣免，待詔，嘗從會稽守邸者寄食。及拜爲太守，衣故衣，懷印綬，步歸郡邸。直上計時，會稽吏相與群飲，不視買臣。入室中，守邸與共食，且飽，少見其綬，守邸即引其綬，視其印，會稽太守章也。守邸驚，出語上計吏。皆醉，大呼曰：『妄誕耳。』其故人素輕買臣者入視，還走，疾呼曰：『實然。』坐中驚駭，白守丞，相推排陳，列中庭拜賀。買臣徐出户。有頃，長史廐吏乘駟馬來迎，(一)買臣遂傳乘去。後擊破南越有功，徵爲主爵都尉，列於九卿之位焉。司馬相如：漢武帝時，相如以詞賦得幸，爲中郎將。建節鉞，蜀太守以下郊迎，縣吏負弩矢先驅。蜀人以爲寵焉。烏鳥：李密表：『烏鳥私情，願乞終養。』王事多艱，豈遑報父：《詩》云：『王事靡盬，不遑報父。』不遑，言不暇也。涼德：天子自稱曰朕，涼薄也。謙言己之薄德也。丕基：大業也。警動之風：四方不寧也。雍熙：雍，和；熙，廣也。俊髦：士之俊者曰髦。《詩》：『髦士攸止。』繩糾：直正也。《書》：『繩衍糾謬。』《桃夭》：《詩》云：『桃之夭夭，灼灼其華。之子于歸，宜其室家。』婦人謂嫁曰歸。丹鳳詔：後趙王石虎置戲馬觀，上安詔書，丹五色紙，銜

(一) 眉批：廐：音『救』。

於木鳳之口而頒行之。萬里封侯：班超，字仲升，安陵人彪之子，固之弟。有大志，不修小節。家貧，傭書養母。常投筆嘆曰：『大丈夫當立功異域，以取封侯，安能久事筆硯乎？』有相者曰：『燕頷虎額，飛而食肉，此萬里侯相也。』後使西域，安集五十餘國，封爲定遠侯。母死王陵：陵，沛人，始爲縣豪。高祖微時，兄事之。及高祖起沛，陵先聚數千人居南陽，以兵屬漢。西楚霸王收陵母，置軍中。陵使至，則東向坐陵母，欲以招陵。陵母私送使者，泣曰：『願爲妾語陵，善事漢王。漢王，長者，毋以老妾之故，故持二心。妾以死送使者。』伏劍而死，以絶陵念。後天下既定，封陵安國侯。餓殍：荒年飢歲餓死之人也。遠戍：[一]遠守邊疆之戍卒也。沙場：平沙戰場也。

第十七齣　義倉賑濟

【仙吕入雙調·普賢歌】（丑）身充里正實難當，雜泛差徭日夜忙。官司點義倉，并無些子糧，拚一頓拖翻喫大棒。

我做都官管百姓，另是一般行徑。破靴破帽破衣裳，打扮須要厮稱。到官府百般下情，下鄉村十分豪興。討官糧大大做個官升，賣私鹽輕輕弄條喬秤。點催首放富差貧，保解户欺軟怕硬。猛拚打强放

（一）眉批：戍：音『庶』。

潑，畢竟是個畢竟。誰知天不由人，萬事皆從前定。騙得五兩十兩，到使五錠十錠。田園盡都典賣，并無些子餘剩。叵耐廳前首領，嫌恨司房喬令。把我千樣凌辱，將我萬般督併。動不動去了破帽，打得我黄腫成病。幾番要自縊投河，(一)不要了這條性命。今番又點義倉，并無糧米抵應。若還把我掩翻，便叫高擡明鏡。小人也不是都官，也不是里正。休將屈棒，錯打了平民。（内問）你是誰？（丑云）我是搬戲的副净。（内云）休道出本來面目。（丑云）苦！往常間把義倉穀子偷將家去，養老婆孩兒了。今日上司官點義倉放穀，賑濟貧民，倉中没有一些，那裏討還他？没奈何，我待把家私并老婆兒子都賣了，也賠不起。不免去與李社長商量則個。轉灣抹角，兀的便是李社長家裏。李社長，李社長。（净云）誰叫老爺？（丑云）咦！你慣要做大，且出來。

【前腔】（净）身充社長管官倉，老小一家都在倉裏養。（丑云）好，好。你一家老小都在倉裏養，事發時節，如何擺佈？（净唱）事發儘不妨，里正先喫棒。（丑云）尊兄，饒得你過麽？（净唱）先打了都官，方纔打社長。

老夫年傍八旬，家中只有三人。因充社長勾當，誰知也不安寧。又要告官書題粉壁，又要勸民栽種翻耕；又要管淘河砌磡，又要辦水桶麻繩。若有人家嫁娶，須索請我做賓人。人人稱我年高伏衆，個個叫我社長官人。若得一紙狀子，强似廳上縣丞。原告許我銀子三錠五錠，被告送我猪脚十斤廿斤；

(一) 眉批：縊：音『意』。

若還得了兩家財物，只得朦朧寫個回文。每日去幹得泄水功德，竟不知自家家裏禍因。大的孩兒不孝不義，小的媳婦逼抝離分。單單只有第三個孩兒本分，常常捋去了老夫的頭巾。(一)激得我老夫性發，只得唱個陶真。（丑云）呀！陶真怎的唱？（浄云）呀！到被你聽見了。也罷，我唱，你打和。（丑云）使得。（浄云）孝順還生孝順子，（丑云）打打咍蓮花落。（浄云）忤逆還生忤逆兒。（丑云）打打咍蓮花落。（浄云）不信但看簷前水，（丑云）打打咍蓮花落。（浄云）點點滴滴不差移。（丑云）打打咍蓮花落。（浄云）住休。（丑云）你若不叫住，我直唱到天明。（浄云）里正，你叫我出來，有甚事説？（丑云）社長哥，今日官司給散義倉，倉中又無稻子，如何是好？（浄云）呀！倉中稻子都是你搬去喫了，怎的叫我和你合賠？小畜生，到不虧了你！上司來時，干我鳥事？我自回去抱子弄孫嬉他娘。正是：閉門不管窗前月，一任梅花自主張。（浄下）（丑云）苦！李社長又去了，上司官又來了，如何是好？呀！喝道聲漸漸近了，只得迎接則個。（外扮放糧官、末扮隸人上）

【前腔】（外）親承朝命賑饑荒，(二)（末）躍馬揚鞭到此方。（丑云）里正接老爺。（末云）起去。疾忙開義倉，支與百姓糧，從實支收休要謊。

（外云）里正，將支收簿來看。（丑云）簿在此。（外讀云）元管二十九石，新收三十六石，除支一十九

(一) 眉批：捋：音『鑾』，入聲。

(二) 眉批：賑：音『震』。

石，見在四十六石。左右，開倉。呀！這倉裏那有四十六石？（丑云）有，有。相公。（外云）左右，與他取了甘結，一面着他喚飢民來支糧。（丑云）一心忙似箭，兩脚走如飛。（下）（外云）左右，這厮説謊，倉裏那得這些稻子？（末云）相公，且由他。若是不足數，只要他賠償便了。（外云）也説得是。

（丑扮瞎子上）

【商吕過曲・吴小四】（丑）肚又饑，眼又昏，家私没半分，子哭兒啼不可聞。聞知相公來濟民，請些官糧去救貧。

（丑作錯跪云）相公可憐見。（末云）相公在這裏。（外云）老的姓甚名誰？家裏有幾口？（丑云）小的姓丘名乙己，住上大村，有三千七十口。（外云）胡説！那裏有許多口？（丑云）告相公得知：上大人，丘乙己，化三千，七十士。（末云）一口胡柴！（外云）你實有幾口？（丑云）小的夫妻兩口，孩兒兩口。（外云）支糧與他。（末云）支四口糧了。（丑云）多謝相公。正是：一日不識羞，三日不忍餓。（丑下）（浄扮聾子上）

【前腔】（浄）嘆連朝，饑怎忍？家中有五六人。前日老婆典了裙，今日媳婦又典裩，恰好遇官司來濟貧。

（浄云）相公可憐見。（外云）老的姓甚名誰？家裏有幾口？（浄作聾，外復問科）（浄云）小的姓大名比丘僧，住在祇樹給孤獨園，有一千二百五十口。（外云）胡説！那裏有許多口？（浄云）告相公得知：《彌陀經》中道：祇樹給孤獨園，與大比丘僧一千二百五十人住。（末云）佛口蛇心！（外云）

你實有幾口？（净云）小的有兩個媳婦，三個孩兒，和我共六口。（外云）支糧與他。（末云）支六口糧了。（净云）多謝相公。正是：今日得君提掇起，免教人在污泥中。（净下）（旦上）

【雙調引子·擣練子】（旦）嗟命薄，嘆年艱，含羞忍淚向人前，猶恐公婆懸望眼。

（旦云）路逢險處難迴避，事到頭來不自由。奴家少長閨門，豈識途路？今日見官司放糧濟貧，只得去請些稻子，以救公婆之命。（外云）婦人，你姓甚名誰？來此怎的？（旦云）告相公：奴家姓趙，名五娘，公公蔡崇簡。因兒夫出外，特來請些糧米，以救公婆之命。（外云）你丈夫那裏去了，使你婦人家來請糧？

【正宮過曲·普天樂】（旦）兒夫一向留都下，（外云）你家裏還有誰？（旦唱）只有年老爹和媽。（外云）有兄弟麽？（旦唱）弟和兄更没一個，（外云）既没有弟兄，誰看承你的爹媽？（旦唱）看承盡是奴家。（外云）這般説，你好苦呵。婦人家不出閨門，你何不使個男子漢來請糧？（旦作悲科）歷盡苦，誰憐我？相公，怎説得不出閨門的清平話？（外云）你家裏有幾口？（旦云）只有三口。（外云）左右，支糧與他。（末云）没糧了。（旦哭唱）若無糧，我也不敢回家。（外云）怎的不敢回家？（旦唱）相公，豈忍見公婆受餒？天那！嘆奴家命薄，直恁催挫。

（外云）左右，這倉中稻子没了。一來湊原數不起，二來這婦人説得好苦，你去拿那里正來，要這廝賠償。（末云）領鈞旨。假饒走到焰摩天，脚下騰雲須趕上。（旦云）望相公可憐見，主張些糧米，與奴家救濟公婆之命。（外云）我自有分曉。（末押丑上云）似甕中捉鱉，[一]手到拿來。（外云）里正，這倉中稻子湊原數不起，盡是你自偷了，你好好招認狀。（丑云）相公，小人招不得。自古道：東量西折，難教小人賠償。（外云）畜生！尖斛量入，平斛量出，如何會折了許多？左右，拿下打四十。（丑云）相公，不要打，小人情願招了。（丑讀招）招狀人姓猫名狸，見年三十有餘。身上别無疾病，只有白帶不除。今與短狀招伏，因爲官糧欠虧。説道義倉情弊，中間無甚蹺蹊。稻熟排門收斂，斂了各自將歸。并無倉廩盛貯，那有帳目收支？縱然有得些小，胡亂寄在民居。官司差人點視，便糶些穀支持。上下得錢便罷，不問倉實倉虚。假饒清官廉吏，被我影射片時。東家借得十扛，西家借得五箕。但見倉中有穀，其間就裏怎知？年年把當常事，番番一似耍戲。不道今年荒旱，不道今年民飢。不因分俵賑濟，如何會泄天機？假饒奏到三十三天，我里正無甚罪過。（末云）爲甚的？（丑）只是點糧詐錢的做馬做驢。招狀執結是實，伏乞相公指揮。（外云）左右，押這厮去，就要賠償。（末押丑下）正是：懼法朝朝樂，[二]欺公日日憂。（末押丑上云）假饒人心似鐵，怎逃官法如爐？告相公：里正賠償的稻子有了。（外云）支與那婦人去。（旦云）多謝相公。（末與旦、丑覷覰科）（丑云）由你半路去，我好歹與你奪了罷。（旦云）謝得恩官有主維，（丑云）只教中路有災危。（外云）當權若不行方便，（末云）如入寶

[一] 眉批：鱉：音『必』。
[二] 眉批：樂：音『洛』。

山空手回。（外、末、丑下）（旦云）一斟一酌，莫非前定。今日奴家去請糧，誰知道里正作弊，倉中没了。若不得相公督併，里正賠償，奴家如何得這些穀回家救濟二親？正是：飢時得一口，强似飽時得一斗。（欲下，丑上攔住云）恩人相見，分外眼明。讐人相見，分外眼睁。㈠我也會見你過來呵！你快把稻子還我，萬事全休。（旦云）呀！相公與奴家的稻子，如何還你？（丑云）咳！方纔不是你只管告不休，相公如何要我賠償？這稻子是我責老小責家私的，你如何拿去？（搶科）（旦云）里正官人，休要用强，可憐奴家艱辛。（丑云）可憐你甚的？

【雙調過曲·瑣南枝】（旦）兒夫去，竟不還，公婆兩人都老年。自從昨日到如今，不能彀一餐飯。㈡（丑云）你公婆没飯喫，也不干我事。（旦唱）奴請糧，他在家懸望眼。念我年老公婆，做方便。

（拜丑科）（丑云）不要拜，不要拜。這般時年，我做不得方便；你將稻子還我便罷。

【前腔】（旦）鄉官可憐見，這些稻子呵。是我公婆命所關。若是必須奪將去，寧可脱下衣裳，就問鄉官换。（脱衣科）（丑云）不要，不要，你身上也寒冷。（旦唱）寧使奴身上寒，只要與公婆救殘喘。

㈠ 眉批：睁：音『争』。

㈡ 眉批：餐：音『湌』。

（丑云）娘子，罷罷。你説起這話，都是孝心，我不忍問你取了。莫怪，莫怪，你去罷。（旦云）如此多謝。（丑虚下躲科）（旦云）謝天謝地！且喜里正去了，不免趲行幾步。（丑上推旦奪下科）

【前腔】（旦）奪將去，真可憐，公婆望奴不見還。縱然他不埋冤，道我做媳婦的有何幹？他忍飢，添我夫罪愆，[一]教我怎見得我夫面？

（旦云）千死萬死，終久是死；不如早死爲强。此間有一口古井，不免投入死休。（欲投科）

【前腔】（旦）將身赴井泉，思量左右難。我丈夫當年分散，叮嚀囑付爹娘，教我與他相看管。苦！我死却，他形影單。夫婿與公婆，可不兩埋冤？

【前腔】（外）媳婦去，不見還，教人在家凝望眼。（外跌倒，旦扶科）（外唱）呀！你在這裏閒行，教我望得肝腸斷。（旦）公公，奴請糧爲你供午餐，又誰知被人騙。

（外云）媳婦，却怎麽説？（旦云）公公，奴家請得些稻子，到半途之中，却被里正奪去了。（外云）天那！元來如此。（哭科）

【前腔】（外）思量我命乖蹇，不由人不珠淚漣。料想終須餓死，不如早赴黄泉，免把你厮牽

[一] 眉批：愆：音『牽』。

絆。〔一〕媳婦，婆老年，不久延，你須是好看管。

呀！這裏元來有一口古井，不免投入死休。

【前腔】（旦）公公，你若身傾棄，我苦怎言，公還死了婆怎免？你兩人一旦身亡，教我獨自如何展？公公，你喫苦辛其實難過遣，我痛傷悲只得强相勸。

【前腔】（外）媳婦，你衣衫盡解典，囊篋已罄然。〔二〕縱使目前存活，到底日久日深，你與我難相見。苦！衣食缺，你行孝難。活冤家，不如早拆散。（外投井，旦救科）（末挑穀上科）

【前腔】（末）不豐歲，荒歉年，官司把糧來給散。見一個年老的公公，在那裏頻嗟嘆。待向前仔細看。呀！我道是誰，元來是蔡老員外和五娘子呵。你兩人在此有何幹？

（旦云）公公，一言難盡。奴家今日聞知官司給散義倉，去請些糧米與公婆充飢。誰想里正作弊，〔三〕倉中没了稻子。謝得相公，着令里正賠納，把些與奴家；來到半途，被里正奪去。奴家害羞回來，公公見説，也要投井死，奴家正在此勸解公公。（末云）咳！五娘子，你差了。老夫方纔也請得些官糧，正要將來分送你公公。你怎的不來與我商量，却自家出去，被那狂徒欺侮？

〔一〕眉批：絆：音『畔』。

〔二〕眉批：篋：音『竭』。

〔三〕里：原作『李』，據文義改。

【前腔】(末)我聽你説這言，待我赶去。駡那厮鐵心腸，昧心漢。(旦云)太公，他去得遠了。(外云)罷，罷。太公，我和你是良善之人，不要與那狂徒一般見識。只是我這幾日餓得難過。(末云)員外，你也不須憂慮。我也請得些官糧，和你兩下分一半。(旦云)這是公公請的，如何使得？(末云)咳！五娘子，你休恁推，莫嫌棄，且將回，權做兩厨飯。

(旦云)如此，多謝了公公。(末云)怎説這話？五娘子，你伯喈當初出去，把爹娘囑付與老夫。今日是荒年飢歲，虧殺你獨自支吾。終不然我自温飽，教你忍飢受餓？古語云：濟人須濟急時無。你胡亂將這些救濟公姑則個。五娘子，你先回去，我和你公公隨後緩緩的來。

【正宫過曲·洞仙歌】(旦)苦！家私没半分，靠着奴此身。只要救公婆，豈辭多苦辛？(合)空把淚珠揾，可憐飢與貧，這苦説不盡。

【前腔】(外)太公，我本爲泉下人，他救我一命存。只怕我不久身亡，報不得媳婦恩。(合前)

【前腔】(末)見説不可聞，况我託在隣。終不然我享安和，忍見你受飢窘？(合前)

命薄多年受苦辛，不如身死早離分。

惟有感恩并積恨，萬年千載不成塵。

釋義：義倉：隋文帝開皇五年，令諸州百姓當社立義倉。唐太宗貞觀中，戴胄言：『隋天下之人，節級輸粟，名爲社倉。』又，韓中良奏：『王公以下應墾田百畝，(一)納二升，貯之州縣，以備賑濟。』蓋義倉自隋帝始也。焰摩天：三十三天之上有天曰焰摩天。日深：深者，言其貧日盛也。安和：言其未必安享於和樂也。

第十八齣　再報佳期(二)

（丑扮媒婆上）

【越調過曲·蠻牌令】（丑）終日走千遭，走得脚無毛。何曾見湯水面？花紅也不曾見半分毫。到不如做個虔婆頂老，(三)也落得些鴨汁喫飽。窮酸秀才直恁喬，老婆與他，故推不要。

（丑云）我做媒婆做到老，不曾見這般好笑。叵耐一個秀才，老婆與他不要。别人見了媒婆歡歡喜喜，他反和我尋争尋鬧。老相公又不肯干休，只管在家囉唣，(四)把媒婆放在中間，旋得七顛八倒。走得我鞋穿襪綻，説得我唇乾口燥。也不怕你親事不成，也不怕你姻緣不到。只怕你紅羅帳裏快活，不叫媒

(一) 眉批：墾：音『懇』。
(二) 佳：原作『家』，據目録改。
(三) 眉批：虔：音『乾』。
(四) 眉批：囉唣：音『羅皂』。

婆聒噪。這裏便是狀元貴館。呀！恰好的狀元出來了。

【越調引子・金蕉葉】（生）愁多怨多，俺爹娘知他怎麽？擺不脱功名奈何？送將來冤家怎躲？

（丑云）狀元，賀喜，賀喜。牛太師選定今日與小姐畢姻，請狀元早赴佳期。（生云）天那！此事如何是好？（丑云）狀元，事皆前定，不必再推。

【南吕過曲・三换頭】（生）名韁利鎖，先自將人摧挫。况鸞拘鳳束，甚日得到家？我也休怨他。這其間，只是我，不合來，長安看花。悶殺我爹娘也，淚珠空暗墮。（合）這段姻緣，也只是無如之奈何。

【前腔】（丑）鸞臺罷粧，鵲橋初駕。佳期近也，請仙郎到河。（生云）媒婆，我去也不妨，只是一心掛兩頭，如何是好？（丑云）狀元，此事明知牽掛，這其間，只得把，那壁厢，且都拚捨。况奉君王詔，怎生别了他？（合前）

（丑云）狀元，門首轎馬都已齊備了。

及早赴佳期，歡娱成怨悲。

情知不是伴，事急且相隨。

釋義：名韁：韁，馬紲也。人被功名羈絆，(一)猶馬被紲所繫也，故曰繫名聲之韁鎖。鵲橋：七月七日，烏鵲填河成橋，渡織女。仙郎到河：天河之東，有天帝之女機杼女工，年年勞役，織成雲霧綃縑之衣。辛苦殊無歡悦，容貌不暇整理。天帝憐其獨處，將嫁與河西牽牛之子。自後織絍竟廢，貪歡不歸。帝怒責歸河東，但使一年一度與牛郎相會。

第十九齣　强就鸞凰

（外扮牛太師上）

【黄鍾引子·傳言玉女】(二)（外）燭影揺紅，簾幕瑞烟浮動，畫堂中珠圍翠擁。粧臺對月，下鸞鶴神仙儀從。玉簫聲裏，一雙鳴鳳。

（外云）左右何在？（院子上云）獨立畫堂聽命令，珠簾底下一聲傳。老相公有何指揮？（外云）左右，我今日與小姐畢姻，筵席安排了未？（院子云）安排完備了。（外云）完備得如何？〔水調歌頭〕（院子云）屏開金孔雀，褥擁繡芙蓉。獸爐烟裊蓮臺，絳燭吐春紅。廣設珊瑚席子，高把真珠簾捲，環列

(一) 眉批：羈：音『稽』。

(二) 黄鍾：原闕，據明刊孫鑛批定本《硃訂琵琶記》補。

翠屏風。人間丞相府，天上蕊珠宫。　　錦遮圍，花爛熳，玉玲瓏。繁絃脆管，㈠歡聲鼎沸畫堂中。簇擁金釵十二，座列三千珠履，談笑盡王公。正是：　　門闌多喜氣，女婿近乘龍。（外云）狀元來未？（院子云）望見一簇人馬喧鬧，想是狀元來了。（生上）

【女冠子】（生）馬蹄篤速，傳呼齊擁雕轂。㈡（外）金花帽簇，天香袍染，丈夫得志，佳婿坦腹。（外云）惜春，狀元已到，請小姐出來拜堂。（貼上）

【前腔】（貼）妝成聞喚促，又將彩扇重遮，羞蛾輕蹙。（净、丑執掌扇上）（合）這姻緣不俗，金榜題名，洞房花燭。

（净云）狀元和小姐兩個，各自立一邊，請陰陽先生讚禮。（末扮賓人上云）禀相公，告廟。（末云）維大漢太平年，團圓月，和合日，吉利時，嗣孫牛某，有女及笄，奉聖旨招贅新狀元蔡邕爲婿。以此吉辰，敢申虔告。告廟已畢，請與新人揭起方巾。（丑云）待我來。伏以窈窕青娥二八春，緑雲之上覆方巾。玉纖揭起西川錦，露出嬌容賽玉真。掌禮，請喝拜。（末云）竊以禮重婚姻，兹實人倫之大；義當配偶，

㈠　眉批：脆：音『翠』。
㈡　眉批：轂：音『谷』。

爰思宗系之承。張設青盧，[一]熒煌花燭。祀供蘋蘩，首嚴見廟之儀；贄備棗榛，[二]聊講拜堂之禮。集珠履玳簪之客，環金釵玉珥之賓。慶會良宵，觀光盛事。香熏寶鴨，濃騰裊裊之烟；步擁金蓮，請下深深之拜。（喝拜科）拜禮已畢，請狀元小姐把酒。

【黄鍾過曲·畫眉序】（生）攀桂步蟾宫，豈料絲蘿在喬木。喜書中今朝有女如玉。堪觀處絲幕牽紅，恰正是荷衣穿緑。（合）這回好個風流婿，偏稱洞房花燭。

【前腔】（外）君才冠天禄，我的門楣稍賢淑。看相輝清潤，瑩然冰玉。光掩映孔雀屏開，花爛熳芙蓉攤褥。（合前）

【前腔】（貼）頻催少膏沐，金鳳斜飛鬢雲矗。[三]喜逢他蕭史，愧非弄玉。清風引珮下瑶臺，明月照粧成金屋。（合前）

【前腔】（净、丑）湘裙展六幅，似天上嫦娥降塵俗。喜藍田今已，種成雙玉。風月賽閬苑三千，雲雨笑巫山二六。（合前）

【滴溜子】（生）謾説道姻緣事，果諧鳳卜。細思之，此事豈吾意欲？有人在高堂孤獨。可

[一] 眉批：青盧：音『青爐』，據文義改。

[二] 眉批：贄：音『志』。

[三] 眉批：矗：音『簇』。

惜新人笑語喧，不知我舊人哭。兀的東床，難教我坦腹。

【鮑老催】（衆）翠眉謾蹙，赤繩已繫夫婦足，芳名已注婚姻牘。狀元，空嗟怨，枉歎息，休摧挫，畫堂富貴如金谷。休戀故鄉生處好，受恩深處親骨肉。

【滴滴金】（衆）金猊寶鼎香馥郁，銀海瓊舟泛醽醁，(一)輕飛彩袖呈嬌舞。囀鶯喉，歌麗曲，歌聲斷續，持觴勸酒人共祝。人共祝，百年夫婦永和睦。

【鮑老催】（衆）意深愛多，文章富貴珠萬斛，天教艷質爲眷屬。似蝶戀花，鳳棲梧，鸞停竹。男兒有書須勤讀，書中自有黄金屋，也自有千鍾粟。

【雙聲子】（衆）郎多福，郎多福，看紫綬黄金束。娘萬福，娘萬福，看花誥紋犀軸。(二)兩意篤，兩意篤。豈非福，豈非福。似紋鸞綵鳳，兩兩相逐。

【餘文】（合）郎才女貌真不俗，占斷人間天上福，百歲姻緣萬事足。

清風明月兩相宜，女貌郎才天下奇。

正是洞房花燭夜，果然金榜掛名時。

(一) 眉批：醽醁：音「靈緑」。

(二) 眉批：犀：音「西」。

釋義：真珠簾：《史記》：漢武帝元鼎初，起神屋，以白珍珠爲簾箔，玳瑁壓之，象牙爲鈎。蕊珠宫：神仙宫也。李詩：『請開蕊珠宫。』雕轂：轂，車輪也，三十輻輳一轂。(一)宫花帽簇：梁純夫詩：『宫花簇帽簷。』天香袍染：杜詩：『袍染桂花香。』嬌面重遮：蘇武詩：『移扇重遮面。』羞蛾：長眉也。《詩》：『螓首蛾眉。』金榜：登科謂金榜題名。《西京雜記》：崔紹暴卒復生，見冥間列榜，書人姓名。將相金榜，其次銀榜，州縣小官并是鐵榜。窈窕：静好貌。西川錦：貫帛詩：『西川十樣錦，添花色更鮮。』玉真：楊貴妃字也。金蓮：見第十齣。攀桂步蟾宫：見第五齣。絲蘿喬木：《詩》：『蔦如女蘿，施于松柏。』言倚附也。有女如玉：宋真宗《勸學文》：『書中有女顔如玉。』絲幕牽紅：見十三齣。荷衣穿緑：進士例賜緑衣。門楣：見十四齣。冰玉：李白《送傅公之江南序》云：『前許州司馬宋公，藴冰清之姿，重傅侯玉潤之德，妻以其子，鳳凰于飛，潘陽之好，斯爲睦矣。』孔雀屏開：見十三齣。膏沐：膏，澤髮也；沐，滌首也。《詩》：『豈無膏沐，誰適爲容。』金鳳斜飛：金鳳，鬢之飾也。蘇小七詩：『鬆鬢斜插金鳳釵。』蕭史、愧非弄玉：《春秋》：蕭史者，秦穆公時人，善吹簫。穆公有女名弄玉，好吹簫。嫁之，吹作鳳凰聲，鳳凰止其屋。公作鳳凰臺。數月，鳳凰從天而來，夫婦二人共升仙而去。金屋：見十三齣。湘裙：李群玉詩：『裙拖六

(一) 眉批：輻輳：音『福湊』。

幅瀟湘水。』喻縠紋也。藍田種玉：　見十六齣。雲雨、巫山六六：《高唐賦》：㈠『楚襄王與宋玉遊雲夢之臺，望高唐之觀，獨有雲氣。王問玉曰：「此何氣？」對曰：「所爲朝雲。」王曰：「何爲朝雲？」玉曰：「昔者先王嘗遊高唐，怠而晝寢，夢一婦人，曰：妾巫山之女，爲高唐之客。聞王遊高唐，願薦枕席。王因幸之。去而辭曰：妾乃巫山之陽，高丘之北，朝爲行雲，暮爲行雨；朝朝暮暮，只在陽臺之上。」』《括地志》：『巫山在四川夔州府巫山縣，㈡綿亘七百里。自非停午夜，不見日月。有十二峰，曰望霞、翠屏、朝雲、松峦、集仙、聚鶴、浄壇、上升、起雲、飛鳳、登龍、聖泉。』姻緣事果諧鳳卜：　婚成，言鳳占協吉。《左傳》：『陳公子完奔齊，齊侯使卿初懿氏卜妻。敬仲占之曰：「吉。」是謂鳳凰于飛，和鳴鏘鏘。有嬀之後，將育於姜，五世其昌。遂妻之。敬仲在齊，五世之後果昌。』世，注：敬仲，完之字。東床難教坦腹：　見十六齣。赤繩已繫夫婦足：　見十六齣。婚姻牘：　見十五齣『月老』下。富貴如金谷：　見第十齣。綵袖呈嬌舞：《酉陽雜記》：『元和初，有士人因醉卧庭前。及醒，見古屏上婦人悉於床前踏歌曰：「長安兒女踏春陽，無處春陽不斷腸。舞袖弓腰渾忘却，蛾眉空帶九秋霜。」其中雙鬟者若：「墜何是弓腰？」歌者乃反手，髻及地勢，曰如焉。士人驚叱之，忽然上屏。』囀鶯喉：

㈠ 唐：原作『堂』，據通行名改。下同改。
㈡ 眉批：夔：音『葵』。

《咏歌妓》詩：『細敲檀板囀鶯喉。』金猊：(一) 香爐也。銀海瓊舟：以銀爲酒器，故云瓊舟也。醽醁：《龍城録》：魏左相能治酒，其名醽醁。韓魏公稱醽醁似蘭生翠，能過玉薤，千日醉不醒，十年味不敗。蝶戀花：俱喻夫婦之美也。詩餘：『粉蝶戀花雙雙舞。』《文選》：『鳳非梧不棲。』韓文：『翠竹碧梧，鸞亭鵠峙。』故云。花誥：《春明退朝録·官誥》：院敕郡夫人，使金花羅紙七張，錦綵袋，賜以湯沐邑也。紋犀：《格物論》：『犀狀如水牛，猪頭，大腹，一脚三蹄；皮黑，一孔三毛，行於江海，水爲之開。二角，一在額上，爲兕犀；(二) 一在鼻上，差小爲蝐。牡犀亦有二角。上之貴者有通天花犀，常惡其影，欲以濁水自隱。』萬事足：蘇東坡《賀子由生第四孫》詩云：『爛爛開眼電，磽磽峙頭玉。』『無官一身輕，有子萬事足。』

第二十齣　勉食姑嫜

【南吕引子·薄倖】(旦)野曠原空，人離業敗。謾盡心行孝，力枯形憊。幸然爹媽，此身安泰。栖惶處，見慟哭飢人滿道，歎舉目將誰倚賴？

(一) 眉批：猊：音『倪』。

(二) 眉批：兕：音『洗』。

曠野蕭疏絶烟火，日色慘淡黯村塢。死别空原婦泣夫，生離他處兒牽母。睹此恓惶實可憐，思量轉覺此身難。高堂父母老難保，上國兒郎去不還。力盡計窮淚亦竭，看看氣盡知何日？高岡黄土漫成堆，誰把一抔掩奴骨？(一) 奴家自從丈夫去後，頓遭飢荒，衣衫首飾，盡皆典賣，家計蕭然。争奈公婆年老，死生難保，朝夕又無甘旨應奉，如何是好？只得安排一口淡飯與公婆充飢；奴家自把些穀膜米皮鑼來喫，苟留殘喘。喫時又怕公婆撞見，只得迴避，免致他煩惱。如今飯已熟了，不免請出公婆早膳則個。（外、净上）

【雙調引子・夜行船】（外）苦！忍餓擔饑何日了？孩兒一去，竟無音耗。（净）甘旨蕭條，米糧缺少。（合）天那！真個死生難保。

（旦云）請公公、婆婆早膳。（净云）媳婦，有菜蔬麼？（旦云）没有。（净云）有下飯麼？（旦云）也没有。（净云）賤人，前日早膳還有些下飯，今日只得一口淡飯。再過幾日，連淡飯也没有了。快擡去。（外云）咳！這般時年，胡亂喫一口充飢，還要分甚麼好歹？

【南吕過曲・鑼鼓令】（净）我終朝受餒，賤人，你將來的飯教我怎喫？可疾忙便擡，非干是我有些饞態。

(一) 眉批：抔：音『杯』。

【前腔】（外）阿婆，你看他衣衫都解，好茶飯將甚去買？兀的是天災，教媳婦每難佈擺。

【前腔】（旦）婆婆息怒且休罪，待奴家霎時將去再安排。思量到此，珠淚滿腮。看看做鬼，溝渠裏埋。縱然不死也難捱，教人只恨蔡伯喈。

【前腔】（淨）如今我試猜，多應他犯着獨噇病來，背地裏自買些鮭菜。（一）（外云）阿婆，他那裏得錢去買？（淨唱）阿公，我喫飯他緣何不在？這些意兒真是歹。

【前腔】（外）阿婆，他和你甚相愛，不應反面直恁的乖。（旦背唱）我千辛萬苦，有甚疑猜？可不道我臉兒黃瘦骨如柴？

（淨云）擡去，擡去。（外云）媳婦，婆婆喫不得，你且收去。（旦收云）婆婆耐煩，待奴家去佈擺些東西，再安排過來。（淨云）你去，你去。（旦云）正是：　啞子謾嘗黃柏味，難將苦口向人言。（下）（淨云）阿公，親的到底是親。親生兒子不留在家，到倚靠着媳婦供養。你看前日兀自有些鮭菜，今日只得些淡飯，教我怎的喫？再過幾日，連飯也没了。我看他前日自喫飯時節，百般躲避我，敢是他背地裏自買些下飯受用分曉？（外云）阿婆，休要錯疑了，我看媳婦不是這般樣人。（淨云）恁的，等他自喫時節，我和你潛地裏去探一探，便知端的。（外云）也説得是。只一件那。（淨云）却怎的？

（一）眉批：鮭：音『圭』。

荒年有飯休思菜，媳婦無良把我虧。
混濁不分鰱共鯉，(一)水清方見兩般魚。

釋義：一抔：前漢文帝時，張釋之爲廷尉，持法公平。有一人盜高祖廟玉環，捕獲其人，下廷尉問罪。釋之奏當殺之於市，以示衆。文帝大怒曰：『吾欲滅其族，何治之以輕罪耶？』釋之對曰：『盜宗廟之一器則滅之族，假令愚民取長陵一抔之土，陛下則將何法以加之乎？』於是文帝從之。長陵，高祖之陵。
獨噇：猶言獨饕食也。(二)

第二十一齣　糟糠自厭

【南調過曲·山坡羊】(旦)亂荒荒不豐稔的年歲，遠迢迢不回來的夫婿。急煎煎不耐煩的二親，軟怯怯不濟事的孤身體。苦！衣盡典，寸絲不掛體。幾番拚死了奴身己，争奈没主公婆，教誰看取？思之，虚飄飄命怎期？難捱，實丕丕災共危。
【前腔】滴溜溜難窮盡的珠淚，亂紛紛難寬解的愁緒。骨崖崖難扶持的病身，戰兢兢難捱過

(一)眉批：鰱鯉：音『連里』。
(二)眉批：饕：音『滔』。

的時和歲。這糠，我待不喫你呵，教奴怎忍饑？我待喫你呵，教奴怎生喫？思量起來，不如奴先死，圖得不知他親死時。（合前）

奴家早上安排些飯與公婆喫，豈不欲買些鮭菜？争奈無錢可買。不想婆婆抵死埋冤，只道奴家背地自喫了甚麽東西。不知奴家喫的是米膜糠粃，又不敢教他知道。便做他埋冤殺我，我也不敢分説。苦！這糠粃怎麽喫得下？（喫吐科）

【雙調過曲·孝順歌】（旦）嘔得我肝腸痛，珠淚垂，喉嚨尚兀自牢嗄住。糠那！你遭礱被舂杵，篩你簸颺你，[一]喫盡控持。好似奴家身狼狽，千辛萬苦皆經歷。苦人喫着苦味，兩苦相逢，可知道欲吞不去。（外、淨潛上探覷科）

【前腔】（旦）糠和米，本是相依倚，被簸颺作兩處飛。一賤與一貴，好似奴家與夫婿，終無見期。丈夫，你便是米呵，米在他方没尋處。奴家恰便似糠呵，怎的把糠來救得人饑餒？好似兒夫出去，怎的教奴供膳得公婆甘旨？（外、淨潛下科）

【前腔】（旦）思量我生無益，死又值甚的！不如忍饑死了爲怨鬼。只一件，公婆老年紀，靠奴家相依倚，只得苟活片時。片時苟活雖容易，到底日久也難相聚。謾把糠來相比。這糠

[一] 眉批：簸：音『播』。

呵，尚兀自有人喫。奴家的骨頭，知他埋在何處？

（外、浄上）（浄云）媳婦，你在這裏喫甚麼？（丑云）奴家不曾喫甚麼。（浄搜奪科）（旦云）婆婆，你喫不得。（外云）咳！這是甚麽東西？

【前腔】（旦）這是穀中膜，米上皮。（外云）呀！這便是糠，要他何用？（旦唱）將來餔饠堪療饑。（浄云）咦！這糠只好將去餵猪狗，如何把來自喫？（旦唱）嘗聞古賢書，狗彘食人食，也强如草根樹皮。（外、浄云）恁的苦澀東西，怕不噎壞了你？（旦唱）嚙雪呑氈，(一)蘇卿猶健，餐松食栢，到做得神仙侶。這糠呵，縱然喫些何慮？（浄云）阿公，你休聽他説謊，糠粃如何喫得？（旦唱）爹媽休疑，奴須是你孩兒的糟糠妻室。

（外、浄看哭科）媳婦，我元來錯埋冤了你，兀的不痛殺我也！（外、浄倒）（旦叫哭科）

【仙吕入雙調・雁過沙】（旦）苦！沉沉向冥途，空教我耳邊呼。公公，婆婆，我不能穀盡心相奉事，反教你爲我歸黄土。教人道你死緣何故？公公，婆婆，怎生割捨得，拋棄了奴？

（外醒科）（旦云）謝天謝地！公公醒了。公公，你闒閨。

【前腔】（外）媳婦，你擔饑事姑舅。媳婦，你擔饑怎生度？（旦云）公公且自寬心，不要煩惱。（外

(一) 眉批：嚙：音『業』。

唱）媳婦，我錯埋冤了你，你也不推辭，到如今始信有糟糠婦。媳婦，料應我不久歸陰府。也省得爲我死的，累你生的受苦。

（旦扶外起科）公公且在床上安息，待我看婆婆如何？（旦叫不醒科）呀！婆婆不濟事了，如何是好？

【前腔】（旦）婆婆氣全無，教奴怎支吾？咳！丈夫呵。我千辛萬苦，爲你相看顧，如今到此難回護。我只愁母死難留父，況衣衫盡解，囊篋又無。

（外云）媳婦，婆婆還好麽？（旦云）婆婆不好了。

【前腔】（外）天那！我當初不尋思，教孩兒往帝都。把媳婦閃得苦又孤，把婆婆送入黄泉路，算來是我相擔誤。不如我死，免把你再辜負。

（旦云）公公休説這話，請自將息。（外云）媳婦，婆婆死了，衣衾棺槨，是件皆無，如何是好？（旦云）公公寬心，待奴家區處。（末云）福無雙降猶難信，禍不單行却是真。老夫爲何道此兩句？爲鄰家蔡伯喈妻房趙氏五娘。他嫁得伯喈，方纔兩月，伯喈便出去赴選。自去之後，連遭飢荒，公婆年紀皆在八十之上，家裏更没個相扶持的。甘旨之奉，虧殺這五娘子，把些衣服首飾之類，盡皆典賣，辦些糧米，供給公婆；却背地裏把糠粃餺饠充飢。(一) 這般荒年飢歲，少甚麽有三五個孩兒的人家，供膳不得爹娘。

(一) 眉批：粃：音『彼』。

這個小娘子，真個今人中少有，古人中難得。那婆婆不知道，顛倒把他埋怨。適來聽得他公婆知道，却又痛心，都害了病。如今不免到他家裏探望則個。呀！五娘子，你爲甚的慌慌張張？（旦云）公公，天有不測風雲，人有旦夕禍福。奴家婆婆死了。（末云）咳！你婆婆既死了，你公公如今在那裏？（旦云）在床上睡着。（末云）待我看一看。（外云）太公休怪，我起來不得了。（末云）老員外，快不要勞動。（旦云）太公，我婆婆衣衾棺槨，是件皆無，如何是好？（末云）五娘子，你不要愁煩，我自有區處。

【仙吕入雙調・玉包肚】（旦）千般生受，教奴家如何措手？終不然把他骸骨，没棺材送在荒圻？（一）（合）相看到此，不由人不淚珠流，正是不是冤家不聚頭。

【前腔】（末）五娘子，不必多憂，資送婆婆，在我身上有。但你小心承直公公，莫教他又成不救。（合前）

【前腔】（外）張公護救，我媳婦實難啓口。孩兒去後，又遇饑荒，把衣衫典賣無留。（合前）

（末云）老員外，你請進裏面去歇息，待我一霎時叫家僮討棺木來，把老安人殯斂了，選個吉日，送在南山安葬去。（外云）如此，多謝太公周濟。

（一）眉批：圻：音『丘』。

只爲無錢送老娘，須知此事有商量。
歸家不敢高聲哭，惟恐猿聞也斷腸。

袁了凡先生釋義琵琶記卷上終

袁了凡先生釋義琵琶記卷下

新都無無居士汪廷訥昌朝父校

第二十二齣　琴訴荷池

【南吕引子・一枝花】（生）閒庭槐影轉，深院荷香滿。簾垂清晝永，怎消遣？十二欄杆，無事閒凭遍。悶來把湘簟展，㈠夢到家山，又被翠竹敲風驚斷。

〔南鄉子〕翠竹影摇金，水殿簾櫳映碧陰。人静晝長無個事，沉吟，碧酒金樽懶去斟。幽恨苦相尋，離别經年没信音。寒暑相催人易老，關心，却把閒愁付玉琴。院子，將琴書過來。（末將琴、書上）黄卷看來消白日，朱絃動處引清風。炎蒸不到珠簾下，人在瑶池閬苑中。相公，琴、書在此。（生云）院子，你與我唤那兩個學僮過來。（末叫科）（净執扇、丑執香上）

㈠ 眉批：簟：音『殿』。

【南呂過曲·金錢花】（淨、丑）自少承直書房，書房。快活其實難當，難當。只管打扇與燒香，荷亭畔，好乘凉。喫飽飯，上眠床。

（參見科）（生云）我在先得此材於爨下，斲成此琴，[一]即名焦尾。自來此間，久不整理。今日當此清凉，試操一曲，以舒悶懷。你三人一個打扇，一個燒香，一個管文書，休得嫚誤。（衆云）領鈞旨。（生操琴科）

【懶畫眉】（生）强對南薰奏虞絃，只覺指下餘音不似前，那些個流水共高山？呀！只見滿眼風波惡，似離別當年懷水仙。

（淨困掉扇科）（末云）告相公：打扇的壞了扇。（生云）背起打十三。那厮不中用，只教他燒香。（末云）領鈞旨。

【前腔】（生）頓覺餘音轉愁煩，似寡鵠孤鴻和斷猿，又如别鳳乍離鸞。呀！只見殺聲在絃中見，敢只是螳螂來捕蟬。[二]

（丑困滅香科）（淨云）告相公：燒香的滅了香。（生云）背起打十三。那厮不中用，只教他管文書。（末云）領鈞旨。

[一] 眉批：斲：音『作』。

[二] 眉批：螳螂：音『堂郎』。

【前腔】(生)藍田日暖玉生烟，似望帝春心托杜鵑，好姻緣翻做惡姻緣。只怕眼底知音少，争得鸞膠續斷絃？

(末掉文書科)(丑云)告相公：管文書的亂了文書。(生云)背起打十三。(貼上)(生云)左右，夫人來也，且各迴避。(衆云)正是：有福之人人伏事，無福之人伏事人。(末、丑、浄同下)

【南吕引子・滿江紅】(貼)嫩緑池塘，梅雨歇薫風乍轉。瞥然見新涼華屋，已飛乳燕。簟展湘波紈扇冷，(一)歌傳《金縷》瓊巵暖。(衆)炎蒸不到水亭中，珠簾捲。

(貼云)相公元來在此操琴呵。(生云)夫人，我當此清涼，聊托此以散悶懷。(貼云)奴家久聞相公高於音樂，如何來到此間，絲竹之音，杳然絶響？斗膽請再操一曲，相公肯麽？(生云)夫人待要聽琴，彈甚麽曲好？我彈一曲《雉朝飛》何如？(貼云)這是無妻的曲，不好。(生云)呀！説錯了。如今彈一曲《孤鸞寡鵠》何如？(貼云)兩個夫妻正團圓，説甚麽孤寡？(生云)不然，彈一曲《昭君怨》何如？(貼云)兩個夫妻正和美，説甚麽宫怨？相公，當此夏景，只彈一曲《風入松》好。(生云)這個却好。(彈科)(貼云)相公，你彈錯了。(生云)呀！到彈出《思歸引》來。待我再彈。(貼云)相公，你又彈錯了。(生云)呀！又彈出個《别鶴怨》來。(貼云)相公，你如何恁的會差？莫不是故意賣弄，欺侮奴家？(生云)豈有此心？只是這絃不中用。(貼云)這絃怎的不中用？(生云)我只彈得舊絃

(一)眉批：紈：音『環』。

慣，這是新絃，俺彈不慣。（貼云）舊絃在那裏？（生云）舊絃撇下多時了。（貼云）爲甚撇了？（生云）只爲有了這新絃，便撇了那舊絃。（貼云）相公，何不撇了新絃，用那舊絃？（生云）夫人，我心裏豈不想那舊絃？只是新絃又撇不下。（貼云）你新絃既撇不下，還思量那舊絃怎的？我想起來，只是你心不在焉，特地有許多説話。

【仙吕過曲·桂枝香】（生）夫人，舊絃已斷，新絃不慣。舊絃再上不能，待撇下新絃難拚。我一彈再鼓，一彈再鼓，又被宫商錯亂。（貼云）相公，你敢是心變了麽？（生唱）非干心變，這般好涼天。正是此曲纔堪聽，又被風吹别調間。

【前腔】（貼）相公，非彈不慣，只是你意慵心懶。既道是《寡鵠孤鸞》，又道是《昭君宫怨》。那更《思歸》《别鶴》，《思歸》《别鶴》，無非愁嘆。相公，我看你多敢是想着誰？（生云）夫人，我不想着甚麽人。（貼唱）相公，有何難見。你既不然，我理會得了。你道是除了知音聽，道我不是知音不與彈。

（生云）夫人，那有此意？（貼云）相公，這個也由你，畢竟你無心去彈他。何似教惜春安排酒過來，與你消遣何如？（生云）我懶飲酒，待去睡也。（貼云）相公休阻妾意。老姥姥、惜春，看酒來。（淨、丑持酒上）

【燒夜香】(净)樓臺倒影入池塘，緑樹陰濃夏日長，(丑)一架荼蘼滿院香。㈠(合)滿院香，和你飲霞觴。捲起珠簾，明月正上。

(貼云)將酒過來。

【南吕過曲·梁州序】(貼)新篁池閣，槐陰庭院，日永紅塵隔斷。碧欄杆外，寒飛漱玉清泉。只覺香肌無暑，素質生風，小簟琅玕展。晝長人困也，好清閒，忽被棋聲驚晝眠。(合)《金縷》唱，碧筩勸，向冰山雪巘排佳宴。㈡清世界，幾人見？

【前腔】(生)薔薇簾箔，荷花池館，一陣風來香滿。湘簾日永，香消寶篆沉烟。謾有枕欹寒玉，扇動齊紈，怎遂黄香願？(作悲科)(貼云)相公，你爲甚的下淚？(生唱)猛然心地熱，透香汗，我欲向南窗一醉眠。(合前)

【前腔】(貼)向晚來雨過南軒，見池面紅粧零亂。漸輕雷隱隱，雨收雲散。只覺荷香十里，新月一鈎，此景佳無限。蘭湯初浴罷，晚妝殘，深院黄昏懶去眠。(合前)

【前腔】(生)柳陰中忽噪新蟬，見流螢飛來庭院。聽菱歌何處？畫船歸晚。只見玉繩低

㈠ 眉批：荼蘼：音『途迷』。

㈡ 眉批：巘：音『檻』。

度，朱户無聲，此景尤堪戀。起來攜素手，鬢雲亂，月照紗㡖人未眠。(一)（合前）

【節節高】（浄）漣漪戲彩鴛，把露荷翻，清香瀉下瓊珠濺。香風扇，芳沼邊，閒亭畔。坐來不覺神清健，蓬萊閬苑何足羨？（合）只恐西風又驚秋，不覺暗中流年换。

【前腔】（丑）清宵思爽然，好涼天，瑶臺月下清虚殿。神仙眷，開玳筵，(二)重歡宴。任教玉漏催銀箭，水晶宫裏把笙歌按。（合前）

【餘文】（衆）光陰迅速如飛電，(三)好良宵可惜漸闌，管取歡娱歌笑喧。

（生云）樵樓上幾鼓了？（浄云）三鼓了。

歡娱休問夜如何，此景良宵能幾何。

遇飲酒時須飲酒，得高歌處且高歌。

釋義：閒庭槐影：槐葉密陰濃，庭多種之。王祐植三槐於庭。幽恨：朱淑真詩：『滿懷幽恨向誰訴？』謂無可訴者，故曰幽恨。瑶臺閬苑：《神仙傳》：『崑崙山閬風苑者，仙境也。有玉樓十二，

(一) 眉批：㡖：音『厨』。

(二) 眉批：玳：音『代』。

(三) 眉批：迅：音『信』。

玄室九層，弱水環之，非飈車羽輪不可到。』焦尾：邕寓吴會，吴人燒桐以爨。邕聞火烈之聲，知爲美材，請爲琴，有美音。其尾尚焦，因名焦尾。南薰、虞絃：虞舜彈五絃之琴，歌《南風》之詩，其詩曰：『南風之薰兮，可以解吾民之愠兮。』懷水仙：《列仙傳》：『琴高善鼓琴，行涓滴之術，號水仙。浮游冀州、涿郡間二百餘年。(一)後人於水傍設祠，(二)高果乘鯉來，經一月，復入水去。』後惟伯牙作《水仙》之操。寡鵠孤鴻斷猿：《西京雜記》：『劉道彊善琴，嘗爲《寡鵠孤鸞斷猿》之操，聽者皆悲。』別鳳離鸞：《西京雜記》：『張安世年十五，爲漢成帝侍中，善鼓琴，能爲《别鳳離鸞》之曲。』螳螂捕蟬：蔡邕嘗外歸，鄰人設酒食，命邕至座上。先有一人彈琴，目視樹上鳴蟬，下有螳螂逐後捕之。彈琴者恐螳螂食蟬，心念殺之，其琴亦有殺音。邕聽琴音，即告去。主人問曰：『起何速乎？爲君遠來，故造此，何爲即回？』邕曰：『見有殺聲，故去。』主人曰：『何有此意？』邕曰：『向者見彈琴之中有殺伐之聲。』彈琴者乃笑而奇之。好姻緣、惡姻緣：宋陶穀奉使江南，學士韓熙載迎之於集賓館，以妓秦弱蘭僞爲驛卒之女，令掃地。穀見而悦之，與狎，遂作一詞名《風光好》贈之。云：『好姻緣，惡姻緣，只得郵亭一夜眠。别神仙，琵琶撥盡相思調，知音少。争得鸞膠續斷絃，是何年？』熙載翌日開宴，令弱蘭歌此詞，以勸陶穀酒。

(一) 眉批：涿：音『琢』。

(二) 祠：原作『詞』，據文義改。

轂大慚，即日北歸。梅雨：《俾雅》：『江南三月爲迎梅雨，五月爲送梅雨。』簟展湘波：山谷詩：『水亭長展湘波簟。』《金縷》唱：舞服也。唐李錡之妾秋娘爲錡歌曰：㈠『勸君莫惜金縷衣，勸君須惜少年時。花開堪折直須折，莫待無花空折枝。』斗膽：蜀姜維爲征西將軍，與魏兵戰，死之。將士剖其腹而視之，其膽大如斗。《雉朝飛》：齊犢牧子五十無妻，見雌雄雉相隨，遂撫琴而歌，故有《雉朝飛》之操。寡鵠：《列女傳》：『陶嬰夫死守義，魯人求娶之，嬰作《黄鵠歌》云：「早寡七年兮不雙飛，宛頸獨宿兮想其故帷。」魯人聞之，曰：「斯女不可以强娶也。」』《昭君怨》：漢元帝以宫女王昭君賜匈奴，號寧胡閼氏。後入胡中，思慕漢恩，遂彈琵琶以寄其恨，名之曰《昭君怨》。《風入松》：漢吴叔文善琴，隱居石壁山，山多松樹，常盛夏時以琴撫於松下以納凉，遂作《風入松》之操。《思歸引》：衛有賢女，衛王聘之，未至而王薨。太子留之，不聽。拘於深宫，思歸不得。援琴而歌，曲終，遂自縊死。别鶴：杜詩：『上絃驚别鶴。』『纔堪聽』二句：《文選》：『高唐駢鎮蜀，朝廷疑之。一日聞聲，知有改移，乃題風箏曰：「依稀似曲纔堪聽，只恐風吹别調間。」』知音：《列子》：『伯牙鼓琴，志在高山。子期曰：「峨峨然若泰山。」志在流水，子期曰：「洋洋乎若江河。」子期死，伯牙絶絃，以無人知音者。』霞觴：《列仙傳》：『許碏嘗醉吟曰：「閬苑蓬壺是醉鄉，滔翻王母九霞觴。群仙拍手嫌輕脱，謫向人

㈠ 眉批：錡：音『其』。

間作酒狂。」』寒飛漱玉清泉：　蘇東坡《咏泉》詩：『泉源從高來，走下隨石脉。不能致雷雨，艷艷吐還碧。遂令山前人，千古灌稻麥。』又陸士衡詩：『飛泉漱玉鳴。』蕙質：　東坡詞：『蓮蘭姿質，自是生風。』小簟琅玕展：　青琅玕，簟名。杜子美詩：『留客夏簟青琅玕。』忽被棋聲驚晝眠：　古詩云：『棋聲驚晝眠。』碧筒勸：　魏鄭公慤率僚友避暑，(一)取荷葉乘酒，以簪刺葉與柄通，屈之如象鼻然，吸之，名碧筒勸。冰山雪巘：　賈似道常於山頂開一大坑，深闊數十丈，中立室。每遇隆冬，以冰雪藏之兩巘下，俟盛夏設宴於山以避暑。欹寒玉：　晉石崇爲交趾採訪使，得白玉枕，名曰寒玉。夏天枕之，極清涼。扇動齊紈：　齊地出紈素。班婕妤詩：『新製齊紈素，皎潔如霜雪。裁爲合歡扇，團圓似明月。出入君懷袖，動摇清風發。棄捐篋笥中，恩情中道絶。』怎遂黄香願：　後漢黄香，字文强，七歲失母，思慕憔悴，殆不勝衣。事父母竭力致敬，熱則扇涼衾枕，寒則以身温衾席。紅粧：　指荷花也。蘭湯浴罷：《大戴記》：『五月五日，以蘭湯沐浴。』畫船：　宋米芾，字元章，以恩補校書郎，喜蓄書畫。爲江河之間發遣，揭牌曰『書畫船』。菱歌：　《採菱歌》。古有《採蓮曲》。玉繩：　玉衡北兩星爲玉繩。謝朓詩：『玉繩低建章。』紗幮：　紗帳也。把露荷翻，清香瀉下瓊珠濺：　《咏新荷》詩：『青盤亂濺朝來露。』又詩：『瓊珠碎又圓。』蓬萊：　神仙所居山名，在東海中，高一千里，方三千里，海水甚黑。清虚

(一)　眉批：慤：音『壳』。

殿：《龍城録》：『開元中八月望日，唐明皇與葉靖天師遊月宫，寒氣逼人，風露沾衣，其中題榜曰「廣寒清虚之府」。少頃，見素娥十餘人皆皓衣，乘白鸞舞於大桂樹下。』玉漏銀箭：梁《刻漏經》曰：『肇於軒轅之日，(一)宣乎夏商之代。至周，挈壺氏掌之。』李白詩《烏栖曲》：『銀箭金壺漏水聲。』水晶宫：《逸史》：『户祀嘗騰上碧霄，見宫闕樓臺，皆以水晶爲墻。有仙女在傍，問之，曰：「此水晶宫也。」』懶去眠：漢邊韶，字孝先，教授常有百餘人。弟子或嘲之曰：『邊孝先，腹便便；懶讀書，但欲眠。』韶應之曰：『邊爲姓，孝爲字；腹便便，五經笥。但欲眠，思史事。寐與周公共夢，静與孔子同意。師而可嘲，出何典記？』桓帝時徵爲大中大夫。打十三：漢時極輕之笞刑也。(二)

第二十三齣　代嘗湯藥

【越調引子·霜天曉角】(旦)難捱怎避，災禍重重至？最苦婆婆死矣，公公病又將危。

(旦云)屋漏更遭連夜雨，船遲又被打頭風。奴家自從婆婆死後，萬千狼狽；誰知公公病又將危。如今購得些藥，已煎在此，不免再安排一口粥湯。

(一)眉批：轅：音『袁』。

(二)眉批：笞：音『痴』。

【犯胡兵】(旦)囊無半點調藥費，良醫怎求？天那！縱然救得目前，飯食何處有？料應難到後。謾説道有病遇良醫，饑荒怎救？

【前腔】公公這病呵，愁萬苦千恁生受，粧成這症候。藥呵，縱然救得目前，怎免得憂與愁？料應不會久。他只爲不見孩兒，纔得這病。若要這病好時呵，除非是子孝父心寬，方纔可救。藥已熟了，且扶公公出來喫些，看何如？(旦下扶外上)

【霜天曉角】(外)神散魂飛，料應不久矣。(旦云)公公，請闌閮。(外唱)縱然擡頭强起，形衰倦，怎支持？

(旦云)公公，藥已熟了，慢慢喫些。(外云)媳婦，我喫不得這藥了。

【南吕過曲・香遍滿】(旦)論來湯藥，須索是子先嘗方進與父母。公公，莫不是爲無子先嘗，恰便尋思苦？(外喫藥吐科)(旦云)公公，且耐煩喫些。(外云)媳婦，這藥我喫不得了。我寧可早死了罷，免得累你。(旦唱)公公，你須索闌閮，怎捨得一命殂？(外云)媳婦，你喫糠，省錢贖藥與我喫，(一)我怎的喫得下！(旦唱)苦！元來不喫藥，也只爲着糟糠婦。

(旦云)公公，你既不喫藥，且喫一口粥湯，看如何？(外喫粥吐科)(旦云)公公，還慢慢喫些。(外云)

(一)眉批：贖：音『孰』。

媳婦，我肚腹膨脹，怎喫得下？

【前腔】（旦）公公，你萬千愁苦，堆積在悶懷，成氣蠱，(一)可知道喫了吞還吐。（外云）媳婦，我不濟事了，必是死也。孩兒又不回來，只是虧了你。（旦云）公公且自寬心，不要煩惱。（旦背哭科）怕添親怨憶，暗將珠淚墮。（外云）媳婦，你喫糠，却教我喫粥，我怎的喫得下！（旦唱）苦！元來不喫粥，也只爲着糟糠婦。

（外云）媳婦，我死也不妨，只怨孩兒不在家，虧殺了你。你近前來，有兩句言語分付你。（旦云）公公，如何？（外作跌倒拜科）

【仙呂過曲·青歌兒】（外）媳婦，我三年謝得你相奉事，只恨我當初把你相擔誤。(二)天那！我待欲報你的深恩，待來生我做你的媳婦。怨只怨蔡伯喈不孝子，苦只苦趙五娘辛勤婦。

（旦云）公公，奴身不足惜。

【前腔】（旦）我一怨倘公死後有誰來祀；二怨你有孩兒，不得相看顧；三怨你三年間没一個飽暖的日子。三載相看甘共苦，一朝分别難同死。

(一)眉批：蠱：音『古』。

(二)眉批：擔：音『耽』。

(外云)媳婦，我死呵，

【前腔】(外)你將我骨頭休埋在土。(旦云)呀！公公，百歲後不埋在土，却放在那裏？(外云)媳婦，都是我當初不合教孩兒出去，誤得你恁的受苦。(外唱)我甘受折罰，任取屍骸露。(一)(旦云)公公，你休這般説，被人談笑。(外云)媳婦，不笑着你。(外唱)留與傍人，道蔡伯喈不葬親父。怨只怨蔡伯喈不孝子，苦只苦趙五娘辛勤婦。

(旦云)公公，倘你死呵，

【前腔】(旦)公婆已得做一處所，料想奴家不久也歸陰府。苦！可憐一家，三個怨鬼在冥途。三載相看甘共苦，一朝分别難同死。

(外云)媳婦，我畢竟是死了，你與我請張太公過來。(旦云)公公，説猶未了，恰好張太公來也。(末上)歲歉無夫婿，家貧喪老親。可憐貞潔女，日夜受艱辛。五娘子，你公公病症何如？(旦云)太公，我公公的病症，十分危篤。(末云)如此，待我向前看看。老員外，你貴體若何？(外云)苦！張太公，我不濟事了，畢竟是個死。你今來得恰好，我憑你爲証，寫下遺囑與媳婦收執。待我死後，教他休要守孝，早早改嫁便了。(旦云)公公，你休那般説。自古道：忠臣不事二君，烈女不更二夫。公公，休要

(一) 眉批：『屍』與『尸』同。

寫。（外云）媳婦，你取紙筆過來。（旦云）公公，奴家生是蔡郎妻，死是蔡郎婦。千萬休寫，枉自勞神。（外云）媳婦，你不取紙筆來，要氣殺我也？（末云）五娘子，你休逆他，嫁與不嫁在乎你，且取將過來。（旦取上）（外作寫科）咳！這一管筆倒有千斤來重！

【越調過曲·羅帳裏坐】（外）媳婦，你艱辛萬千，(一)是我擔誤了伊。你不嫁人呵，身衣口食，怎生區處？休休，當元是我拆散了你夫妻。我如今死了呵，終不然教你，又守着靈幃？（放筆科）已知死別在須臾，更與甚麼生人做主？

【前腔】（末）這中間就裏，我難說怎提。五娘子，你若不嫁人，恐非活計；若不守孝，又被人談議。可憐家破與人離，怎不教人淚垂。

【前腔】（旦）公公嚴命，非奴敢違。若是教我嫁人呵，那些個不更二夫，却不誤奴一世？公公，我一馬一鞍，誓無他志。(二)可憐家破與人離，怎不教人淚垂？

（外云）張太公，我憑你爲証，留下這條拄杖，待我那不孝子回來，把他與我打將出去。（外倒，旦扶科）

公公病裏莫生嗔，員外寬心保自身。

(一) 眉批：艱：音『間』。

(二) 眉批：誓：音『示』。

正是藥醫不死病，果然佛度有緣人。

釋義：子先嘗：《禮記》：『君有疾，飲藥臣先嘗之；親有疾，飲藥子先嘗之。』須臾：頃刻，暫時之間也。『忠臣』二句：周赧王三十年，燕趙王以樂毅爲上將軍，并將秦、魏、韓、趙四國之兵以伐齊，連克七十二城。毅聞畫邑人王蠋素賢，令軍中環畫邑，三十里無入。乃使人請蠋，蠋曰：(一)『忠臣不事二君，烈女不嫁二夫。』遂自縊死。生受：困苦、受累、磨障也。閘閨：勉强以定神色也。糟糠婦：後漢宋弘云：『貧賤之交不可忘，糟糠之妻不下堂。』

第二十四齣　宦邸憂思

【正宮引子・喜遷鶯】（生）終朝思想，但恨在眉頭，人在心上。鳳侶添愁，魚書絶寄，空勞兩處相望。青鏡瘦顔羞照，寶瑟清音絶響。歸夢杳，繞屏山烟樹，那是家鄉？

〔踏莎行〕怨極愁多，歌慵笑懶，只因添個鴛鴦伴。他鄉遊子不能歸，高堂父母無人管。湘浦魚沉，衡陽雁斷，音書要寄無方便。人生光景幾多時，蹉跎負却平生願。(二)

(一) 眉批：蠋：音『祝』。

(二) 眉批：跎：音『陀』。

【正宫過曲·雁魚錦】（生）思量，那日離故鄉。記臨期送別多惆悵，攜手共那人不厮放。教他好看承我爹娘，料他每應不會遺忘。聞知飢與荒，只怕捱不過歲月難存養。若望不見我信音，却把誰倚仗？

【前腔换頭】思量，幼讀文章，論事親爲子也須要成模樣。真情未講，怎知道喫盡多魔障？[一] 被親强來赴選場，被君强官爲議郎，被婚强效鸞凰。三被强，我衷腸事説與誰行？埋冤難禁這兩厢：這壁厢道咱是個不撑達害羞的喬相識，那壁厢道咱是個不睹親負心的薄倖郎。

【前腔换頭】悲傷，鷺序鴛行，[二] 怎如那慈烏返哺能終養？謾把金章，綰着紫綬；試問斑衣，今在何方？斑衣罷講，縱然歸去，又恐怕帶麻執杖。天那！只爲那雲梯月殿多勞攘，落得淚雨如珠兩鬢霜。

【前腔换頭】幾回夢裏，忽聞鷄唱。忙驚覺錯呼舊婦，同問寢堂上。待朦朧覺來，依然新人鴛幃鳳衾和象床。怎不怨香愁玉無心緒？更思想，被他攔當。教我，怎不悲傷？俺這裏

[一] 眉批：魔：音『磨』。
[二] 眉批：鷺：音『路』。

歡娱夜宿芙蓉帳，他那裏寂寞偏嫌更漏長。

【前腔换頭】謾悒怏，把歡娱翻成悶腸。菽水既清涼，我何心貪着美酒肥羊？悶殺人花燭洞房，愁殺我掛名金榜。魆地裏自思量，正是歸家不敢高聲哭，只恐猿聞也斷腸。

院子何在？（末云）有問即對，無問不答。相公有何指揮？（生云）院子，你是我心腹之人，有一件事和你商量，你休要走了我的消息。（末云）小人安敢？（生云）我自從離了父母妻室，來此赴選，不擬一擢高科，拜授當職。將謂數月之後，可作歸計，誰知又被牛太師招爲門婿。一向逗留在此，不得還家見父母一面，故此要和你商量個計策。（末云）相公，自古道：不鑽不穴，不道不知。小人每常間見相公憂悶不樂，豈知這般就裏？相公何不説與夫人知道？（生云）院子，我夫人雖則賢慧，争奈老相公之勢，炙手可熱。（一）待説與夫人知道，一霎時老相公得知，只道我去了不來，如何肯放我去？不如姑且隱忍，和夫人都瞞了，且待任滿尋個歸計。（末云）這的却是。老相公若還知道，如何肯放相公回去？（生云）院子，我如今要寄一封書家去，没個方便的人；欲待使人逕去，又怕老相公知道。你與我出街坊上體探，倘有我鄉里人來此做買賣，待我寄一封家書回去。（末云）小人謹領便去。

終朝長相憶，尋便寄書尺。

（一）眉批：炙：音『執』。

眼望旌捷旗，耳聽好消息。

釋義：魚書：《古樂府》：『客從遠方來，遺我雙鯉魚。呼童烹鯉魚，中有尺素書。長跪讀素書，書中意何如？上有加餐飯，下有長相憶。』家鄉：詩：『歸心隨雁落家鄉。』故鄉：杜詩：『傳語故鄉春。』鷺序鴛行：朝班也。慈烏反哺：慈烏，孝鳥，長則反哺其母。金章紫綬：見第二齣。斑衣：見第二齣。雲梯：莆田鄭僑，乾道己丑春省試中選，未廷對。夢空中一梯，雲氣圍繞。竊自念曰：『世所謂雲梯者，兹其是歟？』俄身至其梯，側而登之，及高層，既而爲天下第一。故今稱人御試中及第者，謂登青雲梯。象床：《戰國策》：『齊公子田文，號孟嘗君，出行至楚，獻象牙床。』怨香：晉韓壽美姿貌，司空賈充辟爲掾。〔一〕武帝時，西域進奇香，一襲人衣則經月不散。帝以賜充，充女盗以遺壽。充因宴諸賓掾，聞壽衣芬馥，疑女與壽私通而得香。因勘婢，得實，竟以女妻壽焉。芙蓉帳：白樂天詩：『芙蓉帳暖度春宵。』菽水既清涼：《禮記・檀弓下》篇：〔二〕『子路曰：「傷哉，貧也！生無以爲養，死無以爲禮也。」孔子曰：「啜菽飲水，盡歡，斯之謂孝。」』注：菽，大豆也。貧薄事親，曰輒盡菽水之歡。清涼，猶荒涼也。金榜：見十二齣。猿聞也斷腸：《格物論》：『猿性急而腸狹，聞類死，

〔一〕眉批：掾：音『員』。
〔二〕禮：原作『史』，據文義改。

聲嗚則腸俱斷而死。春夏時，膠東猿盛。至夏，踐人禾稼，[一]楚昭王使養由基射之。適遇母猿抱子在樹，由基引弓射中其子。子死，母長嗚三聲，亦死。』

第二十五齣　祝髮買葬

【雙調引子・金瓏璁】（旦）饑荒先自窘，那堪連喪雙親。身獨自，怎支分？我衣衫都解盡，首飾并没分文。無計策，只得剪香雲。

〔蝶戀花〕萬苦千辛難擺撥，力盡心窮，兩淚空流血。裙布荆釵今已竭，萱花椿樹連摧折。金刀盈盈明似雪，遠照烏雲，掩映愁眉月。一片孝心難盡説，一齊分付青絲髮。奴家前日婆婆没了，已得張太公周濟。如今公公又没了，無錢資送，難再去求告他。我思想起來，没奈何了，只得剪下頭髮，賣幾貫鈔，[二]爲送終之用。雖然這頭髮值錢不多，也只把他做些意兒，恰似教化一般。苦！不幸喪雙親，求人不可頻。聊將青絲髮，斷送白頭人。

【南吕過曲・香羅帶】（旦）一從鸞鳳分，誰梳鬢雲？妝臺懶臨生暗塵，那更釵梳首飾典無存也。頭髮，是我擔閣你度青春。如今又剪你，資送老親。剪髮傷情也，怨只怨結髮薄

[一] 眉批：踐：音『賤』。

[二] 眉批：鈔：音『抄』。

倖人。

【前腔】思量薄倖人，辜奴此身，欲剪未剪，教我先淚零。我當初早披剃入空門也，做個尼姑去，今日免艱辛。咳！只有我的頭髮恁般苦，少甚麼佳人的，珠圍翠擁蘭麝熏。(一) 呀！似這般狼狽呵，我的身死兀自無埋處，説甚麼剪頭髮愚婦人！

【前腔】堪憐愚婦人，單身又窮。頭髮，我待不剪你呵，開口告人羞怎忍？我待剪你呵，金刀下處應心瘆也。(二) 却將堆鴉髻，舞鸞鬢，與烏鳥報答鶴髮親。教人道霧鬢雲鬟女，斷送霜鬢雪鬢人。（剪下哭科）

【南呂引子·臨江仙】（旦）連喪雙親無計策，只得剪下香鬟。非奴苦要孝名傳，正是上山擒虎易，開口告人難。

頭髮既已剪下，免不得將去貨賣。穿長街，抹短巷，叫一聲賣頭髮。

【南呂過曲·梅花塘】（旦）賣頭髮，買的休論價。念我受饑荒，囊篋無些個。丈夫出去，那堪連喪了公婆。没奈何，只得剪頭髮資送他。

(一) 眉批：麝：音『射』。

(二) 眉批：瘆：音『滕』。

呀！怎的都没人買？

【香柳娘】（旦）看青絲細髮，看青絲細髮，剪來堪愛，如何賣也没人買？這饑荒死喪，這饑荒死喪，怎教我女裙釵，當得恁狼狽？(一) 况連朝受餒，况連朝受餒，我的脚兒怎擡？其實難捱。（跌倒起科）

【前腔】往前街後街，往前街後街，并無人買。我待再叫一聲。咽喉氣噎，無如之奈。苦！我如今便死，我如今便死，暴露我屍骸，誰人與遮蓋？天那！我到底也只是個死。將頭髮去賣，將頭髮去賣，賣了把公婆葬埋，奴便死何害？

（作倒哭）（末上云）慈悲勝念千聲佛，造惡徒燒萬炷香。今日蔡老員外病症不知如何，我且去看一看。呀！五娘子，你爲何倒在街上？（旦云）苦！太公可憐見，救奴家則個。（末杖扶科）五娘子，你手裏拿着頭髮做甚麽？（旦云）奴家公公又没了，無錢資送，只得把自己頭髮剪下，欲賣幾文鈔，爲送終之用。（末哭科）元來你公公又死了呵！你怎的不來和我商量，把這頭髮剪下做甚麽？（旦云）奴家多番來定害公公，不敢來相惱。（末云）呀！你説那裏話！五娘子。

【前腔】（末）你兒夫曾付托，兒夫曾付托，我怎生違背？你無錢使用，我須當貸。(二) 你將頭

(一) 眉批：狼狽：音『郎貝』。
(二) 眉批：貸：音『代』。

髮剪下，將頭髮剪下，又跌倒在長街，都緣我之罪。（合）嘆一家破敗，嘆一家破敗，否極何時泰來？各出珠淚。

【前腔】（旦）謝公公慷慨，謝公公慷慨，把錢相貸，我公婆在地下相感戴。只恐奴身死也，恐奴身死也，兀自没人埋。公公，誰還你恩債？（合前）

（末云）五娘子，你先回家去，我即着人送些布帛米穀之類與你使用。（旦云）如此，多謝公公。請收這頭髮。（末云）咳！難得，難得。這是孝婦的頭髮，剪來斷送公婆的。我留在家中，不惟傳流做個話名，後日蔡伯皆回來，將與他看，也使他惶愧。

謝得公公救妾身，伊夫曾托我親鄰。

從空伸出拿雲手，提起天羅地網人。

釋義：淚流血：高柴，字子羔，孔子弟子。執親之喪，泣血三年，未嘗見齒。蛾眉：《詩》：『螓首蛾眉。』蛾之眉，曲而長。結髮：宋子京詩：『結髮爲夫婦。』披剃：披，被袈裟也；剃，削髮也。《因果經》：『過去者佛爲成就無菩提，故捨飾好剃髭髮，(二)即發願言：「今落髮，故願與一切衆生斷除煩惱及諸惡障。」』空門：《智度經》：『混袈有三門，一曰空門，二曰無相門，三曰無作門。』謂觀諸法，

(二) 眉批：髭：音『滋』。

無我無作，受者是空門之名，故號空門。尼姑：《事物紀》：『原漢明帝既聽陽城侯劉峻等出家，又聽洛陽婦女何潘等出家，此蓋中國尼姑之始。』蘭麝：蘭，一幹一花而香有餘。《拾物志》：『麝如小麋，人逐則自高岩舉爪剔出臍香，就縶，尤拱兩足保其臍，以自珍重。』堆鴉髻：杜詩：『新髻似堆鴉。』舞鸞鬢：王雍《宮詞》：『宮粧掠出舞鸞鬢。』鶴髮：賀方回詞：『童顔愁鶴髮。』剪髮：晉陶侃家貧，范逵訪之，侃倉卒無以款待。母湛氏乃剪髮以易酒肴，又徹所卧新薦，剉給其馬。

第二十六齣　拐兒給誤

【仙呂入雙調・打毬場】（浄）幾年間，爲拐兒，脱空説謊爲最。遮莫你是怎生俌俏的，也落在我圈套。

自家脱空爲活計，掏摸作生涯。劍舌鎗唇，伶俐的也引教他懵懂；虚脾甜口，慳吝的也哄教他粧風。鄉貫何曾有定居，姓名誰人知真實。粧成圈套，見了的便自入來；做就機關，入着的怎生出去？騙了鍾馗手裏寶劍，（一）拐了洞賓瓢裏仙丹。果然來無跡，去無踪，對面騙人如撮弄；縱使和你行，和你坐，當場賺你怎埋冤？拐兒陣裏先鋒，哄局門中大將。何用剜墻窀壁，强如黑夜偷兒。不索挾斧持

（一）眉批：馗：音『葵』。

刀，真個白晝劫賊。正是：天不生無禄之人，地不長無根之草。自家打聽得蔡狀元家住陳留，父母在堂，久無消息，他如今要寄家書回去。况我在陳留走得慣熟，頗習語音，不免粧扮做陳留人，假寫他父母家書遞與他，必有回音。倘或附帶些金帛回家，也不見得覓却一個小富貴；便不然，也索與我些路費回家。這裏便是蔡狀元府前，不免進入去咱。呀！怎的不見一個人？我且咳嗽一聲。（末云）侯門深似海，不許外人敲。（相見科）你是那裏人？來此有甚勾當？（净云）小子從陳留來，蔡相公的老大人有家書在此。（末云）呀！我相公正要乘便寄家書回去，你來得恰好，待我請相公出來。（請科）

【商調引子·鳳凰閣】（生）尋鴻覓雁，寄個音書無便。謾勞回首望家山，和那白雲不見。淚痕如綫，想鏡裏孤鸞影單。

（末云）告相公得知，有一個漢子，説他從陳留郡來，有老相公的家書在此。（生云）快請他進來。（相見科）（生云）多承足下帶得我家書來呵。（净云）小子奉老大人尊命，特遞在此。（净遞書科）

【仙吕過曲·一封書】（生）一從你去離，我在家中常念你。功名事怎的？想多應折桂枝。幸得爹娘和媳婦，各保安康無禍危。謝天謝地，且喜家中多安樂。㈠見家書，可知之，及早回來莫更遲。

㈠ 眉批：樂：音『洛』。

天那！我豈不要回去？争奈不由我。院子，你引鄉親到後堂茶飯，一面取紙筆，待我寫家書，就附與他去。可取些金珠碎銀過來。（生寫書科）

【越調過曲·下山虎】男邕百拜大人尊前：一自離膝下，(一)頓經數年。目斷萬里關山，鎮日望懸。一向那堪音信斷。名利事，嘆牽縮，謾勞珠淚漣。上表辭金殿，要辭了官，争奈君王不見憐。

【蠻牌令】忽爾拜尊翰，激切意懸懸。幸喜爹娘和媳婦，盡安健。奈兒身淹留旅邸，不能彀承奉慈顔。匆匆的聊附寸箋，草草伏乞尊照不宣。

鄉親，我這一封書，并這金珠，托你將到俺家裏，與老相公收下。傳示家中大小，俺早晚便回來，教他放心，不須憂慮。（浄云）小子理會得。（生云）這些碎銀，送與鄉親路上作盤費。（浄云）多謝！多謝！

【中吕過曲·駐馬聽】（生）書寄鄉關，説起教人心痛酸。鄉親，傳示俺八旬爹媽，道與俺兩月妻房，隔涉萬水千山。啼痕緘處翠綃斑，夢魂飛遶銀屏遠。（合）報道平安，想一家賀喜，只説道再相見。

【前腔】（末）遥憶鄉關，有個人人凝望眼。他頻看飛雁，望斷孤舟，倚遍危欄。見這銀鈎飛

(一) 眉批：膝：音『昔』。

動綵雲箋，又索玉筯界破殘粧面。(一)（合前）

【前腔】（净）西出陽關，却嘆今朝行路難。念取經年離別，跋涉萬里程途，帶着一紙雲箋。只怕豺狼紛擾路途間，(二)雁鴻怕不到家鄉畔。（合前）

憑伊千里寄佳音，說盡離人一片心。

須知相别經多載，方信家書抵萬金。

釋義：舌劍：閬仙詩：『三寸舌爲安國劍。』鍾馗：《遯齋閒覽》：『鍾馗，終南山人也。唐武德間，中試不第，觸殿堦而死。後明皇病疫，居小殿，夢二鬼，一大一小。小者跣一足，懸一履於腰間，竊太真紫香囊，及恬鼓笛吹之。大者仗劍逐之，喧嚷不已。既而大者奏曰：「臣終南進士鍾馗也，將爲陛下殺之。」遂擒小者，以右手大指摘其目食之盡。帝覺而疾愈，命畫工吴生如夢圖之。』洞賓：吕嵒，字洞賓，河東人，唐禮部侍郎謂之孫。咸通中，兩舉進士不第，遂遊廬山，遇異人，得長生訣。多遊湘潭鄂岳之間。嘗題岳陽樓上云：『朝遊北海暮蒼梧，袖有青蛇膽氣粗。三入岳陽人不識，朗然飛過洞庭湖。』宋時，嘗來謁滕宗諒，自稱華山回道士。宗諒密令畫工傳其像，口占以贈之：『華州回道士，來到洛陽城。别我遊

(一) 眉批：筯：音『柱』。

(二) 眉批：豺：音『才』。

何處？秋空一劍橫。』嵓慨然大笑而别。自號純陽真人。侯門深似海：《西京雜記》：『崔郊妾鬻于連師于頓，(二)郊以詩寄之曰：「侯門一入深如海，從此蕭郎是路人。」相見之，以妾還郊。』大人：子稱父曰大人。漢霍光，去病之弟也，父仲儒以縣吏給事平陽侯曹壽家，與侍妾衛少兒私通。吏畢歸，娶婦生光。因絶不相聞，不知少兒已生去病。後去病爲驃騎將軍，擊匈奴，至平陽傳舍，遣吏迎仲儒，跪曰：『去病不早自知爲大人遺體。』爲買田宅奴婢而去。還，復過焉，將光西至長安，任光爲郎，後位至宰相。陽關：地名，在長安西。王維《送故人元仁使安西，以詩别之》曰：『渭城朝雨挹輕塵，客舍青青柳色新。勸君更盡一杯酒，西出陽關無故人。』後人以爲《陽關三疊》之。行路難：白樂天詩『行路難，不在水，不在山』云云。跋涉：《爾雅》：『旱行曰跋，水行曰涉。』豺狼：喻盜賊也。

第二十七齣　感格墳成

【南吕引子・掛真兒】(旦)四顧青山静悄悄，思量起暗裏魂銷。黄土傷心，丹楓染淚，謾把孤墳獨造。

〔菩薩蠻〕白楊蕭瑟悲風起，天寒日淡空山裏。虎嘯與猿啼，愁人添慘悽。窮泉深杳杳，長夜何由曉。

(二) 眉批：鬻：音『育』。

灑淚泣雙親，雙親聞不聞？奴家自從喪了公婆，家中十分狼狽。昨已多承張太公將公婆靈柩搬到山，免不得造一所墳塋，把公婆安葬了。争奈無錢倩人，難以再去求他，只得自家搬泥運土。（把裙包土科）

【南呂過曲·五更轉】（旦）把土泥獨抱，麻裙裹來難打熬。空山静寂無人吊，但我情真實切，到此不憚勞。苦！何曾見葬親兒不到？又道是三匝圍喪，那些個卜其宅兆？思量起，是老親合顛倒。公公，你圖他折桂看花早，不想自把一身，送在白楊衰草。謾自苦，（作悲科）這苦憑誰告？

【前腔】我只憑十爪，㈠如何能彀墳土高？苦！只見鮮血淋漓濕衣襖。天那！我形衰力倦，死也只這遭。休休！骨頭葬處，任他血流好。此唤做骨血之親，也教人稱道。教人道趙五娘真行孝。苦！心窮力盡形枯槁，只有這鮮血，到如今也出盡了。這墳成後，只怕我的身難保。

呀！我氣力都用乏了，不免就此歇息睡一覺呵。

【仙呂引子·卜算子先】（旦）墳土未曾高，筋力還先倦。（睡科）（外扮山神上）

㈠ 眉批：爪：音『搔』。

【中吕引子·粉蝶兒】（外）趙女堪悲，天教小神相濟。善哉！善哉！吾乃當山土地。今奉玉帝敕旨，爲見趙五娘行孝，特令差撥陰兵，與他併力築造墳臺。不免叫出南山白猿使者（一）北岳黑虎將軍前來聽用。猿、虎二將何在？（淨、丑扮猿、虎上）（外云）吾奉玉帝敕旨：爲見趙五娘獨自在山築墳，特差汝等率領陰兵，與他併力。汝等可變作人形，與他運化土石，務要頃刻完成，不得驚動孝婦。（淨、丑云）領法旨。（造墳科）告大聖，墳臺已成了。（外云）趙五娘，你擡起頭來，聽吾囑付。

【仙吕入雙調·好姐姐】（外）五娘聽吾道語：吾特奉玉皇敕旨，憐伊孝心，故遣陰兵來助你。（合）墳成矣，辭了二親尋夫婿，改换衣裝往帝畿。

趙五娘，你好生記着。正是：大抵乾坤都一照，免教人在暗中行。（外、淨、丑下）（旦醒科）

【仙吕引子·卜算子後】（二）（旦）夢裏分明有鬼神，想是天憐念。

呀！怪哉！怪哉！奴家睡間，恍惚似夢非夢，見神人囑付道：墳已成了，教奴家前往京畿尋取丈夫。我思忖起來，獨自一身，幾時能彀得墳成？（起看科）呀！果然這墳臺都成了。謝天謝地！分明是神通變化。

（一）眉批：猿：音『袁』。
（二）眉批：子：原闕，據汲古閣刊本《繡刻琵琶記定本》補。

【五更轉】（旦）怨苦知多少？兩三人只道同做餓殍。（一）公公，婆婆，今日幸賴神明救濟，成此墳臺，你兩人已得安妥。只一件：我未曾葬時節，也還恰象相親傍的一般；如今葬了呵，窮泉一閉無日曉，嘆如今永别，再無由相倚靠。我死與公婆做一處埋呵，也得相伏侍。只愁我死在他塗道，我的骨頭何由來到？從今去，墳呵，只願得中乾燥，福子蔭孫也都難料。呀！天那！便做蔭得個三公，也濟不得親老。淚暗滴，復把蒼天來禱。（末同丑帶鉏器上）

【越調過曲・鏵鍬兒】（末）悲風四起吹松柏，山雲黯淡日無色。（丑）虎嘯與猿啼，（二）怎不慘慽。（合）躦步行來到峭壁，都與孝婦添助力。

（末云）老夫張廣才。只爲蔡老員外夫妻相繼棄世，虧殺他媳婦趙五娘子支持。如今又聞得他把裙包土，築造墳臺。我想人家造一所墳，没有千百工造不成，他獨自一個女流，如何成得此事？不免帶將小二，與他添助力氣則個。呀！好怪哉！如何墳都成了？只見松柏森森繞四圍，孤墳新土掩泉扉。五娘子，空山獨自無人問，爲築墳臺又阿誰？（旦云）太公，夢裏鬼神多怪異，陰兵運石與搬泥。墳臺成了親分付，教奴尋婿到京畿。（丑云）公公，自古流傳多有此，畢竟感格上蒼知。長城哭倒稱姜女，五娘子，你他日芳名一樣題。（合云）正是：善惡到頭終有報，只争來早與來遲。

（一）眉批：殍：音『莩』。

（二）眉批：嘯：音『笑』。

【好姐姐】（旦）公公，念奴血流滿指，獨自要墳成無計。深感老天，暗中相護持。(一)（合）墳成矣，辭了二親尋夫婿，改换衣裝往帝畿。

【前腔】（末）五娘子，老夫帶領小二，待與你添助些力氣，誰知有神暗中相救濟？（合前）

【前腔】（丑）你每真個見鬼，這松柏孤墳在何處？恰纔小鬼是我粧扮的。（合前）

孝心感格動陰兵，不是陰兵墳怎成？

萬事勸人休碌碌，(二)舉頭三尺有神明。

釋義：黄土傷心：《列子》：『骨肉歸於黄土，心其有不傷乎？』丹楓染淚：《麗情集》：『王子敬與燕公情篤，公死，子敬過其墳，忍淚急趨，回首而不覺淚已沾衣。墳間楓葉，染淚者皆紅。蓋情動不可制也。』三匝圍喪：晉陽休之夢繞墳頭銅柱三匝。又，韓愈詩：『繞墳不假號三匝。』卜其宅兆：《孝經》：『卜其宅兆而安厝之。』三公：太師、太傅、太保爲三公。

(一) 眉批：護：音『互』。

(二) 眉批：碌：音『禄』。

第二十八齣　中秋望月

【大石調・念奴嬌引】（貼）楚天過雨，正波澄木落，秋容光浄。誰駕玉輪來海底，碾破琉璃千頃。環珮風清，笙簫露冷，人在清虚境。（浄、丑）真珠簾捲，庾樓無限佳興。〔一〕

〔臨江仙〕（貼云）玉作人間秋萬頃，銀葩點破琉璃。（浄云）瑶臺風露冷仙衣，天香飄到處，此景有誰知？（丑云）未審明年明夜月，此時此景何如？（貼云）珠簾高捲醉瓊巵。（合云）正是莫辭終夕勸，動是隔年期。（貼云）老姥姥，今夜中秋，月色澄清，你與我請相公出來賞玩則個。（浄云）是，是。夫人請相公玩月。（生内應云）我已睡了，不來。（丑云）你甚麽嘴臉，可知道請他不來？（貼云）惜春，你再去請。（丑云）我去請。相公，夫人請相公出來玩月。（生云）來也。（丑云）老姥姥，你看我嘴兒纔動一動，相公就出來了。

【南吕引子・生查子】（生）逢人曾寄書，書去神亦去。今夜好清光，可惜人千里。

（貼云）相公，今夜中秋，月色可愛，我請你賞玩一番，你没事推阻怎的？（生云）月色有甚好處？（貼云）相公，怎的不好？〔酹江月〕你看：玉樓金氣捲霞綃，〔二〕雲浪空光澄徹。丹桂飄香清思爽，人在瑶

〔一〕眉批：庾：音『預』。

〔二〕眉批：綃：音『消』。

臺銀闕。（生云）影透鳳幃，光窺羅帳，露冷蛩聲切。關山今夜，照人幾處離別。（净云）須信離合悲歡，還如玉兔，有陰晴圓缺。便做人生長宴會，幾見冰輪皎潔？（丑云）此夜明多，隔年期遠，莫放金樽歇。（合云）但願人長久，年年同賞明月。（飲酒科）

【大石調・念奴嬌序】（貼）長空萬里，見嬋娟可愛，全無一點纖凝。十二欄杆光滿處，涼侵珠箔銀屏。[一] 偏稱，身在瑶臺，笑斟玉斝，人生幾見此佳景？（合）惟願取年年此夜，人月雙清。

【前腔換頭】（生）孤影，南枝乍冷，見烏鵲縹緲驚飛，栖止不定。萬點蒼山，何處是修竹吾廬三徑？追省，丹桂曾攀，嫦娥相愛，故人千里謾同情。（合前）

【前腔換頭】（貼）光瑩，我欲吹斷玉簫，乘鸞歸去，不知風露冷瑶京。環佩濕，似月下歸來飛瓊。那更，香霧雲鬟，清輝玉臂，[二] 廣寒仙子也堪並。（合前）

【前腔換頭】（生）愁聽，吹笛《關山》，敲砧門巷，月中都是斷腸聲。人去遠，幾見明月虧盈。惟應，邊塞征人，深閨思婦，怪他偏向別離明。（合前）

[一] 眉批：箔：音『薄』。
[二] 眉批：臂：音『避』。

【中吕過曲·古輪臺】（净）峭寒生，鴛鴦瓦冷玉壺冰，欄杆露濕人猶凭，㈠貪看玉鏡。況萬里青冥，皓彩十分端正。三五良宵，此時獨勝。（丑）把清光都付與酒杯傾，從教酩酊，拚夜深沉醉還醒。酒闌綺席，漏催銀箭，香銷金鼎。斗轉與參横，銀河耿，轆轤聲已斷金井。㈡

【前腔换頭】（净）閒評，月有圓缺與陰晴，人世上有離合悲歡，從來不定。深院閒庭，處處有清光相映。也有得意人人，兩情暢詠；也有獨守長門伴孤另，君恩不幸。（丑）有廣寒仙子娉婷，孤眠長夜，如何捱得更闌寂静？此事果無凴。但願人長久，小樓玩月共同登。

【餘文】（衆）聲哀訴，促織鳴。（貼）俺這裏歡娱未罄，㈢（生）他幾處寒衣織未成。

今宵明月正團圓，幾處凄涼幾處諠。

但願人生得長久，年年千里共嬋娟。

釋義：玉鏡、銀葩、冰輪：喻月也。琉璃千頃、瑶臺銀闕、玉壺冰：俱喻長空月色之澄瑩也。

『環珮清風』二句：言夜景也。朱希真詞：『露冷笙簫，風清環珮。』庾樓：晉庾亮鎮武昌，諸佐吏

㈠ 眉批：凭：音『並』。

㈡ 眉批：轆轤：音『鹿盧』。

㈢ 眉批：罄：音『慶』。

般浩之徒乘夜月登南樓，俄而不覺亮至，將起避之。亮曰：『諸君且住，老子於此興不淺。』遂據胡床，與浩等談咏。其坦率如此。『玉樓』至『澄徹』：絳氣，月映樓中瑞色也。綃是錦也。霞綃捲，故雲浪空光澄徹。范巨卿詞：『捲霞綃雲浪。』飄香：宋之問詩：『丹桂月中落，天香雲外飄。』嬋娟：美好貌，指姮娥也。古詩：『青女素娥俱耐冷，月中霜裏鬥嬋娟。』玉斝：酒器，受六升。吾廬：淵明詩：『吾亦愛吾廬。』三徑：蔣詡於竹下開三徑，惟與羊仲求來往。俱隱士也。瑶京：李白詩：『天上白玉京。』飛瓊：飛瓊姓許，西王母之侍女也。漢武帝時，王母於七月七夕壽承華殿，進蟠桃七顆，有侍女四人。帝問其名，曰董雙成、許飛瓊、婉陵華、殿安香也。詳見第十三齣。『香霧雲鬟』二句：杜詩：『香霧雲鬟濕，清輝玉臂寒。』廣寒：月宫也。吹笛關山：古有《關山月》，遠戍思歸之曲也。敲砧門巷：(一)秋至，搗寒衣以寄遠也。三五：十五夜也。盧仝詩：『涓涓姮娥月，三五二八圓又缺。』『邊塞征人』三句：崔令欽詞：『沙場征夫，幽閨思婦，閑殺長安一片月，偏向别離明。』斗轉參横：斗星七點，參星三點。斗柄轉，參星横，則月落而天將曙矣。轆轤聲：轆轤，井上汲水圓木也。獨守長門伴孤另，君恩不幸：漢武帝元光五年，皇后陳氏以祠祭厭勝媚道，事覺，册收璽綬，退

(一) 眉批：砧：音『針』。

居長門，供奉如法。日夕愁思，以金百斤賂司馬相如，(一)遂作《長門賦》以悟帝意。後復得幸。促織：《爾雅》：『蟋蟀也。』至秋則鳴，故爲其人促織也。王荆公詩曰：『金屏翠幕與秋宜，得此年年醉不知。只向貧家促機杼，貧家猶有幾駒絲？』

第二十九齣　乞丐尋夫

【雙調引子·胡搗練】(旦)辭別去，到荒坵，只愁出路煞生受。畫取真容聊藉手，逢人將此勉哀求。

鬼神之道，雖則難明；感應之理，未嘗不信。奴家昨日在山築墳，正睡間，忽夢一神人，自稱當山土地，帶領陰兵，與奴家助力；却又囑付教奴家改換衣裝，逕往長安尋取丈夫。待覺來，果然墳臺並已完備，這的分明是神通護持。正是：寧可信其有，不可信其無。今二親既已葬了，只得改換衣裝，扮作道姑，將琵琶做行頭，沿街上彈幾個行孝的曲兒，抄化將去。只是一件，我幾年間和公婆廝守，如何捨得一旦撇了他？奴家自幼頗曉得些丹青，何似想像畫取公婆真容，背着一路去，也似相親傍的一般。但遇小祥忌辰，展開與他燒些香紙，奠些酒飯，也是奴家一點孝心。不免就此畫描真容則個。（描

(一)眉批：賂：音『路』。

畫科）

【仙吕入雙調・三仙橋】（旦）一從他每死後，要相逢不能彀，除非夢裏暫時略聚首。苦要描，描不就；暗想像，教我未描先淚流。描不出他苦心頭，描不出他饑症候，描不出他望孩兒的睁睁兩眸。只畫得他髮颼颼，衣衫敝垢。休休！若畫做好容顏，須不是趙五娘的姑舅。

【前腔】我待要畫他個龐兒帶厚，（一）他可又饑荒消瘦。我待要畫他個龐兒展舒，他自來長恁面皺。若畫出來，真是醜，那更我心憂，也做不出他歡容笑口。不是我不會畫着那好的，我從嫁來他家，只見他兩月稍優游，其餘都是愁。那兩月稍優游，我又忘了。這三四年間，我只記得形衰貌朽。這真容呵，便做他孩兒收，也認不得是當初父母。休休！縱認不得是蔡伯喈當初爹娘，須認得是趙五娘近日來的姑舅。

真容既已描就了，就在這裏燒些香紙，奠些酒飯，（二）拜别了公婆出去。（拜辭科）

【前腔】（旦）公公，婆婆，非是奴尋夫遠遊，只怕我公婆絶後。奴見夫便回，此行安敢久？

（一）眉批：龐：音『忙』。
（二）眉批：奠：音『佃』。

苦！路途中，奴怎走？望公婆相保佑我出外州。天那！他兀自没人看守，如何來相保佑？這墳呵，只怕奴去後，冷清清有誰來祭掃？縱使遇春秋，一陌紙錢怎有？休休，你生是受凍餒的公婆，死做個絶祭祀的姑舅。

奴家既辭了墳墓，只得背了真容，便索去辭張太公。呀！如何恰好張太公來也？（末上云）衰柳寒蟬不可聞，金風敗葉正紛紛。長安古道休回首，西出陽關無故人。（旦云）奴家適間拜辭了墳墓，正要到宅上來告别。（末云）呀！五娘子，你幾時去？（旦云）太公，奴家今日就行了。（末云）你背的是甚麽畫？（旦云）是奴公婆的真容，待將路上去藉手乞告些盤纏，早晚與他燒香化紙。（末云）是誰畫的？（旦云）是奴家將就描摸的。（末云）五娘子，你孝心所感，一定逼真。借我看一看。咳！畫得像，畫得像。（作悲科）老員外，老安人，［鷓鴣天］死别多應夢裏逢，謾勞孝婦寫遺踪。可憐不得圖家慶，辜負丹青泣畫工。衣破損，鬢鬔鬆，(一)千愁萬恨在眉峰。只怕蔡郎不識年來面，趙女空描别後容。五娘子，我聽得你要遠行，將幾貫錢與你路上少助些盤纏。（旦云）多多定害公公了。奴家又有不識進退之懇：奴家去後，公婆墳塋，早晚望太公可憐見，看這兩個老的在日之面，與奴家看管則個。（末云）這個不妨。你但放心前去，老夫少不得如此。（拜辭科）

(一) 眉批：鬔：音『蓬』。

【越調過曲・憶多嬌】（旦）公公，他魂渺漠，我没倚托。程途萬里，教我懷夜壑。[一] 此去孤墳，望公公看着。（合）舉目蕭索，滿眼盈盈淚落。

【前腔】（末）五娘子，我承委托，當領略。這孤墳我自看守，決不爽約。但願你途中身安樂。（合前）

【仙吕入雙調・鬥黑麻】（旦）奴深謝公公，便相允諾。從來的深恩，怎敢忘却？只怕途路遠，體怯弱；病染災纏，衰力倦脚。（合）孤墳寂寞，路途滋味惡。兩處堪悲，萬愁怎摸？[二]

【前腔】（末）伊夫婿多應是，貴官顯爵。伊家去，須當審個好惡。五娘子，只怕你這般喬打扮，他怎知覺？一貴一貧，怕他將錯就錯。（合前）

（旦云）公公，奴家拜别去也。（末云）五娘子，且慢着，老夫還有幾句言語囑付你。（旦云）望公公指教。（末云）五娘子，你少長閨門，豈識路途？當初蔡郎未别時節，你青春正媚；你如今又遭這飢荒貧苦，貌怯身單。正是：桃花歲歲皆相似，人面年年自不同。蔡郎臨别之後，可不道來。（旦云）公公，他道甚的？（末云）他道是若有寸進，即便回來。如今年荒親死，一竟不回，你知他心腹事如何？正是：畫虎畫皮難畫骨，知人知面不知心。唉！蔡郎元是讀書人，一舉成名天下聞。久留不知因個

[一] 眉批：壑：音『涸』。
[二] 眉批：摸：音『摩』。

甚，年荒親死不回門？五娘子，你去京城須仔細，逢人下氣問虛真。若見蔡郎，謾説千般苦，只把琵琶語句訴原因。未可便説他妻子，未可便説喪雙親。未可便説裙包土，未可便説剪香雲。若得蔡郎思故舊，可憐張老一親鄰。我今年已七十歲，比你公公少一旬。你去時猶有張老來相送，你回時不知張老死和存。我送你去呵，正是：流淚眼觀流淚眼，斷腸人送斷腸人。（哭科）（旦云）謝得公公訓誨，奴家銘心鏤骨，不敢有忘。如今只得告別去也。（末云）五娘子，早去早回。

爲尋夫婿別孤墳，只怕兒夫不認真。
惟有感恩并積恨，萬年千載不成塵。

釋義：丹青：閻立本，唐貞觀中爲主爵郎中。上與侍臣泛舟春苑池，見異鳥容與沃，上悦之，詔坐者賦詩，而召立本作狀。閣外傳呼畫師，立本至則俯伏池左，研吮丹青，望坐者羞愧流汗。歸，戒其子曰：『吾少讀書，文辭不減儕輩。今獨以畫見名，與廝役等，若曹慎毋習矣。』小祥：祭名。去凶從吉之義，故曰小祥。忌辰：親死之日，故謂之忌辰。家慶：父母骨肉權聚之時，謂家慶也。孟浩然詩：『明年拜家慶，須着老萊衣。』眉峰：后山詩：『眉聳三峰秀。』萬愁：庾信賦：『且將一寸心，容此萬斛愁。』將錯就錯：因其錯而從，錯而從之也。藁砧：（一）夫也。《古詩》：『藁砧今何在？山上復有

（一）眉批：藁砧：音『槁針』。

山。何當大刀頭，破鏡飛上天。』

第三十齣　瞯詢衷情

【中吕引子・菊花新】（生）封書遠寄到親闈，又見關河朔雁飛。梧葉滿庭除，争似我悶懷堆積。

〔生查子〕封書寄遠人，寄上萬里親。書去神亦去，兀然空一身。自家喜得家書，報道平安，已曾修書附回家去，不知何如？這幾日常懷想念，翻成愁悶。正是：雖無千丈綫，萬里繫人心。

【南吕引子・意難忘】（貼）緑鬢仙郎，懶拈花弄柳，勸酒持觴。眉顰知恨，（一）何苦相防？（生）夫人，些個事，惱人腸。（貼）相公，試説與何妨？（生）只怕你尋消問息，添我恓惶。

（貼云）古人云：顰有爲顰，笑有爲笑。是以君子，當食不嗟，臨樂不嘆。無事而戚，謂之不祥。相公，你自來我家，不明不暗，如醉如痴，鎮日憂悶，爲着甚的？你還少了喫的，少了穿的？相公，我待道你少喫的呵，

【南吕過曲・紅衲襖】（貼）你喫的是煮猩唇和燒豹胎，（二）我待道你少穿的呵，你穿的是紫羅襴，

（一）眉批：顰：音『平』。
（二）眉批：猩：音『星』。

繫的是白玉帶。你出入呵，我只見五花頭踏在你馬前擺，三簷傘兒在你頭上蓋。相公，休怪奴家説：你本是草廬中一秀才，如今做着漢朝中梁棟材。你有甚不足？只管鎖了眉頭也，啣啣噥噥不放懷。

（生云）夫人，你道我有穿的呵，

【前腔】我穿的是紫羅襴，倒拘束得我不自在；我穿的是皂朝靴，怎敢胡去踹？你道我有喫的呵，我口裏喫幾口慌張張要辦事的忙茶飯，手裏拿着個戰兢兢怕犯法的愁酒杯。倒不如嚴子陵登釣臺，怎做得楊子雲閣上災？似我這般樣爲官呵，只管待漏隨朝，可不誤了秋月春花也。干碌碌頭又早白。(一)

（貼云）相公，我知道了。

【前腔】莫不是丈人行性氣乖？（生云）不是。（貼云）莫不是妾跟前缺管待？（生云）不是。（貼云）莫不是畫堂中少了三千客？（生云）不是。（貼云）莫不是繡屏前少了十二釵？（生云）也不是。（貼云）相公呵，這意兒教人怎猜？這話兒教人怎解？我今番猜着你了，敢只是楚館秦樓，有個得意人兒也，悶懨懨常掛懷？

(一) 眉批：碌：音『禄』。

（生云）夫人，不是。

【前腔】有個人人在天一涯，天！我不能勾見他，只落得臉銷紅眉鎖黛。〔一〕（貼云）我道甚麼來？可知哩！（生云）不是。我本是傷秋宋玉無聊賴，有甚心情去戀着閒楚臺？（貼云）相公，你有甚麼事，明説與奴家知道。（生云）夫人，三分話兒只恁猜，一片心兒直恁解。（貼云）你有話如何不對我説？（生云）罷，罷。夫人，你休纏得我無言，若還提起那籌兒也，撲簌簌淚滿腮。

（貼云）由你！由你！我若不解勸，你又只管憂悶；待問着你，你又遮瞞我。我也没奈何。相公，夫妻何事苦相防？莫把閒愁積寸腸。難道各人自掃門前雪，莫管他家瓦上霜？（貼虛下潛聽科）（生云）天那！自古道：難將我語和他語，未卜他心似我心。自家娶妻兩月，别親數年。朝夕思想，翻成愁悶。我這新娶的媳婦雖則賢慧，我待將此事和他説，他也肯教我回去。只是他的爹爹若知我有媳婦在家，如何肯放我回去？不如姑且隱忍，改日求一鄉郡除授，那時却回去見雙親便了。咳！夫人，非是隄防你太深，只緣伊父苦相禁。正是：夫妻且説三分話。（貼云）呀！我理會得了。你道是：未可全拋一片心。好！好！你瞞我也由你，只是你爹娘和媳婦嗟怨你。

【雙調・江頭金桂】（貼）相公，我怪得你終朝嚬唶，〔二〕只道你緣何愁悶深？教咱猜着啞謎，

〔一〕眉批：黛：音『代』。

〔二〕眉批：嚬唶：音『顛印』。

爲你沉吟，那籌兒没處尋。我和你共枕同衾，你瞞我則甚？你自撇了爹娘媳婦，屢换光陰，他那裏須怨着你没音信。笑伊家短行，笑伊家短行，無情忒甚。到如今，兀自道且説三分話，未可全抛一片心。

【前腔】（生）夫人，非是我聲吞氣忍，只爲你爹行勢逼臨。怕他知我要歸去，將人廝禁，要説又將口噤。(一)我待解朝簪，再圖鄉任。那時節呵，他不隄防着我，須遣我到家林，我和你雙雙兩個歸晝錦。苦！我雙親老景，我雙親老景，存亡未審。我實不瞞你，前日曾付一封書回去。只怕雁杳魚沉。（貼云）你既有書信附去，怎的也没有回報？（生唱）又不是烽火連三月，真個家書抵萬金。

（貼云）元來如此。我去對爹爹説，和你同去便了。（生云）你爹爹如何肯放我回去？你且休説破了。（貼云）不妨事。我爹爹身爲太師，風化所關，具瞻在望，終不然恁的不顧仁義。（生云）你休説，不濟事，干枉了。（貼云）相公，你不必憂慮，我自有道理，不由我爹爹不從。

雪隱鷺鷥飛始見，柳藏鸚鵡語方知。
假如染就乾紅色，也被傍人講是非。

(一) 眉批：噤：音『禁』。

釋義：關河：《鄧禹傳》關河響動詩云：『雁書無奈隔關河。』家書報道平安：宋胡瑗，㈠字翼之。布衣時與孫明復、蔡守道讀書太山，勤苦食淡，終夜不寐，十年不歸。得家書，見上有『平安』二字，即投之澗中，不復展讀。明經講學，其心不外馳矣。杜甫詩：『可憐懷抱向人書，爲問平安元使來。』尋消問息：唐杜工部《送路六侍御入朝》詩：『童之情親四十年，中間消息兩茫然。』煮猩唇：《兩中志》：『猩猩，人面豕身，似猿，常數百爲聚。而人以酒并糟設路側，連結草屐，猩猩見之，即知爲張己者。狙先往呼曰：「奴欲張我，亟捨去。」復自謂試共嘗酒，逮醉，取履著之，爲人所擒。其肉之最美者，無逾於唇焉。武帝尤喜食之。』豹胎：《格物論》：『豹毛赤黃，其紋黑如錢而中空，比比相似。極猛健，不減於虎。舐似熊，小頭甲脚，黑白紋紋，去食銅鐵。其胎最美，爲八珍之一。』韓子曰：『紂爲玉杯象筯，必不美藿菽，則必薦豹胎也。』草廬：劉備在荆州訪士於司馬徽時，適徐庶來新野見備。謂曰：『諸葛孔明，卧龍也，將軍豈願見之乎？』備曰：『君盍與之俱來？』庶曰：『此人可就見，不可屈致也。將軍宜枉駕顧之。』備由是奉禮，三顧於草廬之中。梁棟材：稱人才幹，云有『梁棟之才』。慌張：《古今註》：『麞麋乃鹿，有角不能觸；麞有牙，不能噬。性善驚，見人急走。』東坡詩：『心慌恰似失林麞。』嚴子陵：後漢嚴光，字子陵。少與光武同遊學，及光武即位，乃變姓名，隱身不見。帝思其賢，乃令以

㈠ 眉批：瑗：音『爰』。

物色訪之。後齊國上書，有一男子，披羊裘釣澤中。帝疑其光，備鞍車玄纁聘之，㈠三反而後至。車駕幸其館，光卧未起，帝即卧所，撫其腹良久。光張目熟視曰：『昔唐堯著德，巢父洗耳；士固有志，何相逼乎？』帝嘆息而去。後復引入論道，故舊相對累日，因共偃卧，光以足加帝腹。明日，太史奏『客星犯帝座甚急』。帝笑曰：『朕與故人子陵共卧耳。』帝欲除諫議大夫，不屈，去，耕於富春山。後人名其釣處爲嚴陵灘。**楊子雲**：揚雄，字子雲。新莽時爲大夫，校書天禄閣。會劉棻等以作符命，爲莽所誅，辭連及雄。使者來，欲收之。雲恐不能自免，乃從閣上自投下，幾死。莽聞之，以雄不知情，詔勿問之。**三千客**：黄歇，黔中人。戰國時，爲楚相，號春申君。相楚凡二十餘年，門下食客三千人，其上客皆服珠履。**十二釵**：牛僧孺，字思黯。唐文宗時，治第於洛陽甲仁里，多致嘉石美花，與賓客相娱樂。多寵妾，嘗自誇服鍾乳。白樂天贈其詩曰：『鍾乳三千兩，金釵十二行。』**在天一涯**：《古樂府》：『行行重行行，與君生别離。相去萬餘里，各在天一涯。』**臉銷紅眉鎖黛**：愁思之容也。李義山詩：『面若銷紅眉鎖黛。』**傷秋宋玉**：宋玉，屈原弟子。閔其師忠而放逐，故作《九歌》以述其志。其一曰：『悲哉，秋之爲氣也。』**楚臺**：楚襄王夢神女之臺也，在四川。李白詩：『我到巫山渚，㈢訪古登陽臺。天近彩雲

㈠ 眉批：纁：音『薰』。

㈢ 眉批：渚：音『主』。

滅，地遠清風來。神女已去久，襄王安在哉？』聲吞：李白詩：『死別已吞聲。』朝簪：荊公詩：『君方困旅食，吾亦俱朝簪。』歸晝錦：唐張玄素，蒲州人。㈠貞观中，拜潮州刺史。㈡帝曰：『令卿衣錦晝遊耳。』烽火連三月，家書抵萬金：古者十里一烟墩，舉火以報軍情。言世亂三月，連舉烽火，家書斷絶。若得家書，可抵萬金之重。

第三十一齣　幾言諫父

【黃鍾引子・西地錦】（外）好怪吾家門婿，鎮日不展愁眉。教人心下常縈繫，也只爲着門楣。㈢

入門休問榮枯事，观着容顔便得知。自家招贅蔡伯喈爲婿，可謂得人。只一件，他自從到此，眉頭不展，面帶憂容，不知爲着甚麽？必有緣故。且待女孩兒出來問他，便知端的。

【前腔】（貼）只道兒夫何意，如今就裏方知。萬里家山，要同歸去，未審爹意何如？

（外云）孩兒，吾老入桑榆，自嘆吾之皓首；汝身乖琴瑟，每爲汝而懊懷。夫婿何故憂愁？孩兒必知

㈠ 蒲：原作『號』。

㈡ 潮：原作『號』。

㈢ 眉批：楣：音『眉』。

端的。(貼云)告爹爹得知：他娶妻六十日，即赴科場；别親三五年，竟無消息。温凊之禮既缺，伉儷之情何堪？[一]今欲歸故里，辭至尊家尊而同行；待共事高堂，執子道婦道以盡禮。(外怒云)呀！我乃紫閣名公，汝是香閨艷質。何必顧此糟糠婦？焉能事此田舍翁？他久别雙親，何不寄一封之音信？汝從來嬌養，安能涉萬里之程途？休聽夫言，當從父命。(貼云)爹爹，曾觀典籍，未聞婦道而不拜舅姑；試論綱常，豈有子職而不事父母？若重唱隨之義，當盡定省之儀。彼荆釵布裙，既已獨奉親闈之甘旨；此金屏繡褥，豈可久戀藍宅之歡娱？爹爹身居相位，坐理朝綱，豈可斷他人父子之恩，絶他人夫婦之義？使伯喈有貪妻之愛，不顧父母之愆；[二]俾孩兒有違夫之命，不事舅姑之罪。望爹爹容恕，特賜矜憐。(外云)休胡説！他既有媳婦在家，你去做甚麽？

【黄鍾過曲·獅子序】(貼)爹爹，他媳婦雖有之，念奴家須是他孩兒次妻。那曾有媳婦不侍親闈？(外云)孩兒，你去有甚麽勾當？(貼唱)若論做媳婦的道理，須當奉飲食，問寒暄，相扶持蘋蘩中饋。(外云)便做有許多勾當，他有媳婦在家，你不去也不妨。(貼唱)爹爹，又道是養兒代老，積穀防饑。(外云)既道是養兒代老，積穀防飢，何似當初休教他來應舉？

[一] 眉批：儷：音『利』。

[二] 眉批：愆：音『牽』。

【太平歌】（貼）爹爹，他求科舉，指望錦衣歸，不想道爹爹留他爲女婿。（外云）這個是有緣千里能相會，須强他不得。（貼唱）他埋冤洞房花燭夜，那些個千里能相會？只要保全金榜掛名時，他事急且相隨。

（外云）孩兒，你到説我不是，這般埋冤着我？

【賞宮花】（貼）他終朝慘悽，我如何忍見之？（外云）他自慘悽，你管他怎的？（貼唱）若論爲夫婦，須是共歡娛。（外云）你對他説，他若在這裏，我教他做個大大的官。（貼唱）爹爹，他數載不通魚雁信，枉了十年身到鳳凰池。

（外云）呀！你聽着丈夫的言語，却不聽我説。這妮子好痴迷呵！

【降黄龍】（貼）須知，非奴癡迷，(一)已嫁從夫，怎違公議？（外云）孩兒，你去也不妨，只是我没個親人在傍，如何捨得你去？（貼唱）爹猶念女，怎教他爹娘不念孩兒？（外云）孩兒，不是我不放你去，他既有媳婦在家，你去時節，只怕擔閣了你。（貼唱）休提，縱把奴擔閣，比擔閣他媳婦何如？（外云）便不然，只教蔡伯喈自去便了。（貼唱）爹爹，那些個夫唱婦隨，嫁鷄逐鷄飛？

（外云）孩兒，他是貧賤之家，你如何伏侍他的父母？

(一) 眉批：『癡』與『痴』同。

【南呂過曲・大聖樂】(貼)爹爹，婚姻事難論高低，若論高低，何似當初休嫁與？假饒親賤孩兒貴，終不然便抛棄？(外云)他自有媳婦，你管他做甚麼？(貼唱)奴須是他親生兒子親媳婦，難道他是誰人我是誰？(外云)孩兒，據你説起來，我到説得不是了？(貼唱)爹居相位，怎説着傷風敗俗非理的言語？

(外怒云)這妮子無禮！却將言語來衝撞我。(一)我的言語到不中聽呵。孩兒，夫言中聽父言違，懊恨孩兒見識迷。我本將心托明月，誰知明月照溝渠？(外下)(貼云)自古道：酒逢知己千鍾少，話不投機半句多。好笑我爹爹不顧仁義，却道奴家把言語衝撞他。昨日我丈夫教我休説破，我如今有何顔見他？只得且在此坐一坐，尋思個道理去回他則個。(悶坐科)(生上)

【南呂引子・稱人心】(生)撇呆打墮，早被那人瞧破。他要同歸，知他爹怎麽？我料想他每不允諾。呀！夫人，你緣何獨坐？想你爹爹不肯麽？伊家道俐齒伶牙，争奈爹行不可。

【前腔】(貼)天那！我爹爹，全不顧，人笑呵，這其間只是我見差。禍根芽，從此起，災來怎躲？相公，他道我從着夫言，罵我不聽親話。

【南呂過曲・紅衫兒】(生)夫人，你不信我教伊休説破，到此如何？算你爹心性，我豈不料

(一) 眉批：衝：音『沖』。

過？我爲甚亂掩胡遮，也只爲着這些。你直待要打破砂碢，(一)是你招災攬禍。

【前腔】(貼)不想道相掗靶，這做作難禁架。我見你每每咨嗟要調和，誰知好事多磨？起風波，相公，把你陷在地網天羅，如何不怨我？天那！懊恨只爲我一個，却擔閣了兩下。

【正宮過曲・醉太平】(生)蹉跎，光陰易謝。縱歸去，晚景之計如何？名韁利鎖，牢絡在海角天涯。(二)知麼？多應我老死在京華，孝情事一筆都勾罷。苦！這般摧挫，傷情萬感，淚珠偷墮。

【前腔換頭】(貼)非詐，奴甘死也。縱奴不死時，君去須不可。(生云)夫人，你如何説這話？(貼唱)相公，奴身值甚麼？只因奴誤你一家。差訛，(三)假饒做夫婦也難和，你心怨我心縈掛。奴身拚捨，成伊孝名，救伊爹媽。

(生云)夫人，你不要這般説。萬一你爹爹知之，反加譴責。(貼云)相公，妾當初勉承父命，遣事君子。不想君家有白髮之父母，青春之妻房。致君衷腸不滿，名行有虧。如今思之，誤君之父母者，妾也；誤君之妻房者，妾也；使君爲不孝薄倖之人，亦妾也。妾之罪大矣！縱偷生於今世，亦公議所不容。

(一) 眉批：砂碢：音『沙鍋』。
(二) 眉批：絡：音『洛』。
(三) 眉批：訛：音『俄』。

昔者聶政姊死，倚屍傍以成弟之名；王陵母死，伏劍下以全子之節。妾豈愛一身，誤君百行？妾當死於地下，以謝君家。小則可以解君之縈掛，大則可以救君之父母，近則可以成孝子之令名，遠則可以免後世之公議。妾死何憾焉？（生云）夫人，你只知其一，不知其二。古人云：身體髮膚，受之父母，不敢毀傷。豈可陷親於不義？此事決然不可。（貼云）相公，你也説得是。只是累你一時回去不得，如何是好？（生云）夫人，且慢着。怕你爹爹也有回心轉意時節，且更寧耐，看如何。

一心只欲轉家鄉，争奈爹行不忖量。

大風吹倒梧桐樹，自有傍人説短長。

釋義：伉儷：(一) 匹配也。《左傳》：『齊侯請繼室於晉，韓宣子使叔向對曰：「寡君未有伉儷，君有辱命，惠莫大焉。」』田舍翁：《南史》：『劉宋武帝大修宫室，袁顗盛稱高祖儉素。帝曰：「田舍翁得此過矣。」』撇呆打墮：猶言粧呆作痴。聶政姊死倚屍傍：《史記》：韓相俠累與濮陽嚴仲子有隙，仲子聞軹人聶政之勇，(二)以黄金百鎰爲政母壽，欲因以報仇。聶政不許，曰：『老母在，政不敢以身許人也。』及母卒，仲子又使政刺俠累。累方坐府上，衛兵甚嚴，政直入刺之。因自破面決目、自屠出腸。韓人暴其屍於市，購門莫能識。其姊妾聞而往，哭之曰：『是軹深井里聶政也。』以妾在之故，重自刑，以絶

(一) 眉批：伉儷：音『亢利』。

(二) 眉批：軹：音『只』。

跡。妾來行畏没身之誅，終滅賢弟之名？』遂死政屍之傍。

第三十二齣　路途勞頓

【仙呂過曲・月雲高】（旦）路途多勞倦，行行甚時近？未到洛陽城，盤纏都使盡。回首孤墳，空教奴望孤影。天那！他那裏，誰偢采？俺這裏，誰投奔？正是西出陽關無故人，須信道家貧不是貧。

〔蘇慕遮〕怯山登，愁水渡。暗憶雙親，淚把麻裙漬。（一）回首孤墳何處是？兩下瀟條，一樣愁難訴。玉消容，蓮困步。愁寄琵琶，彈罷添淒楚。惟有真容時時顧，惟悴相看，無語恓惶苦。奴家爲尋丈夫，在路途上多少狼狽？況獨自一身，拿着一個琵琶，背着二親真容，登高履險，宿水飡風，其實難捱。只是一件，若去到洛陽，尋見丈夫，相逢如故，也不枉了這遭辛苦；倘或他駟馬高車，前呼後擁，見奴家這般藍縷，不肯相認，可不擔閣了奴家？

【前腔】（旦）暗中思忖，此去好無准。只怕他身榮貴，把咱不斷認。若是他不偢倸，空教奴受艱辛。他未必忘恩義，我這裏自閑評論。他須記一夜夫妻百夜恩，怎做得區區陌路人？

（一）眉批：漬：音『滋』。

唉！只一件。他在府堂深隱，奴身怎生進？他在駟馬高車上，又難將他認。我有個道理，若到他跟前，只提起二親真容。天那！又怕消瘦了龐兒，他猶難十分信。呀！他不到得非親却是親，我自須防仁不仁。

哽咽無言對二真，(一)千山萬水好艱辛。
見説洛陽花似錦，只恐來時不遇春。

第三十三齣　聽女迎親

【仙呂引子・番卜算】(外)兒女話堪聽，使我心疑惑。暗中思忖覺前非，有個團圓策。

自古道：良藥苦口利於病，忠言逆耳利於行。昨日女孩兒要和伯喈歸去，同事雙親，自家不肯放他去，却將幾句言語衝動我，我一時不勝焦躁。如今尋思起來，他的言語，句句有理，节节堪聽。待要放他回去，只慮他幼長閨門，難涉路途；況俺年老，無人奉侍，如何捨得他去？如今有個道理，不免使一個人，多與盤纏，教他徑去陳留，(二)將蔡伯喈爹娘和媳婦都迎接來，多少是好？不免叫孩兒和伯喈

(一)　眉批：哽：音『梗』。
(二)　眉批：徑：音『竟』。

過來，商議則個。

【前腔】（生）淚眼滴如珠，愁事縈如織。（貼）早知今日悔當初，何似休明白。（相見科）（外云）孩兒，你夜來的説話，我仔細尋思起來，都説得有理。我欲待教你同女婿回去，路途跋涉，這個也難。不如逕使人去陳留，取他爹媽媳婦來，做一處居住，你兩人心下如何？（貼云）這個隨爹爹主張。（生云）若得如此，感恩非淺。（外云）院子李旺何在？（丑上）頻聽指揮黄閣下，又聞呼唤畫堂前。老相公，有何使令？（外云）李旺，我要差你去陳留走一遭。（丑云）去做甚麼？（外云）差你去那裏接取蔡狀元的老員外、老安人、小娘子三人，來我府中同住。（丑云）如此，李旺不去。（貼云）李旺，你去請得來，我重重賞你。（丑云）夫人，你如今説道重重賞我，只怕取得他小娘子來時，夫人又要和他争大争小，到那時節可不埋冤李旺？那裏還肯把東西賞我？（外云）休閒説。我如今修一封書去相請，外有銀錢與你一路去做盤纏，休得落後了。（生云）李旺，你去時節，須要多方詢問。若是來時，路途上千萬小心承直。（丑云）不妨。我出路慣便，自有分曉。

【正宫過曲·四邊静】（外）李旺，你去陳留仔細詢端的，專心去尋覔。（一）請過兩三人，途中好承直。（合）休憂怨憶，寄書咫尺。眼望旌捷旗，耳聽好消息。

【前腔】（生）只怕饑荒散亂無踪跡，他存亡也難測。何況路途間，難禁這勞役。（合前）

（一）眉批：『覔』即『覓』字。

【福馬郎】（貼）李旺，你休説新婚在牛氏宅。（外云）孩兒，便説又待怎的？（貼唱）他須怨我相擔誤；歸未得，只恐傍人聞之，把奴責。（合）若是到京國，相逢處做個好筵席。

【前腔】（丑）相公，多與我盤纏添氣力，萬水千山路，曾慣歷。（拜科）辭却恩官去，管取好消息。（合前）

限伊半載望回音，路上看承須小心。
但願應時還得見，果然勝似岳陽金。

第三十四齣　寺中遺像

（末扭五戒上云）年老心閑無别事，麻衣草座亦容身。相逢盡道休官好，林下何曾見一人？自家乃是彌陀寺中一個五戒便是。今日俺寺中建一個無礙道場，不揀甚麽人，或是薦悼雙親，保安身己的，都來這裏聚會。真個好寺院、好道場呵。（内問）怎見得好寺院？（末云）但見：蘭若莊嚴，蓮臺整肅。佛殿嵯峨耀金壁，回廊繚繞畫丹青。千層塔高聳侵雲，半空中時聞清鐸；(一)七寶樓晶光耀日，六時裏頻扣洪鐘。松下山門，紅塵不到；竹邊僧舍，白日難消。阿羅漢神像威儀，如靈山三十六萬億佛祖；

(一)　眉批：鐸：音『托』。

比丘僧戒行清潔，似祇園千二百五十人俱。且看旙影石壇高，惟有棋聲花院静。休提清浄法界，且説嚴肅道場。只見珠幢寶蓋影飄飖，玉磬金鐘聲斷續。龍瓶中插九品紅蓮，開浄土春秋不老；鳳蠟内吐千枝絳蕊，照佛天晝夜常明。齊整整的貝葉同翻，撲簌簌的天花亂墜。旃檀林裏，(一)爇着清浄香、道德香；香積厨中，獻這禪悦食、法喜食。人人在十洲三島，個個浄五蘊六根。擊大法鼓，吹大法螺，仙樂一齊奏動；開甘露門，入甘露城，幽魂盡獲超昇。正是：寄言苦海林中客，好向靈山會上修。今日寺中建設大會，怕有官員貴客來此遊翫，不免將着疏頭，就抄化幾文香錢，添助支費。道猶未了，遠遠望見兩個官人來到。(浄、丑扮風子上)

【中吕過曲·縷縷金】(浄)胡厮啞，兩喬才，家中無宿火，有甚强追陪？(丑)我自來粧風子，如今難悔。向叢林深處且徘徊，特來看佛會。

(末云)官人請坐，告茶。(浄云)五戒，你這佛會支費太多？(末云)便是。官人休怪冒瀆，(二)今日天與之幸，得遇兩位貴客到此，斗膽抄化幾文香錢，添助支費則個。(丑云)你要抄化，將疏頭來看。錢是儻來之物，那裏不使？那裏不用？(浄云)你説得是。俺這般人，那一日不使幾貫鈔？我便捨他伍錠。(丑云)我也捨他五錠。(末云)如此，多謝官人。(浄云)呀！遠遠望見一個婦人來，且是生得有

(一)眉批：旃：音『詹』。
(二)眉批：瀆：音『讀』。

些意思。(丑云)真個有個婦人來,背着一面琵琶,到和你家姐姐厮像。(净云)休胡説! 遠觀不審,近覷分明。(旦上)

【前腔】(旦)途路上,實難捱。盤纏都使盡,好狼狽。試把琵琶撥,逢人乞丐。薦公婆魂魄免沉埋,特來赴佛會。

奴家且喜已到洛陽,聞説今日彌陀寺中做佛會,不免就此抄化幾文鈔,追薦公公婆婆則個。(末云)道姑,請裏面赴齋。(旦云)多謝! 多謝! (净云)道姑,你背着甚麽東西? (旦云)是奴家公婆的真容。(净云)道姑,你從那裏來?

【仙吕入雙調·銷金帳】(旦)聽奴訴與: 奴是良人婦,爲兒夫相擔誤。(净云)他怎的擔誤了你? (旦唱)他一向赴選及第,未歸鄉故。饑荒喪了,喪了親的舅姑。(丑云)你丈夫既不在家,喪了公婆,誰人與你安葬? (旦唱)苦! 我造墳墓。(一)(净云)你如今來這裏做甚麽? (旦唱)今爲尋夫來到此。(丑云)你丈夫在那裏? (旦唱)未知他在何處所。

(净云)道姑,你抱着這個琵琶做甚麽? (旦云)奴家將此琵琶彈一兩個曲兒,抄化幾文鈔,就此寺中追薦公婆。(丑云)元來如此。道姑,你會彈甚麽曲兒? 你會彈《也兒四》麽? (旦云)不會。(净云)你

(一) 眉批: 墓: 音『慕』。

會彈《八俏手》麽？（旦云）也不會。奴家只會彈些行孝曲兒。（末云）道姑，難得這兩位官人在此，你好生彈一兩個曲兒伏侍他，等他重重賞你。（旦云）既然如此，只怕奴家彈得不好，望官人休責。（丑云）你只管好好的彈，我重重賞賜你。（旦云）官人請坐，聽着。（彈科）凡人養子，懷抱最艱辛。欲語未能行未得，此際苦雙親。

【前腔】凡人養子，最是十月懷擔苦，更三年勞役抱負。休言他受濕推乾，萬千勞苦。真個千般愛惜，萬般回護。〔一〕兒有些不安，父母驚惶無措。直待可了，可了歡欣似初。

（淨云）彈得好！彈得好！（末云）真個彈得好！（丑云）錢鈔那裏不使？我且先與你一領好襖子。（脱衣與旦科）（丑云）道姑，你再彈一彈。（旦云）官人請坐，聽着。（彈科）孩兒漸長成，父母漸歡欣。教語教行并教禮，一意望成人。

【前腔】兒行幾步，父母歡欣相顧，漸能言能走路。指望飲食羹湯，自朝及暮。〔二〕懸懸望他，望他不知幾度。爲擇良師，只恐孩兒愚魯。略得他長俊，可便歡欣賞賜。

（丑云）彈得好！彈得好！（末云）真個彈得好！（淨云）錢鈔那裏不用？我也先與你一領好襖子。（脱衣與旦科）（淨云）道姑，你再彈一彈。（旦云）官人請坐，聽着。（彈科）勤於教道，暮史及朝經。願

〔一〕眉批：護：音『互』。
〔二〕眉批：朝：如字。

得榮親并耀祖，一舉便成名。

【前腔】朝經暮史，教子勤詩賦，爲春闈催教赴。指望他耀祖榮親，改换門户。懸懸望他，望他腰金衣紫。兒在程途，又怕餐風宿露。[一]求神問卜，把歸期暗數。

（丑云）彈得好！彈得好！（末云）實是彈得好！（丑云）錢鈔是人撰來的，我再與你一領襖子。（脱衣與旦科）（末云）元來裏面都是破衣裳呵。官人把襖子都脱了，身上這般寒，甚麼意思？（净云）寒由他自寒，不可壞了局面。咱每這般人興頭來了，使鈔慣了，怕甚麼寒？道姑，你再唱唱。（末云）道姑，你再彈，且看他再把甚麼與你？（旦彈科）孩兒在外，須早回程。忤逆男兒并孝子，報應實分明。

【前腔】兒還念父母，及早歸鄉土，看慈烏亦能返哺。莫學我的兒夫，把雙親擔誤。常言養子，養子方知父母。算那忤逆男兒，[二]和孝順爹娘之子，若無報應，果是乾坤有私。

（末云）彈得好！彈得好！（净云）他彈得自好，唱得自好，我没甚麽與他了。（末笑云）可知道。（净作寒科）（丑云）兄弟，我和你這般的走回家去，成甚麽模樣？（净云）我只賴五戒，取衣裳便罷。（末云）呀！你扭我怎的？（丑云）扭你怎的？你到粧成騙局，把我每的衣裳都剥去了。（末云）咳！我幾曾粧局騙你？是你自把衣裳與他。（净云）秃驢，你道不曾粧局騙我？我看見道姑彈了，喝一聲

[一] 眉批：餐：音『飡』。
[二] 眉批：忤：音『午』。

采；你也喝一聲采，只管攛掇我把衣裳與他，這不是粧局騙我？（丑云）你不取還我，我扯你到洛陽縣裏去。（末云）天那！我不曾見這般没行止的人！道姑，没奈何了，把衣裳還他去罷。（旦云）衣服在這裏，拿還他去。既不情願，我要他做甚麽？（丑云）錢鈔雖則那裏不用，〔一〕只是寒冷又忍不得。（穿衣科）（浄云）道姑，方纔説道你彈得好，唱得好；我如今尋思起來，你彈得也不好，唱得也不好。你不信時，再彈唱一和看看。（旦云）奴家也彈不得了，也唱不得了。（浄云）可知道不敢再彈唱了。（丑云）兄弟，他既不敢彈唱了，我和你且回家去。（浄云）説得是，我和你回去罷。（丑云）五戒，我小子不是豪富。（末云）枉了教你題疏。你衣裳敢是借的？（浄、丑云）可知道我腿上無個布袴。（末並下）（旦云）一酌一斟，莫非前定。奴家準擬今日抄化幾文錢鈔，就此追薦公婆，誰知撞着這兩個風子，攪鬧了一場。〔二〕如今雖没東西備辦奠禮，且將公婆真容掛在此，拜囑一番，以表來意罷了。（掛真容拜科）

【賞秋月】（旦）在途路，歷盡多辛苦，把公婆魂魄來超度。焚香禮拜祈回護，願相逢我丈夫。

（末、丑隨生上）

【縷縷金】（生）時不利，命多乖。雙親在途路上，怕生災。（末、丑）相公，此是彌陀寺，略停車

〔一〕眉批：鈔：音『造』。
〔二〕眉批：攪：音『絞』。

蓋。（合）辨虔誠懇禱拜蓮臺，特來赴佛會。

（丑云）道姑迴避。（旦云）正是：在他簷下過，怎敢不低頭？（慌下失真容科）（生云）那得這軸畫像？（丑云）敢是適間道姑遺下的？（生云）叫他轉來，將還他去。（丑叫不應科）去遠了，叫不應。（生云）既叫不應，且與他收下。左右，喚和尚過來。（淨扮和尚上）

【前腔】（淨）能吃酒，會噇齋。吃得醺醺醉，便去摟新戒。講經和回向，全然尷尬。〔一〕你官人若有文才，休來看佛會。

（相見科）（生）和尚，下官爲迎取父母來此，不知路上安否何如，特來三寶面前，祈求保佑。（淨云）元來如此。小僧先請佛。

【佛賺】（淨）如來本是西方佛，西方佛，却來東土救人多，救人多。結跏趺坐坐蓮花，丈六金身最高大，他是十方三界，第一個大菩薩摩訶薩。摩訶般若波羅糖。（末云）和尚，你念差了，是波羅蜜。（淨唱）糖也這般甜，蜜也這般甜。南無十方佛，十方佛，十方僧，上帝好生不好殺。好人還有好提掇，惡人還有惡鑒察。好人成佛是菩薩，惡人做鬼做羅刹。〔二〕第一滅却

〔一〕眉批：尷尬：音『監介』。

〔二〕眉批：刹：音『色』。

心頭火，心頭火。第二解開眉間鎖，眉間鎖。第三點起佛前燈，佛前燈。真個是好也快活我，快活我。諸惡莫作，奉勸世上人則個。浪裏梢公牢把舵，行正路，莫蹉跎。大家却去誦彌陀，誦彌陀，善男信女笑呵呵。聽大法鼓鼕鼕鼕，聽大法鐃乍乍乍乍。手鐘摇動陳陳陳陳，獅子能舞鶴能歌。木魚亂敲逼逼剥剥，海螺響處嘖嘖嘖嘖，積善道場隨人做。伏願老相公、老安人、小夫人，萬里程途悉安樂。（一）南無菩薩薩摩訶，金剛般若波羅蜜。

小僧請佛了，請相公上香，通達情旨。（生炷香拜科）

【仙吕入雙調・江兒水】（生）如來證明，聽蔡邕啟：我雙親在途路，不知何如的。仰惟菩薩大慈悲。（合）龍天鑒知，龍神護持，護持着登山渡水。

【前腔】（净）如來證明，覽茲情旨。蔡邕的父母，望相保庇。仰惟功德不思議。（合前）

【前腔】（末）我東人鎮日常懷憂慮，只愁二親在路途裏，孝思誠意感神祇。（合前）

【前腔】（丑）我聞知做會，特來隨喜，饅頭素食多多與。（二）若還不與，我自入齋厨去取。（合前）

（一）眉批：樂：音『洛』。
（二）眉批：饅：音『慢』。

（淨云）我佛有緣蒙寵渥，（生云）願親路上悉平安。（末云）因過竹院逢僧話，（丑云）又得浮生半日閒。（並下）（旦復上）

【縷縷金】（旦）原來是，蔡伯喈。馬前喝道，狀元來。料想雙親像，他每留在。敢天教我夫婦再和諧，都因這佛會？

正是：不因漁父引，怎得見波濤？方纔那官人，奴家詢問起來，是蔡伯喈。好也！好也！今日也會相見。只一件，奴家慌忙中失去了公婆真容，想必是他收下。且待明日逕投他家裏去，以乞丐爲由，問取消息。倘或天天可憐，因此相會，也不見得？

今朝喜見那喬才，真容收去可疑猜？

縱使侯門深似海，從今引得外人來。

釋義：黄閣：《六帖・漢官儀》：『丞相聽事門曰黄閣。』五戒：行者之稱。謂一不殺生，二不偷盜，三不邪淫，四不妄語，五不飲酒。蘭若：若：人者切。梵言阿蘭若，唐言無諍也。蓮臺：《文殊傳》：『世尊之座高七尺，名曰七寶蓮臺。』千層塔：阿育王造浮屠塔，藏釋迦佛真身舍利子，(一)見於明州鄞縣。唐太宗取舍利度開寶寺地，造浮屠十二級以藏之。半空中時聞清鐸：北魏作永寧寺，有金

(一) 眉批：迦：音『伽』。

像高丈八者，一如中人千王像，二爲九層浮屠。掘地築臺，下及黄泉。浮屠高九十丈，上剎復高十丈，每夜鈴鐸聲聞十里之外。七寶樓：梁武帝建佛樓，以七寶飾佛三尊，名曰七寶樓。阿羅漢：《大覺註》：『西方有僧一十八人，相貌猙獰，名曰阿羅漢。』靈山三十六萬億佛祖：《大藏經註》：『世尊於靈山雷音寺演説金經，集衆三十六萬。』比丘僧：《金覺要覽》：『梵言比丘，(一)唐言乞士也。』祇園千二百五十人俱：《金剛經註》：『須達長者曰：佛言弟子欲營精舍請佛住，惟有祇陀太子園廣八千頃，林木茂盛可居。白太子，太子戲曰：「滿以金帛，便當相與。」須達出金布八十頃。精舍告成，凡千三百區，亦曰給孤園。』玉磬：樂器也，股廣三寸，長尺三寸半。夔擊石拊石是也。九品紅蓮：《明皇雜録》：『後苑天泉池内有九樣蓮花，惟白蓮連蒂同幹，號雙頭千葉蓮花。』净土：佛書：『佛土名净土，常清净無雜穢。』貝葉：西域經多以貝葉書之。天花亂墜：《維摩詰經》：『世尊令天女以天花散諸菩薩，即皆墜落矣。』旃檀林裏：《楞嚴經》：『佛告阿難：汝嗅此旃檀，燃於一株，四十里内同時氣。』又：六祖碑云：『林是旃檀，更無雜樹也。』清净香：出三佛齊國。其香乃樹之脂也，其形色類胡桃肉，而不宜於燒，然能發衆香，故人取之以爲和香焉。又名安息香。道德香：出真臘國，樹如松杉之類，而香藏之皮，樹老而自然流溢者。色白而透明，故其香雖盛暑不融。香積厨：維摩居士遣化

(一) 眉批：梵：音『范』。

菩薩往衆香國禮佛，言願得世尊所食之餘。欲以娑婆世界施作佛事，於是香積如來以衆香鉢盛飯與之也。法喜食：梁武帝於阿育王寺設無碍法食食。《維摩經》：有菩薩問維摩詰居士父母妻子親戚眷屬悉爲是誰，居士答曰：『如度菩薩母，方便以爲父。法喜以爲妻，慈悲以爲女。善心成實男，畢竟空寂舍利也。』十洲：東方朔著《十洲記》：漢武帝既見西王母，言北方巨海之中有洲凡十，曰祖、玄、炎、長、元、流、生洲、鳳麟洲、聚窟洲，并是人跡稀絶處，故曰十洲。三島：《郊祀志》：『海中有山曰島，一蓬萊，二方丈，三瀛洲。』五蘊：謂色、受、想、行、識是也。六根：根、耳、鼻、舌、身、意。甘露門：《群品經》：『慧可和尚事達摩祖師，夜雪，侍立不動。遲明，積雪至膝。謂師曰：「天寒極矣，願開甘露門濟群品。」遂潛取利刀斷左臂於前，師知是法器。』苦海：《楞嚴經》云：『地獄邊有一海，凡人在世業重者必三沉之其中，龜蛇鱉蝎傷人。』叢林：僧寺曰叢林。和尚：萬里相聚曰和，父母反拜曰尚。方丈：僧之燕居。唐顯慶中，王玄策使西域，至昆耶城，有維摩居士石室，以手板縱横量之，得十笏，故云方丈。如來本是西方佛：《異記》云：『周穆王二十四年，天竺國淨梵王妃摩耶氏夢天降金人，(一)遂有孕，於四月八日剖右脅，生太子悉達多。年十九，入雪山修行成道，號佛世尊。於泥蓮河側説《大般涅槃

(一) 眉批：竺：音『竹』。

經》，(一)以正法眼藏，將金縷僧迦禪衣傳與弟子大迦葉，爲第一世佛祖。往拘屍維國娑羅僧樹間，入般涅槃，住世七十九年。』却來東土救人多：《傳燈録》云：『后漢明帝永平十一年，夢金人巍巍丈六，飛至殿庭，光明炳耀。以問群臣，通事舍人傅毅對曰：「臣聞西域有得道之神，其名曰佛。陛下所見，得無是乎？」帝曰：「然。」乃遣博士蔡倍等十八人至西域，求其道，得其書及沙門以來，由是化流中國。』結跏趺坐：謂兩足蟠而坐也。《娑婆論》云：『結跏趺坐，是相圓滿。』《大覺經》云：『全跏趺是如來坐，半跏趺是菩薩坐。』丈六金身：《後漢・天竺國傳》：『西天有佛，其形長一丈六尺而黄金色。』東坡詩：『問禪不契前三語，施佛空留丈六身。』菩薩：《金剛經註》：『菩，普也；薩，濟也。能普濟衆生，故曰菩薩。猶儒者仁人長者之稱。』般若：清涼禪師云：『夫般若者，苦海之慈航，昏獨之巨燭。』波羅蜜：出安南奉化、加休等處，大如斗，剖之若蜜，其香滿室，皮有軟刺。五六月熟，香甜可煮食，能充人飢。羅刹：《文殊傳》：『世尊於靈鷲山雷音寺説法，嘗有惡神十餘人手執凶器來圍道場，世尊令大力王降之。』誦彌陀：《佛地論》云：『彌陀佛居西天兜率宫，極慈悲，凡世之受諸苦惱，誦其號即來救之。』西方極樂世界：《大覺經》云：『西方有國名極樂世界，比世之善男信女及忠臣義士，死後咸居之，受諸快樂。』金剛：《法苑珠林》云：『西方有神八人，相貌猙獰，身披金甲，手持寶劍，名曰金剛，

(一) 眉批：涅：音『業』。

嘗護世尊説法於雷音寺。』如來：《道院集》：『晁逈云：[一]「本覺爲如，今覺爲來。」』龍天：《消災註》：『八部龍神嘗擁護如法演教。』

第三十五齣　兩賢相遘

【商調引子·十二時】（貼）心事無靠托，這幾日翻成悶也。父意方回，夫愁稍可。未卜程途裏的如何，教我怎生放下？

不如意事常八九，可與人言無二三。奴家自嫁蔡伯喈之後，見他常懷憂悶，廢盡心機去問他，他又不説。比及奴家知道，去對爹爹説，要和他同去奉事雙親，誰想爹爹不肯。被奴家道了幾句，幸喜爹心回轉，教人去取他爹媽媳婦，又不知一行人路上安否如何？爲這些事，教我擔了多少煩惱！又一件，公婆早晚到來，只是要一兩個精細人去伏侍他。我府裏雖則有使喚的，那裏中用？怎生得個精細婦人與他使喚方好？院子那裏？（末云）書當快意讀易盡，客有可人期不來。世上幾般能稱意，光陰何況苦相催。夫人有何使令？（貼云）院子，我府中缺少幾個使喚的，你與我街坊上尋問，有精細的婦人，討一兩個來用。（末云）小人理會得。踏破鐵鞋無覓處，得來全不費工夫。

[一]　眉批：晁：音『兆』。

【遶地遊】(旦)風餐水宿，甚日能安妥？問天天怎生結果？(旦云)府幹哥稽首。(末云)道姑何來？(旦云)遠方人氏。(末云)到此何幹？(旦云)到此抄化。(末云)少待通報。夫人：精細婦人到没有，正遇一個道姑在門首抄化。(貼云)着他裏面來。(末云)道姑，夫人着你裏面相見。(貼作見科)

【前腔】(貼)梳粧淡雅，看丰姿堪描堪畫。是何人近來問咱？(旦云)夫人稽首。(貼云)道姑何來？(旦云)貧道遠方人氏。(貼云)到此何幹？(旦云)特來府中抄化。(貼云)你有甚本事來此抄化？(旦云)貧道不敢誇口，大則琴棋書畫，小則針指工夫，次則飲食餚饌，(一)頗諳一二。(貼云)道姑，你有這等本事，在街坊上抄化也生受，何似在我府中吃些安樂茶飯何如？(旦云)若得如此，感恩非淺。只怕貧道没福，無可稱夫人之意。(貼云)院子，道姑是遠方人氏，須要問他來歷詳細，方可留他。(末云)道姑，我且問你，你是從幼出家的，還是在嫁出家的？(旦云)貧道在嫁出家的。(貼云)院子，從幼出家的怎麽説？在嫁出家的怎麽説？(末云)告夫人知道：從幼出家是没丈夫的，在嫁出家是有丈夫的。那道姑是有丈夫的。(貼云)呀！險些兒差了。他既有丈夫的，難以收留。院子，你多打發些齋糧與他，教他別處抄化去。(末云)道姑，夫人説你有丈夫，多打發齋糧與你，別處去抄化罷。(旦云)天那！我不合説有丈夫的。府幹哥，貧道非因抄化來，特來尋取

(一) 眉批：餚：音『爻』。

丈夫。（末云）夫人，這道姑非因抄化來，却是尋取丈夫的。（貼云）元來如此。道姑，我且問你，你丈夫姓甚名誰？（旦背説云）夫人問我丈夫姓名，若直説出來，恐怕夫人嗔怪；若不和他説，此事又終難隱忍。我如今且把蔡伯喈三字拆開與他説，看他意兒何如，再作道理。夫人，貧道丈夫姓祭名白諧，人人都説道在牛府中廊下住。敢是夫人也知道？（貼云）我那裏知道？院子，你管各廊房，有那姓祭名白諧的麽？（末云）小人管許多廊房，并没有這個人。（貼云）道姑，我這裏没有，你可到别處去尋，休得要誤了你。（旦云）天那！人人道我丈夫在貴府廊下住，如今既道是没有，奴家想起來，莫不是死了呵？咳！丈夫，你若是死了，教我倚着誰人？（哭科）（貼云）可憐這婦人！你且不須愁煩，權住在府中，我着院子到街坊上訪問你丈夫踪跡，你意下如何？（旦云）若得如此，再造之恩。（貼云）道姑，只一件，你在我府中休要恁般打扮，我與你換了這衣粧。（旦云）貧道不敢換。（貼云）因甚不敢換？（旦云）貧道有一十二年大孝在身，所以不敢換。（貼云）呀！大孝不過三年，如何有一十二年？（旦云）貧道公公死了三年，婆婆死了三年；薄倖兒夫，久留都下，一竟不還，替他帶六年，共成一十二年。（貼云）咳！有這等孝行的婦人！道姑，你須然如此，争奈我老相公最嫌人這般打扮。院子，你可叫惜春取粧奩衣服出來。㈠（末云）畫堂傳懿旨，幽閣取粧資。（丑云）寶劍賣與烈士，紅粉贈與佳人。夫人，粧奩衣服在此。（貼云）道姑，你且臨鏡改換則個。（旦云）天那！如何是好？（照鏡科）咳！鏡

㈠ 眉批：奩：音『連』。

兒，我自從嫁與蔡家，只得兩月梳粧，這幾時不曾照你。呀！好苦！元來都這般消瘦了。

【商調過曲·二郎神】（旦）容瀟灑，照孤鸞，嘆菱花剖破。（貼云）道姑，你不梳粧，且換了衣裳。（旦看衣唱）記翠鈿羅襦當日嫁，誰知他去後，釵荊裙布無些二？（貼云）道姑，你不換衣服，且帶着這釵兒。（旦看釵唱）他金雀釵頭鸞鳳朵，奴家若帶了呵，可不羞殺人形孤影寡？（貼云）道姑，你不帶釵兒，且簪些花朵，別些吉凶。（旦看花唱）説甚麼簪花捻牡丹，教人怨着嫦娥。

【前腔】（貼）嗟呀，他心憂貌苦，真情怎假？只爲着公婆珠淚墮，道姑，我公婆自有，不能彀承奉杯茶。你比我没個公婆承奉呵，不枉了教人作話靶。[一] 我且問你。你公婆，爲甚的雙雙命掩黄沙？

【囀林鶯】（旦）苦！荒年萬般遭坎坷，[二] 丈夫又在京華。糟糠暗吃擔飢餓，公婆死，賣頭髮去埋他。把孤墳自造，土泥盡是我麻裙包裹。（貼云）這道姑好誇口！（旦唱）也非誇，手指傷，血痕尚染衣麻。

【前腔】（貼）道姑，愁人見説愁轉多，使我珠淚如麻。（旦云）夫人都淚下爲何？（貼云）道姑，我

（一）眉批：靶：音『巴』。

（二）眉批：坷：音『可』。

丈夫久别雙親下。(旦云)他怎的不回家去?(貼唱)他要辭官家去,被我爹蹉跎。(旦云)他家有妻麽?(貼唱)他妻雖有麽,怕不似恁會看承爹媽。(旦云)他爹媽如今在那裏?(貼唱)在天涯。(旦云)夫人,何不取他同來一處?(貼唱)教人去請,知他途路上如何?

【啄木鸝】(旦)聽言語,教我悽愴多,料想他每也非是假。(背説科)我且把句言語來試他一試。他那裏既有妻房,取將來怕不相和?(貼)道姑,但得他似你能揑靶,我情願讓他居他下。只愁他程途上苦辛,教人望得眼巴巴。

【前腔】(旦)錯中錯,訛上訛,[一]只管在鬼門前空占卦。夫人,若要識蔡伯喈妻房,(貼云)他在那裏?(旦唱)奴家便是無差。(貼)呀!你果然是他非謊詐?(旦云)夫人,奴家豈敢誑言?(貼唱)你原來爲我吃折挫,爲我受波查。教伊怨我,教我怨爹爹。

(貼云)姐姐請上坐,待奴家見禮。(旦云)奴家怎敢?

【金衣公子】(貼)一樣做渾家,我安然你受禍,你名爲孝婦,我被傍人罵。(旦云)呀!傍人罵夫人怎的?(貼唱)公死爲我,婆死爲我,姐姐,我情願把你孝衣穿着,把濃粧罷。(合)事多磨,冤家到此,逃不得這波查。

[一] 眉批:訛:音『娥』。

【前腔】（旦）夫人，他當原也是没奈何，被强來，赴選科，辭爹不肯聽他話。（貼云）姐姐，他這裏豈不要回來？（貼唱）辭官不可，辭婚不可。（旦）只爲三不從，做成災禍天來大。（合前）

（貼云）姐姐，休怪奴家説，我教你改換衣粧，你又不肯，只怕相公見你這般藍縷，萬一不肯相認，如何是好？我想起來，相公往常朝回時，便入書館中看文章。姐姐既是無所不通，何似去書館中寫幾句言語打動他？那時節我與説個明白，却不好？（旦云）夫人説得是。便寫得不好，也索從命。

無限心中不平事，幾番清話又成空。

一葉浮萍歸大海，人生何處不相逢。

釋義：翠鈿：(一) 金花飾面也。唐韋固妻王氏極姿容，因眉間有傷痕，常以翠花鈿貼之，故後人效之。

牡丹：百花之王也，有三十餘種，若開元中帝禁中初得四種，植於興慶池東沉香亭前。會花方開，明皇引太真賞翫，命李太白作《清平樂》四章。其一曰：『名園國色兩相歡，常得君王帶笑看。解得春光無限恨，沉香亭北凭欄杆。』

第三十六齣　孝婦題真

（末云）爲問當年素服儒，於今腰下佩金魚。分明有個朝天路，何事男兒不讀書？自家乃是蔡相公府

(一) 眉批：鈿：音『田』。

中一個院子。我相公雖居鳳閣鸞臺，常在螢窗雪案。退朝之暇，手不停披；閒居之際，口不絶吟。如今將近回府，不免灑掃書館，聽候相公到來。真個好書館。但見：明窗瀟灑，碧紗内烟霧輕盈；淨几端嚴，青氈上塵埃不染。粉壁間掛三四幅名畫，石床上安一兩張古琴。緗帙縹囊，數起看何止一萬卷；牙籤犀軸，(一)乘將來穀有三十車。芸葉分香走魚蠹，芙蓉藏粉養龍賓。鳳味馬肝，和那鴝鵒眼，無非奇巧；兔毫栗尾，和那犀象管，分外精神。積金花玉板之箋，列錦紋銅綠之格。正是：休誇東壁圖書府，賽過西垣翰墨林。且住着。我相公昨日在彌陀寺中燒香，拾得一軸畫像，不知甚麽故事，相公當時教我收下，我如今也將來掛在此間。我相公博學多才，必然曉得這故事。正是：早知不入時人眼，多買胭脂畫牡丹。(下)

【仙呂引子・天下樂】(旦)一片花飛故園空，隨風飄泊到簾櫳。(二)玉人怪問驚春夢，只怕東風羞落紅。

堦下落紅三四點，錯教人恨五更風。當初只道蔡伯喈貪名逐利，不肯回家，元來被人逗留在此。奴家昨日抄化來到這裏，感得牛氏夫人收録；又怕伯喈見我一身藍褸，不肯厮認，教我到書館，題幾句言語打動他，奴家只得從命。來到此間，却寫在那處好？呀！公婆真容元來也掛在此，(哭拜科)我如

(一) 眉批：犀：音『西』。

(二) 眉批：櫳：音『籠』。

今就公婆真容背後，題詩幾句便了。苦！向日受飢荒，雙親俱死亡。如今題詩句，報與薄情郎。

【仙呂過曲·醉扶歸】（旦）丈夫，我有緣千里能相會，難道是無緣對面不相逢？鳳枕鸞衾也曾共，今日呵，到憑着兔毫繭紙將他動。(一)休休，畢竟一齊分付與東風，把往事如春夢。

（題科）崑山有良璧，鬱鬱璠璵姿。嗟彼一點瑕，掩此連城瑜。人生非孔顔，名節鮮不虧。拙哉西河守，胡不如皋魚？宋弘既以義，王允何其愚。風木有餘恨，連理無傍枝。寄語青雲客，慎勿乖天彝。

【前腔】（旦）總使我詞源倒流三峽水，丈夫，只怕你胸中別是一帆風。牛氏夫人見我衣裳藍褸，怕伯喈不肯相認。還是教妾若爲容？我若不寫打動他呵，夫人，只怕爲你難移寵。（掛真容科）休休！縱認不得這丹青貌不同，我的筆蹟，兀自如舊。若認得翰墨，教心先痛。

奴家題詩已了，不免説與夫人知道，且待伯喈來看。莫不是天教相逢，在此一遭，也未見得？

未卜兒夫意，全憑一首詩。

得他心肯日，是我運通時。

釋義：金魚：《唐·輿服志》：一品至六品皆服魚袋，以明其貴賤。三品以上飾以金，五品以下飾以銀。雪案：晉孫康家貧無油，嘗映雪讀書，後爲相。手不停披：韓文：『手不停披於百家之

(一)眉批：繭：音『檢』。

篇。』緗帙縹囊：㈠ 唐李泌封鄴侯，積書萬卷，皆縹囊緗帙。牙籤：《唐·經籍志》：開寶中，玄宗於兩都各聚書四部，皆令甲乙丙丁爲號。甲經書，朱牙籤；乙史書，緑牙籤；丙子書，碧牙籤；丁集書，白牙籤。列爲四庫。犀軸：唐田弘正爲魏博節使，封沂國公，樂聞前代忠孝之人。於府舍起書樓，聚書萬卷，皆錦帙犀軸。乘將來轂有三十車：晉張華，字茂先，好書籍。嘗徙居，載書三十乘，天下奇秘，世所未有，悉在華所，由是博洽無與敵焉。芸葉分香走蠹魚：㈡ 芸香，葉也；蠹，壞書蟲也。芸香可辟蟲。芙蓉藏粉養龍賓：《記聞録》：『唐玄宗以芙蓉花汁調香粉作御墨，曰龍香劑。一日，墨上有小道士如蠅行。上叱之，即呼萬歲，曰：「臣墨之精黑松使者，凡世人有文者，墨上皆有龍賓十二。」上神之，以墨賜掌文官。』鳳味：蘇東坡硯名。詩云：『蘇子一硯名鳳味，坐令龍尾羞後生。』馬肝：漢武帝時，郅文進馬肝石，以和丹砂，食之則踰年不飢；以拭白髮，盡黑。遂以之作硯，常有光起焉。鴝鵒眼：《東坡筆録》：『端硯有鴝鵒眼，黄白相間，世所以重之。』兔毫：漢制，天子筆毫俱皆以秋兔毛爲之。栗尾：筆也。東坡詩：『爲把栗尾書溪藤。』象犀管：王羲之《筆經》云：『昔人以琉璃象犀爲筆管，然筆雖輕，較若重則不爲貴矣。』金花玉板之箋：《太真外傳》：唐玄宗與貴妃賞牡丹，

㈠ 眉批：緗：音『湘』。

㈡ 眉批：蠹：音『妬』。

李龜年持金花玉板之箋賜李白，製《清平詞調》三章，白欣然承詔，援笔賦之。帝大悦。錦紋銅緑之格：《歸田賦》：蔡君謨爲歐陽永叔寫《集古目序》，永叔以鼠鬚栗尾筆、銅緑筆格等爲潤筆，君謨笑以爲太清而不俗。東壁圖書府：《晉・天文志》：東壁二星，主文章，天下圖書之秘府也。西垣翰墨林：垣，墻也。《權德輿傳》：以右掖垣承天子誥命。禁中亦有東西兩掖，號曰翰林院是也。有緣：范式少遊太學，與張劭爲友，並告歸。式曰：『後二年某日過訪。』劭曰：『然之。』至期，劭白母殺雞炊黍待之。母曰：『二年之約，千里戲言，何相信之甚？』劭曰：『式，信士，必不失期。』至是日果至。式謂劭曰：『自別後，連年遘疾，至是始痊。今得會子，真所謂有緣而會矣。』二人盡歡而別。無緣：晉末董仲甫聘舅女陳氏，將畢姻之期，值石勒陷泗水，將邑内婦女盡掠而去。(一) 仲甫哭之殊死。父慰之曰：『此女與吾兒對面無緣分也。』繭紙：《法書要録》云：王右軍以蠶繭紙、鼠鬚笔書《蘭亭記序》。崑山：山名，産玉。《書》：『火炎崑岡，玉石俱焚。』連城：趙王得楚和氏璧，秦昭王欲之，請易以十五座城，故稱美玉有連城之價。西河守：吴起，衛人。嘗學於曾子。好用兵。出衛郭門，與母訣曰：『起不爲卿相，不復入衛。』頃之，母死，起終不歸。曾子絶之。後爲魯將，破齊；尋爲魏將，擊秦。魏以爲西河守，大振聲名。既而見疑，適楚。楚聞其賢，以爲相。於是撫養士卒，平越、取陳、却晉、伐秦，諸侯

(一) 眉批：掠：音『略』。

畏之也。皋魚：春秋時人，有口辯。周遊天下，聞父母已死，遂倍道而歸，哭泣七晝夜，自刎而死。宋弘：長安人。建武中爲太尉。時光武姊湖陽公主新寡，帝與共論群臣，微觀其意。主曰：『宋弘威容，群臣莫及。』帝曰：『試圖之。』主坐於屏後，召弘問曰：『貴易交，富易妻，人情乎？』弘曰：『貧賤之交不可忘，糟糠之妻不下堂。』帝顧謂主曰：『事不諧矣。』黄允：後漢濟陰人，以俊才知名。司徒袁隗爲從女求親，(一)見允，嘆曰：『得婿如是，足矣！』允聞，乃遣其妻夏侯氏。婦謂姑曰：『今當見棄，與黄允長辭，乞一會親屬。』如是大集賓客三百餘人，婦坐中，攘袂數允隱匿穢惡十五事。言畢，登車而去。允以此廢於時者焉。風木：《韓文外傳》：孔子一日聞哭聲甚悲，至，則皋魚也。問其故。曰：『樹欲静而風不止，子欲養而親不在。』後自刎而死。連理：昔挈虞頌東宫正德門槐樹二枝，連理而生。《長恨歌》：『在天願爲比翼鳥，入地共成連理枝。』詞源倒流三峽水：杜詩：巴陵有三峽，一曰明月，二曰巫山，三曰廣洋。心先痛：齊裴納之爲郊州刺史，母在鄴心痛，而納之是日心亦驚痛。遂棄官，倍道而歸，母果然心痛而死矣。

(一) 眉批：隗：音『每』。

第三十七齣　書館悲逢

【仙呂引子・鵲橋仙】(生)披香侍宴，上林遊賞，醉後人扶馬上。金蓮花炬照回廊，正院宇梅梢月上。

日晏下彤闈，(一)平明登紫閣。何如在書案，快哉天下樂。自家早臨長樂，夜直嚴更。召問鬼神，或前宣室之席；光傳太乙，時分天祿之藜。惟有戴星銜黑出漢宮，安能滴露研硃點《周易》？俺這幾日且喜朝無繁政，官有餘閒，庶可留志於詩書，從事於翰墨。正是：事業要當窮萬卷，人生須是惜分陰。(看書科)這是甚麼書？是《尚書》。呀！這《堯典》道：『虞舜父頑母嚚象傲，(二)克諧以孝。』咳！他父母那般相待他，他猶自克諧以孝；我父母虧了我甚麼，我到不能彀奉養他？看甚麼《尚書》？這是甚麼書？是《春秋》。呀！《春秋》中潁考叔曰：『小人有母，未嘗君之羹，請以遺之。』咳！他有一口湯吃，兀自尋思着娘。我如今做官享天祿，倒把父母撇了。看甚麼《春秋》？天那！枉看這書，行不得，濟甚麼事？你看那書中那一句不說着孝義？當先俺父母教我讀詩書，知孝義，誰知道反被詩書誤了我，還看他怎的？

(一) 眉批：彤：音『同』。
(二) 眉批：嚚：音『銀』。

【仙吕過曲・解三醒】（生）嘆雙親把兒指望，教兒讀古聖文章。似我會讀書的，倒把親撇漾；少甚麽不識字的，倒得終奉養。書呵，我只爲其中自有黄金屋，反教我撇却椿庭萱草堂。[一] 還思想，畢竟是文章誤我，我誤爹娘。

【前腔】比似我做個負義虧心臺館客，到不如守義終身田舍郎。《白頭吟》記得不曾忘，緑鬢婦何故在他方？書呵，我只爲其中有女顔如玉，反教我撇却糟糠妻下堂。還思想，畢竟是文章誤我，我誤妻房。

書既懶看他，且看這壁間山水古畫，散悶則個。呀！這一軸畫像是我昨日在彌陀寺中燒香拾得的，如何院子也將來掛在此間？且看甚麽故事。

【南吕過曲・太師引】（生）細端詳，這是誰筆仗？覷着他，教我心兒好感傷。（細看科）好似我雙親模樣。差矣，我的媳婦會針指，便做是我的爹娘呵，怎穿着破損衣裳？前日已有書來，道别後容顔無恙，[二] 怎的這般凄涼形狀？且住，我這裏要寄一封書回去，尚不能彀。他那裏呵，有誰來往，直將到洛陽？天下也有面貌厮像的，須知道仲尼陽虎一般龐。

[一] 眉批：萱：音『喧』。
[二] 眉批：恙：音『樣』。

我理會得了。

【前腔】這是街坊誰劣相，砌家莊形衰貌黄。假如我爹娘呵，若没個媳婦來相傍，少不得也這般淒涼。敢是個神圖佛像？呀！却怎的，我正看間，猛可的小鹿兒心頭撞。這也不是神圖佛像，敢是當元畫的有甚緣故？丹青匠，由他主張，須知道毛延壽誤了王嬙。〔一〕若是個神圖佛像，背面必有標題，待我轉過來看。呀！元來有一首詩在上面。（讀詩科）這厮好無禮，句句道着下官，等閒的怎敢到此？想必夫人知道，待我問，便知分曉。夫人那裏？

【雙調引子・夜遊湖】（貼）猶恐他心思未到，教他題詩句，暗裏相嘲。翰墨關心，丹青入眼，强如把語言相告。

（生怒云）夫人，誰人到我書館中來？（貼云）没有人。（生云）我前日去彌陀寺中燒香，拾得一軸畫像，院子不省得，也將來掛在這裏。甚麽人在背面題着一首詩？（貼云）敢是當原寫的？（生云）那裏是？墨蹟尚未曾乾。（貼背云）我理會得了。相公，這詩如何説？請讀與奴家知道。（生讀詩科）（貼云）相公，奴家不省其意，請解説一遍，與奴家曉得也好。（生云）『崑山有良璧，鬱鬱璠璵姿。〔二〕嗟彼一點瑕，掩此連城瑜。』崑山是地名，産得好玉，價值連城。若有些兒瑕玷，便不貴重了。『人生非孔顔，名

〔一〕眉批：嬙：音『墻』。

〔二〕眉批：璠：音『蟠』。

節鮮不虧。』孔子、顔子是大聖大賢，德行渾全。大凡人非聖賢，能忠不能孝，能孝不能忠，所以名節多至欠缺。『拙哉西河守，胡不如臯魚？』西河守吴起是戰國時人，魏文侯拜他爲西河守，母死不奔喪。臯魚是春秋時人，只爲周遊列國，父母死了，後來回歸，自刎而亡。『宋弘既以義，王允何其愚。』宋弘是光武時人，光武試把姐姐湖陽公主嫁他，宋弘不從，對道：『貧賤之交不可忘，糟糠之妻不下堂。』黄允是桓帝時人，司徒袁隗要把姪女嫁他，他就休了前妻，娶了袁氏。『風木有餘恨，連理無傍枝。』孔子聽得臯魚啼哭，問其故。臯魚説道：『樹欲静而風不止，子欲養而親不在。』西晉時東宫門有槐樹二株，連理而生，四傍皆無小枝。『寄與青雲客，慎勿乖天彝。』傳言與做官的，切莫違了天倫。（貼云）相公，那不奔喪和那自刎的，那一個是孝道？（生云）那不奔喪的是亂道。（貼云）相公，那不棄妻和那棄妻的，那一個是正道？（生云）那棄了妻的是亂道。（貼云）相公，比如你，待要學那一個？（生云）呀！我的父母知他存亡如何？我決不學那不奔喪的見識。（貼云）相公，你須不學那不奔喪的，且如你這般富貴，腰金衣紫，假有糟糠之婦，藍褸醜惡，(一)可不辱没了你？你莫不也索休了？（生怒云）夫人，你説那裏話？縱是辱没殺我，終是我的妻房，義不可絶。

【越調過曲・鏵鍬兒】（生）夫人，你説得好笑，可見你心兒窄小。我決不學那王允的見識。没來由漾却苦李，再尋甜桃。古人云：棄妻止有七出之條。他不嫉不淫與不盜，終無去條。那棄妻

(一) 眉批：醜：音『丑』。

的，衆所誚；那不棄妻的，人所褒。(一) 縱然他醜貌，怎肯相休棄了？

【前腔】（貼）伊家富豪，那更青春年少。看你紫袍掛體，金帶垂腰。做你的媳婦呵，應須有封號。金花紫誥，必俊俏，須媚嬌。若還他醜貌，怎不相休棄了？

【前腔】（生）夫人，你言顛語倒，惱得我心兒轉焦。莫不是你把咱奚落，特兀自粧喬？引得我淚痕交，撲簌簌這遭。這題詩的是誰？（貼云）相公，你問他待怎的？（生唱）夫人，他把我嘲，難恕饒。你説與我知道，怎肯干休罷了？

【前腔】（貼）相公，我心中忖料，想不是個薄情分曉。管教你夫婦，會合在今朝。你還認得那題詩的麽？（生云）不認得。（貼唱）伊家枉然焦，只怕你哭聲漸高。（生云）是誰？（貼唱）是伊大嫂，身姓趙。正要説與你知道，怎肯干休罷了？

姐姐有請。

【入賺】（旦）聽得鬧炒，敢是我兒夫看詩囉唣？（貼云）姐姐快來。（旦唱）是誰忽叫？想是夫人召，必有分曉。（貼）相公，是他題詩句，你還認得否？（生云）他從那裏來？（貼云）相公，他從陳留郡，爲你來尋討。（生認科）呀！我道是誰，元來是你呵。娘子，你怎的穿着破襖，衣衫盡

(一) 眉批：褒：音『包』。

是素縞？(一)莫不是我雙親不保？（旦）官人，從別後，遭水旱，我兩三人只道同做餓殍。（生云）張太公曾週濟你麽？（旦唱）只有張公可憐，歎雙親別無倚靠。（生云）後來却如何？（旦唱）兩口顛連相繼死。（生云）苦！元來我爹娘都死了。娘子，那時如何得殯斂？（旦唱）我剪頭髮賣錢送伊妣考。（生云）如今安葬了未曾？（旦唱）把墳自造，土泥盡是麻裙裹包。（生）罷了，聽伊言語，怎不痛傷噎倒？

（生倒，旦、貼作扶起科）（旦云）官人，這畫像就是你爹媽的真容。（生哭拜科）

【小桃紅】（生）蔡邕不孝，把父母相抛。爹娘，我與你別時，豈知恁地？早知你形衰耄，(二)怎留聖朝？娘子，你爲我受煩惱，你爲我受劬勞。謝你葬我爹，葬我娘，你的恩難報也。又道是養子能代老。（合）這苦知多少？此恨怎消？天降災殃人怎逃？

娘子，這真容是誰畫的？

【前腔】（旦）這儀容像貌，是我親描。（生云）娘子，路途遥遠，你那得盤纏來到此間？（旦低唱科）乞丐把琵琶撥，怎禁路遥？官人，說甚麽受煩惱？說甚麽受劬勞？不信看你爹，看你娘，

(一) 眉批：縞：音『搞』。

(二) 眉批：耄：音『冒』。

比别時兀自形枯槁也。我的一身難打熬。（合前）

【前腔】（貼）設着圈套，被我爹相招。相公，你也説不早，況音信杳。姐姐，你爲我受煩惱，爲我受劬勞。相公，是我誤你爹，誤你娘，誤你名不孝也。做不得妻賢夫禍少。（合前）

【前腔】（生）我脱却巾帽，解却衣袍。（貼）相公，急上辭官表，共行孝道。（生云）夫人，只怕你去不得。（貼唱）相公，我豈敢憚煩惱？豈敢憚劬勞？同去拜你爹，拜你娘，親把墳塋掃也。使地下亡靈安宅兆。（合前）

【餘文】（合）幾年間分别無音耗，奈千山萬水迢遥。天那！只爲三不從，生出這禍苗。

只爲君親三不從，致令骨肉兩西東。

今宵賸把銀缸照，㈠猶恐相逢是夢中。

釋義：　披香：漢之殿名。彤闈：彤，赤色宫中門也。夜直嚴更：督夜行更鼓也。召問鬼神：宣室，未央宫前殿之正室也，齋戒則居之。賈誼，洛陽人，漢文帝時拜長沙王太傅，後徵之。至入見，上方受釐宣室，因問鬼神之本，誼道其所以然。夜半，帝不覺前席。曰：『久不見賈生，以爲過矣，今不及也。』光傳太乙：漢劉向校書天禄閣，夜有老人着黄衣，植青藜杖叩閣而進。時向坐暗中誦書，乃

㈠　眉批：賸：音『勝』。

吹杖端烟焰照之，曰：『我太乙之精，天帝聞卯金之子博學，下而觀焉。』乃出懷中竹牒，有天文地圖之書授之，至曙而去。由是向學日進矣。**戴星衝黑**：言夜歸也。**滴露研硃**：唐高駢《步虛詞》。**分陰**：言光陰也。侃言：『大禹，聖人，乃惜寸陰，至於衆人當惜分陰。』**《尚書》**：《書經》，虞夏商周四代史記所作，孔子删之。（一）**《春秋》**：孔子所作者。周轍既遷之後，世道衰微，邪説暴行。臣弑其君者有之，子弑其父者有之，故孔子作《春秋》以寓王法，然後亂臣賊子懼。**潁考叔**：《左傳》：鄭莊公置母姜氏於潁城，誓不見之。潁谷封人潁考叔聞之，有献於公。公賜之羹，食而捨肉。公問之，對曰：『小人有母，曾嘗小人之食矣，未嘗君之羹，請以遺之。』公感其言，遂使母子如初。**終養**：李密，字伯令，蜀人也，事祖母劉氏至孝。晉武帝平蜀，徵爲太子洗馬。密上表陳情云：『臣無祖母，無以至今日；祖母無臣，無以終餘年。烏鳥私情，願乞終養。』**《白頭吟》、緑鬢婦**：司馬相如因過茂陵，見一女子，緑鬢白齒，特聘之爲妾。其妻卓文君作《白頭吟》以自絶。其詞曰：『凄凄重凄凄，嫁女不須啼。願得同心人，白頭不相離。』相如乃止。**無恙**：謂無病也。恙本蟲名，入腹食人心。古人草居，常被此害，故相問『得無恙乎』。**陽虎**：季氏家臣，曾暴於匡。孔子弟子顔尅恃與虎俱。（二）夫子適陳過匡，尅御，匡人識尅。

（一）眉批：删：音『三』。

（二）眉批：尅：音『克』。

孔子貌又似虎，匡人以兵圍之，五日始解。小鹿兒心頭撞：《南史》：梁武帝相貌威嚴，臣下雖燕見，率或失措。太清中，侯景逼之於靈臺，因入見而退。謂人曰：『武帝迫困於斯，而吾見之，汗洽衣襟，猛然若小鹿兒觸吾心耳。』毛延壽誤了王嬙：《西京雜記》：漢元帝後宮既多，不得常見，乃使畫工毛延壽圖其形，按圖召幸之。諸宫人多賄延壽，多者十萬，少者亦不減五萬，獨王嬙字昭君恃其貌不與，遂不得見。熙寧初，匈奴單于來朝，自言願婿漢氏以自親，於是帝按圖以昭君賜之。及至召見，貌爲第一。帝悔不及，遂窮按其事，得情狀，收延壽，棄於市。七出之條：《禮記》：婦有七出：不順父母，去；無子息，去；淫，去；妬，去；惡疾，去；多言，去；竊盗，去。漾却苦李，再尋甜桃：晉王戎年六七時，與群兒戲於郊外，見桃李隔墻而生，皆可食。群兒競取李，戎獨取桃。人問其故，曰：『李在道傍而多，必苦；桃生墻内而少，必甜。』後人驗其味，果然。紫袍金帶：唐制，三品以上咸賜金帶紫袍。素縞：白繒也。《楚詞》：因素縞而哭之。考妣：父母也。

第三十八齣　張公掃墓

【南呂引子·虞美人】（末）青山今古何時了，斷送人多少？孤墳誰與掃荒苔？連塚陰風吹送紙錢來。

冥冥長夜不知曉，寂寂空山幾度秋。泉下長眠人未醒，悲風瀟瑟起松楸。老漢曾受趙五娘之托，教我爲他看守墳塋。前兩日有些閒事，不曾看得，今日不免去走一遭。

【仙吕入雙調·步步嬌】（末）呀！只見黄葉飄飄把墳頭覆，斷趕着皆狐兔。（望科）敢是誰砍了樹木去，爲甚松楸漸漸疏？（滑倒科）咳！甚麽絆我這一倒？却元來是苔把磚封，笋迸泥路。老員外，老安人，自古道：未歸三尺土，難保百年身；已歸三尺土，難保百年墳。只怕你難保百年墳。況老夫在日，尚來爲你看管；若老夫死後呵，教誰添上你三尺土？遠遠望見一個漢子來了，不知是甚麽人，且看他如何。（丑扮李旺上）

【前腔】（丑）渡水登山多勞苦，來到這荒村塢。[一]遥觀見一老夫，試問他家，住在何所。趲步向前行，呀！却是一所荒墳墓。（相見科）（末云）小哥，你從那裏來？（丑云）小人從京都來。（末云）却往那裏去？（丑云）奉蔡相公差來的。（末云）你相公是那裏人？差你有甚勾當？（丑云）我相公特差小人來取他太老爹、太夫人、少夫人，一同到洛陽去。（末云）你相公叫甚麽名字？（丑云）我相公的名字，小人怎敢説？（末云）荒僻去處，但説不妨。（丑云）我相公是蔡伯喈。（末發怒科）

【風入松】（末）你不須提起蔡伯喈，説着他每忒歹！（丑云）呀！他有甚歹處？（末唱）他中狀

[一] 眉批：塢：音『烏』。

元做官六七載，撇父母抛妻不采。（丑云）他父母在那裏？（末唱）兀的這磚頭土堆，是他雙親在此中埋。

（丑云）呀！元來太老爹、太夫人都死了呵。不知他爲甚的死了？

【前腔】（末）一從他別後遇荒災，更無人倚賴。（丑云）這等是誰承直他兩個？（末唱）虧他媳婦相看待，把衣服和釵梳都解。（丑云）解也須有盡時。（末云）便是。這小娘子解得錢來糴米，（一）做飯與公婆吃。他背地裏把糟糠自捱，公婆的反疑猜。

（丑云）公婆敢道他背後自吃了些好東西麼？（末云）便是。後來呵，

【前腔】（末）他公婆的親看見，雙雙痛倒，無錢斷送，剪頭髮賣買棺材。（丑云）他那般無錢，如何築得這一所墳墓？（末唱）他去空山裏，裙包土，血流指，感得神明助，與他築墳臺。

（丑云）自古道孝感天地，果然有此。這小娘子如今在那裏？

【前腔】（末）他如今逕往帝都來。（二）（丑云）他把甚麼做盤纏？（末云）小哥，我不瞞你，他彈着琵琶做乞丐。（丑云）蔡相公特地差小人來取他父母妻子，如今太老爹、太夫人既死了，小夫人却又去了，

（一）眉批：糴：音『疊』。
（二）眉批：逕：音『竟』。

如何是好？（末云）你謾着，我與你説與他父母知道便了。老員外，老安人，你孩兒做官，如今差人來取你到京，同享富貴，你去不去？（哭科）叫他不應魂何在？空教我珠淚盈腮。（丑云）公公，你休啼哭，小人如今回去，教俺相公多多做些功果，追薦他便了。（末笑科）他生不能養，死不能葬，葬不能祭。這三不孝逆天罪大，空設醮，枉修齋。

你相公如今在那裏？（丑云）我相公如今入贅牛丞相府裏。

【前腔】（末）小哥，你如今疾忙便回，説我張老的道與蔡伯喈。（丑云）道甚麽來？（末唱）道你拜别人爹娘好美哉，親爹娘死，不值你一拜。（丑云）公公，你休錯埋冤了人。他要辭官，官裏不從；他要辭婚，我太師不從。也只是没奈何了。（末云）恁的呵，元來他也是無奈，好似鬼使神差。他當元在家不肯赴選，他的爹爹也不從他。這是三不從把他厮禁害，三不孝亦非其罪。（丑云）公公，你險些錯埋冤了人。（末唱）這是他爹娘福薄運乖，人生裏都是命安排。

（丑云）敢問公公高姓？（末云）小哥，我老漢不是别人，張太公的便是。當初蔡伯喈臨去之時，把父母囑付與我。如今他父母身死，小娘子又去京都尋他，將近去了個半月日。你如今回去，一路上但見一個婦人，道姑打扮，拿着一個琵琶，背着一軸真容的，便是你相公的小娘子。你把盤纏好好承直他去便了。（丑云）理會得，小人告别了。

雙親死了已無依，今日回來也是遲。

夜静水深魚不餌，滿船空載月明歸。

第三十九齣　散髮歸林

【仙呂入雙調・風入松慢】[一]（外）女蘿松柏望相依，況景入桑榆。他椿庭萱室齊傾棄，怎不想家山桃李？中雀誤看屏裏，[二]乘龍難駐門楣。自古道：人無遠慮，必有近憂。自家當初不仔細，一時間不信我那院子的説話，定要招蔡伯喈爲婿，指望養老百年，誰想道他父母俱亡。如今媳婦逕來尋取，聞説我女孩兒也要和他同去，不知是否？待我喚院子出來，問他便知端的。院子那裏？（末云）紋犀欲下意沉吟，棋局排來仔細尋。猶恐中間差一着，教人錯用滿枰心。相公有何鈞旨？[三]（外云）院子，説道蔡狀元的父母身死，他媳婦來尋他，我的小姐也要和他同去，你知道麽？（末云）男女不知，老姥姥必知端的。（外云）如此，叫老姥姥過來。

【仙呂過曲・光光乍】（淨）女婿要同歸，岳丈意何如？忽叫阿奴緣何的？想必與他做區處。

[一] 入：原闕，據明文林閣刊本《元本出相南琵琶記》補。
[二] 眉批：中，去聲。
[三] 眉批：鈞：音『均』。

（外云）老姥姥，見説蔡狀元的父母身死，他的媳婦來此尋他，我的小姐也要和他同去，此事是否？（浄云）果是，小姐要同去。（外云）呀！我小姐同去做甚麽？（浄云）相公，他父母都死了，只是一個媳婦支持。如今小姐要同他回去守服，有何不可？（外怒云）我的小姐如何與別人帶孝？（浄云）相公息怒，聽老奴告禀。

【南吕過曲・古女冠子】（浄）媳婦事舅姑合體例，（一）相公，怎不教女孩兒同去？當初是相公相留住，今日裏怨着誰？（外云）胡説！我不教女孩兒去，却待怎的？（浄云）相公，事須近禮，怎使聲勢？休道朝中太師威如火，那更路上行人口似碑。（合）説起此事，費人區處。

【前腔】（末）我相公只慮着多嬌女，怕跋涉萬山千水。相公，只一件，女生向外從來語，況已做人妻。夫唱婦隨，不須疑慮。這是藍田種玉結親誤，今日裏船到江心補漏遲。（合前）

【前腔】（外）當初是我不仔細，誰知道事成差池？痛念深閨幼女多嬌媚，怎跋涉萬餘里？天那！我嫡親更有誰，怎忍分離？罷罷，不教愛女擔煩惱，也被傍人講是非。（合前）

（外云）老姥姥，你和院子也説得是，只得由他去罷。（浄云）恰好狀元、小姐都來了。

【雙調引子・五供養】（生）終朝垂淚，爲雙親使我心疼。（貼）親墳須共守，只得離京。（生）

（一）眉批：例：音『利』。

夫人，且商量個計策，猶恐你爹行不肯。(一)（合）若是他不肯，難説道君王有命。

（相見科）（外云）賢婿，我聞説你父母皆棄，你媳婦來此相尋，此事果否？（生云）此事果然，愚婿正來稟知岳丈。（外云）這可是伯喈媳婦麽？（旦云）奴家便是。（外云）賢哉！賢哉！（貼云）孩兒有一事拜覆爹爹知道。娶妻所以養親。孔子云：『生事之以禮；死葬之以禮，祭之以禮。』若姐姐爲蔡氏之婦，生能竭奉養之力，死能備棺槨之禮，葬能盡封樹之勞。孩兒亦爲蔡氏婦，生不能供甘旨，死不能盡躃踊，葬不能事窀穸。以此思之，何以爲人？誠得罪於舅姑，實有愧於姐姐。今特講於爹爹之前，願居於姐姐之下。（外云）賢哉吾女！道得是，道得是。（旦云）自古道：人有貴賤，不可概論。夫人是香閨繡閣之名姝，(二)奴家是裙布荊釵之貧婦；況承君命以成婚，難讓妾身而居右。（外云）五娘子，你今日既無父母，又喪公姑，恰便是我的女孩兒一般；況你身先歸於蔡氏，年又長於吾兒，此實當禮，不必多辭。（生云）你兩個只做姊妹相呼便了。（衆云）這個説得極是。（生云）愚婿今日拜辭岳丈，領二妻同歸故里，共行孝道。待服滿之後，再來侍奉尊顔。（外云）賢婿，我其實捨不得你去。今日你爹娘既不幸了，我也難再留你。（貼云）爹爹，孩兒暫别尊顔，實出無奈。爹爹善保尊體，不必掛牽。（外哭云）孩兒，你如今拜舅姑的墳墓，竟不念我？（貼云）爹爹放心，孩兒此去，不過三年之期。（外悲云）

(一) 眉批：行：音『杭』。

(二) 眉批：姝：音『硃』。

苦！女兒終是向外，兀的不痛殺我也！（衆云）相公不須煩惱。（生、旦、貼拜辭科）

【大石調過曲·催拍】（生）念蔡邕爲雙親命傾，遭不孝逆天罪名，今辭了帝廷。感岳丈慇懃，豈敢忘情？痛父母恩深，久負亡靈。（合）辭別去，同到墳塋；心慽慽，淚盈盈。

【前腔】（旦）念奴家離鄉背井，謝公相教孩兒共行。[一]非獨故里榮，我泉下公婆，死也目瞑。（外云）五娘子，我女孩兒少長閨門，凡事望你指顧。（旦唱）我自看承你孩兒，不須叮嚀。（合前）

【前腔】（貼）親爹爹衰顏皤鬢，[二]思量起教人淚零。爹爹，我進退不忍。我待不去呵，誤了公婆，被人譏評。我待去呵，撇了爹爹，没人温清。（合前）

【前腔】（外）孩兒，此别去，你爹吉凶未憑；再來時，我的存亡未審。賢婿，吾今已老景，畢竟你没爹娘，我没親生。若是念骨肉一家，須早辦回程。（合前）

【正宫過曲·一撮棹】（生）岳丈，你寬心等，何須苦掛縈？（外）賢婿，把音書寫，頻頻寄郵亭。[三]（貼）老姥姥，爹年老，伊家須是好看承。（净）程途裏，各願保安寧。（生）死别全無準，

[一] 眉批：行：音『杭』。
[二] 眉批：皤：音『番』。
[三] 眉批：郵：音『尤』。

生離又難定。（合）今去也，未知何日返神京？

（外云）你三人途中須要保重。（生、旦、貼云）謝得尊人掛念。

【哭相思尾】（合）最苦生離難抛捨，未知再會何時也。（生、旦、貼並下）

女婿今朝已别離，老身孤苦有誰知。

夫唱婦隨同歸去，一處思量一處悲。

釋義：女蘿松柏：古詩：『蔦與女蘿，施于松柏。』家山桃李：歐公詞：『買花載酒長安市，又爭似家山桃李？』紋犀卜：《方術記》：『黄石公用紋犀棋十二子卜吉凶以行師，萬無一失。』封樹：《禮記》疏曰：『子高之意，人死可惡，故備飾以衣衾棺槨，欲其深邃，不使人知。今乃反使封壤爲墳，而種樹以標之。』躃踊：撫心跳躍也。《孝經》：『躃踊哭泣，哀以送之。』名姝：姝，美姬也。《詩》：『静女其姝。』

第四十齣　李旺回話

（丑扮李旺上）

【柳穿魚】（丑）心忙似箭走如飛，歷盡艱辛有誰知？夜静水寒魚不食，滿船空載月明歸。

歸來後，到庭除，未知相公在何處？

李旺蒙老相公差去陳留，請取蔡相公的老員外、老安人、小娘子。不想他兩位老的都死了，小娘子又來了，教我空走這一遭。如今且未好對老相公説，先説與蔡相公知道。呀！怎的房門都閉了？敢是蔡相公入朝去了，小姐要幽静，閉着門呵？開門，開門。

【玩仙燈】（外）門外有人聲，是誰來諠譁鬧炒？（一）

（丑云）老相公，是李旺。（外云）李旺，你回來了。你知道麽，我小姐和蔡相公都回家去了？（丑云）蔡相公小娘子曾到這裏不曾？（外云）我見他了。李旺，我且問你，蔡相公父母既死了，媳婦又來了，你到那裏，曾見甚麽人？

【南吕過曲·風帖兒】（丑）相公，我到得陳留，逢着一個故老，在他爹娘墳上拜掃。他道他爹娘呵，果然飢荒都喪了。他媳婦也來到，枉教人走這遭。

【前腔】（外）李旺，我如今去朝廷上表，奏蔡氏一門孝道。管取吾皇降丹詔，把他召，我自去陳留走一遭。

（丑云）老相公，這個趙氏，其實難得。（外云）便是。一家都難得。一來蔡伯喈不忘其親，（二）二來趙五娘子孝於舅姑，三來我小姐又能成人之美。一門孝義如此，理當保奏，請行旌表。（丑云）相公道得

（一）眉批：諠：音『喧』。

（二）喈：原闕，據文義補。

最是。

五更三點奏朝廷，今古難求此樣人。
管取一封天子詔，表揚四海孝賢名。

第四十一齣　風木餘恨

（生、旦、貼帶侍從上）

【雙調引子・梅花引】（生）傷心滿目故人疏，看郊墟，盡荒蕪。（旦、貼）惟有青山，添得個墳墓。（合）慟哭無聲長夜曉，問泉下有人還聽得無？

〔玉樓春〕（生云）他鄉萬點思親淚，不能滴向家山地。（旦云）如今有淚滴家山，欲見雙親渾無計。（貼云）荒墳衰草連寒烟，蒼苔黄葉飛蘋蘩。（生云）欲聽鷄聲來問寢，忽驚蟻夢先歸泉。（旦云）人生自古誰無死？嗟君此恨憑誰語？（貼云）可憐衰絰拜墳塋，（一）不作錦衣歸故里。（生云）夫人，此處便是爹媽墳墓。我和你先拜了雙親，還要去拜謝張太公。（旦、貼云）正是如此。（拜奠科）

【仙吕入雙調・玉雁兒】（生）孩兒相誤，爲功名擔閣了父母，都緣是孩兒不得歸鄉故。爹爹，

（一）眉批：絰：音『垤』。

媽媽，你怎便先歸黄土？乾坤豈容不孝子？名虧行缺不如死，只愁我死缺祭祀。（合）對真容形衰貌枯，想靈魂悲咽痛苦。

【前腔】（旦）百拜公姑，望矜憐恕責我夫。你孩兒贅居牛相府，日夜要歸難離步。你這新媳婦呵，堅心雅意勸親父，同歸故里守孝服，今日雙雙來廬墓。（合前）

【前腔】（貼）不孝的媳婦，恨當初爲我耽誤了丈夫，吃人談笑生何補？我待死呵，又羞見公姑。公公，婆婆，我生前不能彀相奉侍，何如事你向黄泉路？只一件，我死了呵，家中老父誰看顧？（合前）

（生云）呀！只見朔風四起，瑞雪横空，天氣甚冷。左右，且迴避者。（末扮張太公上）

【前腔】（末）樓臺銀鋪，遍青山渾如畫圖。乾坤似他衣衰素，故添個縞帶飛舞。你躃踊慟哭直恁苦，(一)那堪大雪添淒楚。事當逆來順受，抑情就禮通今古。（合前）

（生云）呀！張太公來了。卑人父母生死，皆蒙太公週濟。正道拜了父母墳塋，就到宅上拜謝，少效銜環之報，何勞太公先降？（末云）説那裏話？蔡相公，你腰金衣紫，可惜令尊令堂相繼謝世，不得盡你孝心。正是：樹欲静而風不寧，子欲養而親不逮。這也是他命該如此。你今日榮歸故里，光耀祖宗，

(一) 眉批：慟：音『動』。

雖是他生前不能享你的禄養，死後亦得沾得你的恩典。老夫苟延殘喘，(一)又得相見，僥倖！僥倖！你今在此廬墓，老夫合當陪伴。但有牛氏夫人在此，怕不穩便。暫且告别，再來相看。

多謝深恩不可忘，稍寬愁緒節悲傷。

親墳共掃添榮耀，不負詩書教子方。

釋義：泉下有人聽得無：《太平廣記》：『鄭友路逢一塚，有二竹，詠之曰：「塚上兩竿竹，風吹常嫋嫋。」塚中人續之曰：「下有百年人，長眠不知曉。」』萬點思親淚：蘇東坡云：『寄我相思千點淚。』蟻夢：《異聞録》：『淳于棼廣陵宅南有古槐，(二)棼醉卧其下，夢二使者曰：「槐安國王奉邀。」棼随二使入穴中，曰大槐安國。王曰：「南柯郡政事不理，屈卿爲守。」棼至郡，數日乃寤，尋古槐下穴，洞然明朗，可容二指。有一大蟻，乃槐安國王。又尋一穴，直上南枝，乃南柯郡也。』衰絰：《儀禮》：喪衣上衰下裳經首。絰，腰絰也。錦衣歸故里：漢朱買臣上書，帝拜爲侍中，遷會稽太守。上曰：『富貴不還鄉，如衣繡夜行。』買臣辭謝而歸。詳見第十七齣。功名：如管仲、商鞅之徒是也。黄土：孟郊詩云：『高原黄土自成堆。』廬墓：詳見第一齣。樓臺銀鋪：蘇東坡詩云：『銀鋪青鎖玉樓

(一) 眉批：喘：音『舛』。

(二) 眉批：棼：音『分』。

臺。』詠雪也。衰素：《禮儀註》：『父之服斬衰，母之服齊衰。』躃踊：義見前。

第四十二齣　一門旌獎

【商調引子·逍遥樂】（生）寂寞誰憐我，空對孤墳珠淚墮。（旦）光陰撚指過三春。[一]（貼）幽途渺渺，滯魄沉沉，誰與招魂？

（生云）夫人，你看兩木連枝誰手栽，相馴白兔走墳臺。（旦、貼云）無心動植呈祥瑞，否極應須會泰來。（末上云）一封丹詔從天下，忽聽傳聞動郊野。説道旌表一門閭，未卜此爲何人也。（末云）蔡相公，外面喧傳有詔書到此，旌表孝義，想必爲足下而來。（生云）人間孝者亦多，卑人何足稱孝？假如大舜、曾參之孝，亦是人子當盡之事，何足旌表？（末云）你説那裏話？老夫當初也只道你貪名逐利，撇了父母妻室不肯還家；到如今纔得個分曉。《孝經》云：『孝弟之至，通於神明，光於四海，無所不通。』今見你墳頭枯木生連理之枝，白兔有馴擾之性，祥瑞若此，吉慶必來。

【仙吕入雙調·六么令】（末）連枝異木新，見墳臺白兔如馴。[二]禽獸草木尚懷仁，這一封丹詔必因君。（合）料天也會相憐憫。

[一] 眉批：撚：音『然』。

[二] 眉批：馴：音『循』。

【前腔】（生）皇恩若見臣，我也不圖禄及吾身。只愁恩不到雙親，空辜負，這孤墳。（合前）

【前腔】（旦）知他假與真？謝得公公，報説殷勤。太公，空教你爲我受艱辛，今日裏，有誰旌表你門庭？（合前）

【前腔】（貼）來使是何人？悶中無由，詢問一聲。（生云）夫人要問甚麽？（貼唱）無由詢問我家君，知他安與否，死和存？（合前）（丑扮縣官上）

【前腔】（丑）敕書已來近，看街市上人亂紛紛。咱每只得忙前奔，備香案，接皇恩。（合前）

（相見科）（生云）何處官長？因甚到此？（丑云）下官本縣知縣。告大人得知：今日天朝牛丞相親賫詔書，到此開讀，旌表大人一門孝義；加官進職，起服到京。下官特來鋪設香案，迎接皇恩。請大人改換吉服等候。（生云）卑人孝服，未可更易。（丑云）先王制禮，賢者俯而就，不肖者跂而及。今大人服制已滿，況天朝恩典，禮當從吉。（衆云）説得是。（生云）門閭旌表感吾皇。（旦、貼云）孝服今朝換吉裳。（合云）不是一番寒徹骨，怎得梅花撲鼻香？（生、旦、貼下）（外引侍從上）

【前腔】（外）風霜已滿鬢，玉勒雕鞍，走遍紅塵。今日到此喜欣欣，重相見，解愁悶。（合前）

（淨云）這裏就是蔡相公廬墓所在，請相公駐節。（生、旦、貼吉服上）

【前腔】（合）心慌步又緊，想皇恩已到寒門。披袍秉笏更垂紳，[一]冠和帶，一番新。（合前）

（外云）聖旨已到，跪聽宣讀。皇帝詔曰：朕惟風俗爲教化之基，孝弟为風俗之本。去聖逾遠，淳風日漓。彝倫攸斁，朕甚憫焉。其有克盡孝義，敦尚風化者，可不奬勸，以勉四海？議郎蔡邕，篤於孝行。富貴不足以解憂，甘旨常關於想念。雖違素志，竟遂佳名。委職居喪，厥聲尤著。其妻趙氏，獨奉舅姑。服勞盡瘁，克終養生送死之情，允備貞潔韋柔之德。糟糠之婦，今始見之。牛氏善諫其父，克相其夫。罔懷嫉妬之心，實有遜讓之美。曰孝曰義，可謂兼全。斯三人者，朕甚嘉之。使四海億兆，皆當儀刑斯人，垂範將來，風移俗易，教美化行，唐虞三代，誠可追配。是用寵錫，以彰孝義。蔡邕授中郎將，妻趙氏封陳留郡夫人，牛氏封河南郡夫人，限日赴京；父崇簡贈十六勳，母秦氏贈天水郡夫人。於戲！[二]風木之情何深，式彰風化之表；霜露之思既極，宜沾雨露之恩。服此休嘉，慰汝悼念。謝恩！（生、旦、貼謝恩科）（外拜墳科）（生、旦、貼拜謝外科）（生云）荷蒙岳丈保奏，愚婿何以克當？（貼云）自別尊顔，且喜無恙。（外云）孩兒，且喜各保安康，再得相見。（丑、末相見科）（外云）此二位是誰？（丑云）下官是陳留縣知縣。（末云）老漢是蔡相公鄰人張廣才。（生云）卑人父母，多多得周濟。（外云）元來就是張太公呵，俺朝裏也聞他仗義高名。賢婿，你今起服回朝，未得展報深恩，我有黄

[一] 眉批：紳：音『申』。
[二] 眉批：於戲：音『嗚呼』。

金一笏送與，聊表報答之意。（生云）太公，請收下。（末云）救災卹鄰，(一)從古之道；又况你二親不保，實有愧顔，何敢受令岳之賜？（生云）太公且暫收下。卑人尚當申奏朝廷，還有區犬馬報效。（末云）説那裏話？此金斷然不敢受。（外云）賢婿，張公高義的人，不可再强。老夫回京，當奏請官職俸禄，以酬大恩便了。

【仙吕過曲·一封書】（外）我恭奉聖旨，跋涉程途千萬里。吾皇親賢意甚美，因探孩兒拜女婿。賢婿，你夫婦呵，數載辛勤雖自苦，一旦榮華人怎比？（合）耀門閭，進官職，孝義名傳天下知。

【前腔】（生）兒不孝，有甚德，蒙岳丈過主維？（作悲科）何如免喪親？又何須名顯貴？可惜二親饑寒死，博得孩兒名利歸。（合前）

【前腔】（旦）把真容重畫取，公公，婆婆，如今封贈伊。把你這眉兒放展舒，只愁你瘦儀容難做肥。今日呵，豈獨奴心知感德，料你也銜恩泉石裏。（合前）

【前腔】（貼）從别後，倍哀戚，况家中音信稀。爲公姑多怨憶，爲爹行常淚垂。今日見公姑無媿色，又得與爹行相依倚。（合前）

(一) 眉批：卹：音『恤』。

【永團圓】(衆)名傳四海人怎比？豈獨是耀門閭？人生怕不全孝義，聖明世，豈相棄。這隆恩美譽，從教何所愧，萬古青編記。如今便去，相隨到帝畿。拜謝皇恩了，歸院宇一家賀喜。共設華筵會，四景常歡聚。顯文明，開盛治；說孝男，并義女。玉燭調和歸聖主。

還居墓茨已三年，何幸丹書下九天。
莫道名高與爵貴，須知子孝父心寬。

釋義：招魂：宋玉閔師屈原放逐，恐其魂魄不返，遂托帝命、假巫語以招之而復其精神。其盡愛致禱，尤古人之道也。皇帝：伏羲、神農、黄帝以道治，故稱三皇。少昊、顓頊、[一]高辛、堯、舜以德化，故稱五帝。秦始皇初併天下，以爲德兼三皇，功過五帝，故稱皇帝。至今仍之。唐陸贄《尊號表》曰：『德合天謂之皇，德合地謂之帝，[二]皆至尊之殊也。』服勞：《論語》：『有事，弟子服其勞。』盡瘁：《出師表》：『臣鞠躬盡瘁。』億兆：十萬爲億，十億爲兆。儀刑：儀，像也；刑，法也。《詩》：『儀刑文王。』霜露之恩：《禮記·儀祭》曰：『霜露既降，君子履之，必有悽愴之，非其寒之謂者也。』知縣：《唐朝會要》曰：『天中五年二月，景陵有減所憤，神門戟棨。六年四月，裴讓權知縣事。』蓋知縣之名始

[一] 眉批：頊：音『旭』。
[二] 帝：原作『地』，據文義改。

起於宋矣。起復：國朝定制，凡官吏等居喪，不計閏，二十七個月服滿起復。犬馬之報：晉太和中，楊生養狗，甚愛之。後生飲酒行大澤草中，時冬月，野火起，風又狂，狗號喚生不醒。前有坑水，狗便走往水中。還，以身灑生左右。草沾水得濕着地，火盡過去，生方醒見之。他日，又暗行，墮於井中，狗呻吟徹曉。有人過，怪之，往視生。生曰：『君可出我，當厚報。』其人曰：『以此狗相與，則當出之。』生曰：『此狗曾活我於已死，不得相與，餘即無惜。』其人曰：『若爾，便不相出。』狗竟下頭向井，生知其意，乃語路人曰：『以狗相與。』人乃出之，繫狗頸而去。後五日，狗夜走歸。此狗之報也。唐貞元初，韋皋爲西川節度使，時得大宛良馬一匹，極愛之。後吐蕃以兵四十八萬入寇，皋率兵禦之，敗績。走至青城山下，墜馬，敵將近，馬四足伏地，垂韁以迎之，竟得還營。再募死士以襲之，斬首五萬級。此馬之報也。玉燭：出《爾雅》：『四時和謂之玉燭。』又，束晳《補亡詩》：『玉燭陽明照萬里。』

袁了凡先生釋義琵琶記下卷終

硃訂琵琶記

目録

硃訂琵琶記卷下

琵琶記跋

曲有當行之體，有自然之節，自元迄今僅二百餘年，而此脉幾斬。蓋一壞於不識本色者，徒取藻詞，致編摹者以故實詞華堆砌成篇，千章一律。諺所謂八寸三分帽子，人人可戴者也。再壞於不識法律者，止欲供聽，不辨襯𧮂。至於字句增損，平仄錯置，相沿不悟。不知古曲有必不可動移處，遵守恪然而可一一按者，竟蔑之若無，不一考索。余向爲憤懣没由正之，會同叔即空觀主人度《喬合衫襟記》，更悉此道之詳。旋復見考覈《西厢記》，爲北曲一洗塵魔，因請并致力於《琵琶》以爲雙絶，遂相與參訂。殫精幾年許，始得竣業。此詞壇快事，敢以急公同好？因録其概如此。

西吴三珠生跋

琵琶記凡例凡十則

一 《琵琶》一記，世人推爲南曲之祖，而特苦爲妄庸人强作解事，大加改竄，至真面目竟蒙塵莫辨。大約起於崑本，上方所稱依古本改定者，正其謁筆。所稱時本作云云者非，則强半古本，顛倒訛謬，爲罪之魁。厥後徽本盛行，則又取其本而以意更易一二處，然仍之者多，而世人遂不復睹元本矣。即今世所行古曲，如《荆釵》《拜月》，皆受改竄之冤。觀《拜月》末折【尾聲】云：『中山兔穎端溪硯，斷處完成絶處聯，從此梨園儘可搬。』則豈施君美之舊哉？故舊譜所載，多今《拜月》所無者，可爲痛恨。惜無從得一善本正之，獨此曲偶獲舊藏臞仙本，大爲東嘉幸，亟以公諸人。毫髮畢遵，有疑必闕，以見恪守。

一 時本《琵琶》大加增減，如《考試》一折，古本所無。古本後八折去其三折，今悉遵原本。但其所增者，人既習見，恐反疑失漏者，則附之末帙。

一 曲有不可不用【尾】者，有不可用【尾】者，有可用可不用者，元自有體。今凡見古本無【尾】者即妄增一【尾】，殊爲可笑。然恐人所習熟，以不見而駭，則備記上方；其曲之竟異者亦然。

一　東嘉精於調，故凡宜平宜仄處，上去去上處，以入作平處，皆有深意，非苟作者。悉爲拈出，以俟知音。獨其最喜雜用韻，每有三四韻合爲一曲者，亦曲家所深忌。意東嘉之爲人，必善聲律，而地産音舌不甚正者。今失韻處亦皆拈出，使瑕瑜不掩。

一　曲有宫調，東嘉所作【引子】【過曲】時不用一宫。時本混刻，難以辨調。又一調雜犯者，時刻止標一牌名，使唱者不得了然，兹悉著某宫【引子】、某宫【過曲】。一牌名所犯幾調，俱一一注明，知音者謂此爲《琵琶》作譜可也。

一　此記襯字極多，昧者誤認，易至失調，今覈譜以細書别之。其點板悉遵《九宫譜》，故有與今時清唱板異者，非不知今時板也。

一　白中科諢，宜喜宜怒，上文原自了然。故古本時以一『介』字概之，以俟演者自辨，不屑屑注明，莫以今本致疑也。

一　查諸古曲，從無標目，其有標目者，(一)如『末上開場』『伯皆慶壽』之類，皆後人謅增也。

(一)　其有標目：原闕，據《凌刻臞仙本琵琶記》補。

且時本亦互相異同，俱不甚雅，從臞仙本不録。

一　曲中妙處，專取當行本色俊語，非取麗藻。今人選曲，但知賞『新篁池閣』『長空萬里』等，皆不識真面目。此本加丹鉛處，必曲家勝場，知者自辨。至近時有贋李卓吾批點本，夫真卓吾且不解曲，况效顰拾唾者？益不足論矣。

一　弘治間有白雲散仙者以東嘉見夢，謂蔡伯皆乃慕容喈之誤，改之行世，以爲東嘉洗垢，亦一奇也。兹附載其序，以發好事者一笑。

即空觀主人識

硃訂琵琶記目録

(一) 場：原闕，據正文補。

硃訂琵琶記卷上

東海月峰孫鑛批點
後學諸臣校閱

第一齣　副末開場

【水調歌頭】秋燈明翠幕，夜案覽芸編。今來古往，其間故事幾多般。少甚佳人才子，也有神仙幽怪，瑣碎不堪觀。正是：不關風化體，縱好也徒然。[一]論傳奇，樂人易，動人難。知音君子，這般另作眼兒看。休論插科打諢，也不尋宮數調，只看子孝共妻賢。正是：驊騮方獨步，萬馬敢争先。[二]

（問内科）且問後房子弟，今日敷演誰家故事，那本傳奇？（内應科）三不從《琵琶記》。（末云）元來是

[一] 眉批：便粧許多腔。

[二] 夾批：醜。

這本傳奇，待小子略道幾句家門，便見戲文大意。

【沁園春】趙女姿容，蔡邕文業，兩月夫妻。奈朝廷黃榜，遍招賢士；高堂嚴命，強赴春闈。一舉鰲頭，再婚牛氏，利綰名牽竟不歸。饑荒歲，雙親俱喪，此際實堪悲。堪悲，趙女支持，剪下香雲送舅姑。把麻裙包土，築成墳墓；琵琶寫怨，逕往京畿。孝矣伯皆，賢哉牛氏，書館相逢最慘悽。(一)重廬墓，一夫二婦，旌表門閭。

極富極貴牛丞相，施仁施義張廣才。
有貞有烈趙真女，全忠全孝蔡伯喈。

第二齣　高堂稱慶

【正宮引子・瑞鶴仙】（生唱）十載親燈火，論高才絕學，休誇班馬。風雲太平日，正驊騮欲騁，魚龍將化。沉吟一和，怎離却雙親膝下？且盡心甘旨，(二)功名富貴，付之天也。(三)

〔鷓鴣天〕宋玉多才未足稱，子雲識字浪傳名。奎光已透三千丈，風力行看九萬程。經世手，濟時

(一) 眉批：書館相逢就不慘悽了。
(二) 夾批：自在。
(三) 眉批：劈頭喝破幾句，便知伯皆只要養親，不欲求功名矣。

英，玉堂金馬豈難登？要將萊綵歡親意，[一]且戴儒冠盡子情。蔡邕沉酣六籍，貫串百家。自禮樂名物，以及詩賦詞章，皆能窮其妙；由陰陽星曆，以至聲音書數，靡不得其精。[二]抱經世之奇才，當文明之盛世。幼而學，壯而行，雖望青雲之萬里；入則孝，出則弟，怎離白髮之雙親？到不如盡菽水之歡，甘齏鹽之分。正是：行孝於己，責報於天。[三]自家新娶妻房，纔方兩月。却是陳留縣人，趙氏五娘。儀容俊雅，也休誇桃李之姿；德性幽閒，儘可寄蘋蘩之托。正是：夫妻和順，父母康寧。《詩》中有云：『爲此春酒，以介眉壽。』今喜雙親既壽而康，對此春光，就花下酌杯酒，與雙親稱壽，多少是好？昨已囑付五娘子安排，不免催促則個。娘子，酒完了，請爹媽出來。（旦内應科）（外扮蔡公、净扮蔡婆上）[四]

【雙調引子·寶鼎現】（外唱）小門深巷，春到芳草，人閒清晝。（净唱）人老去星星非故，春又來年年依舊。（旦扮趙五娘上）最喜今朝春酒熟，滿目花開如繡。（合）願歲歲年年，人在花

[一] 萊：原作『來』，據汲古閣刊本《繡刻琵琶記定本》改。

[二] 眉批：白天然色。

[三] 眉批：何必責報？

[四] 眉批：婦人雖無遠見，姑息之愛乃人常情。不合以净脚扮蔡婆，易以老旦爲是。不然，因子辱母，爲人子忍乎？

下，常酌春酒。(一)

（外云）孩兒，你請我兩個出來做甚麽？（生跪科）告爹媽得知：人生百歲，光陰幾何？幸喜爹媽年滿八旬，孩兒一則以喜，一則以懼；(二)當此青春光景，閒居無事，聊具一杯蔬酒，與爹媽稱壽則個。（淨笑云）阿老有得喫。(三)（外云）阿婆，這是子孝雙親樂，家和萬事成。（生進酒科）

【雙調過曲・錦堂月】（生唱）簾幕風柔，庭幃晝永，朝來峭寒輕透。親在高堂，一喜又還一憂。惟願取百歲椿萱，長似他三春花柳。（合）酌春酒，看取花下高歌，共祝眉壽。

【前腔换頭】（旦唱）輻輳，獲配鸞儔。深慚燕爾，持杯自覺嬌羞。怕難主蘋蘩，不堪侍奉箕箒。(四)惟願取偕老夫妻，長侍奉暮年姑舅。（合前）

【前腔换頭】（外唱）還愁，白髮蒙頭，紅英滿眼，心驚去年時候。只恐時光，催人去也難留。孩兒，惟願取黄卷青燈，及早換金章紫綬。(五)（合前）

(一) 眉批：至妙。

(二) 眉批：喜歡心事，不可告爹媽。『一則以懼』，人子心上事，緣何對着年老雙親説出？

(三) 眉批：亦不合形容壞他母親。

(四) 眉批：像個兩月的新婦。

(五) 眉批：曲妙。

【前腔换頭】（浄唱）還憂，松竹門幽，桑榆暮景，明年知他健否安否？歎蘭玉蕭條，一朵桂花堪茂。[一]媳婦，惟願取連理芳年，得早遂孫枝榮秀。（合前）

【醉翁子】（生唱）回首，歎瞬息烏飛兔走。喜爹媽雙全，謝天相佑。[二]（旦唱）不謬，更清淡安閒，樂事如今誰更有？[三]（合）相慶處，但酌酒高歌，共祝眉壽。

（外云）孩兒，你今日爲我兩個慶壽，這便是你的孝心。人生須要忠孝兩全，方是個丈夫。我纔想將起來，今年是大比之年，昨日郡中有吏來辟召，你可上京取應。倘得脱白掛緑，濟世安民，這纔是忠孝兩全。（生云）爹媽高年在堂，無人侍奉，孩兒豈敢遠離？實難從命。

【前腔换頭】（外唱）卑陋，論做人要光前耀後。勸我兒青雲萬里，早當馳驟。（浄唱）聽剖，真樂在田園，何必區區公與侯？[四]（合前）

【僥僥令】（生、旦唱）春花明彩袖，春酒泛金甌。[五]但願歲歲年年人長在，父母共夫妻相

[一] 眉批：正當行樂，忽及憂愁。固老人之言，亦家門衰兆。

[二] 謝：原闕，據汲古閣刊本《繡刻琵琶記定本》補。

[三] 眉批：真可樂也。

[四] 眉批：千古名言。

[五] 眉批：有景。

勸酬。

【前腔】（外、淨唱）夫妻好厮守，父母願長久。坐對兩山排闥青來好，看將一水護田疇，緑遶流。

【十二時】山青水緑還依舊，嘆人生青春難又，惟有快活是良謀。(一)

（外）逢時對景且高歌，（淨）須信人生能幾何。

（生）萬兩黄金未爲貴，（旦）一家安樂值錢多。(二)

齣末批：

各還它本色，像個慶壽光景。

第三齣　牛氏規奴(三)

（末扮老院子上）風送爐香歸別院，日移花影上閒庭。晝長人静無他事，惟有鶯啼三兩聲。(四) 小子不是

(一) 眉批：至言！至言！只要問如何快活耳。

(二) 眉批：父願子得名，姑願媳得子，曲盡人情，妙絶！妙絶！

(三) 奴：原作『女』，據目録改。

(四) 眉批：忍道之詩。

別人，却是牛太師府裏一個院子。若論俺太師的富貴，真個只有天在上，更無山與齊。舉頭紅日近，回首白雲低。怎見得富貴？他勢壓中朝，賢碩上苑。白日映沙堤，青霜凝畫戟。門外車輪流水，城中甲第連天。瓊樓酬月十二層，錦障藏春五十里。香散綺羅，寫不盡園林景致；影摇珠翠，描不就庭院風光。好耍子的油碧車輕金犢肥，没尋處的流蘇帳暖春鷄報。畫堂内持觴勸酒，走動的是紫綬金貂；繡屏前品竹彈絲，擺列的是朱唇粉面。玳瑁筵前藝寶香，真個是朝朝寒食；琉璃影裏燒銀燭，果然是夜夜元宵。(一)這般樣福地洞天，可知有仙姝玉女。(二)休誇富貴牛太師，且説賢德的小娘子。真個好一位小娘子呵！看他儀容嬌媚，一個没包彈的俊臉，似一片美玉無瑕；體態幽閒，半點難觳引的芳心，如幾層清冰徹底。珠翠叢中長大，倒堪雅淡梳粧；綺羅隊裏生來，却厭繁華氣象。怪聽笙歌聲韻，惟貪針指工夫。愛景清幽，鎮白日何曾離繡閣？笑人遊冶，傍青春那肯出香閨。開遍海棠花，也不問夜來多少；飛殘楊柳絮，竟不道春去如何。要知他半點貞心，惟有穿瑣窗的皓月；能回他一雙嬌眼，除非翻翠幌的清風。决非慕司馬的文君，肯學選伯鸞的德耀。更羡他知書知禮，是一個不趨蹌的秀才；若論他有德有行，好一位戴冠兒的君子。多應是相門相種，可惜不做厮兒；少甚麼王子王孫，

(一) 眉批：兀的不是牛欄光景？

(二) 眉批：過接得妙。

爭要求爲佳配。(一)呀！理會得麼？他是玉皇殿前掌書仙，一點塵心謫九天。莫怪蘭香薰透骨，霞衣曾惹御爐烟。(二)好怪麼！只見府堂中老姥姥和惜春姐兩個，笑哈哈舞將出來。我且躲在一邊，看他來此做甚麼。（淨扮老姥姥、丑扮惜春上）

【仙呂入雙調・雁兒落】（淨唱）庭院重重，怎不怨苦？要尋個男兒，又無門路。（丑唱）甚年能彀和一丈夫，一處裏雙雙兒舞？

（相見科）（末云）來，我且問你兩個，往常間不曾恁的快活，今日如何這般快活？（丑云）院公，你那得知我喫小姐苦哩！并不許半步胡踹，又不要我說男兒那邊厢去。咳！苦也。你不要男兒，我須要哩。他也道我和他相似，笑也不許我笑一笑。(三)今日天可憐見，喫我千方百計去説動他，只限我半個時辰去後花園閒耍一遭。你道我如何不快活？（淨云）院公，便是我也千不合萬不合。前生不曾種得福田，爹娘把我送在府堂中做個丫頭。到今年紀老了，不得一日眉頭舒展。今日天可憐見，老相公入朝，我纔得偷身來此閒耍一遭。你道我如何不快活？(四)（末云）元來恁的，可知道你二人快活也。（淨

(一) 眉批：説牛氏女不該從院子口中出，姥姥、惜春則可。

(二) 眉批：此白妙極，今人不能及矣。

(三) 眉批：雖是科諢，却形容得他家政肅然。

(四) 眉批：此句可删。

云）院公，你伏侍相公，却是公的又撞着公的；　我與惜春伏侍小姐，却是雌的又撞着雌的。（一）（末云）呀！　老姥姥，你怎的説這話？　惜春年紀少，也怪他傷春不得。　你年紀這般老大，也説這般傷春的話，成甚麽樣子？（浄云）哼嗚老畜生，倒喫你識破了。（二）　却不道秋茄晚結，菊花晚發？　我雖然老便老，似京中棗，外面皺，裏面好。　你不聞東村有個李太婆？　年紀七八十歲，頭光撻撻的，也只要嫁人。　人問道：　婆婆，你這般老了，又要去嫁人怎的？　那婆婆做四句詩，應得好。（末云）如何説？（浄云）道是：　人生七十古來稀，不去嫁人待何時？　下了頭髻床上睡，枕頭上架了兩個大擂搥。（三）（末云）你有些欠尊重。（丑云）休閒説。　今日能穀得來此花園遊戲，也不容易。　又撞着院公在此，咱每三個何不做個耍子？（末云）也説得是。　還是做甚麽耍子好？（浄云）院公，和你踢戲毬耍子。（末云）不好。（浄云）怎的不好？〔西江月〕（末云）白打從來逞藝，官塲自小馳名。　如今年老脚踜蹭，圓社無心馳騁。　空使繡襦汗濕，漫教羅襪生塵，兀的是少年子弟俏門庭。　老姥姥，不似你寳粧行徑。（丑云）院公，踢戲毬不好，便和你鬥百草耍子。（末云）不好。（丑云）怎的不好？（末云）香徑裏扳殘柳眼，雕闌畔折損花容。　又無巧藝動王公，枉費工夫何用？　驚起嬌鶯語燕，打開浪蝶狂蜂。　若還尋得個并

（一）眉批：是。

（二）眉批：也是。卻難得這個好接引。

（三）眉批：有真家語。

頭紅，惜春姐，早把你芳心引動。(一)（净、丑云）院公，你道兩樣都不好，如今打鞦韆耍子好麽？（末云）這個却好。你聽我説：玉體輕流香汗，繡裙蕩漾明霞。纖纖玉手綵繩拏，真個堪描堪畫。本是北方戎戲，移來上苑豪家。女娘撩亂隔墻花，好似半仙戲耍。（净、丑云）恁地便打鞦韆；只是没有架子。（末云）這花園中那裏得他？一來老相公不喜，二來小娘子不好，縱有也倒壞了。（丑云）院公，没奈何，我每三個在這裏厮輪做個鞦韆架，一人打，兩人擡。(二)（末云）如此也好。誰人先打？（净、丑云）我兩人擡，院公先打。（做架科）（末云）你兩人不要跌了我。（净、丑云）院公，你放心，只管上去打。（末打科）

【窣地錦襠】（末唱）花紅柳緑草芊芊，正值春光艷陽天。我和你不來此處打鞦韆，爲人一生也徒然。

（放跌科）（末云）你兩個跌得我好！如今輪該老姥姥打。(三)（净云）你兩人也不要跌了我。（末云）老姥姥放心，不妨事，只管打。(四)（净打科）

(一) 眉批：二詞可厭，删。只换一答語便了。
(二) 眉批：好點綴。好個隨身的鞦韆。
(三) 眉批：可删。
(四) 眉批：重出便厭。

【前腔】（净唱）春光明媚景色鮮，遊遍花塢聽杜鵑。那更上苑柳如綿，我和你不打鞦韆枉少年。[一]

（放跌科）（净云）你兩個騙得我好！如今輪該惜春打。（丑云）你兩人也不要跌了我。（净云）惜春放心，也只管打便罷。（丑打科）

【前腔】（丑唱）奴是人間快活仙，喫了飽飯愛去眠。莫教小姐來撞着，那時高高吊起打三千。[二]

（放跌科）（貼扮牛氏上云）莫信直中直，須防仁不仁。是要得好呵？（末、净走下）（丑做不知云）你兩個騙得我好！如今我打了，[三]又該院公打。（貼扯丑耳科）賤人！怎的爲人不尊重，只要閒嬉并閒哄？（丑驚科）小姐，教人怎不去閒哄？你看那鞦韆架尚兀自走動哩。（貼云）賤人！我只教你在此閒翫片時，誰許你如此？（丑云）小姐，奴家心裏憂悶，只得在此消遣則個。（貼云）賤人！你心中憂悶怎的？（丑云）小姐，奴家名叫惜春，見這春去了，便自傷春起來。[四]教人如何不悶？（貼云）賤

[一] 眉批：好。
[二] 眉批：關目好。
[三] 眉批：關目好。
[四] 眉批：生情。

人！有甚傷春處？（丑云）小姐，我早晨裏只聽疏辣辣寒風，吹散了一簾柳絮；餉午間只見淅零零細雨，打壞了滿樹梨花。一霎時囀幾對黄鸝，猛可地叫數聲杜宇。奴家見此春去，如何不悶？（貼云）春光自去，有甚麽悶來？我和你去習學女工便了。（丑云）咳！苦也！這般天氣，誰不去閒嬉？小姐却教惜春去習女工，兀的不是悶殺惜春麽？（貼云）婦人家誰許你閒嬉？不習女工，有甚勾當？你却不學不出閨門的。（丑云）小姐，你有盈箱羅綺，滿頭珠翠，少甚麽子，却這般自苦？（貼云）賤人！好怪麽？做女工是你本分的事，問有和没有做甚麽？（丑云）恁地，惜春拜辭小姐去也。（貼云）你拜辭我那裏去？（丑云）小姐，我去伏事别人，與他傳消遞息，隨趁也得些快活。（貼云）咳！賤人，你伏事我，我有甚虧了你？（丑云）小姐，我伏侍着你時節，見男兒也不許我擡頭看一看。前日艷陽天氣，花紅柳緑，猫兒也動心，你也不動一動；如今暮春時候，鳥啼花落，狗兒也傷情，你也不傷一傷。〔一〕惜春其實難和小姐過活。（貼云）呀！這賤人，你是顛是狂，説這般話？我就去對老相公説，好生施行你。（丑跪科）小姐，可憐見惜春心裏悶，因此這般説。（貼云）賤人！我饒你這遭。你看麽。

【越調引子・祝英臺近】（貼唱）緑成陰，紅成雨，春事已無有。（丑唱）聞説西郊，車馬尚馳驟。（貼唱）怎如柳絮簾櫳，梨花庭院，（合）好天氣清明時候。

〔玉樓春〕（丑云）清明時節單衣試，争奈晝長人静重門閉。（貼云）我芳心不解亂縈牽，羞睹遊絲與飛

〔一〕眉批：却原來動心的是猫，傷情的是狗，大家思量一思量。

絮。（丑云）小姐，我在繡窗欲待拈針指，忽聽鶯燕雙雙語。（貼云）賤人！無情何事管多情？任取春光自來去。（丑云）小姐，你有甚麽法兒，教惜春休悶哩？（貼云）你且聽我説。

【越調過曲·祝英臺序】（貼唱）把幾分春三月景，分付與東流。（丑云）[一]小姐，如今鳥啼花落，你須煩惱些麽？（貼唱）啼老杜鵑，飛盡紅英，端不爲春閑愁。（丑云）你不閑愁，也還去賞翫麽？（貼唱）休休，婦人家不出閨門，怎去尋花穿柳？（丑云）小姐，你不去賞翫，只怕消瘦了你。[二]（貼唱）我花貌，誰肯因春消瘦？

【前腔換頭】（丑唱）春晝，只見燕成雙，蝶引隊，鶯語似求友。（貼云）呀！賤人，你是人，却説那蟲蟻做甚麽？（丑唱）那更柳外畫輪，花底雕鞍，都是少年閒遊。（貼云）這賤人，你是婦人家，説那男兒的事做甚麽？（丑唱）難守，繡房中清冷無人，我待尋一個佳偶。（貼云）呀！你倒思量丈夫起來！（丑唱）這般説，我終身休配鸞儔？

【前腔換頭】（貼唱）惜春知否？我爲何不捲珠簾，獨坐愛清幽？（丑云）清幽，清幽，怎奈人愁！（貼唱）縱有千斛悶懷，百種春愁，難上我的眉頭。（丑云）小姐，只怕你不常恁的。[三]（貼唱）

[一] 丑：原作『紅』，據汲古閣刊本《繡刻琵琶記定本》改。下同改。

[二] 眉批：小姐不惜？此齣太煩，可删。況且家政素嚴人家，安得如此丫頭？□不象！不象！

[三] 眉批：何人解語。

休憂，任他春色年年，我的芳心依舊。（丑云）只怕風流年少的哄動你。（貼唱）這文君，可不擔閣了相如琴奏？

【前腔換頭】（丑唱）今後，方信徹底澄清，我好没來由。（貼云）惜春，你怎的不收斂了心？（丑唱）想像暮雲，分付東風，情到不堪回首。（貼云）你怎的不學着我？（丑唱）姐姐，聽剖，你是蕊宮閬苑神仙，不比塵凡相誘。（貼云）恁地，自隨我習女工便了。（丑唱）我謹隨侍娘行，拈針挑繡。

（丑云）姐姐，你聽那子規却是啼得好哩！

（貼）休聽枝上子規啼，（丑）悶在停針不語時。

（貼）窗外日光彈指過，（丑）席前花影坐間移。(一)

齣末批：

只是煩簡不合宜，便不及《西廂》《拜月》多了。

(一)　眉批：　又是家語。

第四齣　蔡公逼試

【南吕引子·一剪梅】（生唱）浪暖桃香欲化魚，期逼春闈，詔赴春闈。郡中空有辟賢書，心戀親闈，難捨親闈。

世間好物不堅牢，（一）彩雲易散琉璃脆。蔡邕本欲甘守清貧，力行孝道。誰知朝廷黄榜招賢，郡中把我名字保申上司去了；一壁廂已有吏來辟召，自家力以親老爲辭。這吏人雖則去，只怕明日又來，我只得力辭便了。正是：人爵不如天爵貴，功名争似孝名高？（二）

【南吕過曲·宜春令】（生唱）雖然讀萬卷書，論功名非吾意兒。只愁親老，夢魂不到春闈裏。便教我做到九棘三槐，怎撇得萱花椿樹？天那！我這衷腸，一點孝心對誰話？（三）（末扮張太公上）

【前腔】（末唱）相鄰並，相依倚，往常間有事來相報知。（生云）來的却是張太公呵。（四）（相見科）

（一）夾批：語不論。
（二）眉批：孝奈何説名？可笑！可笑！
（三）眉批：自家也不合説孝心。
（四）眉批：冤家到了。

（末云）秀才，試期逼矣，早辦行裝前途去。（生云）公公，我雙親年老，不敢去。（末云）呀！秀才，子雖念親老孤單，親須望孩兒榮貴。〔一〕你趁此青春不去，更待何日？

（生云）公公言極有理。爭奈父母無人奉侍，如何去得？（末云）你既不肯去呵，且看老員外和老安人出來如何説。我想起來，也只是教你去的分曉。道猶未了，老員外來也。

【前腔】（外唱）時光短，雪鬢催，守清貧不圖甚的。有兒聰慧，但得他爲官吾心足矣。〔二〕（外、末作相見科）（外唱）孩兒，天子詔招取賢良，秀才每都求科試。你快赴春闈，急急整着行李。

（末云）呀！老安人出來了。

【前腔】（淨唱）娘年老，八十餘，眼兒昏又聾着兩耳。又没個七男八婿，只有一個孩兒，要他供甘旨。方纔得六十日夫妻，老賊强逼他爭名奪利。天那！細思之，怎不教老娘嘔氣？〔三〕

（相見科）（淨云）孩兒，我不合娶個媳婦與你，方纔得兩月，〔四〕你渾身瘦了一半；若再過三年，怕不成

〔一〕夾批：真。
〔二〕眉批：蠢老兒，不要兒子做人，只要兒子做官便心完意滿。噫！末世父子，大率如此。
〔三〕眉批：曲好。
〔四〕眉批：或曰：娶親兩個月，年紀極大也只有三十，緣何母親便八十了？還改爲六十餘方是。不然，世上没有五十生子之事。

一個骷髏？(一)（末云）呀！老安人，你要他夫妻不諧呵？（外云）孩兒，如今黄榜招賢，試期已逼，郡中既然辟召你，你的學問可知，如何不去赴選？（生云）告爹爹得知：孩兒非不要去，争奈爹媽年老，家中無人侍奉。（末云）老員外和老安人，不可不作成秀才去走一遭。（净云）咳！太公，你豈不知？我家中又没有七子八婿，只有一個孩兒，如何去得？（外云）呀！你怎説這話？如今去赴選的，家中都有七子八婿麽？（净云）老賊，你如今眼又昏，耳又聾，又走動不得。你教他去後，倘有些個差池，教兀誰來看顧你？真個没飯喫便餓死你，没衣穿便凍死你。你知道麽？(二)（外云）你婦人家理會得甚麽？孩兒若做得官，也改换我門閭，如何不教他去？（生云）爹爹説得自是，只是孩兒難去。

【繡帶兒】（生唱）親年老光陰有幾？行孝正當今日。（末云）秀才此去，必定脱白掛緑。（生唱）太公，終不然爲着一領藍袍，却落後五彩斑衣？思之，此行榮貴可擬，怕親老等不得榮貴。

（外唱）孩兒，春闈裏紛紛的都是大儒，難道這没爹娘的方去求試？

【前腔】（末唱）秀才，你休疑，男兒漢凌雲志氣，何必苦恁淹滯？秀才，你此回不去呵。可不干費了十年青燈，枉捱過半世黄虀？須知，此行是親志，你休固拒。秀才，那些個養親之志？

（净唱）我百年事只有此兒，老賊！難道是庭前森森丹桂？

(一) 眉批：甚粗，不成母子之語。豈成母子之語？！可惡！可恨！删去爲是。

(二) 眉批：句句先識，真是聖母。

【太師引】（外唱）他意兒我也難提起，㈠這其間就裏我自知。（末云）老員外知他爲着甚麽？（外唱）他戀着被窩中恩愛，㈡捨不得分離海角天涯。（生云）孩兒豈有此心？（外云）你是個讀書之人，我説一個比方與你聽。塗山四日離大禹，你今畢姻已曾兩月，真恁的捨不得分離？（末笑云）呀！秀才，你敢是如此麽？（生云）太公，卑人怎敢？㈢（末唱）秀才，你貪鴛侶守着鳳幃，只怕誤了你鵬程鶚薦消息。

【前腔】（浄唱）太公，他意兒只要供甘旨，又何曾貪歡戀妻？自古道曾參純孝，何曾去應舉及第？功名富貴天付與，天若與不求而至。㈣（生唱）娘言是，望爹行聽取。（外云）呀！娘言的是，父言的非呵！㈤你敢是戀新婚，逆親言麽？（生跪）天那！蔡邕若是戀着新婚，不肯去呵，天須鑒蔡邕不孝的情罪。

㈠ 眉批：據蔡婆見識當是聖母。從來隱士之母多以此得名，獨蔡婆爲俗人所辱，竟從浄扮，甚冤之。卓老之意，蔡公太俗，合扮浄去。

㈡ 夾批：兩句就是，何必説出粗話？

㈢ 夾批：就認何妨？也是俗人。

㈣ 眉批：聖母！聖母！孝子！孝子！歸也，似有些嫌疑。

㈤ 眉批：難道不非？

（外怒科）畜生！我教你去赴試，也只是要改換門閭，光顯祖宗。你却七推八阻，有許多説話。（生云）爹媽年老，無人侍奉。萬一有些差池，一來人道孩兒不孝，撇了爹娘去取功名；二來人道爹爹所見不達，只有一子，教他遠離。孩兒以此不敢從命。〔一〕（外云）不從我命也由你，你且如何説做孝？（净云）老賊！你年紀八十餘歲，也不識做孝？披麻帶索便是孝。（外云）咦！你曉得甚麽？（生云）告爹爹：凡爲人孝子者，冬温夏清，昏定晨省，問其燠寒，搔其痾癢，出入則扶持之，問所欲則敬進之。所以父母在，不遠遊；出不易方，復不過時。古人的孝，也只是如此。〔二〕（外云）孩兒，你説的都是小節，不曾説着大孝。（净云）老賊！你又不曾死，只管教他做大孝，越出去赴選不得。（末云）咦！這話有些不解。〔三〕（外云）孩兒，你聽我説：夫孝始於事親，〔四〕中於事君，〔五〕終於立身。身體髮膚，受之父母，不敢毁傷，孝之始也。立身行道，揚名後世，以顯父母，孝之終也。是以家貧親老，不爲禄仕，所以爲不孝。你若是做的官時節，也顯得父母好處，兀不是大孝是甚麽？〔六〕（生云）爹爹説得極是。但孩兒此

〔一〕眉批：的真不達。
〔二〕眉批：是不是？
〔三〕夾批：你也曉得？
〔四〕孝：原闕，據汲古閣刊本《繡刻琵琶記定本》補。
〔五〕中：原作『忠』，據汲古閣刊本《繡刻琵琶記定本》改。
〔六〕眉批：難道做官就是孝了？

去，知道做得官否？若還不中時節，既不能殼事君，又不能殼事親，却兩下擔閣了。（末云）秀才所見差矣。老漢嘗聞古人云：幼而學，壯而行；懷寶迷邦，謂之不仁。孔席不暇煖，墨突不待黔，伊尹負鼎俎於湯，百里奚五羊皮自鬻，也只要順時行道，濟世安民。自古道：學成文武藝，貨與帝王家。秀才，你這般才學，如何不去做官？（一）（淨云）太公，你都有好言勸我孩兒去赴選，我有個故事說與你聽。（末云）老漢願聞。（淨云）在先東村李員外有個孩兒，也讀兩行書。他爹爹每日鬧炒，只是教孩兒去求官。孩兒喫不過爹鬧炒，去到長安，那裏無人擡舉他，遂流落去街上乞食。見個平章宰相，疾忙在地上拜着，叫聲擡舉他。那宰相道：我與你做個養濟院頭目，去管你爹娘。這孩兒自思道：做個養濟院大使，如何管得自己的爹娘？及他回家，不想他父母無人供養，流落在養濟院裏居住。他父母見孩兒回來，說道：我教孩兒去得是？今日我孩兒做個頭目，衆人也不敢欺負我。（二）你如今勸我孩兒去赴選，千萬叫他做個養濟院頭目回來，衆人也不敢欺負我。（末笑云）老安人，你說這乞丐事，儘教我聽了半日。（外云）孩兒，你趁早收拾行李起程。（生云）爹爹，去則不妨；只是爹媽年老，教誰看管？（末云）秀才不必憂慮。自古道：千錢買鄰，八百買舍。（三）老漢既忝在鄰居，你但放心前去；若是宅上

（一）眉批：臭腐之談，可厭！可厭！

（二）眉批：蔡婆言語寓有至理，即登壇佛祖也没有這樣機鋒，可惜蔡公及張太公記得多少？本頭話竟不入耳，可與言者真難，其人今人不可與言，只爲多記本頭耳。

（三）眉批：爲你幾句俗話，賣了一隻兒子，說甚買鄰買舍？

有些少欠缺，老漢自應承。（生云）如此，多謝公公！凡事仗托周濟。此行若獲寸進，決不敢忘恩！卑人没奈何，只得收拾行李便去。

【三學士】（生唱）謝得公公意甚美，凡事仗托扶持。假饒一舉登科日，難道是雙親未老時。[一] 只恐衣錦歸故里，怕雙親不見兒。[二]

【前腔】（外唱）萱室椿庭衰老矣，指望你改换門閭。孩兒，你道是無人供養我，若做得官來時節呵，三牲五鼎供朝夕，須勝似啜菽并飲水。[三] 你亦衣錦歸故里，我便死呵，一靈兒終是喜。[四]

【前腔】（末唱）托在鄰家相依倚，自當效些區區。秀才，你爲甚十年窗下無人問？只圖一舉成名天下知。你若不錦衣歸故里，誰知你讀萬卷書？[五]

【前腔】（淨唱）一旦分離掌上珠，我這老景憑誰？苦！忍將父母饑寒死，博得孩兒名利歸。你縱然錦衣歸故里，補不得你名行虧。[六]

[一] 眉批：可憐！可憐！

[二] 眉批：明明駡爺。

[三] 眉批：今人都如此見識，可爲痛哭。

[四] 眉批：放屁！

[五] 眉批：俗殺人。

[六] 眉批：是聖母，是達人。

(外)急辦行裝赴試闈，(生)父親嚴命怎生違？

(浄)一舉首登龍虎榜，[一](末)十年身到鳳凰池。

齣末批：

今世上只有蔡公，再無蔡婆也。如蔡婆者真間生之大聖，特出之活佛！

第五齣　南浦囑別

【雙調引子・謁金門】(旦唱)春夢斷，臨鏡緑雲撩亂。聞道才郎遊上苑，又添離別嘆。(生唱)苦被爹行逼遣，脉脉此情何限。(合)骨肉一朝成拆散，可憐難捨拚。

(旦云)官人，雲情雨意，[二]雖可抛兩月之夫妻；雪鬢霜鬟，竟不念八旬之父母？功名之念一起，甘旨之心頓忘，是何道理？(生云)娘子，膝下遠離，豈無眷戀之意？奈堂上力勉，不聽分剖之辭。咳！教卑人如何是好？(旦云)官人，我猜着你了。

【仙呂入雙調・忒忒令】(旦唱)你讀書思量做狀元，我只怕你學疏才淺。[三](生云)那見我學疏

[一] 夾批：不合浄説。

[二] 夾批：俗。

[三] 眉批：今人人□□記得些《孝經》《曲禮》一二段而思做狀元者。還這女子善讀書。

才淺？（旦云）官人，只是《孝經》《曲禮》，你早忘了一段。(一)（生云）咳！我幾曾忘了？（旦唱）却不道夏清與冬温，昏須定，晨須省，親在遊怎遠？

【前腔】（生）我哭哀哀推辭了萬千，（旦）那張太公如何説？（生）他鬧炒炒抵死來相勸。（旦）官人，你不去，也須由你。（生）將我深罪，不由人分辯。（旦）罪你甚的？（生）他道我戀新婚，逆親言，貪妻愛，不肯去赴選。(二)

【沉醉東風】（旦唱）你爹行見得好偏，只一子不留在身畔。官人，公婆如今在那裏？(三)（生云）在堂上。（旦云）既在堂上，我和你去説。（生云）你怎的又不去了？（旦云）罷、罷、罷。我和你去説時節呵，他又道我不賢，要將伊迷戀。(四)苦！這其間，教人怎不悲怨？（合）爲爹淚漣，爲娘淚漣，何曾爲着夫妻上掛牽？

【前腔】（生唱）做孩兒節孝怎全？做爹行不從幾諫。（旦云）官人，你爲人子的，不當恁的埋冤。

(一) 眉批：曲好。如此賢婦人真可敬可羨，可師可法者也！

(二) 眉批：曲好，關目好。

(三) 眉批：關目好。

(四) 眉批：曲好極，關目亦好甚。

他。(一)(生唱)非是我要埋怨，只愁他影隻形單，我出去有誰來看管？(合前)

(生云)呀！爹媽來了。娘子，你且揾了眼淚。

【仙吕過曲・臘梅花】(外、浄唱)孩兒出去在今日中，爹爹媽媽來相送。但願魚化龍，青雲得路通，桂枝高折步蟾宫。(二)

(外云)孩兒，你行李收拾了未？(生云)行李收拾已了。(外云)收拾既了，如何不去？(浄云)老賊！他若出去了，家中別無第二人，只有一個媳婦，如何不分付幾句？(三)(生云)孩兒没別事，只待張太公來，把爹媽拜托與他，教他早晚應承，孩兒庶可放心前去。(旦云)呀！張太公早來。(末云)仗劍對樽酒，恥爲遊子顔。所志在功名，離別何足嘆？(生云)太公，卑人如今出去，家中并無親人。爹媽年老，只有一個媳婦，却是女流，凡事全賴公公相與扶持。家中倘有些少欠缺，亦望公公周濟。昨日已蒙親許，今日特此拜懇。卑人倘有寸進，自當效結草啣環之報，决不敢忘恩。(末云)秀才，受人之托，必當終人之事。况一言既出，駟馬難追。昨日已許秀才，去後决不相誤。(生云)如此，多謝公公！(外云)孩兒，既蒙張太公金諾，必不食言，你可放心早去。(生云)孩兒就此拜辭爹媽便去。

(一) 眉批：真聖婦！
(二) 眉批：曲好。
(三) 眉批：説有理。

【仙吕入雙調・園林好】（生唱）兒今去，爹媽休得要意懸，兒今去今年便還。(一) 但願得雙親康健，（合）須有日拜堂前，須有日拜堂前。(二)

【前腔】（外唱）我孩兒不須掛牽，爹指望孩兒貴顯。若得你名登高選，（合）須早把信音傳。

【江兒水】（净唱）膝下嬌兒去，堂前老母單，臨行密密縫針綫。眼巴巴望着關山遠，冷清清倚定門兒盼。(三) （生云）母親，且自寬懷消遣。（净唱）教我如何消遣？（合）要解愁煩，須是頻寄音書回轉。(四)

【前腔】（旦唱）妾的衷腸事，有萬千。（生云）娘子，你有甚麽事，當説與我知道。（旦唱）説來又恐添縈絆。（生云）娘子，有甚麽縈絆？（旦唱）六十日夫妻恩情斷，八十歲父母教誰看管？（生云）娘子，你這般説，莫怨着我麽？（旦唱）教我如何不怨？(五) （合前）

【五供養】（末唱）貧窮老漢，託在隣家，事體相關。秀才，此行雖勉强，不必恁留連。（生云）卑

(一) 夾批：未必。
(二) 眉批：曲亦成立。
(三) 眉批：似慈母口吻。
(四) 眉批：讀之酸鼻。
(五) 夾批：妙。眉批：好曲。

人去後，只慮父母獨自在堂，難度歲月。（末云）秀才放心。你爹娘早晚間吾當陪伴。（生悲科）（末唱）丈夫非無淚，不灑別離間。(一)（合）骨肉分離，寸腸割斷。（生跪告科）

【前腔】（生唱）公公可憐，俺爹娘望你周全。（末扶起科）（生唱）此身還貴顯，自當效啣環。（旦挽生背唱）有孩兒也枉然，你爹娘到教別人看管。此際情何限，偷把淚珠彈。(二)（合前）

【玉交枝】（外唱）別離休嘆，我心中非不痛酸。孩兒，非爹苦要輕拆散，也只是圖你榮顯。（净唱）孩兒，蟾宮桂枝須早攀，北堂萱草時光短。（合唱）又未知何日再圓？(三)

【前腔】（生唱）雙親衰倦，娘子，你扶持看他老年。飢時勸他加餐飯，寒時頻與衣穿。（旦唱）官人，我做媳婦事舅姑，不待言；你做孩兒離父母，何日還？(四)（合前）

【川撥棹】（外唱）孩兒，歸休晚，莫教人凝望眼。（生唱）但有日回到家園，怕回來雙親老年。(五)（合）怎教人心放寬？不由人不珠淚漣。

(一) 夾批：胡説！眉批：別離不灑淚，恐非人情；別離不灑淚，恐非情。
(二) 眉批：聖婦！
(三) 眉批：曲好。
(四) 眉批：聖婦！
(五) 夾批：説不去。

【前腔】（旦唱）官人，我的埋冤怎盡言？(一)（生云）你埋冤我如何？（旦唱）我的一身難上難。（生唱）娘子，你寧可將我來埋怨，莫將我爹娘冷眼看。(二)（合前）

【餘文】生離遠別何足嘆，但願得你名登高選。衣錦還鄉，教人作話傳。(三)

（生）此行勉强赴春闈，（外）專望明年衣錦歸。

（合）世上萬般哀苦事，（浄）無過遠別共生離。

（外、浄、末下）（旦云）官人，你如何割捨得便去了？（生云）咳！卑人如何捨得？

【中吕過曲·犯尾引】（旦唱）懊恨別離輕，悲豈斷絃，愁非分鏡。只慮高堂，風燭不定。（生唱）腸已斷，欲離未忍；淚難收，無言自零。（合）空留戀，天涯海角，只在須臾頃。(四)

【犯尾序】（旦唱）無限別離情，兩月夫妻，一旦孤另。官人，你此去經年，望迢迢玉京。思省，（生云）娘子，莫不是慮着山遥水遠麽？（旦唱）奴不慮山遥水遠，（生云）莫不是慮着衾寒枕冷麽？

(一) 眉批：孝子！孝子！賢婦！賢婦！
(二) 眉批：孝哉。
(三) 眉批：曲好甚。
(四) 眉批：關目大有理致。

（旦唱）奴不慮衾寒枕冷。只慮公婆没主，一旦冷清清。(一)

【前腔】（生唱）我何曾，想着那功名？（旦云）你不想着功名，如今又去怎的？（生唱）欲盡子情，難拒親命。娘子，年老爹娘，望伊家看承。畢竟，休怨朝雲暮雨，且爲我冬温夏清。思量起，如何教我割捨得眼睁睁？(二)

【前腔】（旦唱）官人，你儒衣纔换青，快着歸鞭，早辦回程。十里紅樓，休戀着娉婷。叮嚀，不念我芙蓉帳冷，也思親桑榆暮景。咳！我頻囑付，知他記否？(三)空自語惺惺。(四)

【前腔】（生唱）娘子，你寬心須待等，我肯戀花柳，甘爲萍梗？只怕萬里關山，那更音信難憑。須聽，我没奈何分情破愛，誰下得虧心短行？從今後，相思兩處，一樣淚盈盈。(五)

（旦云）官人此去，千萬早早回程。（生云）卑人有父母在堂，豈敢久戀他鄉？（旦云）須是早寄個音信回來。（生云）音信不妨，只怕關山阻隔。（拜别科）

(一) 眉批：聖婦！令人潸然。

(二) 眉批：『眼睁睁』三字成句，有無限光景，無限描畫。

(三) 夾批：妙。

(四) 眉批：『咳』下一轉，妙甚。

(五) 眉批：臨行兩囑，曲盡真情。

【鷓鴣天】（生唱）萬里關山萬里愁，（旦唱）一般心事一般憂。（生唱）桑榆暮景應難保，客館風光怎久留？（生下）（旦唱）他那裏，謾凝眸，正是馬行十步九回頭。歸家只恐傷親意，閣淚汪汪不敢流。[一]

纔斟別酒淚先流，郎上孤舟妾倚樓。
片帆漸遠皆回首，一種相思兩處愁。

齣末批：
公婆太公先去，夫婦復留連半晌，關目極妙。

第六齣　丞相教女

（末扮院子上云）珠幌斜連雲母帳，玉鈎半捲水晶簾。輕烟裊裊歸香閣，月影騰騰轉畫簷。小子不是別人，是牛太師府中一個院子。這幾日老相公進朝，不知有甚勾當？久留省中，[二]未曾回府，府裏幾個使女每鎮日在後花園閒耍，今日知道老相公回來，都不見了。小子不免灑掃書館，伺候老相公回來。

[一]　眉批：　描寫殆盡，亦以太盡而少遜《西厢》也。

[二]　眉批：　久留省中不過幹些自家身上事，難道肯爲朝廷？

呀！好怪麼？只見一個婆子走入來做甚麼？（净扮媒婆上）

【仙吕入雙調・字字雙】（净唱）我做媒婆甚妖嬈，談笑。説開説合口如刀，波俏。合婚問卜若都好，有鈔。[一]只怕假做庚帖被人告，喫栲。

（末云）你來這裏做甚麽？（净云）老媳婦特來與尚書的舍人做媒。（末云）咳！我這小娘子的媒怕難做！（净云）如何難做？（末云）老相公不肯輕許。（净云）院公，我這頭親事，你老相公必然許我。

（末云）呀！且慢着，又一個婆子來了。（丑扮媒婆上）

【前腔】（丑唱）我做媒婆甚艱辛，尋趁。[二]有個新郎要求親，最緊。咱每只得便忙奔，討信。

（净云）你這老乞婆來這裏怎的？（丑唱）真個是路上更有早行人，心悶。

（末云）你這婆子也來這裏做甚麽？（丑云）告勾管哥得知，老媳婦特來與樞密使的舍人求親。（末云）我方纔正對那婆子説了，這媒怕難做。（丑云）如何難做？（末云）我老相公要揀擇得仔細。（丑云）院公，你休管。我説這樁親事，必定成也。（净云）呀！我是張媒婆，幾年在府前住。今日這媒，倒喫作老乞婆做去了？（丑云）呀！老乞婆，偏你會做媒？但是門當户對的便好了。終不然你在府前

[一] 眉批：這媒更賺。求親相府，其多如市，可嘆！可嘆！若令牛太師有子，以女求婚者又不止此矣。

[二] 眉批：這媒更圖□顧。

住，定要你做媒？[一] 你與乞兒做媒，也嫁了他。（末云）你們休鬧，老相公回來了，你每且躲開一邊立地。（外扮牛太師上）

【正宮引子・齊天樂】（外唱）鳳凰池上歸來環珮，袞袖御香猶在。棨戟門前，平沙堤上，何事車填馬隘？星霜鬢改，怕玉絃無功，赤舄非材。回首庭前，淒涼丹桂好傷懷。

下官這幾日久留省府，不曾回家。左右，方纔甚麼人在我廳前喧鬧？（末云）有事不敢不報，無事不敢亂傳。適間有兩個婆子來老相公處求親。（外云）着他進來。你這兩個婆子做甚麼？（淨云）奴家是張尚書府裏差來求親。（丑云）奴家是李樞密府裏差來做媒。（外云）不揀甚麼人家，但是有才學，得做天下狀元，方可嫁他。若是其餘，不許問親。（淨云）告相公得知：我的新郎，術人算他命，道他今年做得狀元。[二]（丑云）告相公得知：他的新郎命不好，只有奴家這新郎，人看他相，今科必定得中狀元。（淨、丑相打科）（外云）呀！這兩個婆子到我跟前無禮！左右，不揀有甚麼庚帖，都與我扯破。把那兩個都吊起，各打十八。[三]（末扯打科）（外云）急把媒婆打離廳，（末云）除非狀元方可問姻親。（淨云）甘喫十七八下黃荊杖，（丑云）那些個成與不成喫百瓶？（末、淨、丑下）（外云）光陰似箭催人

[一] 眉批：丞相女是皇帝媒，媒婆怎爭得皇帝過？
[二] 眉批：偏是尚書、樞密之子不會有才學，而算命的偏許他中狀元。
[三] 眉批：十八宜換八十，不然不像相府規模。若爲下面十七八下黃荊杖照應，便笑死人矣。

老，日月如梭趲少年。自家没了夫人，只有一個女兒，如今不覺長成，未曾問親。只一件，我的女孩兒性格温柔，是事實會，若將他嫁個膏粱子弟，怕壞了他。只將他嫁個讀書君子，成就他做個賢婦，多少是好？[一] 我這幾日不在家，適聽得那使唤的，每日都在後花園中閒耍，這是我的女孩兒不拘束他。古人云：欲治其國，先齊其家。[二] 不免唤出女孩兒和老姥姥、惜春過來，好生訓誨他一番。（貼扮牛氏帶浄、丑上）

【雙調引子·花心動】（貼）幽閣深沉，問佳人爲何懶添眉黛？繡綫日長，圖史春閒，誰解屢傍粧臺？絳羅深護奇葩小，不許蜂迷蝶猜。（浄、丑唱）笑鎖窗，多少玉人無賴。

（外云）孩兒，婦人之德，不出閨門。你如今長成了，方纔有媒婆來與你議親。今日是我的孩兒，異日做他人的媳婦。我幾日不在家，你却放老姥姥、惜春每日都到後花園中閒耍，不習女工，是何道理？我想起來，都是你不拘束他。倘或做出歹事來，可不把你名兒污了？（貼）謝得爹爹教道，孩兒從今自拘束他。（外怒云）老姥姥，你年已大矣。你做管家婆，到哄着女使每閒耍，是何所爲？（浄云）不干老身事，都是惜春小丫頭。（丑云）不干惜春事，都是老姥姥。（外云）這兩人尚自相推，都拿下打！（貼跪禀科）爹爹息怒。（外）你且起來。

（一）眉批：牛也會擇婿，也會教女，今世不如牛者更多。

（二）眉批：牛丞相也思齊家，做丞相而家不齊者，則牛亦不如矣。

【惜奴嬌】（外唱）孩兒，你杏臉桃腮，當有松筠節操，蕙蘭襟懷。閨中言語，不出閫閾之外。老姥姥，不教我孩兒伊之罪。惜春，這風情今休再。（合）記再來，但把不出閨門的語言相戒。

【前腔換頭】（貼唱）堪哀，萱室先摧。嘆婦儀姆教，未曾諳解。蒙爹嚴訓，從今怎敢不改？老姥姥，早晚望伊家將奴誨。〔一〕惜春，改前非休違背。（合前）

【黑麻序】（净唱）看待，父母心，婚姻事，須要早諧。勸相公，早畢兒女之債。（外唱）休呆，如何女子前，胡將口亂開？（合）記今來，但把不出閨門的語言相戒。

【前腔換頭】（丑唱）輕浼，我受寂寞擔煩惱，教我怎捱？〔二〕細思之，怎不教人珠淚盈腮？（貼唱）寧耐，温衣并美食，何須苦掛懷？（合前）

（外）婦人不可出閨門，（貼）多謝嚴君教育恩。
（净）休道成人不自在，（丑）須知自在不成人。

〔一〕眉批：恐教壞了你。
〔二〕眉批：傷春語恐不敢對牛説。

第七齣　才俊登程

【中呂引子·滿庭芳】（生唱）飛絮沾衣，殘花隨馬，輕寒輕煖芳辰。江山風物，偏動別離人。回首高堂漸遠，嘆當時恩愛輕分。傷情處，數聲杜宇，客淚滿衣襟。〔一〕

【前腔】（末唱）萋萋芳草色，故園入望，目斷王孫。謾憔悴郵亭，誰與温存？（浄、丑唱）聞道洛陽近也，還又隔幾座城闉。（合）澆愁悶，解鞍沽酒，同醉杏花村。〔二〕

〔浣溪沙〕（生云）千里鶯啼緑映紅，（丑云）水村山郭酒旗風，（浄云）行人如在畫圖中。（末云）不煖不寒天氣好，或來或往旅人逢，（合）此時誰不嘆西東？（相見科）（浄）動問老兄尊姓？〔三〕（生云）小子姓蔡。（浄云）貴表？（生云）伯喈。（丑云）動問老兄尊姓？（浄云）小子姓李。（丑云）貴表？（末云）群玉。（生云）動問老兄尊姓？（浄云）小子姓落。（生云）貴表？（浄云）得嬉。（末云）動問老兄尊姓？（丑云）小子姓常。（末云）貴表？（丑云）白將。（浄云）久聞列位高名，今日幸會，都是往長安赴選。（笑云）年兄年弟，休得抛撇。既然如此，且在此歇息片時，講些學識，説些志氣何如？（衆

〔一〕眉批：旅中憂。
〔二〕眉批：旅中樂。
〔三〕眉批：訪姓問表，相逢常格。

云）正合愚意。（丑云）敢問蔡兄學識如何？（生云）小子坐則讀，行則吟，窮年屹屹苦搜尋。文章驚世無敵手，盡是當年惜寸陰。〔一〕（丑云）有意思，有意思。（浄云）敢問李兄學識如何？（末云）小子不將窮達付前緣，常把勤勞契上天。人事盡時天理見，才高豈得困林泉？（浄云）自然，自然。（生云）敢問落兄學識如何？（浄云）小子讀書費力，每在窗前講習。常念青春不再，那更白日可惜。熟讀《孝經》《曲禮》，博覽《詩》《書》《周易》。《春秋》諸子百家，篇篇義理紬繹。前日行到學中，夫子潛自叫屈。（末云）呀！聖人如何叫屈？（浄云）道是可惜這個秀才，眼中一字不識。〔二〕（末云）你却説一場春夢。（生云）敢問常兄學識如何？（丑云）小子言不妄發，寫字極有方法。先將好墨磨濃，次把筆毫蘸着。推開浄几明窗，展舒錦箋繡札。不問真草隸篆，寫出都是法帖。大字麄如庭柱，小字細似頭髮。王羲之拜我爲師，歐陽詢見我謊殺。（笑科）早間寫個八字，忘了一撇一捺。（末云）又道是一筆走龍蛇。（浄云）閒話休講，如今天色將晚，不免起程，趲行幾步。〔三〕

【仙吕過曲·八聲甘州歌】（生）衷腸悶損，嘆路途千里，日日思親。青梅如豆，難寄隴頭音信。高堂已添雙鬢雪，客路空瞻一片雲。（合）途中味，客裏身，争如流水蘸柴門？休回

〔一〕眉批：臭腐語。
〔二〕眉批：一字不識也更會讀書。
〔三〕行：原闕，據汲古閣刊本《繡刻琵琶記定本》補。

首，欲斷魂，數聲啼鳥不堪聞。(一)

【前腔】(末唱)風光正暮春，便縱然勞役，何必愁悶？ 緑陰紅雨，征袍上染惹芳塵。 雲梯月殿圖貴顯，水宿風餐莫厭貧。(合)乘桃浪，躍錦鱗，一聲雷動過龍門。 榮歸去，緑綬新，休教妻嫂笑蘇秦。(二)

【前腔】(净唱)誰家近水濱，見畫橋烟柳，朱門隱隱，鞦韆影裏，墻頭邊露出紅粉。 他無情笑語聲漸杳，却不道惱殺多情墻外人。(合)思鄉遠，愁路貧，肯如十度謁侯門？ 行看取，朝紫宸，鳳池鰲禁聽絲綸。

【前腔】(丑唱)遥瞻霧靄紛，想洛陽宫闕，行行將近。 程途勞倦，欲待共飲芳樽。 垂楊瘦馬莫暫停，只見古樹昏鴉棲漸盡。(合)天將暝，日已曛，一聲殘角斷樵門。 尋宿處，行步緊，前村燈火已黄昏。(三)

【餘文】(合)向人家，忙投奔，解鞍沽酒共論文，今夜雨打梨花深閉門。(四)

(一) 眉批：曲絶妙。
(二) 眉批：慣看戲的秀才。
(三) 眉批：晚景如畫。
(四) 眉批：曲好，有光景。

（生）江山風物自傷情，（浄）南北東西爲利名。
（丑）路上有花并有酒，（末）一程分作兩程行。

齣末批：
指點旅況，恍然在目。

第八齣　文場選士

（末云）禮闈新榜動長安，九陌人人走馬看。一日聲名遍天下，滿城桃李屬春官。自家不是别人，却是禮部一個祇候的便是。今歲乃大比之年，朝廷委命試官，已在貢院之内；各省中式舉人，俱列棘闈之前。如今試官將次升堂，小人只得在此聽候。正是：一封纔下興賢詔，四海都無遺棄才。道猶未了，試官大人早到。（浄扮試官上）

【南吕過曲·生查子】（浄唱）承恩拜試官，聲價重丘山。左右，那來科舉的，只問有文才，何必拘鄉貫？（一）（末云）那有文才的，如何發落他？（浄唱）取他居上第，做個清要官。（末云）那没文才的，如何發落他？（浄唱）縱有父兄勢，也教空手還。

（一）眉批：如此則有冒籍的了。

（末云）好公道老爺！(一)（浄云）今年却是大比之年，我爲國薦賢，但是各省、府、縣赴試的秀才，都唤入來。（末云）領鈞旨。

【黄鍾過曲・賞宫花】（生唱）槐花正黄，赴科場舉子忙。太學拉朋友，一齊整行裝。（合）五百英雄都在此，不知誰做狀元郎？

【前腔】（丑唱）天地玄黄，略記得三兩行。才學無些子，只是賭命强。(二)（合前）

（末叫開門科）（生云）貢院門已開，列位尊兄依次而進。（浄）左右，這些秀才，每人給與卷子一本，蠟燭一條，各分東西廊下伺候題目。（末云）領鈞旨。（相見科）（浄云）你每衆秀才聽着：朝廷制度，開科取士，雖有定期；立意命題，任從時好。(三)下官是個風流試官，不比往年的試官。往年第一場考文，第二場考論，第三場考策。我今年第一場考對，第二場猜謎，第三場唱曲。若是做得對好，猜得謎着，唱得好曲，就取他頭名狀元，插金花，飲御酒，遊街兒耍子。(四)若是對得不好，猜得不着，唱得不好，就將他黑墨搽臉，亂棒打出。（生、丑云）學生領命。（浄云）東廊下秀才蔡邕過來領題。（生云）有。

(一) 眉批：做戲便公道，當真又恐不公道了。
(二) 眉批：命强真不必論才學。
(三) 夾批：可删。
(四) 眉批：果是風流樣子。

（浄云）我出天文門一個對與你對。（生云）願聞。（浄）星飛天放彈。（生云）日出海抛毬。（浄云）妙哉！妙哉！且站一邊。西廊下秀才落得嬉過來領題。（丑云）快些。（浄云）《毛詩》三百首。（丑云）還有十一篇。（浄云）不好，不好。且站一邊。蔡邕過來，我今再出天下八個省名的謎與你猜。（生云）願聞。（浄云）一聲霹靂震天關，兩個肩頭不得閒。去買紙來作裱褙，欠人錢債未曾還。[一]（生云）第一句是京東京西，第二句是江東江西，第三句是湖東湖西，第四句是浙東浙西。（浄云）妙哉！妙哉！且站一邊。落得嬉過來，我出山上四樣樹名的謎與你猜。（丑云）快些。（浄云）雨中粧點望中黄，獨立深山分外長。廊廟之才應見取，家家織就綺羅裳。（丑云）第一句是栢樹，第二句是槐樹，第三句是楓樹，第四句是柳樹。（浄云）不是，不是。且站一邊。蔡邕過來，我唱一隻曲兒，你末後湊一句，[二]要押得韻着。（生云）願聞高音。

【仙吕入雙調·北江兒水】（浄唱）長安富貴真罕有，食味皆山獸。熊掌紫駝峰，四座馨香透。你押下韻。（生唱）把與試官來下酒。[三]

（浄笑科，云）妙哉！妙哉！三場都好，這是個真秀才。且在東廊下伺候。（浄云）落得嬉過來，我再

[一] 眉批：忒淺。

[二] 你：原闕，據汲古閣刊本《繡刻琵琶記定本》補。

[三] 夾批：不像生口吻。

唱一曲兒，〔一〕你末後也湊一句，要押得韻着。（丑云）快唱。

【前腔】（淨唱）看你腹中何所有，一袋醃臢臭。若還放出來，見者都奔走。你押下韻。（丑唱）把與試官來下酒。〔二〕

（淨云）不濟，不濟。將他黑墨搽臉，亂棒打出去。（丑云）不須打。正是：薄命劉生終下第，厚顔季子且還家。（淨云）蔡秀才，今科中式舉人雖多，只有你才學高邁，文字老成。俺就覆奏聖上，將你取爲第一甲頭名狀元，冠帶遊街赴宴。左右，取冠帶過來。（末取上云）正是：袍笏賜進士，鐵鉞贈將軍。

（淨云）狀元換了冠帶，今就隨我入朝謝恩。（換冠帶科）

【南吕過曲・懶畫眉】（生唱）君恩喜見上頭時，今日方顯男兒志。布袍脱下換羅衣，腰間横繫黄金帶，駿馬雕鞍真是美。

【前腔】（淨唱）狀元，你讀萬卷非容易，喜得登科擢上第，功名分定豈誤期。那更三千禮樂無敵手，五百英雄盡讓伊。

【前腔】（末唱）人生當用顯門閭，廕子封妻榮自己。馬前喝道狀元歸，〔三〕雁塔揮毫題姓字，

〔一〕我：原闕，據汲古閣刊本《繡刻琵琶記定本》補。

〔二〕眉批：太戲，非體。

〔三〕喝：原作『唱』，據汲古閣刊本《繡刻琵琶記定本》改。

一舉成名天下知。

（浄）一舉鰲頭獨占魁，（生）誰知平地一聲雷。

（末）明朝跨馬春風裏，（合）盡是皇都得意回。

齣末批：

戲則矣，戲則矣，倒似真者，反不妨似也。今戲者太戲，真者亦太真，俱不是也。

第九齣　臨粧感嘆

【正宫引子·破齊陣引】（旦唱）翠減祥鸞羅幌，香銷寶鴨金爐。楚館雲閒，秦樓月冷，動是離人愁思。目斷天涯雲山遠，親在高堂雪鬢疏，緣何書也無？

〔古風〕明明匣中鏡，盈盈曉來粧。憶昔事君子，鷄鳴下君床。臨鏡理笄總，隨君問高堂。一旦遠别離，鏡匣掩青光。流塵暗綺疏，青苔生洞房。零落金釵鈿，慘淡羅衣裳。〔一〕傷哉憔悴容，無復蕙蘭芳。有懷悽以楚，有路阻且長。妾身豈嘆此，所憂在姑嫜。念彼猖獗遠，眷此桑榆光。願言盡婦道，遊子不可忘。勿彈绿綺琴，絃絶令人傷。勿聽《白頭吟》，哀音斷人腸。人事多錯迕，羞彼雙鴛鴦。奴家自嫁與

〔一〕　眉批：填詞太富貴，不像窮秀才人家；且與後面没關目也。

蔡伯喈，纔方兩月，指望與他同事雙親，偕老百年。誰知公公嚴命，强他赴選。自從去後，竟無消息。把公婆拋撇在家，教奴家獨自應承。奴家一來要成丈夫之名，二來要盡爲婦之道，盡心竭力，朝夕奉養。正是：天涯海角有窮時，只有此情無盡處。

【仙呂入雙調・風雲會四朝元】春闈催赴，同心帶綰初。嘆《陽關》聲斷，送別南浦，早已成間阻。謾羅襟淚漬，謾羅襟淚漬，和那寶瑟塵埋，錦被羞鋪。寂寞瓊窗，蕭條朱户，空把流年度。嗏，瞑子裏自尋思，妾意君情，一旦如朝露。君行萬里途，妾身萬般苦。君還念妾，迢迢遠遠，也須回顧。

【前腔】朱顔非故，緑雲懶去梳。奈畫眉人遠，傅粉郎去，鏡鸞羞自舞。把歸期暗數，只見雁杳魚沉，鳳隻鸞孤。緑遍汀洲，又生芳杜。空自思前事，嗏，日近帝王都。芳草斜陽，教我望斷長安路。君身豈蕩子，妾非蕩子婦。其間就裏，千千萬萬，有誰堪訴？(一)

【前腔】輕移蓮步，堂前問舅姑。怕食缺須進，衣綻須補，要行時須與扶。奈西山景暮，奈西山景暮，教我倩着誰人，傳語我的兒夫。你身上青雲，只怕親歸黄土，我臨別也曾多囑

(一) 眉批：填詞太豐，所以遜《西厢》《拜月》耳。

付。(一)嗏,那些個意孜孜,只怕十里紅樓,貪戀着他人豪富。丈夫,你雖然是忘了奴,也須念父母。苦! 無人説與,這淒淒冷冷,怎生辜負?

【前腔】文場選士,紛紛都是才俊徒。少甚麽鏡分鸞鳳,都要榜登龍虎,偏是他將奴誤。也不索氣蠱,也不索氣蠱,既受託了蘋蘩,有甚推辭? 索性做個孝婦賢妻,也落得名標青史。今日呵,不枉受了些閒悽楚。嗏,俺這裏自支吾,休得污了他的名兒,左右與他相回護。(二)丈夫,你便做腰金衣紫,須記得荆釵與裙布。苦! 一場愁緒,堆堆積積,宋玉難賦。

回首高堂日已斜,遊人何事在天涯。
紅顔勝人多薄命,莫愁春風當自嗟。

第十齣　春宴杏園

(末扮首領官上)朝爲田舍郎,暮登天子堂。將相本無種,男兒當自强。自家不是别人,却是河南府一個首領官。往年狀元及第,赴宴遊街,但是鞍馬酒席供設祇應等件,是府尹提調。今年蔡伯喈做狀元,

(一) 眉批: 此曲甚妙,甚自在,不遜《西厢》《拜月》也。
(二) 眉批: 『索性做個』『左右與他』都是傳神妙語,讀之情狀如見。

及第赴宴，府尹却委着當職提調。昨日已分付太僕寺掌鞍馬的令史，并洛陽縣管排設的驛丞，專聽俺這裏鳴鼓三聲，都要到此聚會聽點。（擂鼓科）掌鞍馬的在那裏？（丑扮令史上）有問即對，無問不答。相公有何鈞旨？（末云）鞍馬備辦了未曾？（丑云）告相公得知：俺這裏在先有一萬匹好馬。（末云）怎見得好馬？（丑云）但見：耳批雙竹，鬃散五花。展開鳳臆龍鬐，昂起豹頭虎額。轡篤篤翠蹄削玉，點滴滴赤汗流珠。隅目青熒夾鏡懸，肉騣碨礧連錢動。一躍時尾稍雲漢，横驀過玄圃崆峒。一霎時走遍神州，直趕上流星掣電。九方臯管教他稱賞，千金價不枉了追求。(一)（末云）有甚顏色的？（丑云）布汗、論聖、虎剌、合里烏、赭啞兒、爺屈良、蘇盧、棗騮、栗色、燕色、兔黄、真白、玉面、銀鬃、秀膊、青花。正是：五花散作雲滿身，萬里方看流汗血。（末云）有甚麽好名兒？（丑云）飛龍、赤兔、騕褭、驊騮、紫燕、驌驦、嚙膝、踰暉、騏驎、山子、白義、絶塵、浮雲、赤電、絶群、逸驃、騄驪、龍子、驎駒、騰霜驄、皎雪驄、凝露驄、照影驄、懸光驄、決波騟、飛霞驃、發電赤、流金騧、翔麟、紫奔、紅赤、照夜白、一丈烏、九花虬、望雲騅、忽雷駁、拳毛騧、獅子花、玉逍遥、紅叱撥、紫叱撥、金叱撥。正是：青海月氏生下，大宛越賧將來。（末云）有甚麽好廐？（丑云）飛龍、祥麟、吉良、龍媒、騊駼、駃騠、鵷鸞、出群、天花、鳳苑、奔星、内駒、左飛、右飛、左坊、右坊、東南内、西南内。正是：盡印三花飛鳳字，中藏萬匹好良媒。（末云）却怎的打扮？（丑云）錦韉燦爛披雲，銀鐙熒煌曜日，香羅帕深覆金鞍，紫遊韁牽動玉

(一) 眉批：可厭，删。今之詩文亦多犯此不割捨病。

勒。瑪瑙粧就鑾頭，珊瑚做成鞍子。正是：　紅纓紫鞍珊瑚鞭，玉鞍錦籠黄金勒。[一]（末云）如今選多少在這裏？（丑云）告相公：　如今無了。（末云）如今無了？（丑云）元有一萬匹馬，却有一千三百個漏蹄，三千七百個抹靨，三千八百個熟瘤，二千二百個慈眼。那更鞍橋又破損，[二]坐褥又傾欹。抽韂盡是麻繩，鞭子無非荊條。餓老鵰全然拉搭，雁翅板一發雕零。鞍韂既不周全，牽鞚何曾完備？此般物件，其實不中。（末云）休胡説！　若還不完備時節，我稟過府尹大人，好生打你。（丑云）相公可憐見，容小人一壁廂自理會。（末云）鞍馬若完備時節，可牽在午門外廂，等候狀元謝恩出來乘坐。（丑云）理會得。　只教他春風得意馬蹄疾，一日看遍長安花。[三]（丑下）（末云）管排設的在那裏？（净扮驛丞上）廳上一呼，堦下百諾。　相公有何鈞旨？（末云）排設完備了未曾？（净云）告相公：　俺揀上等排設俟候點視。（末云）怎見得上等排設？（净云）但見珠簾高捲，繡幕低垂。珊瑚席錍鑼得精神，玳瑁筵安排得奇巧。金爐内慢騰騰燒瑞腦，玉瓶中嬌滴滴插奇花。四圍環繞畫屏山，滿座重鋪錦褥子。金盤犀筯光錯落，掩映龍鳳珍羞；　銀海瓊舟影蕩摇，翻動葡萄玉液。灑掃得乾乾净净，并無半點塵埃；　鋪陳得整整齊齊，另是一般氣象。正是：　移將金谷繁華景，粧點瓊林錦繡天。[四]（末云）安排

[一] 玉鞍：原闕，據汲古閣刊本《繡刻琵琶記定本》補。
[二] 鞍：原作『安』，據文義改。
[三] 眉批：簡頓更妙。
[四] 眉批：删。

既齊整，你每且退去，待等狀元遊街了赴宴。（淨云）領鈞旨。正是：瓊林勝處風光好，别是人間一洞天。（衆云）遠遠望見一簇人馬鬧炒，想是狀元來了。（末下）（生、淨、丑騎馬上）

【仙吕入雙調・窣地錦襠】（同唱）嫦娥剪就緑雲衣，折得蟾宫第一枝。宫花斜插帽簷低，一舉成名天下知。

【哭岐婆】洛陽富貴，花如錦綺。紅樓數里，無非嬌媚。春風得意馬蹄疾，天街賞遍方歸去。（生、淨先下）（丑墜馬科）救命！救命！爹爹、妳妳、伯伯、叔叔、哥哥、嫂嫂、孩兒、媳婦都來救我。〔一〕

（末騎馬上）

【越調過曲・水底魚兒】（末唱）朝省尚書，昨日蒙聖旨：道狀元及第，教咱去陪宴席。（丑叫）踏壞了人了。（末唱）越着鞭越退，教人心下疑。（丑云）救命！救命！（末唱）轉頭回望，叫我的還是誰？〔二〕

漢子，你是誰？（丑云）我是墜馬的狀元。（末扶科）快起來。（丑云）尊官是誰？（末云）我是中書省陪宴官，不知足下爲何墜馬？

【正宫・北叨叨令】（丑唱）鬧炒炒街市上遊人亂，（末云）你馬驚了呵？（丑唱）惡頭口抵死要

〔一〕眉批：删。
〔二〕眉批：不雅，删。

回身轉。（末云）怎的不牽過一邊？（丑唱）我戰兢兢只怕韁繩斷，（末云）爲甚不打他？（丑唱）怯書生早已神魂散。（末云）你不害事麽？（丑呻吟科）險些跌折了腿也麽哥，險些舂破了頭也麽哥，我好似小秦王三跳澗。

（末云）這馬如今在那裏去了？（丑云）知他那裏去了？傷人乎？不問馬。（末云）咳！你兀自文騾騾的。我且就這裏人家借一個馬與你騎。（丑云）你静辦，若借馬與我騎，便索死。（末云）呀！怎的便死？（丑云）你不聞孔子説道：有馬者借人乘之，今亡矣夫。（末云）一口胡柴！呀！遠遠望見一簇人馬，就借一匹與你騎。（丑云）不須得，不須得。（生、净騎馬上）

【窣地錦襠】（同唱）荷衣新染御香歸，引領群仙下翠微。杏園惟有後題詩，此是男兒得志時。

（丑云）狀元，你每列位騎馬遊街，且是好。只不要似我騎馬，舂破了頭，跌折了脚。(一)（生云）足下原來墜馬呵？（丑云）可知哩。（末云）不是下官搭救時節，險些送了一條性命。（净云）如此，更賴足下之力。（生云）請整頓同行。（丑云）你們三位自去赴宴，我到太平坊下李郎中家去便來。（衆云）你去做甚麽？（丑云）我去醫攧撲傷損瘡。（衆云）你休推故，我去借一個馬與你騎了同去。（丑云）小子告

(一) 眉批：删。

退，你三位自去。（末云）朝廷事例，如何不去赴宴？（丑云）赴宴也好，只是騎馬不得。這等，你三位騎馬前去，我隨後提着胡床來。（末云）成甚麼模樣！（丑云）這個不妨，却有兩說：路上人問你，便說是使喚的伴當；若是筵席中，却說是打伴當的人。（末云）好窮對副。

【哭岐婆】（衆唱）玉鞭裊裊，如龍驕騎。黄旗影裏，笙歌鼎沸。如今端的是男兒，行看錦衣歸故里。(一)

（末云）這裏便是杏園，請列位駐馬。（丑云）左右，馬都牽到僻處去。倘或人道四位官人，如何有三個馬，不像模樣。（末云）好高見識！如今請列位照依年例，留下佳作。（净云）蔡兄先請。（生云）五百名中第一仙，花如羅綺柳如烟。緑袍乍着君恩重，黄榜開時御墨鮮。禮樂三千傳紫禁，風雲九萬上青天。時人謾說登科早，未許嫦娥愛少年。（净云）妙！妙！金闕無極無上聖。（末云）這裏不是玉皇閣，休得誦他的寶號；如今却輪當足下。（净云）我也有四句：遲日西山麗，春風草木香。（末云）且住。使不得，是古詩。（净云）呀！我前日三場，也都是別人的文章，尚自中了。如何一首別人的詩，倒使不得起來？(二)（末云）休道是七步成章。（净云）咳！你道我真個不會作詩呵？我且將就做一首詩與列位看看：赴選何曾入棘闈，此身未擬着荷衣。三場盡是倩人作，一字全然非我爲。自笑持

(一) 眉批：可厭，只管來。

(二) 眉批：何如今多落得嬉也？真個不如落得嬉。

杯惟亂酒，却愁把筆怎題詩。有人問我求佳作，（衆云）如何答他？（浄云）問我先生便得知。〔一〕（末云）又道是當仁不讓於師。（丑云）倉官不識串字，中中。（末云）且休誇口，如今又輪當足下。（丑云）有，有。列位做律詩，都把那赴試的事爲題，恐是熟套，小子如今另立一題。（末云）你把甚麼爲題？（丑云）便把小子方纔墜馬爲題，胡做古風一篇，以紀其事如何？〔二〕（衆云）尤妙！尤妙！（丑云）君不見去年騎馬張狀元，跌了左腿不相連？又不見前年騎馬李試官，跌了窟臀没半邊？世上三般拚命事，行船走馬打鞦韆。小子今年大拚命，也來隨趁跨金鞍。跨金鞍，〔三〕災怎躲？叵耐畜生侮弄我。大叫三聲不肯行，連攛兩攛不是耍。便把轡繩緊緊拿，縱有長鞭怎敢打？須臾之間掉下來，一似狂風吹片瓦。昨日行過樞密院，三個軍人來唱喏。小子慌忙走將歸，（末云）却如何？（丑云）怕他請我教戰馬。（末云）又説夢話！諸公請依位而坐。左右，看酒。（雜扮承直上）〔四〕色動玉壺無表裏，光摇金盞有精神。告相公，酒在此。（衆把酒科）

【五供養】（末唱）文章過晁董，對丹墀已膺天寵。（合）赴瓊林新宴，覷宫花，緩引黄金鞚。

【前腔】（浄、丑唱）九重天上聲名重，紫泥封已傳丹鳳。（合）便催歸玉簡侍宸旒，他日歸來金

〔一〕眉批：先生亦未必知。

〔二〕眉批：删。丑不做詩反趣，直告訴道不會做詩何妨？且不做詩亦儘丑了。

〔三〕跨金鞍：原闕，據汲古閣刊本《繡刻琵琶記定本》補。

〔四〕雜：原闕，據汲古閣刊本《繡刻琵琶記定本》補。

蓮送。

【山花子】（末唱）玳筵開處遊人擁，争看五百名英雄。（生唱）喜鰲頭一戰有功，荷君恩奏捷詞鋒。（合）太平時車馬已同，干戈盡戢文教崇，人間此時魚化龍。留取瓊林，勝景無窮。〔一〕

【前腔】（净唱）三千禮樂如泉湧，一筆掃萬丈長虹。（丑唱）看奎光飛纏紫宫，光耀萬玉班中。〔二〕（合前）

【前腔】（生唱）青雲路通，一舉能高中，三千水擊飛冲。（净唱）又何必扶桑掛弓？也强如劍倚崆峒。（合前）

【前腔】（丑唱）恩深九重，絲絡八珍送，無非翠釜駝峰。（末唱）看吾皇待賢恁隆，不枉了十年窗下把書來攻。（合前）

【太和佛】（生唱）寶篆沉烟香噴濃，（衆唱）濃熏綺羅叢。瓊舟銀海，翻動酒鱗紅，一飲盡教空。（生悲唱）持杯自覺心先痛，縱有香醪，欲飲難下我喉嚨。他寂寞高堂菽水誰供奉？俺這裏傳杯諠閧。（衆唱）狀元，你休得要對此歡娱意忡忡。

〔一〕眉批：删。

〔二〕眉批：删。

【舞霓裳】（合唱）願取群賢盡貞忠，盡貞忠。管取雲臺畫形容，畫形容。時清莫報君恩重，惟有一封書上勸東封，更撰個河清德頌。乾坤正，看玉柱擎天又何用？

【紅繡鞋】（合唱）猛拚沉醉東風，東風。倩人扶上玉驄，玉驄。歸去路，望畫橋東。花影亂，日朦朧；沸笙歌，引紗籠。

【意不盡】（合）今宵添上繁華夢，明早遥聽清禁鍾。皇恩謝了，鵷行豹尾陪侍從。

（生）名傳金榜换藍袍，（浄）酒醉瓊林志氣豪。

（丑）世上萬般皆下品，（末）思量惟有讀書高。

齣末批：

煩冗可厭，如何比得《拜月》《西廂》之煩簡合宜也？

第十一齣　蔡母嗟兒

【商調引子・憶秦娥先】（旦唱）長吁氣，自憐薄命相遭際。相遭際，(一)暮年姑舅，薄情

(一) 相遭際：原闕，據汲古閣刊本《繡刻琵琶記定本》補。

夫婿。(一)

〔清平樂〕夫妻纔兩月，一旦成分别。没主公婆甘旨缺，幾度思量悲咽。家貧先自艱難，那堪不遇豐年。恁得千辛萬苦，蒼天也不相憐。(二)奴家自從兒夫去後，遭此飢荒；况兼公婆年老，朝不保暮，教奴家獨自如何應奉？婆婆日夜埋怨着公公，當初不合教孩兒出去；公公又不伏氣，只管和婆婆閙争。外人不知其情，只道是媳婦不會看承，以致公婆日夜閙炒。(三)且待公婆出來，再三勸解則個。

【憶秦娥後】(外唱)孩兒一去無消息，雙親老景難存濟。(净扯外耳科，唱)難存濟，不思前日，强教孩兒出去。

(旦勸净指云)老賊！你抵死教孩兒出去赴選，(四)今日没有飯喫，他便做得狀元，濟你甚事？若是孩兒在家，也會區處，終不到恁的狼狽。如今凍得你好，餓得你好。老賊，你死了休！(外云)老乞婆，你埋怨我則甚？我是神仙，知道今日恁的飢荒苦？這般時年，誰家不忍飢受餓？誰似你這般來埋怨我？休休，我死！我死！今日飢荒也是死，被你埋怨不過也索死。(欲死，旦扯住科)(净云)老賊！

(一)眉批：曲好。
(二)眉批：白好。
(三)眉批：真難處，可憐！可憐！
(四)眉批：蔡母原有先見之妙。

你便死，消不得我這場嘔氣！（旦云）公公、婆婆且息怒，聽奴一言分剖：當初公公教孩兒出去時節，不道今日恁的飢荒，婆婆難埋怨公公；今日婆婆見這般飢荒，(一)孩兒又不在眼前，心下焦躁，公公也休怪婆婆埋怨。(二)請自寬心，奴家自今把些釵梳首飾之類，典些糧米，以充公婆一時口食。寧可餓死奴家，決不將公婆落後。(三)（淨云）媳婦，你説得好，我只是恨這老賊。

【南呂過曲·金索掛梧桐】（淨唱）區區一個兒，兩口相依倚。沒事爲着功名，不要他供甘旨。你教他做官，改換門閭，怕他做官時你做鬼。老賊！你圖他三牲五鼎供朝夕，今日裏要一口粥湯却教誰與你？相連累，我孩兒因你做不得好名儒。（合）空争着閒是閒非，空争着閒是閒非，只落得雙垂淚。

【前腔】（外唱）養子教讀書，指望他身榮貴。黄榜招賢，誰不去求科試？老乞婆，我説個比方與你聽。譬如范杞梁，差去築長城，他的娘親埋怨誰？（淨云）老賊！你到好比方！他是奉官差哩。（外唱）合生合死皆由命，少甚麼孫子森森也忍飢。（淨云）老賊，你固自口强，再過幾時，餓得你口臭屎哩。（外唱）休聒絮，畢竟是咱每兩口受孤恓。（合前）

(一) 婆：原闕，據汲古閣刊本《繡刻琵琶記定本》補。

(二) 眉批：解語甚捷。

(三) 眉批：孝哉婦也！賢哉婦也！

【前腔】（旦唱）婆婆，孩兒雖暫離，須有日回家裏。（净云）媳婦，我豈不知孩兒自有一日回來？只是眼下受餓難過。（旦唱）婆婆，奴有些釵梳，解當充糧米。（净云）老賊！我若没有這般孝順的媳婦會擺佈，可不把我的肝腸也餓斷了？（外云）老乞婆，這是時年如此，你苦死埋怨我怎的？（旦云）公公婆婆恁的閙争呵，教傍人道媳婦每，有甚差池，致使公婆争閙起。婆婆，他心中愛子，指望功名就；公公，他眼下無兒，因此埋怨你。[一] 難逃避，兀的不是從天降下這災危？（合前）

【劉潑帽】（外唱）天那！我每不久須傾棄，嘆當初是我不是。不如我死了無他慮。[二]（合）一度裏思量，一度裏肝腸碎。

【前腔】（净唱）有兒却遣他出去，教媳婦怎生區處？媳婦，可憐誤你芳年紀。（合前）

【前腔】（旦唱）公公、婆婆，媳婦便是親兒女，勞役事本分當爲。但願公婆從此相和美。（合前）

（外）形衰力倦怎支吾？（旦）口食身衣只問奴。

（净）莫道是非終日有，（合）果然不聽自然無。

[一] 眉批：來得甚捷，解語最的。聖婦！

[二] 眉批：你是真情，咄咄如見。

齣末批：

曲好，白好，關目好，極其鬧熱。專用蔡婆駡處，尤見作手。

第十二齣　奉旨招婿

（末云）縹緲紗窗映霧烟，深沉華屋鎖嬋娟。屏間孔雀人難中，幕裏紅絲誰敢牽？自家是牛太師府中一個院子。這幾日聽得府中喧傳，太師要招女婿。況我這個小娘子，不比别的小娘子。一來是丞相之女，二來他才貌兼全，必須有文章、有官職、有福分，方可中選。且在此等候，相公出來，便知端的。

【南吕引子·似娘兒】（外唱）華髮漸星星，憐愛女欲遂姻盟，蟾宫桂子才堪稱。紅樓此日，紅絲待選，須教紅葉傳情。(一)

左右那裏？（末云）廳上一呼，堦下百諾。不知老相公有何鈞旨？（外云）自古道：男子生而願爲之有室，女子生而願爲之有家。我老夫人傾棄多年，只有一個小姐，美貌娉婷。昨日見官裏，問我道：你的女孩兒曾嫁人未？我回言道：未曾嫁人。官裏道：既不曾嫁人，如今新狀元蔡邕，好人物，好才學，朕與你主婚，你可招他爲婿。你意何如？俺奉着聖旨，就謝了恩。你每道此事如何？（末云）

(一)　眉批：不待父母之命何如？

覆相公：男大須婚，女大須嫁。小姐是瑤臺閬苑神仙，狀元是天禄石渠貴客；何況玉音主盟，金口説合。若做了百年夫婦，不枉了一對姻緣。這是：佳人才子兩堪誇，天付姻緣事不差。試看月輪還有意，定知丹桂近仙娃。（外笑云）你言正合我意。你就去唤府前媒婆來，同去蔡狀元處説親。（末云）領鈞旨。（唤科）（丑扮媒婆拿秤、斧上）

【正宫過曲・醉太平】（丑唱）我做聰俊的媒婆，兩脚疾走如梭。生得不矮又不矬，人人都來請我。我只要金多銀多，綾羅段匹多，方肯做。又且張家李家誇談我。（末云）誇談你甚的？（丑唱）道我每須勝是别媒婆。

媒婆媒婆，兩脚奔波。一斗好酒，一隻肥鵝。送到家裏，我和老公笑呵呵。（末）婆子休閒説，且去見老相公。（外云）媒婆，你手裏拿着甚麽東西？（丑云）這是斧頭。（外云）要他何用？（丑云）這是媒婆的招牌。（外云）如何將他做招牌？（丑云）告相公得知：《毛詩》有云：析薪如之何？匪斧弗克。娶妻如之何？匪媒不得。以此將他爲招牌。（一）（末云）休在班門弄斧。（外云）媒婆，你要秤何用？（丑云）相公，這唤作量人秤，最是要緊的。大凡做媒時節，先把新婦新郎秤得一般，方纔與他説親，久後夫妻也和順。若是輕重了，夫妻到底相嫌。（外云）休閒説。媒婆，我昨日奉聖旨，教我將小姐招贅蔡狀元爲婿，你如今去他跟前説知。若得成就了這頭親事，我多多賞你。（丑云）這個有甚麽難處？

（一）眉批：後人解經都是這媒婆矣。嘗欲集媒婆講章一部，以盡漢唐宋來諸家未及也。

一來奉當今聖旨，二來托相公威名，三來小姐才貌兼全，是人知道，蔡狀元有何不可？（末云）這話極說得是。（外云）媒婆，你近前來聽我說。

【南吕過曲·鎖窗郎】（外唱）吾家一女娉婷，不曾許與公卿。昨承聖旨，招選書生。媒婆，你和他說：不須用白璧、黄金爲聘。（合）說道姻緣前世已曾定，今日裏，共歡慶。〔一〕

【前腔】（丑唱）住在東京極有名聲，相公，論媒婆非自逞。今朝事體，管取完成。怕有一輕一重，全憑這條官秤。（合前）

【前腔】（末唱）雖然他高占魁名，得相招多少榮縈。依繡幕，選中雀屏。媒婆，此一去，他必從命。（合前）

（外）爲傳芳信仗良媒，（丑）管取門楣得俊才。

（末）百年夫婦今朝合，（合）一段姻緣天上來。〔二〕

〔一〕眉批：曲好。

〔二〕眉批：俗詩。

第十三齣　官媒議婚

【商調引子・高陽臺】（生唱）夢繞親闈，愁深旅邸，那堪音信遼絶。淒楚情懷，怕逢淒楚時節。重門半掩黄昏雨，奈寸腸此際千結。守寒窗，（一）一點孤燈，照人明滅。當時輕散輕别。嘆玉簫聲杳，庾樓明月。一段愁煩，翻成兩下悲咽。枕邊萬點思親淚，伴漏聲到曉方徹。鎖愁眉，慵臨青鏡，頓添華髮。（二）

〔木蘭花〕鰲頭可羨，須知富貴非吾願。雁足難憑，没個音書寄子情。田園將蕪，不知松菊猶存否？光景無多，争奈椿萱老去何？自家爲父母所强，來此赴選，誰知逗遛在此，竟不能歸。今又復拜皇恩，除爲議郎。雖則任居清要，争奈父母年老，安敢久留？天那！知我的父母安否如何？知我的妻室侍奉如何？欲待上表辭官，又未知聖意如何？苦！好似和針吞却綫，刺人腸肚繫人心。（三）（丑、末同上）

【勝葫蘆】（末唱）特奉皇恩賜結婚，來此把信音傳。（丑唱）若是仙郎肯與諧姻眷，一場好事，

（一）眉批：一字一淚。
（二）眉批：好。
（三）眉批：情真語切。

管取今朝便團圓。

（生云）自家門户重重閉，春色緣何得入來？未審何人到此？（末、丑云）小人是牛太師府裏一個院子。老媳婦是媒婆。我兩人奉天子之洪恩，(一)領太師之嚴命，特與狀元諧一佳偶。（生云）元來如此。不索多言，且聽我説。

【商調過曲·高陽臺】（生唱）宦海沉身，京塵迷目，名韁利鎖難脱。目斷家山，空勞魂夢飛越。（丑云）狀元，是好一個小姐。（生唱）閒聒，閒藤野蔓休纏也，俺自有正兔絲、親瓜葛。是誰人無端調引，謾勞饒舌。

【前腔】（末唱）閥閲，紫閣名公，黄扉元宰，三槐位裏排列。金屋嬋娟，妖嬈那更貞潔。（丑唱）歡悦，秦樓此日招鳳侶，遣妾每特來執伐。望君家慇懃肯首，早諧結髪。

【前腔】（生唱）非别，千里關山，一家骨肉，教我怎生抛撇？妻室青春，那更親鬢垂雪？（丑云）狀元，老丞相見你這般青春年少，纔肯把小姐嫁與你。你不必推故。（生唱）差迭，須知少年自有人愛了，謾勞你嫦娥提挈。滿皇都豪家無數，豈必卑末？(二)

(一) 眉批：到是個奉欽差的媒婆、院公。

(二) 眉批：删去乃妙。

【前腔】（末唱）不達，相府尋親，侯門納禮，兀自拒他不屑。繡幕奇葩，春光正當十八。（丑唱）休撇，知君是個折桂手，留此花待君攀折。況親奉丹墀詔旨，我非自相攛掇。

【前腔】（生唱）心熱，自少攻書，從來知禮，忍使行虧名缺？父母俱存，娶而不告須難說。悲咽，門楣相府雖要選，奈辰辰佳人，實難存活。（丑云）狀元，小姐生得十分美貌，你休錯過了。（生唱）縱然有花容月貌，怎如我自家骨血？

【前腔】（末唱）迂闊，他勢壓朝班，威傾京國，你却與他相別。只怕他轉日迴天，那時節須有個決裂。（丑唱）虛設，夜静水寒魚不餌，笑滿船空載明月。下絲綸不愁無處，笑伊村殺。〔一〕

【餘文】（生唱）明朝有事朝金闕，歸家奉親心下悦。（末唱）狀元，只怕聖旨不從空自說。

（生云）不須多言。你若果奉聖旨來，我明日上表辭官，一就辭婚便了。

（末）君王詔旨不相從，（生）明日應須奏九重。

（丑）有緣千里能相會，（合）無緣對面不相逢。

齣末批：

到此娶親已經年歲矣，尚説他青春年少，則古人三十而娶之語亦不可憑。緣何赴試之時渠母已八十餘

〔一〕 眉批：真迂闊，真村殺。有妙用者無不可。

矣？天下豈有婦人五六十歲生子之理？

第十四齣　激怒當朝

【黄鍾過曲・出隊子】（外唱）朝夕縈掛，只爲孩兒多用心。不知月老事何因？爲甚冰人没信音？顒望多時，情緒轉深。目斷青鸞瞻碧霧，情深紅葉看金溝。自家昨遣院子和官媒婆去蔡狀元處説親，尚未回音。且待他來，便知端的。

【前腔】（末、丑）喬才堪笑，故阻佯推不肯從。豈無佳婿近乘龍？有甚福緣能跨鳳？料想書生，只是命窮。(一)（相見科）（外云）媒婆，你回來了。事體若何？（丑云）覆相公得知：他千不肯，萬不肯，只是不肯。（末云）你且住休，待小人覆知相公。蔡狀元道他家中有垂白之父母，年少之妻房，明日要上表辭官家去，實難從命。(二)

【正宫過曲・雙鸂鶒】（外唱）聽伊説教人怒起，漢朝中惟吾獨貴。我有女，偏無貴戚豪家求

(一)　眉批：做狀元也不窮。

(二)　眉批：其事逼真。

配？奉聖旨，使我招狀元爲婿。媒婆，不知他回話有何言語？㈠

【前腔】（丑唱）媒婆告相公知：恨那人作怪蹺蹊，千不肯，萬推辭。（外云）我奉聖旨招他爲婿，你曾把這話對他説麽？（丑唱）這話頭不惹些兒。道始得及第，縱有花容月貌休提。他罵相公，罵小姐。（外云）他罵小姐甚麽？（丑唱）道脚長尺二。㈡（末唱）這般説謊没巴臂。（跪科）

【前腔】（末唱）恩官且聽咨啓：蔡狀元聞説皺眉。忠和孝，恩和義，念父母八十年餘。況已娶了妻室，再婚重娶非禮。待早朝，上表文，要辭官家去。請相公别選一佳婿。

【前腔】（外唱）他元來要奏丹墀，敢和我厮挺相持。細思之，可奈他將人輕覷。我就寫表奏與吾皇知，與他官拜清要地。務要來我處爲門楣。㈢

【意不盡】（合唱）這讀書輩没道理，不思量違背了聖旨。只教他辭官辭婚俱未得。

（外云）自古道：殺人可恕，情理難容。我的聲名，誰不欽敬！多少貴戚豪家求爲吾婿而不可得。叵耐一書生顛倒不肯，反要辭官家去。且由他。左右，你和官媒婆再去蔡狀元處説，看他如何？我如今

㈠ 眉批：世味滿口。
㈡ 眉批：脚長尺二也不是罵。
㈢ 眉批：把女兒强招人，也是難得！

先去奏知官裏，只教不准他上表便了。
（外）枉把封章奏九重，（末）不如及早便相從。
（合）羈縻鸞鳳青絲網，牢絡鴛鴦碧玉籠。

齣末批：
不是牛太師不是，還是伯喈太腐耳，怪他不得，怪他不得。

第十五齣　金閨愁配

【中呂過曲·剔銀燈】（貼唱）忒過分爹行所爲，但索强全不顧人議。背飛鳥硬求來諧比翼，隔墻花强攀做連理。姻緣，還是怎的？天那！我待對爹爹說呵，婚姻事女孩兒家怎提？（一）姻緣姻緣，事非偶然。好笑我爹爹定要將奴家招蔡狀元爲婿，那狀元不肯，俺這裏也索罷了。誰想爹爹苦不放過？天那！他既不肯，便做了夫妻，到底也不和順。（二）奴家待將此事對爹爹說，只是此事不是女孩兒每說的話。好悶呵！（净魆地上探云）慚愧，慚愧，今日也能勾得小姐悶也。小姐，你想着

（一）眉批：聖女賢哉！關目妙絶！
（二）眉批：賢婦説是。

甚麼？（貼云）我不想着甚麼。（净云）你既不想着甚麼，爲何手托香腮，在此憂悶？[一] 我且問你，你往常間件件不煩惱，事事不動情，我想起來你都是佯詐。今日莫不是對景傷情麼？（貼云）老姥姥，你説那裏話？我爲爹爹做事不停當，以此憂悶。（净云）老相公做甚事不停當？（貼云）我爹爹要奴家嫁與蔡狀元，使官媒婆去説，狀元不肯從命。他既然不肯，俺這裏也索罷了。如今爹爹苦不放過他，又叫媒婆去説。老姥姥，你怎生與我對爹爹説一聲也好。（净云）小姐，這是你爹爹的主意，如何肯聽我每説？

【仙呂過曲・桂枝香】（净唱）書生愚見，忒不通變。不肯坦腹東床，謾自去哀求金殿。想他每就裏，想他每就裏，將人輕賤。小姐，非爹胡纏，怕被人傳。（貼云）呀！怕人傳甚麼？（净唱）道你是相府公侯女，不能彀嫁狀元。

【前腔】（貼唱）百年姻眷，須教情願。他那裏抵死推辭，俺這裏不索留戀。想他每就裏，想他每就裏，有些牽絆。（净云）有甚牽絆？（貼唱）怕恩多成怨。滿皇都少甚麼公侯子，何須去嫁狀元？[二]

【南呂過曲・大迓鼓】（净唱）非干是你爹意堅，只怕春花秋月，誤你芳年。況兼他才貌真堪

[一] 眉批：許由避天下，逆旅主人疑其竊皮冠，大類此。

[二] 眉批：聖女見真。老牛到不如一女子機智，可笑！可笑！

羨，又是五百名中第一仙。故把嫦娥，强與少年。

【前腔】（貼）姻緣雖在天，若非人意，到底埋冤。料想赤繩不曾綰，多因他無玉種藍田。㈠休把嫦娥，强與少年。㈡

（净）匹配本自然，（貼）何須苦相纏。

（净）眼前雖成就，（貼）到底也埋冤。

齣末批：

今人俗氣，有女兒不想嫁個好人，只管把來挨與狀元，都是牛也。

第十六齣　丹陛陳情

【仙吕引子·北點絳唇】（末唱）夜色將闌，晨光欲散，把珠簾捲。移步丹墀，擺列着金龍案。

【北混江龍】（末唱）官居宮苑，謾道是天威咫尺近龍顔。每日間親隨車駕，只聽鳴鞭。去螭頭上拜跪，隨着豹尾盤旋。朝朝宿衛，早早隨班。做不得卿相當朝一品貴，先隨着朝臣待

㈠ 眉批：是。

㈡ 眉批：見識勝似阿爹，好女兒！好女兒！

漏五更寒。空嗟嘆，山寺日高僧未起，算來名利不如閒。(一)

自家是漢朝一個小黄門。往來紫禁，侍奉丹墀。領百官之奏章，傳一人之命令。正是：主德無瑕因宦習，天顔有喜近臣知。如今天色漸明，正是早朝時分，官裏升殿，怕有百官奏事，只得在此祇候。(内問)怎見早朝時分？(末云)但見銀河清淺，珠斗爛班。數聲角吹落殘星，三通鼓傳清曙。銀箭銅壺，點點滴滴，尚有九門寒漏；瓊樓玉宇，聲聲隱隱，已聞萬井晨鍾。曈曈曚曚，蒼茫紅日映樓臺；拂拂霏霏，葱菁瑞烟浮禁苑。裊裊巍巍，千尋玉掌，幾點瀼瀼露未晞；澄澄湛湛，萬里璇空，一片團團月初墜。三唱天鷄，咿咿喔喔，共傳紫陌更闌；百囀流鶯，間間關關，報道上林春曉。午門外碌碌喇喇，車兒碾得塵飛；六宫裏嘔嘔啞啞，樂聲奏如鼎沸。只見那建章宫、未央宫、甘泉宫、長楊宫、五柞宫、長秋宫、長信宫、長樂宫，重重疊疊，千千萬萬，盡開了玉關金鎖；又見那昭陽殿、金華殿、披香殿、金鑾殿、麒麟殿、太極殿、白虎殿，隱隱約約，三三兩兩，都捲上繡箔珠簾。半空中忽聽得一聲轟轟劃劃，如雷如霆，震耳的鳴梢響；合殿裏只聞得一陣氤氤氲氲，非烟非霧，撲鼻的御爐香。縹縹緲緲，紅雲裏雉尾扇遮着赭黄袍；深深沉沉，丹陛間龍鱗座覆着彤芝蓋。左列着森森嚴嚴，前前後後的羽林軍、期門軍、控鶴軍、神策軍、虎賁軍，花迎劍佩星初落；右列着濟濟鏘鏘，高高下下的金吾衛、龍虎衛、拱日衛、千牛衛、驃騎衛，柳拂旌旗露未乾。金間玉，玉間金，烱烱爍爍，燦燦爛爛的神仙儀從；紫映緋，緋

(一) 眉批：真。

映紫，行行列列，整整齊齊的文武官僚。螭頭陛下，立着一對妖妖嬈嬈，花容月貌，繡鸞袍、鴛鴦靴的奉引昭容；豹尾班中，擺着一對端端正正，銅肝鐵膽，白象簡、獬豸冠的糾彈御史。拜的拜，跪的跪，那一個敢挨挨搒搒縱諠譁？升的升，下的下，那一個不欽欽敬敬依禮法？但願得常瞻仙仗，聖德日新日新日日新；與群臣共拜天顔，聖壽萬歲萬歲萬萬歲。從來不信叔孫禮，今日方知天子尊。㈠道猶未了，一個奏事的官人早來。

【黄鍾過曲·點絳唇】（生唱）月淡星稀，建章宫裹千門曉。御爐烟裊，隱隱鳴梢杳。忽憶年時，問寢高堂早。鷄鳴了，悶縈懷抱，此際愁多少？㈡

不寢聽金鑰，因風想玉珂。明朝有封事，數問夜如何？自家爲父母在堂，故上表辭官回去侍奉。如今天色已明，這是午門外廂，不免進入去咱。㈢（末云）奏事官搢笏三舞蹈。

【黄鍾過曲·神仗兒】（生唱）揚塵舞蹈，揚塵舞蹈，遥瞻天表，見龍鱗日耀。咫尺重瞳高照，遥拜着赭黄袍，遥拜着赭黄袍。

【滴漏子】（生唱）臣邕的，臣邕的，荷蒙聖朝。臣邕的，臣邕的，拜還紫誥。（末云）狀元，你莫

㈠ 眉批：不必。
㈡ 眉批：曲好。
㈢ 眉批：白好。

非嫌官小麼？（生唱）念邕非嫌官小，奈家鄉萬里遥，雙親又老。干瀆天威，萬乞恕饒。

（末云）狀元，吾乃黄門，職掌奏章。有何文表，就此披宣。（生跪科）

【入破第一】議郎臣蔡邕啓：今日蒙恩旨，除臣爲議郎之職，重蒙賜婚牛氏。(一)干瀆天威，臣謹誠惶誠恐，稽首頓首。伏念微臣，初來有志。誦詩書，力學躬耕修己，不復貪榮利。事父母，樂田裏，初心願如此而已。不想州司，謬取臣邕充試。到京畿，豈料蒙恩，叨居上第？(二)

【破第二】重蒙聖恩，婚賜牛公女。臣草茅疏賤，如何當此隆遇？況臣親老，一從别後，光陰又幾。廬舍田園，荒蕪久矣。(三)

（末云）親老在堂，必自有人奉侍，狀元不必憂慮。

【衮第三】（生唱）但臣親老鬢髮白，筋力皆癯瘁。形隻影單，無兄弟，誰奉侍？況隔千山萬水，生死存亡，雖有音書難寄。最可悲，他甘旨不供，我食禄有愧。(四)

(一) 眉批：敘事妙甚。
(二) 眉批：幾多想不到手的。
(三) 眉批：曲好。
(四) 眉批：曲盡懇切。

（末云）聖上作主，太師聯姻，狀元，也是奇遇。

【歇拍】（生唱）不告父母，怎諧匹配？臣又聽得家鄉裏，遭水旱，遇荒饑。多想臣親，必做溝渠之鬼，未可知。怎不教臣，悲傷淚垂？

（生哭科）（末云）狀元，此非哭泣之處，不得驚動天聽。

【中衮第五】（生唱）臣享禄厚掛朱紫，出入承明地。惟念二親寒無衣，饑無食，喪溝渠。憶昔先朝朱買臣守會稽，司馬相如，持節錦歸。(一)

【煞尾】他遭遇聖時，皆得回鄉裏。臣何故，别父母，遠鄉閭，没音書，此心違？伏望陛下，特憫微臣之志。遣臣歸，得侍雙親，隆恩無比。(二)

【出破】若還念臣有微能，鄉郡望安置。庶使臣忠心孝意得全美，臣無任瞻天仰聖，激切屏營之至。(三)

（末云）元來如此。吾當與狀元轉達天聽，可在午門外厢俟候聖旨。正是：眼望旌捷旗，耳聽好消息。

（生起科）

(一) 眉批：有臣如此，不能使之迎親奉養，聖君賢相又何爲哉？可嘆！可嘆！

(二) 眉批：曲好。

(三) 眉批：自【入破】以至【出破】，無一語不自在。妙！妙！

【神仗兒】（生唱）彤廷隱耀，彤廷隱耀，見祥雲縹緲，想黃門已到。料應重瞳看了，多應是念我私情烏鳥。顒望斷九重霄，顒望斷九重霄。

（生云）黃門已將我奏章轉達，未知聖意允否？不免秉閒禱告天地一番。

【滴漏子】（生唱）天憐念，天憐念，蔡邕拜禱。雙親的，雙親的，死生未保。天那！可憐恩深難報。一封奏九重，知他聽否？[一] 爹娘呵，俺和你會合分離，都在這遭。

黃門去了多時，怎的不見回報？想必是官裏准了。天那！若能殼回家侍奉父母，蔡邕何須做官？[二]

（末奉詔同二昭容上）

【前腔】（末唱）今日裏，今日裏，議郎進表。傳達上，傳達上，聖目看了。（生云）聖目看了如何說？（末唱）道太師昨日先奏，把乘龍女婿招，多少是好？（生云）黃門大人，你莫不是哄我？[三]（末唱）見有玉音傳降聽剖。

（末云）聖旨已到，跪聽宣讀。皇帝詔曰：孝道雖大，終於事君；王事多艱，豈遑報父？朕以涼德，嗣纘丕基。眷兹警動之風，未遂雍熙之化。爰招俊髦，以輔不逮。咨爾才學，允愜輿情。是用擢居議

[一] 眉批：極盡科套。

[二] 眉批：難道不能走一使迎？腐之甚。

[三] 眉批：情極真切，可憐！可憐！

論之司，以求繩糾之益。爾當恪守乃職，勿有固辭。其所議婚姻事，可曲從師相之請，以成桃夭之化。欽予時命，裕爾乃心。謝恩。（生云）黄門大人，煩你與我再去奏知官裏，我情願不做官。（末云）咳！這狀元好不曉事，聖旨誰敢違背？（生云）黄門大人，你不去時節，待我自去拜還聖旨如何？(一)（末云）呀！這狀元好怪麽？這所在，你如何去得？（生哭科）

【啄木兒】（生唱）我親衰老，妻幼嬌，萬里關山音信杳。他那裏舉目淒淒，俺這裏回首迢迢。他那裏望得眼穿兒不到，俺這裏哭得淚乾親難保。閃殺人一封丹鳳詔。(二)

【前腔】（末唱）狀元，你何須慮，不用焦，人世上離多歡會少。大丈夫當萬里封侯，肯守着故園空老？畢竟事君事親一般道，人生怎全忠和孝？却不見母死王陵歸漢朝？(三)

【三段子】（生唱）這懷怎剖？望丹墀天高聽高。這苦怎逃？望白雲山遥路遥。

【前腔】（末唱）狀元，你做官與親添榮耀，高堂管取加封號。與他改换門閭，偏不是好？(四)

(一) 眉批：真不曉事。
(二) 眉批：曲好。
(三) 眉批：曲好。
(四) 眉批：信也寄不得一封回去，改换甚麽門閭？

【歸朝歡】（生唱）冤家的，冤家的，苦苦見招，俺媳婦埋冤怎了？[一]饑荒歲，饑荒歲，怕他怎熬？俺爹娘怕不做溝渠中餓殍？

【前腔】（末唱）狀元，譬如四方戰争多征調，從軍遠戍沙場草，也只是爲國忘家豈憚勞。[二]

（生）家鄉萬里信難通，（末）争奈君王不肯從。

（合）情到不堪回首處，一齊分付與東風。

齣末批：

當時若有聖君賢相，自當着他迎養，何有許多話説？伯喈是個有用的人，亦當自着人迎養，奈何不能也？

第十七齣　義倉振濟

【仙吕入雙調・普賢歌】（丑唱）身充里正實難當，雜泛差徭日夜忙。官司點義倉，并無些子糧，拚一頓拖翻喫大棒。

我做都官管百姓，另是一般行徑。破靴破帽破衣裳，打扮須要厮稱。到官府百般下情，下鄉村十分豪

[一] 眉批：這是怕老婆的招狀。夾批：怎説到這裏？

[二] 眉批：放屁！

興。討官糧大大做個官升，賣私鹽輕輕弄條喬秤。點催首放富差貧，保解户欺軟怕硬。猛拚打强放潑，畢竟是個畢竟。誰知天不由人，萬事皆從前定。騙得五兩十兩，到使五錠十錠。田園盡都典賣，并無些子餘剩。叵耐廳前首領，嫌恨司房喬令。把我千樣凌辱，將我萬般督併。動不動去了破帽，打得我黄腫成病。幾番要自縊投河，不要了這條性命。今番又點義倉，并無糧米抵應。若還把我拖翻，便叫高擡明鏡。小人也不是都官，也不是里正。休將屈棒，錯打了平民。（内問）你是誰？（丑云）我是搬戲的副浄。㈠（内云）休道出本來面目。（丑云）苦！往常間把義倉穀子偷將家去養老婆孩兒了，今日上司官點義倉放穀，賑濟貧民，倉中没有一些，那裏討還他？没奈何，我待把家私并老婆兒子都賣了，也賠不起。不免去與李社長商量則個。轉彎抹角，兀的便是李社長家裏。李社長，李社長。（浄云）誰叫老爹？（丑云）咦！你慣要做大，且出來。㈡

【前腔】（浄唱）身充社長管官倉，老小一家都在倉裏養。（丑云）好，好。你一家老小都在倉裏養，事發時節，如何擺佈？（浄唱）事發儘不妨，里正先喫棒。（丑云）尊兄，饒得你過麼？（浄唱）先打了都官，方纔打社長。

老夫年傍八旬，家中只有三人。因充社長勾當，誰知也不安寧。又要告官書題粉壁，又要勸民栽種翻

㈠ 眉批：善戲謔，亦有感情弊。

㈡ 眉批：社長好大！

耕；又要管淘河砌磡，又要辦水桶麻繩。若有人家嫁娶，須索請我做賓人。人人稱我年高伏衆，個個叫我社長官人。若得一紙狀子，强似廳上縣丞。原告許我銀子三錠五錠，被告送我猪脚十斤二十斤；若還得了兩家財物，只得朦朧寫個回文。(一)每日去幹得些小功德，竟不知自家家裏禍因。大的孩兒不孝不義，小的媳婦逼勒離分。單單只有第三個孩兒本分，常常將去了老夫的頭巾。激得我老夫性發，只得唱個陶真。（丑云）呀！陶真怎麼的唱？（浄云）呀！到被你聽見了。也罷，我唱，你打和。（丑云）使得。（浄唱）孝順還生孝順子，（丑唱）打打哈蓮花落。（浄唱）忤逆還生忤逆兒。（丑唱）打打哈蓮花落。（浄唱）不信但看簷頭水，（丑唱）打打哈蓮花落。（浄唱）點點滴滴不差池。（丑唱）打打哈蓮花落。（浄云）住休。（丑云）你若不叫住，直唱到天明。（浄云）里正，你叫我出來，有甚事説？（丑云）社長哥，今日官司給散義倉，倉中又無稻子，如何是好？我和你不免合賠些子。（浄云）呀！倉中稻子都是你搬去喫了，怎的教我和你合賠？小畜生，到虧了你！上司來時，干我甚事？我自回去抱子弄孫嬉他娘。正是：閉門不管窗前月，一任梅花自主張。（浄下）（丑云）苦！李社長又去了，上司官又來了，如何是好？呀！唱道聲漸近，只得迎接則個。（外扮放糧官、末扮隸人上）

【前腔】（外唱）親承朝命賑饑荒，（末唱）躍馬揚鞭到此方。（丑云）里正接老爹。（末云）起去。疾忙開義倉，支與百姓糧，從實支收休要謊。

(一)　眉批：是社長一紙供狀。

（外云）里正，將支收簿來看。（丑云）簿在此。（外讀科）元管二十九石，新收三十六石，除支一十九石，見在四十六石。左右，開倉。呀！這倉裏那有四十六石？（丑云）有，有，相公。（外云）左右，與他取了甘結，一面着他唤飢民來支糧。（丑云）一心忙似箭，兩脚去如飛。（下）（外云）左右，這廝説謊，倉裏那得這些稻子？（末云）相公，且由他。若是不足數，只要他賠償便了。（外云）也説得是。

（丑扮瞎子上）

【商調過曲·吴小四】（丑唱）肚又饑，眼又昏，家私没半分，子哭兒啼不可聞。聞知相公來濟民，請些官糧去救貧。

（丑作錯跪科）相公可憐見。（末云）相公在這裏。（外云）老的姓甚名誰？家裏有幾口？（丑云）小的姓丘名乙己，住上大人村，有三千七十口。（外云）胡説！那裏有許多口？（丑云）告相公得知：上大人，丘乙己，化三千，七十士。㈠（末云）一口胡柴！（外云）你實有幾口？（丑云）小的夫妻兩口，孩兒兩口。（外云）支糧與他。（末云）支四口糧了。（丑云）多謝相公。正是：一日不識羞，三日不忍飢。（丑下）（净扮聾子上）

【前腔】（净）嘆連朝，飢怎忍？家中有五六人。前日老婆典了裙，今日媳婦又典裩，恰好遇官司來濟貧。

㈠　眉批：謔未妙。

（浄云）相公可憐見。（外云）老的姓甚名誰？家裏有幾口？（浄作聾，外復問科）（浄云）小的姓大名比丘僧，住在祇樹給孤獨園，有一千二百五十口。（外云）胡説！那裏有許多口？（浄云）告相公得知：《彌陀經》中道：祇樹給孤獨園，大比丘僧一千二百五十人供。〔一〕（末云）佛口蛇心。（外云）你實有幾口？（浄云）小的有兩個媳婦，三個孩兒，和我共六口。（外云）支糧與他。（末云）支六口糧了。（浄云）多謝相公。正是：今日得君提掇起，免教人在污泥中。（浄下）（旦上）

【雙調引子・搗練子】（旦唱）嗟命薄，歎年艱，含羞忍淚向人前，猶恐公婆懸望眼。（旦云）路逢險處難迴避，事到頭來不自由。奴家少長閨門，豈識途路？今日見官司放糧濟貧，只得請些稻子，以救公婆之命。（外云）婦人，你姓甚名誰？來此怎的？（旦云）告相公：奴家姓趙，名五娘，公公蔡從簡。因兒夫出外，特來請些糧米，以救公婆之命。〔二〕（外云）你丈夫那裏去了，使你婦人家來請糧？

【正宮過曲・普天樂】（旦唱）兒夫一向留都下。〔三〕（外云）你家裏還有誰？（旦唱）只有年老爹和媽。（外云）有兄弟麽？（旦唱）弟和兄更没一個。（外云）既没有兄弟，誰看承你的爹媽？（旦

〔一〕眉批：這個到妙。

〔二〕眉批：痴。

〔三〕眉批：不説丈夫名字，有意見。

唱）看承盡是奴家。（外云）這般説起來，你好苦呵。婦人家不出閨門，你何不使個男子漢來請糧？（旦作悲科，唱）歷盡苦，誰憐我？相公，怎説得不出閨門的清平話？（外云）你家裏有幾口？（旦云）只有三口。（外云）左右，支糧與他。（末云）没糧了。（旦哭科）若無糧，我也不敢回家。（一）（外云）怎的不敢回家？（旦唱）相公，豈忍見公婆受餒？天那！嘆奴家命薄，直恁摧挫。

（外云）左右，這倉中稻子没了。一來湊原數不起，二來這婦人説得好苦，你去拿那里正來，要這厮賠償。（末云）領鈞旨。假饒走到焰摩天，脚下騰雲須趕上。（旦云）望相公可憐見，主張些糧米，與奴家救濟公婆之命。（外云）我自有分曉。（末押丑上云）似甕中捉鱉，手到拿來。（外云）里正，這倉中稻子湊原數不起，盡是你自偷了，你好好招認狀。（丑云）相公，小人招不得。自古道：東量西折，難教小人賠償。（外云）畜生！尖斗量入，平斗量出，如何會折了許多？左右，拿下打四十。（丑云）相公，不要打，小人情願招了。（丑讀招）招狀人姓猫名狸，（二）見年三十有餘。身上别無疾病，只有白帶不除。今與短狀招伏，因爲官糧欠虧。説到義倉情弊，中間無甚蹺蹊。稻熟排門收斂，斂了各自將歸。并無倉廪盛貯，那有帳目收支？縱然有得些少，胡亂寄在民居。官司差人點視，便糴些穀支持。上下得錢便罷，不問倉實倉虚。假饒清官廉吏，被我影射片時。東家借得十扛，西家借得五箕。但見倉中有穀，

（一）眉批：這樣關目纔合拍。

（二）眉批：有關情弊。

其間就裏怎知？年年把當常事，番番一似耍嬉。不道今年荒旱，不道今年民飢。不因分俵賑濟，如何會泄天機？假饒奏到三十三天，我里正無甚罪過。〔一〕（末云）爲甚的？（丑云）只是點糧詐錢的做馬做驢。〔二〕招狀執結是實，伏乞相公指揮。（外云）左右，押這厮去，就要賠償。（末押丑下）正是：懼法朝朝樂，欺公日日憂。（末押丑上云）假饒人心似鐵，怎逃官法如爐？告相公：里正賠償的稻子有了。（外云）支與那婦人去。（旦云）多謝相公。（末與旦，丑覷科云）由你半路去，我好歹與你奪了便罷。（旦云）謝得恩官有主持，（丑云）只教中途有災危。（外云）當權若不行方便，（末云）如入寶山空手回。（外、末、丑下）（旦云）一斟一酌，莫非前定。今日奴家去請糧，誰知道里正作弊，倉中没了。若不得相公督併，里正賠償，奴家如何得這些稻穀回家救濟二親？正是：飢時得一口，强似飽時得一斗。〔三〕（欲下，丑上攔住云）恩人相見，分外眼明；讐人相見，分外眼睁。我也曾見你過來呵！你快把稻子還我，萬事全休。（旦云）呀！相公與奴的稻子，如何還你？（丑）咳！方纔不是你只管告不休，相公如何與我賠償？這稻子是我賫老小賫家私的，你如何拿去？（搶科）（旦云）里正官人，休要用强，可憐奴家艱辛。（丑云）可憐你甚的？

〔一〕眉批：何清白若是？

〔二〕眉批：趣話。

〔三〕眉批：飢時若搶去一斗，又待如何？

【雙調過曲・瑣南枝】（旦唱）兒夫去，竟不還，公婆兩人都老年。自從昨日到如今，不能彀一餐飯。(一)（丑云）你公婆没飯喫，不干我事。（旦唱）奴請糧，他在家懸望眼。念我年老公婆，做方便。

（拜丑科）（丑云）不要拜，不要拜。這般時年，我做不得方便；你將稻子還我便罷。

【前腔】（旦唱）鄉官可憐見，這些稻子呵，是我公婆命所關。若是必須奪將去，寧可脱下衣裳，就問鄉官换。（脱衣科）（丑云）不要，不要，你身上寒冷。(二)（旦唱）寧使奴身上寒，只要與公婆救殘喘。

（丑云）娘子，罷罷。你説起這話，都是孝心，(三)我不忍問你取了。莫怪，莫怪，你去罷。（旦云）如此多謝。（丑虛下躲科）（旦云）謝天謝地！且喜里正去了，不免趲行幾步。（丑上，推旦奪下科）

【前腔】（旦唱）奪將去，真可憐，公婆望奴不見還。縱然他不埋冤，道我做媳婦的有何幹？他忍饑，添我夫罪愆，教奴怎見得我夫面？(四)

(一) 眉批：情甚可憫。

(二) 眉批：不憐他餓，到憐他冷！

(三) 夾批：賊假仁心焉。

(四) 眉批：苦中苦，可憐。

（旦云）千死萬死，終久是死；不如早死爲强。此間有一口古井，不免投入死休。（欲投科）

【前腔】（旦唱）將身赴井泉，思量左右難。我丈夫當年分散，叮嚀囑付爹娘，教我與他相看管。苦！我死却，他形影單。夫婿與公婆，可不兩埋怨？〔一〕

【前腔】（外唱）媳婦去，不見還，教人在家凝望眼。（外跌倒，旦扶科）（外唱）你在這裏閒行，教我望得肝腸斷。（旦唱）公公，奴請糧爲你供午餐，又誰知被人騙。

（外云）媳婦，却怎麽説？（旦云）公公，奴家請得些稻子，到半途之中，却被里正奪去了。（外云）天那！元來如此。（哭科）

【前腔】（外唱）思量我命乖蹇，〔二〕不由人不珠淚漣。料想終須餓死，不如早赴黄泉，免把你厮牽絆。〔三〕媳婦，婆老年，不久延，你須是好看管。

呀！這裏元來有一口古井，不免投入死休。

【前腔】（旦唱）公公，你若身傾棄，我苦怎言？公還死了婆怎免？你兩人一旦身亡，〔四〕教我

〔一〕眉批：從容全生，所以全孝。
〔二〕眉批：真是命乖蹇。
〔三〕眉批：可憐。
〔四〕亡：原作『忘』，據汲古閣刊本《繡刻琵琶記定本》改。

獨自如何展？(一) 公公，你喫苦辛其實難過遣，我痛傷悲只得強相勸。

【前腔】（外唱）媳婦，你衣衫盡解典，囊篋已罄然。縱使目前存活，到底日久日深，你與我難相念。苦！衣食缺，你行孝難。活冤家，不如早拆散。(二)（外投井，旦救科）（末挑穀上科）

【前腔】（末唱）不豐歲，荒歉年，官司把糧來給散。見一個年老的公公，在那裏頻嗟嘆。待向前仔細看，呀！我道是誰，(三)元來是蔡老員外和五娘子。你兩人在此有何幹？

（旦云）公公，一言難盡。奴家今日聞知官司給散義倉，去請些糧米與公婆充饑。誰想里正作弊，倉中沒有稻子。謝得相公着令里正賠納，把些與奴；來到半途，被里正奪去。奴家害羞回來，公公見說，也要投井死；奴家正在此勸解公公。（末云）咳！五娘子，你差了。老夫方纔也請得些官糧，正要將來分送你公公。你怎的不來與我商量，却自家出去，被那狂徒欺侮？

【前腔】（末唱）我聽你說這言，待我趕去。罵那廝鐵心腸，昧心漢。（旦云）公公，他去得遠了。（外云）罷，罷。太公，我和你是良善之人，不要與那狂徒一般見識。只是我這幾日餓得難過。(四)（末唱）

(一) 眉批：一字十淚。

(二) 眉批：誰不心絞？

(三) 眉批：你尚不知耶？

(四) 眉批：光景逼真。

員外，你且不須憂慮。我也請得些官糧，和你兩下分一半。[一]（旦云）這是公公請的，如何使得？

（末云）咳！五娘子，你休恁推，莫棄嫌，且將回，權做兩厨飯。

（旦云）如此，多謝了公公。（末云）怎説這話？五娘子，你伯喈當初出去，把爹娘囑付與老夫。今日是荒年饑歲，虧殺你獨自支吾。終不然我自温飽，教你忍飢受餓？[二]古語云：濟人須濟急時無。你胡亂將這些救濟公姑則個。五娘子，你先回去，我和你公公隨後緩緩的來。

【正宫過曲・洞仙歌】（旦唱）苦！家私没半分，靠着奴此身。只要救公婆，豈辭多苦辛？

（合）空把珠淚揾，可憐飢與貧，這苦説不盡。

【前腔】（外唱）太公，我本爲泉下人，他救我一命存。只怕我不久身亡，報不得媳婦恩。（合前）

【前腔】（末唱）見説不可聞，況我托在隣。終不然我享安和，忍見你受飢窘？（合前）

（旦）命薄多年受苦辛，（外）不如身死早離分。

（末）惟有感恩併積恨，（合）萬年千載不成塵。

[一] 眉批：全與他何如？

[二] 眉批：仁人，信人。

齣末批：

遠水難救近火，遠親不如近鄰。

第十八齣　再報佳期

【越調過曲·蠻牌令】（丑唱）終日走千遭，走得脚無毛。何曾見湯水面？花紅也不曾見半分毫。到不如做個虔婆頂老，也落得些鴨汁喫飽。窮酸秀才直恁喬，老婆與他，故推不要。㈠

（丑云）咳！我做媒婆到老，不曾見這般好笑。叵耐一個秀才，老婆與他不要。别人見了媒婆歡歡喜喜，他反和我尋爭尋鬧。老相公又不肯干休，只管在家囉唣。把媒婆放在中間，旋得七顛八倒。走得我鞋穿襪綻，説得我唇乾口躁。也不怕你親事不成，也不怕你姻緣不到。只怕你紅羅帳裏快活，不叫媒婆聒躁。這裏便是狀元貴館。呀！恰好的狀元出來了。

【越調引子·金蕉葉】（生唱）愁多怨多，俺爹娘知他怎麽？擺不脱功名奈何？送將來冤

㈠　眉批：也非不要，只怕人笑。

家怎躲？[一]

（相見科）（丑云）狀元，賀喜，賀喜。牛太師選定今日與小姐畢姻，請狀元赴佳期。（生云）天那！此事如何是好？（丑云）狀元，事皆前定，不必再推。

【南吕過曲·三换頭】（生唱）名韁利鎖，先自將人摧挫。況鸞拘鳳束，甚日得到家？我也休怨他。這其間，只是我不合來長安看花。閃殺我爹娘也，淚珠空暗墮。（合）這段姻緣，也只是無如之奈何。

【前腔】（丑唱）鸞臺罷粧，鵲橋初駕，佳期近也，請仙郎到河。（生云）媒婆，我去也不妨，只是一心掛兩頭，如何是好？[二]（丑唱）狀元，此事明知牽掛。這其間，只得把那壁厢且都拚捨。況奉君王詔，怎生別了他？（合前）

（丑云）狀元，門首轎馬都已齊備了。

（丑）及早赴佳期，（生）歡娱成怨悲。

（合）情知不是伴，事急且相隨。

[一] 眉批：要躲也躲得。

[二] 眉批：該和牛説明。

齣末批：簡頓可喜。

第十九齣　强就鸞凰[一]

【黄鍾引子·傳言玉女】（外唱）燭影揺紅，簾幕瑞烟浮動，畫堂中珠圍翠擁。粧臺對月，下鸞鶴神仙儀從。玉簫聲裏，一雙鳴鳳。[二]（外云）左右何在？（院子上云）獨立畫堂聽命令，珠簾底下一聲傳。老相公有何指揮？（外）左右，我今日與小姐畢姻，筵席安排了未？（院子云）安排完備了。（外云）完備得如何？〔水調歌頭〕（院子云）屏開金孔雀，褥隱繡芙蓉。獸爐烟裊，蓮臺絳燭吐春紅。[三]廣設珊瑚席子，高把真珠簾捲，環列翠屏風。人間丞相府，天上蕊珠宫。錦遮圍，花爛熳，玉玲瓏。繁絃脆管，歡聲鼎沸畫堂中。簇擁金釵十二，座列三千珠履，談笑盡王公。正是：門闌多喜氣，女婿近乘龍。（外云）狀元來未？（院子云）望見一簇人馬喧鬧，想是狀元來了。（生上）

[一] 凰：原作『鳳』，據目録改。

[二] 眉批：填詞富貴，與相府相稱。

[三] 絳：原作『降』，據汲古閣刊本《繡刻琵琶記定本》改。

【女冠子】（生唱）馬蹄篤速，傳呼齊擁雕轂。（外唱）金花帽簇，天香袍染，丈夫得志，佳婿坦腹。

（外云）惜春，狀元已到，請小姐出來拜堂。（貼上）

【前腔】（貼上）粧成聞喚促，又將彩扇重遮，羞蛾輕蹙。〔一〕（浄、丑執掌扇上）（合）這姻緣不俗，金榜題名，洞房花燭。

（浄云）狀元和小姐兩個，各自立一邊，請陰陽先生讚禮。（末扮賓人上云）禀相公，告廟。（末云）維大漢太平年，團圓月，和合日，吉利時，嗣孫牛某，有女及笄，奉聖旨招贅新狀元蔡邕爲婿。以此吉辰，敢申虔告。〔二〕告廟已畢，請與新人揭起方巾。（丑云）待我來。伏以窈窕青娥二八春，緑雲之上覆方巾。玉纖揭起西川錦，露出嬌容賽玉真。（掌禮請揭科）（末云）竊以禮重婚姻，茲實人倫之大。義當配偶，爰思宗系之承。張設青廬，〔三〕熒煌花燭。祀供蘋藻，首嚴見廟之儀；贄備棗榛，抑講拜堂之禮。集珠履玳簪之客，環金釵玉珥之賓。慶會良宵，觀光上事。香薰寶鴨，濃騰裊裊之烟；步擁金蓮，請下深深之拜。（唱拜科）拜禮已畢，請狀元小姐把酒。

〔一〕眉批：美人圖。

〔二〕眉批：簡捷，好。

〔三〕青廬：原作『青爐』，據文義改。

【黄鍾過曲・畫眉序】（生唱）扳桂步蟾宫，豈料絲蘿在喬木。喜書中，今朝有女如玉。堪觀處絲幕牽紅，恰正是荷衣穿緑。[一]（合）這回好個風流婿，偏稱洞房花燭。

【前腔】（外唱）君才冠天禄，我的門楣稍賢淑。看相輝清潤，瑩然冰玉。光掩映孔雀屏開，花爛熳芙蓉穩褥。（合前）

【前腔】（貼唱）頻催少膏沐，金鳳斜飛鬢雲矗。喜逢他蕭史，愧非弄玉。清風引珮下瑶臺，明月照粧成金屋。（合前）

【前腔】（浄唱）湘裙展六幅，似天上嫦娥降塵俗。喜藍田今已，種成雙玉。風月賽閬苑三千，雲雨笑巫山一六。（合前）

【滴溜子】（生唱）謾説道姻緣事，果諧鳳卜。細思之，此事豈吾意欲？有人在高堂孤獨。可惜新人笑語喧，不知我舊人哭。兀的東床，難教我坦腹。[二]

【鮑老催】（衆唱）翠眉謾蹙，赤繩已繫夫婦足，芳名已注婚姻牘。狀元，空嗟怨，枉嘆息，休摧挫。畫堂富貴如金谷。休戀故鄉生處好，受恩深處親骨肉。

[一] 眉批：曲已得意了。不似！不似！

[二] 眉批：當樂事而生悲，窮相！窮相！

【滴滴金】（衆唱）金猊寶鼎香馥郁，銀海瓊舟泛醽醁，輕飛彩袖呈嬌舞。囀鶯喉，歌麗曲，歌聲斷續，持觴勸酒人共祝。人共祝，百年夫婦永和睦。

【鮑老催】（衆唱）意深愛篤，文章富貴珠萬斛，天教艷質爲眷屬。似蝶戀花，鳳棲梧，鸞停竹。男兒有書須勤讀，書中自有黄金屋，也有千鍾粟。

【雙聲子】（衆唱）郎多福，郎多福，看紫綬黄金束。娘萬福，娘萬福，看花誥文犀軸。兩意篤，兩意篤。豈非福，豈非福。似文鸞彩鳳，兩兩相逐。（一）

【餘文】（合）郎才女貌真不俗，占斷人間天上福，百歲姻緣萬事足。

（合）清風明月兩相宜，女貌郎才天下奇。

正是洞房花燭夜，果然金榜掛名時。

第二十齣　勉食姑嫜

【南吕過曲・薄倖】（旦唱）野曠原空，人離業敗。謾盡心行孝，力枯形憊。幸然爹媽，此身安泰。恓惶處，見慟哭饑人滿道，嘆舉目將誰倚賴？

（一）眉批：却有一件不足，大老人就到了。

曠野蕭疏絶烟火，日色慘淡黯村塢。死別空原婦泣夫，生離他處兒牽母。睹此恓惶實可憐，思量轉覺此身難。高堂父母老難保，上國兒郎去不還。力盡計窮淚亦竭，看看氣盡知何日？高岡黄土謾成堆，誰把一抔掩奴骨？(一) 奴家自從丈夫去後，頓遭飢荒，衣衫首飾，盡皆典賣，家計瀟然。争奈公婆年老，死生難保，朝夕又無甘旨應奉，如何是好？只得安排一口淡飯，與公婆充飢；奴家自把些穀膜米皮錍鑼來喫，苟留殘喘。喫時又怕公婆撞見，只得迴避，免致他煩惱。如今飯已熟了，請出公婆早膳則個。(二)（外、浄上）

【夜行船】（外唱）忍餓擔飢何日了？孩兒一去，竟無音耗。（浄唱）甘旨瀟條，米糧缺少。（合）天那！真個死生難保。

（旦云）請公公、婆婆早膳。（浄云）有菜麼？（旦云）没有。（浄云）有下飯麼？（旦云）也没有。（浄云）賤人，前日早膳還有些下飯，今日只得一口淡飯。再過幾日，連淡飯也無有了。(三) 快擡去。（外云）咳！這般時年，胡亂喫一口充飢，還要分甚好歹？

【南呂過曲・鑼鼓令】（浄唱）我終朝受餓，賤人，你將來的飯教我怎喫？可疾忙便擡，非干

(一) 眉批：誰不心酸？
(二) 眉批：賢哉糟糠婦！
(三) 眉批：蔡婆到底有富貴相。

是我有些饞態。

【前腔】（外唱）阿婆，你看他衣衫都解，好茶飯將甚去買？兀的是天災，教媳婦每難佈擺。

【前腔】（旦唱）婆婆息怒且休罪，待奴家霎時將去再安排。思量到此，珠淚滿腮。看看做鬼，溝渠裏埋。縱然不死也難捱，教人只恨蔡伯喈。(一)

【前腔】（凈唱）如今我試猜，多應他犯着獨噇病來，背地裏自買些鮭菜？（外云）阿婆，他那裏得錢去買？（凈云）阿公，我喫飯他緣何不在？這些意兒真是歹。

【前腔】（外唱）阿婆，他和你甚相愛，不應反面直恁的乖。（旦背唱）我千辛萬苦，有甚疑猜？可不道我臉兒黄瘦骨如柴？（合前）

（凈云）擡去，擡去。（外云）媳婦，婆婆喫不得，你且收去。（旦收云）婆婆耐煩，待奴家去佈擺些東西，安排過來。（凈云）你去，你去。（旦云）正是：啞子謾嘗黄栢味，難將苦口向人言。(二)（下）（凈云）阿公，親的到底是親。親生兒子不留在家，到倚靠着媳婦供養。你看前日兀自有些鮭菜，今日只得些淡飯，教我怎的喫？再過幾日，連飯也没了。我看他前日自喫飯時節，百般躲避我，敢是他背地裏自買

(一) 眉批：可憐！曲好。
(二) 眉批：用得確。

些下飯受用分曉？(一)（外云）阿婆，休要錯疑了，我看媳婦不是這樣人。（凈云）恁的，等他自喫時節，我你潛地裏去探一探，便知端的。（外云）也說得是。只一件那。（凈）却怎的？

（外）荒年有飯休思菜，（凈）媳婦無良把我虧。

（外）混濁不分鰱共鯉，（合）水清方見兩般魚。

齣末批：

吃糠不難，喫這婆怨氣更難。

第二十一齣　糟糠自厭

【南調過曲·山坡羊】（旦唱）亂荒荒不豐稔的年歲，遠迢迢不回來的夫婿。急煎煎不耐煩的二親，軟怯怯不濟事的孤身體。(二)苦！衣盡典，寸絲不掛體。幾番死了奴身己，爭奈没主公婆，教誰看取？思之，虛飄飄命怎期？難捱，實丕丕災共危。

【前腔】（旦唱）滴溜溜難窮盡的珠淚，亂紛紛難寬解的愁緒。骨崖崖難扶持的病身，戰兢兢

(一) 眉批：到此蔡婆又合扮凈去矣。

(二) 眉批：喫不得這四『不』。

難捱過的時和歲。(一) 這糠，我待不喫你呵，教奴怎忍飢？ 我待喫你，教奴怎生喫？ 思量起來，不如奴先死，圖得不知他親死時。(二)（合前）

奴家早上安排些飯與公婆喫，豈不欲買些鮭菜？ 爭奈無錢可買。 不想公婆抵死埋冤，只道奴家背地自喫了甚麽東西。 不知奴家喫的是米膜糠粃，又不敢教他知道。 便使他埋冤殺我，我也不敢分説。(三)

苦！ 這糠粃怎的喫得下？（喫吐科）

【雙調過曲・孝順歌】（旦唱）嘔得我肝腸痛，珠淚垂，喉嚨尚兀自牢嗄住。 糠那！ 你遭礱被舂杵，篩你簸颺你，喫盡這控持。 好似奴家身狼狽，千辛萬苦皆經歷。 苦人喫着苦味，兩苦相逢，可知道欲吞不去。(四)（外、淨潛上探覷科）

【前腔】（旦唱）糠和米，本是相依倚，被簸颺作兩處飛。 一賤與一貴，好似奴家與夫婿，終無見期。 丈夫，你便是米呵，米在他方沒處尋。 奴家恰便是糠呵，怎的把糠來救得人飢餒？ 好似

(一) 眉批：又當不得這四『難』。
(二) 眉批：可哭，可痛。
(三) 眉批：聖婦。
(四) 眉批：一字千哭，一字萬哭，可憐！ 可憐！

兒夫出去，怎的教奴供膳得公婆甘旨？[一]（外、浄潛下科）

【前腔】（旦唱）思量我生無益，死又值甚的？不如忍飢死了爲怨鬼。只一件，公婆老年紀，靠奴家相依倚，只得苟活片時。片時苟活雖容易，[二]到底日久也難相聚。謾把糠來相比，這糠尚兀自有人喫，奴家的骨頭，知他埋在何處？

（外、浄上）（浄云）媳婦，你在這裏喫甚麽？（旦云）奴家不曾喫甚麽。（浄搜奪科）（旦云）婆婆，你喫不得。（外云）咳！這是甚麽東西？

【前腔】（旦唱）這是穀中膜，米上皮。（外云）呀！這便是糠，要他何用？（旦唱）將來餫饠堪療飢。（浄云）咦！這糠只好將去餵猪狗，如何把來自喫？（旦）嘗聞古賢書，狗彘食人食，也强如草根樹皮。[三]（浄、外云）恁的苦澀東西，怕不噎壞了你？（旦唱）齧雪吞氈，蘇卿猶健；餐松食柏，到做得神仙侶。[四]這糠呵，縱然喫些何慮？（浄云）阿公，你休聽他説謊，糠粃如何喫得？（旦唱）爹媽休疑，奴須是你孩兒的糟糠妻室。

（一）眉批：曲妙甚！曲妙甚！曲至此又可與《西厢》《拜月》兄弟也。

（二）片時片時苟活：原闕，據汲古閣刊本《繡刻琵琶記定本》補。

（三）夾批：可笑！

（四）眉批：情不真語不切。夾批：不□。

（外、浄看哭科）媳婦，我元來錯埋冤了你，兀的不痛殺我也！（外、浄倒）（旦叫哭科）

【仙吕入雙調·雁過沙】（旦唱）苦！沉沉向冥途，空教我耳邊呼。公公，婆婆，我不能彀盡心相奉侍，反教爲我歸黄土。教人道你死緣何故？公公，婆婆，怎生割捨得抛棄了奴？[一]

（外醒科）（旦云）謝天謝地！公公醒了。公公，你閘閪。

【前腔】（外唱）媳婦，你擔飢事姑舅。媳婦，你擔飢怎生度？（旦云）公公且自寬心，不要煩惱。（外唱）媳婦，我錯埋冤了你，你也不推辭，到如今始信有糟糠婦。媳婦，料應我不久歸陰府。也省得爲我死的，累你生的受苦。[二]

（旦扶外起科）公公且在床上安息，待我看婆婆如何？（旦叫不醒科）呀！婆婆不濟事了，如何是好？

【前腔】（旦唱）婆婆氣全無，教吾怎支吾？咳！丈夫呵，我千辛萬苦，爲你相看顧。如今到此難回護，我只愁母死難留父。況衣衫盡解，囊篋又無。

（外云）媳婦，婆婆還好麽？（旦云）婆婆不好了。

[一] 眉批：公公、婆婆、媳婦，字都不空閒，叫一聲，有一聲滋味。文至此乎？

[二] 眉批：一字十哭，可憐！可憐！

【前腔】（外唱）天那！　我當初不尋思，教孩兒往帝都。(一)　把媳婦閃得苦又孤，把婆婆送入黄泉路，算來是我相擔誤。　不如我死，免把你再辜負。(二)

（旦云）公公休説這話，請自將息。（外云）媳婦，婆婆死了，衣衾棺槨，是件皆無，如何是好？（旦云）公公寬心，待奴家區處。（末云）福無雙降猶難信，禍不單行却是真。　老夫爲何道此兩句？　爲鄰家蔡伯喈妻房趙氏五娘。　他嫁得伯喈，方纔兩月，伯喈便出去赴選。(三)　自去之後，連遭飢荒，公婆年紀皆在八十之上，家裏更沒個相扶持的。　甘旨之奉，虧殺這五娘子，把衣服首飾之類，盡皆典賣，辦些糧米，供給公婆；　却背地裏把糠粃𩟄饠充飢。　這般荒年飢歲，少甚麼有三五個孩兒的人家，供膳不得爹娘。這個小娘子，真個今人中少有，古人中難得。　那婆婆不知道，顛倒把他埋冤。　適來聽得他公婆知道，却又痛心，都害了病。　如今不免到他家裏探望則個。　呀！　五娘子，你爲甚的慌慌張張？（旦云）天有不測風雲，人有旦夕禍福。(四)　奴家婆婆死了。（末云）咳！　你婆婆既死了，你公公如今在那裏？（旦云）在床上睡着。（末云）待我看一看。（外云）太公休怪，我起來不得了。（末云）老員外，快不要勞動。（旦云）太公，我婆婆衣衾棺槨，是件皆無，如何是好？（末云）五娘子，你不要愁煩，我自有區處。

(一)　眉批：　悔之晚矣。
(二)　眉批：　可憐。
(三)　眉批：　都是你這個老兒。
(四)　眉批：　删。

【仙吕入雙調·玉胞肚】（旦唱）千般生受，教奴家如何措手？終不然把他骸骨，没棺材送在荒坵？（合）相看到此，不由人淚珠流，正是不是冤家不聚頭。

【前腔】（末唱）五娘子，不必多憂，資送婆婆，在我身上有。你但小心承直公公，莫教他又成不救。㈠（合前）

【前腔】（外唱）張公護救，我媳婦實難啓口。孩兒去後，又遇飢荒，把衣衫典賣無留。（合前）

（末云）老員外，你請進内面去歇息，待我一霎時叫家童討棺木來，把老安人殯斂了。選個吉日，送在南山安葬去。（外云）如此，多謝太公周濟。

（旦）只爲無錢送老娘，（末）須知此事有商量。

歸家不敢高聲哭，惟恐猿聞也斷腸。

齣末批：

蔡公婆去得甚好，妙人！妙人！

㈠　眉批：張大公也難得，也難得。

硃訂琵琶記卷下

第二十二齣　琴訴荷池

【南呂引子·一枝花】（生唱）閒庭槐影轉，深院荷香滿。簾垂清晝永，怎消遣？十二欄杆，無事閒凭遍。悶來把箱簟展，夢到家山，又被翠竹敲風驚斷。〔一〕

〔南鄉子〕翠竹影摇金，水殿簾櫳映碧陰。人静晝長無個事，沉吟，碧酒金樽懶去斟。幽恨苦相尋，離别經年没信音。寒暑相催人易老，關心，却把閒愁付玉琴。院子，將琴書過來。（末將琴書上）黄卷看來消白日，朱絃動處引清風。炎蒸不到珠簾下，人在瑶池閬苑中。相公，琴書在此。（生云）院子，你與我唤那兩個學童過來。（末叫科）（净執扇丑執香上）

〔一〕眉批：曲妙。

【南吕過曲・金錢花】（净、丑唱）自少承直書房，書房。快活其實難當，難當。只管打扇與燒香，荷亭畔，好乘涼。喫飽飯，上床眠。

（參見科）（生云）我在先得此材於爨下，斲成此琴，即名焦尾。自來此間，久不整理。今日當此清涼，試操一曲，以舒悶懷。你這三人一個打扇，一個燒香，一個管文書，休得熳誤。（衆云）領鈞旨。（生操琴科）

【懶畫眉】（生唱）强對南薰奏虞絃，只覺指下餘音不似前，那些個流水共高山？[一]呀！只見滿眼風波惡，似離別當年懷水仙。

（净困掉扇科）（末云）告相公：打扇的壞了扇。（生云）背起打十三。那厮不中用，只教他燒香。（末云）領鈞旨。

【前腔】（生唱）頓覺餘音轉愁煩，[二]似寡鵠孤鴻和斷猿，又如别鳳乍離鸞。呀！只見殺聲在絃中見，敢只是螳螂來捕蟬？

（丑困滅香科）（净云）告相公：燒香的滅了香。（生云）背起打十三。那厮不中用，只教他管文書。

（末云）領鈞旨。

[一] 眉批：伯皆胸中有一張琴，只是難對牛彈耳。

[二] 音：原闕，據汲古閣刊本《繡刻琵琶記定本》補。

【前腔】（生唱）藍田日暖玉生烟，似望帝春心託杜鵑，好姻緣翻做惡姻緣。只怕眼底知音少，争得鸞膠續斷絃？

（末掉文書科）（丑云）告相公：管文書的亂了文書。（生云）背起打十三。（貼上）（生云）左右，夫人來也，且各迴避。（一）（衆云）正是：有福之人人伏事，無福之人伏事人。（末、丑、浄下）

【南吕引子·滿江紅】（貼唱）嫩緑池塘，梅雨歇薰風乍轉。瞥然見新涼華屋，已飛乳燕。簟展湘波紈扇冷，歌傳《金縷》瓊卮暖。（二）（衆唱）炎蒸不到水亭中，珠簾捲。

（貼云）相公元來在此操琴呵。（生云）夫人，我當此清涼，聊托此以散悶懷。（貼云）奴家久聞相公高於音樂，如何來到此間，絲竹之音，杳然絶響？斗膽請再操一曲，相公肯麽？（生云）夫人待要聽琴，彈甚麽曲好？我彈一曲《雉朝飛》何如？（貼云）這是無妻的曲，不好。（生云）呀！説錯了。如今彈一曲《孤鸞寡鵠》何如？（貼云）兩個夫妻正團圓，説甚麽孤寡？（生云）不然，彈一曲《昭君怨》何如？（三）（貼云）兩個夫妻正和美，説甚麽宫怨？相公，當此夏景，只彈一曲《風入松》好。（生云）這個却好。（彈科）（貼云）相公，你彈錯了。（生云）呀！到彈出《思歸引》來。待我再彈。（貼云）相公，你

（一）眉批：院子何必避夫人？
（二）眉批：點景新。
（三）眉批：關目好。

又彈錯了。（生云）呀！　又彈出個《别鶴怨》來。〔一〕（貼云）相公，你如何恁的會差？　莫不是故意賣弄，欺侮奴家？（生云）豈有此心？　只是這絃不中用。（貼云）這絃怎的不中用？（生云）俺只彈得舊絃慣，這是新絃，俺彈不慣。（貼云）舊絃在那裏？（生云）舊絃撇下多時了。〔二〕（貼）爲甚撇了？（生）只爲有了這新絃，便撇了那舊絃。（貼）相公，何不撇了新絃，用那舊絃？（生）夫人，我心裏豈不想那舊絃？　只是新絃又撇不下。（貼）你新絃既撇不下，還思量那舊絃怎的？〔三〕　我想起來，只是你心不在焉，特地有許多説話。

【仙吕過曲・桂枝香】（生唱）夫人，舊絃已斷，新絃不慣。舊絃再上不能，待撇了新絃難拚。我一彈再鼓，一彈再鼓，又被宫商錯亂。（貼云）相公，你敢是心變了麽？（生唱）非干心變，這般好涼天，正是此曲纔堪聽，又被風吹别調間。

【前腔】（貼唱）相公，非彈不慣，只是你意慵心懶。既道是《寡鵠孤鸞》，又道是《昭君宫怨》，那更《思歸》《别鶴》，《思歸》《别鶴》，無非愁嘆。相公，我看你心裏多敢是想着誰？（生云）夫

〔一〕别：原作『白』，據汲古閣刊本《繡刻琵琶記定本》改。
〔二〕眉批：都有味。
〔三〕眉批：一琴十四絃，怎麽和？

人，我不想着甚麼人。(一)（貼唱）相公，有何難見。你既不然，我理會得了。你道是除了知音聽，道我不是知音不與彈。(二)

（生云）夫人，那有此意？（貼云）相公，這個也由你，畢竟你無心去彈他。何似教惜春安排酒過來，與你消遣何如？（生云）我懶飲酒，待去睡也。（貼云）相公休阻妾意。老姥姥、惜春，看酒來。（丑、淨持酒上）

【燒夜香】（淨唱）樓臺倒影入池塘，緑樹陰濃夏日長，（丑唱）一架荼蘼滿院香。（合）滿院香，和你飲霞觴。捲起珠簾，明月正上。

（貼云）將酒過來。

【南吕過曲・梁州序】（貼唱）新篁池閣，槐陰庭院，日永紅塵隔斷。碧欄杆外，寒飛漱玉清泉。只覺香肌無暑，素質生風，小簟琅玕展。晝長人困也，好清閒，忽被棋聲驚晝眠。（合）《金縷》唱，碧筒勸，向冰山雪巘排佳宴。清世界，幾人見？

【前腔】（生唱）薔薇簾箔，荷花池館，一陣風來香滿。湘簾日永，香消寶篆沉烟。謾有枕攲

(一) 眉批：即明説何害？

(二) 眉批：要那彈琵琶的纔得知。

寒玉，扇動齊紈，怎遂黃香願？（作悲科）（貼云）相公，你爲甚的下淚？（生唱）猛然心地熱，透香汗，我欲向南窗一醉眠。[一]（合前）

【前腔】（貼唱）向晚來雨過南軒，見池面紅粧零亂。聽輕雷隱隱，雨收雲散。只覺荷香十里，新月一鈎，此景佳無限。蘭湯初浴罷，晚粧殘，深院黃昏懶去眠。（合前）

【前腔】（淨唱）柳陰中忽噪新蟬，見流螢飛來庭院。聽菱歌何處，畫船歸晚。只見玉繩低度，朱户無聲，此景尤堪戀。[二] 起來攜素手，鬢雲亂，月照西幮人未眠。（合前）

【節節高】（淨唱）漣漪戲彩鴛，把露荷翻，清香瀉下瓊珠濺。香風扇，芳沼邊，閒亭畔。坐來不覺神清健，蓬萊閬苑何足羨？（合）只恐西風又驚秋，不覺暗中流年換。（合前）

【前腔】（丑唱）清宵思爽然，好景天，瑤臺月下清虛殿。神仙眷，開玳筵，重歡宴。任教玉漏催銀箭，水晶宫裏把笙歌按。（合前）

【餘文】（衆唱）光陰迅速如飛電，好良宵可惜漸闌，管取歡娱歌笑喧。

（生云）樵樓上幾鼓了？（淨云）三鼓了。

[一] 眉批：推三調四，最可恨！

[二] 眉批：景真。

（貼）歡娛休問夜如何，（生）此景良宵能幾何。
（浄）遇飲酒時須飲酒，（丑）得高歌處且高歌。

齣末批：

這齣三妙：曲妙在點景，白妙在含吐，關目妙在尋愁。

第二十三齣　代嘗湯藥

【越調引子・霜天曉角】（旦）難捱怎避，災禍重重至。最苦婆婆死矣，公病又將危。㈠

（旦云）屋漏更遭連夜雨，船遲又被打頭風。奴家自從婆婆去後，萬千狼狽；誰知公公病又將危。如今贖得些藥，已煎在此，不免再安排一口粥湯。

【犯胡兵】（旦唱）囊無半點調藥費，良醫怎求？天那！縱然救得目前，飲食何處有？料應難到後。謾道有病遇良醫，飢荒怎救？㈡

公公這病呵。

㈠　眉批：曲妙絶。

㈡　眉批：可憐。

【前腔】（旦唱）愁萬苦千恁生受，粧成這症候。藥呵，縱然救得目前，怎免得憂與愁？料想不會久。〔一〕他只爲不見孩兒，纔得這病。若要這病好時呵，除非是子孝父心寬，方纔可救。

藥已熟了，且扶公公出來喫些，看何如？（旦下扶外上）

【霜天曉角】（外唱）神散魂飛，料應不久矣。（旦云）公公，請⿵門爭⿵門坐。（外唱）我縱然擡頭强起，形衰倦，怎支持？

（旦云）公公，藥已熟了，慢慢喫些。（外云）媳婦，我喫不得這藥了。

【南呂過曲・香遍滿】（旦唱）論來湯藥，須索是子先嘗方進與父母。〔二〕公公，莫不是爲無子先嘗，恰便尋思苦？（外喫藥吐科）（旦云）公公，且耐煩喫些。（外）媳婦，藥我喫不得了。我寧可早死了罷，免得累你。（旦唱）公公，你須索⿵門爭⿵門坐，怎捨得一命殂？（外云）媳婦，你喫糠，省錢贖藥與我喫，我怎的喫得下！（旦唱）元來不喫藥，〔三〕也只爲着糟糠婦。

（旦云）公公，你既不喫藥，且喫一口粥湯，看如何？（外喫粥吐科）（旦云）公公，還要慢慢喫些。（外云）媳婦，我肚腹膨脹，怎喫得下？

〔一〕眉批：真，真。

〔二〕眉批：寧吃無病糠，莫吃真病藥！

〔三〕眉批：寧吃無病糠，莫吃真病藥！

【前腔】（旦唱）公公，你萬千愁苦，堆積在悶懷，成氣蠱，可知道喫了吞還吐。（外云）媳婦，我不濟事了，必是死也。孩兒又不回來，只是虧了你。（旦云）公公，且自寬心，不要煩惱。（旦背哭科）怕添親怨憶，暗將珠淚墮。（外云）媳婦，你喫糠，却教我喫粥，我怎的喫得下！（旦唱）苦！元來不喫粥，也只爲着糟糠婦。

（外云）媳婦，我死也不妨，只怨孩兒不在家，虧殺了你。你近前來，有兩句言語分付你。（旦云）公公，如何？（外作跌倒拜科）

【仙呂過曲・青歌兒】（外唱）媳婦，我三年謝得你相奉事，只恨我當初把你相擔誤。天那！我待欲報你的深恩，待來生我做你的媳婦。怨只怨蔡伯喈不孝子，苦只苦趙五娘辛勤婦。(一)

（旦云）公公，奴身不足惜。

【前腔】（旦唱）我一怨你公死後有誰來祭祀；二怨你有孩兒，不得相看顧；三怨你三年間没一個飽暖的日子。(二) 三載相看甘共苦，一朝分别難同死。

(一) 眉批：一字萬哭！

(二) 眉批：讀此而不哭者，非人也。

（外云）媳婦，我死呵，

【前腔】（外唱）你將我骨頭休埋在土。（旦云）呀！公公，百歲後不埋在土，却放在那裏？（外云）媳婦，都是我當初不合教孩兒出去，誤得你恁般受苦。（外唱）我甘受折罰，任取屍骸露。（旦云）公公，你休這般説，被人談笑。（外云）媳婦，不笑着你。（外唱）留與傍人，道蔡伯喈不葬親父。怨只怨蔡伯喈不孝子，苦只苦趙五娘辛勤婦。（一）

（旦云）公公，倘你死呵，

【前腔】（旦唱）公婆已得做一處所，料想奴家不久也歸陰府。苦！可憐一家三個怨鬼在冥途。三載相看甘共苦，一朝分别難同死。

（外云）媳婦，我必竟是死了，你去請張太公過來。（旦云）公公，説猶未了，恰好張太公來了。（末上云）歲歉無夫婿，家貧喪老親。可憐貞潔女，日夜受艱辛。五娘子，你公公病症何如？（旦云）太公，我公公的病症，十分危篤。（末云）如此，待我向前看看。老員外，你貴體若何？（外云）苦！張太公，我不濟事了，畢竟是個死。你今來的恰好，我憑你爲證，寫下遺囑與媳婦收執。待我死後，教他休要守孝，早早改嫁便了。（旦云）公公，你休要那般説。自古道：忠臣不事二君，烈女不更二夫。公公，休

（一）眉批：曲與白竟至此乎？我不知其曲與白也。但見蔡公在床，五娘子在側啼啼哭哭而已。神哉！技至此乎？

要寫。（外云）媳婦，你取紙筆過來。（旦云）公公，奴家生是蔡郎妻，死是蔡郎婦。千萬休寫，枉自勞神。（外云）媳婦，你不取紙筆來，要氣殺我也？（末云）五娘子，你休逆他，嫁與不嫁在乎你，且取將過來。〔一〕

（旦取上）（外作寫科）咳！這一管筆到有千斤來重！〔二〕

【越調過曲・羅帳裏坐】（外唱）你艱辛萬千，是我擔誤了伊。你不嫁人呵，身衣口食，怎生區處？休休！當元是我拆散了你夫妻。我如今死了呵，終不然教你，又守着靈幃？（放筆科）已知死別在須臾，更與甚麼生人做主？

【前腔】（末唱）〔三〕這中間就裏，我難説怎提。五娘子，你若不嫁人，恐非活計；若不守孝，又被人談議。可憐家破與人離，怎不教人淚垂？

【前腔】（旦唱）公公嚴命，非奴敢違。若是教我嫁人呵，那些個不更二夫，却不誤奴一世？公公，我一馬一鞍，誓無他志。（合前）

〔一〕眉批：是。
〔二〕眉批：傳神。
〔三〕唱：原作『云』，據文義改。

（外云）張太公，我憑你爲證，留下這條柱杖，待我那不孝子回來，把他與我打將出去。(一)（外倒旦扶科）

（旦）公公病裏莫生嗔，（末）員外寬心保自身。

（外）正是藥醫不死病，（合）果然佛度有緣人。

齣末批：

情景至此竟真矣。文字乃如此乎？奇甚！奇甚！

第二十四齣　宦邸憂思

【正宮引子・喜遷鶯】（生唱）終朝思想，但恨在眉頭，悶在心上。鳳侶添愁，魚書絶寄，空勞兩處相望。青鏡瘦顔羞照，寶瑟清音絶響。歸夢杳，繞屏山烟樹，那是家鄉？(二)

〔踏莎行〕怨極愁多，歌慵笑懶，只因添個鴛鴦伴。他鄉遊子不能歸，高堂父母無人管。湘浦魚沉，衡陽雁断，音書要寄無方便。人生光景幾多時，蹉跎負却平生願。

【正宮過曲・雁魚錦】（生唱）思量，那日離故鄉。記臨期送别多惆悵，攜手共那人不厮放。

(一)　眉批：　這拄杖還該先打蔡老兒兩下。

(二)　眉批：　肝腸百結。

教他好看承我爹娘，料他每應不會遺忘。聞知飢與荒，只怕捱不過歲月難存養。若望不見我信音，却把誰倚仗？(一)

【前腔換頭】思量，幼讀文章，論事親爲子須要成模樣。(二)真情未講，怎知道喫盡多魔障？被親强來赴選場，被君强官爲議郎，被婚强效結鸞凰。三被强，(三)我衷腸事説與誰行？埋怨難禁這兩厢：這壁厢道咱是個不撑達害羞的喬相識，那壁厢道咱是個不睹親負心的薄倖郎。(四)

【前腔換頭】悲傷，鷺序鴛行，(五)怎如那慈烏反哺能終養？謾把金章，綰着紫綬；試問班衣，今在何方？班衣罷講，縱然歸去，又恐怕帶麻執杖。天那！只爲那雲梯月殿多勞攘，落得涙雨如珠兩鬢霜。(六)

(一) 眉批：那叫你不寄信音去？
(二) 夾批：如今不成模樣了。
(三) 眉批：果然有三强，你何不强一强？
(四) 眉批：曲妙極。
(五) 鷺：原作「露」，據汲古閣刊本《琵琶記定本》改。
(六) 眉批：曲奇甚，却又不傷奇。

【前腔換頭】幾回夢裏，忽聞鷄唱。忙驚覺錯呼了舊婦，同問寢堂上。待朦朧覺來，依然新人鴛幃鳳衾和象床。怎不怨香愁玉無心緒？更思想，被他攔當。教我，怎不悲傷？俺這裏歡娛夜宿芙蓉帳，他那裏寂寞偏嫌更漏長。謾悒怏，把歡娛翻成悶腸。菽水既清涼，我何心，貪着美酒肥羊？閃殺人花燭洞房，愁殺我掛名金榜。魆地裏自思量，正是歸家不敢高聲哭，(一)只恐猿聞也斷腸。

院子何在？（末云）有問即對，無問不答。(二)相公有何指揮？（生云）你是我心腹之人，有一件事和你商量，你休要走了我的消息。（末云）小人安敢？（生云）我自從離了父母妻室，來此赴選，不擬一擢高科，拜受當職。將謂數月之後，可作歸計，誰知又被牛太師招爲門楣。一向逗留在此，不得還家見父母一面，故此要和你商量個計策。（末云）相公，自古道：不鑚不穴，不道不知。小人每常間但見相公憂悶，豈知這般就裏？相公何不説你夫人知道？（生云）院子，我夫人雖則賢慧，爭奈老相公之勢，炙手可熱。(三)待説與夫人知道，一霎時老相公得知，只道我去了不來，如何肯放我去？不如姑且隱忍，和

(一) 眉批：若怕牛，便狗也不值！

(二) 不：原作『則』，據汲古閣刊本《繡刻琵琶記定本》改。

(三) 眉批：殺才！不孝子！難道差一人回去，他也來禁着你？大丈夫難道便爲他禁了？可恨！可恨！

夫人都瞞了，且待任滿尋個歸計。(一)（末云）這的却是。老相公若還知道，如何肯放相公回去？（生云）院子，我如今要寄一封書家去，没個方便的人；欲待使人逕去，又怕老相公知道。你與我出街坊上體探，(二)倘有我鄉裏人來此做買賣，待我寄一封家書回了。（末云）小人謹領便去。

（生）終朝長相憶，（末）尋便寄書尺。

（合）眼望旌捷旗，耳聽好消息。

第二十五齣　祝髮買葬

【雙調引子·金瓏璁】（旦唱）饑荒先自窘，那堪連喪雙親。身獨自，怎支分？我衣衫都解盡，(三)首飾并没分文。無計策，只得剪香雲。(四)

〔蝶戀花〕萬苦千辛難擺撥，力盡心窮，兩淚空流血。裙布釵荊今已竭，萱花椿樹連摧折。　金刀盈盈明似雪，遠照烏雲，掩映愁眉月。一片孝心難盡説，一齊分付青絲髮。奴家前日婆婆没了，已得張太

(一) 眉批：先與閻王做下文書方等得你任滿回去。

(二) 坊：原作『方』，據汲古閣刊本《繡刻琵琶記定本》改。

(三) 衫：原闕，據汲古閣刊本《繡刻琵琶記定本》補。

(四) 眉批：可憐！

公周濟。今公公又没了，無錢資送，難再去求告他。我思想起來，没奈何了，只得剪下頭髮，賣幾貫鈔，爲送終之用。雖然這頭髮值錢不多，也只把他做些意兒，恰似教化一般。㈠苦！不幸喪雙親，求人不可頻。聊將青絲髮，斷送白頭人。

【香羅帶】（旦唱）一從鸞鳳分，誰梳鬢雲？粧臺懶臨生暗塵，那更釵梳首飾典無存也。頭髮，是我擔閣你度青春。㈡如今又剪你，資送老親。剪髮傷情也，怨只怨結髮薄倖人。㈢

【前腔】思量薄倖人，辜奴此身，欲剪未剪，教先淚零。我當初早披剃入空門也，做個尼姑去，今日免艱辛。㈣咳！只我的頭髮恁般苦，少甚麼佳人的，珠圍翠擁蘭麝薰。呀！似這般狼狽呵，我的身死兀自無埋處，説甚麼剪頭髮愚婦人？

【前腔】堪憐愚婦人，單身又窮。頭髮，我待不剪你呵，開口告人羞怎忍？我待剪你呵，金刀下處應心疼也。却將堆鴉髻，舞鸞鬢，與烏鳥報答鶴髮親。教人道霧鬢雲鬢女，斷送霜鬢雪

㈠ 眉批：真，真。聖人，聖人。
㈡ 眉批：一字一哭。
㈢ 眉批：曲好。
㈣ 眉批：一字十哭。這樣尼姑便是佛。

鬢人。(一)（剪下哭科）

【南呂引子・臨江仙】(旦唱)連喪雙親無計策，只得剪下香鬟。非奴苦要孝名傳，正是上山擒虎易，開口告人難。

頭髮既已剪下，免不得將去貨賣。穿長街，抹短巷，叫一聲賣頭髮。

【南呂過曲・梅花塘】(旦唱)賣頭髮，買的休論價。念我受飢荒，囊篋無些個。丈夫出去，那堪連喪了公婆。没奈何，只得剪頭髮資送他。

呀！怎麼没有人買？

【香柳娘】(旦唱)看青絲細髮，看青絲細髮，(二)剪來堪愛，如何賣他無人買？這飢荒死喪，這飢荒死喪，怎教我女裙釵，當得恁狼狽？況連朝受餒，我的脚兒怎擡？其實難挨。（跌倒起科）(三)

【前腔】(旦唱)往前街後街，往前街後街，并無人買。(四)我待再叫一聲，咽喉氣噎，無如之奈。

(一) 眉批：曲至此，聖矣，聖矣。

(二) 眉批：象。

(三) 眉批：關目妙。

(四) 眉批：好。

苦！我如今便死，我如今便死，暴露我屍骸，誰人與遮蓋？天那！我到底也只是個死。將頭髮去賣，將頭髮去賣，賣了把公婆葬埋，奴便死有何害？(一)(作倒科)(末上云)慈悲勝念千聲佛，造惡徒燒萬炷香。今日蔡員外病症不知如何，我且去看一看。(二)呀！五娘子，你爲何倒在街上？(旦云)苦！太公可憐見，救奴家則個。(末杖扶科)五娘子，你手裏拿着頭髮做甚麼？(旦云)奴家公公又没了，無錢資送，只得把自己頭髮剪下，欲賣幾文鈔，爲喪終之用。(末哭科)元來你公公又死了呵？你怎的不來和我商量，把頭髮剪下做甚麼？(旦云)奴家多番來擾害公公，不敢來相惱。(末云)呀！你說那裏話！(三)五娘子。

【前腔】(末唱)你兒夫曾付托，兒夫曾付托，怎生違背？你無錢使用，我須當貸。(四)你將頭髮剪下，將頭髮剪下，又跌倒在長街，都緣我之罪。(合)歎一家破敗，歎一家破敗，否極何時泰來？閣不住珠淚盈腮。

【前腔】(旦唱)謝公公慷慨，謝公公慷慨，把錢相貸，我公婆在地下相感戴。只恐奴身死也，

(一) 眉批：賢哉婦也！賢哉婦也！

(二) 眉批：尚不知死乎？

(三) 眉批：到底是個好人。

(四) 眉批：如今姓張的極多，如這老子又極少。

恐奴身死，兀自無人埋。公公，誰還你恩債？（一）（合前）

（末云）五娘子，你先回家去，我即着人送些布匹米穀之類與你使用。（旦云）如此，多謝公公。請收這頭髮。（末）咳！難得，難得。這是孝婦的頭髮，剪來斷送公婆的。我留在家中，不惟流傳做個話名，日後蔡伯喈回來，將與他看，也使他惶愧。（二）

（旦）謝得公公救妾身，（末）伊夫曾托我親憐。

（合）從空伸出拿雲手，提起天羅地網人。

齣末批：

『餐糠』『剪髮』，俱在空裏出奇。『餐糠』之意寓于『糟糠媳婦』句；『剪髮』之意寓于『結髮薄倖』句，猶奇中之奇。

第二十六齣　拐兒紿誤

【仙呂入雙調·打毬場】（淨唱）幾年間，爲拐兒，脱空説謊爲最。遮莫你是怎生俏俏的，也

（一）眉批：如今恩債都不還了，五娘子，你不要癡。

（二）眉批：關目妙。

落在我圈套。(一)

自家脱空爲活計，掏摸作生涯。劍舌鎗唇，伶俐的也引教他懵懂；虚脾甜口，慳吝的也哄教他粧風。鄉貫何曾有定居，姓名誰人知真實。粧成圈套，見了的便自入來；做就機關，入着的怎生出去？騙了鍾馗手裏寶劍，拐了洞賓瓢裏仙丹。果然來無跡，去無踪，對面騙人如撮弄；縱使和你行，和你坐，當場賺你怎埋冤？拐兒陣裏先鋒，哄局門中大將。何用剜牆穵壁，强如黑夜偷兒；不索挾斧持刀，真個白晝劫賊。(二) 正是：天不生無禄之人，地不生無根之草。自家打聽得蔡狀元家住陳留，父母在堂，久無消息，他如今要寄家書回去。况我在陳留去得慣熟，頗習語音，不免粧扮做陳留人，假寫他父母家書遞與他，必有回音。倘或附帶些金帛回家，也不見得覓却一個小富貴；便不然也索與我些路費回家。這裏便是蔡狀元府前，不免進入去咱。呀！怎的不見一個人？我且咳嗽一聲。(末云)侯門深似海，不許外人敲。(相見科)你是那裏人？來此有甚勾當？(净云)小子從陳留來，蔡相公的老大人有家書在此。(末云)呀！我相公正要乘便寄書回去，你來得恰好，待我請相公出來。(請科)

【雙調引子・鳳皇閣】(生唱)尋鴻覓雁，寄個音書無便。謾勞回首望家山，和那白雲不見。淚痕似綫，想鏡裏孤鸞影單。

(一) 眉批：如此想頭，不知從何處得來。文人之心，真是無所不有。

(二) 眉批：世上如今都是君。

（末云）告相公得知，有一個漢子，説他從陳留郡來，有老相公的家書在此。（生云）快請他進來。（相見科）（生云）多承足下帶得我家書來呵。（净云）小人奉老大人尊命，特遞在此。（净遞書科）

【仙吕過曲·一封書】（生唱）一從你去離，我在家中常念你。功名事怎的？想多應折桂枝。幸得爹娘和媳婦，各保安康無禍危。謝天謝地，且喜家中多安樂。見家書，可知之，及早回來莫更遲。(一)

天那！我豈不要回去？争奈不由我。院子，你引鄉親到後堂茶飯，一面取紙筆，待我寫家書，就付與他去。可取些金珠碎銀過來。（生寫科）

【越調過曲·下山虎】男邕百拜大人尊前：一自離膝下，頓經數載。目斷萬里關山，鎮日望懸。一向那堪音信斷。名利事，嘆牽縮，謾勞珠淚漣。上表金殿，要辭了官，争奈君王不見憐。(二)

【蠻牌令】忽爾拜尊翰，激切意懸懸。幸喜爹娘和媳婦，盡安健。奈兒身淹留旅邸，不能彀承奉慈顔。匆匆的聊附寸箋，草草伏乞尊照不宣。

(一) 眉批：如此假書，絶無破綻，這拐子也是個高手。如何筆跡也不認一認？

(二) 眉批：曲至此都成自然，此是文章家第一流也，今人那得如此？

鄉親，我這一封書，并這金珠，托你將到俺家裏與老相公收下。(一) 傳示家中大小，俺早晚便回來，教他放心，不須憂慮。（淨云）小子理會得。（生云）這些碎銀，(二)送與鄉親路上做盤費。（淨云）多謝！多謝！

【中呂過曲・駐馬聽】（生唱）書寄鄉關，說起教人心痛酸。鄉親，傳示俺八旬爹媽，道與俺兩月妻房，隔涉萬水千山。啼痕緘處翠綃斑，夢魂飛遶銀屏遠。（合）報道平安，想一家賀喜，只說道再來相見。

【前腔】（末唱）遥憶鄉關，有個人人凝望眼。他頻看飛雁，望斷孤舟，倚遍危欄。見這銀鈎飛動彩雲箋，又索玉筯界破殘粧面。（合前）

【前腔】（淨唱）西出陽關，却嘆今朝行路難。念取今年離別，跋涉萬里程途，帶着一紙雲箋。只怕豺狼紛擾路途間，雁鴻怕不到家鄉畔。（合前）(三)

（生）憑伊千里寄佳音，（末）說盡離人一片心。
（淨）須知相別經多載，（合）方信家書抵萬金。

(一) 眉批：金珠不寫在書上，大疏略，今人定大笑之。若在今人，一個鈔也當封記。
(二) 這：原闕，據汲古閣刊本《繡刻琵琶記定本》補。
(三) 眉批：如此合在他二人口中便妙。

齣末批：

世上只有官長騙百姓耳，百姓騙官長，更妙！更妙！

第二十七齣　感格墳成

【南呂引子·掛真兒】（旦唱）四顧青山靜悄悄，思量起暗裹魂銷。黄土傷心，丹楓染淚，謾把孤墳獨造。

〔菩薩蠻〕白楊蕭瑟悲風起，天寒日淡空山裹。虎嘯與猿啼，愁人添慘悽。窮泉深杳杳，長夜何由曉。灑淚泣雙親，雙親聞不聞？奴家自從喪了公婆，家中十分狼狽。昨已多承張太公將公婆靈柩搬得到山，免不得造一所墳塋，把公婆安葬了。争奈無錢倩人，難以再去求他，只得自家搬泥運土。（把裙包土科）

【五更轉】（旦唱）把土泥獨抱，麻裙裹來難打熬。〔一〕空山靜寂無人吊，但我情真實切，到此不憚勞。苦！何曾見葬親兒不到？又道是三匝圍喪，那些個卜其宅兆？思量起，是老親合顛倒。公公，你圖他折桂看花早，不想自把一身，送在白楊衰草。謾自苦，（作悲科）這苦憑

〔一〕難：原闕，據汲古閣刊本《繡刻琵琶記定本》補。眉批：真矣。文乎？

誰告？〔一〕

【前腔】我只憑十爪，如何能彀墳土高？苦！只見鮮血淋漓濕衣襖。天那！我形衰力倦，死也只這遭。休休！骨頭葬處，任他血流好。此喚做骨血之親，也教人稱道。教人道趙五娘真行孝。〔二〕苦！心窮力盡形枯槁，只有這鮮血，到如今也出盡了。這墳成後，只怕我的身難保。

呀！我氣力都用乏了，不免就此歇息睡一覺呵。

【卜算子先】（旦唱）墳土未曾高，筋力先自倦。（睡科）（外扮山神上）

【中呂引子・粉蝶兒】（外唱）趙女堪悲，天教小神相濟。

善哉！善哉！吾乃當山土地。今奉玉帝敕旨，〔三〕爲見趙五娘行孝，特令差撥陰兵，與他併力築造墳臺。不免叫出白猿使者、北岳黑虎將軍前來聽用。猿虎二將何在？（淨、丑扮猿、虎上）（外云）吾奉玉帝敕旨：爲見趙五娘獨自在山築墳，特差你等率領陰兵，與他併力。汝等可變作人形，與他運化土石，務要頃刻完成，不得驚動孝婦。（淨、丑云）領法旨。（造墳科）告大聖，墳臺已成了。（外云）趙五

〔一〕眉批：曲好甚。
〔二〕眉批：逼真的。
〔三〕眉批：這裏天何等近，緣何別處却又遠？

娘，你擡起頭來，聽吾囑付。

【仙呂入雙調・好姐姐】（外唱）五娘聽吾道語：吾特奉玉帝敕旨，[一]憐伊孝心，故遣陰兵來助你。（合）墳成矣，辭了二親尋夫婿，改換衣裝往帝畿。

趙五娘，你好生記着。正是：大抵乾坤都一照，免教人在暗中行。（外、淨、丑下）（旦醒科）

【仙呂引子・卜算後】（旦唱）夢裏分明有鬼神，想是天憐念。[二]

呀！怪哉！怪哉！奴家睡間，恍惚似夢非夢，見神人囑付道：墳已成了，教奴家前往京畿尋取丈夫。我思忖起來，獨自一身，幾時能彀得墳成？（起看科）呀！果然這墳臺都成了。謝天，謝天！分明是神通變化。

【五更轉】（旦唱）怨苦知多少？兩三人只道同做餓殍。公公，婆婆，今日幸賴神明救濟，成此墳臺，你兩人已得安妥。只一件：我未曾葬時節，也還恰象相親傍的一般；如今葬了呵，窮泉一閉無日曉，嘆如今永別，再無由相倚靠。我死和公婆做一處埋呵，也得相伏侍。只愁我死在他途道，我的骨頭何由來到？從今去，墳呵，只願得中乾燥，福子蔭孫也都難料。[三]呀！天那！便做

[一] 帝：原作『旨』，據汲古閣刊本《繡刻琵琶記定本》改。

[二] 想：原闕，據汲古閣刊本《繡刻琵琶記定本》補。

[三] 眉批：丈夫未到手，又想生兒子了！

蔭得個三公，也濟不得親老。淚暗滴，復把蒼天來禱。[一]（末同丑帶鉏器上）

【越調過曲・鏵鍬兒】（末唱）悲風四起吹松栢，山雲黯淡日無色。（丑唱）虎嘯與猿啼，怎不慘慽？（合）趲步行來到峭壁，都與孝婦添助力。

（末云）老夫張廣才。只爲蔡老員外夫妻相繼棄世，虧殺他媳婦趙五娘子支持。如今又聞得他把裙包土，築造墳臺。[二]我想人家造一所墳，没有千百工造不成，他獨自一個女流，如何成得此事？不免帶將小二，與他添助力氣則個。呀！好怪哉！如何墳都成了？只見松柏森森繞四圍，孤墳新土掩泉扉。五娘子，空山獨自無人問，爲築墳臺又阿誰？（旦云）太公，夢裏鬼神多怪異，陰兵運石與搬泥。墳臺成了親分付，教奴尋婿往京畿。[三]（丑云）公公，自古流傳多有此，畢竟感格上蒼知。長城哭倒稱姜女，五娘子，你他日芳名一樣題。（合云）正是：善惡到頭終有報，只争來早與來遲。[四]

【好姐姐】（旦唱）公公，念奴血流滿指，獨自要墳成無計。深感老天，暗中相護持。（合）墳成矣，辭了二親尋夫婿，改換衣裝往帝畿。

[一] 眉批：《琵琶》曲妙在轉處。

[二] 墳：原作『雲』，據汲古閣刊本《繡刻琵琶記定本》改。

[三] 眉批：孝感蒼天，却是正大道理。

[四] 眉批：此白用説話方妙，詩句好厭。

【前腔】（末唱）五娘子，老夫帶領小二，[一]待與你添助些力氣，誰知有神暗中相救濟？（合前）

【前腔】（丑唱）你每真個見鬼，這松栢孤墳在何處？恰纔小鬼是我粧扮的。[二]（合前）

（末）孝心感格動陰兵，（旦）不是陰兵墳怎成？

（丑）萬事勸人休碌碌，（合）舉頭三尺有神明。

齣末批：

文家妙境，每每寄居於鬼神。若只用太公助葬，便不奇。

第二十八齣　中秋賞月[三]

【大石調·念奴嬌引】（貼唱）楚天過雨，正波澄木落，秋容光凈。誰駕玉輪來海底，碾破瑠璃千頃？環珮風清，笙簫露冷，人在清虛境。（凈、丑唱）真珠簾捲，庾樓無限佳興。

〔臨江仙〕（貼云）玉作人間秋萬頃，銀葩點破碧瑠璃。（凈云）瑶臺風露冷仙衣，天香飄到處，此景有誰知？（丑云）未審明年明夜月，此時此景何如？（貼云）珠簾高捲醉瓊巵，（合）正是：莫辭終夜勸，

[一] 領：原闕，據汲古閣刊本《繡刻琵琶記定本》補。

[二] 眉批：還是小鬼粧扮你？

[三] 賞：目録中作「望」。

動是隔年期。（貼云）老姥姥，今夜中秋，月色澄清，你與我請相公出來賞玩則個。（浄云）是，是。夫人請相公翫月。（生内應云）我已睡了，不來。（丑云）你甚麽嘴臉，可知道請他不來？（貼云）惜春，你再去請。（丑云）我去請。相公，夫人請相公出來翫月。（生云）來也。（丑笑云）老姥姥，你看我嘴兒纔動一動，相公就出來了。

【南吕引子・生查子】（生唱）逢人曾寄書，書去神亦去。今夜好清光，可惜人千里。（一）

（貼云）相公，今夜中秋，月色可愛，我請你賞翫一番，你没事推阻怎的？（生云）月色有甚麽好處？（貼云）相公，怎的不好？〔酹江月〕你看玉樓金氣捲霞綃，雲浪又空光澄徹。丹桂飄香清思爽，人在瑶臺銀闕。（生云）影透鳳幃，光窺羅帳，露冷蛩聲切。關山今夜，照人幾處離别。（浄云）須信離合悲歡，還如玉兔，有陰晴圓缺。便做人生長宴會，幾見冰輪皎潔？（丑云）此夜明多，隔年期遠，莫放金樽歇。

（合云）但願人長久，年年同賞明月。（飲酒科）

【大石調・念奴嬌序】（貼唱）長空萬里，見嬋娟可愛，全無一點纖凝。十二欄杆光滿處，凉浸珠箔銀屏。偏稱，身在瑶臺，笑斟玉斝，人生幾見此佳景？（合）惟願取年年此夜，人月雙清。

（一）眉批：千里未遠，可惜人九泉矣。

【前腔】（生唱）孤影，南枝乍冷，見烏鵲縹緲驚飛，栖止不定。萬疊蒼山，何處是修竹築吾廬三逕？追省，丹桂曾攀，嫦娥相愛，故人千里謾同情。（合前）

【前腔換頭】（貼唱）光瑩，我欲吹斷玉簫，乘鸞歸去，不知風露冷瑶京。環佩濕，似月下歸來飛瓊。那更，香霧雲鬟，清輝玉臂，廣寒仙子也堪並。[一]（合前）

【前腔】（生唱）愁聽，吹笛《關山》，敲砧門巷，月中都是斷腸聲。[二] 人去遠，幾見明月虧盈。惟應，邊塞征人，深閨思婦，怪他偏向别離明。[三]（合前）

【古輪臺】（浄唱）峭寒生，鴛鴦瓦冷玉壺冰，欄杆露濕人猶凭，貪看玉鏡。況萬里清明，皓彩十分端正。三五良宵，此時獨勝。（丑唱）把清光都付與酒杯傾，從教酩酊，拚夜深沉醉還醒。酒闌倚席，漏催銀箭，香銷金鼎。斗轉與參横，銀河耿，轆轤聲已斷金井。[四]

【前腔】（浄）閒評，月有圓缺與陰晴，人世有離合悲歡，從來不定。深院閒庭，處處有清光相映。也有得意人人，兩情暢咏；也有獨守長門伴孤另，君恩不幸。（丑唱）有廣寒仙子娉

[一] 眉批：此合若出蔡生之口，則真不孝子、薄倖人矣。
[二] 眉批：妙。
[三] 眉批：不合。
[四] 眉批：得這裏吐些光景，不然幾冷落矣。

婷，孤眠長夜，如何捱得更闌寂静？ 此事果無憑。 但願人長久，庾樓翫月共同登。

【餘文】（衆唱）聲哀訴，促織鳴。（貼唱）俺這裏歡娱未罄，（生唱）他幾處寒衣織未成。

（貼）今宵明月正團圓，（生）幾處淒涼幾處諠。

（合）但願人生得長久，年年千里共嬋娟。

第二十九齣　乞丐尋夫

【雙調引子・胡搗練】（旦唱）辭別去，到荒坵，只愁出路煞生受。 畫取真容聊藉手，逢人將此勉哀求。

鬼神之道，雖則難明； 感應之理，未嘗不信。 奴家昨日獨自在山築墳，正睡間，忽夢一神人，自稱當山土地，帶領陰兵，與奴家助力； 却又囑付教奴改換衣裝，逕往長安尋取丈夫。 待覺來，果然墳臺並已完備，這的分明是神通護持。 正是： 寧可信其有，不可信其無。 今二親既已葬了，只得改換衣裝，扮作道姑，將琵琶做行頭，沿街上彈幾個行孝的曲兒，抄化將去。(一) 只是一件，我幾年間和公婆廝守，如

(一) 眉批： 緣何乞得這靈想頭？

何捨得一旦撇了他？奴家自幼頗曉得些丹青，何似想像畫取公婆真容，(一)背着一路去，也似相親傍的一般。但遇小祥忌辰，展開與他燒些香紙，奠些酒飯，也是奴家一點孝心。不免就此畫描真容則個。

（描畫科）

【仙吕入雙調·三仙橋】（旦唱）一從他每死後，要相逢不能轂。除非夢裏，暫時略聚首。苦要描，描不就，暗想像，教我未描先淚流。描不出他苦心頭，描不出他飢症候，描不出他望孩兒的睁睁兩眸。只畫得他髮颼颼，和那衣衫敝垢。(二)休休，若畫做好容顔，須不是趙五娘的姑舅。(三)

【前腔】我待要畫他個龐兒帶厚，他可又飢荒消瘦。我待要畫他個龐兒展舒，他自來長恁面皺。若畫出來，真是醜。那更我心憂，也做不出他歡容笑口。(四)不是我不會畫着那好的，我從嫁來他家，只見他兩月稍優遊，其餘都是愁。那兩月稍優遊，我又忘了。這三四年間，我只見他形衰貌朽。這真容呵，便做他孩兒收，也認不得是當初父母。休休，縱認不得是蔡伯喈當初爹

(一) 似：原作『以』，據汲古閣刊本《繡刻琵琶記定本》改。
(二) 眉批：不特傳蔡公蔡婆之神，并傳趙五娘之神。妙絶！
(三) 眉批：今時媳婦若公公叫他丈夫出去在家受苦，背地就駡，還肯死後想他苦楚？可嘆！可嘆！
(四) 眉批：妙不容言境界。

娘，須記得是趙五娘近日來的姑舅。(一)

真容既已描就了，就在這裏燒些香紙，奠些酒飯，拜別了公婆出去。（拜辭科）

【前腔】（旦唱）公公，婆婆，非是奴尋夫遠遊，只怕我公婆絕後。(二)奴見夫便回，此行安敢久。苦！路途中，奴怎走？望公婆相保佑我出外州。天那！他兀自沒人看守，如何來相保佑？這墳呵，只怕奴去後，冷清清有誰來祭掃？縱使遇春秋，一陌紙錢怎有？休休，你生是受凍餒的公婆，死做個絕祭祀的姑舅。(三)

奴家既辭了墳墓，只得背了真容，便索去辭張太公。呀！如何恰好張太公來也？（末上云）衰柳寒蟬不可聞，金風敗葉正紛紛。長安古道休回首，西出陽關無故人。（旦云）奴家適間拜辭了墳塋，正要到宅上來告别。（末云）呀！五娘子，你幾時去？（旦云）太公，奴家今日就行了。（末云）你背的是甚麽畫？（旦云）是奴公婆的真容，待將路上去藉手乞告些盤纏，早晚與他燒香化紙。（末云）是誰畫的？（旦云）是奴家將就描模的。（末云）五娘子，你孝心所感，一定逼真。借我看一看。咳！畫得像，畫得像。（作悲科）老員外，老安人，［鷓胡天］死後多應夢裏逢，謾勞孝婦寫遺踪。可憐不得圖家

(一) 眉批：胸中常有一軸畫。
(二) 眉批：難道定要你生子？
(三) 眉批：賈山至言：五娘辭墓，讀之真痛哭流涕。

慶，辜負丹青泣畫工。 衣破損，鬢鬔鬆，千愁萬恨在眉峰。(一) 只怕蔡郎不識年來面，趙女空描別後容。 五娘子，我聽得你要遠行，將幾貫錢與你少助盤纏。(旦云)多多有勞公公了。 奴家又有不識進退之愆： 奴家去後，公婆墳塋，早晚望太公可憐見，看這兩個老的在日之面，與奴家看管則個。(二) (末云)這個不妨。 你但放心前去，老夫少不得如此。(拜辭科)

【越調過曲·憶多嬌】(旦唱)公公，他魂渺漠，我没倚托。 程途萬里，教我懷夜壑。 此去孤墳，望公公看着。(合)舉目瀟索，滿眼盈盈淚落。

【前腔】(末唱)五娘子，我承委托，當領諾。 料這孤墳我自看守，決不爽約。 但願你途中身安樂。(合前)

【鬥黑麻】(旦唱)奴深謝公公，便相允諾。 從來的深恩，怎敢忘却？ 只怕途路遠，體怯弱；病染災纏，衰力倦脚。(合)孤墳寂寞，路途滋味惡。 兩處堪悲，萬愁怎模？

【前腔】(末唱)伊夫婿多應是，貴官顯爵，伊家去當審個好惡。 五娘子，只怕你這般喬打扮，他怎知覺？ 一貴一貧，怕他將錯就錯。(三) (合前)

(一) 眉批：又是畫。
(二) 眉批：醜伯皆極矣。聖婦。
(三) 眉批：仁人長者，難得，難得。

（旦云）公公，奴家拜别去也。（末云）五娘子，且謾着，老夫尚有幾句言語囑付你。（旦云）望公公指教。（末云）五娘子，你少長閨門，豈識路途？當初蔡郎未别時節，你青春正媚；你如今又遭這饑荒貧苦，貌怯身單。正是：桃花歲歲皆相似，人面年年大不同。蔡郎臨别之時，可不道來？（一）（旦云）公公，他道怎的？（末云）他道是若有寸進，即便回來。如今年荒親死，一竟不回，你知他心腹事如何？正是：畫虎畫皮難畫骨，知人知面不知心。呀！蔡郎元是讀書人，一舉成名天下聞。久留不知因個甚，年荒親死不回門？五娘子，你去京城須仔細，逢人下氣問虚真。若見蔡郎謾説千般苦，只把琵琶語句訴元因。未可便説他妻子，未可便説喪雙親。未可便説裙包土，未可便説剪香雲。若得蔡郎思故舊，可憐張老一親憐。我今年紀七十歲，比你公公少一旬。你去時猶有張老來相送，你回時不知張老死和存。我送你去呵，正是：流淚眼觀流淚眼，斷腸人送斷腸人。（哭科）（旦云）謝得公公訓誨，奴家銘心鏤骨，不敢有忘。如今只得告别去也。（末云）五娘子，你早去早回。

（旦）爲尋夫婿别孤墳，（末）只怕兒夫不認真。

（合）惟有感恩併積恨，萬年千載不成塵。

齣末批：

或曰：趙五娘誠孝矣賢矣，乞丐尋夫一節，亦覺不甚好看。此小孩子之言也。如今婦人只爲不肯乞丐，

（一）眉批：老人家甚小心，只是語句可厭。分明是自從盤古分天下，幾朝天子幾朝臣子。可厭！可厭！

做壞了事；貪個小好看，做出個大不好看來，豈不誠可痛哉？

第三十齣　瞯問衷情

【中吕引子·菊花新】（生唱）封書遠寄到親闈，又見關河朔雁飛。梧葉滿庭除，争似我悶懷堆積。

〔生查子〕封書寄遠人，寄上萬里親。書去神亦去，猶然空一身。自家喜得家書，報道平安，已曾修書附回家去，不知何如？這幾日常懷想念，翻成愁悶。正是：雖無千丈綫，萬里繫人心。

【南吕引子·意難忘】（貼唱）緑鬢仙郎，懶拈花弄柳，勸酒持觴。眉顰知有恨，何事苦相防？（生）夫人，些個事，惱人腸。[一]（貼唱）相公，試説與何妨？（生唱）只怕你尋消問息，添我恓惶。

（貼云）古人云：顰有爲顰，笑有爲笑。是以君子，當食不嗟，臨樂不嘆。無事而戚，謂之不祥。相公，你自來我家，不明不暗，如醉如癡，鎮日憂悶，爲着甚的？你還少了喫的？少了穿的？相公，我待道你少喫的呵，

[一]　眉批：無限意味。

【南呂過曲・紅衲襖】（貼唱）你喫的是煮猩唇和燒豹胎。待我道你少穿的呵，你穿的是紫羅襴，繫的是白玉帶。（一）你出入呵，我只見五花頭踏在你馬前擺，三簷傘兒在你頭上蓋。相公，休怪奴家說你：你本是草廬中一秀才，如今做着漢朝中梁棟材。你有甚不足，只管鎖了眉頭也，唧唧噥噥不放懷？

（生云）夫人，你道我有穿的呵，

【前腔】（生唱）我穿的是紫羅襴，倒拘束得我不自在；我穿的是皂朝靴，怎敢胡去踹？你道我喫的呵，我口裏喫幾口慌張張要辦事的忙茶飯，手裏拿着個戰兢兢怕犯法的愁酒杯。到不如嚴子陵登釣臺，怎做得楊子雲閣上災？（二）似我這般樣爲官呵，只管待漏隨朝，可不誤了秋月春花也，干碌碌頭又早白？（三）

（貼云）相公，我知道了。

【前腔】（貼唱）（四）莫不是丈人行性氣乖？（生云）不是。（貼唱）莫不是妾跟前缺管待？（生

（一）眉批：終是婦人見識。看的有穿有喫就彀了，做官就大了。

（二）眉批：雖然，林下何曾見一人？可怪！可怪！

（三）眉批：做官人委實如此苦，真，真。

（四）唱：原作『云』，據文義改。

云)不是。(貼唱)莫不是畫堂中少了三千客?(生云)不是。(貼唱)莫不是繡屏前少了十二釵?(生云)也不是。(貼唱)相公呵,這意兒教人怎猜?這話兒教人怎解?我今番猜着你了,敢只是楚館秦樓,有個得意人兒也,悶悶懨常掛懷?

(生云)夫人,不是。

【前腔】(生唱)有個人人在天一涯,天那!我不能彀見他,只落得臉銷紅眉鎖黛。(貼云)我道甚麼來?可知哩。(生云)不是。我本是傷秋宋玉無聊賴,有甚心情去戀着閒楚臺?(貼)相公,有甚麼事,明説與奴家知道。(生唱)夫人,三分話兒只恁猜,一片心兒直恁解。(貼云)你有話如何不對與我説?(生云)罷,罷。夫人,你休纏得我無言,若還提起那籌兒也,撲簌簌淚滿腮。(貼)由你,由你。我若不解勸你,你又只管憂悶;待問着你,你又遮瞞我。我也没奈何。相公,夫妻何事苦相妨?莫把閒愁積寸腸。難道各人自掃門前雪,莫管他人瓦上霜?(貼虛下潛聽科)(生云)天那!自古道:難將我語和他語,未卜他心和我心。自家娶親兩月,別親數年,朝夕思想,翻成愁悶。我這新娶的媳婦,雖則賢慧,我待將此事和他説,他也肯教我回去。只是他的爹爹若知我有媳婦在家,如何肯放我回去?(一)不如姑且隱忍,待改日求一鄉郡除授,那時却回去見雙親便了。(二)咳!

(一)眉批:胡説!辭親時已曾説破。

(二)夾批:拙極,迂極。

夫人，非是隄防你太深，只緣伊父苦相禁。正是：夫妻且説三分話。（貼云）呀！我理會得了。你道是：未可全抛一片心。好！好！你瞞我也由你，只是你爹娘和媳婦嗟怨你。

【雙調過曲・江頭金桂】（貼唱）相公，我怪得你終朝嚬嗜，只道你緣何愁悶深？教咱猜着啞謎，爲你沉吟，那籌兒没處尋。我和你共枕同衾，你瞞我則甚？你自撇了爹娘媳婦，屢换光陰，他那裏須怨着你没音信。笑伊家短行，笑伊家短行，無情忒甚。[一]到如今，兀自道且説三分話，未可全抛一片心。

【前腔】（生唱）夫人，非是我聲吞氣忍，只爲你爹行勢逼臨。怕他知我要歸去，將人厮禁，要説又將口噤。我待解朝簪，再圖鄉任。那時節呵，他不隄防着我，須遣我到家庭，我和你雙雙兩人歸晝錦。苦！我雙親老景，我雙親老景，存亡未審。我實不瞞你，前日曾附一封書回去，只怕雁杳魚沉。（貼云）你既有書信附去，怎的也没有回報？（生唱）又不是烽火連三月，真個家書抵萬金。

（貼云）元來如此。我去對爹爹説，和你同去便了。（生云）你爹爹如何肯放我回去？你且休説破了。

[一] 眉批：賢哉極矣！正所謂犁牛之子，騂且角也。

（貼云）不妨事。我爹爹身爲太師，風化所關，具瞻在望，終不然恁的不顧仁義。[一]（生云）你休説，不濟事，干枉了。（貼云）相公，你不必憂慮，我自有道理，不由我爹爹不從。

（貼）雪隱鷺鷥飛始見，柳藏鸚鵡語方知。

（生）假如染就乾紅色，也被傍人説是非。

齣末批：

世上有這般怕丈人的女婿？好笑！好笑！丈人還是個牛，爲婿的狗也不值了！

第三十一齣　幾言諫父

【黄鍾引子·西地錦】（外唱）好怪吾家門婿，鎮日不展愁眉。教人心下常縈繫，也只爲着門楣。[二]

入門休問榮枯事，觀看顔容便得知。自家招贅蔡伯喈爲婿，可謂得人。只一件，他自從到此，眉頭不展，面帶憂容，不知爲着甚麽？[三]必有緣故。且待女孩兒出來問他，便知端的。

[一] 眉批：真個是女丈夫，能人！能人！

[二] 眉批：老牛，還是爲你的女兒，不知趣。

[三] 眉批：豈不知？不知乃是牛！

【前腔】（貼唱）只道兒夫何意，如今就理方知。萬里家山，要同歸去，未審爹意何如？

（外云）孩兒，吾老入桑榆，自嘆吾之皓首；汝身乖琴瑟，每爲汝而懊懷。夫婿何故憂愁？孩兒必知端的。（貼云）告爹爹得知：他娶妻六十日，即赴科場；别親三五載，竟無消息。温凊之禮既缺，伉儷之情何堪？今欲歸故里，辭至尊家尊而同行；待共事高堂，執子道婦道以盡禮。（外怒云）呀！吾乃紫閣名公，汝是香閨艷質。何必顧此糟糠婦？焉能事此田舍翁？㈠他久别雙親，何不寄一封之音信？汝從來嬌養，安能涉萬里之程途？休聽夫言，唯從父命。（貼云）爹爹，曾觀典籍，未聞婦道而不拜舅姑；試論綱常，豈有子職而不事父母？若重唱隨之義，當盡定省之儀。彼荆釵布裙，既已獨奉親闈之甘旨；此金屏繡褥，豈可久戀監宅之歡娱？爹爹身居相位，坐理朝綱，豈可斷他人父子之恩，絶他人夫婦之義？㈡使伯喈有貪妻之愛，不顧父母之慾；俾孩兒有違夫之命，不事舅姑之罪。望爹爹容恕，特賜矜憐。（外云）休胡説！他既有媳婦在家，你去做甚麽？

【黄鍾過曲・獅子序】（貼唱）爹爹，他媳婦雖有之，念奴家須是他孩兒次妻。那曾有媳婦不侍親闈？（外云）孩兒，你去有甚麽勾當？（貼唱）若論做媳婦的道理，須當奉飲食，問寒暄，相扶持蘋蘩中饋。（外）便做有許多勾當，他有媳婦在家裏，你不去也不妨。（貼唱）爹爹，又道是養兒

㈠ 眉批：真是牛矣。如何放出牛屁來？

㈡ 眉批：老牛到要女比起醋來。

代老，積穀防饑。

（外云）既道是養兒代老，積穀防飢，何似當初休教他來應舉？(一)

【太平歌】（貼唱）爹爹，他求科舉，指望錦衣歸，不想道爹爹留他爲女婿。(二)（外云）這個是有緣千里能相會，須强他不得。（貼唱）他埋冤洞房花燭夜，那些個千里能相會？只要保全金榜掛名時，他事急且相隨。

（外云）你到説我不是，這般埋冤着我？

【賞花宮】（貼唱）他終朝慘悽，我如何忍見之？（外云）他自慘悽，你管他怎的？(三)（貼唱）若論爲夫婦，須是共歡娱。（外云）你對他説，若在這裏，我教他做個大大的官。(四)（貼唱）爹爹，他數載不通魚雁信，枉了十年身到鳳凰池。

（外云）呀！你聽着丈夫的言語，却不聽我説，這妮子好癡迷呵。

【降黄龍】（貼唱）爹爹，須知，非奴癡迷，已嫁從夫，怎違公議？（外云）孩兒，你去也不妨，只是我

(一) 眉批：伯喈頂門一針。

(二) 眉批：胡説！他到不該來應舉。

(三) 眉批：妻可不顧夫，女亦不可顧父，思之。

(四) 眉批：他便做了大大官，你却做了小小人。

没個親人在傍，如何捨得你去？（貼唱）爹猶念女，怎教他爹娘不念孩兒？〔一〕（外）不是我不放你去，他既有媳婦在家，你去時節，只怕擔閣了你。（貼唱）休提，縱把奴擔閣，比擔閣他媳婦何如？〔二〕（外云）便不然，只教蔡伯喈自去便了。（貼唱）那些個夫唱婦隨，嫁鷄逐鷄飛？

（外云）孩兒，他是貧賤之家，你如何伏事他的父母？〔三〕

【南吕過曲・大聖樂】（貼唱）爹爹，婚姻事難論高低，若論高低何似當初休嫁與？假饒親賤孩兒貴，終不然便拋棄？（外云）他自有媳婦，你管他做甚麼？〔四〕（貼唱）奴須是他親生兒子親媳婦，難道他是何人我是誰？（外云）孩兒，據你説起來，我到説得不是了？〔五〕（貼唱）爹居相位，怎説着傷風敗俗非理的言語？〔六〕

（外怒云）這妮子無禮！却將言語來衝撞我。我的言語到不中聽呵？孩兒，夫言中聽父言違，懊恨孩兒見識迷。本將心事託明月，誰知明月照溝渠？（外下）（貼云）自古道：酒逢知己千鍾少，話不投機

〔一〕眉批：聖人。
〔二〕眉批：聖人。
〔三〕眉批：他的孩兒又該拜牛？
〔四〕眉批：他自有媳婦，你爲何又把兒女嫁與他？
〔五〕得：原闕，據汲古閣刊本《繡刻琵琶記定本》補。
〔六〕眉批：難過。是罵得好快活。傷風是牛喘。

半句多。好笑我爹爹不顧仁義，却道奴家把言語衝撞他。昨日我丈夫教我休説破，我如今有何顔見他？只得且在此坐一坐，尋思個道理去回他則個。（悶坐科）（生上）

【南吕引子・稱人心】（生唱）撇呆打墮，早被那人瞧破。他要同歸，知他爹怎麽？我料想他每不允諾。呀！夫人，你緣何獨坐？想你爹不肯麽？伊家道俐齒伶牙，争奈爹行不可。

【前腔】（貼唱）天那！我爹爹，全不顧，人笑呵，這其間是我見差。禍根芽，從此起，災來怎躲？相公，他道我從着夫言，駡我不聽親爹話。

【南吕過曲・紅衫兒】（生唱）夫人，你不信我教伊休説破，到此如何？算你爹心性，我豈不料過。我爲甚亂掩胡遮？也只爲着這些。你直待要打破砂碢，是你招災攬禍。〔一〕

【前腔】（貼唱）不想道相挜靶，這做作難禁架。我見你每每咨嗟要調和，誰知好事多磨？起風波，相公，把你陷在地網天羅，如何不怨我？天那！懊恨只爲我一個，却擔閣了兩三個。

【正宫過曲・醉太平】（生唱）蹉跎，光陰易過。縱歸去，晚景之計如何？名韁利鎖，牢絡在海角天涯。知麽？多應我老死在京華，孝情事一筆都勾罷。苦！這般摧挫，傷情萬感，淚

〔一〕眉批：蔡生也有牛氣。

珠偷墮。

【前腔換頭】（貼唱）非詐，奴甘死也。縱奴不死時，君去須不可。（生云）夫人，你如何説這話？（貼唱）相公，奴身值甚麽？只因奴誤你一家。差訛，假饒做夫婦也難和，（一）你心怨我心縈掛。奴身拚捨，成伊孝名，救伊爹媽。（二）

（生云）夫人，你不要這般説。萬一你爹爹知之，反加譴責。（貼云）相公，妾當初勉承父命，遣事君子。不想君家有白髮之父母，青春之妻房。致君衷腸不滿，名行有虧。如今思之，誤君之父母者，妾也；誤君之妻房者，妾也；使君爲不孝薄倖人，亦妾也。妾之罪大矣！（三）縱偷生於今世，亦公議所不容。昔者聶政姊死，倚屍傍以成弟之名；王陵母死，伏劍下以全子之節。妾豈愛一身，誤君百行？妾當死於地下，以謝君家。小則可以解君之縈掛，大則可以救君之父母，近則可以成孝子之令名，遠則可以免後世之公議，妾死何憾焉？（四）（生云）夫人，你知其一，不知其二。古人云：身體髮膚，受之父母，不敢毀傷；豈可陷親於不義？此事決然不可。（貼云）相公，你也説得是。只是累你一時回去不得，

（一）做：原闕，據汲古閣刊本《繡刻琵琶記定本》補。

（二）眉批：肯捨死以全夫孝，蔡生反畏牛如虎，何也？

（三）眉批：牛産麒麟，果然！

（四）眉批：聖人。

如何是好？（生云）夫人，且謾着。怕你爹爹也有回心轉意時節，且更寧耐，看如何？㈠

（生）一心只欲轉家鄉，（貼）争奈爹行不忖量。

（生）大風吹倒梧桐樹，（合）自有傍人説短長。

齣末批：

曾有人説牛生麒麟，意不信之，今觀牛女，果然！果然！

第三十二齣　路途勞頓

【仙吕過曲·月雲高】（旦唱）路途多勞倦，行行甚時近？未到洛陽城，盤纏都使盡。回首孤墳，空教奴望孤影。天那！他那裏，誰偢倸？俺這裏，㈡難投奔。正是西出陽關無故人，須信道家貧不是貧。

〔蘇幕遮〕怯山登，愁水渡。暗想雙親，淚把麻裙漬。回首孤墳何處是？兩下瀟條，一樣愁難訴。玉消容，蓮困步。愁寄琵琶，彈罷添悽楚。惟有真容時時顧，憔悴相看，無語恓惶苦。奴家爲尋丈夫，

㈠　眉批：殺才，你身從何來？到今父母飲恨而死。

㈡　這：原闕，據汲古閣刊本《繡刻琵琶記定本》補。

途路上多少狼狽。況獨自一身，拏着一個琵琶，背着二親真容，登高履險，宿水餐風，其實難捱。只是一件，若去洛陽，尋見丈夫，相逢如故，也不枉了這遭辛苦；倘或他駟馬高車，前呼後擁，見奴家這般藍縷，不肯相認，可不擔閣了奴家？（一）

【前腔】（旦唱）暗中思忖，（二）此去好無准。只怕他身榮貴，把咱不厮認。若是他不偢倸，空教奴受艱辛？他未必忘恩義，我這裏自閒評論。他須記一夜夫妻百夜恩，怎做得區區陌路人？唉，只一件，他在府堂深隱，奴身怎生進？他在駟馬高車上，又難將他認。我有個道理，若到他跟前，只提起二親真容。天那！又怕瘦消了龐兒，他猶難十分信。（三）呀！他不到得非親却是親，我自須防仁不仁。

哽咽無言對二真，千山萬水好艱辛。

見説洛陽花似錦，只恐來時不遇春。

齣末批：

短兵相接更勝。

（一）眉批：不要慌，土地老兒定不哄你。真，真。

（二）中：原闕，據汲古閣刊本《繡刻琵琶記定本》補。

（三）眉批：轉得妙。《琵琶》只以轉處見長。

第三十三齣　聽女迎親

【仙呂引子·番十算】（外唱）兒女話堪聽，使我心疑惑。暗中思忖覺前非，有個團圓策。

自古道：良藥苦口利於病，忠言逆耳利於行。昨日女孩兒要和伯喈歸去，同事雙親，自家不肯放他回去。却將幾句言語衝撞我，我一時不勝焦躁。如今尋思起來，他的言語，句句有理，節節堪聽。（一）待要放他回去，只慮他幼長閨門，難涉路途；況俺年老，無人奉侍，如何捨得他去？如今有個道理，不免使二個人，多與盤纏，教他一去陳留，將蔡伯喈爹娘和媳婦都迎來，多少是好？不免叫孩兒、伯喈過來商議則個。（二）

【前腔】（生唱）淚眼滴如珠，愁事縈如織。（貼唱）早知今日悔當初，何似休明白？

（相見科）（外云）孩兒，你夜來說話，我仔細尋思起來，都説得有理。但我待教你同女婿回去，路途跋涉，這個也難。不如逕使人去陳留，取他爹娘媳婦來做一處居住，你兩人心下如何？（貼云）這個隨爹主張。（生云）若得如此，感恩非淺。（外云）院子李旺何在？（丑上云）頻聽指揮黄閣下，又聞呼喚畫堂前。老相公有何使令？（外云）李旺，我要差你去陳留走一遭。（丑云）去做甚麽？（外云）差你去

（一）眉批：牛亦可化。如今又有不化之人，不如牛矣！不如牛矣！

（二）眉批：牛亦有人心，伯喈當時何不早説？

那裏接取蔡狀元的老員外、老安人、小娘子三人，來我府中同住。（丑云）如此，李旺不去。（貼云）李旺，你去請得來，重重賞你。（丑云）夫人，你如今説道重重賞我，只怕取得他小娘仔來時，夫人又要和他争大争小。到那時節，可不埋冤李旺？那裏還肯把東西賞我？(一)（外云）休閒説。我如今修一封書去相請，外有銀錢與你一路去做盤纏，休得落後了。（生云）李旺，你去時節，須要多方詢問。若是來時，路途上千萬小心承直。（丑云）不妨。我出路慣便，自有分曉。

【正宮過曲・四邊静】（外唱）李旺，你去陳留仔細詢端的，專心去尋覓。請過兩三人，途中好承直。（合）休憂怨憶，寄書咫尺。眼望旌捷旗，耳聽好消息。

【前腔】（生唱）只怕飢荒散亂無踪跡，他存亡也難測。何況路途間，難禁這勞役。(二)（合前）

【福馬郎】（貼唱）李旺，你休説新婚在牛氏宅。（外云）孩兒，便説又待怎的？（貼唱）他須怨我相擔誤；歸未得，只恐傍人聞之，把奴責。（合）若是到京國，相逢處做個好筵席。

【前腔】（丑唱）相公，多與我盤纏添氣力，萬水千山路，曾慣歷。（拜科）辭却恩官去，管取好消息。（合前）

(一) 眉批：也是。
(二) 眉批：依你説，不要去更好。

(外)限伊半載望回音,(生)路上看承須小心。

(貼)但願應時還得見,(丑)果然勝似岳陽金。

齣末批:

這一齣牛之罪全擔伯喈身上去了。

第三十四齣　寺中遺像

(末扮五戒上云)年老心閒無外事,麻衣草座亦容身。相逢盡道休官好,林下何曾見一人?自家乃是彌陀寺中一個五戒便是。今日俺寺中建一個無礙道場,不揀甚麽人,或是薦悼雙親,保安身已的,都來這裏聚會。真個好寺院、好道場呵。(内問)怎見得好寺院?(末云)但見:蘭若莊嚴,蓮臺整肅。佛殿嵯峨耀金壁,回廊繚繞畫丹青。千層塔高聳侵雲,半空中時聞清鐸;七寶樓晶光耀日,六時裏頻扣洪鍾。松下山門,紅塵不到;竹邊僧舍,白日難消。阿羅漢神像威儀,如靈山三十六萬億佛祖;比丘僧戒行清潔,似祇園千二百五十人俱。且看旛影石壇高,惟有棋聲花院静。休提清浄法界,且説嚴肅道場。只見珠幢寶蓋影飄飄,玉磬金鐘聲斷續。龍瓶中插九品紅蓮,開浄土春秋不老;鳳蠟内吐千枝絳蕊,照佛天晝夜常明。齊整整的貝葉同翻,撲簌簌的天花亂墜。旃檀林裏,爇着清浄香道德香;香積厨中,獻這禪悦食法喜食。人人在十洲三島,個個浄五蘊六根。擊大法鼓,吹大法螺,仙樂一齋奏動；開甘露門，(一)入甘露城，幽魂盡獲超昇。正是：寄言苦海林中客，好向靈山會上修。今日寺中建設大會，怕有官員貴客來此遊翫，不免將着疏頭，就抄化幾文香錢，添助支費。(二)道猶未了，遠遠望見官員來到。（淨、丑扮風子上）

【中呂過曲・縷縷金】（淨唱）胡廝啞，兩喬才，家中無宿火，有甚强追陪？（丑唱）我自來粧風子，如今難悔。向叢林中處且徘徊，特來看佛會。

（末云）官人，請坐告茶。（淨云）五戒，你這佛會，支費太多？（末云）便是。官人休怪冒瀆，今日天與之幸，得遇兩位貴客到此，斗膽抄化幾文香錢，添助支費則個。（丑云）五戒，你要抄化，將疏頭來看。錢是倘來之物，那裏不使？那裏不用？（淨云）兄弟，你說得是。俺這般人，那一日不用幾貫鈔？我便捨他五錠。（丑云）我也捨他五錠。（末云）如此，多謝官人。（淨云）呀！遠遠望見一個婦人來，且是生得有些意思。（丑云）真個婦人來，背着一面琵琶，到和你家姐姐廝像。（淨云）休胡說！遠觀不審，近覷分明。（旦上）

【前腔】（旦唱）途路上，實難挨。盤纏都使盡，好狼狽。試把琵琶撥，逢人乞丐。薦公婆魂魄免沉埋，特來赴佛會。

(一) 甘：原作『金』，據汲古閣刊本《繡刻琵琶記定本》改。

(二) 眉批：說嘴不了思抄化，僧家常套。

奴家且喜已到洛陽，聞説今日彌陀寺中做佛會，不免就此抄化幾文錢，追薦公公婆婆則個。（末云）道姑，請内面赴齋。（旦云）多謝！多謝！（浄云）道姑，你背着甚麽東西？（旦云）是奴家公婆的真容。（浄云）你從那裏來？

【仙吕入雙調·銷金帳】（旦唱）聽奴訴與：奴是良人婦，爲兒夫相擔誤。（浄云）他怎得擔誤了你？（旦唱）他一向赴選及第，㈠未歸鄉故。饑荒喪了，喪了親的舅姑。（丑云）你丈夫既不在家，喪了公婆，誰人與你安葬？（旦唱）我造墳墓。（浄云）你如今來這裏做甚麽？（旦唱）今爲尋夫來到此。（丑云）你丈夫在那裏？（旦）未知他在何處所。

（浄云）道姑，你抱着這個琵琶做甚麽？（旦云）奴家將此琵琶彈一兩曲兒，抄化幾文鈔，就此寺中追薦公婆。（丑云）元來如此。道姑，你會彈甚麽曲兒？你會彈《也兒四》麽？（旦云）不會。（浄云）你會彈《八俏手》麽？（旦云）也不會。奴家只會彈些行孝曲兒。（末云）道姑，難得這兩位官人在此，你好生彈一兩個曲兒伏侍他，等他重重賞你。（旦云）既然如此，只怕奴家彈得不好，望官人休責。（丑云）你只管好好的彈，我重重賞賜你。（旦云）官人，請坐聽着。（彈科）凡人養子，懷抱最艱辛。欲語未能行未得，此際苦雙親。

㈠ 眉批：此時未應知他及第。

【前腔】（旦唱）凡人養子，最是十月懷耽苦，更三年勞役抱負。休言他受濕推乾，萬千勞苦。真個千般愛惜，萬般回護。兒有些不安，父母驚惶無措。直待可了，可了歡欣似初。（淨云）彈得好！彈得好！（末云）真個彈得好！（丑云）錢鈔那裏不使？我且先與他一領好襖子。（脱衣與旦科）（丑云）道姑，你再彈一彈。（旦）官人，請坐聽着。（彈科）孩兒漸長成，父母漸歡喜。教語教行并教禮，一意望成人。

【前腔】（旦唱）兒行幾步，父母歡欣相顧，漸能言能走路。指望飲食羹湯，自朝及暮。懸懸望他，望他不知幾度。爲擇良師，只怕孩兒愚魯。略得他長俊，可便歡欣賞賜。[一]（丑云）彈得好！彈得好！（末云）真個彈得好！（淨云）錢鈔那裏不用？我也先與你一領好襖子。（脱衣與旦科）（淨云）道姑，你再彈一彈。（旦云）官人，請坐聽着。（彈科）勤於教道，暮史及朝經。[二]願得榮親并耀祖，一舉便成名。

【前腔】（旦唱）朝經暮史，教子勤詩賦，爲春闈催教赴。指望他耀祖榮親，改换門户。懸懸望他，望他腰金衣紫。兒在程途，又怕餐風宿露。求神問卜，把歸期暗數。（丑云）彈得好！彈得好！（末云）真個彈得好！（丑云）錢鈔是人賺來的，我再與你一領襖子。（脱

[一] 眉批：自未養過兒子，何緣識得許真？
[二] 暮：原作『慕』，據汲古閣刊本《繡刻琵琶記定本》改。

衣與旦科）（末云）元來都是破衣裳呵。官人襖子都脱了，身上這般寒，甚麼意思？（净云）寒由他自寒，不可壞了局面。(一) 咱每這般人興頭來了，使鈔慣了，怕甚麼寒？ 道姑，你再唱一唱。（末云）道姑，你再彈，且看他再把甚麼與你？（旦彈科）孩兒在外，須早回程。忤逆男兒并孝子，報應甚分明。

【前腔】（旦唱）兒還念父母，及早歸鄉土，看慈烏亦能返哺。莫學我的兒夫，把雙親擔誤。常言養子，養子方知父母。算那忤逆男兒，和孝順爹娘之子，若無報應，果是乾坤有私。

（末云）彈得好！ 彈得好！（净云）他彈得自好，唱得自好。我没甚麼與他了。（末笑云）可知道。（净作寒科）（丑云）兄弟，我和你這般的走回家去，成甚麼模樣？（净云）我只賴五戒，取衣裳便罷。（末云）呀！ 你扯我怎的？（丑云）扯你怎的？ 你到粧成騙局，把我每衣裳都剥去了。（末云）咳！ 我幾曾粧局騙你？ 是你自把衣裳與他。（净云）禿驢！ 你道不曾粧局騙我？ 我看見道姑彈了，喝一聲采，你也喝一聲采，只管攛掇我把衣裳與他。不是粧局騙我？（丑云）你不取還我，我扯你到洛陽縣裏去。（末）天那！ 不曾見這般没行止的人！ 道姑，没奈何了，把衣裳還他去罷。（旦云）衣裳在這裏，拿還他去。既不情願，我要他做甚麼？（丑云）錢鈔雖則那裏不用，只是寒冷又忍不得。（穿衣科）（净云）道姑，纔説道你彈得好，唱得好； 我如今尋思起來，你彈得也不好，唱得也不好。你不信時，再彈唱一和看看。（旦云）奴家也彈不得了，也唱不得了。（净云）可知道不敢再彈唱了。（丑云）兄弟，

(一) 眉批： 假話却是真話。

他既不敢彈唱了，我和你且回家去。（净云）説得是，我和你回去罷。（丑云）五戒，我小子不是豪富。（末云）枉了教你題疏。你衣裳敢是借的？（净、丑云）可知道我腿上無個布袴。（末並下）（旦云）一斟一酌，莫非前定。奴家準擬今日抄化幾文錢鈔，就此追薦公婆。誰知撞着這兩個風子，攪鬧了一場。今雖没東西備辦奠禮，且將公婆真容掛在此間，拜囑一番，以表來意便了。（掛真容拜科）〔一〕

【賞秋月】（旦唱）在途路，歷盡多辛苦，把公婆魂魄來超度。焚香禮拜祈回護，願相逢我丈夫。（末、丑隨生上）

【縷縷金】（生唱）時不利，命多乖。雙親在途路上，怕生災。（末、丑唱）相公，此乃是彌陀寺，略停車蓋。（合）辦虔誠懇禱拜蓮臺，特來赴佛會。

（丑云）道姑迴避。（旦云）正是：在他簷下過，誰敢不低頭？（慌下失真容科）〔二〕（生云）那得這軸畫像？（丑云）敢是適間道姑遺下的？（生云）叫他轉來，將還他去。（丑叫不應科）去遠了，叫不應。（生云）既叫不應，且與他收下。左右，唤和尚過來。（净扮和尚上）

【前腔】（净唱）能喫酒，會喧齋。喫得醺醺醉，便去摟新戒。講經和回向，全然尷尬。你官人若是有文才，休來看佛會。

〔一〕眉批：即此便是經懺了。
〔二〕眉批：關目好。

（相見科）（生云）和尚，下官爲迎取父母來此，不知路上安否何如，(一)特來三寶面前，祈求保佑。（淨云）元來如此。小僧先請佛。

【佛賺】（淨唱）如來本是西方佛，西方佛，却來東土救人多，救人多。結跏趺坐坐蓮花，丈六金身最高大，他是十方三界第一個大菩薩。摩訶薩，(二)摩訶般若波羅糖。（末云）和尚，你念差了，是波羅密。（淨唱）糖也這般甜，蜜也這般甜。南無南無十方佛十方法十方僧，上帝好生不好殺。好人還有好提掇，惡人還有惡鑒察。好人成佛是菩薩，惡人做鬼是羅刹。第一滅却心頭火，心頭火。第二解開眉間鎖，眉間鎖。第三點起佛前燈，佛前燈。真個是好也快活我，快活我。諸惡莫作，奉勸世上人則個。浪裏稍公牢把舵，行正路，莫蹉跎。大家都去誦彌陀，誦彌陀。善男信女笑呵呵。(三)聽大法鼓鼕鼕鼕鼕，聽大法鐃乍乍乍乍。手鍾搖動陳陳陳陳，獅子能舞鶴能歌。木魚亂敲逼逼剥剥，海螺響處噴噴噴噴。積善道場隨人做，(四)伏願老相公老安人小夫人萬里程途悉安樂。南無菩薩薩摩訶，金剛般若波羅密。

(一) 眉批：父母早來也。
(二) 摩訶薩：原闕，據汲古閣刊本《繡刻琵琶記定本》補。
(三) 眉批：曲亦好。
(四) 眉批：却有妙諦。

小僧請佛了，請相公上香，通達情旨。（生炷香拜科）

【仙呂入雙調・江兒水】（生唱）如來證明，聽蔡邕啓：我雙親在途路，不知何如的？仰惟菩薩大慈悲。（合）龍天鑒知，龍神護持，護持着登山渡水。

【前腔】（淨唱）如來證明，覽兹情旨。蔡邕的父母，望相保庇，仰惟功德不思議。（合前）

【前腔】（末唱）我東人鎮日常懷憂慮，只愁二親在途裏，孝思誠意感神祈。（合前）(一)

【前腔】（丑唱）我聞知做會，特來隨喜，饅頭素食多多與。若還不與，我自入齋厨去取。（合前）

（淨云）我佛有緣蒙寵渥，（生云）願親路上悉平安。（末云）因過竹院逢僧話，（丑云）又得浮生半日閑。（并下）（旦上）

【縷縷金】（旦唱）元來是，蔡伯喈。馬前都唱道，狀元來。料想雙親像，他每留在。敢天教我夫婦再和諧，都因這佛會？

正是：不因漁父引，怎得見波濤？方纔那官人，(二)奴家詢問起來，正是蔡伯喈。好也，好也，今日也

(一) 合前：原闕，據汲古閣刊本《繡刻琵琶記定本》補。

(二) 那：原作『見』，據汲古閣刊本《繡刻琵琶記定本》改。

會相見。[一] 只一件，奴家慌忙中失去了公婆真容，想必是他收下。且待明日徑投他家去，以乞丐爲由，問取消息。倘或天天可憐，因此相會，也不見得？[二]

今朝喜見那喬才，真容收去可疑猜。
縱使侯門深似海，從今引得外人來。

第三十五齣　兩賢相遘

【商調引子·十二時】（貼唱）心事無靠托，這幾日翻成悶也。父意方回，夫愁稍可。未卜程途裏的如何，教我怎生放下？

不如意事常八九，可與人言無二三。奴家自嫁蔡伯喈之後，見他常懷憂悶，費盡心機去問他，他又不説。比及奴家知道，去對爹爹説，要和他同去奉事雙親，誰想爹爹不肯，被奴家道了幾句。幸喜爹爹心轉，教人去取他爹媽媳婦，又不知那行人路上安否如何？爲這些事，教我擔了多少煩惱！又一件，公婆早晚到來，只是要一兩個精細人去伏事他。我府裏雖則有使唤的，那裏中用？怎生得精細婦人與

[一] 眉批：憂中一喜。
[二] 眉批：真，真。

他使喚方好？[一] 院子那裏？（末）書當快意讀易盡，客有可人期不來。世上幾般能稱意，光陰況況苦相催。夫人有何使令？（貼云）院子，我府中缺少幾個使喚的，你與我去街坊上尋問，有精細的婦人，討一兩個來用。（末云）小人理會得。踏破鐵鞋無覓處，得來全不費工夫。

【遶地遊】[二]（旦唱）風餐水宿，甚日能安妥？問天天怎生結果？

（旦云）府幹哥稽首。（末云）道姑何來？（旦云）遠方人氏。（末云）到此何幹？（旦云）特來抄化。（末云）少待。通報夫人：精細婦人到没有，正遇一個道姑，在門首抄化。（貼云）着他裏面來。（末云）道姑，夫人着你裏面相見。（貼作見科）

【前腔】（貼）梳粧淡雅，看丰姿堪描堪畫。是何人來近問咱？

（旦云）夫人稽首。（貼云）道姑何來？（旦云）貧道遠方人氏。（貼云）到此何幹？（旦云）來府中抄化。（貼云）你有甚本事，來此抄化？（旦云）貧道不敢誇口，大則琴棋書畫，小則針指工夫，次則飲食餚饌，頗諳一二。（貼）道姑，你有這本事，在街坊上抄化也生受，[三]何似在我府中喫些安樂茶飯如何？（旦云）若得如此，感恩非淺。只怕貧道没福，無可稱夫人之意。（貼）院子，道姑是遠方人氏，須要問他

[一] 眉批：好關目。

[二] 遶：原作「遠」，據汲古閣刊本《繡刻琵琶記定本》改。

[三] 坊：原作「方」，據汲古閣刊本《繡刻琵琶記定本》改。

明白詳細，方可留他。(一)（末云）道姑，我且問你，你是從幼出家的，還是在嫁出家？（旦云）貧道在嫁出家的。（貼云）院子，從幼出家的怎麽説？在嫁出家的怎麽説？（末云）告夫人知道：從幼出家是没丈夫的，在嫁出家是有丈夫的。那道姑是有丈夫的。（貼云）呀！險些差了。他既有丈夫的，難以收留。院子，你多打發些齋糧與他，教他别處抄化去。（末云）道姑，夫人説你是有丈夫，多打發齋糧與你，别處去抄化罷。（旦云）天那！我不合説有丈夫的。府幹哥，貧道非因抄化來，特來尋取丈夫。（末云）夫人，這道姑非因抄化來，却是尋取丈夫的。（貼云）元來如此。道姑，我且問你，你丈夫姓甚名誰？（旦背説云）夫人問我丈夫姓名，若直説出來，恐怕夫人嗔怪；若不和他説，此事又終難隱忍。我如今且把蔡伯喈三字拆開與他説，看他意兒何如，再作道理。(二)夫人，貧道丈夫姓祭名白諧，人人都説道在牛府中廊下住，敢夫人也知道？(三)（貼云）我那裏知道？院子，你管各廊房，有那姓祭名白諧的麽？（末云）小人管許多廊房，并没有這個人。（貼云）道姑，我這裏没有，你可到别處去尋，休得要誤了你。（旦云）天那！人人道丈夫在貴府廊下住，如今既道是没有，奴家想起來，莫不是死了呵？(四)咳！丈夫，你若是死了，教我倚着誰人？（哭科）（貼云）可憐這婦人！你且不須愁煩，權住在府中。

(一) 眉批：牛女的是能人。

(二) 眉批：妙。

(三) 眉批：妙。

(四) 眉批：甚聰巧。

我着院子到街坊上訪問你丈夫踪跡，意下如何？（旦云）若得如此，再造之恩。（貼云）道姑，只有一件，你在我府中，休要這般打扮，我與你換了這衣粧。（旦云）貧道不敢換。（貼云）因甚不敢喚？（旦云）貧道有一十二年大孝在身，所以不敢换。（貼云）呀！大孝不過三年，如何有一十二年？（旦云）貧道公公死了三年，婆婆死了三年；薄倖兒夫，久留都下，一竟不還，替他帶六年，共成一十二年。（貼云）咳！有這等孝行的婦人！道姑，你雖然如此，争奈我老相公最嫌人這般打扮(一)院子，你可叫惜春取粧奩衣出來。（末云）畫堂傳懿旨，幽閣取粧資。（丑云）寶劍賣與烈士，紅粉贈與佳人。夫人，粧奩衣服在此。（貼云）道姑，你且臨鏡改换則個。（旦云）天那！如何是好？（照鏡科）咳！鏡兒，我自從嫁與蔡家，只兩月梳粧，這幾時不曾照你？呀！好苦！元來都這般消瘦了。

【商調過曲・二郎神】（旦唱）容瀟灑，照孤鸞嘆菱花剖破。（貼云）道姑，你不梳粧，且換了衣服。（旦看衣唱）記翠鈿羅襦當日嫁，誰知他去後，釵荆裙布無些？（貼云）道姑，你不換衣裳，且帶着這釵兒。（旦看釵唱）他金雀釵頭雙鳳朶，奴家若帶了呵，可不羞殺人形孤影寡。（貼云）道姑，你不帶釵兒，且簪些花朶，别些吉凶。（旦看花唱）説甚麽簪花捻牡丹，教人怨着嫦娥。

【前腔】（貼唱）嗟呀，他心憂貌苦，真情怎假？只爲公婆珠淚墮，道姑，我公婆自有，不能彀

(一)　眉批：只嫌自己如此。

承奉杯茶。你比我没個公婆承奉呵，不枉了教人做話靶。我且問你：你公婆，爲甚的雙雙命掩黄沙？

【轉林鶯】（旦唱）荒年萬般遭坎坷，丈夫又在京華。糟糠暗喫擔饑餓，公婆死，賣頭髮去埋他。把孤墳自造，土泥盡是我麻裙包裹。(一)（貼云）這道姑好誇口！（旦唱）也非誇，手指傷，血痕尚染衣麻。

【前腔】（貼）愁人見説愁轉多，使我珠淚如麻。（旦云）夫人却淚下爲何？（貼唱）道姑，我丈夫久别雙親下。（旦云）他怎的不回家去？（貼唱）他要辭官家去，被我爹蹉跎。（旦云）他家有妻麽？（貼唱）他妻雖有麽，怕不似恁會看承爹媽。（旦云）他爹媽如今在那裏？（貼唱）在天涯。（旦云）夫人，何不取他同來一處？（貼唱）教人去請，知他途路上如何？

【啄木鸝】（旦唱）聽言語，教我悽愴多，料想他每也非是假。（背説科）我且把句言語來試他一試。他那裏既有妻房，取將來怕不相和？（貼唱）道姑，但得他似你能挓靶，我情願讓他居他下。只愁他程路上苦辛，教人望得眼巴巴。

【前腔】（旦唱）錯中錯，訛上訛，只管在鬼門前空占卦。夫人，若要識蔡伯喈妻房，（貼云）他在

(一) 眉批：堪作五娘銘。

那裏？（旦唱）奴家便是無差。（貼唱）呀！你果然是他非謊詐？（旦云）夫人，奴家豈敢誑言？（貼唱）你元來爲我受折挫，爲我受波查。教伊怨我，教我怨爹爹。(一)

（貼云）姐姐請上坐，待奴家見禮。（旦云）奴家怎敢？

【金衣公子】（貼唱）一樣做渾家，我安然你受禍，你名爲孝婦，我被傍人罵。（旦云）呀！傍人罵夫人怎的？（貼唱）公死爲我，婆死爲我，姐姐，我情願把你孝衣穿着，把濃粧罷。（合）事多磨，冤家到此，逃不得這波查。

【前腔】（旦唱）夫人，他當原也是没奈何，被强來，赴選科，辭爹不肯聽他話。(二)（貼云）姐姐，他在這裏豈不要回來？（貼唱）辭官不可，辭婚不可。（旦唱）只爲三不從，做成災禍天來大。（合前）

（貼云）姐姐，休怪奴家説，我教你改換衣粧，你又不肯，只怕相公見你這般襤褸，萬一不肯相認，如何是好？我想起來，相公往常朝回時，便入書館中看文章。姐姐既是無所不通，何似去書館中寫幾句言語打動他？那是節我與你説個明白，却不好？（旦云）夫人説得是。便寫得不好，也索從命。

(一) 眉批：女中堯舜。

(二) 眉批：開伯喈綫生路。

（旦）無限心中不平事，幾番清話又成空。
（貼）一葉浮萍歸大海，人生何處不相逢。

齣末批：
兩賢不相阨，女中二難。

第三十六齣　孝婦題真

（末云）爲問當年素服儒，於今腰下佩金魚。分明有個朝天路，何事男兒不讀書？自家乃是蔡伯喈府中一個院子。我相公雖居鳳閣鸞臺，常在螢窗雪案。退朝之暇，手不停披；閒居之際，口不絶吟。如今將次回府，不免灑掃書館，聽候相公到來。真個好書館。但見：明窗灑灑，碧紗内烟霧輕盈；淨几端嚴，青氈上塵埃不染。粉壁間掛三四幅名畫，石床上安一兩張古琴。緗帙縹囊，數起看何止一萬卷；牙籤犀軸，乘將來榖有三十車。芸葉分香走魚蠹，芙蓉藏粉養龍賓。鳳咮馬肝，和那鸜鴿眼，無非奇巧；兔毫栗尾，和那犀象管，分外精神。積金花玉板之箋，列錦文銅緑之格。正是：休誇東壁圖書府，賽過西垣翰墨林。且住着。我相公昨日在彌陀寺中燒香，拾得一軸畫像，不知甚麽故事？相公當時教我收下，我如今也將來掛在此間。我相公博學多才，必然曉得這故事。〔一〕正是：早知不入時人眼，多買胭脂畫牡丹。（下）

【仙呂引子·天下樂】（旦唱）一片花飛故苑空，隨風飄泊到簾櫳。玉人怪問驚春夢，只怕東風羞落紅。〔二〕

堦下落紅三四點，錯教人恨五更風。當初只道蔡伯喈貪名逐利，不肯回家，元來被人逗留在此。奴家昨日抄化來到這裏，感得牛氏夫人收録；又怕伯喈見我一身襤褸，不肯厮認，教我到書館中題幾句言語打動。奴家只得從命，來到此間，却寫在那處好？呀！公婆真容，元來也掛在此。〔三〕（哭拜科）我如今就公婆真容背後題詩幾句便了。〔四〕苦！向日受飢荒，雙親俱死亡。如今題詩句，報與薄情郎。

【仙呂過曲·醉扶歸】（旦唱）我有緣千里能相會，難道是無緣對面不相逢？鳳枕鸞衾也曾共，今日呵，到憑着兔毫繭紙將他動。休休，畢竟一齊分付與東風，把往事如春夢。

（題科）崑山有良璧，鬱鬱璠璵姿。嗟彼一點瑕，掩此連城瑜。人生非孔顔，名節鮮不虧。拙哉西河守，

〔一〕眉批：關目好。
〔二〕眉批：曲好。
〔三〕眉批：關目好。
〔四〕真容：原闕，據汲古閣刊本《繡刻琵琶記定本》補。

胡不如皋魚？宋弘既以義，王允何其愚。風木有餘恨，連理無傍枝。寄語青雲客，慎勿乖天彝。

【前腔】（旦唱）總使我詞源倒流三峽水，丈夫，只怕你胸中別是一帆風。牛氏夫人見我衣裳襤褸，怕伯皆不肯相認。還是教妾若爲容？我若不寫詩打動他呵，夫人，只怕爲你難移寵。（掛真容科）休休！縱認不得這丹青貌不同，我的筆蹟，兀自如舊。若認得我翰墨，教心先痛。[一]奴家題詩已了，不免説與夫人知道，且待伯喈來看。莫不是天教相逢，在此一遭，也未得見。

未卜兒夫意，全憑一首詩。
得他心肯日，是我運通時。

第三十七齣　書館相逢

【仙呂引子·鵲橋仙】（生唱）披香侍宴，上林遊賞，醉後人扶馬上。金蓮花炬照回廊，正院宇梅梢月上。

日晏下彤闈，平明登紫閣。何如在書案，快哉天下樂。自家早臨長樂，夜直嚴更。召問鬼神，或前宣室之席；光傳太乙，時頒天禄之藜。惟有戴星衝黑出漢宮，安能滴露研硃點《周易》？俺這幾日且喜朝

[一] 眉批：情景逼真。

無繁政，官有餘閒，庶可留志於詩書，從事於翰墨。正是：事業要當窮萬卷，人生須是惜分陰。（看書科）這是甚麽書？(一)是《尚書》。呀！這《堯典》道：『虞舜父頑母嚚象傲，克諧以孝。』咳！他父母那般相待他，他猶自克諧以孝；我父母虧了我甚麽，我到不能彀奉養他？看甚麽《尚書》？這是甚麽書？是《春秋》。呀！《春秋》中潁考叔曰：『小人有母，未嘗君之羹，請以遺之。』咳！他有一口湯喫，兀自尋思着娘。我如今做官享天禄，到把父母撇了。看甚麽《春秋》？天那！枉看這書，行不得濟甚麽事？(二)你看那書中那一句不説着孝義？當元俺父母教我讀詩書，知孝義，誰知道反被詩書誤了我，還看他怎的？

【仙吕過曲·解三酲】（生唱）嘆雙親把兒指望，教兒讀古聖文章。似我會讀書的，到把親撇漾；少甚麽不識字的，到得終奉養。書呵，我只爲其中自有黄金屋，反教我撇却椿庭萱草堂。還思想，畢竟是文章誤我，我誤爹娘。(三)

【前腔】（生唱）比似我做個負義虧心臺館客，到不如守義終身田舍郎。《白頭吟》記得不曾忘，緑鬢婦何故在他方？書呵，我只爲其中有女顔如玉，反教我撇却糟糠妻下堂。還思想，

(一)眉批：關目好。
(二)眉批：如今看書的那一個行的？可嘆！可嘆！
(三)眉批：好，好。

畢竟是文章誤我，我誤妻房。(一)

書既懶看他，且看這壁間山水古畫，散悶則個。呀！這一軸畫像，是我昨日在彌陀寺中燒香拾得的，如何院子也將來掛在此間？且看甚麼故事。

【南呂過曲·太師引】（生唱）細端詳，這是誰筆仗？覷着他，教我心兒好感傷。（細看科）好似我雙親模樣。差矣！我媳婦會針指，便做是我的爹娘呵，怎穿着破損衣裳？(二)前日已有書來，道別後容顏無恙，怎得這般淒涼形狀？且住。我這裏要寄一封書回去，尚不能彀。(三)他那裏呵，有誰來往，直將到洛陽？天下也有面貌廝像的，須知道仲尼陽虎一般龐。

我理會得了。

【前腔】這是街坊上誰劣相，砌莊家形衰貌黃。假如我爹娘呵，若沒個媳婦來相傍，少不得也這般淒涼。敢是個神圖佛像？呀！却怎的，我正看間，猛可的小鹿兒心頭撞。(四)這也不是神圖佛像，敢是當元的畫工有甚緣故？丹青匠，由他主張，須知道毛延壽誤了王嬙。

(一) 眉批：好，好。

(二) 眉批：似假似真，令人倘恍，文至此活矣。

(三) 眉批：這個書又是誤你的。

(四) 眉批：畫出情狀，酷似！酷似！

若是個神圖佛像，背面必有標題。待我轉過來看。呀！元來有一首詩在上面。（讀詩科）這厮好無禮，句句道着下官，等閒的怎敢到此？想必夫人知道，待我問他，便知分曉。夫人那裏？

【雙調引子・夜遊湖】（貼唱）又恐他心思未到，教他題詩句，暗裏相嘲。翰墨關心，丹青入眼，强似把言語相告。

（生怒云）夫人，誰人到我書館中來？（貼云）没有人。（生云）我前日去彌陀寺中燒香，拾得一軸畫像。院子不省得，也將來掛在這裏，甚麽人在背面題着一首詩？（貼云）敢是當原寫的？（生云）那裏是？墨迹尚未曾乾。（貼云）我理會得了。相公，這詩如何説？(一)請讀與奴家知道。（生讀詩科）（貼云）相公，奴家不省其意，請解説一遍，與奴家曉得也好。（生云）『崑山有良璧，鬱鬱璠璵姿。嗟彼一點瑕，掩此璉城瑜。』崑山是地名，産得好玉，價值璉城。若有些兒瑕玷，便不貴重了。『人生非孔顔，名節鮮不虧。』孔子、顔子是大聖大賢，德行渾全。大凡人非聖賢，能忠不能孝，能孝不能忠，所以名節多至於欠缺。『拙哉西河守，胡不如皋魚？』西河守吴起，是戰國時人，魏文侯拜他爲西河守，母死不奔喪。皋魚是春秋時人，只爲周流列國，父母死了，後來回歸，自刎而亡。『宋弘既以義，王允何其愚。』宋弘是光武時人，光武試把姐姐湖陽公主嫁他，宋弘不從，對道：貧賤之交不可忘，糟糠之妻不下堂。

(一) 詩：原闕，據汲古閣刊本《繡刻琵琶記定本》補。

王允是桓帝時人，司徒袁隗要把侄女嫁他，他就休了前妻，娶了袁氏。(一)『風木有恨恨，連理無傍枝。』孔子聽得皋魚啼哭，問其故。皋魚説道：樹欲静而風不止，子欲養而親不在。西晉時東宫門有槐樹二株，連理而生，四傍皆無小枝。『寄語青雲客，慎勿乖天彝。』傳語與做官的，切莫違了天倫。（貼云）相公，那不奔喪和那自刎的，那一個是孝道？（生云）那不奔喪的是亂道。（貼云）相公，那不棄妻和那棄妻的，那一個是正道？（生云）那棄妻的是亂道。（貼云）相公，比你待學那一個？（生云）呀！我的父母知他存亡何如？我決不學那不奔喪的見識。（貼云）相公，你雖不學那不奔喪的，且如你這般富貴，腰金衣紫，假有糟糠之婦，襤褸醜惡，可不辱没了你？你莫不也索休了？（生怒云）夫人，你説那裏話？縱是辱没殺我，終是我的妻房，義不可絶。(二)

【越調過曲·鏵鍬兒】（生唱）夫人，你説得好笑，可見你心兒窄小。我決不學那王允内見識。没來由讓却苦李，再尋甜桃。古人云：棄妻只有七出之條。他不嫉不淫與不盜，終無去條。那棄妻的，衆所誚；那不棄妻的，人所褒。縱然他醜貌，怎肯相休棄了？

【前腔】（貼唱）伊家富豪，那更青春年少。看你紫袍掛體，金帶垂腰。做你的媳婦呵，應須有封號。金花紫誥，必俊俏，須媚嬌。若還他醜貌，怎不相休棄了？

(一) 眉批：只會説都市，不會説屋裏。
(二) 眉批：這樣方是真講學。

【前腔】（生唱）夫人，你言顛語倒，惱得我心兒轉焦。〔一〕莫不是你把咱奚落，特兀自粧喬？引得我淚痕交，撲簌簌這遭。這題詩的是誰？（貼云）相公，你問他待怎的？（生唱）夫人，他把我嘲，難恕饒。你說與我知道，怎肯干休罷了？

【前腔】（貼唱）相公，我心中忖料，想不是個薄情分曉。管教你夫婦會合，在今朝。你還認得那題詩的麼？（生云）不認得。（貼唱）伊家枉然焦，只怕你哭聲漸高。（生云）是誰？（貼唱）是伊大嫂，身姓趙。正要說與你知道，怎肯干休罷了？

姐姐有請。

【入賺】（旦唱）聽得鬧炒，敢是我兒夫看詩囉唣？（貼云）姐姐快來。（旦唱）是誰忽叫？想是夫人召，必有分曉。（貼唱）相公，是他題詩句，你還認得否？（生云）他從那裏來？（貼唱）相公，他從陳留郡，爲你來尋討。（生認科）呀！我道是誰，元來是你呵。娘子，你怎的穿着破襖，衣衫盡是素縞？莫不是我雙親不保？〔二〕（旦唱）從別後，遭水旱，我兩三人只道同做餓殍。（生問云）張太公曾周濟你麼？（旦唱）只有張太公可憐，嘆雙親別無倚靠。（生云）後來却如何？

〔一〕我：原闕，據汲古閣刊本《繡刻琵琶記定本》補。
〔二〕眉批：是了，是了。

（旦唱）兩口顛連相繼死。（生云）苦！元來我爹娘都死了。娘子，那時如何得殯斂？（旦唱）我剪頭髮賣錢送伊妣考。（生云）如今安葬了未曾？（旦唱）把墳自造，土泥盡是我麻裙裹包。（生云）罷了。聽伊言語，怎不痛傷噎倒。

（生倒科）（旦、貼作扶起科）（旦云）官人，這畫像是你爹媽的真容。（生哭拜科）

【小桃紅】（生唱）蔡邕不孝，把父母相拋。爹娘，我與你別時，豈知恁地？早知你形衰耄，（一）怎留聖朝？娘子，你爲我受煩惱，你爲我受劬勞。謝你葬我爹，葬我娘，你的恩難報也。又道是養兒能代老。（合）這苦知多少？此恨怎消？天降災殃人怎逃？

娘子，這真容是誰畫的？（二）

【前腔】（旦唱）這儀容像貌，是我親描。（生云）娘子，路途遥遠，你那得盤纏來到此間？（旦低唱科）乞丐把琵琶撥，怎禁路遥？官人，説甚麽受煩惱？説甚麽受劬勞？不信看你爹，看你娘，比別時兀自形枯槁也。我的一身難打熬。（合前）

【前腔】（貼唱）設着圈套，被我爹相招。相公，你也説不早，（三）况音信杳。姐姐，你爲我受煩

（一）眉批：父母之年，豈可不知也？

（二）眉批：何暇問及此？

（三）眉批：實是説不早，可恨！可恨！

惱，你爲我受劬勞。相公，是我誤你爹，誤你娘，誤你名兒不孝也。做不得妻賢夫禍少。（合前）

【前腔】（生唱）我脱却巾帽，解却衣袍。（貼唱）相公，急上辭官表，共行孝道。(一)（生云）夫人，只怕你去不得。（貼唱）相公，我豈敢憚煩惱？豈敢憚劬勞？同去拜你爹，拜你娘，親把墳塋掃也。使地下亡靈添榮耀。(二)（合前）

【餘文】（合）幾年間分別無音耗，奈千山萬水迢遥。天那！只爲三不從，生出這禍苗。

（生）只爲君親三不從，（旦）致令骨肉兩西東。

（貼）今霄細把銀缸照，（旦）猶恐相逢是夢中。

齣末批：

慘不可言。

(一) 眉批：丁憂方行孝道。

(二) 榮耀：原作『勞糧』，據文義改。

第三十八齣　張公遇使

【南吕引子・虞美人】（末唱）青山古木何時了，斷送人多少？孤墳誰與掃荒苔？連冢陰風吹送紙錢遶。〔一〕冥冥長夜不知曉，寂寂空山幾度秋。泉下長眠人未醒，悲風瀟瑟起松楸。老漢曾受趙五娘之託，教我爲他看管墳塋。這兩日有些閒事，不曾看得，今日只索去走一遭。

【仙吕入雙調・步步嬌】（末唱）呀！只見黄葉飄飄把墳頭覆，〔二〕斷趕的皆狐兔。（望科）敢是誰砍了樹木去？爲甚松楸漸漸疏？（滑倒科）咳！甚麽絆我這一倒？〔三〕却元來是苔把磚封，笋迸泥路。老員外，老安人，自古道：未歸三尺土，難保百年身；已歸三尺土，難保百年墳。只怕你難保百年墳。我老夫在日，尚來爲你看管；若老夫死後呵，教誰添上你三尺土？（丑扮李旺上）

【前腔】（丑）渡水登山多勞苦，來到這荒村塢。遥觀一老夫，試問他家，住在何所。趲步向前行，呀！却是一所荒墳墓。

〔一〕眉批：有遠神。
〔二〕墳：原作『雲』，據汲古閣刊本《繡刻琵琶記定本》改。
〔三〕眉批：關目趣。

（相見科）（末云）小哥，你從那裏來？（丑云）小人從京都來。（末云）却往那裏去？（丑云）奉蔡相公差至此。（末云）你相公是那裏人？差你來有甚勾當？（丑云）我相公特差小人來請取他的太老爹、太夫人和那小夫人，一同到洛陽去。（末云）你相公叫甚麽名字？（丑云）我相公的名字，小人怎敢說？（末云）荒僻去處，但說不妨。㈠（丑云）我相公是蔡伯喈。（末發怒科）

【風入松】（末唱）你不須提起蔡伯喈，說着他每忒歹。（丑云）呀！他有甚歹處？（末唱）他中狀元做官六七載，㈡撇父母抛妻不采。（丑云）他父母在那裏？（末唱）兀的這磚頭土堆，是他雙親在此中埋。

（丑云）呀！元來太爹爹太夫人都死了呵。不知爲甚麽死了？㈢

【前腔】（末唱）一從他别後遇荒災，更無人倚賴。（丑云）這等，是誰承直他兩個？（末唱）虧他媳婦相看待，把衣服和釵梳都解。（丑云）解也須有盡時。（末云）便是。這小娘子解得錢來糴米，做飯與公婆喫。他背地裏把糟糠自捱，公婆的反疑猜。

（丑云）公婆敢道他背後自喫了些好東西麽？（末云）便是。後來呵，

㈠ 眉批：好關目。
㈡ 眉批：也不合知中狀元。
㈢ 眉批：有不知死的主人，亦有不知死的走使。

【前腔】（末唱）他公婆的親看見，雙雙痛倒，無錢斷送，剪頭髮賣買棺材。（丑云）他那般無錢，如何築得這一所墳墓？（末唱）他去空山裏，裙包土，血流指，感得神明助，與他築墳臺。

（丑云）自古道孝感天地，果然有此。這小娘子如今在那裏？

【前腔】（末唱）他如今徑往帝都來。（丑云）他把甚麽做盤纏？（末云）小哥，我不瞞你，他彈着琵琶做乞丐。（丑云）蔡相公特地差小人來取他父母妻子，如今太老爹、太夫人既死了，小夫人却又去了，如何是好？（末云）你慢着，我與你説與他父母知道便了。老員外，老安人，你孩兒做官，如今差人來接你到京，同享富貴，你去不去？[一]（哭科）叫他不應魂何在？空教我珠淚盈腮。（丑云）公公，你休啼哭，小人如今回去，教俺相公多多做些功果，追薦他便了。（末笑科）他生不能養，死不能葬，葬不能祭。這三不孝逆天罪大，空設醮，枉修齋。[二]

你相公如今在那裏？（丑云）我相公如今入贅牛丞相府裏。

【前腔】（末唱）小哥，你如今疾忙便回，説我張老的道與蔡伯喈。（丑云）道甚麽來？（末唱）道你拜别人的爹娘好美哉，親爹娘死，不值你一拜。[三]（丑云）公公，你休錯埋冤了人。他要辭官，官

[一] 眉批：好甚！趣甚！冷甚！刺甚！

[二] 眉批：罵得好，張老大有直氣。

[三] 眉批：儘彀了。

裏不從；他要辭婚，我太師不從。只是没奈何了。（末唱）恁的呵。元來他也是無奈，好似鬼使神差。他當元在家不肯赴選，他的爹爹不從呵。這是三不從把他厮禁害，三不孝亦非其罪。(一)（丑云）公公，你險些錯埋冤了人。（末唱）這是他爹娘福薄運乖，人生裏都是命安排。

（丑云）敢問公公高姓？(二)（末云）小哥，我老漢不是别人，張太公的便是。當初蔡伯喈臨别之時，把父母囑付與我。如今他父母身死，小娘子又去京都尋他，將近去了個半月日。你如今回去，一路上但見一個婦人，道姑打扮，拿着一個琵琶，背着一軸真容的，便是你相公的小娘子。你把盤纏好好承直他去便了。（丑云）理會得，小人告别了。

（末）雙親死了已無依，今日回來也是遲。

（丑）夜静水寒魚不餌，滿船空載月明歸。

齣末批：

全傳都是罵，餘俱包藏罵，此獨真罵。

(一)　眉批：放鬆，妙。

(二)　眉批：適才説張老，如今又問姓。

第三十九齣　散髮歸林

【仙吕雙調·風入松慢】(外唱)女蘿松柏望相依,況景入桑榆。他椿庭萱室齊傾棄,怎不想家山桃李?中雀誤看屏裏,乘龍難駐門楣。

自古道:人無遠慮,必有近憂。自家當初不仔細,一時間不信我那院子説話,定要招蔡伯喈爲婿,指望養老百年,誰想道他父母俱亡。如今他媳婦逕來尋取,聞説我孩兒也要和他同去,不知是否?待我喚院子出來問他,便知端的。院子那裏?(末)紋犀欲下意沉吟,棋局排來仔細尋。猶恐中間差一着,教人錯用滿盤心。相公有何鈞旨?(外云)院子,説道蔡狀元父母死了,媳婦來尋他,我的小姐也要和他同去,你知道麽?(末云)男女不知,老姥姥必知端的。(外云)如此,叫老姥姥過來。

【仙吕過曲·光光乍】(淨唱)女婿要同歸,岳丈意何如?忽叫阿奴緣何的?(一)想必與他做區處。

(外云)老姥姥,見説蔡狀元的父母身死,他的媳婦來此尋他,我的小姐也要和他同去,此事是否?(淨云)果是小姐要同去。(外云)呀!我小姐同去做怎麽?(淨云)相公,他父母都死了,只是一個媳婦

(一)忽:原作「勿」,據汲古閣刊本《繡刻琵琶記定本》改。阿:原作「呵」,據汲古閣刊本《繡刻琵琶記定本》改。

支持。如今小姐要同他回去守服，有何不可？（外怒云）我的小姐如何與別人帶孝？㈠（淨）相公息怒，聽老奴告稟。

【南呂過曲・古女冠子】（淨唱）媳婦事舅姑合體例，相公怎不教女孩兒同去？當初是相公相留住，今日裏怨着誰？（外云）胡説！我不教孩兒去，却待怎的？（淨唱）相公，事須近禮，怎使聲勢？休道朝中太師威如火，那更路上行人口似碑。㈡（合）説起此事，費人區處。

【前腔】（末唱）我相公只慮着多嬌女，怕跋涉萬水千山。相公，只一件，女生向外從來語，況既已做人妻。夫唱婦隨，不須疑慮。這是藍田種玉結親誤，今日裏船到江心補漏遲。（合前）

【前腔】（外唱）當初是我不仔細，誰知道事成差池？㈢痛念深閨幼女多嬌媚，怎跋涉萬里？天那！我嫡親更有誰，怎忍分離？罷罷，不教愛女擔煩惱，也被傍人講是非。（合前）

（外云）老姥姥，你和院子也説得是，只得由他去罷。（淨云）恰好狀元小姐都來了。

【雙調引子・五供養】（旦唱）終朝垂淚，爲雙親使我心疚。（貼唱）親墳須共守，只得離神京。（生唱）夫人，且商量個計策，猶恐你爹行不肯。（合）若是他不肯，難説道君王有命。

㈠ 眉批：老牛還放這樣屁出來！

㈡ 眉批：如今相公怕口碑的少了。

㈢ 成：原闕，據汲古閣刊本《繡刻琵琶記定本》補。

（相見科）（外云）賢婿，我聞説你父母皆棄，你媳婦來此相尋，此事果否？（生云）此事果然，愚婿正來禀知岳丈。（外云）這可是伯喈的媳婦麽？（旦云）奴家便是。（外云）賢哉！賢哉！（貼云）孩兒有一事拜覆爹爹知道：娶妻所以養親。孔子云：生事之以禮；死葬之以禮，祭之以禮。若姐姐爲蔡氏之婦，生能竭奉養之力，死能備棺槨之禮，葬能盡封樹之勞。孩兒亦爲蔡氏婦，生不能供甘旨，死不能盡擗踊，葬不能事窀穸。以此思之，何以爲人？誠得罪於舅姑，實有愧於姐姐。今特講於爹爹之前，願居於姐姐之下。（外云）賢哉吾女！道得是，道得是。（旦云）自古道：人有貴賤，不可概論。夫人是香閨繡閣之名姝，奴家是裙布釵荆之貧婦；況承君命以成婚，〔一〕難讓妾身而居右。（外云）五娘子，你今日既無父母，又喪公姑，恰便是我的女孩兒一般；況你身先歸於蔡氏，年又長於吾兒，此實當禮，不必多辭。〔二〕（生云）你兩個只做姊妹相呼便了。（衆云）這個説得極是。（生云）愚婿今日拜辭岳丈，領二妻同歸故里，共行孝道。待服滿之後，再來侍奉尊顔。〔三〕（外云）賢婿，我其實捨不得你去。〔四〕今日你爹娘既不幸了，我也難再留你。（貼云）爹爹，孩兒暫别尊顔，實出無奈。爹爹善保尊體，不必掛牽。（外哭云）孩兒，你今拜舅姑的墳墓，竟不念我？（貼云）爹爹放心，孩兒此去，不過三年之

〔一〕命：原闕，據汲古閣刊本《繡刻琵琶記定本》補。
〔二〕眉批：老牛老牛，何苦定要把女兒與人做小老婆麽？
〔三〕侍：原作『待』，據汲古閣刊本《繡刻琵琶記定本》改。下同改。
〔四〕捨：原作『拾』，據汲古閣刊本《繡刻琵琶記定本》改。

期。（外悲云）苦！女兒終是向外，兀的不痛殺我也！(一)（衆云）相公不須煩惱。（生、旦、貼拜辭科）

【大石調過曲・催拍】（生唱）念蔡邕爲雙親命傾，遭不孝逆天罪名，今辭了帝廷。感岳丈慇懃，豈敢忘情？痛父母恩深，久負亡靈。（合）辭別去，同到墳塋。心慽慽，淚盈盈。

【前腔】（旦唱）念奴家離鄉背井，謝公相教孩兒同行。非獨故里榮，我泉下公婆，死也目瞑。（外云）五娘子，我女孩兒少長閨門，凡事望你指顧。(二)（旦唱）我自看承你孩兒，不須叮嚀。（合前）

【前腔】（貼唱）覷爹爹衰顏皤鬢，思量起教人淚零。(三)爹爹，我進退不忍。我待不去呵，誤了公婆，被人譏評。我待去呵，撇了爹爹，没人温清。（合前）

【前腔】（外唱）孩兒，此別去，你的吉凶未憑；再來時，我的存亡未審。賢婿，吾今已老景，畢竟你没爹娘，我没親生。(四)若是念骨肉，一家須早辦回程。（合前）

【正宫過曲・一撮棹】（生唱）岳丈，你寬心等，何須苦掛縈？（外唱）賢婿，把音書寫，頻頻寄郵亭。（貼云）老姥姥，爹年老，伊家須是好看承。（净唱）程途裏，各願保安寧。（旦唱）死別全

(一) 眉批：少不得歸來帶你老牛的孝也。生外向，又何苦留？
(二) 眉批：這分付是。
(三) 眉批：女子可温清之禮。
(四) 眉批：老牛，你今日知道他前日的苦。

無準，生離又難定。(合)今去也，未知何日還神京？

(外云)你三人去，途中須要保重。(生、旦、貼云)謝得尊人掛念。

【哭相思尾】(合唱)最苦生離難拋捨，未知再會何時也。(生、旦、貼并下)

(外)女婿今朝已別離，老身孤苦有誰知。

(合)夫唱婦隨同歸去，一處思量一處悲。

第四十齣　李旺回話

【柳穿魚】(丑唱)心忙似箭走如飛，歷盡艱辛有誰知？夜靜水寒魚不餌，滿船空載月明歸。歸來後，到庭除，未知相公在何處？

李旺蒙老相公差去陳留，請取蔡相公的老員外、老夫人、小娘子。不想他兩位老的都死了，小娘子又來了，教我空走這一遭。如今且未好對老相公說，先說與蔡相公知道。呀！怎的房門都閉了，敢是蔡相公入朝去了，小姐要幽靜，閉着門呵？開門，開門。(一)

【翫仙燈】(外唱)門外有人聲，是誰來諠譁鬧炒？

(一)　眉批：關目好，但不象相府耳。難道再無一人說知？

（李云）老相公，是李旺。（外云）李旺，你回來了。你知道麽，我小姐和蔡相公回家去了？（丑云）蔡相公小娘子曾到這裏不曾？（外云）我見他了。李旺，我且問你，蔡相公父母既死了，媳婦又來，你到那裏，曾見甚麽人？

【南吕過曲・風帖兒】（丑唱）相公，我到得陳留，逢着一個故老，在他爹娘墳上拜掃。他道爹娘呵，果然飢荒都喪了。他媳婦也來到，枉教人走這遭。

【前腔】（外唱）李旺，我如今去朝廷上表，奏蔡氏一門孝道。管取吾皇降丹詔，把他召，我自去陳留走一遭。

（丑云）老相公，這個趙氏，其實難得。（外云）便是。一家都難得。一來蔡伯喈不忘其親，二來趙五娘子孝於舅姑，三來我小姐又能成人之義。一門孝義如此，理當保奏，請行旌表。（丑云）相公道得最是。

（外）五更三點奏朝廷，（丑）今古難求此樣人。

（合）管取一封天子詔，表揚四海孝賢名。

齣末批：

他們是該旌表了，只是你這老牛也當打五百背脊。

第四十一齣　風木餘恨

【雙調引子・梅花引】（生唱）傷心滿目故人疏，看郊墟，盡荒蕪。（旦、貼唱）惟有青山，添得

個墳墓。（合）慟哭無聲長夜曉，問泉下有人還聽得無？（一）

〔玉樓春〕（生云）他鄉萬點思親淚，不能滴向家山地。（旦云）如今有淚滴家山，欲見雙親渾無計。（貼云）荒墳衰草連寒烟，蒼苔黄葉飛蘋蘩。（生云）欲聽鷄聲來問寢，忽驚蟻夢先歸泉。（旦云）人生自古誰無死？嗟君此恨憑誰語？（貼云）可憐衰絰拜墳塋，不作錦衣歸故里。（生云）夫人，此處便是爹媽墳墓。我和你先拜了雙親，還要去拜謝張太公。（旦、貼云）正是如此。（拜奠科）（二）

【仙吕入雙調・玉雁兒】（生唱）孩兒相誤，爲功名擔閣了父母，都緣是孩兒不得歸鄉故。爹爹，媽媽，你怎便先歸黄土？乾坤豈容不孝子？名虧行缺不如死，只愁我死缺祭祀。（三）（合）對真容形衰貌枯，想靈魂悲咽痛苦。

【前腔】（旦唱）百拜公姑，望矜憐恕責我夫。你孩兒贅居牛府，日夜要歸難離步。（四）你這新媳婦呵，堅心雅意勸親父，同歸故里守孝服，今日雙雙來廬墓。（合前）

【前腔】（貼唱）不孝的媳婦，恨當初爲我耽誤了丈夫。喫人談笑生何補？我待死呵，又羞見

（一）眉批：雨落泉聲咽。

（二）眉批：不哀便不像。

（三）眉批：又不肯死了。

（四）眉批：五娘子説分上，斷是聽的。

公姑。公公，婆婆，我生前不能彀相奉侍，何如事你向黃泉路？只一件，我死了呵，家中老父誰看顧？[一]（合前）

（生云）呀！只見朔風四起，瑞雪横空，天氣甚冷。左右，且迴避着。（衆下）（末扮張太公上）

【前腔】（末唱）樓臺銀鋪，遍青山渾如畫圖。乾坤似他衣衰素，故添個縞帶飛舞。你躄踊慟哭直恁苦，那堪大雪添淒楚。[二]事當逆來順受，抑情就禮通今古。（合前）

（生云）呀！張太公來了。卑人父母生死，皆蒙太公周濟。正道拜了父母墳塋，就到宅上拜謝，少效啣環之報，何勞太公先降？（末云）説那裏話？蔡相公，你腰金衣紫，可惜令尊令堂相繼謝世，不得盡你孝心。正是：樹欲静而風不寧，子欲養而親不在。這也是他命該如此。你今日榮歸故里，光耀祖宗，雖是他生前不能彀你的禄養，死後亦得沾你的恩典。老夫苟延殘喘，又得相見，僥倖！僥倖！你今在此廬墓，老夫合當陪伴。但有牛氏夫人在此，怕不穩便。暫且告别，再來相看。[三]

（生）多謝深恩不敢忘，（末）稍寬愁緒節悲傷。

（旦）親墳共掃添榮耀，（貼）不負詩書教子方。

[一] 眉批：的。

[二] 眉批：天地爲愁，草木淒悲。

[三] 眉批：冷語，令人汗顔。

第四十二齣　一門旌獎

【商調引子・逍遥樂】（生唱）寂寞誰憐我，空對着孤墳珠淚墮。（旦唱）光陰撚指過三春。（貼唱）幽途渺渺，滯魄沉沉，誰與招魂？

（生云）夫人，你看兩木連枝誰手栽？相馴白兔走墳臺。（旦、貼云）無心動植呈祥瑞，否極應須會泰來。（末上）一封丹詔從天下，忽聽傳聞動郊野。説道旌表一門閭，未卜此爲何人也。（末云）蔡相公，外面宣傳有詔書到此，旌表孝義，想必是爲足下而來。（生云）人間孝者亦多，卑人何足稱孝？假如大舜、曾參之孝，亦是人子當盡之事，何足旌表？（末云）你説那裏話？老夫當初也只道你貪名逐利，撇了父母妻室，不肯還家；到如今纔得個分曉。《孝經》云：孝弟之至，通於神明，光於四海，無所不通。今見你墳頭枯木生連理之枝，白兔有馴擾之性。祥瑞若此，吉慶必來。

【仙吕入雙調・六么令】（末唱）連枝異木新，見墳臺白兔如馴。禽獸草木尚懷仁，這一封丹詔，必因君。（合）料天也會相憐憫。

【前腔】（生唱）皇恩若念臣，我也不圖禄及吾身。只愁恩不到雙親，空辜負，這孤墳。（合前）

【前腔】（旦唱）知他假與真？謝得公公，報説慇懃。太公，空教你爲我受艱辛，今日裏，有誰旌表你門庭？（合前）

【前腔】（貼唱）來使是何人？ 閟中無由，詢問一聲。（生云）夫人要問甚麼？（貼唱）無由詢問我家君，知他安與否，死和存？

【前腔】（丑唱）敕書已來近，看街市上人亂紛紛。 咱每只得忙前奔，備香案，接皇恩。〔一〕（合前）

（相見科）（生云）何處官長？ 因甚到此？（丑云）下官本縣知縣。 告大人得知： 今日天朝牛丞相親賫詔書，到此開讀，旌表大人一門孝義；加官進職，起服到京。 下官特來鋪設香案，迎接皇恩。 請大人改換吉服等候。（生云）卑人孝服，未可更易。（丑云）先王制禮，賢者俯而就，不肖者跂而及。 今大人服制已滿，況天朝恩典，禮當從吉。（衆云）說得是。（生云）門閭旌表感吾皇，（旦、貼云）孝服今朝換吉裳。（合云）不是一番寒徹骨，争得梅花撲鼻香？（生、旦、貼下）（外引待從上）

【前腔】（外唱）風霜已滿鬢，玉勒雕鞍，走遍紅塵。 今日到此喜欣欣，重相見，解愁悶。（合前）

（浄云）這裏就是蔡相公廬墓所在，請相公駐節。（生、旦、貼吉服上）

【前腔】（合唱）心荒步又緊，想皇恩已到寒門。 披袍秉笏更垂紳，冠和帶，一番新。（合前）

〔一〕 眉批： 今世旌表多如此。

（外）聖旨已到，跪聽宣讀。（一）皇帝詔曰：　朕惟風俗爲教化之基，孝弟爲風俗之本。去聖逾遠，淳風日離。彝倫攸斁，朕甚憫焉。其有克盡孝義，敦尚風化，可不獎勸，以勉四海？議郎蔡邕，篤於孝行。富貴不足以解憂，甘旨常關於想念。雖違素志，竟遂佳名。委職居喪，厥聲尤著。其妻趙氏，獨奉舅姑。服勞盡瘁，克終養生喪死之情，允備貞潔韋柔之德。糟糠之婦，今始見之。牛氏善諫其父，克相其夫。罔懷嫉妒之心，實有遜讓之美。曰孝曰義，可謂兼全。斯三人者，朕甚嘉之。使四海億兆，皆當儀刑斯人，垂範將來。風移俗易，教美化行。唐虞三代，誠可追配。是用寵錫，以彰孝義。蔡邕授中郎將，妻趙氏封陳留郡夫人，牛氏封河南郡夫人，限日赴京；　父從簡贈十六勳，母秦氏贈天水郡夫人。於戲！風木之情何深，式彰風化之表；　霜露之思既極，宜沾雨露之恩。服此休嘉，慰汝悼念。（二）謝恩！（生、旦、貼謝恩科）（外拜墳科）（生、旦、貼拜謝外科）（生云）荷蒙岳丈保奏，愚婿何以克當？（貼云）自別尊顔，且喜無恙。（外云）孩兒，且喜各保安康，再得相見。（三）（丑、末相見科）（外云）此二位是誰？（丑云）下官是陳留縣知縣。（末云）老漢是蔡相公鄰人張廣才。（生云）卑人父母，多多得他週濟。（外云）元來就是張太公呵，俺朝裏也聞他仗義高名。賢婿，你今起服回朝，未得展報深恩，我有黃

（一）眉批：却有一件，不是大老人就到了。

（二）眉批：誰不心酸？

（三）眉批：賢哉糟糠婦！

金一笏送與，聊表報答之意。（生云）太公，請收下。（末云）救災恤鄰，萬古之道；又況你二親不保，實有愧顔，何敢受令岳之賜？（生云）太公且漸收下。卑人尚當申奏朝廷，還有區區犬馬報效。（末云）説那裏話？此金斷然不敢受。（外云）賢婿，太公高義的人，不可再强。〔一〕老夫回京，當奏請官職俸禄，以酬大恩便了。

【仙吕过曲・一封書】（外唱）我恭奉聖旨，跋涉程途千萬里。吾皇親賢意甚美，因探孩兒并女婿。賢婿，你夫婦數載辛勤雖自苦，一旦榮華人怎比？（合）耀門閭，進官職，孝義名傳天下知。

【前腔】（生唱）兒不孝，有甚德，蒙岳丈過主維？（作悲科）何如免喪親，又何須名顯貴？可惜二親飢寒死，博得孩兒名利歸。〔二〕（合前）

【前腔】（旦唱）把真容重畫取，公公，婆婆，如今封贈伊。把你這眉兒放展舒，只愁你瘦儀容難做肥。今日呵，豈獨奴心知感德，料你也啣恩泉石裏。〔三〕（合前）

【前腔】（貼唱）從别後，倍哀戚，況家中音信稀。爲公姑多怨憶，爲爹行常淚垂。今日見公

〔一〕眉批：又慳吝這錠金子了！

〔二〕眉批：罵不絶口。

〔三〕眉批：妙！妙！

姑無愧色，又得與爹行相依倚。（合前）

【永團圓】（衆唱）名傳四海人怎比？豈獨是耀門閭？人生怕不全孝義，聖明世，豈相棄？這隆恩美譽，從教何所愧，萬古青編記。如今便去，相隨到帝畿。拜謝皇恩了，歸院宇一家賀喜。共設華筵會，四景常歡聚。顯文明，開盛治。説孝男，并義女。玉燭調和，歸聖主。

（生）還居墓荻已三年，（旦）何幸丹書下九天。

（衆）莫道名高與爵貴，須知子孝共妻賢。

齣末批：

《西厢》《琵琶》，俱是傳神文字，然讀《西厢》令人解頤，讀《琵琶》令人酸鼻，從頭到尾，無一句快活話。讀一篇《琵琶記》，勝讀一部《離騷經》。

純是一部嘲罵譜：贅牛府，嘲他是畜類；遇飢荒，罵他不顧養；厭糠、剪髮，罵他撇下結髮糟糠妻；裙包土，笑他不奔喪；抱琵琶，醜他乞兒行；受恩于廣才，刺他無仁義；操琴賞月，雖吐孝詞，却是不孝題目；訴怨琵琶，題情書館，廬墓旌表，罵到無可罵處矣！

元本大板釋義全像音釋琵琶記

目録

元本大板釋義全像音釋琵琶記卷之中

重校元本大板釋義全像音釋琵琶記卷之下……一四三〇

重校琵琶記凡例

一、校定以元本爲主，今諸家本多有删改，而音義仍未相諧及有譌缺者，一據元本補訂之。

一、元本與諸家本字句不同者，大體難從元本，而元本間有未穩者，亦參諸家本校定之，不敢泥也。

一、此記中多采取常語揑合入腔，故間出緊搶帶疊字，其宛轉微妙，非諸家所能擬，而抑揚閃賺，歌者難之。今於此等皆居中細書，稍加殊别，庶臨詞者易爲調停耳。其有應按腔板者，則仍大書，不敢混也。

一、標題中有所謂枝者，指一齣而言，如於全樹中掇取一大枝也。所謂折者，指一曲而言，如於大枝中又摘取一小枝也，皆元本面字。

一、考定元本與諸家本字句，雖自期於精覈乃止，仍慮或有未當者，隨注其額，以俟博識詳擇。

一、點板黜浙從崑，審經名校。

一、題評聊見讐校大意，唯俟博識去存。

琵琶記始末總評

《巵言》云：『高則成《琵琶記》欲以譏當時一士大夫，而託名伯喈。』不知其説。偶閲《説郛》所載唐人小説：〔一〕牛相國僧孺之子繁與同人蔡生邂逅文字交，尋同舉進士。才蔡生，欲以女弟適之。蔡已有妻趙矣，力辭不得。後牛氏與趙處，能卑順自將。蔡仕至節度副使，其姓相同，一至兹。則成何不直舉其人，而顧誣㦂賢者至此耶？

謂則成元本止《書館相逢》，又謂『賞月』『掃松』二闋爲朱教諭所補，亦好奇之談，非實録也。

則成所以冠絶諸家者，不唯其琢句之工，使事之美而已。其體貼人情，委曲必盡；描寫物態，仿佛如生；問答之際，了不見扭造，所以佳耳。至於腔調微有未諧，譬見鍾王跡

〔一〕説郛：原闕『説』，據文義改。

不得其合處，當精思求諸，不當執末以議本也。

何元朗嘗謂《拜月亭》勝《琵琶》，此大謬也。無詞家大學問，一短也；無裨風教，二短也；歌演終場不能令人墮淚，三短也，故南曲當以《琵琶》壓卷。

附音律指南

聲音各應律吕，分六宫十一調

仙吕：清新綿邈　南吕：感歎傷悲　中吕：高下閃賺

黄鍾：富貴纏綿　正宫：惆悵雄壯　道宫：飄逸清幽

大石調：風流蘊藉　小石調：旖旎嫵媚　高平調：條拗混漾

般涉調：拾掇坑塹　歇指調：急併虚喝　商角調：悲傷宛轉

雙調：健捷激裊　商調：悽愴怨慕　角調：嗚咽悠揚

宫調：典雅沉重　越調：陶寫冷笑

名同音律不同者一十六章

水仙子：【黄鍾】【雙調】　寨兒令：【黄鍾】【越調】　端正好：【正宫】【仙吕】

祆神急：【仙吕】【雙調】　上京馬：【仙吕】【商調】　鬥鵪鶉：【中吕】【越調】

紅芍藥：【中呂】【南呂】　醉春風：【中呂】【雙調】

句字不拘可以增損者一十四章

正宮：【端正好】【貨郎兒】【煞尾】　仙呂：【混江龍】【後庭花】【青歌兒】

南呂：【草池春】【鵪鶉兒】【黄鍾尾】　中呂：【道和】

雙調：【新水令】【折桂令】【梅花酒】【尾聲】

按：周德清《中原音韻》所載，十七宮調南北并同，後二條雖專論北調，(一)而南調實不出其範圍。此《記》中如【江兒水】【五供養】【醉太平】諸調，前後自相别，其【雙鸂鶒】【啄木兒】【鏵鍬兒】【點絳唇】【混江龍】【青歌兒】等調，又與他記不同，則知調雖有南北，而若此類者大略相去不遠。特金元時專尚北調，故周公偏詳之，非謂南調又自有一機局也，今並舉以見例。至於《瀛洲律髓》《詩人玉屑》所謂體，所謂格，與夫《事林廣記》所謂旋宮法，《輟耕録》所謂唱曲病，皆詞家之要旨也，有志於知音者其詳考諸。

附音畢

(一) 北：原闕，據明萬曆金陵繼志齋刊本《重校琵琶記》補。

重校元本琵琶記目録

(一) 齣：原闕，據正文補。

目録畢

元本大板釋義全像音釋琵琶記卷之上

第一齣　副末開場

（末上白）

〔水調歌頭〕秋燈明翠幕，夜案覽芸編。今來古往，其中故事幾多般。少甚佳人才子，也有神仙幽怪，瑣碎不堪觀。正是：不關風化體，縱好也徒然。論傳奇，樂人易，動人難。知音君子，這回另作眼兒看。休論插科打諢，也不尋宮數調，(一)只看子孝共妻賢。正是：驊騮方獨步，萬馬敢争先。

（問内科）且問後房子弟，今日敷演誰家故事，那本傳奇？（内應科）三不從琵琶記。（末云）原來是這本傳奇，待小子略道幾句家門，便見戲文大意。

(一)　眉批：凡歌曲入絃索難於更端，每一調自爲終始。《記》中雜曲間有出調，至於韻脚及閒句結煞字，亦多不拘平仄，似與拘拘者不同，故首説破『也不尋宮數調』一句。細玩自得。

〔沁園春〕趙女姿容，〔一〕蔡邕文業，兩月夫妻。奈朝廷黃榜，遍招賢士；高堂嚴命，强赴春闈。一舉鰲頭，再婚牛氏，利綰名牽竟不歸。饑荒歲，雙親俱喪，此際實堪悲。堪悲，趙女支持，剪下香雲送舅姑。把麻裙包土，築成墳墓；琵琶寫怨，逕往京畿。孝矣伯皆，賢哉牛氏，書館相逢最慘悽。重廬墓，一夫二婦，旌表耀門閭。

極富極貴牛丞相，施仁施義張廣才。
有貞有烈趙真女，全忠全孝蔡伯皆。

第二齣　高堂稱慶

【正宮引子・瑞鶴仙】（生）十載親燈火，論高才絕學，休誇班馬。風雲太平日，正驊騮欲騁，魚龍將化。沉吟一和，〔二〕怎離却雙親膝下？且盡心甘旨，功名富貴，付之天也。

〔鷓鴣天〕宋玉多才未足稱，子雲識字浪傳名。奎光已透三千丈，〔三〕風力行看九萬程。經世手，濟時英，玉堂金馬豈難登。要將萊綵歡親意，且戴儒冠盡子情。蔡邕沉酣六籍，貫串百家。自禮樂名物，以

〔一〕姿：原作「恣」，據明萬曆金陵繼志齋刊本《重校琵琶記》改。
〔二〕眉批：「沉吟」句浙本不唱，但作躊躕之狀，不唯【瑞鶴仙】缺一句，而梨園醜態日繁，皆此類作俑也。
〔三〕眉批：奎光：奎，文星也。

及詩賦詞章，皆能窮其妙；由陰陽星曆，以至聲音書數，靡不得其精。抱經濟之奇才，當文明之盛世。幼而學，壯而行，雖望青雲之萬里；入則孝，出則弟，怎離白髮之雙親？到不如盡菽水之歡，甘虀鹽之分。正是：行孝於己，責報於天。自家新娶妻房，纔方兩月。却是陳留郡人趙氏五娘，[一]儀容俊雅，也休誇桃李之姿；德性幽閒，儘可寄蘋蘩之託。正是夫妻和順，父母康寧。《詩》中有云：爲此春酒，以介眉壽。[二]今喜雙親既壽而康，對此春光，就花下酌杯酒，與雙親稱壽，多少是好？昨已分付五娘子安排，不免催促則個。娘子，酒完了，請爹媽出來。（旦内應科）（外扮蔡公，净扮蔡婆上）

【雙調引子·寶鼎兒】（外）[三]小門深巷，春到芳草，人間清晝。（净）人老去星星非故，春又來年年依舊。（旦扮趙氏上）最喜今朝春酒熟，滿目花開如繡。（合）願歲歲年年，人在花下，常斟春酒。

（外）孩兒，你請我兩個出來做甚麼？（生）告爹媽得知，人生百歲，光陰幾何？幸喜爹媽年滿八旬，孩兒一則以喜，一則以懼。當此青春光景，閒居無事。聊具一杯蔬酒，與爹媽稱慶則個。（净笑云）阿老有得喫。（外）阿婆，這是子孝雙親樂，家和萬事成。（生勸酒科）

[一] 眉批：陳留：今河南開封府。

[二] 眉批：以介眉壽：介，助也。人壽則眉長。

[三] 眉批：（以上原闕）名方有原委。蔡名稜，字伯直，此曰從簡，取木簡之意。一云張太公即高東嘉託名。

【雙調過曲・錦堂月】(生)簾幕風柔，庭幃晝永，朝來峭寒輕透。親在高堂，一喜又還一憂。惟願取百歲椿萱，長似他三春花柳。(合)酌春酒，看取花下高歌，共祝眉壽。

【前腔換頭】(旦)輻輳，獲配鸞儔。深慚燕爾，(一)持杯自覺嬌羞。怕難主蘋蘩，不堪侍奉箕箒。惟願取偕老夫妻，長侍奉暮年姑舅。(合前)

【前腔換頭】(外)(二)還愁，白髮蒙頭。紅英滿眼，(三)心驚去年時候。只恐時光，催人去也難留。孩兒，惟願取黃卷青燈，及早換金章紫綬。(合前)

【前腔換頭】(淨)(四)還憂，松竹門幽。桑榆景暮，(五)明年知他健否安否？嘆蘭玉蕭條，一朵桂花難茂。媳婦，惟願取連理芳妍，(六)得早遂孫枝榮秀。(合前)

【醉翁子】(生)回首，嘆瞬息烏飛兔走。喜爹媽雙全，謝天相佑。(旦)不謬，更清淡安閒，樂

(一) 眉批：『鸞儔』『燕爾』，以虛對實。
(二) 眉批：外折以顔色字作類。
(三) 眉批：紅英滿眼：言花開又一年也。
(四) 眉批：净折以花木字作類。
(五) 眉批：景：古影字。
(六) 眉批：芳妍：今作『明年』，對『榮秀』字不過。

事如今誰更有？（合）相慶處，但酌酒高歌，共祝眉壽。(一)

（外）孩兒，你今日爲我兩個慶壽，這便是你的孝。人須要忠孝兩全，方是個丈夫。我纔想將起來，今年是大比之年。昨日郡中有吏來辟召，你可上京取應。倘得脱白掛緑，儘可濟世安民，這纔是□□作忠。(二)（生）爹媽高年在堂，無人侍奉，孩兒豈敢遠離？實難從命。

【前腔換頭】（外）卑陋，論做人要光前耀後。勸我兒青雲萬里，(三)早當馳驟。（净）聽剖，真樂在田園，何必區區公與侯？（合前）

【僥僥令】（生、旦）春花明綵袖，春酒泛金甌。但願歲歲年年人長在，父母共夫妻相勸酬。

【前腔】（外、净）夫妻好廝守，父母願長久。坐對兩山排闥青來好，看將一水護田疇，緑遶流。(四)

【十二時】（合）山青水緑還依舊，嘆人生青春難又，惟有快活是良謀。

（外）逢時對景且高歌，（净）須信人生能幾何。

(一) 眉批：共祝眉壽：一作『更復何求』，非韻。

(二) 眉批：今本無外白，接『卑陋』句不下。

(三) 眉批：勸：一作『願』，與『當』字不應。

(四) 眉批：今本作『坐對送青排闥親來好，看將緑水護田疇，緑水流』，不唯刻畫元詞，其如荆公佳句何？

（生）萬兩黄金未爲貴，（旦）一家安樂值錢多。

釋義：親燈火：夜讀也。昌黎《勉子》詩：『燈火稍可親。』班馬：後漢班固，字孟堅，安陵人。九歲能文，明帝時典校秘書，著《西漢書》。司馬遷，子子長，龍門人。弱冠遊江、淮，浮沅、湘，涉汝、泗，過梁、楚以歸。武帝太中初爲太史令，作《史記》。後世稱良史，必曰班馬。風雲：《易》云：『雲從龍，風從虎。』喻士之乘時也。宋玉：楚人屈原弟子，憫其師忠而見放，作《九辨》述其志而悲之。又作《高唐》《神女》等賦，〔一〕皆寓言有所諷也。子雲：漢楊雄字也。成都人，博學群書，口吃，訥不能劇談，而好沉思。善識奇字，劉芬從學之。九萬程：《莊子・逍遥篇》：『北溟有魚曰鯤，鯤之大不知其幾千里。化而爲鵬，鵬之大皆不知其幾千里。怒而飛，其翼若垂天之雲。是鳥也，居北海則將徙於南溟。南溟者，天池也。鵬之徙，擊水三千里，摶扶摇而上者九萬里。』扶摇，風上行也。玉堂：漢武帝所建，猶今翰林也。宋蘇易簡爲學士，太宗以『紅綃飛帛』四字曰玉堂之署，賜本院掛之。金馬：門名。《三輔黄圖》：『金馬門，宦者之署，在未央宮右。』武帝時，得大宛馬，以銅鑄像，立於署門，因以爲名。東方朔、主父偃、嚴安、徐樂待詔於此。萊綵：老萊子，楚人。嘗著書言道家之用。事親至孝，年七十，身着五色班襴之衣。常取水上堂，佯仆地，爲小兒啼；弄雛於親側以娱之。青雲：莆田鄭嶠，乾道間中省，未廷對，夢

〔一〕高唐：原作『高堂』，據文義改。

空中一梯，雲氣圍繞，俄至梯側。既而果登第一。菽水：菽，豆也。《禮記》：『啜菽飲水，盡其歡心。』

齏鹽：《送窮文》：『朝齏暮鹽。』言學者燈窗勤苦。幽閑：《詩》言：文王之妃，有幽閒貞静之德。

蘋蘩：皆草名。古人以奉祭祀。《詩》云：『采蘋采蘩。』星星：髮變班也。謝靈運詩：『星星白髮垂。』椿萱：《莊子》云：『山中有大椿木，以八千歲爲春，八千歲爲秋。』凡稱父爲椿者，取久長之義。萱，忘憂草也，食之令人忘憂。凡稱母爲萱者，蓋取忘憂之義也。輻輳：輻，車輻也；輳，輻共轂也。喻夫婦合而成家也。鸞儔：鸞凰常和鳴，故以喻夫婦和合。箕帚：單父吕文，字叔平，善相貌。高祖狀貌非常，曰：吾有女，願爲箕帚妾。箕帚，掃除之器也。偕老：偕，同也。《詩》：『與子偕老。』

黄卷：古人爲書，用黄紙。有誤，以雌黄塗之，故曰黄卷。金章：章，印也。以金爲印，故曰金章。

紫綬：紫，組以貫玉珮者。桑榆：《淮南子》：『日西垂，影在木端。』端，木末也。喻人老不久也。

蘭玉、桂花：俱喻子孫也。晉謝玄與從兄朗輩爲叔父安所器，曰：『子弟亦何預人事，正欲使其佳？』玄答曰：『譬如芝蘭玉樹，欲使其生於庭堦耳。』孫枝：《風俗通》云：『梧桐生孫枝。』瞬息：瞬，一轉目也；息，一呼吸也。言光陰之迅速。烏飛：《淮南子》：『日中有三足驄烏。』蓋烏之尾翅屬陽，以喻日。兔走：《酉陽雜俎》：『月中有兔與蟾蜍並明，陰繫於陽也。』兔之唇缺，陰类月，太陰之精，積而成獸，故以兔喻之也。

音釋：馳：音逞。膝：音昔。儔：音仇。謬：音茂，差謬也。健：音見。瞬：音舜。

闥：音達。湫：音幽。甌：音歐。齣：音出。

第三齣　牛氏規奴

（末扮院子上）風送爐香歸别院，日移花影上閒庭。晝長人静無他事，惟有鶯啼三兩聲。(一) 小子不是别人，却是牛太師府裏一個院子。若論我太師的富貴，真個：只有天在上，(二)更無山與齊。舉頭紅日近，回首白雲低。怎見得那般富貴？(三) 他勢壓中朝，資傾上苑。白日照沙堤，青霜凝畫戟。門外車輪流水，(四)城中甲第連天。瓊樓酬月十二層，(五)錦障藏春五十里。香散綺羅，寫不盡園林景致；影摇珠翠，描不就庭院風光。好耍子的油壁車輕金犢肥，没尋處的流蘇帳煖春鷄報。(六) 畫堂内持觴勸酒，走動的是紫綬金貂；繡屏前品竹彈絲，擺列的是紅粧粉面。玳瑁筵前爇寶香，真個是朝朝寒食；琉璃

(一) 眉批：『風送』四句，高漢卿詩。鶯啼：一作『啼鶯』，引寇準《華山》詩，取義更新。

(二) 眉批：只有天在上：寇萊公童時詠華山詩也。

(三) 眉批：此篇與三十四齣彌陀寺五戒，三十六出蔡伯皆院子二篇語俱駢麗清新。

(四) 眉批：車輪流水：言侍從□浥之圖也。

(五) 眉批：酬月：酬，以酒沃地也。

(六) 眉批：『油壁』二句，温飛卿詩。

影裏燒銀燭，果然是夜夜元宵。(一) 這般樣福地洞天，可知有仙姝玉女。休誇富貴的牛太師，且説賢德的小娘子。真個好一位小娘子呵！看他儀容嬌媚，一個没包彈的俊臉，似一片美玉無瑕；體態幽閒，半點難勾引的芳心，如幾寸清冰徹底。珠翠叢中長大，倒堪雅淡梳粧；綺羅隊裏生來，却厭繁華氣象。懶聽笙歌聲韻，惟貪針黹工夫。愛景清幽，鎮白日何曾離繡閣？笑人游冶，傍青春那肯出香閨？開遍海棠花，也不問夜來多少；飛殘楊柳絮，竟不道春去如何。要知他半點真心，惟有穿瑣窗的明月；能回他一雙嬌眼，除非翻繡幌的清風。決非慕司馬的文君，肯學選伯鸞的德耀。(二) 更羨他知書知禮，是一個不趨蹌的秀才；若論他有德有行，好一位戴冠兒的君子。多應是相門相種，可惜不做厮兒；(三) 少甚麽王子王孫，争要求爲佳配。呀！理會得麽？他是玉皇殿上掌書仙，一點塵心謫九天。莫怪蘭香熏透骨，霞衣曾惹御爐烟。(四) 呀！好怪麽！只見府堂中老姥姥和惜春姐兩個，笑哈哈舞將出來。我且躲在一邊，看他做甚麽？（净扮老姥姥、丑扮惜春舞上）

【仙吕入雙調・雁兒舞】（净）庭院重重，怎不怨苦？要尋個男兒，又無門路。（丑）甚年能

(一) 眉批：果吊出高意國光彩，一有之王。
(二) 眉批：『司馬』『伯鸞』二句，事對人對字對。
(三) 眉批：厮兒：猶云男兒。
(四) 眉批：『玉皇』四句，唐任生贈曹文姬詩。

彀和一丈夫，(一)一處裏雙雙雁兒舞？

（相見科）（末）我問你兩個：往常間不曾恁的快活，今日如何這般快活？（丑）院公，你那得知我喫小姐苦哩！並不許我半步胡踹，又不要我説男兒邊厢去。咳，苦也！你不要男兒，我須要哩！他也道我和他相似，笑也不許我笑一笑。今日天可憐見，喫我千方百計去説化他，只限我半個時辰去後花園閒耍一遭。你道我如何不快活？（浄）院公，便是我也千不合萬不合，前生不曾種得福田，爹娘把我送在府堂中做個丫頭。到今年紀老了，不曾得一日眉頭舒展。今日天可憐見，幸得老相公入朝，我纔得偷身來此閒耍一遭。你道我如何不快活？（末）元來恁的，可知道你二人快活。（浄）院公，你伏侍老相公，却是公的又撞着公的；我與惜春伏侍小姐，却是雌的又撞着雌的。（末）呀！老姥姥，你怎的説這話？惜春姐年紀小，也怪他傷春不得。你年紀這般老大，也説這般傷春的話，成甚麽樣子？（浄）哱嗯老畜生，倒喫你識破了！却不道秋茄晚結，菊花晚發？我雖然老便老，似京棗。外面皺，裏頭好。你不聞東村有個李老婆，年紀七八十歲，頭光撻撻的，也只要嫁人。人問道：婆婆，你這般老了，又要去嫁人怎的？那婆婆做四句詩，應得好。（末）如何説？（浄）道是：人生七十古來稀，不去嫁人待何時？下了頭髻床上睡，枕頭上架兩個大擂搥。（末）你有些欠尊重。（丑）休閒説，今日得來此花園遊嬉，也不容易。又撞着院公在此，咱每三個何不做個耍子？（末）也説得是。還是做甚麽耍

(一) 眉批：和：諸本作『嫁』，語意不活。

子好？（浄）院公，和你踢氣毬耍子？（末）不好。（浄）怎的不好？［西江月］（末）白打從來逞藝，官場自小馳名。(一) 如今年老脚踜蹭，(二)圓社無心馳騁。(三) 空使繡襦汗濕，漫教羅襪生塵。兀的是年少子弟俏門庭，老姥姥，不是你寶粧行徑。（丑）院公，踢氣毬不好，便和你鬥百草耍子？（末）也不好。（丑）怎的不好？（末）香徑裏攀殘柳眼，雕闌畔折損花容。又無巧藝動王公，枉費工夫何用？ 驚起嬌鶯語燕，打開浪蝶狂蜂。若還尋得個並頭紅，惜春姐，早把你芳心引動。(四)（浄、丑）院公，你道兩樣都不好，如今打鞦韆耍子好麼？（末）這個却好。你聽我說： 玉體輕流香汗，繡裙蕩漾明霞。纖纖玉手綵繩拿，真個堪描堪畫。 本是北方戎戲，移來上苑豪家。女娘撩亂隔墻花，好似半仙戲耍。（浄、丑）恁的便打鞦韆。只是没有架子。（末）這花園中那裏得他？一來老相公不喜，二來小姐不好。縱有也折了。（丑）院公，没奈何，我每三個在這裏厮輪做個鞦韆架，一人打，兩人擡。（末）如此也好。誰人先打？（浄、丑）我兩人擡，院公先打。（做架科）（末）你兩人不要跌了我。（浄、丑）院公，你放心，不妨事，只管上去打便罷。（末打科）

【窣地錦襠】（末）花紅柳緑草芊芊，正值春光艶陽天。我和你不來此處打鞦韆，爲人一生也

(一) 眉批：《齊雲論》云：『兩人對踢爲白打，三人角踢爲官場。』
(二) 眉批：踜蹭：不便貌。坊本作『賺疼』，非。
(三) 眉批：毬會謂之圓社。
(四) 眉批：三詞并不露一個本色字，而三事宛然，甚妙。一本改『柳眼』爲『草色』，犯出『草』字，失體。

徒然。(一)

（放跌科）（末）你兩個跌得我好！　如今輪該老姥姥打。（淨）你兩人也不要跌了我。（末）老姥姥放心，不妨事，只管打便罷。（淨打科）

【前腔】（淨）春光明媚景色鮮，遊遍花塢聽杜鵑。那更上苑柳如綿，我和你不打鞦韆枉少年。

（放跌科）（淨）你兩個騙得我好！　如今輪該惜春打。(二)（丑）你兩人也不要跌了我。（淨）惜春放心，也只管打便罷。（丑打科）(三)

【前腔】（丑）奴是人間快活仙，喫了飽飯愛去眠。莫教小姐來撞見，那時高高弔起打三千。

（放跌科）（貼扮牛氏上撞見科）（貼）莫信直中直，須防仁不仁。　是要得好呵！（末、淨走下，丑做不知）你兩個騙得我好！　如今我打了，又該院公打。（貼扯丑耳科）賤人，恁的爲人不尊重，只要閒嬉并閒哄！（丑驚科）小姐，教人怎不去閒哄？　你看那鞦韆架尚兀自走動哩。（貼）賤人，我只教你在此賞翫片時，誰許你如此閒哄？（丑）小姐，奴家心裏憂悶，只得在此消遣則個。（貼）賤人，你心中憂悶怎

(一) 眉批：　諸本無此三曲與前白及詞，不相應。
(二) 該：　原作「皆」，據明萬曆金陵繼志齋刊本《重校琵琶記》改。
(三) 丑：　原作「淨」，據明萬曆金陵繼志齋刊本《重校琵琶記》改。

的？（丑）小姐，奴家名唤做惜春，㈠見這春去了，便自傷春起來，教人如何不悶？（貼）賤人，有甚傷春處？（丑）小姐，我早晨裏只聽疏剌剌寒風吹散了一簾柳絮，晌午間只見淅零零細雨打壞了滿樹梨花。一霎時囀幾對黄鸝，猛可的叫數聲杜鵑。奴家見此春去，如何不悶？（貼）春光自去，你有甚麽悶來？我和你習學女工便了。（丑）咳，苦也！這般天氣，誰不去閒嬉？小姐却教惜春去習女工，兀的不是悶殺惜春麽？（貼）婦人家誰許你閒嬉？不習女工，有甚勾當？你却不學那不出閨門的！（丑）小姐，你有盈箱羅綺，滿頭珠翠，少甚麽子，却這般自苦？（貼）賤人，好怪麽？做女工是你本分的事，問有和没有做甚麽？（丑）恁地，惜春拜辭小姐去也。（貼）你拜辭我那裏去？（丑）小姐，我去伏侍别人，與他傳消遞息，隨趁也得些快活。（貼）咳！賤人，你伏侍我，我有甚虧了你？（丑）小姐，我伏侍着你時節，見男兒也不許我擡頭看一看。前日艷陽天氣，花紅柳緑，猫兒也動心，你也不動一動；㈡如今暮春時候，鳥啼花落，狗兒也動情，你也不傷一傷。惜春其實難和小姐過活。（貼）呀！這賤人，你是顛是狂，説這般話？我就去對老相公説，㈢好生施行你。（丑跪科）小姐，可憐見惜春心裏悶，因此這般説。（貼）賤人，我且饒你這遭。你看麽。

㈠ 眉批：『惜春』二字是一篇關鍵。

㈡ 眉批：此段話至第十五齣相應。

㈢ 對：原闕，據明萬曆金陵繼志齋刊本《重校琵琶記》補。

【越調引子・祝英臺近】（貼）緑成陰，紅似雨，春事已無有。（丑）聞説西郊，車馬尚馳驟。（貼）怎如柳絮簾櫳，梨花庭院，（合）好天氣清明時候。

〔玉樓春〕（丑）清明時節單衣試，争奈晝長人静重門閉。（貼）我芳心不解亂縈牽，羞睹游絲與飛絮。（丑）小姐，我在繡窗欲待拈針黹，忽聽鶯燕雙雙語。（貼）賤人，無情何事管多情，任取春光自來去。（丑）呀！小姐，你有甚麽法度，教惜春休悶哩？（貼）你且聽我説。

【越調過曲・祝英臺序】（貼）把幾分春，三月景，分付與東流。（丑）小姐，如今鳥啼花落，㈠你須煩惱麽？（貼）啼老杜鵑，飛盡紅英，端不爲春閒愁。（丑）你不閒愁，也去賞翫麽？（貼）休休，婦人家不出閨門，怎去尋花穿柳？（丑）小姐，你不去賞翫，只怕消瘦了你。（貼）我花貌，㈡誰肯因春消瘦？

【前腔換頭】（丑）春晝，只見燕成雙，㈢蝶引隊，鶯語似求友。（貼）呀！賤人，你是人，却説那蟲蟻做甚麽？（丑）那更柳外畫輪，花底雕鞍，都是少年閒遊。（貼）呀！賤人，你是婦人家，説那想想此事做甚麽？（丑）難守，繡房中清冷無人，我待尋一個佳偶。（貼）呀！賤人，你到思量丈夫

㈠ 落：原作『之』，據明萬曆金陵繼志齋刊本《重校琵琶記》改。
㈡ 眉批：我花貌：坊本作『把花貌』，非。
㈢ 眉批：『燕成雙』是三疊文，諸本作『燕雙飛』，非。

起來！（丑）這般説，我終身休配鸞儔？

【前腔換頭】（貼）惜春，知否？我爲何不捲珠簾，獨坐愛清幽？（丑）清幽清幽，争奈人愁！（貼）縱有千斛悶懷，百種春愁，難上我的眉頭。（丑）小姐，只怕你不常恁的。（貼）休憂，任他春色年年，我的芳心依舊。（丑）只怕風流年少的哄着哄。（貼）這文君，可不擔閣了相如琴奏？

【前腔換頭】（丑）今後，方信你徹底澄清，我好没來由。（貼）惜春，你怎的不收斂了心？（丑）想像暮雲，分付東風，情到不堪回首。（貼）恁怎的不學着我？（丑）小姐，聽剖，你是蕊宮瓊苑神仙，不比塵凡相誘。（貼）恁地，自隨我習女工便了。（丑）我謹隨侍娘行，拈針挑繡。

小姐，你聽子規啼得好哩！

（貼）休聽枝上子規啼，（丑）悶在停針不語時。

（貼）窗外日光彈指過，（丑）席前花影坐間移。

釋義：牛太師：指董卓也。卓，漢靈帝時爲太師，蔡□□爲其所辟召，卒坐卓黨以死，故托牛姓而□□爲婿也。沙堤：唐故事。拜相，府縣載沙填路，自私第至於城東街，名沙堤。瓊樓：唐翟乾丙於中秋翫月，或問月中何所有，答曰：『隨我手中看之。』月現半員，瓊樓玉宇滿焉。錦帳：晉常侍石崇與後將軍王愷鬥富，作錦帳五十里。金貂：貂，鼠屬。北方以其皮爲煖額，因以爲侍中冠飾，取其内勁捏而卧温潤。晉阮孚常以金貂換酒。玳瑁：狀類龜而殻稍長，其足有六，後兩足無爪，首尾如鷄鵝，甲有文，背有鱗，大如扇。將作器煮，鱗如柔皮。取甲繫人臂，以辟蟲毒。寒食：冬至後百五日有疾風暴雨，謂之寒食。其日不動火，預辦熟食，謂之禁烟節。『油碧車輕』二句：温飛卿詞：『倦遊緑錦帳，盤綫繪緒之。』毬，五綵爲之，同心而下垂者，曰流蘇。福地洞天：仙靈勝境有三十六洞天，七十二福地。包彈：猶言褒貶也。包肅公拯多所評彈，故曰包彈。遊冶：冶，自飾也，少年恣遊而粧飾也。司馬、文君：漢司馬相如也，字長卿，成都人；文君字妙姬，臨邛卓王孫之長女。相如與臨邛令王吉善，王孫聞令有貴客，具酒召之，并召令。酒酣，令前奏琴。曰：竊聞長卿好之，願以與娱。相如爲鼓之。時文君新寡，相如因以琴心挑之。文君竊窺，心悦之，夜自奔相如。遂馳歸成都，以成夫婦焉。伯鸞、德耀：伯鸞，漢梁鴻字也，平陵人，家貧尚節。孟光，字德耀，體肥而黑，擇配不嫁。曰：欲得節操如梁鴻者。鴻聞而娶之。及嫁，以裝飾入門，七日而鴻不答。妻曰：妾自有隱居之服，鴻乃喜，曰：此真鴻之妻也。鴻家貧，賃舂於皋伯通門下。荆釵裙布，每具食，則不敢仰視，擧案齊眉。後共入灞陵山中，以耕織爲業。

音釋：凝：音迎。酹：音屋。犢：音讀。妝：音粧。爇：音屑。姝：音樞。態：音太。謫：音則。襦：音儒。齣：音出。

第四齣　蔡公逼試

【南呂引子·一剪梅】（生）浪暖桃香欲化魚，期逼春闈，難捨親闈。（一）郡中空有辟賢書，心戀親闈，難赴春闈。

世間好物不堅牢，彩雲易散琉璃脆。（二）蔡邕本欲甘守清貧，力行孝道。誰知朝廷黄榜招賢，郡中把自家名字保申上司去了；一壁厢有吏來辟召，自家力以親老爲辭。這吏人雖則已去，只怕明日又來，我只得力辭便了。正是：人爵不如天爵貴，（三）功名争似孝名高。

【南呂過曲·宜春令】（生）雖然讀萬卷書，論功名非吾意兒。只愁親老，夢魂不到春闈裏。（四）便教我做到九棘三槐，（五）怎撇得萱花椿樹？天那！我這衷腸，一點孝心對誰語？

【前腔】（末扮張太公上）（末）相鄰並，相依倚，往常間有事來相報知。（生）來的却是張太公呵。

（一）眉批：一作『期逼春闈，詔赴春闈；心戀親闈，難捨親闈』。兩下句意各重，又曰『詔』，又曰『書』，却無輕重，今從古本改定。

（二）眉批：『世間好物』二句，白樂天送蘇小小詩。

（三）眉批：人爵：品秩□□。天爵：仁義忠信。

（四）眉批：春：一作『親』，非。

（五）眉批：『九棘三槐』，大三太一。

(相見科)(末)秀才，試期逼矣，早辦行裝前途去。(生)太公，我雙親年老，〔一〕不敢去。(末)呀！秀才，子雖念親老孤單，親須望孩兒榮貴。你趁此青春不去，更待何日？

(生)太公言之有理。争奈父母無人奉侍，如何去得？(末)〔二〕你既不肯去呵，且看老員外和老安人出來如何説。我想起來，也只是教你去的分曉。道猶未了，老員外來也。

【前腔】(外)時光短，雪鬢催，守清貧不圖甚的。有兒聰慧，但得爲官吾心足矣。(外、末見科)(外)孩兒，天子詔招取賢良，秀才每都求科試。〔三〕你快赴春闈，急急整着行李。

(末)呀！老安人出來了。

【前腔】(浄)娘年老，八十餘，眼兒昏又聾着兩耳。有兒聰慧，娶得個媳婦方纔六十日，老賊，你强逼他赴着春闈，那時節怕等不得孩兒榮貴。天那！細思之，怎不教老娘嘔氣？〔四〕

(相見科)(浄)孩兒，我不合娶媳婦與你。方纔兩個月，你渾身便瘦了一半；若再過三年，怕不成一個

〔一〕親年老：原作『天干去』，據汲古閣刊本《繡刻琵琶記》改。

〔二〕末：原作『老』，據明萬曆金陵繼志齋刊本《重校琵琶記》改。

〔三〕眉批：求：一作『去』。

〔四〕眉批：浄折諸本作『【吴小四】眼又昏，耳又聾，家私空又空。只有孩兒肚内聰，他若做得官時我運通，我兩人不怕窮』。據末二句，蔡婆亦是要伯皆去的，與後折相背。況【吴小四】在【商調】，與【南吕】亦自不協。

髑髏？（末）呀！老安人，你要他夫妻不諧呵？（外）孩兒，如今黄榜招賢，試期已逼。郡中既然辟召你，你有這般才學，如何不去赴選？（生）告爹爹得知：孩兒非不要去，争奈爹媽年老，家中無人侍奉。（末）老員外和老安人，不可不作成秀才去走一遭。（净）咳！太公，你豈不知道？我家中又没有七子八婿，只有一個孩兒，如何去得？（外）呀！你怎説這話？如今去赴選的，家中都有七子八婿麽？（净）老賊，你如今眼又昏，耳又聾，又走動不得。你教他去後，倘有些個差池，兀的教誰來看顧你？真個没飯喫便餓死你，没衣穿便凍死你，你知道麽？（外）你婦人家理會得甚麽？孩兒若做得官時，也改换門閭，如何不教他去？（生）爹爹説得自是，只是孩兒難去。

【繡帶兒】（生）親年老光陰有幾？行孝正當今日。[一]（末）秀才此去，必定脱白掛緑。（生）太公，終不然爲着一領藍袍，却落後五綵斑衣。[二]思之，此行榮貴雖可擬，怕親老等不得榮貴。（外）孩兒，春闈裏紛紛的都是大儒，難道是没爹娘的方去求試？（又）

【前腔】（末）秀才，你休疑，男兒漢凌雲志氣，何必苦恁淹滯？秀才，你此回不去呵，[三]可不干費了十載青燈，枉捱過半世黄虀？須知，此行是親志，你休固拒。秀才，那些個養親之志？

[一] 眉批：正當：一作『正是』，一作『正在』。

[二] 眉批：『五綵』對『一領』，今作『戲綵』，非。

[三] 呵：原作『可』，據明萬曆金陵繼志齋刊本《重校琵琶記》改。

（淨）我百年事只有此兒，老賊！難道是庭前森森丹桂？

【太師引】（外）太公，他意兒難提起，這其間就裏我自知。（末）老員外，他爲着甚麼？（外）他戀着被窩中恩愛，〔一〕捨不得離海角天涯。（生）孩兒豈有此心！（外）孩兒，你是讀書人，我說一個比方與你聽。塗山四日離大禹，〔二〕你今畢姻已兩個月了，直恁的捨不得分離？（末笑科）呀！秀才，你敢是如此麼？（生）太公，卑人怎敢？（末）秀才，你貪鴛侶守着鳳幃，只怕誤了你鵬程鶚薦消息。〔三〕

【前腔】（淨）太公，他意兒只要供甘旨，又何曾貪歡戀妻？自古道曾參純孝，何曾去應舉及第？功名富貴天付與，天若與不求而至。（生）娘言是，望爹行聽取。（外）呀！娘言的是，我言的非呵！你敢只是戀新婚，逆親言麼？（生跪天科）天那！蔡邕若是戀着新婚不肯去呵，天須鑒蔡邕不孝的情罪！

（外怒科）畜生！我教你去赴選，也只是要改換門閭，光顯祖宗。你却七推八阻，有許多說話！（生）爹爹，孩兒豈敢推阻？爭奈爹媽年老，無人侍奉。萬一有些差池，一來人道孩兒不孝，撇了爹娘，去取

〔一〕眉批：『被窩中』句無中生有，便爲下文張本。一作『臂窩中』，非。

〔二〕眉批：塗山：禹娶塗山氏之女用及，每日治水於外，三過不入。

〔三〕眉批：『鴛侶』『鳳幃』『鵬程』『鶚薦』，天然字面。

功名；二來人道爹爹所見不遠，止有一子，教他遠離；孩兒以此不敢從命。（外）不從我命也由你，你且説如何喚做孝？（淨）老賊！你年紀八十餘歲，也不識做孝？披麻帶索便喚做孝。（外）咦！你曉得甚麼？（生）告爹爹：凡爲人子者，冬温而夏清，昏定而晨省，問其燠寒，搔其疴癢，出入則扶持之，問所欲則敬進之。所以父母在，不遠遊；出不易方，復不過時。古人的大孝，也只是如此。（外）孩兒，你説的都是小節，不曾説着大孝。（淨）老賊！你又不曾死，只管教他做大孝？若是做大孝，越出去赴選不得。（末）咦！這話有些不祥。（外）孩兒，你聽我説：夫孝始於事親，中於事君，終於立身。身體髮膚，受之父母，不敢毁傷，孝之始也。立身行道，揚名於後世，以顯父母，孝之終也。是以家貧親老，不爲禄仕，所以爲不孝。你若去做得官時節，也顯得父母好處，兀的不是大孝是甚麼？（生）爹爹説極是。但孩兒此去，知道做得官否？若還不中時節，既不能彀事親，又不能彀事君，却不兩下擔閣了？（末）秀才所見差矣。老漢嘗聞古人云：幼而學，壯而行；懷寶迷邦，謂之不仁。孔席不暇煖，墨突不待黔，伊尹負鼎俎於湯，（一）百里奚把五羊皮自鬻，也只要順時行道，濟世安民。自古道：學成文武藝，貨與帝王家。秀才，你這般才學，如何不去做官？（淨）太公，你都有好言勸我孩兒去赴選，我有一個故事説與你聽。（末）老漢願聞。（淨）在先東村李員外有個孩兒，也讀書。他爹爹每日閙炒，只是教孩兒去求官。孩兒喫不過爹爹閙炒，去到長安，那裏無人擡舉他，遂流落去街上乞食。

（一）眉批：伊尹負鼎俎於湯：伊尹爲有莘氏之祖，曾負鼎俎於湯，以致於王道。

見個平章宰相，他疾忙在地上拜着，叫聲擡舉他。那宰相道：我與你做個養濟院大使，去管你爹娘。這孩兒自思道：做個養濟院大使，如何管得自己的父母？比及他回家去，不想他父母無人供養，流落在養濟院裏居住。他父母見孩兒回來，説道：我教孩兒去得是？今日我孩兒做個頭目，衆人也不敢欺負我。你每如今都勸我孩兒去赴選，千萬做個養濟院頭目回來，衆人也不敢欺負我。（末笑科）老安人，你説這乞丐事，儘教我聽了半日。（外）孩兒，趁早收拾行李起程。（生）爹爹，孩兒去則不妨，只是爹媽年老，教誰看管？（末）秀才不必憂慮。自古道：千錢買鄰，八百買舍。老漢既忝在鄰居，你但放心前去；若是宅上有些小欠缺，老漢自當應承。（生）如此，多謝公公，凡事仗託周濟。此行若獲寸進，決不忘恩。卑人没奈何，只得收拾行李前去。

【三學士】（生）謝得公公意甚美，凡事仗託扶持。假饒一舉登科日，難道是雙親未老時。只恐錦衣歸故里，怕雙親不見兒。

【前腔】（外）萱室椿庭衰老矣，指望你改換門閭。孩兒，你道是無人供養我，若是你做得官回來時節，三牲五鼎供朝夕，須勝似啜菽并飲水。你若錦衣歸故里，我便死呵，一靈兒終是喜。

【前腔】（末）托在鄰家相依倚，自當效些區區。（一）秀才，你爲甚十年窗下無人問？只圖個一

（一）眉批：自：一本作『專』，不妥。

舉成名天下知。你若不錦衣歸故里，誰知你讀萬卷書？

【前腔】（淨）一旦分離掌上珠，我這老景憑誰？苦！忍將父母饑寒死，博得孩兒名利歸。你縱然錦衣歸故里，補不得你名行虧。(二)

（外）急辦行裝赴試闈，（生）父親嚴命怎生違？

（淨）一舉首登龍虎榜，（末）十年身到鳳凰池。

釋義：夢魂不到：宋崔翰累官瑞州團練使，從太祖征太原，謂人曰：吾身雖在此，而夢魂不離親幃也。九棘三槐：《周禮·秋官》：『朝士掌建外朝之法，左九棘、孤卿、大夫位焉，群士在其後；右九棘，公、侯、伯、子、男位焉，群吏在其後面。三槐，三公位焉，門長、衆庶在其後。左嘉、左平，罷民焉；右師、右達，窮民焉。』註：棘者，象亦心而外刺也；槐者，懷來人也。森森丹桂：馮道《贈燕山》詩：『丹桂五桂芳。』鵬程：鵬鳥背大，怒飛，其翼垂天。海運，徙於南溟，水擊三千里，風摶扶摇而上者九萬里。《送人赴舉》詩：『萬里鵬程要遠圖。』鶚薦：漢禰衡，孔融愛其才，疏薦之云：鷙鳥累百，不如一鶚。故云。墨突不得黔：突，竈窗出烟之處。墨翟遍歷天下，急於濟物，所居處竈窗烟燻未墨遂行。百里奚自鬻：百里奚，春秋人。家於百里，因氏焉。事虞，知其將亡而去之秦，困於牛口之下。穆公以

(二) 眉批：用『只恐』『你若』『若不』『縱然』八個閒字，遂化成四段意，大還丹點鐵成金，止須一刀去耳。

五羊皮贖之，授以國政。或謂其自賣於秦養牲者，得五羊之皮而爲之食牛，以干穆公焉。『千錢』二句：宋行雅市宅，居呂僧珍宅側。珍問宅價，曰一千二百萬。怪其貴，曰：百萬買鄰，千萬買舍。忍將父母饑寒死：宋薛英登進士，陳言忤旨，謫南海尉。及歸，親没。人曰：可惜父母飢寒死，且喜孩兒名利歸。

音釋：幃，音達。棘：音及。森：音參。鵬：音朋。黔：音乾。鬻：音逐。齣：音出。

第五齣　南浦囑別

【雙調引子·謁金門】（旦）春夢斷，臨鏡緑雲撩亂。聞道才郎遊上苑，又添離別嘆。（生）苦被爹行逼遣，脉脉此情何限。（一）（合）骨肉一朝成拆散，可憐難捨拚。

（旦）官人，雲情雨意，雖可抛兩月之夫妻；雪鬢霜鬟，竟不念八旬之父母？功名之念一起，甘旨之心頓忘，是何道理？（生）娘子，你説那裏話？膝下遠離，豈無眷戀之意？奈堂上力勉，不聽分剖之辭。咳！教卑人如何是好？（旦）呀！官人，我猜着你了。

（一）眉批：『脉脉』屬意緒，一作『默默』，則屬言語矣，失穩。杜牧之詩『脉脉無言度幾春』，又辛幼安詞『脉脉此情誰訴』。

【仙吕入雙調・忒忒令】（旦）你讀書思量做狀元，我只怕你學疏才淺。（生）娘子，(一)你那見我學疏才淺？（旦）官人，只是《孝經》《曲禮》，你早忘了一半。(二)（生）咳！我幾曾忘了？（旦）却不道夏清與冬温，(三)昏須定，(四)晨須省，(五)親在遊怎遠？

【前腔】（生）娘子，我苦哀哀推辭了萬千，（旦）那張太公在傍邊如何説？（生）他鬧炒炒抵死來相勸。（旦）官人，你不去時，也須由你。（生）將我深罪，不由人分辯。（旦）他罪你甚的？（生）他道我戀新婚，逆親言，貪妻愛，(六)不肯去赴選。

【沉醉東風】（旦）你爹行見得好偏，只一子不留在身畔。官人，公婆如今在那裏？（生）在堂上。（旦）既在堂上，我和你去説。（欲行不行科）（生）娘子，你怎的又不去了？（旦）罷！罷！罷！我和你去説時節呵，他又道我不賢，(七)要將伊迷戀。苦！這其間，教人怎不悲怨？（合）爲爹淚

(一) 娘：原作『媳』，據明萬曆金陵繼志齋刊本《重校琵琶記》改。
(二) 眉批：一段：坊本作『一半』，不穩。
(三) 眉批：冬温：温衾也。夏清：扇枕也。
(四) 眉批：昏定：定其床衽也。
(五) 眉批：晨省：問安也。
(六) 眉批：又應前『被窩中』語。
(七) 眉批：又：一作『只』。

漣，爲娘淚漣漣，何曾爲着夫妻上意牽？[一]

【前腔】（生）做孩兒節孝怎全？ 做爹行不從幾諫。（旦）官人，你爲人子的，不當恁地埋冤他。（生）非是我要埋冤，只愁他影隻形單，我出去有誰來看管？（合前）

（生）娘子，爹媽來了，你且揾住了眼淚。[二]

【仙呂過曲・臘梅花】（外、淨）孩兒出去今日中，爹爹媽媽來相送。但願魚化龍，青雲得路，桂枝高折步蟾宫。

（外）孩兒，你行李收拾了未？（生）行李收拾已了。（外）收拾既了，如何不去？（淨）老賊！他若出去了，家中別無第二人，止有一個媳婦，如何不分付幾句？（生）孩兒没別事，只待張太公來，把爹媽拜托與他，教他早晚應承，孩兒庶可放心前去。（旦）呀！張太公來也。（末）仗劍對尊酒，恥爲遊子顔。所志在功名，離別何足嘆。[三]（相見科）（生）太公，卑人如今出去，家中並無親人。爹媽年老，只有一個媳婦，却是女流，他理會得甚麼？凡事全賴公公相與扶持；家中倘有些小欠缺，亦望公公周濟。昨日已蒙親許，今日特此拜懇。卑人倘有寸進，自當效結草啣環之報，決不忘恩。（末）秀才，受人之託，

[一] 眉批：意：一作『掛』。

[二] 揾：原作『縕』，據明萬曆金陵繼志齋刊本《重校琵琶記》改。

[三] 眉批：『仗劍』四句，陸魯望詩。『嘆』字叶平聲。

必當終人之事； 況一言既出，駟馬難追。昨日已許秀才，去後決不相誤。（生）如此，多謝公公！

（外）孩兒，既蒙張太公金諾，必不食言，你可放心早去。（生）孩兒就此拜辭爹媽。

【仙呂入雙調·園林好】（生）兒今去爹媽休得要意懸，兒今去今年便還。但願得雙親康健，（合）須有日拜堂前，須有日拜堂前。

【前腔】（外）我孩兒不須掛牽，爹只望孩兒做官。〔一〕若得你名登高選，（合）須早把信音傳，須早把信音傳。

【江兒水】（淨）膝下嬌兒去，堂前老母單，臨行密密縫針綫。〔二〕眼巴巴望着關山遠，冷清清倚定門兒遍。〔三〕（生）母親且自寬懷消遣。（淨）教我如何消遣？（合）要解愁煩，須是頻寄音書回轉。

【前腔】（旦）妾的衷腸事，有萬千，（生）娘子，你有甚麽事，說與我知道。（旦）說來又恐添縈絆。

〔一〕眉批：做官：一作『貴顯』，似雅，但於韻調不協。

〔二〕眉批：孟郊詩：『慈母手中綫，遊子身上衣。臨行密密縫，猶恐遲遲歸。』古本全用其語而足以『針綫』二字，緣【江兒水】第三句必該七字，深得縮字之法。諸本作『只得密縫』，雖見有不忍拋捨之意，但語不俏調不協。并存之。

〔三〕倚定：原作『何容』，據明萬曆金陵繼志齋刊本《重校琵琶記》改。眉批：盼：一作『遍』，於『定』字有礙。

（生）娘子，有甚縈絆？（旦）六十日夫妻恩情斷，㈠八十歲父母教誰看管？（生）娘子，你這般説，莫不怨我麼？（旦）教我如何不怨？（合前）

【五供養】（末）貧窮老漢，託在隣家，事體相關。秀才，此行雖勉强，不必恁留連。（生）卑人去後，只慮父母獨自在堂，難度歲月。（末）秀才放心，你爹娘早晚間吾當陪伴。㈡（生悲科）（末）丈夫非無淚，不灑别離間。（合）骨肉分離，寸腸割斷。（生跪告科）

【前腔】（生）公公可憐，俺爹娘望你周全。（末扶起科）（生）此身還貴顯，㈢自當效啣環。（旦挽生背唱）官人，有孩兒也枉然，你爹娘到教别人看管。此際情何限，㈣偷把淚珠彈。（合前）

【玉交枝】（外）别離休嘆，我心中非不痛酸。孩兒，非爹苦要輕拆散，也只是圖你榮顯。（净）孩兒，蟾宫桂枝須早攀，北堂萱草時光短。（合）又未知何日再圓？又未知何日再圓？

【前腔】（生）雙親衰倦，娘子，你扶持看他老年。飢時勸他加餐飯，寒時頻與衣穿。（旦）官人，我做媳婦事舅姑，不待你言；你做孩兒離父母，何日返？（合前）

㈠ 眉批：『六十日』句一本作净唱，亦近理，但旦私道衷腸，不應挽唱，此見元本之無滲漏也。
㈡ 眉批：吾當：今本作『我專來』，語意欠活。
㈢ 眉批：還：一作『倘』。
㈣ 限：原作『恨』，據明萬曆金陵繼志齋刊本《重校琵琶記》改。

【川撥棹】（外）孩兒，歸休晚，莫教人凝望眼。（生）但有日回到家園，怕回來雙親老年。㈠（合）怎教人心放寬？不由人不珠淚漣。

【前腔】（旦）官人，我的埋冤怎盡言？（生）你埋冤我如何？（旦）我的一身難上難。（生）娘子，你寧可將我來埋冤，莫將我爹娘冷眼看。（合前）

【餘文】（合）生離遠別何足嘆，但願得你名登高選。衣錦還鄉，教人作話傳。

（生）此行勉强赴春闈，（末）專望明年衣錦歸。

（合）世上萬般哀苦事，（淨）無過遠別共生離。

（外、淨、末下）（旦挽生科）官人，你如何割捨得便去了？（生）咳！教卑人如何捨得此去？

【中呂·尾犯引】（旦）懊恨別離輕，悲豈斷絃，愁非分鏡。只慮高堂，風燭不定。（生）腸已斷欲離未忍，淚難收無言自零。（合）空留戀，海角天涯，只在須臾頃。㈡

【犯尾序】（旦）無限別離情，兩月夫妻，一旦孤零。㈢官人，你此去經年，望迢迢玉京。思省，

㈠ 眉批：『怕回來』句較前『不見兒』句覺穩。
㈡ 眉批：到此言意已盡，又能作五首，而語更奇麗。
㈢ 眉批：零：一本作『另』。按旦折第三句結字俱平，生折第三句結字俱仄，各自有格。

（生）娘子，你思省者，莫不是慮着山遥路遠麽？（旦）奴不慮山遥水遠，〔一〕（生）莫不是慮着衾寒枕冷麽？（旦）奴不慮衾寒枕冷。奴只慮公婆没主，一旦冷清清。

【前腔】（生）我何曾，想着那功名？（旦）官人，你不想着功名，如今又去怎的？（生）欲盡子情，難拒親命。娘子，年老爹娘，望伊家看承。畢竟，你休怨朝雲暮雨，且爲我冬温夏凊。〔二〕思量起，如何教我割捨得眼睁睁？

【前腔】（旦）官人，你儒衣纔换青，快着歸鞭，早辦回程。十里紅樓，休戀着娉婷。〔三〕叮嚀，不念我芙蓉帳冷，也思親桑榆暮景。咳！我頻囑付，知伊記否？〔四〕空自語惺惺。

【前腔】〔五〕（生）娘子，你寬心須待等，我肯戀花柳，甘爲萍梗？只怕萬里關山，那更音信難憑。須聽，我没奈何分情破愛，誰下得虧心短行？從今我，相思兩處，一樣淚盈盈。

（旦）官人此去，千萬早早回程。（生）卑人有父母在堂，豈敢久戀他鄉？（旦）須是早寄個音信回來。

〔一〕眉批：水遠：一作『路遠』，非。
〔二〕眉批：且：一作『只替我』一作『爲着我』，俱未妥。夏凊：扇枕也。冬温：温衾也。
〔三〕眉批：戀着：一作『重娶』，太露。
〔四〕眉批：頻：一作『親』。『伊』：一作『他』，對面而云『他』，失體。一作『背身低唱』，亦通。
〔五〕眉批：此四和意不和韻，傚和賈舍人《早朝》詩體。

（生）音信不妨，只怕關山阻隔。（拜别科）

【鷓鴣天】（生）萬里關山萬里愁。（旦）一般心事一般憂。（生）桑榆暮景親難保，㈠客館風光怎久留？（生下）（旦）他那裏，慢凝眸，正是馬行十步九回頭。歸家只恐傷親意，閣淚汪汪不敢流。

纔斟别酒淚先流，郎上孤舟妾倚樓。
片帆漸遠皆回首，一種相思兩處愁。

釋義：緑雲：《阿房宫賦》：『緑雲擾擾，梳曉鬟也。』《孝經》《曲禮》：言弟子之職。温清、定省，㈡皆其語也。其節目委曲，故曰《曲禮》。親在遊怎遠：《論語》：『父母在，不遠遊，遊必有方。』魚化龍：《三秦記》：『龍門，魚登者化爲龍。』譬士人及第得爲官也。《水經》：『鱣鯉出鞏穴，三月上渡龍門，得渡成龍，否則點額而還。』青雲得路：譬士人得中也。《應舉》詩云：『青雲有路終須到，金榜標名及早歸。』桂枝：晉郄詵舉賢良射策，爲天下第一。武帝問：卿才何如？詵曰：猶桂林一枝，崑山片玉。陳狀元《及第》詩：『桃花先透三層浪，月桂高扳第一枝。』步蟾宫：及第之榮，比步蟾

㈠ 眉批：『景』『影』古通用。『桑榆』謂晚景；或云日落之處。

㈡ 眉批：昏定：安其床衽也。晨省：問安也。

宮。張衡《靈憲・序》：『月者，陰宗之精，積而爲獸，象兔。陰之類，其數偶。其後有窮后羿請不死之藥於西王母，其妻姮娥竊之以奔月宮，是爲蟾蜍。』《送赴省詞》：『姮娥剪就綠羅袍，待來步蟾宮與換。』結草：《左傳・先公十五年》：『魏顆父武子有嬖妾，武子疾，曰「嫁」；是病劇，將以殉。及卒，顆嫁之。疾劇則亂，吾從其始也。及敗秦師於輔氏，獲杜回。顆見老人結草以亢杜回，回潰，故獲之。夜夢老人曰：「余，所嫁婦人之父也。爾用先人之治命，余是以報耳。」』啣環：漢楊寶爲童時，行泰山，見一黄雀被人瘡，(一)爲蟻損。寶收中箱內，採黄花喂之十餘日。愈，旦去暮歸。忽一日，變爲黄衣少年，與寶雙玉環。曰：好掌此環，累世爲三公。其子震至彪，果四世爲太尉。倚定門兒望：王孫賈事齊閔王，王出走，賈失王之處。母曰：汝朝去而晚來，吾則倚門而望；暮出而不還，吾則倚閭而望。汝今事王，不知其處，汝尚何歸？衣錦：《南史》：劉之遴除南郡太守，帝謂曰：卿母年德并高，令卿衣錦還鄉，盡榮養之禮。斷絃：漢武帝后趙氏善琴，常退朝令彈之。忽然絃斷，后悲之。帝謂后曰：絃斷可續，可恨之？后曰：斷絃者，凶兆也，是以悲之。帝令左右以西海所献鸞血作膠續之，而絃兩頭相着，雖彈不斷，帝悦。後后竟以太子幼故，賜死。分鏡：後陳太子舍人陳德言尚樂昌公主，陳政衰，隋遣楊越公素領兵伐之。德言謂妻曰：國破，伊必入權豪之家，倘情緣未斷，尚冀相見。乃破菱花鏡，各分其半，約他

(一) 被：原闕，據明萬曆金陵繼志齋刊本《重校琵琶記》補。

時正月望日賣於都市。及陳亡，其妻果爲楊素得之。後德言寄妻詩曰：『鏡與人俱出，鏡歸人未歸。無復姮娥影，空留明月輝。』樂昌得詩，悲泣不已。越公憫之，遂召德言，還其妻。**風燭**：元初劉田穎悟絶人，留心性理，隱居事母。至元間，徵之不起。人問其故，曰：母年九十歲，就似那風前之燭耳，豈可貪禄而取一朝之富貴乎？**朝雲暮雨**：楚襄王遊高唐館，怠而晝寢，夢一婦人，見而謂曰：妾乃巫山之女，聞王遊於此地，願薦枕蓆之歡。王遂幸之而去。辭曰：妾居巫山之陽，高丘之北，朝爲行雲，暮爲行雨，朝朝暮暮，只在陽臺之下。**紅樓娉婷**：白樂天詩：『紅樓富家女，娉婷美好貌。』**芙蓉帳**：蜀後主孟昶於成都城種芙蓉，每至秋，四十里如錦，高下相照，因名錦城。以其花染繒爲帳。白樂天《長恨歌》：『芙蓉帳煖度青春。』**萍梗**：萍：浮萍；梗，枝梗。無根漂蕩之物也。

第六齣　丞相教女

（末扮院子上）珠幌斜連雲母帳，玉鈎半捲水晶簾。輕烟裊裊歸香閣，日影騰騰轉畫簷。(一) 小子不是別人，却是牛太師府中一個院子。這幾日老相公進朝，不知有甚勾當？久留省中，未曾回府，府裏幾個使女每，鎮日在後花園閑耍；今日知道老相公回來，都不見了。小子不免灑掃書館，伺候老相公回

(一) 眉批：『珠幌』四句，石曼卿詩。一作：『大道青樓御院東，玉闌朱户閉簾櫳。金鈴犬吠梧桐月，朱鬣馬嘶楊柳風。』

家。呀！好怪麽，只見一個婆子走入來做甚麽？（浄扮媒婆上）

【仙吕入雙調・字字雙】(一)（浄）我做媒婆甚妖嬈，談笑。説開説合口如刀，波俏。合婚問卜若都好，有鈔。只怕假做庚帖被人告，喫栲。(二)

（末）婆子，你來這裏做甚麽？（浄）老媳婦特來與張尚書的舍人做媒。（末）咳！我這小娘子的媒怕難做。（浄）如何難做？（末）老相公不肯輕許。（浄）院公，我這頭親事你老相公必然許我。（末）呀！且謾着，又有一個媒婆來。（丑扮媒婆上）

【前腔】（丑）我做媒婆甚艱辛，尋趁。有個新郎要求親，最緊。咱每只得便忙奔，(三)討信。

（浄）你這老乞婆來這裏怎的？（丑）真個是路上更有早行人，心悶。

（末）你這婆子也來這裏做甚麽？（丑）告勾管哥得知，老媳婦特來與李樞密的舍人求親。（末）我方纔正與那婆子説了，這媒怕難做。（丑）如何難做？（末）我老相公揀擇的仔細。（丑）院公，你休管，我説這樁親事必定成也。（浄）呀！我是張媒婆，幾年在府前住，今日這媒，到喫你老乞婆做去了？（丑）呀！老乞婆，偏你會做媒？但是門當户對的便好了。終不然你在府前住，定要你做媒？你與

(一) 吕：原作『女』，據明萬曆金陵繼志齋刊本《重校琵琶記》改。

(二) 眉批：此即序中所謂一折而用平上去三字爲韻脚者。

(三) 眉批：便忙奔：一作『忙前奔』。

乞兒做媒，也嫁了他？（末）你休鬧，老相公回來了，你每且躲在一邊立地。（外扮牛太師上）

【正宫引子・齊天樂】（外）鳳凰池上歸來環珮，〔一〕衮袖御香猶在。棨戟門前，平沙堤上，何事車填馬隘？星霜鬢改，怕玉鉉無功，赤舄非材。〔二〕回首庭前，淒涼丹桂好傷懷。

下官這幾日久留省府，不曾回家。左右，方纔甚麽人在我府内喧鬧？（末）有事不敢不報，無事不敢亂言，適間有兩個婆子來老相公處求親。（外）着他進來。（净、丑跪科）（外）你這兩個婆子做甚麽？（净）奴家是張尚書府裏差來求親。（丑）奴家是李樞密府裏差來做媒。（外）不揀甚麽人家，但是有才學，做得天下狀元的，方可嫁他。若是其餘，不許問親。（净）告相公得知：我的新郎，術人算他命，道他今年得中狀元。（丑）告相公得知：他的新郎命不好，只是奴家這個新郎，人算他命，今年必定得中狀元。（净、丑相打科）（外）呀！這兩個婆子到我跟前無禮！左右，不揀有甚麽庚帖，都與我扯破；把那兩個弔起，各打十八。（末扯打科）（外）急把媒婆打離廳。（末）除非狀元方可問姻親。（净）甘喫打十七八下黄荆杖。（丑）那些個成與不成喫百瓶。（末、净、丑下）（外）光陰似箭催人老，日月如梭趲少年。自家没了夫人，只有一個女兒，如今不覺長成，未曾問親。只一件：我的女孩兒性格温柔，是

〔一〕眉批：一本無『來』字，不通。

〔二〕眉批：『衮袖』句即杜詩『衣惹御爐香』及詩餘『至今衣袖帶天香』之意。坊本作『滚袖』者，非。詩餘中此調『材』『懷』二字俱仄韻。

事寔會。若將他嫁個膏粱子弟，(一)怕壞了他；只將他嫁個讀書君子，成就他做個賢婦，多少是好？我這幾日不在家，適聽得那使唤的，每日都在後花園中閒耍，這是我的女孩兒不拘束他。古人云：欲治其國，先齊其家。不免唤出女孩兒和老姥姥、惜春過來，好生訓誨他一番。（貼扮牛氏帶淨、丑上）

【雙調引子・花心動】（貼）幽閣深沉，問佳人，爲何懶添眉黛？(二)繡綫日長，圖史春閒，誰解屢傍粧臺？絳羅深護奇葩小，不許蜂迷蝶猜。(三)（淨、丑）笑瑣窗，多少玉人無賴。

（外）孩兒，婦人之德，不出閨門。你如今長成了，(四)方纔有媒婆來與你議親。今日是我的孩兒，異日做他人媳婦。我這幾日不在家，你却放老姥姥、惜春每都在後花園中閒耍，不習女工，是何道理？我想起來，都是你不拘束他。倘或他做出歹事來，可不把你名兒污了？（貼）謝得爹爹教道，孩兒從今自拘束他。（外怒科）老姥姥，你年紀大矣，你做管家婆，到哄着女使每閒耍，是何所爲？（淨）不干老身事，都是惜春小丫頭。（丑）不管惜春事，都是老姥姥。（外）這兩個賤人固自相推，都拿下打。（貼跪禀科）爹爹息怒。（外）你且起來。

(一) 膏：原作「豪」，據明萬曆金陵繼志齋刊本《重校琵琶記》改。
(二) 眉批：添：一作「施」。
(三) 眉批：詩餘調中「臺」「猜」二字俱仄韻。蜂迷蝶猜：諸本作「蜂識鶯猜」，非調。
(四) 成：原闕，據明萬曆金陵繼志齋刊本《重校琵琶記》補。

【雙調引子・惜奴嬌】（外）孩兒，你杏臉桃腮，〔一〕當有松筠節操，蕙蘭襟懷。閨中言語，不出閫閾之外。老姥姥，不教我孩兒伊之罪。惜春，這風情今休再。（合）記再來，但把不出閨門的語言相戒。

【前腔換頭】（貼）堪哀，萱室先摧，嘆婦儀姆教，未曾諳解。蒙爹嚴訓，從今怎敢不改？老姥姥，早晚望伊家將奴誨。惜春，改前非休違背。（合前）

【黑麻序】（淨）看待，父母心，婚姻事，須要早諧。勸相公，早畢兒女之債。（外）休呆，如何女子前，胡將口亂開？（合前）

【前腔換頭】（丑）輕浼，我受寂寞擔煩惱，教我怎捱？細思之，怎不教人珠淚盈腮？（貼）寧耐，温衣并美食，何須苦掛懷？（合前）

（外）婦人不肯出閨門，（貼）多謝嚴君教育恩。

（淨）休道成人不自在，（丑）須知自在不成人。

釋義：雲母帳：漢武帝賜趙后紫茸雲母帳。水晶：性堅而脆，出高麗國，〔二〕色如白冰，清明而瑩。

（一）眉批：後漢韋固妻貌美，人謂其『杏臉桃腮，雲鬢雪臉』，不然，何其絶容也？

（二）出：原闕，據明萬曆金陵繼志齋刊本《重校琵琶記》補。

唐明皇天寶中，高麗以之制爲簾以貢之。鳳凰池：中書省。自魏及晉，中書監令掌贊詔命記，會時事典，作文書。以地在禁近，秉鈞持衡，多承寵任，是以人固其位。晉荀勖，武帝朝爲中書監，除尚書令。人賀之，荀曰：奪我鳳凰池，諸君何賀也？

第七齣　才俊登程

（生、末、淨、丑扮秀才上）

【中呂引子・滿庭芳】（生）飛絮沾衣，殘花隨馬，輕寒輕暖芳辰。江山風物，偏動別離人。(一)回首高堂漸遠，嘆當時恩愛輕分。傷情處，數聲杜宇，客淚滿衣襟。(二)

【前腔】（末）萋萋芳草色，故園人望，(三)目斷王孫。謾憔悴郵亭，(四)誰與温存？（淨、丑）聞道

(一) 眉批：人：一作『情』。

(二) 眉批：自此以下凡遇生折必寓思親之意。

(三) 眉批：人望：一作『入望』。此二句言其家人思慕之切，若歸途則可云『入望』，豈有行行日遠而故園反入望乎？

(四) 眉批：郵亭：即今之急遞鋪。

洛陽近也，[一]還又隔幾座城闉。[二]（合）澆愁悶，解鞍沽酒，同醉杏花村。

〔浣溪沙〕（生）千里鶯啼緑映紅，（丑）水村山郭酒旗風，（浄）行人如在畫圖中。（末）不暖不寒天氣好，或來或往旅人逢，（合）此時誰不嘆西東？（相見科）（浄）動問老兄尊姓？（生）小子姓蔡。（浄）貴表？（生）伯皆。（丑）動問老兄尊姓？（末）小子姓李。（丑）貴表？（末）群玉。（生）動問老兄尊姓？（浄）小子姓落。（生）貴表？（浄）得嬉。（末）動問老兄尊姓？（丑）小子姓常。（末）貴表？（丑）白將。（浄）久聞列位高名，今日幸會。方纔説將起來，都是往長安赴選。（笑科）年兄年弟，休得拋撇。（衆）言重，言重。（浄）既然如此，歇息片時，講些學識，説些志氣如何？（衆）正合愚意。（丑）敢問蔡兄學識如何？（生）小子坐則讀，行則吟，窮年屹屹苦搜尋。文章經世無敵手，盡是當年惜寸陰。[三]（丑）有意思，有意思。（浄）敢問李兄學識如何？（末）小子不將窮達付前緣，常把勤勞契上天。人事盡時天理見，才高豈得困林泉？（浄）自然，自然。（生）敢問落兄學識如何？（浄）小子讀書費力，每在螢窗講習。常念青春不再，那更白日可惜。熟讀《孝經》《曲禮》，博覽《詩》《書》《周易》。

[一] 眉批：洛陽屬河南，東漢所都。

[二] 眉批：闉：音烟，城曲重門也。一本此處以《易》《書》《春秋》《禮記》爲題各唱一曲，而《詩》獨缺。元本所無，不敢妄入。

[三] 眉批：寸陰：見二十八齣。

《春秋》諸子百家，篇篇義理紬繹。(一)前日行到學中，夫子潛自叫屈。(末)呀！聖人如何叫屈？(净)道是：可惜這個秀才，眼中一字不識。(末)你却説一場春夢！(生)敢問常兄學識如何？(丑)小子言不妄發，寫字極有方法。先將好墨磨濃，次把純毫蘸着。推開净几明窗，展舒錦箋繡札。不問真草篆隸，寫出都是法帖。大字麄如庭柱，小字細似頭髮。王羲之拜我爲師，歐陽詢見我諕殺。(二)(笑科)早間寫個八字，忘了一捺一撇。(末)又道是一筆走龍蛇。(净)閒話休講。如今天色將晚，不免起程，趲行幾步。

【仙吕過曲·八聲甘州歌】(生)衷腸悶損，嘆路途千里，日日思親。青梅如豆，難寄隴頭音信。高堂已添雙鬢雪，客路空瞻一片雲。(合)途中味，客裏身，争如流水蘸柴門？休回首，欲斷魂，數聲啼鳥不堪聞。(三)

【前腔】(末)風光正暮春，便縱然勞役，何必愁悶？緑陰緩雨，征袍上染惹芳塵。雲梯月殿

(一) 紬：原作『抽』，據明萬曆金陵繼志齋刊本《重校琵琶記》改。

(二) 眉批：諕：火訝切，驚也。

(三) 眉批：前六句本調，後六句排歌。此行路思親。『争如流水』句是後漢姜肱不肯應召，作詩以諭友人：『任他富貴不須論，且隱深山樂素餐。總使一身歸要地，争如流水蘸柴門？』一本改作『舊柴門』，非。欲斷魂：《清明》詩：『路上行人欲斷魂。』

圖貴顯，水宿風餐莫厭貧。(合)乘桃浪，躍錦鱗，一聲雷動過龍門。(一) 榮歸去，緑綬新，休教妻小笑蘇秦。

【前腔】(淨)誰家近水濱，見畫橋烟柳，朱門隱隱。鞦韆影裏，墻頭上露出紅粉。他無情笑語聲漸杳，却不道惱殺多情墻外人。(合)思鄉遠，愁路貧，肯如十度謁侯門？行看取，朝紫宸，(二)鳳池鰲禁聽絲綸。

【前腔】(丑)遥瞻霧靄紛，想洛陽宫闕，行行將近。程途勞倦，欲待共飲芳尊。垂楊瘦馬莫暫停，只見古樹昏鴉棲漸盡。(合)天將暝，日已曛，一聲殘角斷樵門。尋宿處，行步緊，前村燈火已黄昏。

【餘文】(合)向人家，忙投奔，解鞍沽酒共論文，今夜雨打梨花深閉門。(三)

(生)江山風物自傷情，(淨)南北東西爲利名。

(丑)路上有花并有酒，(末)一程分作兩程行。

(一) 一：原闕，據明萬曆金陵繼志齋刊本《重校琵琶記》改。

(二) 眉批：紫宸：漢之前殿間之□寢也。

(三) 眉批：『雨打』句，唐鄭均詩。又，秦少游詞。

釋義：杜宇：杜宇啼聲類『不如歸』，故客聞之淚下。芳草王孫：《楚詞》：『芳草生兮萋萋，王孫遊兮不歸。』螢窗：晉車胤字武子，幼勤博覽，家貧無油。夏月，以練囊盛數十螢火以讀書，夜以繼日。後仕至尚書。長安：古雍州地，秦始皇所都，今屬陝西。真草篆隸：楷書：上谷王次中所作，即正書之小變，從簡易相間流行。草書：漢興，有草書，不知作者姓名。至章帝時，有杜伯度等善書草書。章帝愛之，上表亦作草字，故謂之草章。篆書：大篆，周宣王時史籀所作也。小篆：秦始皇時李斯所作也。隸書：秦時程無岑易小篆而爲隸。王羲之：晉人，字右軍。臨池學書，池水盡墨。草書爲古今之冠，論者稱其筆勢飄若浮雲，矯若天龍。又曰：烟飛霧結，狀若斷而實連；鳳翥龍鬐，勢若斜而反直。其最爲後世重者，有《蘭亭記》《樂毅論》《黄庭經》。歐陽詢：唐人，字信本，敏悟絶人。初學王羲之書，後險勁過之。尺牘所傳，時人以爲法，高麗人最重之。隴頭音信：陸凱仕吴，爲江南太守，與范曄相善。寄《梅花一枝》詩一首云：『折梅逢驛使，寄與隴頭人。江南無所有，聊附一枝春。』隴頭，長安也。客路空瞻一片雲：唐狄仁傑，字懷英。陳言忤旨，貶并州司法參軍。親舍在河陽，仁傑登太行山，反顧，白雲孤飛。謂左右曰：吾親舍其下。顧望久之，雲移乃去。流水蘸柴門：後漢姜肱，桓帝時常徵不起。常侍曹節專政，徵爲太守，不從。人問其故，以詩諭之曰：『任他富貴不須論，且隱深山樂素餐。縱使一身居要地，争如流水蘸柴門？』芳塵：趙王石虎起高樓四十丈，異香爲屑，風作則揚之，名曰芳塵。十度謁侯門：侯門，權貴之門也；謁，干也。宋李觀初之太學官，因上言役法不便，出通判處州。

題詩自嘆云：『十謁侯門九不開，利名淵藪且徘徊。自知不是封侯骨，夜夜江山入夢來。』鰲禁：禁，天子居也。儀林兆謂之鰲禁。絲綸：帝音也。《禮記》：『王言如絲，其出如綸。』樵門：樵門，鼓角樓也，樵門上建高樓以望敵也。

音釋：郵：音由。闉：音陰。澆：音湔。繹：音亦。蘸：音站。曛：音熏。謁：音咽。靄：音愛。捺：音納。肱：音庚。暝：音民。餐：音參。瞻：音沾。齣：音出。

第八齣　文場選士

（末）禮闈新榜動長安，九陌人人走馬看。[一] 一日聲名遍天下，滿城桃李屬春官。[二] 自家不是別人，却是禮部一個祗候的便是。今歲乃大比之年，朝廷委請試官，已在貢院之內；各省中式舉人，俱列棘闈之前。如今試官將次升堂，小人只得在此聽候。正是：一封纔下興賢詔，四海都無遺棄才。道猶未了，試官大人早到。（淨扮試官上）

【南呂過曲·生查子】（淨）承恩拜試官，聲價重如山。左右，那來科舉的，只問有文才，何必拘

[一] 眉批：九陌：長安有九街九陌。

[二] 眉批：『禮闈』四句，劉禹錫贈王侍郎詩。春官：禮部之官也。

鄉貫？（末）那有文材的，如何發落他？（淨）取他居上第，做個清要官。（末）那没文材的，如何發落他？（淨）縱有父兄勢，也教空手還。

（末）公道！公道！（淨）左右，今年却是大比之年，我爲國薦賢，但是各省府縣赴試的秀才，都唤入來。（末）領鈞旨。

【黄鍾過曲·賞宫花】（生）槐花正黄，赴科場舉子忙。太學拉朋友，一齊整行裝。（合）五百英雄都在此，不知誰作狀元郎？

【前腔】（丑）天地玄黄，略記得三兩行。才學無些子，只是賭命强。（合前）

（末叫開門科）（生）貢院門已開，列位尊兄依次而進。（淨）左右，這些秀才每人給與卷子一本，蠟燭一條，各分東西廊下伺候。（末）領鈞旨。（生、丑相見科）（淨）你每衆秀才聽着：朝廷制度，開科取士，雖有定期；立意命題，任從時好。下官是個風流試官，不比往年的試官。往年第一場考文，第二場考論，第三場考策；我今年第一場做對，第二場猜謎，第三場唱曲。若是做得對好，猜得謎着，唱得曲好，就取他頭名狀元，插金花，飲御酒，遊街兒耍子。若是對得不好，猜得不着，唱得不好，就將他黑墨抹臉，亂棒打出去。（一）（生、丑）學生領命。（淨）東廊下秀才蔡邕過來領題。（生）有。（淨）我出天文

（一）眉批：此極是大體面傳奇，而考試一段類多戲語，真玩世也。

門一個對與你對。（生）願聞。（净）星飛天放彈，（生）日出海拋毬。（净）妙哉！妙哉！且站一邊。西廊下秀才落得嬉過來領題。（丑）快些。（净）《毛詩》三百首，（丑）還有十一篇。（净）不好！不好！且站一邊。蔡邕過來，我出天下八個省名的謎兒與你猜。（生）願聞。（净）一聲霹靂震天關，[一]兩個肩頭不得閒。去買紙來作裱褙，欠人錢債未曾還。（生）第一句京東、京西，第二句江東、江西，第三句是湖東、湖西，第四句是浙東、浙西。（净）妙哉！妙哉！且站一邊。落得嬉過來，我出山上四樣樹名的謎兒與你猜。（丑）快些。（净）雨中粧點望中黄，獨立深山分外長。廟廊之材應見取，家家織就綺羅裳。（丑）第一句是栢樹，第二句是槐樹，第三句是楓樹，第四句是柳樹。（净）不是！不是！且站一邊。蔡邕過來，我唱一隻曲兒，你末後湊一句，要押得韻着。（生）願聽高音。

【仙吕入雙調·北江兒水】（净）長安富貴真罕有，[二]食味皆山獸。熊掌紫駝峰，四座馨香透。你押下韻。（生）奉與試官來下酒。

（净笑科）妙哉！妙哉！三場都好，這是個真秀才，且在東廊下伺候。（生）領命。（净）落得嬉過來，我再唱一隻曲兒，你末後也湊一句，要押得韻着。（丑）快唱。

[一] 關：原作『開』，據明萬曆金陵繼志齋刊本《重校琵琶記》改。

[二] 眉批：貴：今本作『家』，非。

【前腔】(净)看你腹中何所有，一袋醃臢臭。[一] 若還放出來，見者都奔走。你押下韻。(丑)把與試官來下酒。

(净)不濟！不濟！將他黑墨抹臉，亂棒打出去。(丑)不須打！正是：薄命劉生終下第，厚顔季子且還家。(净)蔡秀才，今科中式舉人雖多，只有你才學高邁，文字老成。我就寫表奏知聖上，將你取爲第一甲頭名狀元，賜與冠帶遊街赴宴。左右，取冠帶過來。(末取冠帶上)正是：袍笏賜進士，鐵鉞贈將軍。(净)蔡狀元，你换了冠帶，一就隨我入朝謝恩。(生换冠帶科)

【南宮過曲・懶畫眉】(生)君恩喜見上頭時，今朝方顯男兒志。布袍脱下换羅衣，腰間横繫黄金帶，駿馬雕鞍真是美。[二]

【前腔】(净)狀元，你讀書萬卷非容易，喜得登科擢上第。功名分定豈誤期，那更三千禮樂無敵手，五百英雄盡讓伊。

【前腔】(末)人生當用顯門閭，廕子封妻榮自己。馬前喝道狀元歸，雁塔揮毫題姓字，一舉成名天下知。

[一] 眉批：醃臢：一作『腌臢』。
[二] 眉批：此調更有一體，第四句只六字，三字各爲一句。

（净）一舉鰲頭獨占魁，（生）誰知平地一聲雷。

（末）明朝跨馬春風裏，（合）盡是皇都得意回。

釋義：禮闈：國家以禮進賢，故試事禮部掌之。棘闈：杜氏《通典·選舉類》：『禮部閱試之日，皆嚴設兵衛之，以防假濫。』熊掌、駝峰：俱美味也。駝峰，駝脊上肉峰也。瓊林、雁塔：《古今詩話》：『唐韋肇及第，偶於慈恩寺雁塔題名，後人效之，遂成故事。杏園宴後於慈恩寺雁塔下題名，同年中，推善書者記之。他時有將相，則朱書之。』文衡：衡，秤也，所以平物之輕重，故以試事者謂之司文衡。賓興：賓，禮也。興，起也。《周禮》：『以鄉三物教萬民而賓興之。』桃李：狄梁公爲相，姚元崇、桓彦範、史敬暉等一時名臣，皆其所薦。或謂之曰：天下桃李，奚在公門墻矣。公曰：薦賢臣爲國，非爲私也。先鞭：劉琨與祖逖善，聞逖見用，曰執戈待旦，志梟逆虜，常恐祖生先我着鞭。温飽：王沂公及第，或戲之曰：狀元試三場，一生喫着不盡。公正色曰：某平生之志不在温飽。請纓：漢終軍弱冠陳表，請受長纓，縛單于致闕下。進士：唐制，取士之科多因隋舊，其大要有二，由學館曰生徒，由州縣曰鄉貢，皆升於有司而進退之。其科之目有秀才，有明經，有進士。

音釋：駝：音拖。叨：音滔。鯫：音鄒。謬：音茂。醃：音暗，平聲。酇：音簪。纓：音英。峰：音風。鼕：音冬。陛：音敝，陛下。條：音滔。竭：音傑。齣：音出。

第九齣　臨粧感嘆

【正宫引子·破齊陣引】（旦）翠减祥鸞羅幌，香銷寶鴨金爐。楚館雲閒，秦樓月冷，動是離人愁思。目斷天涯雲山遠，親在高堂雪鬢疏，緣何書也無？（一）

〔古風〕明明匣中鏡，盈盈曉來粧。憶昔事君子，鷄鳴下君床。臨鏡理笄總，隨君問高堂。一旦遠別離，鏡匣掩青光。流塵暗綺疏，（二）青苔生洞房。零落金釵鈿，慘淡羅衣裳。傷哉憔悴容，無復蕙蘭芳。有懷悽以楚，有路阻且長。妾身豈嘆此，所憂在姑嫜。（三）念彼猿猱遠，眷此桑榆光。願言盡婦道，遊子不可忘。勿彈緑綺琴，絃絶令人傷。勿聽《白頭吟》，哀音斷人腸。人事多錯迕，（四）羞彼雙鴛鴦。奴家自嫁與蔡伯皆，纔方兩月，指望與他同事雙親，偕老百年。誰知公公嚴命，强他赴選。自從去後，竟無消息。把公婆抛撇在家，教奴家獨自應承。奴家一來要成丈夫之孝名，二來要盡爲婦之孝道，我盡心竭

（一）眉批：前二句【破齊陣】，中三句【齊天樂】，後三句【破陣子】。「翠减」「香銷」「雲閒」「月冷」，於濃華中寫出冷淡意。

（二）眉批：綺疏：窗也。一作「練」，一作「練」，并非。

（三）眉批：姑嫜：夫之父母也。

（四）眉批：人事多錯迕：言事差錯而不如願。

力，朝夕奉養。正是：天涯海角有窮時，只有此情無盡處。(一)

【仙呂入雙調·風雲會四朝元】（旦）春闈催赴，同心帶綰初。嘆《陽關》聲斷，送別南浦，早已成間阻。謾羅襟淚漬，謾羅襟淚漬，和那寶瑟塵埋，錦被羞鋪。寂寞瓊窗，蕭條朱户，空把流年度。嗏，瞑子裏自尋思，妾意君情，一旦如朝露。君行萬里途，妾心萬般苦。(二)君還念妾，迢迢遠遠，也須回顧。

【前腔】（旦）朱顏非故，緑雲懶去梳。奈畫眉人遠，傅粉郎去，鏡鸞羞自舞。把歸期暗數，把歸期暗數，只見雁杳魚沉，(三)鳳隻鸞孤。緑遍汀洲，又生芳杜。空自思前事，嗏，日近帝王都。芳草斜陽，教我望斷長安路。君身豈蕩子，妾非蕩子婦。其間就裏，千千萬萬，有誰堪訴。(四)

【前腔】（旦）輕移蓮步，堂前問舅姑。怕食缺須進，衣綻須補，要行時須與扶。奈西山景暮，奈西山景暮，教我倩着誰人，傳與我的兒夫。你身上青雲，只怕親歸黄土，我臨別也曾多囑

(一) 眉批：『天涯』二句，晏同叔詞。
(二) 眉批：妾心：一本作『妾身』，此時別尚未久，未曾受後面許多辛苦，只當説『心』爲是。
(三) 眉批：雁杳魚沉：言無音信也。
(四) 眉批：堪：一作『控』。

付。嗏，那些個意孜孜，只怕十里紅樓，貪戀着他人豪富。丈夫，你須然是忘了奴，也須念父母。苦！無人説與，這淒淒冷冷，怎生辜負？(一)

【前腔】(旦)文場選士，紛紛都是才俊徒。(二) 少甚麽鏡分鸞鳳，(三) 都要榜登龍虎，偏是他將奴誤。也不索氣蠱，也不索氣蠱，既受託了蘋蘩，有甚推辭？索性做個孝婦賢妻，也落得名標青史，今日呵，不枉受了些閒悽楚。嗏，俺這裏自支吾，休得污了他的名兒，左右與他相回護。丈夫，你便做腰金與衣紫，須記得荆釵與裙布。苦！一場愁緒，堆堆積積，宋玉難賦。

回首高堂日已斜，遊子何事在天涯。
紅顔勝人多薄命，莫怨東風當自嗟。(四)

釋義：翠減、香消：鸞幌之翠減，寶鴨之香消，言閨中寂寞之景象也。雲閒、月冷：楚館之雲閒，秦樓之月冷，見懷人憶遠之情況也。臨鏡理笄總：笄，簪也；總，製練繒以束髮者。《禮記》：『婦人事舅姑，鷄初鳴，咸盥漱櫛縰笄總。』腹笥：邊孝先《解嘲》語云：腹便便，五經笥。同心帶綰：

(一) 眉批：後二折與前雖是一調，而句意大有伸縮。
(二) 眉批：才俊：《白虎通》：『才過千人曰俊。』
(三) 眉批：鏡分鸞鳳：见五齣『愁非分鏡』之下。
(四) 眉批：『紅顔』二句，王荆公題明妃詩。

柳耆卿詞：『羅帶綰結同心。』夫婦相契之義也。《陽關》聲斷：王維有《送別陽關》之曲。送別南浦：齊江淹《別賦》：『春草碧色，春水緑波。送君南浦，傷如之何？』畫眉人遠：漢張敞，字子高。爲京兆尹，以經自輔，然無威儀。常爲妻畫眉，長安百姓傳之。有司奏聞，對曰：閨房之内，夫婦之私，尤有過於此者。上弗問之。傅粉郎：魏何晏，字平叔，爲吏部尚書。美姿容，面至白。文帝疑其傅粉，夏月賜熱湯，汗出，拭之愈白，文帝方信之。鏡鸞：《異苑》：罽賓王一鸞不鳴，夫人曰：見類則鳴。懸鏡照之，鸞睹影悲鳴，中宵一奮而絶矣。芳杜：《楚辭》：『採芳洲兮杜若。』杜若，葉似姜而有紋理，味辛。西山景暮：《陳情表》：『日薄西山。』言祖母劉年老不久也。榜登龍虎：唐陸贄主試事，得韓愈、歐陽詹、賈樓、陳羽、李絳等，皆天下儁偉之士，時稱榜登龍虎。青史：史者，記事之籍也。謂之青者，蓋古人以火炙簡，令汗出，取青易書，故曰汗青，亦謂青史。蓮步：南齊東昏侯鑿金爲蓮花，貼地，令潘妃行其上，曰：此步步生蓮花也。

第十齣　杏園春宴

（末扮首領官上）朝爲田舍郎，暮登天子堂。將相本無種，男兒當自强。(一) 自家不是别人，却是河南府

(一) 眉批：『朝爲』四句，王曾詩。

一個首領官。往年狀元及第，赴宴遊街，但是鞍馬酒席供設祇候等件，都是府尹提調。今年蔡伯喈中狀元，循例赴宴。因俺府尹緣事，却委着當職提調。昨日已分付太僕寺掌鞍馬的令史，并洛陽縣管排設的驛丞，專聽我這裏鳴鼓三聲，都要到此聚會聽點。（擂鼓科）掌鞍馬的在那裏？（丑扮令史上）有問即對，無問不答。相公有何鈞旨？（末）鞍馬齊備未曾？（丑）告相公得知：俺這裏在先有一萬匹好馬。（末）怎見得好馬？（丑）但見：耳批雙竹，鬃散五花。展開鳳臆龍鬐，擡起豹頭虎額。轡篤篤翠蹄削玉，點滴滴赤汗流珠。隅目青熒夾鏡懸，肉騣碨礧連錢動。(一) 一躍時尾捎雲漢，橫驀過玄圃崆峒；一霎時走遍神州，直趕上流星掣電。九方皐管教他稱賞，千金價不枉了追求。（末）有甚顔色的？（丑）布汗、論聖、虎刺、合里烏、赭啞兒、爺屈良、蘇盧、棗騮、栗色、燕色、兔黄、真白、玉面、銀鬃、秀膊、青花。正是：五花散作雲滿身，萬里方看汗流血。（末）有甚好名兒？（丑）飛龍、(二)赤兔、(三)騕褭、(四)驊騮、紫燕、驌驦、嚙膝、踰暉、騏驎、山子、白義、絶塵、浮雲、赤電、絶群、逸驃、騄驪、龍子、驎駒、騰霜驄、皎雪驄、凝露驄、照影驄、懸光驄、決波騟、飛霞驃、發電、赤流、金騧、翔麟、紫奔、紅赤、照夜白、

(一) 眉批：『隅目』『五花』四句，杜子美詩。
(二) 眉批：飛龍，神馬，唐取以名廄。
(三) 眉批：赤兔，吕布馬。
(四) 眉批：騕褭，赤喙黑身神馬。

一丈烏、九花虬、望雲騅、忽雷駁、拳毛騧、獅子花、玉逍遥、紅叱撥、紫叱撥、金叱撥。(一) 正是：青海月氏生下，大宛越賧將來。(末)有甚麽好馬廄？(丑)飛龍、祥麟、吉良、龍媒、騊駼、駃騠、鵷鸞、出群、天花、鳳苑、奔星、内駒、左飛、右飛、左坊、右坊、東南内、西南内。(二) 正是：盡印三花飛鳳字，中藏萬匹好龍媒。(末)却怎的打扮？(丑)錦韉燦爛披雲，銀鐙熒煌曜日。香羅帕深覆金鞍，紫游韁牽動玉勒。瑪瑙粧就鑾頭，珊瑚做成鞍子。正是：紅纓紫鞚珊瑚鞭，玉鞍錦籠黄金勒。(三) (末)如今選幾匹在這裏？(丑)告相公，如今無了。(末)如何無了？(丑)元有一萬匹馬，却有一千三百個漏蹄，二千七百個抹靨，三千八百個熟瘤，二千二百個慈眼。(四) 那更鞍橋又破損，坐褥又攲傾。抽鑾盡是麻繩，鞭子無

(一) 眉批：驊騮、蹁驒、山子、白義，周穆王駿馬。紫燕、浮雲、赤電、絶群、逸驃、騄驪、龍子、驎駒、絶塵，漢文帝馬，號九逸。騰霜、皎雪、凝露、懸光、決波、飛霞、發電、流金、翔麟、奔紅，唐太宗十驥，東骨利幹國所獻。照夜白，唐明皇馬。一丈烏，朱温賜寇彦卿馬。九花虬，唐代宗賜郭子儀馬，一名獅子花。望雲騅，元積有詩、山谷有歌，一名三山。驌驦，春秋時唐成公馬。嗌膝，良馬，低頭至膝。騏驎，青驪色馬。忽雷駁，秦叔寶馬。拳毛騧，唐太宗平劉黑闥時所乘馬。玉逍遥，宋仁宗馬。紅叱撥、紫叱撥、金叱撥，唐天寶中大宛所進汗血馬。照影，無考，當是超影，穆王駿馬。

(二) 眉批：飛龍、祥麟、吉良、鵷鸞、出群、天花、鳳苑，唐武后時廄名。龍媒，天馬，生渥洼水中。騊駼，出北海中。駃騠，生七日而超其母，燕昭王馬。左飛、右飛，唐舊有飛龍使小馬坊，後唐長興間改飛龍爲左飛，小馬坊爲右飛。内駒，當是閒駒，漢廄名。

(三) 眉批：『紅纓』二句，岑嘉州詩。

(四) 眉批：漏蹄，蹄穿出膿。抹魘，後腿病。熟瘤，脚病。慈眼，羞明。

非荆條。餓老鴟全然拉搭，(一)雁翅板一發彫零。(二)鞍轡既不周全，牽鞚何曾完備？此般物件，其寔不中。(末)休胡説！若還不完備時節，我禀過府尹大人，好生打你。(丑)相公可憐見，容小人一壁厢自理會。(末)鞍馬既完備時節，可牽在午門外厢，等候狀元謝恩出來乘坐。(丑)理會得。只教他春風得意馬蹄疾，一日看遍長安花。(丑下)(末)管排設的在那裏？(净扮驛丞上)廳上一呼，階下百諾。相公有何鈞旨？(末)排設完備了未曾？(净)告相公，俺揀上等排設俟候點視。(末)怎見得上等排設？(净)但見：珠簾高捲，繡幕低垂。珊瑚席饆饠得精神，玳瑁筵安排得奇巧。金爐内慢騰騰燒瑞腦，玉瓶中嬌滴滴插奇花。四圍環繞畫屏山，滿座重鋪錦褥子。金盤犀筯光錯落，掩映龍鳳珍羞；銀海瓊舟影蕩揺，翻動葡萄玉液。灑掃得乾乾净净，並無半點塵埃；安排得整整齊齊，另是一般氣象。正是：移將金谷繁華景，粧點瓊林富貴天。(末)安排既整齊時節，你每且退去，等待狀元遊街了赴宴。(净)領鈞旨。正是：瓊林勝處風光好，别是人間一洞天。(净下)(衆)遠遠望見一簇人馬閙炒，想是狀元來了。(末)【臨江仙】但見：日映宫花明翠幕，藍袍嫩緑新裁，五花門外榜初開。金鞍乘駿馬，敕賜賞天街。十里紅樓簾盡捲，美人争覷名魁，黄旗影裏閙咳咳。大家齊雅静，看取狀元來。(末

(一) 眉批：餓老鴟，即鞍褥，吴人謂之老鴉皮。

(二) 眉批：雁翅板，戰車上躲箭板，與鞍橋坐板相似。按：馬色自布汗至蘇廬皆元人胡語，馬名太半是漢以後諸代畜産，馬廐皆是唐宋題額，考諸桓靈以前，此類甚多，豈東嘉未之深思也？

下）（生、淨、丑騎馬同上）(一)

【仙吕入雙調・窣地錦襠】（衆）嫦娥剪就緑雲衣，(二)折得蟾宫第一枝。宫花斜插帽簷低，一舉成名天下知。

【哭岐婆】（衆）洛陽富貴，花如錦綺。紅樓數里，無非嬌媚。春風得意馬蹄疾，天街賞遍方歸去。

（生、淨先下）（丑墜馬叫）救命！救命！爹爹、奶奶、伯伯、叔叔、哥哥、嫂嫂、孩兒、媳婦都來救我。

（末騎馬上）

【越調過曲・水底魚兒】（末）朝省尚書，昨日蒙聖旨，道狀元及第，教咱去陪宴席。（丑叫科）踏壞了人了。（末）越着鞭越退，遣人心下疑。（丑）救命！救命！（末）轉頭回望，叫我的還是誰？

（末）漢子，你是誰？（丑）我是墜馬的狀元。（末扶科）快起來。（丑）尊官是誰？（末）我是中書省陪宴官，不知足下爲甚墜馬？

(一) 此下原有『太僕寺』『金谷』等釋義二十餘條，今移至齣末『釋義』處。

(二) 眉批：姮娥：見五齣『步蟾宫』下。

【正宫・北叨叨令】（丑）鬧炒炒街市上遊人亂，（末）你驚了馬呵？（丑）惡頭口抵死要回身轉。（末）怎的不牽過一邊？（丑）我戰兢兢只怕韁繩斷，（末）爲甚不打他？（丑）怯書生早已神魂散。（末）你不害事麽？（丑呻吟科）險些跌折了腿也麽哥，險些舂破了頭也麽哥，我好似小秦王三跳澗。

（末）你馬如今那裏去了？（丑）知他那裏去了！傷人乎？不問馬。（末）咳！你兀自文縐縐的。我且就這裏人家借一匹馬與你騎。（丑）休借罷，你若借馬與我騎，便索死。（末）呀！怎的便死？（丑）你不聞孔夫子説道：有馬者借人乘之，今亡已夫。（末）一口胡柴。呀！遠遠望見一簇人來，看他有馬，就借一匹與你騎。（丑）不須得，不須得。（生、浄騎馬同上）

【窣地錦襠】（衆）荷衣新惹御香歸，(一)引領群仙下翠微。(二)杏園惟有後題詩，此是男兒得志時。

（丑）狀元，你每列位騎馬遊街，且是好。只不要似我騎馬，舂破了頭，跌折了脚。（生）(三)足下原來墜馬呵？（丑）可知哩。（末）不是下官搭救時節，險些送了一條性命。（浄）如此，更頼足下之力。（生）請

(一) 香：原作『爐』，據明萬曆金陵繼志齋刊本《重校琵琶記》改。
(二) 眉批：翠微：山色也。山極上曰翠微。
(三) 生：原作『丑』，據文義改。

整頓同行。（丑）你门三位自去赴宴，我到太平坊下李郎中家去便來。（衆）你去做甚麼？（丑）我去醫攧撲傷損瘡。（衆）休要推故，我們借一匹馬與你騎了同去。（丑）小子告退，你三位自去。（末）道你是狀元，如何不去赴宴？（丑）赴宴也好，只是騎馬不得。這等，你三位騎馬前走，我隨後提着胡床來。（末）成甚模樣！（丑）這個不妨，却有兩說：路上人問，你便說是使喚的伴當；若還筵席之中，你便說是打伴當的人。（末）好窮對副！

【哭岐婆】（衆）玉鞭裊裊，如龍驕騎。黄旗影裏，笙歌鼎沸。如今端的是男兒，行看錦衣歸故里。

（末）這裏便是杏園，請列位駐馬。（丑）左右，馬都牽在僻處去。倘或人道四位官員如何只有三匹馬，不象模樣。（末）好高見識！如今請列位照依年例，留下佳作。（净）蔡兄先請。（生）五百名中第一仙，花如羅綺柳如烟。緑袍乍着君恩重，㈠黄榜初開御墨鮮。㈡禮樂三千傳紫禁，風雲九萬上青天。時人謾道登科早，月裏姮娥愛少年。（净）妙！妙！紫金闕無極無上聖。（末）這裏不是玉皇閣，休得誦他的寶號。如今却輪到足下。（净）我也有四句：遲日江山麗，春風花草香。（末）且住。使不得，這是古詩。（净）呀！我前日三場也是别人的文章，尚且中了，如何一首詩到使不得起來？（末）休道

㈠ 眉批：緑袍：唐制，進士例賜緑袍。
㈡ 眉批：御墨鮮：狀元及第，御筆親註其名。

是七步成章。(淨)咳！你道我真個不會作詩呵？我且將就做一首與列位看看：赴選何曾入棘闈，此身未擬着荷衣。三場盡是倩人做，一字全然匪我爲。自笑持杯饕戀酒，却愁把筆怎題詩？有人問我求佳作，(衆)如何答他？(淨)問我先生便得知。(末)又道是當仁不讓於師。(丑)倉官不識串，中中。(末)你且休誇口。如今又輪該足下。(丑)有，有。列位做律詩，都把那赴試的事爲題，恐是熟套；小子如今另立一題。(一)(末)你把甚麼爲題？(丑)便把小子方纔墜馬爲題，胡做古風一篇。這是奇事，不可不入詠。(衆)尤妙！尤妙！(丑)君不見去年騎馬張狀元，跌了左腿不相聯？又不見前年騎馬李試官，跌了窟臀没半邊？世上三般拚命事，行船走馬打鞦韆。小子今年大拚命，也來隨趁跨金鞍。跨金鞍，災怎躲？叵耐畜生侮弄我。大叫三聲不肯行，連攛兩攛不是耍。便把韁繩緊緊拿，縱有長鞭怎敢打？須臾之間掉下來，一似狂風吹片瓦。昨日行過樞密院，三個軍人來唱喏。小子慌忙走將歸，(末)却如何？(丑)怕他請我教戰馬。(末)又説夢話。諸公請依位而坐，左右，看酒。(扮承直上)色動玉壺無表裏，光揺金盞有精神。告相公，酒在此。(衆把酒科)

【仙呂入雙調・五供養】(末)文章過晁董，對丹墀已膺天寵。(二)(合)赴瓊林新宴，顫宮花，綏

(一) 另：原作『令』，據明萬曆金陵繼志齋刊本《重校琵琶記》改。

(二) 眉批：丹墀：殿堦也，以丹朱□地，故曰丹墀。

引黄金鞚。(一)

【前腔】(丑、净)九重天上声名重，紫泥封已传丹凤。(合)便催归玉简侍宸旒，他日归来金莲送。

【中吕·山花子】(末)玳筵开处遊人擁，争看五百名英雄。(生)喜鼇頭一占有功，荷君恩奏捷詞鋒。(二)(合)太平時車書已同，干戈盡戢文教崇，人間此時魚化龍。留取瓊林，勝景無窮。

【前腔】(净)三千禮樂如泉湧，一筆掃萬丈長虹。(丑)看奎光飛躔紫宫，光耀萬玉班中。(合前)

【前腔】(生)青雲路通，一舉能高中，三千水擊飛冲。(净)又何必扶桑掛弓？也强如劍倚崆峒。(合前)

【前腔】(丑)恩深九重，絲絡八珍送，(三)無非翠釜駝峰。(四)(末)看吾皇待賢恁隆，不枉了十年

(一) 眉批：鞚：音控，馬勒也。
(二) 眉批：詞鋒：潘岳詞鋒甚健。
(三) 眉批：絲絡：不絶人也。
(四) 眉批：『八珍』二句，出杜詩。

窗下把書來攻。（合前）

【大和佛】(一)（生）寶篆沉烟香噴濃，（衆）濃熏綺羅叢。瓊舟銀海，翻動酒鱗紅，(二)一飲盡教空。（生悲科）持杯自覺心先痛，縱有香醪，欲飲難下我喉嚨。(三)他寂寞高堂菽水誰供奉？俺這裏傳杯諠鬨，（衆）狀元，你休得要對此歡娱意忡忡。(四)

【舞霓裳】（合）願取群賢盡貞忠，盡貞忠。管取雲臺畫形容，畫形容。時清莫報君恩重，惟有一封書上勸東封，更撰個河清德頌。乾坤正，看玉柱擎天又何用？

【紅繡鞋】（合）猛拚沉醉東風，東風。倩人扶上玉驄，(五)玉驄。歸去路，望畫橋東。花影亂，日朦朧。沸笙歌，引紗籠。(六)

(一) 大和佛：原作『大佛和』，據曲律改。

(二) 眉批：鱗：一作『鱖』，云以鱖作酒，其味甚佳。

(三) 眉批：此金榜思親。

(四) 眉批：意忡忡：《詩》：『憂心忡忡。』作『氣忡忡』，非。

(五) 眉批：玉驄：馬名，青白色。

(六) 眉批：唐李藩問卜於葫蘆生，生曰：『紗籠中人也。』藩不省，後有新羅僧言：凡位當宰相者，神必以紗籠護之，恐爲異物所侵也。元和中，藩果拜相。

【意不盡】（合）今宵添上繁華夢，明早遥聽清禁鍾。皇恩謝了，鵷行豹尾陪侍從。（一）

（生）名傳金榜换藍袍，（净）酒醉瓊林志氣豪。

（丑）世上萬般皆下品，（末）思量惟有讀書高。

釋義：太僕寺：太僕，衆僕之長。耳批雙竹：杜詩：『竹批雙耳駿。』鬃散五花：杜詩：『五花散作雲滿身。』鳳臆龍鬐：《胡馬行》：『鳳臆龍鬐未易識。』豹頭虎頷：伯樂《相馬經》云：『馬之可相者，必豹頭虎頷。』翠蹄削玉：杜詩：『脚下雙蹄削寒玉。』赤汗流珠：漢渥注《馬歌》：露汗赤朱流赭義。杜詩：『赤汗微生白雪毛。』『隅目青熒』二句：杜工部《驄馬行》。隅目，目有角也；肉駿，駿上肉豐也。夾鏡，喻其清熒。連錢：喻其磊塊。東城：在岐下。見秦州進一馬，駿如牛，領毛生肉端。蕃人曰：此肉駿馬也。玄圃：臺名，居崑崙山之一角，而崑崙山在陜西肅州，其嶺峻極，經月積雪不消。周穆王見王母於此。崆峒：山名，在河南汝州，昔廣成子隱此。相傳崆峒有五，一在臨洮，一在安定。莊周述黄帝問道崆峒，遂言遊襄城，登具茨，訪大隗，皆於此山接壤。神州：《古今通論》：崑崙山之東南方五千里謂之神州。九方臯：《列子》：秦穆公謂伯樂曰：子之年長矣，子姪有可求焉？對曰：良馬可以形容，筋骨相也。臣有所與者九方臯。穆公見之，使行求馬。還報曰：已

（一）眉批：鵷行：古詩：『篷跡鵷鷺行。』朝官班也。陪侍從：一作『相陪從』。

得之，在沙丘。穆公曰：何馬？對曰：牝而黃。使人往取之，牝而驪。穆公不悦，召伯樂曰：子之所求馬者，物色牝牡不能知，又何馬之能知？伯樂曰：若皋之所觀，天機也，得其精而忘其初，在其內而忘其外。馬至，果良馬也。赤兔：呂布有馬名赤兔，後爲雲長所獲。紫燕、絶塵、赤電、絶群、逸驃：《西京雜記》：漢文帝自代還，有良馬九匹，曰浮雲、赤電、絶塵、逸驃、紫燕、緑蜂、駿龍、子駒、絶群，名九逸。奔電、踰暉：王子年《拾遺記》：周穆王周行天下，得八龍之駿，名絶馬、翻羽、奔電、成影、踰、超光、騰露、狹翌。追風：《古今注》：秦王有七名馬，曰追風、白義、躡景、追電、飛翮、銅雀、晨鳧。一丈烏：梁太祖温以愛馬一丈烏賜寇彦卿。五花虯：《胡馬行》：『五花馬，千金虯。』紫叱撥：鮑生與外弟韋生嘗以美妓換駿馬，名紫叱撥。大宛：國名，極産良馬。漢武帝使壯士以千金求之。龍騠：《索隱》：劉牢之有馬，號龍騠，嘗跳五丈澗，以脱慕容垂之逼。錦韉：韉，以藉鞍者。以錦爲之，故曰錦韉。紫遊韁：以紫絲爲之。《鄴下童謡》：青青御路楊，白馬紫遊韁。玉勒：勒，馬銜也。以玉飾之，故曰玉勒。午門：鄭玄云：天子之門有九，一縱橫，故曰午門。又：天子正南之門曰午門。正南，午位也。銀海、瓊舟：俱酒器，各受酒一斗。葡萄玉液：葡萄，出大宛，漢張騫使西域所得，有黑白黃三種，國人釀以爲酒，名曰玉液。富人藏酒至千斛，十年不敗。金谷：園名，在河南宛城西十三里，地有金水，自太白原南流經此谷。晉石崇因川阜造園館。三跳澗：《唐史》：小秦王，唐太宗也。澗，虹蜺澗也，在山西蔚州廣靈縣南。武德初，宋金剛寇澮州，王與戰，敗績。其將尉遲敬德追王至澗邊，王計窮，遂策馬跳過之。王將秦叔寶來援，與戰，二人亦策馬而跳過。**荷衣**：緑袍也。劉蕡詩：『身掛緑荷衣。』**杏園**：《秦中雜記》：『進士初宴，謂之杏園宴，又曰探花宴。』**禮樂三千**：宋夏竦詩：『縱横禮樂三千字。』**樞密院**：《會要》云：『樞密院掌天子之機務，及天下邊境軍馬之政令。』蓋取天樞之義。**玉壺**：晉武帝時，鮮卑貢一白玉壺，容酒斗餘，其中酒温寒隨人意。**晁董**：晁錯，潁州人，學申、韓刑名，以文學爲太常掌故。文帝遣受《尚書》於伏生，遷太子家令，號智囊。景帝時，遷御史大夫。董仲舒，廣川人，少治《春秋經》。下帷教授，三年不窺園圃。以賢良對策，漢武帝嘉之，以爲江都相。**瓊林新宴**：朝廷賜宴及第人謂瓊林宴。宋太宗太平興國八年，宋白等並賜及第，賜宴始就瓊林苑，後遂爲定制。**九重**：天子之門有九，謂關門、遠郊門、城門、皋門、庫門、雉門、應門、路門，象天有九重之霄也。**紫泥**：《漢書》以天子六璽皆以武都紫泥封。李白詩：『鳳凰丹禁裏，啣出紫泥書。』**宸旒**：旒，冕節。《説文》：垂玉也。《禮》：王衮冕十二旒，鷩冕九旒，毳冕七旒，希冕五旒，玄免三旒。**金蓮送**：令狐綯，字子直，唐太中初爲翰林承旨。夜對禁中，燭盡，上以乘輿金蓮華花送歸院，故謂金蓮送。**三千禮樂如泉湧**：唐李嶠與蘇頲同知制誥，以文翰顯名，時稱其文思如泉湧。**紫宫**：《天文志》：『北極五星，皆在紫宫，乃文兆也。』**萬玉班中**：唐李宗敏知貢舉，門生多清秀，時號『玉笋班』。**『扶桑』二句**：扶桑，日出處也。崆峒，山名也。襄王謂宋玉曰：能爲大言乎？對曰：彎弓射扶桑，長劍倚天外。王益奇之。**八珍**：食之美者曰珍。謂龍肝鳳髓，兔胎熊掌，鶚腑豹蹄，猩唇鯉魚尾，此皆極品之佳味也。酒鱖紅：王氏《世説》：鱖魚大口細鱗班綵，以煮酒，味極佳。雲臺：漢明帝永平三年，因思中興功臣，乃圖二十八將於南宮雲臺之上。東封：東岳太山封，用五色土雜封之。司馬相如病且死，有遺書勸上封泰山。河清頌：南宋元嘉中，河、濟俱清，文帝命鮑照爲《河清頌》，辭甚工。玉柱擎天：唐張説撰姚崇碑文曰：『玉柱擎天，高明之位列焉。』紗籠：唐李藩，字叔翰。少時問卜於葫蘆生，生曰：紗籠中人。藩不省。後有新羅僧言，凡位當宰相者，冥司必潛以紗籠護之。元和中，果拜相焉。清禁鍾：漢武帝時，未央宮殿前有鍾，號曰清禁，忽自鳴三日三夜。詔問東方朔，對曰：銅者，土之子。子母感而相應，山恐有崩者，故鍾先鳴。後三日，蜀郡太守上言銅山崩。武帝由是甚加重焉。豹尾：《通典》曰：《漢書・大駕法》：駕出屬車，最後一乘懸豹尾，豹尾以前皆省中也。

音釋：(一) 梟：音鳥。沸：音費。惹：音喏。饕：音滔。臀：音屯。攛：音竄。瓊：音群。鸇：音戰。鞚：音控。宸：音辰。旒：音流。崆：音空。峒：音同。駝：音佗。篆：音撰。醪：音勞。諠：音萱。鵷：音冤。齣：音出。

(一) 音釋：原作『釋義』，據文義改。

第十一齣　蔡母嗟兒

【商調引子·憶秦娥先】（旦）長吁氣，自憐薄命相遭際。〔一〕相遭際，暮年姑舅，薄情夫婿。

〔清平樂〕夫妻纔兩月，一旦成分別。没主公婆甘旨缺，幾度思量悲咽。　家貧先自艱難，那堪不遇豐年。恁的千辛萬苦，蒼天也不相憐。奴家自從兒夫去後，遭此飢荒；况兼公婆年老，朝不保夕，教奴家獨自如何應奉？婆婆日夜埋怨公公，當初不合教孩兒出去。如今飢荒，教媳婦怎生區處？公公又不伏氣，〔二〕只管和婆婆鬧爭。外人不理會得，只道是媳婦不會看承，以致公婆日夜鬧炒。且待公婆出來，再三勸解他則個。

【憶秦娥後】（外）孩兒一去無消息，雙親老景難存濟。（净扯外耳科）難存濟，不思前日，强教孩兒出去？〔三〕

（旦勸科）（净）老賊，你抵死教孩兒出去赴選，今日没飯喫，也便做得狀元，濟你甚事？若是孩兒在家，也會區處，終不到得恁的狼狽。如今凍得你好，餓得你好。老賊，你死了休！（外）老乞婆，你埋怨我

〔一〕眉批：際：今本作『濟』，非。

〔二〕眉批：伏氣：今本作『伏善』，非。

〔三〕眉批：此二折雖分先後，總是一闋。

則甚？我是神仙，知道今日恁的飢荒苦？這般時年，誰家不忍飢忍餓？誰似你這般埋怨我？休休！我死！我死！今日飢荒也是死，被你埋怨不過也索死。（欲死，旦扯住科）（淨）老賊，你便死也消不得我這場嘔氣！（旦）公公婆婆且息怒，聽奴家一言分剖：當初公公教孩兒出去時節，不道今日恁的飢荒，婆婆難埋怨公公；今日婆婆見這般飢荒，孩兒又不在眼前，心下焦躁，公公也休怪婆婆埋怨。請自寬心，奴家如今把些釵梳首飾之類，典些粮米，以充公婆一時口食。寧可餓死奴家，決不敢將公婆落後。（淨）媳婦，你説得好，我只是恨這老賊！

【南呂過曲・金索掛梧桐】（淨）區區一個兒，兩口相依倚。没事爲着功名，不要他供甘旨。你教他做官，要改換門閭，只怕他做得官時你做鬼。老賊！你圖他三牲五鼎供朝夕，今日裏要一口粥湯却教誰與你？相連累，我孩兒因你做不得好名儒。（合）空争着閒是閒非，空争着閒是閒非，只落得雙垂淚。(一)

【前腔】（外）養子教讀書，指望他身榮貴。黄榜招賢，誰不去求科試？老乞婆，我説個比方與你聽：譬如范杞良差去築城池，他的娘親埋怨誰？（淨）老賊，你到好比方！他是奉公差哩。（外）合生合死皆由命，少甚麼孫子森森也忍飢？(二)（淨）老賊，你兀自口硬！再過幾時，餓得你

(一) 眉批：此三折曲盡三人情事，淨折無一字非尚氣語，外折無一字非安命語，旦折無一字非勸解語。
(二) 眉批：森森：衆多也。

口嗅屎哩。（外）休聒絮，畢竟是咱每兩口受孤恓。（合前）

【前腔】（旦）婆婆，孩兒雖暫離，須有日回家裏。（淨）媳婦，我豈不知孩兒自有一日回家？只是眼下受餓難過。（旦）婆婆，奴有些釵梳，解當充糧米。（淨）老賊！我没有這般孝順的媳婦會擺佈，可不把我的肝腸也餓斷了？（外）老乞婆，這是時年如此，你苦死埋怨我怎的？（旦）公公婆婆休閒争呵。教傍人道媳婦每有甚差池，致使公婆争鬥起。婆婆，他心中愛子，指望功名就；公公，他眼下無兒，因此埋怨你。（一）難迴避，兀的不是從天降下這災危？（合前）

【劉潑帽】（外）天那！我每不久須傾棄，嘆當初是我不是，不如我死了無他慮。（合）一度裏思量，一度裏肝腸碎。（淨）有兒却遣他出去，教媳婦怎生區處？媳婦，可憐誤你芳年紀。（合前）（二）

【前腔】（旦）公公婆婆，媳婦便是親兒女，勞役事本分當爲，但願公婆從此相和美。（合前）

（外）形衰力倦怎支吾？（旦）口食身衣只問奴。

（淨）莫道是非終日有，（合）果然不聽自然無。

（一）眉批：『心中』四句自然成聯。因此：一作『只索』。

（二）眉批：一本移外折在後淨折在前，於外、淨意似得已，而旦折不緊接淨折，則『媳婦』句無由起。元本用意精細，熟玩乃見。

釋義：蒼天：《爾雅》曰：『春爲蒼天，夏爲昊天，秋爲旻天，冬爲上天。』狼狽：狽前足短，附狼而行，無狼則不能動。范杞良：秦始皇三十三年，遣將軍蒙恬發兵三十萬北築長城。起於臨洮，至遼東，萬餘里。湖南人范杞良預役築城，未經一月，身死。其妻孟姜女親送寒衣，聞夫身死，乃於城下哭泣十餘日，城爲之崩。

音釋：燥：音皂。杞：音起。聒：音郭。

第十二齣　奉旨招婿

（末）縹緲紗窗映霧烟，深沉華屋鎖嬋娟。屏間孔雀人難中，(一)幕裏紅絲誰敢牽？自家是牛太師府中一個院子，這幾日聽得府中喧傳太師要招女婿。況我這個小娘子不比别的小娘子：一來是丞相之女，二來他才貌兼全，必須有文章有官職有福分的，方可做女婿。如今不知他要招甚麼人？且在此等候，相公出來，便知他端的。

【南吕引子·似娘兒】（外）華髮漸星星，憐愛女欲遂姻盟，蟾宫桂子才堪稱。紅樓此日，紅絲待選，須教紅葉傳情。

(一) 間：原作『開』，據汲古閣刊本《繡刻琵琶記定本》改。

左右那裏？（末）廳上一呼，堦下百諾。不知老相公有何鈞旨？（外）自古道：男子生而願爲之有室，女子生而願爲之有家。我老夫人傾棄多年，只有一個小姐，美貌娉婷。昨日見官裏問我道：你的女孩兒曾嫁人未？我回言道：未曾嫁人。官裏道：既不曾嫁人，如今新狀元蔡邕，好人物，好才學，朕與你主婚，你可招他爲女婿。你意下如何？我奉聖旨，就謝了恩。左右，你道此事如何？（末）覆相公：男大須婚，女大須嫁。小姐是瑶臺閬苑的神仙，狀元是天禄石渠的貴客。（一）何況玉音主盟，金口説合？（二）若做了百年夫婦，不枉了一對姻緣。這是：佳人才子兩堪誇，天付姻緣事不差。試看月輪還有意，定知丹桂近仙娃。（三）（外）你也道得是。你就去唤府前官媒婆來，去蔡狀元處説親。（末）領鈞旨。（唤科）（丑扮媒婆挑秤、斧上）

【正宫過曲·醉太平】（丑）我做聰俊的媒婆，兩脚疾走如梭。生得不矮又不矬，人人都來請我。我只要金多銀多，綾羅段匹多，方肯做。又且張家李家誇談我，（末）誇談你甚的？（丑）道我每須勝似别媒婆。（四）

（一）眉批：天禄閣者，在未央宫之側，揚雄、劉向校書於此。

（二）眉批：玉音、金口：《索隱》云：『天子之言語，臣庶尊之爲玉音金口。』

（三）眉批：『試看』二句，羅隱贈袁筠詩。

（四）眉批：此折與諸本不同，從此方協調。諸本亦是【醉太平】，只有『張家』以下二句末增有『動使』『偌多』句。

偌：音惹，去聲。

媒婆媒婆，兩脚奔波。一斗好酒，一隻肥鵝。送到家裏，我和老公笑呵呵。（末）婆子休閒説，且去見老相公。（丑見科）（外）婆子，你手裏拿着甚麼東西？（丑）這是斧頭。（外）要他何用？（丑）這是媒婆的招牌。（外）如何將他做招牌？（丑）告相公得知：《毛詩》有云：『析薪如之何？匪斧弗克。娶妻如之何？匪媒不得。』以此將他爲招牌。（末）休在班門弄斧。（外）媒婆，你要這秤如何？（丑）相公，這喚做量人秤，最是要緊的。大凡做媒時節，先把新婦新郎秤得一般，方纔與他説親，久後夫妻也和順。若是輕重了，夫妻到底相嫌。（外）休閒説！媒婆，我昨日奉聖旨，教我將女孩兒招贅蔡狀元爲婿，如今你去他根前説知。若得成就了這頭親事，我多多賞你。（丑）這個有甚難處？一來奉當今聖旨，二來託相公威名，三來小姐才貌兼全，是人知道，蔡狀元有何不可？（末）這話極説得是。（外）媒婆，你來，我説與你聽。

【南呂過曲・鎖窗郎】（外）吾家一女娉婷，不曾許與公卿。昨承聖旨，招選書生。媒婆，你和他説：不須用白璧黃金爲聘。（合）説道姻緣前世已曾定，(一)今日裏，共歡慶。

【前腔】（丑）住東京極有名聲，相公，論媒婆非自逞。今朝事體，管取完成。怕有一輕一重，全憑這條官秤。（合前）

(一) 眉批：説道：諸本作『若是』，非。

【前腔】（末）雖然他高占魁名，得相招多少榮縈依。〔一〕繡幕選中雀屏，媒婆，此一去他必從命。〔二〕（合前）

（外）爲傳芳信仗良媒，（丑）管取門楣得俊才。

（末）百年夫婦今朝合，（合）一段姻緣天上來。

釋義：華屋鎖嬋娟：漢武帝數歲時，公主抱而問曰：『兒欲得婦否？』曰：『欲得。』主指女阿嬌曰：『好否？』笑曰：『若得阿嬌，當以金屋貯之。』屏開孔雀：竇毅仕周，爲上柱國。有女數歲，讀《烈女傳》，一過不忘。聞隋祖受周禪，自投床下，曰：『恨非男子，不能救舅家之難。』毅掩其口曰：『毋妄言，赤吾族矣。』毅常謂夫人曰：『此女有奇相，不可妄與人。』因畫二孔雀於屏間，令請婚者射二矢，約中目則與之。唐高祖最後射，各中一目，遂以妻之。後爲后焉。幕裏紅絲：太僕寺卿郭元振少有大志，開元初，中書令張嘉貞欲納之爲婿，謂之曰：『吾五女皆有姿色，各持一綫，以帷幔之，子可隨便牽之。』元振牽一紅綫，遂得第三女。紅葉傳情：唐僖宗時，于祐步於禁衢，見御溝流一紅葉，題有詩云：『流水何太急，深宮盡日閒。殷懃謝紅葉，好去到人間。』祐見詩，亦題之云：『曾

〔一〕眉批：榮依：一作『榮紆』。

〔二〕眉批：此一去：今本作『你此去』，遂失同往關節。

聞葉上題紅怨，葉上題詩寄阿誰？』祐託於韓泳門館，帝放宮女出嫁，泳以宮女韓夫人美姿，遂作伐而嫁于祐。韓於祐笥見紅葉，驚曰：『此詩乃妾所題，不擬君拾之。今果配合，事豈偶然？』一日，祐開宴宴泳，泳曰：『今日可謝冰人也。』韓笑曰：『一聯佳句隨流水，十載幽思滿素懷。今日結成鸞鳳友，方知紅葉是良媒。』瑶臺： 仙居之處。昔許瀍暴卒，三日醒，作詩云：『曉入瑶臺霧氣衝，坐中惟見許飛瓊。塵心未盡俗緣在，十里空山秋月明。』復寢，驚起，改第二句云：『天風吹下步虛聲。』因謂人曰：『昨夜夢到瑶臺，有仙女三百餘人，一云是飛瓊。今改一句，不欲世間知有我也。』蓋飛瓊，西王母之侍女也。閬苑： 崑崙山有三角，北曰閬風苑，西曰玄圃臺，東曰崑崙宮，有五城十二樓，衆仙往來其間。石渠： 閣名。漢蕭何所造，以藏入關時所得秦圖書。宣帝亦藏秘書於此。其下磐石爲渠，以導水，故名焉。班門弄斧： 公輸子，名班，魯之巧人也，斷木極有巧思。今人誇口於識者之前，譏之曰： 此班門弄斧者也。

第十三齣　官媒議姻

【商調引子・高陽臺】（生）夢繞親闈，(一)愁深旅邸，那堪音信遼絶。淒楚情懷，怕逢淒楚時

(一) 眉批：夢遶：今本作『夢遠』，非。

節。重門半掩黄昏雨，(一)奈寸腸此際千結。守寒窗一點孤燈，照人明滅。想當時輕散輕別。嘆玉簫聲杳，庾樓明月。一段愁煩，翻成兩下悲咽。枕邊萬點思親淚，伴漏聲到曉方徹。鎖愁眉，慵臨青鏡，頓添華髮。(二)

〔木蘭花〕鰲頭可羡，須知富貴非吾願。雁足難憑，没個音書寄此情。田園將蕪，不知松菊猶存否？光景無多，争奈椿萱老去何？自家爲父命所强，(三)來此赴選，誰知逼遛在此，竟不能歸。今又復拜皇恩，除爲議郎。(四)雖則任居清要，争奈父母年老，安敢久留他鄉？天那！知我的父母安否如何？知我的妻室侍奉如何？欲待上表辭官，又未知聖意如何？苦！好似和針吞却綫，刺人腸肚繫人心。

（末、丑同上）

【勝葫蘆】（末）特奉皇恩賜結婚，來此把信音傳。（丑）若是仙郎肯與侍姻眷，(五)一場好事，管取今朝便團圓。(六)

(一) 眉批：雨：一作『月』，不叶，難唱。

(二) 眉批：此旅邸思親。

(三) 眉批：父命：諸本作『父母』，謬甚。

(四) 眉批：議郎：漢靈帝建寧三年，蔡邕校書東觀，遷爲議郎。

(五) 眉批：姻眷：一作『繾綣』。

(六) 取：原作『恥』，據汲古閣刊本《繡刻琵琶記定本》改。

（生）兒家門户重重閉，〔一〕春色緣何得入來？未審何人到此？（末）小子是牛太師府裏一個院子。（丑）老媳婦是個官媒婆，我兩人奉天子之洪恩，領太師之嚴命，欲與狀元諧一佳偶。（生）原來如此。不索多言，且聽我説。

【商調過曲·高陽臺】（生）宦海沉身，京塵迷目，名韁利鎖難脱。目斷家山，空勞魂夢飛越。（丑）狀元，是好一個小姐。（生）閒聒，閒藤野蔓休纏也。〔二〕俺自有正兔絲，〔三〕親瓜葛。是誰人無端調引，謾勞饒舌？〔四〕

【前腔换頭】（末）閥閲，紫閣名公，黄扉元宰，〔五〕三槐位裏排列。金屋嬋娟，妖嬈那更貞潔。（丑）歡悦，秦樓此日招鳳侶，遣妾每特來執伐。望君家殷勤肯首，早諧結髮。

【前腔换頭】（生）非别，千里關山，一家骨肉，教我怎生抛撇？妻室青春，那更親鬢垂雪。（丑）狀元，老丞相見你這般青春年少，纔肯把小姐嫁與你，你不必推故。（生）差迭，須知少年自有人

〔一〕眉批：兒家：猶云人家。薛維翰詩：白玉堂前一樹梅，今朝忽見一枝開。兒家門户云云。

〔二〕眉批：用『閒藤野蔓』『兔絲』『瓜葛』襯貼『纏』字，極切。

〔三〕眉批：兔絲：《毛詩》：女蘿在草爲兔絲。《古樂府》：『兔絲附女蘿。』

〔四〕饒：原作『蕘』，據釋義改。

〔五〕眉批：黄扉：扉，户扇也。漢丞相黄扉黑幡。元宰：冢宰也，百官之長。

愛了，謾勞你嫦娥提挈。滿星都豪家無數，豈必卑末？

【前腔換頭】（末）不達，相府尋親，侯門納禮，兀自拒他不屑。(一) 繡幕奇葩，春光正當十八。（丑）休撇，知君是個折桂手，留此花待君攀折。況親奉丹墀詔旨，非我自相攛掇。

【前腔換頭】（生）心熱，自小攻書，從來知禮，忍使行虧名缺？父母俱存，娶而不告須難說。悲咽，門楣相府雖要選，奈扊扅佳人實難存活。(二) （丑）狀元，小姐生得十分美貌，你休錯過了。（生）縱然有花容月貌，怎如我自家骨血？

【前腔換頭】（末）迂闊，他勢壓朝班，威傾京國，你却與他相別。只恐他轉日回天，那時須有個決裂。（丑）虛設，夜静水寒魚不餌，笑滿船空載明月。(三) 下絲綸不愁無處，笑伊村殺。

【餘文】（生）明朝有事朝金闕，歸家奉親心下悦。（末）狀元，只怕聖旨不從空自說。（生）不須多言。你若果奉聖旨來，我明日上表辭官，一就辭婚便了。

（末）君王詔旨不相從，（生）明日應須奏九重。

(一) 眉批：拒他不屑：一作『與他相絶』。

(二) 眉批：扊：余染切。扅，音移，門關也。百里奚事。

(三) 眉批：『夜静』二句，船子和尚詩。笑：今作『嘆』，非。

（丑）有緣千里能相會，（合）無緣對面不相逢。

釋義：　玉簫聲杳：　言夫婦之久别也。《列仙傳》：(一)　蕭史，秦穆公時人，風神超邁，善吹簫作鳳鳴，能致孔雀白鶴。　穆公有女弄玉，亦好吹簫，遂以妻之。　乃教玉作鳳鳴。　居十餘年，有鳳凰止其屋，穆公爲作鳳凰臺，夫婦止其上。　一旦，史乘龍，弄玉乘鳳，升天而去。　秦人爲作《鳳女詞》焉。　清要：　唐李素立貞觀中以親喪去官，既除服，上詔受以七品清要官。　有司擬雍州司户，上曰：『此官要而不清。』又擬秘書郎，上曰：『此官清而不要。』乃授爲侍御史職。　宦海沉身：　唐顔真卿，字清臣。　一日，鷄跖道士來訪，謂之曰：『公骨可度世，不宜沉身宦海。』瓜葛：　瓜葛之藤，延蔓相及。　喻親戚綿密也。　饒舌：　猶言多口。《傳燈録》：『閭丘胤出牧丹丘，忽頭痛，得豐干禪師呪水噴之，立瘥。　胤異之，乞一言示此安危。　師曰：「若到任，謁文殊、普賢。」　在天台清涼寺執爨洗器，寒山、拾得是也。」胤到任，至寺訪之，三人在寺圍爐笑語。　胤致拜二人，連聲叱咄。　執胤手曰：「豐干饒舌。」』註：　豐干是阿彌陀佛，寒山、拾得是文殊、普賢化身。　閥閱：　《史記》：『明其等曰閥，表其功曰閱。』又，門左曰閥，右曰閱。』紫閣：　宋劉汾拜中書舍人，請復古制，建紫薇閣於西省。　門楣：　唐玄宗間立楊貴妃，從兄國忠加御史大夫，銛騎鴻卿，女兄弟韓國、秦國、虢國三夫人。　時謡云：　男不封侯女作妃，君看女却爲門楣。　楣，門上横梁也。

(一)　列：　原闕，據明萬曆金陵繼志齋刊本《重校琵琶記》補。

扊扅佳人：扊扅，門關也。百里奚仕秦爲相，其妻歌曰：『百里奚，五羊皮。憶別時，烹伏雌，炊扊扅。今日富貴忘我何爲？』問之，乃其妻也，遂就焉。轉日：魯陽公與韓搆難，戰酣，日暮。援戈而揮之，日反三舍。回天：唐太宗修洛陽宮，左庶子張玄素諫止之。魏徵聞之，曰：『張公論事，有回天之力。』

『江空水寒』二句：華亭和尚偈云：『千尺絲綸直下垂，一波纔動萬波隨。夜静水寒魚不餌，滿船空載月明歸。』

音釋：庾：音預。宦：音患。蔓：音謾。挈：音怯。攙：音參，去聲。掇：音奪。扊：音余。扅：音移。餌：音二。

第十四齣　激怒當朝

【黄鍾過曲·出隊子】（外）朝夕縈掛，只爲孩兒多用心。不知月老事何如，爲甚冰人没信音？顒望多時，情緒轉深。

目斷青鸞瞻碧霧，情深紅葉看金溝。自家昨遣院子和官媒婆去蔡狀元處説親，尚無回音，且待他回，便知端的。

【前腔】（末、丑上）喬才堪笑，故阻佯推不肯從。豈無佳婿近乘龍？有甚福緣能跨鳳？料想書生，只是命窮。

（相見科）（外）媒婆，你回來了。事體若何？他肯不肯？（丑）覆相公得知：他千不肯，萬不肯，只是不肯不肯。（末）你且住休，待小人覆知相公。蔡狀元道他家中有垂白之父母，年少之妻房；明日要上表辭官家去，寔難從命。

【正宮過曲・雙鸂鶒】（外）聽伊説教人怒起，漢朝中惟吾獨貴。我有女，偏無貴戚豪家求配？奉聖旨使我招狀元爲婿，媒婆，不知他回話有何言語？

【前腔】（丑）媒婆告相公知：恨那人作怪蹺蹊。千不肯，萬推辭。（外）我奉聖旨招他爲婿，你曾把這話對他説麽？〔一〕（丑）這話頭不惹些兒。道始得及第，縱有花容月貌休題。他罵相公，罵小姐。（外）他罵小姐甚麽？（丑）道脚長尺二。（末）這般説謊没巴臂。〔二〕

【前腔】（末跪科）恩官且聽咨啓：蔡狀元聞説皺眉。〔三〕忠和孝，恩和義，念父母八十年餘。況已娶了妻室，再娶重婚非禮。待早朝，上表文，要辭官家去。請相公别選一佳婿。

【前腔】（外）他元來要奏丹墀，敢和我厮挺相持。細思之，可奈他將人輕覷。我就寫表奏與吾皇知，與他官拜清要地，務要來我處爲門楣。

〔一〕眉批：諸本無外白，接這話頭句不下。
〔二〕眉批：没巴臂：猶云無根蒂。
〔三〕眉批：皺：今作『愁』，非。

【意不盡】（合）這讀書輩没道理，不思量違背了聖旨；只教他辭官辭婚俱未得。

（外）自古道：殺人可恕，情理難容。我的威名，誰不欽敬？多少貴戚豪家求爲吾婿而不可得，叵耐一書生顛倒不肯。他要辭官家去，且由他。[一]左右，[二]你和官媒婆再去蔡伯皆處説，[三]看他如何？我如今先去朝中奏知官裏，只教不准他上表便了。[四]

（末）枉把封書奏九重，（末）不如及早便相從。

（合）羈縻鸞鳳青絲網，（合）牢絡鴛鴦碧玉籠。

釋義：月老：唐韋固求婚，客有議潘昉女且期興隆寺門。固往，見有老人倚囊坐堦，向月檢書。固問何書？曰：天下婚牘。固曰：吾議潘昉女，可成乎？曰：未也。君婦適三歲，十七歲過門矣。曰：店北賣菜陳老嫗女耳。老人忽不見。固令奴刺女，中額。後十四年，相州刺史王秦妻以女，眉間常貼翠鈿，歲餘，問之，乃知爲秦姪女。父終宋城宰時，乳母陳養之，後秦取以爲己女嫁焉。冰人：晉令狐策夢立冰上，與冰下人語。索紞占曰：『當在冰上，與冰下人語，爲陽語陰，媒介事也，當爲人作媒，冰泮婚

[一] 他：原作『一』，據明萬曆金陵繼志齋刊本《重校琵琶記》改。
[二] 左：原作『王』，據明萬曆金陵繼志齋刊本《重校琵琶記》改。
[三] 説：原作『下了』，據明萬曆金陵繼志齋刊本《重校琵琶記》改。
[四] 了：原作『你我』，據明萬曆金陵繼志齋刊本《重校琵琶記》改。

成。』會太守田豹因策爲子，求張公徵女，仲春成婚焉。青鸞：青鳥也。漢武帝七月七日齋居朝承殿，忽有一青鳥啣書從西來，集殿上。帝問東方朔，朔乃對曰：『此西王母欲來。』一日，西王母果乘彩雲而至。近乘龍：漢孫儁與李元禮二人皆位至司徒，俱娶太尉桓叔元之女，時人皆謂兩女俱乘龍。言得婿如龍也。

音釋：縈：音榮，繫心也。顒：音濃，顒望也。緒：音敘，心緒也。溝：音勾，溝渠也。佯：音羊，佯推也。窘：音窮。跨：音胯，亦乘意。戚：音刺。配：音沛，匹配也。蹻：音敲。蹊：音溪。墀：音遲，丹墀也。羈：音稽，羈留也。縻：音眉。碌：音绿。啓：音起。廝：音思。挺：音逞。

第十五齣　金閨愁配

【中吕過曲・剔銀燈】（貼）忒過分爹行所爲，但索强全不顧人議。背飛鳥硬求來諧比翼，隔墻花强攀來做連理。姻緣，還是怎的？婚姻事女孩兒家怎題？

姻緣姻緣，事非偶然。好笑我爹爹定要將奴家招贅蔡狀元爲婿，那狀元不肯，俺這裏也索罷了，誰想爹爹苦不放過。天那！他既不肯，便做了夫妻，到底也不和順。奴家待將此事對爹爹說，只是此事不是女孩兒每説的話。苦！好悶呵！（浄魃地上探科）慚愧！慚愧！今日也能彀得小姐悶也。天那！我待對爹爹説呵，小姐，你想着甚麽？（貼）我不想着甚麽。（浄）既不想着甚麽，如何手托香腮，在此憂悶？我且問你：你往常間件件不煩惱，事事不動情，我今想起來你都是佯詐。今日莫不是對景傷情麽？（貼）老姥姥，你説那裏話？我爲爹爹做事不停當，以此上悶。（浄）老相公做甚事不停當？（貼）我爹爹要將奴家嫁與蔡狀元，使官媒婆去説，狀元不肯從命。他既然不肯，俺這裏也索罷了。如今爹爹苦不放過他，又叫媒婆去説。老姥姥，你怎生與我對爹爹説一聲也好。（浄）小姐，這是老相公的主意，如何肯聽我説？

【仙吕過曲・桂枝香】（浄）書生愚見，忒不通變。不肯坦腹東床，謾自去哀求金殿。想他每就裹，想他每就裹，將人輕賤。小姐，非爹胡纏，怕被人傳。（貼）呀！怕人傳甚的？（浄）道你是相府公侯女，不能彀嫁狀元。

【前腔】（貼）百年姻眷，須教情願。他那裏抵死推辭，俺這裏不索留戀。想他每就裹，想他每就裹，有些牽絆。（浄）有甚牽絆？（貼）怕恩多成怨。滿皇都少甚麽公侯子，何須去嫁狀元？

【南吕過曲・大迓鼓】（浄）非干是你爹意堅，只怕春花秋月，誤你芳年。況兼他才貌真堪羨，又是五百名中第一先。故把姮娥，付與少年。

【前腔】（貼）姻緣雖在天，若非人意，到底埋冤。料想赤繩不曾綰，多應他無玉種藍田。休把姮娥，强與少年。

（净）匹配本自然，（貼）何須苦相纏。

（净）眼前雖成就，（貼）到底也埋冤。

釋義：連理：稱人夫婦曰連理枝。上官姓名守愚者，揚州人也，爲奎章閣學士，與史官賈虛中爲友，各有子女一人，令之共學讀書，其父母議爲婚。既嫁未久，遇寇大亂，劫掠其家。守父子全家被殺，惟賈女美貌，賊留之，逼爲妻。女詐曰：『吾家絶滅，身無所倚，待妾埋葬公姑、夫婿，然後爲婚，未遲也。』賊喜，從之。賊爲掘坑下夫屍，女執刀於手，曰：『寧共一坑死，不作兩處生。』遂刎死。賊怒曰：『汝要死，不與一坑。』移隔二十餘步埋之。曰：『使汝兩個空自相望。』其後，兩塚各生樹一，根枝柯相向，紐結連抱而生。後有晉化者，爲是邦太守，民告其故。欲移爲一處，樹大不能動。以禮葬之，贈封塚壙。後人號曰連理樹、連理枝。唐明皇與楊貴妃私誓曰：『在天願作比翼鳥，在地願爲連理枝。』義出此。

上卷終

元本大板釋義全像音釋琵琶記卷之中

第十六齣　丹陛陳情

【仙呂引子·北點絳脣】（末）夜色將闌，晨光欲散，把珠簾捲。移步丹墀，排列着金龍案。

【北混江龍】（末）官居宮苑，謾道是天威咫尺近龍顔。每日間親隨車駕，只聽鳴鞭。去螭頭上拜跪，隨着豹尾盤旋。朝朝宿衛，早早隨班。做不得卿相當朝一品貴，先隨着朝臣待漏五更寒。空嗟嘆，山寺日高僧未起，算來名利不如閒。㈠

自家是漢朝一個小黄門。往來紫禁，侍奉丹墀。領百官之奏章，傳一人之命令。正是：主德無瑕因

㈠　眉批：【混江龍】折與《北西厢記》諸折前四句一律，後殊不類，惟『彩雲何在』一折略相似。據《中原音韻》載，句字可以增損者，此調在焉，當不可以一律拘也。

宦習，天顔有喜近臣知。如今天色漸明，正是早朝時分，官裏升殿，怕有百官奏事，只得在此祇候。（内問）怎見得早朝氣象？（末）但見：銀河清淺，珠斗斕斑。數聲角吹落殘星，三通鼓報傳清曙。銀箭銅壺，點點滴滴，尚有九門寒漏；瓊樓玉宇，聲聲隱隱，已聞萬井晨鍾。曈曈曚曚，蒼茫紅日映樓臺；拂拂霏霏，葱蒨瑞烟浮禁苑。㠐㠐巍巍，千尋玉掌，幾點瀼瀼露未晞；澄澄湛湛，萬里璇空，一片團團月初墜。三唱天鷄，咿咿喔喔，共傳紫陌更闌；百囀流鶯，間間關關，報道上林春曉。五門外碌碌刺刺，車兒碾得塵飛；六宫裏嘔嘔啞啞，樂聲奏如鼎沸。只見那建章宫、甘泉宫、未央宫、長楊宫、五柞宫、長秋宫、長信宫、長樂宫，重重疊疊，萬萬千千，盡開了玉關金鎖；又見那昭陽殿、金華殿、長生殿、披香殿、金鑾殿、麒麟殿、太極殿、白虎殿，隱隱約約，三三兩兩，都捲上繡箔珠簾。半空中忽聽得一聲轟轟劃劃，如雷如霆，震耳的鳴梢響；合殿裏只聞得一陣氤氤氲氲，非烟非霧，撲鼻的御爐香。縹縹緲緲，紅雲裏雉尾扇遮着赭黄袍；深深沉沉，丹陛間龍鱗座覆着彤芝蓋。左列着森森嚴嚴，前前後後的羽林軍、期門軍、控鶴軍、神策軍、虎賁軍，花迎劍佩星初落；右列着濟濟鏘鏘，高高下下的金吾衛、龍虎衛、拱日衛、千牛衛、驃騎衛，柳拂旌旗露未乾。金間玉，玉間金，炯炯爍爍，燦燦爛爛的神仙儀從；紫映緋，緋映紫，行行列列，整整齊齊的文武官僚。螭頭陛下，立着一對妖妖嬈嬈，花容月貌，繡鸞袍，鴛鴦靴的奉引昭容；豹尾班中，擺着一對端端正正，銅肝鐵膽，白象簡，獬豸冠的糾彈御史。拜的拜，跪的跪，那一個敢挨挨挱挱縱諠譁？升的升，下的下，那一個不欽欽敬敬依禮法？但願得常瞻仙仗，聖德日新日新日日新；與群臣共拜天顔，聖壽萬歲萬歲萬萬歲。從來不信叔孫禮，今日方知天子尊。道猶未了，一個奏事的官人早來。

【黃鍾過曲・點絳唇】（生）月淡星稀，建章宮裏千門曉。御爐烟裊，隱隱鳴梢杳。(一) 忽憶年時，問寢高堂早。鷄鳴了，悶縈懷抱，此際愁多少？

不寢聽金鑰，因風想玉珂。明朝有封事，數問夜如何。(二) 自家爲父母在堂，故上表辭官回去侍奉。如今天色已明，這是午門外廂，不免進入去咱。（末）奏事官搢笏三舞蹈。

【黃鍾過曲・神仗兒】（生）揚塵舞蹈，揚塵舞蹈，遥瞻天表，見龍鱗日耀。（末）狀元不得升殿。（生）咫尺重瞳高照，（末）有何文表，就此呈奏。(三) （生）遥拜着赭黄袍，遥拜着赭黄袍。

【滴溜子】（生）臣邕的，臣邕的，荷蒙聖朝。臣邕的，臣邕的，拜還紫誥。（末）狀元，你莫非是嫌官小麽？（生）念邕非嫌官小，奈家鄉萬里遥，雙親又老。干瀆天威，萬乞恕饒。（末）狀元，吾乃黄門，職掌奏章。有何文表，就此披宣。（生跪科）

【入破第一】(四) 議郎臣蔡邕啓：今日蒙恩旨，除臣爲議郎之職，重蒙賜婚牛氏。干瀆天威，

(一) 眉批：『隱隱』二句，丁仙現詞。

(二) 眉批：『不寢』四句，杜子美詩。

(三) 眉批：按調，『重瞳』句下還當有二句，諸本作『有何文表，只須在此一一分剖』亦通，今并存之。

(四) 眉批：此一枝雖分數折，而詞意聯絡至【中衮】，以下三折有無限有餘不盡之趣，《陳情表》不足過也。

臣謹誠惶誠恐，稽首頓首。伏念微臣，初來有志，誦詩書力學躬耕修己，不復貪榮利。事父母，樂田里，初心願如此而已。不想州司，謬取臣邕充試。到京畿，豈料蒙恩，叨居上第。

【破第二】重蒙聖恩，婚賜牛公女。臣草茅疏賤，如何當此隆遇？但臣親老，一從別後，光陰又幾。廬舍田園，荒蕪久矣。

（末）親老在堂，必自有人侍奉，狀元不必憂慮。

【衮第三】（生）況臣親老鬢髮白，筋力皆癯瘁。形隻影單，無兄弟，誰奉侍？況隔千山萬水，生死存亡，雖有音書難寄。最可悲，他甘旨不供，我食禄有愧。

（末）聖上作主，太師聯姻，狀元，這也是奇遇。

【歇拍】（生）不告父母，怎諧匹配？臣又聽得家鄉裏，遭水旱，遇荒飢。君料臣親必做溝渠之鬼，未可知。怎不教臣，悲傷淚垂？

（生哭科）（末）狀元，此非哭泣之處，不得驚動天聽。

【中衮第五】（生）臣享厚禄掛朱紫，出入承明地。惟念二親寒無衣，飢無食，喪溝渠。憶昔先朝朱買臣守會稽，司馬相如持節錦歸。

【煞尾】他遭遇聖時，皆得回鄉里。臣何故別父母，遠鄉閭，没音書，此心違？伏望陛下特憫微臣之志，遣臣歸，得侍雙親，隆恩無比。

【出破】若還念臣有微能，鄉郡望安置。庶使臣忠心孝意得全美，臣無任瞻天仰聖，激切屏營之至。

（末）原來如此。吾當與汝轉達天聽，你只在午門外廂俟候聖旨。正是：眼望旌捷旗，耳聽好消息。

（生起科）

【神仗兒】（生）揚塵舞蹈，揚塵舞蹈，見祥雲縹緲，想黃門已到。料應重瞳看了，多應是念我私情烏鳥。顒望斷九重霄，顒望斷九重霄。

黃門已將我奏章傳達，未知聖意允否？不免乘間禱告天地一番。

【滴溜子】（生）天憐念，天憐念，蔡邕拜禱。雙親的，雙親的，死生未保。天那！可憐恩深難報。一封奏九重，知君聽否？爹娘呵，俺和你會合分離，都在這遭。

黃門去了多時，怎的不見回報？想必是官裏准了。天那！若能彀回家侍奉父母，何須在此做官？

（末捧詔同二昭容上）

【前腔】（末）今日裏，今日裏，議郎進表。傳達上，傳達上，聖目看了。（生）聖目看了如何說？（末）道太師昨日先奏，把乘龍女婿招，多少是好？（生）黃門大人，你莫不是哄我？（二）（末）見有

（二）你：原作『有』，據汲古閣刊本《繡刻琵琶記》改。

玉音傳降聽剖。

聖旨已到，跪聽宣讀。（生俯伏）（末讀科）皇帝詔曰：孝道雖大，終於事君；王事多艱，豈遑報父？朕以涼德，嗣纘丕基。眷兹警動之風，未遂雍熙之化。爰招俊髦，以輔不逮。咨爾才學，允愜輿情。是用擢居議論之司，以求繩糾之益。爾當恪守乃職，勿有固辭。其所議婚姻事，可曲從師相之請，以成桃夭之化。欽予時命，裕汝乃心。謝恩。（生）黄門大人，煩你與我再去奏知官裏，我情願不做官。（末）咳！這秀才好不曉事，聖旨誰敢違背？（生）黄門大人，你不肯去時節，我自去拜還聖旨如何？（末）呀！這秀才好怪麽，這所在你如何去得？（生哭科）

【啄木兒】（生）我親衰老，妻幼嬌，萬里關山音信杳。他那裏舉目淒淒，俺這裏回首迢迢。他那裏望得眼穿兒不到，俺這裏哭得淚乾親難保。閃殺人一封丹鳳詔。

【前腔】（末）狀元，你何須慮，不用焦，人世上離多歡會少。大丈夫當萬里封侯，肯守着故園空老？畢竟事君事親一般道，人生怎全忠和孝？却不見母死王陵歸漢朝？

【三段子】（生）這懷怎剖？望丹墀天高聽高。這苦怎逃？望白雲山遥路遥。

【前腔】（末）狀元，你做官與親添榮耀，高堂管取加封號。與他改換門閭，偏不是好？

【歸朝歡】[一]（生）冤家的，冤家的，苦苦見招，俺媳婦埋冤怎了？饑荒歲，饑荒歲，怕他怎熬？俺爹娘怕不做溝渠中餓殍？

【前腔】（末）譬如四方戰争多征調，從軍遠戍沙場草，也只是爲國忘家也。

（生）家鄉萬里信難通，（末）争奈君王不肯從。

（合）辜負不堪回首處，（合）一齊分付與東風。

釋義：金龍案：王建《宫詞》『金鑾殿上金龍案』，玉案也。天威咫尺：齊桓公曰：『天威不違顔咫尺。』鳴鞭：《宋朝會要》曰：『唐及五代有之。《周官·條狼氏》「執鞭趍避」之遺法也。』然則鳴鞭雖始於唐，亦本周事。螭頭：《説文》：『螭若龍，無角。』《漢書》：『丹墀上之堦曰螭頭。』五更寒：[二]吴珏詩：『朝臣待漏五更寒，鐵甲將軍夜渡關。山寺日高僧未起，算來名利不如閒。』小黄門：居禁中，在黄門之内，掌傳箋奏，歷代有黄門侍郎是也。珠斗爛煸：《律曆志》：『五星於連珠爛煸。』《唐韻》：色不純也。千尋玉掌：七尺爲尋。漢武帝天鼎二年，作承露盤，高二十丈，大七圍，以銅爲之，上有仙人掌以承露。和玉屑飲之，可以長生。紫陌：御墀也。《早朝》詩：『鷄鳴紫陌曙光

[一] 歸：原作『今』，據曲律改。

[二] 五更寒：原闕，據明萬曆金陵繼志齋刊本《重校琵琶記》補。

寒。』五門：《周禮》：『君之門有五：一曰皋門，二曰雉門，三曰庫門，四曰應門，五曰路門是也。』建章宫：漢武帝太初元年，以伯梁殿災，粵巫占之曰：『粵俗，有大災，則復起大屋以厭勝之。』帝於是作建章宫，度爲千門萬户，前殿度高未央。其東則鳳闕，高二十餘丈；其西則數十里虎圈；其北則大池，漸臺高二十餘丈，名曰太液池。中有蓬萊、方丈、瀛洲。其南有玉璧之屬，立井幹，高五十丈，輦道相屬焉。甘泉宫：陝西涇陽縣甘泉山太秦林光宫，漢武帝增廣之，周十九里，去長安三百里，望見長安城。黄帝以來，圜丘祭天之處。武帝闕南，以象五色。又曰雲陽。宫内有竹宫、壽宫、迎風館、鳷鵲觀。未央宫：漢高帝七年，命蕭何治未央宫，内有東闕、北闕、前殿、武庫、太倉。名未央者，取詩『夜未央』，勤政之義也。長楊宫：本秦離宫，漢因之以備行幸。有射熊觀，秦漢遊獵之所也。成帝行幸長楊宫，從故人大接獵上將，誇胡人以禽獸，命張羅網罝罘，捕熊羆、豪猪、狐兔、虎豹、麋鹿，載以檻車，輸長射熊館。以罔爲周阹，縱禽獸其中，令胡人手搏之，上親臨觀焉。時農民不得收斂。揚雄從至上林中，上《長楊宫賦》，以是諷之。長秋宫：《索隱》曰：『皇后宫名長秋者，秋，陽之者始。取其長而久。』長信宫：始皇初，建以備行幸。漢太后所居之宫也。長樂宫：漢高帝建，内有東朝及宣德、通光、高明、長秋等殿。昭陽殿：漢景帝王美人，七月七日生。武帝於此後更名猗蘭殿。長生殿：唐玄宗每歲七月七日賜楊貴妃乞巧於此。金鑾殿：唐玄宗於此殿見李白，語當世事，奏頌一篇。帝賜食，親爲調羹，詔供奉翰林。麒麟殿：漢明帝集公卿有文學八十人，於此刊校經史。太極殿：即唐西内正殿也。高祖因隋太興殿，改今名。白虎殿：漢宣帝時，諸儒集論經傳，奏之曰白虎閣，因名曰《白虎通》。龍鱗座：王建《宫詞》：『座列龍鱗耀日月。』羽林軍：天有羽林大將軍之星，蓋羽昱鷙擊之意。林喻若林木，漢武帝故以名武臣是也。金吾衛：秦有中尉，漢武帝更名執金吾。千牛衛：宋謀綽《拾遺》：『千牛力，人主防身力也。故後魏有千牛備身，掌執御刀。』唐顯慶五年始置左右千牛府，龍翔二年改府曰千牛衛。奉引昭容：唐女官，正二品。天子坐朝，昭容引坐。

第十七齣　義倉振濟

【仙吕入雙調・普賢歌】（丑唱）身充里正實難當，雜泛差徭日夜忙。官司點義倉，并無些子糧，拚一頓拖翻喫大棒。

我做都官管百姓，另是一般行徑。破靴破帽破衣裳，打扮須要廝稱。到官府百般下情，下鄉村十分豪興。討官粮大大做個官升，責私鹽輕輕弄條喬秤。點催首放富差貧，保緝户欺軟怕硬。猛拚打强放潑，畢竟是個畢竟。誰知天不由人，萬事皆猶命。那騙得五兩十兩，到使五錠十錠。田園盡都典賣，(一)并無些子餘剩。㕷耐廳前首領，嫌恨司房喬令。把我千樣凌辱，將我萬般督併。動不動去了破帽，打

(一) 園：原作『門』，據明萬曆金陵繼志齋刊本《重校琵琶記》改。

得我黄腫成病。幾番要自縊投河，不要了這條性命。今番又點義倉，并無糧米抵應。若還把我拖翻，便叫高擡明鏡。小人也不是都官，也不是里正。休將屈棒，錯打了平民。（内問）你是誰？（丑云）我是搬戲的副浄。（内云）休道出本來面目！（丑云）苦！往常間把義倉穀子偷將家去，養老婆孩兒了。今日上司官點義倉放穀，賑濟貧民，倉中没有一些，那裏討還他？没奈何，我待把家私并老婆兒子都賣了，也賠不起，不免去與李社長商量則個。轉彎抹角，兀的便是李社長家裏。李社長，李社長！（浄云）誰叫老爺？（丑云）咦！你慣要做大。且出來。

【前腔】（浄唱）身充社長管官倉，老小一家都在倉裏養。（一）（丑云）好！好！你一家老小都在倉裏養，事發時節，如何擺佈？（浄唱）事發儘不妨，里正先喫棒。（丑云）尊兄，饒得你過麽？（浄唱）先打了都官，方纔打社長。

老夫年傍八旬，家中只有三人。因充社長勾當，誰知也不安寧。又要告官書題粉壁，又要勸民栽種翻耕。又要管淘河砌磡，又要辦水桶麻繩。若有人家嫁娶，須索請我做賓人。人人稱我年高伏衆，個個叫我社長官人。若得一紙狀子，强似廳上縣丞。原告許我銀子三錠五錠，被告送我猪脚十斤廿斤。若還得了兩家財物，只得朦朧寫個回文。每日去幹得泄水功德，竟不知自家家裏禍因。大的孩兒不孝不義，小的媳婦逼勒離分。單單只有第三個孩兒本分，常常將去了老夫的頭巾。激得我老夫性發，只得

（一）眉批：社長好大。

唱個陶真。(丑云)呀！陶真怎的唱？(净云)呀！倒被你聽見了。也罷，我唱，你打和。(丑云)使得。(净云)孝順還生孝順子，(丑云)打打咍蓮花落，(净云)忤逆還生忤逆兒，(丑云)打打咍蓮花落。(净云)不信但看簷前水，(丑云)打打咍蓮花落，(净云)點點滴滴不差池，(丑云)打打咍蓮花落。(净云)住休！(丑云)你若不叫住，我直唱到天明。(净)里正，你叫我出來有何話説？(丑云)社長哥，今日官司給散義倉，倉中又無稻子，如何是好？我和你各賠些子。(净)呀！倉中稻子都是你搬去喫了，怎的叫我和你合賠？小畜生，到不虧了你！上司來時，干我甚事？我自回去抱子弄孫嬉他娘。正是：閉門不管窗前月，一任梅花自主張。(净下)(丑)苦！李社長又去了，上司官又來了，如何是好？呀！喝道聲漸漸近了，不免迎接則個。(外扮放糧官末扮皂隸同上)

【前腔】(外)(一)親承朝命賑饑荒。(末)躍馬揚鞭到此方。(丑)里正接老爺。(外)起去。疾忙開義倉，支與百姓糧，從實支收休要謊。

里正，將支收簿來看。(丑)簿在此。(外讀科)元管二十九石，新收三十六石；除支一十九石，見在四十六石。左右，開倉。(外看科)呀！這倉裏那有四十六石？(丑)有，有，相公。(外)左右，與他取了甘結；一面着他喚飢民來支粮。(丑)一心忙似箭，兩脚走如飛。(外)左右，這廝説謊。倉裏那得許多稻子？(末)相公且由他，若是不足數，只要他賠償便了。(外)也説得是。(丑扮瞎子上)

(一) 外：原作『末』，據明萬曆金陵繼志齋刊本《重校琵琶記》改。

【商調過曲·吴小四】（丑）肚又饑，眼又昏，家私没半分，子哭兒啼不可聞。聞知相公來濟民，請些官糧去救貧。

（丑錯跪科）相公可憐見。（末）相公在這裏。（外）老的姓甚名誰？家裏有幾口？（丑）小的姓丘名乙己，住上大村，有三千七十口。（外）胡説！那裏有許多口？（丑）告相公得知：上大人，丘乙己，化三千，七十士。（末）一口胡柴！（外）你實有幾口？（丑）小的夫妻兩口，孩兒兩口。（外）支糧與他。（末與丑科）支四口糧了。（丑）多謝相公。正是：一日不識羞，三日不忍餓。（下）（淨扮聾子上）

【前腔】（淨）嘆連朝，饑怎忍？家中有五六人。[一] 前日老婆典了裙，今日媳婦又典裩，恰好遇官司來濟貧。

相公可憐見。（外）老的姓甚名誰？家裏有幾口？（淨）小的姓大名比丘僧，住在祇樹給孤獨園，有一千二百五十口。（外）胡説！那有許多口？（淨）告相公得知：《彌陀經》中道：祇樹給孤獨園，與大比丘僧一千二百五十人俱。（末）佛口蛇心！（外）你實有幾口？（淨）小的有兩個媳婦，三個孩兒，和我共六口。（外）支糧與他。（末與淨科）支六口糧了。（淨）多謝相公。正是：今日得君提掇起，免教人在污泥中。（淨下）（旦上）

（一）眉批：坊本作『八九人』，與白相背了。

【雙調引子・搗練子】(一)(旦)嗟命薄，嘆年艱。含羞忍淚向人前，猶恐公婆懸望眼。路當險處難回避，事到頭來不自由。奴家少出閨門，豈識途路？今日見官司放糧濟貧，只得去請些稻子，以救公婆之命。(見科)(外)婦人，你姓甚名誰？來此怎的？(旦)告相公，奴家姓趙，名五娘；公公蔡從簡。因兒夫出去，特來請些糧米，以救公婆之命。(外)你丈夫那裏去了，使你婦人家來請糧？

【正宮引子・普天樂】(旦)兒夫一向留都下。(外)你家裏還有誰？(旦)只有年老爹和媽。(外)有弟兄麽？(旦)弟和兄更没一個。(外)既没有兄弟，誰看承你的爹媽？(旦)看承盡是奴家。(外)這般説起來，你好苦呵。婦人家不出閨門，你何不使個男子漢來請糧？(旦作悲科)歷盡苦，誰憐我，相公，怎説得不出閨門的清平話？(外)你家裏有幾口？(旦)只有三口。(外)左右，支糧與他。(末)没糧了。(旦哭科)若無糧，我也不敢回家。(外)怎的不敢回家？(旦)相公，豈忍見公婆受餒？天那！嘆奴家命薄，直恁折挫。(二)(外)左右，這倉中稻子没了。一來湊原數不起，二來這婦人説得好苦，你去拿那里正來，要這厮賠償。(末)領鈞旨。假饒走到焰摩天，脚下騰雲須趕上。(下)(旦)望相公可憐見，主張些糧米，與奴家救濟

(一) 眉批：一名【胡搗練】。
(二) 眉批：折挫：一作『摧挫』，氣弱。

公婆之命。（外）我自有分曉。（末押丑上）一似甕中捉鱉，手到拿來。（外）里正，這倉中稻子湊原數不起，盡是你自偷了，你好好招伏。（丑）相公，小人招不得。自古道東量西折，難教小人賠償。（外）畜生，尖斛量入，平斛量出，如何會折了許多？左右，拿下打四十！（丑）相公不要打，小人情願招了。（丑讀招）招狀人姓猫名狸，見年三十有餘。身上别無疾病，只有白帶不除。今與短狀招伏，因爲官糧欠虧。説到義倉情弊，中間無甚蹺蹊。稻熟排門收斂，斂了各自將歸。并無倉廪盛貯，那有帳目收支。縱然有得些少，胡亂寄在民居。官司差人點視，便糴些穀支持。上下得錢便罷，不問倉實倉虚。假饒清官良吏，被我影射片時。東家借得十扛，西家借得五箕。但見倉中有穀，其間就裏怎知？年年把當常事，番番一似耍嬉。不道今年荒旱，不道今載民饑。不因分俵賑濟，如何會泄天機？假饒奏到三十三天，我里正無甚罪過。（末）爲甚的？（丑）只是點糧詐錢的做馬做驢。招狀執結是實，伏乞相公指揮。（外）左右，押這厮去，要他賠償。（末押丑下）正是：懼法朝朝樂，欺公日日憂。（末押丑上）假饒人心似鐵，怎逃官法如爐？告相公，里正賠償的稻子有了。（外）支與那婦人去。（旦）多謝相公。（末與旦，丑覷覷科）由你半路去，我好歹與你奪了便是。（旦）謝得恩官爲主維，（丑）只教中路有災危。（外）當權若不行方便，（末）如入寶山空手回。（外、末、丑下）（旦）一斟一酌，莫非前定。今日奴家去請糧，誰知道里正作弊，倉中無穀。若不得相公督併，里正賠償，如何得這些穀回家救濟二親？正是：飢時得一口，强似飽時得一斗。（欲下）（丑上攔住科）咳！恩人相見，分外眼明。仇人相見，分外眼睁。我也會見你過來呵！你快把稻子還我，萬事全休。（旦）呀！相公與奴家的稻子，如何把還你？（丑）咳！方纔不是你只管告不休，相公如何要我賠納？這稻子是我賷老小賷家私得來的，你如何拿去？（搶科）（旦）里正官人，休要用强；可憐奴家艱苦！（丑）可憐你甚的？

【雙調過曲·鎖南枝】（旦）兒夫去，竟不還，公婆兩人都老年。自從昨日到如今，不能彀一餐飯。（丑）你公婆没飯喫，干我甚事？（旦）奴請糧，他在家懸望眼。念我年老公婆，做方便。(一)

（拜丑科）（丑）不要拜，不要拜。這般時年，我做不得方便；你將稻子還我便罷。

【前腔】（旦）鄉官可憐見，這些稻子呵，是我公婆命所關。若是必須奪將去，寧可脱下衣裳，就問鄉官换。（脱衣科）（丑）不要，不要，你身上冷。（旦）寧使奴身上寒，只要與公婆救殘喘。(二)

（丑）娘子，罷，罷。你説起這話，都是孝心，我不忍問你取了。莫怪，莫怪，你去罷。（旦）如此多謝。

（丑虚下躲科）（旦）謝天謝地！且喜里正去了，不免趲行幾步。（丑上推旦奪下科）

【前腔】（旦）奪將去，真可憐，公婆望奴不見還。縱然他不埋冤，道我做媳婦的有何幹？他忍飢添我夫罪愆，教奴怎見得我夫面？

(一) 眉批：此一枝凡十折，一三五七九自是一體，二四六八十自是一體。

(二) 眉批：一本第二折有丑唱曲：『賊潑賤，聽我言，聲聲叫咱行方便。我爲你打了二十皮鞭，端的羞咱臉。還我糧，饒你拳。你若不還時，管教你一命喪黄泉。』

千死萬死，終久是死；不如早死爲强。此間有一口古井，不免投入死休罷了。（欲投科）

【前腔】（旦）將身赴井泉，思量左右難。我丈夫當年分散，叮嚀囑付爹娘，教我與他相看管。苦！我死却他形影單，夫婿與公婆，可不相埋冤？（外上）

【前腔】（外）媳婦去，不見還，教人在家凝望眼。（外跌倒旦扶科）（外）呀！你在這裏閒行，教我望得肝腸斷。（旦）公公，奴請糧爲你供午餐，又誰知被人騙。

（外）媳婦，却怎麽説？（旦）公公，奴家請得些稻子，到半途之中，却被里正奪去了。（外）天那！元來如此。（哭科）

【前腔】（外）思量我命乖蹇，不由人不珠淚漣。料想終須餓死，不如早赴黄泉，免把你厮牽絆。媳婦，婆老年，不久延，你須是好看管。

呀！這裏元來有一口古井，不免投入死休。

【前腔】（旦）公公，你若身傾棄，我苦怎言？公還死了婆怎免？你兩人一旦身亡，教我獨自如何展？公公呵，你喫苦辛其寔難過遣，我痛傷悲只得强相勸。

【前腔】（外）媳婦，你衣衫盡解典，囊篋已罄然。縱使目前存活，到底日久日深，(一)你與我難

(一) 眉批：日深：言其貧將益甚也。

相念。(一) 苦！ 衣食缺你行孝難，活冤家不如早拆散。（外投井旦救科）（末挑穀上科）

【前腔】（末）不豐歲，荒歉年，官司把糧來給散。見一個年老的公公，在那裏頻嗟嘆。待向前仔細看，呀！ 我道是誰，元來是蔡老員外和五娘子呵。你兩人在此有何幹？(二)

（相見科）（旦）公公，一言難盡。奴家今日聞知官司給散義倉，去請些糧米與公婆爲口食之資，誰想里正作弊，倉中沒有稻子。謝得相公，着令里正賠納，把些與奴家；來到半途，却被里正奪去。奴家害羞回來，公公見説，也要投井死，奴家正在此勸解公公。（末）咳！ 五娘子，你差了。老夫方纔請得些官糧，正要將來分送你公公，你怎的不來與我商量，却自家出去，被那强徒欺侮？(三)

【前腔】（末）我聽你説這言，待我趕去，罵那廝鐵心腸，昧心漢。（旦）公公，他去得遠了。（外）罷，罷。太公，我和你是良善之人，不要與那狂徒一般見識；只是我這幾日餓得難過。（末）員外，你且不須憂慮，我也請得些官糧，和你兩下分一半。（旦）呀！ 這是公公請的，如何使得？（末）咳！ 五娘子，你休恁推，莫棄嫌，且將回，權做兩厨飯。

(一) 眉批：念：今作『戀』。

(二) 眉批：吴本末折作『不豐歲，荒歉年，生離死別真可憐。縱有八口人家，飢餓應難免。子忍飢，妻忍寒，痛哭聲恁哀怨』。

(三) 眉批：諸本無末白，末見張公看管周到處。

（旦）如此，多擾公公。（末）怎説這話？五娘子，你伯皆當初出去，把爹娘托付與老夫。今日是荒年飢歲，虧你獨自支吾。終不然我自温飽，教你忍飢受餓？古語云：濟人須濟急時無。你胡亂將這些救濟公姑則個。五娘子，你先回去，我和你公公隨後緩緩的來。

【正宫過曲・洞仙歌】（旦）苦！家私没半分，靠着奴此身。只要救公婆，豈辭多苦辛？（合）空把珠淚揾，可憐飢與貧，這苦説不盡。㈠

【前腔】（外）太公，我本爲泉下人，他救我一命存。只怕我不久身亡，報不得媳婦恩。（合前）

【前腔】（末）見説不可聞，況我托在隣。終不然我享安和，㈡忍見你受飢窘？（合前）

（旦）命薄多年受苦辛，（外）不如身死早離分。

（末）惟有感恩并積恨，（合）萬年千載不成塵。

釋義：義倉：隋文帝開皇五年，令諸州百姓當社立義倉。唐太宗貞觀中，戴胄言：『隋天下之人，節級輸粟，名爲社倉。』又，韓中良奏：『王公以下應墾田百畝，納二升貯之州縣，以備賑濟。』蓋義倉自隋。焰摩天：三十三天之上有天，曰焰摩天。

㈠　眉批：此調與詩餘中【洞仙歌】字句大不同。

㈡　眉批：安和：今本作『安榮』，不穩。

音釋：潑：音撥。縊：音意。勒：音力。謊：音慌。狸：音梨。蹺：音蹻。蹊：音溪。驢：音閭。餤：音焰。償：音常。彀：音姤。餐：音參。喘：音舛。愆：音牽。叮：音丁。嚀：音寧。囑：音竹。騙：音片。蹇：音簡。漣：音連。絆：音泮。寔：音十。筐：音匡。罄：音慶。靠：音槁。窘：音囷。齣：音出。

第十八齣　再報佳期

【越調過曲・蠻牌令】（丑扮媒婆上）終日走千遭，走得脚無毛。何曾見湯水面？花紅也不曾見半分毫。到不如做個虔婆頂老，也落得些鴨汁喫飽。窮酸秀才直恁喬，老婆與他，故推不要。

咳！我做媒婆老了，不曾見這般好笑。叵耐一個秀才，老婆與他不要。别人見了媒婆歡歡喜喜，他倒和我尋争尋鬧。老相公不肯干休，只管在家囉唣。把媒婆放在中間，旋得七顛八倒。走得我鞋穿襪綻，説得我唇乾舌燥。也不怕你親事不成，也不怕你姻緣不到。只怕你紅羅帳裏快活，不叫媒婆聒噪。(一)這裏便是狀元貴館，請狀元相見。呀！恰好的狀元出來了。

(一)　眉批：聒噪：吴越人相謝俗語。

【越調引子・金蕉葉】（生）愁多怨多，俺爹娘知他怎麽？擺不脱功名奈何？送將來冤家怎躲？

（相見科）（丑）狀元，恭喜！賀喜！牛太師選定今日與小姐畢姻，請狀元早赴佳期。（生）天那！此事如何是好？（丑）狀元，事皆前定，不必再推。

【南吕過曲・三换頭】（生）名韁利鎖，先自將人摧挫。況鸞拘鳳束，甚日得到家？我也休怨他。這其間，只是我，不合來，長安看花。閃殺我爹娘也，淚珠空暗墮。（合）這段姻緣，也只是無如之奈何。〔一〕

【前腔】（丑）鸞臺罷粧，鵲橋初駕。佳期近也，請仙郎到河。〔二〕（生）媒婆，我去也不妨；只是一心掛兩頭，如何是好？（丑）狀元，此事明知牽掛。這其間，只得把，那壁厢，且都拚捨。況奉君王詔，怎生别了他？（合前）

（丑）狀元，門首轎馬都已齊備了。

（丑）及早赴佳期，（生）歡娱成怨悲。

〔一〕眉批：前二句【五韻美】，中四句【臘梅花】，後二句【梧葉兒】，合在外。

〔二〕眉批：都是常言揑合入腔，遂成宫調。《記》中此類甚多，諸傳絶無。

（合）情知不是伴，（合）事急且相隨。

釋義：名韁：韁，馬紲也。人被功名羈絆，猶馬被紲所繫也，故曰繫名聲之韁鎖。鵲橋：七月七日，烏鵲填河成橋，渡織女。仙郎到河：天河之東，有天帝之女機杼女工，年年勞役，織成云霧綃縑之衣。辛苦殊無歡悦，容貌不暇整理。天帝憐其獨處，將嫁與河南牽牛之子。自後織紝竟廢，貪歡不歸。帝怒，責歸河東，但使一年一度與牛郎相會。

音釋：虔：音乾。聒：音括。噪：音譟。躲：音朵。韁：音姜。摧：音催。挫：音剉。

第十九齣　强就鸞凰

（外扮牛太師上）

【黄鍾引子·傳言玉女】（外）燭影摇紅，簾幕瑞烟浮動，畫堂中珠圍翠擁。粧臺對月，下鸞鶴神仙儀從。(一)　玉簫聲裏，一雙鳴鳳。

(一)　眉批：『粧臺對月』爲句，『下』猶言『降』也。李翺納進士盧儲爲婿，《催妝》詩云：『今日已成秦晉會，早教鸞鳳下粧臺。』

左右何在？（末）獨立畫堂聽命令，珠簾底下一聲傳。老相公有何指揮？（外）左右，我今日與小姐畢姻，筵席安排了未？（末）安排完備了。（外）完備得如何？〔水調歌頭〕（末）屏開金孔雀，褥隱繡芙蓉。獸爐烟裊，蓮臺絳蠟吐春紅。廣設珊瑚席子，高把真珠簾捲，環列翠屏風。人間丞相府，天上蕊珠宫。　錦遮圍，花爛熳，玉玲瓏。繁絃脆管，歡聲鼎沸畫堂中。簇擁金釵十二，座列三千珠履，談笑盡王公。正是：　門闌多喜氣，女婿近乘龍。（外）狀元來未？（末）遠遠望見一簇人馬喧鬧，想是狀元來了。（生上）

【女冠子】（生）馬蹄篤速，傳呼齊擁雕轂。[一]（外）金花帽簇，天香袍染，丈夫得志，佳婿坦腹。

（外）惜春，狀元已到，請小姐出來拜堂。[二]（貼上）

【前腔】粧成聞喚促，又將綵扇重遮，羞蛾輕蹙。（淨、丑執掌扇上）（合）這姻緣不俗，金榜題名，洞房花燭。

（淨）狀元和小姐兩個，各自立一邊，請陰陽先生讚禮。（末扮賓人上）禀相公，告廟。（外）你就告廟。

（末）維大漢太平年，團圓月，和合日，吉利時，嗣孫牛太師，有女年已及笄，奉聖旨招贅新狀元蔡伯皆爲婿。以此吉辰，敢申虔告。告廟已畢，請與新人揭起方巾。（丑）待我來。伏以窈窕青娥二八春，緑雲

[一] 雕轂：原闕，據明萬曆金陵繼志齋刊本《重校琵琶記》補。

[二] 到、請：原闕，據明萬曆金陵繼志齋刊本《重校琵琶記》補。

之上覆方巾。玉纖揭起西川錦，露出嬌容賽玉真。掌禮，請喝拜。（末）竊以禮重婚姻，茲是人倫之大；義當配偶，爰思宗系之承。張設青廬，㈠熒煌花燭。祀供蘋藻，首嚴見廟之儀；贄備棗榛，抑講拜堂之禮。集珠履玳簪之客，環金釵玉珥之賓。慶會良宵，觀光盛事。香熏寶鴨，濃騰裊裊之烟；步擁金蓮，請下深深之拜。（喝拜科）拜禮已畢，請狀元、小姐把酒。

【黄鍾過曲・畫眉序】（生）攀桂步蟾宫，㈡豈料絲蘿在喬木。喜書中今朝有女如玉，堪觀處絲幕牽紅，恰正是荷衣穿緑。（合）這回好個風流婿，偏稱洞房花燭。

【前腔】（外）君才冠天禄，我的門楣稍賢淑。看相輝清潤，瑩然冰玉。光掩映孔雀屏開，花爛熳芙蓉隱褥。㈢（合前）

【前腔】（貼）頻催少膏沐，金鳳斜飛鬢雲矗。喜逢他蕭史，愧非弄玉。㈣清風引珮下瑶臺，明月照粧成金屋。（合前）

㈠ 青廬：原作「青爐」，據文義改。

㈡ 眉批：「宫」字古本作「窟」音唱，今按調字法，「宫」「拱」「貢」「谷」用「宫」字轉入「谷」字音，協下「禄」「幅」等字韻。

㈢ 眉批：「屏開」「隱褥」挫對協韻。隱：去聲。

㈣ 眉批：四「玉」字和得渾然天成。

【前腔】（净、丑、末）湘裙展六幅，似天上姮娥降塵俗。喜藍田今已種成雙玉。風月賽閬苑三千，雲雨笑巫山二六。（一）（合前）

【滴溜子】（生）謾説道姻緣，果諧鳳卜。細思之，此事豈吾意欲？有人在高堂孤獨。可惜新人笑語喧，不知我舊人哭。兀的東床，難教我坦腹。（二）

【鮑老催】（衆）翠眉謾蹙，赤繩已繫夫婦足，芳名已注婚姻牘。狀元，空嗟怨，枉嘆息，休摧挫。（三）畫堂富貴如金谷。休戀故鄉生處好，受恩深處親骨肉。

【滴滴金】（衆）金猊寶鼎香馥郁，銀海瓊舟泛醽醁，輕飛綵袖呈嬌舞。囀鶯喉，歌麗曲，歌聲斷續，持觴勸酒人共祝。人共祝，百年夫婦永和睦。

【鮑老催】（衆）意深愛篤，文章富貴珠萬斛，天教艷質爲眷屬。似蝶戀花，鳳棲梧，鸞停竹。男兒有書須勤讀，書中自有黄金屋，也自有千鍾粟。

【雙聲子】（衆）郎多福，郎多福，看紫綬黄金束。（四）娘萬福，娘萬福，看花誥紋犀軸。兩意

（一）眉批：『二六』一作『六六』，雖係韓子蒼詞，對『三千』字不得。
（二）眉批：此洞房思親。
（三）眉批：『摧挫』有抑鬱不得志之意。一作『推故』，非。
（四）眉批：看：今作『着』，非。

篤，兩意篤。豈非福，豈非福。(一) 似紋鸞綵鳳，兩兩相逐。

【餘文】(合)郎才女貌真不俗，占斷人間天上福，百歲姻緣萬事足。

(合)清風明月兩相宜，女貌郎才天下奇。

正是洞房花燭夜，果然金榜掛名時。

釋義：真珠簾：《史記》：『漢武帝元鼎初，起神屋，以白真珠爲簾箔，玳瑁壓之，象牙爲鈎。』蕊珠宫：神仙宫也。李詩：『請開蕊珠宫。』雕轂：轂，車輪也，三十輻輳一轂。宫花帽簇：梁純夫詩：『宫花簇帽簷。』天香袍染：杜詩：『袍染桂花香。』嬌面重遮：蘇卿詩：『彩扇重遮面。』修蛾：長眉也。《詩》：『螓首蛾眉。』金榜：登科謂金榜題名。《西京雜記》：『崔紹暴卒復生，見冥間列榜，書人姓名。將相金榜，其次銀榜，州縣小官并是鐵榜。』西川錦：貫帛詩：『西川十樣錦，添花色更鮮。』泰山丈人：泰山在魯地，東嶽也，其上有丈人峰。稱妻父曰岳丈。絲蘿喬木：《詩》：『蔦如女蘿，施如松柏。』言倚附也。有女如玉：宋真宗《勸學文》：『書中有女顔如玉。』冰玉：李白《送傅公之江南序》云：『前許州司馬温公，藴冰清之姿，重傅侯玉潤之德，妻以其子，鳳凰于飛，潘陽之好，斯爲睦矣。』膏沐：膏，澤髮也；沐，滌首也。《詩》：『豈無膏沐，誰適爲容？』金鳳斜飛：

(一) 眉批：非福：一作『反目』，此際那可作惡語？

金鳳，鬟之飾也。蘇小七詩：『鬆鬟斜插金鳳釵。』蕭史愧非弄玉：《春秋》：『蕭史者，秦穆公時人，善吹簫。穆公有女名弄玉，好吹簫，嫁之。吹作鳳凰聲，引鳳凰來，夫婦乘鳳凰而去。』金屋：見十三齣。湘裙：李群玉詩：『裙拖六幅瀟湘水。』喻縠紋也。雲雨巫山六六：《高唐賦》：『楚襄王與宋玉遊雲夢之臺，望高唐之觀，見有雲氣。王問玉曰：「此何氣？」對曰：「所爲朝雲。」王曰：「何爲朝雲？」玉曰：「昔者先王常遊高唐，怠而晝寢，夢一婦人，曰：妾乃巫山之女，爲高唐之客。聞王遊高唐，願薦枕席。王因幸之。去而辭曰：妾乃巫山之陽，高丘之北，朝爲行雲，暮爲行雨；朝朝暮暮，只在陽臺之上。」』《括地志》：『巫山在四川夔州府巫山縣，綿亘七百里。自非亭午夜，不見日月。有十二峰，曰望霞、翠屏、朝雲、松巒、集仙、聚鶴、浄壇、上升、起雲、飛凰、登龍、聖泉。沿湙首一百六十里。』唐沈佺期詩：『巫山峰十二，合踏隱昭回。俯眺琵琶峽，平看雲女臺。』姻緣事果諧鳳卜：婚成，言鳳占協吉。陳公子完奔齊，齊侯使卿初懿氏卜妻敬仲。注：敬仲，完之字也。其妻占之曰：『吉。』是謂『鳳凰于飛，和鳴鏘鏘。有嬀之後，將育於姜，五世其昌』。遂妻之。敬仲在齊，五世之後果昌世。綵袖呈嬌舞：《酉陽雜俎》：『元和初，有士人因醉卧庭前。及醒，見古屏上婦人悉於床前踏歌曰：「長安兒女踏春陽，無處陽春不斷腸。舞袖弓腰渾忘却，蛾眉空帶九秋霜。」其中雙環者若墜：何是弓腰？歌者乃反手，髻及地，腰勢曰如規焉。士人驚叱之，忽然上屏。』轉鶯喉：《詠歌妓》詩：『細敲檀板轉鶯喉。』銀海瓊舟：以銀爲酒器，故云瓊舟也。醽醁：《龍城録》：魏左相能治酒，其名醽醁。韓魏公稱醽醁似蘭生翠，能過玉薤，千日醉不醒，十年味不敗。蝶戀花：俱喻夫婦之美也。詩餘：『粉蝶戀花雙雙舞。』《文選》：『翠竹碧梧，鸞鵠停峙。』故云。花造：《春明退朝録・官誥》：院敕郡夫人，使金花羅紙七張，錦綵袋，賜以湯沐邑也。紋犀：《格物論》：『犀狀如水牛，猪頭，大腹，一脚三蹄；皮黑，一孔三毛，行於江海，水爲之開。二角，一在額上，爲兕犀；一在鼻上，差小爲蝐。牡犀亦有二角，上之貴者有通天花犀，自惡其影，常浴濁水自隱。』萬事足：蘇東坡《賀子由生第四孫》詩：『襴襴開眼電，硗硗峙頭玉。』『無官一身輕，有子萬事足。』

音釋：褥：音欲。梟：音鳥。珊：音山。瑚：音乎。玲：音零。瓏：音龍。脆：音翠。沸：音廢。簇：音促。擁：音勇。轂：音谷。蹙：音促。蟾：音禪。荧：音雄。蘋：音貧。藻：音早。贄：音志。玳：音代。珥：音耳。矗：音畜。賽：音塞。閬：音浪。牘：音讀。摧：音催。猊：音泥。瓊：音茕。醽：音靈。醁：音六。觴：音傷。觳：音鎬。犀：音西。軸：音逐。齣：音出。

第二十齣　勉食姑嫜

【南吕引子・薄倖】（旦）野曠原空，人離業敗。謾盡心行孝，力枯形憊。幸然爹媽，此身安

泰。恓惶處，見慟哭饑人滿道，嘆舉目將誰倚賴？(一)

曠野蕭疏絶烟火，日日黄雲黯村塢。(二)死別空原婦泣夫，生離他處兒牽母。睹此恓惶寔可憐，思量轉覺此身難。高堂父母老難保，上國兒郎去不還。力盡計窮淚亦竭，看看氣盡知何日？高岡黄土漫成堆，誰把一抔掩奴骨？奴家自從丈夫去後，頓遭飢荒。衣裳首飾，盡皆典賣，家計蕭條。争奈公婆年老，死生難保；朝夕又無甘旨應奉，如何是好？只得安排一口淡飯，與公婆充飢。奴家自把些穀膜米皮饆饠來喫，苟留殘喘。喫時又怕公婆撞見，只得迴避，免致他煩惱。如今飯已熟了，不免請出公婆早膳則個。(外、淨同上)

【雙調引子・夜行船】(外)苦！忍餓擔饑何日了？孩兒一去，竟無音耗。(淨)甘旨蕭條，米糧缺少。(合)天那！真個死生難保。(三)

(旦)請公公婆婆早膳。(淨)媳婦，有菜蔬麽？(旦)没有。(淨)有下飯麽？(旦)也没有。(淨)賤人，前日早膳還有些下飯，今日只得一口淡飯。再過幾日，連淡飯也没有了。快擡去！(外)咳！這般時年，胡亂喫一口罷，分甚麽好歹？

(一) 眉批：此調與詩餘句語多少不同。憊：音『拜』，疲極也。

(二) 眉批：日日黄雲：一作『日色慘淡』，非。

(三) 眉批：一本此折是【玉井蓮】，只二句：『忍餓擔飢，未知何日是了？』

【南呂過曲・鑼鼓令】（淨）我終朝受餒，賤人，你將來的飯教我怎捱？可疾忙便擡，非干是我有些饞態。

【前腔】（外）阿婆，你看他衣衫盡解，好茶飯將甚去買？兀的是天災，教媳婦每難佈擺。

【前腔】（旦）婆婆息怒且休罪，待奴家霎時將去再安排。思量到此，珠淚滿腮。看看做鬼，溝渠裏埋。縱然不死也難捱，教人只恨蔡伯喈。

【前腔】（淨）如今我試猜，多應他犯着獨噇病來，㈠背地裏自買些鮭菜。㈡（外）阿婆，他那裏得錢去買？（淨）阿公，我喫飯他緣何不在？這些意兒真是歹。

【前腔】（外）阿婆，他和你甚相愛，不應反面直恁的乖。（旦背唱）婆婆，我千辛萬苦，有甚疑猜？可不道我臉皮黃瘦骨如柴。

（淨）擡去，擡去。（外）媳婦，婆婆喫飯不得，你且收去。（旦收科）婆婆耐煩，待奴家去佈擺些東西，再安排過來。（淨）你去，你去。（旦）正是：啞子謾嘗黃柏味，難將苦口向人言。（下）（淨）阿公，親的到底是親。親生兒子不留在家，到倚靠着媳婦供養。你看前日兀自有些鮭菜，㈢今日只得些淡飯，教

㈠ 眉批：噇：音『床』，貪食無厭也。

㈡ 眉批：鮭：音『奚』，魚名也。杜詩：『自愧無鮭菜。』

㈢ 日：原闕，據明萬曆金陵繼志齋刊本《重校琵琶記》補。

我怎的喫？再過幾日，連飯也没了。我看他前日自喫飯時節，百般躲避我，道敢是他背地裏自買些下飯受用分曉？（外）阿婆，休錯埋冤了人，我看這媳婦不是這様人。（净）恁的，等他自喫時節，我和你潛地裏去探一探，便知端的。（外）也説得是。只一件那。（净）却怎的？

（外）荒年有飯休思菜，（净）媳婦無良把我虧。

（外）混濁不分鰱共鯉，（合）水清方見兩般魚。

釋義：一抔：漢文帝時，張釋之爲廷尉，持法公平。有人盜高祖廟玉環，獲其人，廷尉問罪。釋之奏當殺之於市以示衆。文帝怒曰：『吾欲滅其族，何以治輕罪耶？』釋之對曰：『盜宗廟器則滅之族，假令愚民取長陵一抔之土，陛下何以加其法乎？』帝從之。長陵，高祖之墓。獨噇：猶言獨饕食也。

音釋：擡：音臺。佈：音布。溝：音勾。渠：音葵。噇：音床。齣：音出。

第二十一齣　糟糠自厭

【商調過曲·山坡羊】（旦）亂荒荒不豐稔的年歲，遠迢迢不回來的夫婿。急煎煎不耐煩的二親，軟怯怯不濟事的孤身己。苦！衣盡典，寸絲不掛體。幾番拚死了奴身己，（一）争奈没

（一）眉批：拚死：坊本作『要賣』，非。

主公婆，教誰看取？ 思之，虛飄飄命怎期。 難捱，實丕丕災共危。

【前腔】（旦）滴溜溜難窮盡的珠淚，亂紛紛難寬解的愁緒。 骨崖崖難扶持的病身，戰兢兢難捱過的時和歲。 這糠，我待不喫你呵，教奴怎忍饑？ 我待喫你呵，教奴怎生喫？ 思量起來，不如奴先死，圖得不知他親死時。（合前）

奴家早上安排些飯與公婆喫，豈不欲買些鮭菜？ 争奈無錢可買。 不想婆婆抵死埋冤，只道奴家背地裏喫了甚麽東西。 不知奴家喫的是米膜糠粃，又不敢教他知道。 便做他埋冤殺我，我也不敢分説。 苦！ 這糠粃怎的喫得下？（吐科）

【雙調過曲·孝順歌】[一]（旦）嘔得我肝腸痛，珠淚垂，喉嚨尚兀自牢嗄住。[二] 糠那！ 你遭礱被舂杵，篩你簸颺你，喫盡控持。 好似奴家身狼狽，千辛萬苦皆經歷。 苦人喫着苦味，兩苦相逢，可知道欲吞不去。（旦再喫）（外、净潛上探覷科）

【前腔】（旦）糠和米，本是相依倚，被人簸颺作兩處飛。 一賤與一貴，好似奴家與夫婿，終無見期。 丈夫，你便是米呵，米在他方没尋處。 奴家恰便似糠呵，怎的把糠來救得人饑餒？ 好似

[一] 眉批： 此枝凡四折，一折三折一體，二折四折一體。

[二] 眉批： 嗄： 欺賈切，氣逆也。

兒夫出去，怎的教奴供膳得公婆甘旨？（旦放碗不喫科）（外、净潛下科）

【前腔】（旦）思量我生無益，死又值甚的，不如忍饑死了爲怨鬼。只一件，公婆老年紀，靠着奴家相依倚，只得苟活片時。片時苟活雖容易，到底日久也難相聚。謾把糠來相比，這糠呵，尚兀自有人喫。(一) 奴家的骨頭，知他埋在何處？

（外、净潛上）（净）媳婦，你在這裏喫甚麽？（旦）奴家不曾喫甚麽。（净搜奪科）（旦）婆婆，你喫不得！（外）咳！這是甚麽東西？

【前腔】（旦）這是穀中膜，米上皮，（外）呀！這便是糠，要他何用？（旦）將來餔饠堪療饑。（净）唉，這糠只好將去餵猪狗，如何把來自喫？（旦）嘗聞古聖書，狗彘食人食，(二) 也强如草根樹皮。（外、净）恁的苦澀東西，怕不噎殺了你？（旦）嚙雪吞氈，蘇卿猶健；餐松食柏，到做得神仙侶。這糠呵，縱然喫些何慮？（净）阿公，你聽他説謊，糠粃如何喫得？（旦）爹媽休疑，奴須是你的孩兒糟糠妻室。

（外、净看哭科）媳婦，我原來錯埋冤了你，兀的不痛殺我也！（外、净倒，旦叫哭科）

(一) 眉批：『尚兀自』句，一本作唱。

(二) 眉批：『狗彘食』三字略讀，『人食』二字另爲句，與《孟子》語意相同，亦斷章取義也。

【仙吕入雙調・雁過沙】（旦）苦！沉沉向冥途，空教我耳邊呼。公公婆婆，我不能彀盡心相奉事，反教你爲我歸黄土。教人道你死緣何故？公公婆婆，怎生割捨得抛棄了奴？㈠

（外醒科）（旦）謝天謝地，公公醒了！公公，你閘閠。

【前腔】（外）媳婦，你擔饑事舅姑。媳婦，你擔饑怎生度？（旦）公公且自寬心，不須煩惱。（外）媳婦，我錯埋寃了你，你也不推辭，到如今始信有糟糠婦。媳婦，料應我不久歸陰府，也省得爲我死的，累你生的受苦。

（旦扶外起科）公公且在床上安息，待我看婆婆如何。（旦叫不醒科）呀！婆婆不濟事了，如何是好？

【前腔】（旦）婆婆氣全無，教奴怎支吾？咳！丈夫呵，我千辛萬苦，爲你相看顧，如今到此難回護。只愁母死難留父，況衣衫盡解，囊篋又無。㈡

（外）媳婦，婆婆還好麽？（旦）婆婆不好了。

【前腔】（外）天那！我當初不尋思，教孩兒往帝都。把媳婦閃得苦又孤，把婆婆送入黄泉路，算來是我相擔誤。不如我死，免把你再辜負。

㈠ 抛棄了奴：原作小字『子之内不我言張雖口難』，據明萬曆金陵繼志齋刊本《重校琵琶記》改。

㈡ 眉批：旦折與諸本互有異同。

（旦）公公休説這話，請自將息。（外）媳婦，婆婆死了，衣衾棺槨，是件皆無，如何是好？（旦）公公寬心，待奴家區處。（末）福無雙降猶難信，禍不單行却是真。[一]老夫爲何道此二句？[二]爲鄰家蔡伯皆妻房趙氏五娘。他嫁得伯皆，方纔兩月，伯喈便出去赴選。自去之後，連遭饑荒。公婆年紀皆在八十之上，家裏更没個相扶持的。甘旨之奉，虧殺這五娘子。把些衣服首飾之類，盡皆典賣，辦些米糧，做飯與公婆喫；他却背地裏把糠粃餜饠充飢。這般荒年饑歲，少甚麼有三五個孩兒的人家，供膳不得爹娘。這個小娘子，真個是今人中少有，古人中難得。那婆婆不知道，顛倒把他埋冤；今來聽得他公婆知道，却又痛心，都害了病。如今不免到他家裏探望則個。呀！五娘子，你爲甚的荒荒張張？（旦）公公，天有不測風雲，人有旦夕禍福。奴家婆婆死了。（末）呀！你婆婆既死了，你公公如今在那裏？（旦）在床上睡着。（末）待我看一看。（外）太公休怪，我起來不得了。（末）老員外，快不要勞動。（旦）太公，我婆婆死了，衣衾棺槨，是件皆無，如何是好？（末）五娘子，你且不須憂煩，我自有區處。

【仙吕入雙調·玉胞肚】（旦）千般生受，教奴家如何措手？終不然把他骸骨，[三]没棺材送

[一] 禍：原作『不』，據明萬曆金陵繼志齋刊本《重校琵琶記》改。
[二] 老：原作『是』，據明萬曆金陵繼志齋刊本《重校琵琶記》改。
[三] 然把：原闕，據明萬曆金陵繼志齋刊本《重校琵琶記》補。

在荒圻？（合）相看到此，不由人不淚珠流，正是不是冤家不聚頭。

【前腔】（末）五娘子，不必多憂，資送婆婆，在我身上有。你但小心承直公公，莫教他又成不救。（合前）

【前腔】（外）張公護救，我媳婦寔難啓口。孩兒去後，又遇飢荒，把衣衫典賣無留。（合前）(一)

（末）老員外，你請進裏面去歇息。待我一霎時叫家僮討棺木來，把老安人殯殮了；選個吉日，送到南山安葬便了。（外）如此，多謝太公周濟。

（旦）只爲無錢送老娘，（末）須知此事有商量。

（合）歸家不敢高聲哭，（合）只恐猿聞也斷腸。

釋義：　餐松：《列仙傳》：偓佺槐採藥父，好食松實，體毛數寸，能飛行。以松子遺堯，堯不食。時受服者皆三百歲。　食柏：《上清宮記》：由鸞入華山，遇黃河師語曰：柏葉，長生藥也。教以服食法，後得道，朝於上真。

音釋：　煢：瓊字。　疚：音救。　稔：音忍。　嗄：音沙，去聲。　粃：音比。　嚙：音葉。　彝：音移。　㼈：音治。　簸：音播。　篋：音匣。　氈：音粘。　寔：音是。　饞：音讒。　齣：音出。

(一) 眉批：今本無此外折。

第二十二齣　琴訴荷池

【南呂引子·一枝花】（生）閒庭槐影轉，深院荷香滿。簾垂清晝永，怎消遣？十二闌干，無事閒凭遍。悶來把湘簟展，[一]夢到家山，又被翠竹敲風驚斷。

〔南鄉子〕翠竹影搖金，水殿簾櫳映碧陰。人靜晝長無個事，沉吟，碧酒金樽懶去斟。　幽恨苦相尋，[二]離別經年没信音。寒暑相催人易老，關心，却把閒愁付玉琴。院子，將琴書過來。（末將琴書上）黄卷看來消白日，朱絃動處引清風。炎蒸不到珠簾下，人在瑶池閬苑中。相公，琴書在此。（生）院子，你與我唤那兩個學僮過來。（末叫科）（浄執扇、丑執香爐上）

【南呂過曲·金錢花】（浄、丑）自小承直書房，書房。快活其實難當，難當。只管打扇與燒香，荷亭畔，好乘涼。喫飽飯，上眠床。

（相見科）（生）我在先得此材於爨下，斵成此琴，便曰焦尾。自來此間，久不整理。今日當此清涼，試操一曲，以舒悶懷。[三]　你三人一個打扇，一個燒香，一個管文書，休得要誤了事。（衆）領鈞旨。（生操琴

[一] 眉批：悶：一作『困』。

[二] 眉批：幽恨：朱淑真詩：『滿懷幽恨向誰訴？』謂無可訴者，故曰『幽恨』。

[三] 眉批：對琴瑟，故思妻之意居多。懷：原闕，據明萬曆金陵繼志齋刊本《重校琵琶記》補。

科）

【懶畫眉】（生）强對南薰奏虞絃，只覺指下餘音不似前，那些個流水共高山？ 呀！ 只見滿眼風波惡，似離别當年懷水仙。(一)

（净困掉扇科）（末）告相公，打扇的壞了扇。（生）背起打十三！ 那廝不中用，只教他燒香。（末）領鈞旨。（衆换科）

【前腔】（生）頓覺餘音轉愁煩，似寡鵠孤鴻和斷猿，又如别鳳乍離鸞。呀！ 怎的？ 只見殺聲在絃中見，敢只是螳螂來捕蟬？(二)

（丑困滅香科）（末）告相公，燒香的滅了香。（生）背起打十三！ 那廝不中用，只教他管文書。（末）領鈞旨。

【前腔】（生）藍田日暖玉生烟，似望帝春心托杜鵑，(三) 好姻緣翻做惡姻緣。(四) 只怕眼底知音少，争得鸞膠續斷絃。

(一) 眉批：三折句句説琴而不露一字。琴高善鼓琴，號水仙，乘赤鯉遊行人間，復入水去，後伯牙作《水仙》操懷之。

(二) 眉批：『殺聲』二句，即伯喈赴鄰人席故事。

(三) 眉批：古有杜宇治蜀，稱望帝，後死化爲杜鵑。二句李商隱《錦瑟》詩。

(四) 眉批：『好姻緣』云云，陶穀贈秦弱蘭詞。

（末掉文書科）（丑）告相公，管文書的亂了文書。（生）背起打十三！（貼上）（生）左右，夫人來也，且各迴避。（衆）正是：有福之人人伏事，無福之人伏事人。（末、丑、浄先下）

【南吕引子・滿江紅】（貼）嫩緑池塘，梅雨歇薫風乍轉。瞥然見新涼華屋，已飛乳燕。簟展湘波紈扇冷，歌傳《金縷》瓊巵暖。（衆）炎蒸不到水亭中，珠簾捲。〔一〕

（貼）相公原來在此操琴呵。（生）夫人，我當此清涼，聊托此以散悶懷。（貼）奴家久聞相公高於音樂，如何來到此間，絲竹之音，杳然絶響？斗膽請再操一曲，相公肯麽？（生）夫人待要聽琴，彈甚麽曲好？我彈一曲《雉朝飛》何如？〔二〕（貼）這是無妻的曲，不好。（生）呀！説錯了。如今彈一個《孤鸞寡鵠》何如？（貼）兩個夫婦正團圓，説甚麽孤寡？（生）不然，彈一個《昭君怨》何如？（貼）兩個夫妻正和美，説甚麽宫怨！相公，當此夏景，只彈一個《風入松》好。（生）這個却好。（彈錯科）（貼）相公，彈錯了。（生）呀！到彈出個《思歸引》來。待我再彈。（彈錯科）（貼）相公，你又彈錯了。（生）呀！又彈出個《別鶴怨》來。〔三〕（貼）相公，你如何恁的會差？莫不是責弄，欺侮奴家？（生）豈有此心？只是這絃不中用。（貼）這絃怎的不中用？（生）俺只彈得舊絃慣，這是新絃，俺彈不慣。（貼）

〔一〕眉批：按調，『嫩緑池塘』爲句，下七字爲句，『歇』字微讀。今歌者皆首句七字，殊謬。
〔二〕眉批：《雉朝飛》：今作貼白，非。
〔三〕眉批：諸本無『《別鶴怨》』白，與後曲不應。

舊絃在那裏？（生）舊絃撇下多時了。（貼）爲甚撇了？（生）只爲有了這新絃，便撇了那舊絃。（貼）相公何不撇了新絃，用那舊絃？（生）夫人，我心裏豈不想那舊絃？只是新絃又撇不下！（貼）你新絃既撇不下，還思量那舊絃怎的？我想起來，只是你心不在焉，有許多話説。

【仙呂過曲·桂枝香】（生）夫人，舊絃已斷，（一）新絃不慣。舊絃再上不能，待撇了新絃難拚。我一彈再鼓，一彈再鼓，又被宫商錯亂。（貼）相公，你敢是心變了麼？（生）非干心變，這般好涼天。正是此曲纔堪聽，又被風吹別調間。（二）

【前腔】（貼）相公，非彈不慣，只是你意慵心懶。你既道是《寡鵠孤鸞》，又道是《昭君宫怨》。那更《思歸》《別鶴》，《思歸》《別鶴》，無非愁嘆。（三）相公，我看你心裏多敢是想着誰？（生）夫人，我不想着甚麽人。（貼）相公，有何難見？你既不然，呀！我理會得了。你道是除了知音聽，道我不是知音不與彈。

（生）夫人，那有此意？（貼）相公，這個也由你，畢竟你無心去彈他。何似教惜春安排酒過來，與你消遣何如？（生）我懶飲酒，待去睡也。（貼）相公休阻妾意。老姥姥、惜春，看酒來。（淨、丑持酒上）

（一）眉批：一本作『危絃欲斷』，不斷之絃也。見《文選》。
（二）眉批：此曲二句，唐高駢詩。
（三）眉批：此折句句應白語《雉朝飛》，出自生口無疑。

【燒夜香】（淨）樓臺倒影入池塘，緑樹陰濃夏日長，（丑）一架荼蘼滿院香。〔一〕（合）滿院香，和你飲霞觴。捲起珠簾，明月正上。

（貼）將酒過來。

【南吕過曲・梁州序】〔二〕（貼）新篁池閣，槐陰庭院，日永紅塵隔斷。碧闌干外，寒飛漱玉清泉。〔三〕只覺香肌無暑，素質生風，小簟琅玕展。〔四〕晝長人困也，好清閒，忽被棋聲驚晝眠。〔五〕（合）《金縷》唱，碧筒勸，向冰山雪巘排佳宴。〔六〕清世界，幾人見？

【前腔】（生）薔薇簾箔，荷花池館，一陣風來香滿。湘簾日永，香銷寶篆沉烟。謾有枕欹寒玉，扇動齊紈，怎遂黄香願？（作悲科）（貼）相公，你爲甚掉下淚來？（生）不曾。猛然心地熱，透香汗，我欲向南窗一醉眠。（合前）

〔一〕眉批：『樓臺』三句，高駢《夏日》詩。

〔二〕眉批：【梁州】：即【古梁州】，『序』字上當有小字。

〔三〕眉批：寒：一作『空』。漱玉：陸士衡詩：『飛帛漱玉鳴。』

〔四〕眉批：琅玕：石美似玉者。

〔五〕眉批：『忽聽』本東坡詞，作『被』，非。

〔六〕眉批：雪巘排佳：一作『雪檻開華』。

【前腔】（貼）向晚來雨過南軒，見池面紅粧零亂。漸輕雷隱隱，雨收雲散。只覺荷香十里，新月一鈎，此景佳無限。蘭湯初浴罷，晚粧殘，深院黃昏懶去眠。（一）（合前）

【前腔】（生）柳陰中忽噪新蟬，見流螢飛來庭院。聽菱歌何處？（二）畫船歸晚。只見玉繩低度，朱户無聲，此景尤堪戀。起來攜素手，鬢雲亂，月照紗幮人未眠。（合前）

【節節高】（净）漣漪戲綵鴛，把露荷翻，清香瀉下瓊珠濺。香風扇，芳沼邊，閒亭畔。坐來不覺神清健，蓬萊閬苑何足羨？（合）只恐西風又驚秋，不覺暗中流年换。

【前腔】（丑）清宵思爽然，好涼天，瑤臺月下清虛殿。神仙眷，開玳筵，重歡宴。任教玉漏催銀箭，（三）水晶宫裏把笙歌按。（合前）

【餘文】（衆）光陰迅速如飛電，好良宵可惜漸闌，拚取歡娱歌笑喧。

（生）樵樓上幾鼓了？（净）三鼓了。

（一）眉批：此賞花思親。紅粧：指荷花也。覺：今本作「見」，而荷香可見耶？此二折前四句與上體格稍殊，「新篁」折應「樓臺」二句，「薔薇」折應「一架」二句，「向晚」二折應「捲起」二句。或疑月既上，又安得有棋聲？殊不知詞意通，一旦言之，自不相妨。四「眠」字和得自然。

（二）眉批：菱歌：採菱歌。古有《□□曲》。

（三）眉批：李白《烏栖曲》：「銀箭金壺漏水多。」

（貼）歡娱休問夜如何，（生）此景良宵能幾何。（一）

（浄）遇飲酒時須飲酒，（丑）得高歌處且高歌。

釋義：閒庭槐影：槐葉密陰濃，庭多種之。王祐植三槐於庭。瑶臺閬苑：《神仙傳》：『崑崙山閬風苑者，仙境也。有玉樓十二，玄室九層，弱水環之，非飈車羽輪不可到。』焦尾：邕寓吴會，吴人燒桐以爨，邕聞火烈之聲，知爲美材，請爲琴，有美聲。其尾尚焦，因名焦尾。南薰虞絃：虞舜彈五絃之琴，歌《南風》之詩，其詩曰：『南風之薰兮，可以解吾民之愠兮。』懷水仙：《列仙傳》：『琴高善鼓琴，行涓滴之術，號水仙，浮游冀州涿郡間二百餘年。後人於水傍設祠，高果乘鯉來，經一月，復入水去。後余伯牙作《水仙》之操。』寡鵠單凫斷猿：《西京雜記》：『劉道疆善琴，嘗爲《寡鵠單凫斷猿》之操，聽者皆悲。』雙鳳離鸞：《西京雜記》：『張安世年十五，爲漢成帝侍中，善鼓琴，能爲《雙鳳離鸞》曲。』螳螂捕蟬：蔡邕嘗外歸，鄰人設酒食，命邕至座上。先有一人彈琴，目視樹上鳴蟬，下有螳螂逐後捕之。彈琴者恐螳螂食蟬，心念殺之，其琴亦有殺音。邕聽琴音即告去，主人問曰：『起何速乎？爲君遠來，故造此，何爲即回？』邕曰：『見有殺聲，故去。』主人曰：『何有此意？』邕曰：『向者見彈琴之中有殺伐之聲。』彈琴者乃笑而奇之。好姻緣惡姻緣：宋陶穀奉使江南，學士韓熙載迎之於集賓館，以妓秦弱蘭

（一）良：原作『凉』，據明萬曆金陵繼志齋刊本《重校琵琶記》改。

僞爲驛卒之女，令掃地。穀因而悅之，與狎，遂作一詞，名《風光好》贈之。云：『好姻緣，惡姻緣，只得郵亭一夜眠。别神仙，琵琶撥盡相思調，知音少。那得鸞膠續斷絃，是何年？』唐主一日開宴，令弱蘭歌此詞以勸陶穀酒，穀大慚，即日北歸。梅雨：《俾雅》：『江南三月爲迎梅雨，五月爲送梅雨。』《金縷》舞：舞服也。唐李錡之妾秋娘爲錡歌曰：『勸君莫惜金縷衣，勸君須惜少年時。花開堪折直須折，莫待無花空折枝。』《雉朝飛》：齊犢牧子五十無妻，見雄雌雉相隨，遂撫琴而歌，故有《雉朝飛》之操。《寡鵠》：《列女傳》：『陶嬰夫死守義，魯人求娶之，嬰作《黄鵠歌》云：「早寡亡年兮不雙飛，宛頸獨宿兮想其故帷。」魯人聞之，曰：「斯女不可以强娶也。」』《昭君怨》：漢元帝以宫女王昭君賜匈奴，號寧胡閼氏。後入胡中，思慕漢恩，遂彈琵琶以寄其恨，名之曰《昭君怨》。《風入松》：漢吴叔文善琴，隱居石壁山，山多松樹。常盛夏時以琴撫於松下以納涼，遂作《風入松》之操。《思歸引》：衛有賢女，衛王聘之，未至而王薨。太子留之，不聽，拘於深宫。思歸不得，援琴而歌，曲終，自縊死。『纔堪聽』二句：《文選》：『唐高駢鎮蜀，朝廷疑之。一日聞聲，知有改移，乃題風箏曰：「依稀似曲纔堪聽，又被風吹别調間。」』霞觴：《列仙傳》：『許碏嘗醉，吟曰：「閬苑花前是醉鄉，滔翻王母九霞觴。群仙拍手嫌輕脱，謫向人間作酒狂。」』蕙質：東坡詞：『蓮蘭姿質，自是生風。』碧筒勸：魏鄭公愨率僚友避暑，取荷葉盛酒，以簪刺葉與柄通，屈之如象鼻然，吸之，名碧筒勸。扇動齊紈：齊地出紈素，班婕妤詩：『新製齊紈素，皎潔如霜雪。裁爲合歡扇，團圓似明月。出入君懷袖，動摇清風發。棄捐篋笥中，恩情中道絶。』蘭湯浴罷：《大戴記》：『五月五日，以蘭湯沐浴。』畫船：宋米芾，字元章，以恩補校書郎，喜蓄書畫。爲江淮之間發遣，揭牌曰『書畫船』。玉繩：玉衡北兩星爲玉繩。謝朓詩：『玉繩低建章。』清虚殿：《龍城録》：『開元中八月望日，明皇與葉靖天師遊月宫，寒氣逼人，風露沾衣，其天府榜曰「廣寒清虚之府」。少頃，見素娥十餘人，皆皓衣，乘白鸞，舞於桂樹下。』玉漏銀箭：梁《刻漏經》曰：『肇於軒轅之日，宣乎夏商之代。至周，挈壺氏掌之。』李白詩《烏栖曲》：『銀箭金壺漏水聲』云云。水晶宫：《逸史》：『户祀嘗騰上碧霄，見宫闕樓臺，皆以水晶爲墻。有仙女在傍，問之，曰：「此水晶宫也。」』懶去眠：漢邊韶，字孝先，教授嘗百餘人。弟子或嘲之曰：『邊孝先，腹便便；懶讀書，但欲眠。』韶應之曰：『邊爲姓，孝爲字。腹便便，五經笥。但欲眠，思經事。寐與周公感夢，静與孔子同意。師而可嘲，出何典記？』桓帝時徵爲大中大夫。打十三：漢時極輕之笞刑也。

音釋：凭：音平。嗄：音愛。爨：音竄。閬：音浪。鶻：音胡。膠：音交。拚：音判。盹：音敦。漱：音瘦。簟：音店。斲：音卓。紈：音完。漪：音衣。濺：音賤。迅：音信。

第二十三齣　代嘗湯藥

【越調引子・霜天曉角】（旦）難捱怎避？災禍重重至。最苦婆婆死矣，公公病又將危。

屋漏更遭連夜雨，船遲又被打頭風。奴家自從婆婆死後，萬千狼狽；誰知公公病又將危。如今贖得些藥，已煎在此；不免再安排一口粥湯。

【犯胡兵】(一)(旦)囊無半點調藥費，良醫怎求？天那！縱然救得目前，飯食何處有？料應難到後。謾説道有病遇良醫，飢荒怎救？

公公這病呵，

【前腔】愁萬苦千恁生受，(二)粧成這症候。這藥呵，縱然救得目前，怎免得憂與愁？料應不會久。他只爲不見孩兒，纔得這病。若要這病好時呵，除非是子孝父心寬，方纔可救。

藥已熟了，且扶公公出來喫些，看如何？(旦下扶外上)

【霜天曉角】(外)神散魂飛，料應不久矣。(旦)公公請闡闥。(外)我縱然擡頭强起，形衰倦，怎支持？

(旦)公公，藥已熟了，慢慢喫些，調養身體。(外)媳婦，我喫不得這藥了。

【南吕過曲·香遍滿】(旦)論來湯藥，須索是子先嘗方進與父母。公公，莫不是爲無子先嘗，

(一) 眉批：【犯胡兵】：一作【征胡兵】，一本逕無。

(二) 眉批：一作『百愁萬苦千生受』，不應後折『萬千愁苦』句，但比『囊無』句難唱。

恰便尋思苦？[一]（外喫藥吐科）（旦）公公，且耐煩喫些。（外）媳婦，這藥我喫不得了。我寧可死了罷，免得累你。（旦）公公，你須索閘閫，怎捨得一命殂？（外）媳婦，你喫糠，省錢贖藥與我喫，可不虧了你？（旦）苦！元來你不喫藥，也只爲着糟糠婦。

公公，你不喫藥，且喫一口粥湯，看何如？（外喫粥吐科）（旦）公公，你且慢慢喫些。（外）媳婦，我肚裏膨脹，怎喫得下？

【前腔】（旦）公公，你萬千愁苦，堆積在悶懷，成氣蠱，可知道喫了吞還吐。（外）媳婦，我不濟了，必是死也。孩兒又不回來，只是虧了你。（旦）公公，你且寬心，不要煩惱。（旦背哭科）怕添親怨憶，暗將珠淚墮。（外）媳婦，你喫糠，却教我喫粥，我怎的喫得下！（旦）苦！元來你不喫粥，也只爲着糟糠婦。[二]

（外）媳婦，我死也不妨，只是孩兒不在家，虧殺了你。你近前來，我有兩句言語分付你。（旦）公公，如何？（外跌倒拜科）

【仙呂過曲・青歌兒】（外）媳婦，我三年謝得你相奉事，只恨我當初把你相擔誤。天那！我

[一] 眉批：恰：今作『你』，非。
[二] 眉批：兩結句極親切。

欲待報你的深恩，待來生我做你的媳婦。怨只怨蔡伯喈不孝子，苦只苦趙五娘辛勤婦。

（旦）公公，奴身不足惜。

【前腔】（旦）我一怨倘公死後有誰來祭祀，二怨你有孩兒不得相看顧，三怨你三年間没一個飽暖的日子。三載相看甘共苦，一朝分別難同死。㈠

【前腔】（外）媳婦，我死呵，你將我骨頭休埋在土。（旦）呀！公公，百歲後不埋在土，放在那裏？㈡（外）媳婦，都是我當初不合教孩兒去求功名，誤得你恁的受苦。（外）我甘受折罰，任取屍骸暴露。㈢（旦）公公，你休這般説，被人談笑。（外）媳婦，不笑你。（外）留與傍人，道蔡伯喈不葬親父。怨只怨蔡伯喈不孝子，苦只苦趙五娘辛勤婦。

（旦）公公，倘你死呵，

【前腔】（旦）公婆已得做一處所，料想奴家不久也歸陰府。苦！可憐一家三個怨鬼在冥途。三載相看甘共苦，一朝分別難同死。

㈠ 眉批：外、旦二折各自一體。

㈡ 裏：原作「些」，據明萬曆金陵繼志齋刊本《重校琵琶記》改。

㈢ 眉批：一本去「暴」字，取易唱，恐不成文，今之歌者皆將「留與傍人」句一直唱下，遂將首折「報你的深恩」句作白，殊不知「留與傍人」處當微讀，正對上「報你的深恩」句。《中原音韻》載句字可以增損者，此調亦在其中。

（外）媳婦，我罷了，畢竟是死，你與我請張太公過來。（旦）公公，你説猶未了，恰好張太公來也。（末上）歲歉無夫婿，家貧喪二親。可憐貞潔女，日夜受艱辛。(一)（相見科）（末）五娘子，你公公病症如何？（旦）太公，我公公的病症十分危篤。（末）如此，待我向前看看。老員外，你貴體若何？（外）苦！張太公，我不濟事了，畢竟是個死。你今來得恰好，我今憑你爲證，寫下遺囑與媳婦收照。待我死後，教他休要守孝，早早去改嫁便了。（旦）公公，你休要那般説話！自古道：忠臣不事二君，烈女不更二夫。公公，休要寫！（外）媳婦，你取紙筆過來。（旦）公公，奴家生是蔡郎妻，死是蔡郎婦。千萬休寫，枉自勞神。（外）媳婦，你不取紙筆來，要氣殺我也！（末）五娘子，你休逆他；嫁與不嫁在乎你。且取將過來。（旦取上外作寫科）咳！這一管筆倒有千斤來重。

【越調過曲・羅帳裏坐】（外）媳婦，你艱辛萬千，是我擔誤了伊。你不嫁人呵，身衣口食，怎生區處？休休，當初是我拆散了你夫妻，我如今死了呵，終不然教你，又守着靈幃？（放筆科）已知死別在須臾，更與甚麼生人做主？

【前腔】（末）這中間就裏，我難説怎提。五娘子，你若不嫁人，恐非活計；若不守孝，又被人談議。可憐家破與人離，怎不教人淚垂？

(一) 眉批：『末上』詩，吴本作『貧無達士將金贈，病有閒人説藥方』。

【前腔】(旦)公公嚴命，非奴敢違。你教我嫁人呵，只怕再如伯喈，(二)却不誤奴一世？公公，我一馬一鞍，誓無他志。(同前)

(外)張太公，我憑你爲證，留下這條拄杖，待我那不孝子回來，把他與我打將出去。(外倒旦扶科)

(旦)公公病裏莫生嗔，(末)員外寬心保自身。

(外)正是藥醫不死病，(合)果然佛度有緣人。

釋義：子先嘗：《禮記》：『君有病，飲藥臣先嘗之；親有疾，飲藥子先嘗之。』『忠臣』二句：周赧王三十年，燕昭王以樂毅爲上將軍，并將秦、魏、韓、趙四國之兵以伐齊，連克七十二城。毅聞畫邑人王蠋素賢，令軍中環畫邑，三十里無入，乃使人請蠋，蠋謝不往。蠋曰：『忠臣不事二君，烈女不更二夫。』遂自縊死。生受：困苦、受累、魔障也。闏閦：勉强以定神色也。糟糠婦：宋弘云：『貧賤之交不可忘，糟糠之妻不下堂。』

音釋：耽：音單。孱：音讒。慽：音凑。闏：音争。閦：音磋，去聲。彀：音勾。僨：音敗。蠱：音古。墮：音惰。粥：音竹。殂：音睢。贖：音熟。誓：音示。鞍：音安。

(二) 眉批：『只怕再如伯喈』今改『不更二夫』，上下文俱不接。三載恒飢，一朝永訣之情，非此結白兩句説不盡。

第二十四齣　宦邸憂思

【正宮引子・喜遷鶯】（生）終朝思想，但恨在眉頭，人在心上。鳳侣添愁，魚書絶寄，空勞兩處相望。青鏡瘦顔羞照，寶瑟清音絶響。歸夢杳，繞屏山烟樹，那是家鄉？

〔踏莎行〕怨極愁多，歌慵笑懶，只因添個鴛鴦伴。他鄉遊子不能歸，高堂父母無人管。湘浦魚沉，衡陽雁斷，音書要寄無方便。人生光景幾多時，蹉跎負却平生願。

【正宮過曲・雁魚錦】（生）思量，那日離故鄉。記臨期送别多惆悵，攜手共那人不斷放。教他好看承，我爹娘，料他每應不會遺忘。聞知饑與荒，只怕捱不過歲月難存養。若望不見我信音，却把誰倚仗？（一）

【前腔換頭】思量，幼讀文章，論事親爲子也須要成模樣。真情未講，怎知道喫盡多魔障？被親强來赴選場，被君强官爲議郎，被婚强傚鸞凰。三被强，我衷腸事説與誰行？埋怨難禁這兩廂：這壁廂道咱是個不撑達害羞的喬相識，那壁廂道咱是個不睹親負心的薄倖郎。

（一）眉批：一調五犯：【雁過聲】二犯，【漁家傲】二犯，【漁家燈】【喜漁燈】【錦纏道】。

【前腔換頭】悲傷，鷺序鴛行，怎如他慈烏返哺能終養？謾把金章，綰着紫綬；試問斑衣，今在何方？斑衣罷想，縱然歸去，又恐怕帶麻執杖。天那！只爲那雲梯月殿多勞攘，落得淚雨如珠兩鬢霜。(一)

【前腔換頭】幾回夢裏，忽聞鷄唱。忙驚覺錯呼舊婦，同問寢堂上。待朦朧覺來，依然新人鴛幃鳳衾和象床。怎不怨香愁玉？無心緒，(二)更思想，被他攔當。教我，怎不悲傷？俺這裏歡娱夜宿芙蓉帳，他那裏寂寞偏嫌更漏長。

【前腔換頭】謾悒怏，把歡娱翻成悶腸。菽水既清涼，我何貪美酒肥羊？悶殺人花燭洞房，愁殺人掛名金榜。魆地裏自思量，(三)正是歸家不敢高聲哭，只恐猿聞也斷腸。

院子何在？（末上）有問即對，無問不答。相公有何指揮？（生）院子，你是我心腹之人，有一件事和你商量；你休要走了我的消息。（末）小人安敢？（生）我自從别了父母妻房，來此赴選。不擬一擢高科，拜授今職。將謂數月之後，可作歸計，誰知又被太師招爲門婿。一向逗留在此，不得回家見父母一面，因此要和你商量個計策。（末）相公，自古道：不鑽不穴，不道不知。小人每常間見相公憂悶不

(一) 眉批：提起『鷺序』『金章』『雲梯』『鷄唱』『怨香』等二字，下面各以類相從，深得古賦聯類之體。
(二) 眉批：『無心緒』三字屬下句，今歌者多屬上句，殊謬。
(三) 眉批：魆：音『猝』。

樂，豈知這般就裏？相公何不説與夫人知道？（生）院子，我夫人須則賢慧，争奈老相公之勢，炙手可熱。待説與夫人知道，一霎時老相公若知，只道我去了不來，如何肯放我去？不如姑且隱忍，和夫人都瞞了；且待任滿，尋個歸計。（末）這的却是。老相公若還知道，如何肯放相公回去？（生）院子，我如今要寄一封家書回去，没個方便的人；欲待使人徑去，又怕老相公知道。你與我出街坊上體探，倘有我鄉里人來此做買賣，待我寄一封書回去。（末）小人便去。

（生）終朝長相憶，（末）尋便寄書人。
（生）眼望旌捷旗，（合）耳聽好消息。

釋義：鷺序鴛行：朝班也。慈烏反哺：慈烏，孝烏，長則反哺其母。怨香：晉武帝美姿貌善，司空賈充辟爲椽。武帝時，西域進奇香，一襲人衣，則經月不散。帝以賜充，充女盗以遺壽。充因宴諸賓椽，聞壽衣芬馥，疑女與壽私通而得香。因勘婢，得實，竟以女妻壽焉。猿聞也斷腸：《格物論》：『猿性急而腸狹，聞類死，聲鳴則腸俱斷而死。春夏時，膠東猿盛。至夏，踐人禾稼。楚昭王使養由基射之，適遇母猿抱子在樹，由基引弓射中其子。子死，母長鳴三聲，遂死。』

音釋：繞：音遶。床：音床。魆：音猝。

第二十五齣　祝髮買葬

【雙調引子・金瓏璁】（旦）饑荒先自窘，那堪連喪雙親？身獨自，怎支分？我衣衫都解盡，首飾并没分文。無計策，只得剪香雲。

〔蝶戀花〕萬苦千辛難擺撥，力盡心窮，兩淚空流血。裙布荆釵今已竭，萱花椿樹連摧折。金刀盈盈明似雪，遠照烏雲，掩映愁眉月。一片孝心難盡説，一齊分付青絲髮。奴家前日婆婆没了，已得張太公周濟。如今公公又没了，無錢資送他，難再又去求告。我思想起來，没奈何了，只得剪下頭髮，上街坊賣幾貫錢鈔，以爲送終之用。雖然這頭髮值錢不多，也只把他做些意兒，恰似教化一般。苦！不幸喪雙親，求人不可頻。聊將青絲髮，斷送白頭人。

【南呂引子·香羅帶】（旦）一從鸞鳳分，誰梳鬢雲？妝臺懶臨生暗塵，（一）那更釵梳首飾典無存也。頭髮，是我擔閣你度青春，如今又剪你資送老親。剪髮傷情也，怨只怨結髮薄倖人。

【前腔】（旦）思量薄倖人，辜奴此身。欲剪未剪，教我先淚零。我當初到不如早披剃入空門也，做個尼姑去，今日免艱辛。咳！只有我的頭髮恁般苦。少甚麽佳人的，珠圍翠擁蘭麝熏。呀！似這般狼狽呵，我的身死兀自無埋處，説甚麽頭髮愚婦人！

【前腔】（旦）堪憐愚婦人，單身又貧。頭髮，我待不剪你呵，開口告人羞怎忍？我待剪你呵，金

（一）眉批：此『懶』字與『緑雲懶去梳』『懶』字相應，一本作『不』字，非惟不活，且咽歌喉。

刀下處應心瘆也。却將堆鴉髻舞鸞鬟，與烏烏報答鶴髮親。教人道霧鬟雲鬟女，斷送霜鬟雪鬟人。[一]（剪下哭科）

【南呂引子・臨江仙】（旦）連喪雙親無計策，没柰何，只得剪下香鬟。非奴苦要孝名傳，正是上山擒虎易，開口告人難。[二]

頭髮既已剪下，免不得將去貨賣。穿長街，抹短巷，叫一聲賣頭髮。（叫科）

【南呂過曲・梅花塘】（旦）賣頭髮，（内問）你那頭髮怎麽賣？（旦）買的休論價。念奴受饑荒，囊篋無些個。丈夫出去，那堪我連喪了公婆。没奈何，只得剪頭髮去送他。

（内）不買。（旦）呀！怎的都不買？

【香柳娘】看青絲細髮，看青絲細髮，剪來堪愛，如何買也没人買？這饑荒死喪，這饑荒死喪，怎教我女裙釵，當得恁狼狽？況連朝受餒，況連朝受餒，我的脚兒怎擡？其實難捱。（跌倒起科）

【前腔】（旦）往前街後街，往前街後街，并無人采。我待再叫一聲，咽喉氣噎，無如之奈。苦！

[一] 眉批：首折題『髮』而以『剪』映，次折題『剪』而以『髮』繳，末折總承而更發出許多奇思。

[二] 眉批：『上山』兩句，詞若不屬而意已獨至。

我如今便死，我如今便死，暴露我屍骸，誰人與奴遮蓋？　天那！　我到底也只是個死。　再將頭髮去賣，再將頭髮去賣，賣了把公婆葬埋，奴便死有何害？

（再倒科）（末）慈悲勝念千聲佛，造惡徒燒萬炷香。　這幾日蔡老員外病症不知如何？　我且去看一看。　呀！　五娘子，你爲何倒在街上？　（旦）苦！　太公可憐見，救奴家則個。（末杖扶科）五娘子，你手裏拿着頭髮做甚麽？　（旦）奴家公公又没了，無錢資送，只得把自己頭髮剪下，欲賣幾貫文鈔，爲送終之用。（末哭科）元來你公公又死了呵？　你怎的不來和我商量？　把這頭髮剪下做甚麽？　（旦）奴家婆婆身死，多蒙周濟，公公今亡，不敢再來相惱。（末）呀！　你説那裏話？　五娘子。

【前腔】（末）你兒夫曾付托，兒夫曾付托，我怎生違背？　你無錢使用，我須當貸。　你將頭髮剪下，將頭髮剪下，又跌倒在長街，都緣我之罪。（合）嘆一家破敗，嘆一家破敗，否極何時泰來？　止不住淚滿盈腮，止不住珠淚盈腮。

【前腔】（旦）謝公公慷慨，謝公公慷慨，把錢相貸，我公婆在地下相感戴。　只恐奴身死也，恐奴身死也，兀自没人埋。　太公，誰還你恩債？　（合前）

（末）五娘子，你先到家去，我即着人送些錢米與你使用。（旦）如此多謝。　請太公收這頭髮。（末）

咳！難得，難得。這是孝婦的頭髮，剪來斷送公婆，我當留在家中，(一)流傳後世；伯喈回來，將與他看，使他惶愧。

(旦)謝得公公救妾身，(末)伊夫曾托我親鄰。

(合)從空伸出拏雲手，(合)提起天羅地網人。

釋義：淚流血：高柴，字子羔，孔子弟子。執親之喪，泣血三年，未嘗見齒。蛾眉：《詩》：『螓首蛾眉。』言眉曲而長。披剃：披，被袈裟也；剃，削髮也。《因果經》：『過去者佛爲成就無菩提，故捨飾好剃髭髮，取發願言：「今落髮故，願與一切衆生斷除煩惱及諸惡障。」』空門：《智度經》：『混袈有三門，一曰空門，二曰無相門，三曰無作門。』謂觀諸法無我無作者，受者是空門之名，故號空門。尼姑：《事物記》：『原漢明帝既聽陽城侯劉峻等出家，又聽洛陽婦女阿潘等出家，此蓋中國尼姑之始。』蘭麝：蘭一幹一花而香有餘。《格物志》：『麝如小麋，人逐則自高巖爪剔出臍香，就縶猶拱兩足保其臍，以自珍重焉。』堆鴉髻：杜詩：『新髻似堆鴉。』舞鸞鬟：王建《宫詞》：『曾妝掠出舞鸞鬟。』剪髮：晉陶侃家貧，范逵訪之，侃倉卒無以款待其賓，母湛氏乃翦髮以易酒殽，又徹所卧新薦，挫給其馬。

(一)家：原闕，據明萬曆金陵繼志齋刊本《重校琵琶記》補。

音釋：窘：音窮。撐：音鐺。股：音古。鬟：音環。狼：音郎。狽：音背。噎：音意。篋：音匣。鬢：音併。喉：音侯。蓋：音盖。貸：音代。袈：音加。裟：音沙。

第二十六齣　拐兒紿誤

【仙吕入雙調・打毬場】（浄）幾年間，爲拐兒，脱空説謊爲最。遮莫你是怎生俌俏的，(一)也落在我圈圚。(二)

自家脱空爲活計，掏摸作生涯。劍舌鎗唇伶俐的，也引教他懵懂；虛脾甜口慳吝的，也哄教他粧風。鄉貫何曾有定居？姓名誰人知真實？粧成圈套，見了的便自入來；做就機關，入着的怎生出去？騙了鍾馗手裏寶劍，偷了洞賓瓢裏仙丹。果是來無跡，去無踪，對面哄人如撮弄。縱使和你行，和你坐，當場賺你怎埋冤。拐兒陣裏先鋒，哄局門中大將。何用剜墻穵壁？强如黑夜偷兒。不索挾斧持刀，真個白晝刦賊。正是：　天不生無禄之人，地不長無根之草。自家打聽得蔡狀元家住陳留，父母在堂，久無消息。他如今要寄家書回去。況我在陳留走得慣熟，不免粧扮做陳留人，假寫他父母家書遞

(一) 眉批：遮莫：猶言儘教也。諸本作『折摸』，非。
(二) 眉批：圚：一作『圍』，一作『套』，并非。

與他，必有回音。倘有一些金帛回家，也不見得覓却一個小富貴；(一) 便不然也索與我些用費回家。這裏便是蔡狀元府前，不免進入去咱。呀！怎的不見一個人？我且咳嗽一聲。(末)侯門深似海，不許外人敲。(二)(相見科)你是那裏人？來此有甚勾當？(淨)小子從陳留來，蔡相公的老大人有家書在此。(末)呀！我相公正要乘便寄家書回去。你來得恰好，待我請相公出來。(請科)

【商調引子·鳳凰閣】(生)尋鴻覓鴈，寄個音書無便。謾勞回首望家山，和那白雲不見。淚痕如綫，想鏡裏孤鸞影單。

(末)告相公得知，有一個漢子，説他從陳留郡來，遞得老相公的家書在此，外面候見。(生悶)有家書，請來相見。(末請科)(淨相見科)(生)多承足下帶得我家書來呵。(淨)小子奉老大人尊命，遞得在此。(淨遞書生接看科)

【仙呂過曲·一封書】(生)一從你去離，我在家中常念你。功名事怎的？想多應折桂枝。幸得爹娘和媳婦，各保安康無禍危。謝天謝地！且喜家中都安樂。見家書，可知之，及早回來莫更遲。天那！我豈不要回去？争奈不由我。院子，你引鄉親到後堂茶飯，一面取紙筆，待我寫家書，附與他

(一) 也：原作『已』，據明萬曆金陵繼志齋刊本《重校琵琶記》改。
(二) 敲：原作『請』，據明萬曆金陵繼志齋刊本《重校琵琶記》改。

去；　就取些金珠碎銀過來。[一]　（生寫書科）

【越調過曲・下山虎】[二]男邕百拜大人尊前：　一自離膝下，頓經數年。目斷萬里關山，鎮日望懸，一向那堪音信斷。名利事，嘆牽綰，謾勞珠淚漣。上表辭金殿，要辭了官，争奈君王不見憐。

【蠻牌令】忽爾拜尊翰，激切意懸懸。幸喜爹娘和媳婦，盡安健。奈兒身淹留旅邸，不能彀承奉慈顏。匆匆的聊附寸箋，草草伏乞尊照不宣。

（外上）（生）鄉親，你來。我這一封書并這金珠，托你將到俺家去，與老相公收下。傳示家中大小，我早晚便回，教他放心，不須煩惱。（淨）小子理會得。（生）這些碎銀，與你路上作盤費。（淨）多謝相公！

【中吕過曲・駐馬聽】（生）書寄鄉關，説起教人心痛酸。鄉親，傳示我八旬爹媽，道與俺兩月妻房，隔涉萬水千山。啼痕緘處翠綃斑，夢魂飛遶銀屏遠。（合）報道平安，想一家賀喜，只説道再來相見。

【前腔】（末）遥憶鄉關，有個人人凝望眼。他頻看飛雁，望斷孤舟，倚遍危欄。見這銀鈎飛

[一] 此白原語不倫，據明萬曆金陵繼志齋刊本《重校琵琶記》改。

[二] 曲牌名原作【仙吕子感】，據明萬曆金陵繼志齋刊本《重校琵琶記》改。

動彩雲箋，又索玉筋界破殘粧面。（合前）

【前腔】（浄）西出陽關，却嘆今朝行路難。念取經年離别，跋涉萬里程途，帶着一紙雲箋。只怕豺狼紛擾路途間，雁鴻不到家鄉畔。〔一〕（合前）

（生）憑伊千里寄佳音，（末）説盡離人一片心。

（浄）須知相别經多載，（合）方信家書抵萬金。

釋義：舌劍：閬仙詩：『三寸舌爲安國劍。』鍾馗：《遯齋閒覽》：『鍾馗，終南山人也。唐武德中舉不第，触殿階而死。後明皇病疫，居小殿，夢二鬼，一大一小。小者跣一足，懸一履於腰間，竊大者紫香囊及牯玉笛吹之。大者仗劍逐之，喧擾不已。既而大者奏曰：「臣終南進士鍾馗也，將爲陛下殺之。」遂擒小者，以右手大指摘其目，食之盡。覺而疾愈，因命畫工吴生如夢圖之。』洞賓：吕喦，字洞賓，河東人，唐禮部侍郎謂之孫。咸通中，兩舉進士不第，遂遊廬山，遇異人，得長生訣。多遊湘潭鄂岳之間。嘗題岳陽樓上云：『朝遊北海暮蒼梧，袖有青蛇膽氣粗。三入岳陽人不識，朗然飛過洞庭湖。』宋時，嘗來謁滕宗諒，自稱華州回道士。宗諒密令畫工傳其像，口占以贈之：『華州回道士，來到岳陽城。别我遊何處？尋空一劒横。』喦慨然，大笑而别。自號純陽真人。侯門深似海：《西京雜記》：『崔郊妾鬻於

〔一〕眉批：今本『到』字下添一『你』字，非。

連師于頓，郊以詩寄之曰：「侯門如入深如海，從此蕭郎是路人。」相見之，以妾還郊。』大人： 子稱父曰大人。漢霍光，去病之弟也。父仲儒以縣吏給事平陽侯曹壽家，與侍妾衛少兒私通。吏畢歸，娶婦生光。因絶不相聞，不知少兒已生去病。後去病爲驃騎將軍，擊匈奴，至平陽傳舍，遣吏迎仲儒，跪曰：『去病不早自知爲大人遺體。』爲買田宅奴婢而去。還，復過焉，將光西至長安，任光爲郎，後位至宰相。九品珍： 謂珠也。《西越志》： 珠有九品，大五分以上至一寸八九分爲九品光彩，一邊似鍍金者，名當珠，次爲走珠，又次爲滑珠，又次爲螺珂珠，又次爲官雨珠，又次爲税珠，又次爲葱符珠，通有九次焉者。陽關： 是地名，在長安西路。唐尚書左丞王維《送故人元仁使安西，以詩别之》曰： 『渭城朝雨浥輕塵，客舍青青柳色新。勸君更盡一杯酒，西出陽關無故人。』後人以爲《陽關三疊》之唱。行路難： 白樂天詩：『行路難，不在水，不在山。』跋涉： 《爾雅》： 『旱行曰爲跋，水行曰爲涉。』豺狼： 乃偷盜賊也。

音釋： 馗： 音葵。列： 音哇。穵： 音狎。凝： 音迎。援： 音元。箋： 音煎。羈： 音基。緘： 音監。

第二十七齣　感格墳成

【南吕引子·掛真兒】(旦)四顧青山静悄悄，思量起暗裏魂銷。黄土傷心，丹楓染淚，謾把孤墳獨造。

〔菩薩蠻〕白楊蕭瑟悲風起，天寒日淡空山裏。虎嘯與猿啼，愁人添慘悽。窮泉深杳杳，長夜何由曉。灑淚泣雙親，雙親聞不聞？奴家自從喪了公婆，家中十分狼狽。昨日多承張太公將公婆靈柩搬得到山，免不得造一所墳塋，把公婆安葬了。爭奈無錢倩人，難以再去求他，只得自家搬泥運土。（麻裙包土科）

【南吕過曲·五更轉】（旦）把土泥獨抱，麻裙裹來難打熬。空山靜寂無人吊，但我情真實切，到此不憚勞。苦！何曾見葬親兒不到？又道是三匝圍喪，那些個卜其宅兆？思量起，是老親合顛倒。公公，你圖他折桂看花早，不想自把一身，送在白楊衰草。謾自苦，（作悲科）這苦憑誰告？

【前腔】（旦）我只憑十爪，如何能殼墳土高？苦！只見鮮血淋漓濕衣襖，天那！我形衰力倦，死也只這遭。休休！骨頭葬處，任他血流好，此喚做骨血之親，也教人稱道。教人道趙五娘真行孝。苦！心窮力盡形枯槁，只有這鮮血，到如今也出盡了。這墳成後，只怕我的身難保。呀！我力都乏了，不免就此歇息睡一覺呵。

【仙吕引子·卜算子先】（旦）墳土未曾高，筋力還先倦。（旦睡科）（外扮山神上）

【中吕引子·粉蝶兒】（外）趙女堪悲，天教小神相濟。

善哉！善哉！吾乃當山土地，今奉玉帝敕旨：爲見趙五娘行孝，特令差撥陰兵，與他併力築造墳塋。不免叫出南山白猿使者，北岳黑虎將軍前來聽用。猿、虎二將何在？（净、丑扮猿、虎上）（外）吾奉玉帝敕旨：爲見趙五娘獨自在山築墳，特差汝等率領陰兵，與他併力。汝等可變人形，助他運化土石，務要頃刻完成，不得驚動孝婦。（净、丑）領法旨。（造墳科）告大聖，墳臺已成了。（外）趙五娘，你擡起頭來，聽吾囑付。

【仙吕入雙調・好姐姐】（外）五娘聽吾道語：吾特奉玉帝敕旨，憐伊孝心，故遣陰兵來助你。（合）墳成矣，葬了二親尋夫婿，改换衣裝往帝畿。

趙五娘，你好生記着：正是：大抵乾坤都一照，免教人在暗中行。（外、净、丑下）（旦醒科）呀！怪哉，怪哉。奴家睡間，恍惚之中似夢非夢。聞神人囑付之語道，墳成了，教奴家前往京畿尋取丈夫。我思忖起來，獨自一身，幾時能彀得墳成？（起看科）呀！果然這墳臺都成了。謝天謝地！

【仙吕引子・卜算子後】（旦）夢裏分明有鬼神，想是天憐念。

分明是神通變化。

【五更轉】（旦）怨苦知多少？兩三人只道同做餓殍。公公、婆婆，今日幸賴神明救濟，成此墳臺，你兩人已得安妥。只一件事，未曾葬你時節，也還恰象相親傍的一般；如今葬了呵，窮泉一閉無日曉，嘆如今永别，再無由倚靠。我死和公婆做一處埋呵，也得相伏侍。只愁我死在他途道，我的骨頭何由來到？從今去，墳呵，只願得中乾燥，福子蔭孫也都難料。呀！天那！便做蔭得個三公，也濟不得親老？淚暗滴，復把蒼天來禱。(一)（末同丑帶鉏器上）

【越調過曲・鏵鍬兒】（末）悲風四起吹松柏，(二)山雲黯淡日無色。（丑）虎嘯與猿啼，怎不慘慽？（合）趲步行來到峭壁，都與孝婦添助力。

（末）老夫張廣才，只爲蔡老員外夫妻相繼棄世，虧他媳婦趙五娘子支持。今聞他又把麻裙包土，築造墳臺。我想人家造一所墳臺，没有千百工築造不成，他獨自一個女流，如何成得此事？不免帶將小二與他添助力氣則個。呀！好怪哉，如何墳都成了？只見：松柏森森繞四圍，孤墳新土掩泉扉。五娘子，你空山獨自無人問，爲築墳臺又阿誰？（旦）太公，夢裏鬼神多怪異，陰兵運石與搬泥。築墳成了親分付，教奴尋婿到京畿。（丑）公公，自古傳流多有此，畢竟感格上蒼知。長城哭倒稱姜女，五娘子，你他日芳名一樣題。（合）正是：善惡到頭終有報，只爭來早與來遲。

【好姐姐】（旦）太公，念奴血流滿指，獨自要墳成無計。深感老天，暗中相護持。（合）墳成矣，葬了二親尋夫婿，改換衣裝往帝畿。

【前腔】（末）五娘子，老夫帶領小二，待與你添助些力氣，誰知你有神暗中相救濟。（合前）

(一) 眉批：今本失『復』字。

(二) 眉批：起：一作『野』。

【前腔】(丑)你每真個見鬼，這松柏孤墳在何處？恰纔小鬼是我粧扮的。〔一〕(合前)

(末)孝心感格動陰兵，(旦)不是陰兵墳怎成？

(丑)萬事勸人休碌碌，(合)舉頭三尺有神明。

釋義：黄土傷心：《列子》：『骨肉歸於黄土，心其有不傷乎？』丹楓染淚：《麗情集》：『王子敬與燕公情篤，公死，子敬過其墳，忍淚急趨，回首，不覺淚已沾衣。墳間楓葉，染淚者皆紅。』蓋情動不可制也。三匝圍喪：晉陽休之夢繞墳頭銅柱三匝。又韓愈詩：『繞墳不假號三匝。』卜其宅兆：《孝經》：『卜其宅兆而安厝之。』三公：太師、太傅、太保爲三公。

音釋：槁：音稿。殍：音漂。畿：音幾。蔭：音應。柏：音栢。

第二十八齣　中秋望月

【大石調·念奴嬌引】(貼)楚天過雨，正波澄木落，秋容光浄。誰駕玉輪來海底，碾破琉璃千頃。環珮風清，笙簫露冷，人在清虚境。(浄、丑)真珠簾捲，庾樓無限佳興。〔二〕

〔一〕眉批：真中做出假，假中做出真，此操縱妙處。

〔二〕眉批：此一枝出入宋人詩餘中秋詞而融化無跡。首句四字起，如前【滿江紅】調。

〔臨江仙〕（貼）玉作人間秋萬頃，銀葩點破碧琉璃。（浄）瑶臺風露冷仙衣，天香飄下處，此景有誰知？（丑）未審明年今夜月，此時此景何如？（貼）珠簾高捲醉瓊巵，（合）正是莫辭終夕勸，動是隔年期。（貼）老姥姥，今夜中秋，月色澄清，你與我請相公出來賞玩則個。（浄）是，是，夫人請相公玩月。（生内應）我睡了，不來。（丑）你甚麽嘴臉，可知道請他不來？（貼）惜春，你再去請。（丑）我去請。相公，夫人相請玩月。（生）來也。（丑）老姥姥，我好臉皮呵，一請相公就來。

【南吕引子・生查子】（生）逢人曾寄書，書去神亦去。今夜好清光，可惜人千里。

（貼）相公，今夜中秋，月色可愛，敬請相公玩賞一番，如何推阻怎的？（生）夫人，月色有甚好處？（貼）相公，怎的不好？〔酹江月〕你看：玉樓絳氣捲霞綃，雲浪空光澄徹。丹桂飄香清思爽，人在瑶臺銀闕。（生）影透鳳幃，光窺羅帳，露冷蛩聲切。關山今夜，照人幾處離别。（浄）須信離合悲歡，還如玉兔，有陰晴圓缺。便做人生長宴會，幾見冰輪皎潔？（丑）此夜明多，隔年期遠，莫放金樽歇。(一)（合）但願人長久，年年同賞明月。（飲酒科）

【大石調・念奴嬌序】（貼）長空萬里，見嬋娟可愛，全無一點纖凝。十二闌干光滿處，涼浸珠箔銀屏。偏稱，身在瑶臺，笑斟玉斝，人生幾見此佳景？（合）惟願取年年此夜，人月雙清。

(一) 樽：原作『鈎』，據明萬曆金陵繼志齋刊本《重校琵琶記》改。

【前腔換頭】(生)孤影,南枝乍冷。見烏鵲縹緲驚飛,棲止不定。萬點蒼山,何處是修竹吾廬三徑?追省,丹桂曾攀,姮娥相愛,故人千里謾同情。(合前)

【前腔換頭】(貼)光瑩,我欲吹斷玉簫,乘鸞歸去,不知風露冷瑶京。環佩濕,似月下歸來飛瓊。那更,香霧雲鬟,清輝玉臂,廣寒仙子也堪並。(合前)

【前腔換頭】(生)愁聽,吹笛《關山》,敲砧門巷,月中都是斷腸聲。人去遠,幾見明月虧盈。惟應,邊塞征人,深閨思婦,怪他偏向别離明。

【中吕過曲·古輪臺】(浄)峭寒生,鴛鴦瓦冷玉壺冰,闌干露濕人猶凭,貪看玉鏡。况萬里清明,皓彩十分端正。三五良宵,此時獨勝。(丑)把清光都付與,酒杯傾。從教酩酊,拚夜深沉醉還醒。酒闌綺席,漏催銀箭,香銷金鼎。斗轉與參横,銀河耿,轆轤聲已斷金井。

【前腔換頭】(浄)閒評,月有圓缺陰晴,人世上有離合悲歡,從來不定。深院閒庭,處處有清光相映。也有得意人人,兩情暢詠;也有獨守長門伴孤零,君恩不幸。(丑)有廣寒仙子娉婷,孤眠長夜,如何捱得更闌寂静?此事果無憑。但願人長久,小樓翫月共同登。

【餘文】(衆)聲哀訴,促織鳴。(貼)俺這裏歡娱未罄,(生)他幾處寒衣織未成。

(貼)今宵明月正團圓,(生)幾處凄涼幾處諠。

(合)但願人生得長久,(合)年年千里共嬋娟。

釋義：玉鏡、銀葩、冰輪：喻月也。琉璃千頃、瑶臺銀闕、玉壺冰：俱喻長空月色之澄瑩也。『環珮清風』二句：言夜景也。朱希真詞：『露冷笙簫，風清環珮。』庾樓：晉庾亮鎮武昌，諸左史殷浩之徒乘月夜登南樓，俄而不覺亮至。將起避之，亮曰：『諸君且住，老子於此興不淺。』遂據胡床，與浩等談咏。其坦率如此。『庾樓』至『澄徹』：絳氣，月映樓中瑞色也。綃是錦也。霞綃捲，故雲浪空光澄徹。范巨卿詞『捲霞綃雲浪』云云。天香：宋之問詩：『丹桂月中落，天香雲外飄。』嬋娟：指姮娥也。古詩：『青女素娥俱耐冷，月中霜裏鬥嬋娟。』三徑：蔣詡於竹下開三徑，惟與羊仲求來往。俱隱士也。飛瓊：飛瓊姓許，西王母之侍女。漢文帝時，王母於七月七夕壽承華殿，進蟠桃七顆，有侍女四人。帝問其名，曰董雙成、許飛瓊、婉陵華、殿安香也。詳見第一十三齣。『香霧雲鬟』二句：杜詩：『香霧雲鬟濕，清輝玉臂寒。』吹笛關山：古有《關山月》，遠戍思歸之曲也。敲砧門巷：秋至，擣寒衣以寄遠也。三五：十五夜也。盧仝詩：『涓涓嫦娥月，三五二八圓又缺。』『邊塞征人』三句：崔令欽詞：『沙場征夫，幽閨思婦，閒殺長安一片月，偏向別離明。』斗轉參横：斗星七點，參星三點。斗柄轉，參星横，則月落而天將曙矣。轆轤聲：轆轤，井上汲水圓木也。獨守長門伴孤另，君恩不幸：漢武帝元光五年，皇后陳氏以祠祭厭勝媚道，事覺，册收璽授，退居長門。供奉如法，日夕愁思，以金百斤賂司馬相如，遂作《長門賦》以悟帝意。後復得幸。促織：《爾雅》：『蟋蟀也。』至秋則鳴，故爲其促人織也。』王荆公詩曰：『金屏翠幕與秋宜，得此年年醉不知。只向貧家促機杼，貧家猶有幾駒絲？』

音釋：碾：音斂。環：音還。珮：音倍。境：音敬。庾：音雨。葩：音巴。瓊：音群。巵：音之。姥：音姆。澄：音程。翫：音崖。纖：音仙。鬟：音環。興：音杏。思：音四，意思也。箔：音薄。凝：音迎。斟：音真。縹：音飄。瑩：音云。臂：音避。砧：音真。憑：音□。拚：音判。綺：音倚。鼎：音頂。斝：音假，酒器也。轆：音六。轤：音爐。爽：音雙，上聲。緲：音藐，飛貌。促：音簇，催也。另：音令。酩酊：上音名下音頂，沉醉貌。

第二十九齣　乞丐尋夫

【雙調引子·胡搗練】（旦）辭別去，到荒坵，只愁出路煞生受。畫取真容聊藉手，逢人將此免哀求。〔一〕

鬼神之道，雖則難明；感應之理，不可不信。奴家昨日獨自在山築墳，正睡時間，忽夢一神人，自稱當山土地，帶領陰兵與奴家相助；却又分付奴家改換衣裝，徑往長安尋取丈夫。待覺來，果然墳臺并已

〔一〕眉批：又生出畫真容一段情來，爲後面許多張本。

完備，這的分明是神通護持。正是：寧可信其有，不可信其無。今者二親既已葬了，只得換過衣裝，扮作道姑，將着琵琶做行頭，沿街上彈幾個行孝的曲兒，抄化將去。只是一件，我這幾年間和公婆廝守，如今怎捨得一旦抛撇了他？奴家自幼略曉得些丹青，何似想像畫取公婆真容，背着一路去，也似相親傍的一般。但遇他小祥忌辰，展開與他燒些香紙，奠些酒飯，也是奴家一點孝心。不免就此畫描真容則個。（描畫真容科）

【仙呂入雙調・三仙橋】(一)（旦）一從他每死後，要相逢不能彀，除非夢裏暫時略聚首。苦要描，描不就，暗想像，教我未描先淚流。描不出他苦心頭，描不出他饑症候，描不出他望孩兒的睁睁兩眸。只畫得他髮颼颼，和那衣衫敝垢。休休，若畫做好容顔，須不是趙五娘的姑舅。

【前腔】（旦）我待要畫他個龐兒帶厚，他可又飢荒消瘦。我待要畫他個龐兒展舒，他自來長恁面皺。若畫出來，真是醜。那更我心憂，也做不出他歡容笑口。不是我不會畫着那好的，我自嫁來他家，只見他兩月稍優游，其餘都是愁。那兩月稍優游，我又忘了。這三四年間，我只記他形衰貌朽。這真容呵，便做他孩兒收，也認不得是當初父母。休休，縱認不得是蔡伯喈當初

(一) 眉批：一云【三仙橋】即【疊字錦】，但微有不同，似與詩餘中【三臺調】合體，或當是其別名。

爹娘，須認得是趙五娘近日來的親姑舅。(一)

真容既已描就了，就在這裏燒些香紙，奠些酒飯，拜別了公婆出去。（拜辭科）

【前腔】（旦唱）公公婆婆，非是奴尋夫遠遊，只怕我公婆絕後。奴見夫便回，此行安敢久？苦！路途中，奴怎走？望公婆相保佑我出外州。天那！他兀自沒人看守，如何來相保佑？這墳呵，只怕奴去後，冷清清有誰來祭掃？縱使遇春秋，一陌紙錢怎有？休休！你生是受凍餒的公婆，死做個絕祭祀的姑舅。

奴家既辭了墳墓，只得背了真容，便索去辭張太公。呀！如何恰好張太公來也？（末上云）衰柳寒蟬不可聞，金風敗葉正紛紛。長安古道休回首，西出陽關無故人。（旦云）奴家適間拜辭了墳塋，正要到宅上來告別。（末云）呀！五娘子，你幾時去？（旦云）太公，奴家今日就行了。（末云）你背的是甚麼畫？（旦云）是奴公婆的真容，待將路上去藉手乞告些盤纏，早晚與他燒香化紙。（末云）是誰畫的？（旦云）是奴家將就描摸的。（末云）五娘子，你孝心所感，一定逼真。借我看一看。咳！畫得像！畫得像！（作悲科）呀！老員外，老安人，【鷓鴣天】死後多應夢裏逢，謾勞孝婦寫遺踪。可憐不得圖家慶，辜負丹青泣畫工。衣破損，鬢鬔鬆，千愁萬恨在眉峰。(二) 只怕蔡郎不識年來面，趙女空描

(一) 眉批：賈山至言：五娘辭墓，讀之真痛哭流涕。

(二) 眉批：又是畫。

別後容。五娘子，我聽得你要遠行，將幾貫錢與你路上少助些盤纏。（旦云）多多定害公公了。奴家又有不識進退之懇：奴家去後，公婆墳塋，早晚望太公可憐見，看這兩個老的在日之面，與奴家看管則個。[一]（末云）這個不妨，你但放心前去，老夫少不得如此。（拜辭科）

【越調過曲·憶多嬌】（旦唱）公公，他魂渺漠，我没倚托。程途萬里，教我懷夜壑。此去孤墳，望公公看着。（合）舉目蕭索，滿眼盈盈淚落。[二]

【前腔】（末唱）五娘子，我承委托，當領料。這孤墳我自看守，決不爽約。但願你途中身安樂。（合前）

【仙吕入雙調·鬥黑麻】（旦唱）奴深謝公公，便相允諾。從來的深恩，怎敢忘却？只怕途路遠，體怯弱，病染災纏，衰力倦脚。（合）孤墳寂寞，路途滋味惡。兩處堪悲，萬愁怎摸？

【前腔】（末唱）伊夫婿多應是，貴官顯爵，伊家去須當審個好惡。[三] 五娘子，只怕你這般喬打扮，他怎知覺？一貴一貧，怕他將錯就錯。（合前）

（旦云）公公，奴家拜别去也。（末云）五娘子，且謾着，老夫還有幾句言語囑付你。（旦云）望公公指

[一] 眉批：醜伯喈極矣。

[二] 淚：原闕，據明萬曆金陵繼志齋刊本《重校琵琶記》補。

[三] 眉批：安得長者晋？

教。（末云）五娘子，你少長閨門，豈識路途？當初蔡郎未別時節，你青春正媚。你如今又遭這儀荒貧苦，貌怯身單。正是：桃花歲歲皆相似，人面年年大不同。蔡郎臨別之時，可不道來。（旦云）公公，他道甚的？（末云）他道是：若有寸進，即便回來。㈠如今年荒親死，一竟不回，你知他心腹事如何？正是：畫虎畫皮難畫骨，知人知面不知心。呀！蔡郎元是讀書人，一舉成名天下聞。久留不知因個甚？年荒親死不回門。五娘子，你去京城須仔細，逢人下氣問虚真。若見蔡郎謾説千般苦，只把琵琶語句訴元因。未可便説他妻子，未可便説喪雙親。未可便説裙包土，未可便説剪香雲。若得蔡郎思故舊，可憐張老一親鄰。㈡我今年紀七十歲，比你公公少一旬。你去時猶有張老來相送，你回時不知張老死和存。我送你去呵，正是：流淚眼觀流淚眼，斷腸人送斷腸人。（哭科）（旦云）謝得公公訓誨，奴家銘心鏤骨，不敢有忘。如今只得告別去也。（末云）五娘子，你早去早回。

（旦）爲尋夫婿別孤墳，（末）只怕兒夫不認真。

（合）惟有感恩并積恨，萬年千載不成塵。

中卷終

㈠ 眉批：豈不知中狀元、招相府、回門？

㈡ 眉批：真。

重校元本大板釋義全像音釋琵琶記卷之下

第三十齣　瞯詢衷情

【中吕引子・菊花新】（生）封書遠寄到親闈，又見關河朔雁飛。梧葉滿庭除，争似我悶懷堆積。

〔生查子〕封書寄遠人，寄與萬里親。書去神亦去，兀然空一身。(一) 自家喜得家書，報道平安。已曾修書寄回家去，不知何如？這幾日常懷想念，翻成愁悶。正是：雖無千丈綫，萬里繫人心。

【南吕引子・意難忘】（貼）緑鬢仙郎，懶拈花弄柳，勸酒持觴。長顰知何恨，何事苦相防？

（一）眉批：『封書』四句，孟東野詩。

(生)夫人，些個事，惱人腸。(貼)相公，試説與何妨？(生)只怕你尋消問息，添我恓惶。[一] (貼)古人云：顰有爲顰，笑有爲笑。古之君子，當食不嗟，臨樂不嘆。無事而戚，謂之不祥。[二] 相公，你自來我家，不明不暗，如醉如癡，鎮日憂悶，爲着甚的？你還少了穿的？少了喫的？

【南呂過曲・紅衲襖】(貼)相公，我待道你少喫的呵，你喫的是煮猩唇和燒豹胎。我待道你少穿的呵，你穿的是紫羅襴，繫的是白玉帶。你出入呵，我只見五花頭踏在你馬前擺，三簷傘兒在你頭上蓋。相公，休怪奴家説。你本是草廬中一秀才，如今做着漢朝中梁棟材。你有甚不足，只管鎖了眉頭也，唧唧噥噥不放懷？

【前腔】(生)夫人，你道我有穿的呵，我穿的是紫羅襴，到拘束得我不自在。我穿的是皂朝靴，怎敢胡去踹？你道我有喫的呵，我口裏喫幾口慌張張要辦事的忙茶飯，手裏拿着個戰兢兢怕犯法的愁酒杯。到不如嚴子陵登釣臺，[三]怎做得揚子雲閣上災？似我這般樣爲官呵，只管待漏隨朝，可不誤了秋月春花也，干碌碌頭又早白？

[一] 眉批：此折全出周美成詩餘中語。

[二] 謂：原作『未』，據明萬曆金陵繼志齋刊本《重校琵琶記》改。

[三] 眉批：到不如：一作『本待至』。『怎做得』言不肯做也，非歆羨之詞。今本作『怎躲得』，一作『翻做了』，俱未當。

【前腔】（貼）相公，莫不是丈人行性氣乖？（生）不是。（貼）莫不是妾根前缺管待？（生）不是。（貼）莫不是畫堂中少了三千客？（生）不是。（貼）莫不是繡屏前少了十二釵？（生）也不是。（貼）呀！又不是。這意兒教人怎猜？這話兒教人怎解？相公，我今番猜着了。敢只是楚館秦樓，有個得意人兒也，悶懨懨常掛懷？

【前腔】（生）夫人，不是。有個人人在天一涯，天那！我不能勾見他，只落得臉銷紅眉鎖黛。

（貼）我道甚麼來？可知哩！（生）不是。我本是傷秋宋玉無聊賴，有甚心情去戀着閒楚臺？

（貼）相公，你有甚麼事，明說與奴家知道。（生）夫人，三分話兒只恁猜，一片心兒直恁解。（貼）你有話如何不對我說？（生）罷，罷。夫人，你休纏得我無言，若還提起那籌兒也，撲簌簌淚滿腮。

（貼）由你！由你！我待不勸解你，你又只管這等憂悶；待我問着你來，你又瞞我，我也没奈何。相公，夫妻何事苦相防？莫把閒愁積寸腸。難道各人自掃門前雪，莫管他人屋上霜？（貼虛下潛聽科）

（生）天那！自古道：難將我語同他語，未卜他心似我心。自家娶妻兩月，別親數年。朝夕思想，翻成愁悶。我這新娶的媳婦雖則賢慧，我待將此事說與他知，他也肯放我回去。只是他爹爹若知我有媳婦在家，怕我去了不來，如何肯放我回去？不如姑且隱忍，改日求一鄉郡除授，那時節却回去見雙親，多少是好？咳！夫人，非是隄防你太深，只緣伊父苦相禁。正是：夫妻且說三分話。（貼）呀！我理會得了，你道是：未可全抛一片心。好，好。你瞞我也由你，只是你爹娘和媳婦嗟怨你！

【雙調・江頭金桂】（貼）相公，我怪得你終朝嚬喑，只道你緣何愁悶深？ 教咱猜着啞謎，爲你沉吟，那籌兒没處尋。 我和你共枕同衾，你瞞我則甚？ 你自撇了爹娘媳婦，屢换光陰，他那裏須怨着你没信音。 笑奴家短行，笑奴家短行，無情忒甚。 到如今，兀自道且説三分話，未可全拋一片心。

【前腔】（生）夫人，非是我聲吞氣飲，只爲你爹行勢逼臨。 怕他知我要歸去，將我厮禁，要説又將口噤。 天那！ 我實瞞你不得。 我待解朝簪，再圖鄉任。 那時節呵，他不隄防着我，（一）須遣我到家林，我和你雙雙兩人歸晝錦。 苦！ 我雙親老景，我雙親老景，存亡未審。 我前日曾寄一封書回去，只怕雁杳魚沉。 （貼）你既有書信回去，怎的也没有回報？ （生）又不是烽火連三月，真個家書抵萬金。

（貼）原來如此。 我去對爹爹説，和你同去便了。 （生）你休説，你爹爹如何肯放我回去？ 你且休説破了。 （貼）不妨事。 我爹爹身爲太師，風化所關，觀瞻所繫，終不然恁的不顧仁義。 （生）你休説，不濟事，干枉了。 （貼）相公，你不必憂慮，我自有道理； 不由我爹爹不從。

（貼）雪隱鷺鷥飛始見，（貼）柳藏鸚鵡語方知。

（一） 不：原作『必』，據明萬曆金陵繼志齋刊本《重校琵琶記》改。

（生）假如染就乾紅色，（生）也被傍人説是非。

釋義：煮猩唇：《兩中志》：『猩猩，人面豕身，似猿，常數百爲聚。而人以酒并糟設路側，連結草屐，猩猩見之，即知爲張己者。但先姓呼曰：「奴欲張我，亟快去。」復自謂試共嘗酒，逮醉，取履著之，爲人所擒。其肉之最美者，無踰於唇焉。武帝尤喜食之。』豹胎：《格物論》：『豹毛赤黄，其文黑如錢而中空，比比相似。極猛健，不減於虎。舐似熊，小頭，甲有黑白絞絞，去食銅鐵。其胎最美，爲八珍之一。』韓子曰：『紂爲玉杯象筯，必不美，藿菽則必薦豹胎也。』荒獐：《古今註》：『麞，麇屬，鹿有角不能觸，麞有牙不能噬。性善驚，見人急走。』東坡詩：『心荒恰似失林獐。』楊子雲：揚雄，字子雲。新莽時爲大夫，校書天禄閣。會劉棻等以作符命，爲莽所誅，辭連及雄。使者欲來收之。雲恐不能自免，乃從閣上自投下，幾死。莽聞之，以雄不知情，詔勿問之。三千客：黄歇，黔中人。戰國時爲楚相，號春申君。相楚凡二十餘年，門下食客三千人，其上客皆服珠履。十二釵：牛僧孺，字思黯。唐文宗時，治第於洛陽甲仁里，多致嘉石美花，與賓客相娱樂。多寵妾，嘗自夸服鍾乳。白樂天贈其詩曰：『鍾乳三千兩，金釵十二行。』傷秋宋玉：宋玉，屈原弟子。聞其師忠而放逐，遂作《九歌》以述其志。其一曰：『悲哉，秋之爲氣也。』楚臺：楚襄王夢神女之臺也，在四川。李白詩：『我到巫山渚，訪古登陽臺。天近彩雲滅，地遠清風來。神女去已久，襄王安在哉？』朝簪：荆公詩：『君方困於食，吾亦俱朝簪。』烽火連三月，家書抵萬金：古者十里一烟墩，舉火以報軍情。言世亂三月，連舉烽火，家書斷絶。若得家書，可抵萬金之重。

音釋：觴：音傷。愢：音西。惶：音皇。猩：音星。繫：音係。碌：音禄。黛：音代。筭：音仇。簌：音俗。嚬：音顛。喑：音印。嘶：音色。謎：音眉。隄：音提。防：音房。齣：音出。

第三十一齣　幾言諫父

【黄鍾引子·西地錦】(外)好怪吾家門婿，鎮日不展愁眉。教人心下常縈繫，也只爲着門楣。

入門休問榮枯事，觀着容顔便得知。自家招贅蔡伯皆爲婿，可謂得人。只一件，他自從到此，眉頭不展，臉帶憂容，不知爲着甚事？必有緣故。且叫女孩兒出來問他，便知端的。

【前腔】(貼)只道兒夫何意，如今就裏方知。萬里家山，要同歸去，未審爹意何如？

(相見科)(外)孩兒，吾老入桑榆，自嘆吾之皓首；汝身乖琴瑟，每爲汝而懊懷。夫婿何故憂愁？我兒必知端的。(貼)告爹爹得知：他娶妻六十日，即赴科場；別親三五載，竟無消息。温凊之禮既缺，伉儷之情何堪？今欲歸故里，辭至尊家尊而同行；待共事高堂，執子道婦道以盡禮。(外怒科)呀！吾乃紫閣名公，汝是香閨艷質。何必顧彼糟糠婦？焉能事此田舍翁？他久別雙親，何不寄一封之音信？汝從來嬌養，安能涉萬里之程途？休惑夫言，當從父命。（貼）爹爹，曾觀典籍，未聞婦道而不拜姑嫜；㈠試論綱常，豈有子職而不事父母？若重唱隨之義，當盡定省之儀。彼荆釵裙布，既已獨奉親闈之甘旨；此金屏繡褥，豈可久戀監宅之歡娱？㈡爹爹身居相位，坐理朝綱，豈可斷他人父子之恩，絶他人夫婦之義？使伯皆有貪妻之愛，不顧父母之愆；俾孩兒有違夫之命，不事舅姑之罪。望爹爹容恕，特賜矜憐。（外）休胡説！他既有媳婦在家，你去做甚麽？

【黄鍾過曲·獅子序】（貼）爹爹，他媳婦雖有之，念奴家須是他孩兒的次妻。那曾有媳婦不侍親闈？（外）孩兒，你去有甚麽勾當？（貼）若論做媳婦的道理，須當奉飲食，問寒暄，相扶持蘋蘩中饋。（外）便做有許多勾當，他有媳婦在家裏，你不去也不妨。（貼）爹爹，又道是養兒代老，積穀防饑。

（外）既道是養兒代老，積穀防饑，何似當初休教他來應舉不得？

【太平歌】㈢（貼）爹爹，他求科舉，指望錦衣歸，不想道爹爹招他爲女婿。（外）這個是有緣千里能相會，須强他不得。（貼）他埋怨洞房花燭夜，那些個千里能相會？只要保全金榜掛名時，

㈠　眉批：　姑嫜：　一作『舅姑』，覺偏，且與下『不事舅姑』句不照應。
㈡　眉批：　監宅：　杜子美有詩：　『屏開金孔雀，褥隱繡芙蓉。門闌多喜氣，女婿近乘龍。』
㈢　眉批：　【太平歌】：　今作【東甌令】，詞雖不殊，則調屬【南吕】矣。

他事急且相隨。

（外）孩兒，你道我説不是，這般埋怨着我？

【賞花時】（貼）他終朝慘悽，我如何忍見之？（外）他自慘悽，你管他怎的？（貼）若論爲夫婦，須是共歡娱。（外）不妨事，他若在這裏，我教他做個大大的官！（貼）爹爹，他數載不通魚雁信，枉了十年身到鳳凰池。

（外）呀！你聽着丈夫的言語，却不聽我説。這妮子好癡迷呵！

【降黄龍】（貼）爹爹，須知，非奴癡迷。已嫁從夫，怎違公議？（外）孩兒，你去也不妨，只是我没個親人在傍，如何放得你去？（貼）爹猶念女，怎教他的爹娘不念孩兒？（外）孩兒，不是我不肯放你去。他既有媳婦在家，你去時節，只怕擔閣了你。（貼）休題，縱把奴擔擱，比擔擱他媳婦何如？(一)（外）便不然，只教蔡伯皆自己回去罷。（貼）爹爹，那些個夫唱婦隨，嫁鷄逐鷄飛？

（外）孩兒，他是貧賤之家，你如何伏侍他的父母？

【南吕過曲·大聖樂】（貼）爹爹，婚姻事難論高低，若論高低何似當初休嫁與？假饒親賤孩兒貴，終不然便抛棄？（外）他的孩兒撇得下，你怕甚麼？（貼）奴須是他親生兒子親媳婦，難

(一) 眉批：媳婦：坊本作『爹娘』，全失問答意。

道他是何人我是誰？（外）孩兒，據你說將起來，我到說得不是呵？（貼）爹居相位，怎說着傷風敗俗非理言語？[一]

（外怒科）這妮子無禮！却將言語來衝撞我。我的言語到不中你聽呵。孩兒，夫言中聽父言違，懊恨我兒見識迷。本待將心托明月，誰知明月照溝渠。（外先下）（貼）自古道得好：酒逢知己千杯少，話不投機半句多。好笑我爹爹不顧仁義，却道奴家把言語衝撞他。昨日丈夫教我休說破，我今有何顔見他？只得且在此坐一回，尋思個道理去回他則個。（悶坐科）

【南呂引子·稱人心】（生）撇呆打墮，早被那人瞧破。他要同歸，知他爹怎麽？我料想他每不允諾。呀！夫人，你緣何獨坐？想你爹爹不肯麽？[二]伊家道俐齒伶牙，争奈你爹行不可。

【前腔】（貼）天那！我爹爹，全不顧，人笑呵，這其間只是我見差。禍根芽，從此起，災來怎躲？相公，他道我從着夫言，駡我不聽親話。

【南呂過曲·紅衫兒】（生）夫人，你不信我教伊休說破，到此如何？算你爹心性，我豈不料

[一] 眉批：此一枝與前辭婚、辭官數折相稱。

[二] 眉批：『想你』句白，一本作唱，非。此六折生、貼各自爲韻。

過？我爲甚亂掩胡遮？也只爲着這些。你直待要打破砂鍋，[一]是你招災攬禍。

【前腔】（貼）不想道相挜靶，[二]這做作難禁架。我見你每每咨嗟要調和，誰知好事多磨？起風波，相公，把你陷在地網天羅，如何不怨我？天那！懊恨只爲我一個，却擔擱了兩下。

【正宮過曲・醉太平】（生）蹉跎，光陰易謝，縱歸去晚景之計如何？名韁利鎖，牢絡在海角天涯。[三]知麼？多應我老死在京華，孝親事一筆都勾罷。苦！這般摧挫，傷情萬感，淚珠偷墮。

【前腔換頭】（貼）非詐，奴甘死也。縱奴不死時，君去須不可。（生）夫人，你如何說這話？（貼）相公，奴身值甚麼？只因奴誤你一家。差譌，假饒做夫婦也難和，你心怨我心縈掛。奴身拚捨，成伊孝名，救伊爹媽。

（生）夫人，你不要這般說。萬一你爹爹知之，大家見責。（貼）相公，妾當初勉承父命，遣事君子。不想君家上有白髮之父母，下有青春之妻房。致君衷腸不滿，名行有虧。如今思之：誤君之父母者，妾

[一] 眉批：諺云『打破砂鍋璺到底』。璺音問，損路也，以音同故謂善問者云云。又：山谷《拙軒頌》：『覓巧了不可得，拙從何來？打破砂盆一問，眐子因此開眼。』

[二] 相：原作『像』，據明萬曆金陵繼志齋刊本《重校琵琶記》改。

[三] 眉批：『韁鎖』正宜用『牢絡』字，諸本作『奔走』，非。

也；誤君之妻房者，妾也；使君爲不孝薄倖之人，亦妾也。妾之罪大矣！縱偷生於今世，亦公議所不容。昔日聶政姊死，倚屍傍以成弟之名；王陵母死，伏劍下以全子之節。妾豈愛一身，誤君百行？妾當死於地下，以謝君家。小則可解君之縈掛，大則可以救君之父母；近則可以成孝子之令名，遠則可以免後世之公論。妾死何憾焉！（生）夫人，你只知其一，不知其二。古人云：身體髮膚，受之父母，不敢毀傷。豈可陷親於不義？此事決然不可。（貼）相公，你也説得是；只是你一時回去不得，如何是好？（生）且慢着，怕你爹爹也有回心轉意時節。且更寧耐，看如何？

（生）一心只欲轉家鄉，（貼）争奈爹娘不忖量。

（生）大鵬飛上梧桐樹，〔一〕（合）自有傍人説短長。

釋義：伉儷：伉儷乃匹配也。《左傳》：『齊侯請繼室於晉朝，韓使叔向對曰：「寡君未有伉儷，君有辱命，惠莫大焉。」』田舍翁：《南史》：『劉宋武帝大修宫室，袁顗盛稱高祖儉素。帝曰：「田舍翁得此過矣。」』撇呆打墮：猶言粧呆作痴。聶政姊死倚屍傍：《史記》：『韓相俠累與濮陽嚴仲子有隙，仲子聞軹人聶政之勇，以黄金百鎰爲政母壽，欲因以報仇。聶政不許，曰：老母在，政不敢以身許人也。及母卒，仲子又使政刺俠累。累方坐府上，衛兵甚嚴，政直入刺之。因自破面、決目、自屠、出腸。

〔一〕眉批：佳：音『追』。《詩》作鵻。鳳凰長尾，慣棲梧桐，佳鳥尾短而亦飛上，故傍人指其尾之長短而議之。一作『大鵬』，一作『大風吹倒』，并非。

韓人暴其屍於市購問，莫能識。其姊嫈聞而往哭之，曰：是軹深井里聶政也。以妾在之故，重自刑以絶跡。妾來，豈畏没身之誅，終滅妾弟之名？遂死政屍之傍。』

音釋：儷：音利。繡：音秀。褥：音辱。繁：音煩。饋：音餽。娱：音吴。衝：音充。撇：音别。俐：音利。伶：音零。躲：音朵。砂：音沙。鍋：音窩。韁：音姜。絡：音洛。齣：音出。

第三十二齣　路途勞頓

【仙吕過曲·月兒高】（旦）路途勞頓，行行甚時近？未到洛陽縣，盤纏都使盡。回首孤墳，空教奴望孤影。天那！他那裏，誰偢采？俺這裏，誰投奔？正是西出陽關無故人，須是家貧不是貧。

〔蘇幕遮〕怯山登，愁水渡。暗憶雙親，淚把麻裙漬。回首孤墳何處是？兩下蕭條，一樣愁難訴。玉消容，蓮困步。愁寄琵琶，彈罷添淒楚。惟有真容時時顧，憔悴相看，無語恓惶苦。奴家爲尋丈夫，在路途上多少狼狽？況獨自一身，拿着一個琵琶，背着二親真容，登高履險，宿水餐風，其實難捱。只是一件，若去到洛陽，尋見丈夫，相逢如故，也不枉了這遭辛苦；倘或駟馬高車，前呼後擁，見奴家這般藍縷，可不擔閣了奴家此行跋涉？

【前腔】(旦)暗中思忖，此去好無准。只怕他身榮貴，把咱不厮認。若是他不偢倸，空教奴受艱辛。他未必忘恩義，我這裏自閒評論。他須記一夜夫妻百夜恩，怎做得區區陌路人？

唉！只一件。

【前腔】(旦)他在府堂深隱，奴家怎生進？他在駟馬高車上，又難將他認。我有個道理。若到他根前，只提起二親真容。天那！又怕消瘦了龐兒，他猶難十分信。呀！他不到得非親却是親，我自須防仁不仁。

哽咽無言對二真，千山萬水好艱辛。
見説洛陽花似錦，只恐來時不遇春。

第三十三齣　聽女迎親

【仙吕引子・番卜算】(外)兒女話堪聽，使我心疑惑。暗中思忖覺前非，有個團圓策。

自古道：良藥苦口利於病，忠言逆耳利於行。昨日女孩兒要和伯喈歸去，同事雙親，老夫不肯放他去，却將幾句言語衝撞我，我一時不勝焦躁。如今尋思起來，他的言語，句句有理，節節堪聽。待要放他回去，只慮他幼長閨門，難涉路途；況我年老，無人奉事，如何放他去得？如今有個道理，不免使一個人，多與盤纏，教他徑往陳留，將伯皆爹娘和媳婦都接取來，多少是好？不免叫女孩兒和伯喈過

來，問他則個。（生、貼上）

【前腔】（生）淚眼滴如珠，愁事縈如織。（貼）早知今日悔當初，何似休明白。（相見科）（外）孩兒，你夜來的説話，我仔細尋思起來，都説得有理。我欲待教你同女婿回去，路途跋涉，這個也難。不如徑使一人前去陳留，取他爹媽和媳婦來共做一處住，你兩人心下如何？（貼）這個隨爹爹主張。（生）若得如此，感恩非淺！（外）院子李旺何在？（丑扮李旺上）頻聽指揮黄閣下，忽聞呼唤畫堂前。老相公有何使令？（外）李旺，我要差你去陳留走一遭。（丑）差去做甚麼？（外）差你去那裏接取蔡狀元的老員外、老安人、小娘子三人，來到府中同住。（丑）如此，李旺不去。（貼）李旺，你去請得來，我重重賞你。（丑）夫人，你如今説重重賞我，只怕請得小娘子來時節，夫人又要和他爭大小，那時節可不埋冤李旺？那裏還肯把東西賞我？（外）休閒説！我如今修一封書去相請，外有銀錢與你路上做盤纏，休得落後了。（生）李旺，你去時節，須要多方詢問；若是接得來時，路途上千萬小心承直。（丑）不妨事，我出路慣熟，自有分曉。

【正宫過曲・四邊静】（外）李旺，你去陳留仔細詢端的，專心去尋覓。請過兩三人，途中好承直。（合）休憂怨憶，休憂怨憶，寄書咫尺。眼望旌捷旗，耳聽好消息。

【前腔】（生）只怕饑荒散亂無踪跡，他存亡也難測。何況路途間，難禁這勞役。（合前）

【福馬郎】（貼）李旺，你休説新婚在牛氏宅。（外）孩兒，便説又待怎的？（貼）他須怨我相擔

誤；歸未得，只恐怕傍人聞之，把奴責。（合）若是到京國，相逢處兩下免憂憶。〔一〕

【前腔】（丑）相公，多與我盤纏添氣力，萬水千山路，曾慣歷。（拜科）辭别恩官去，管取好消息。（合前）

（外）限伊半載望回音，（生）路上看承須小心。

（貼）但願應時還得見，（丑）果然勝似岳陽金。

第三十四齣　寺中遺像

（末扮五戒上云）年老心閒無别事，麻衣草座亦容身。相逢盡道休官好，林下何曾見一人？〔二〕自家乃是彌陀寺中一個五戒。今日這寺中建一個無礙道場，不揀甚麽人，或是薦悼雙親，保安身己的，都來這裏聚會。真個好寺院、好道場呵。（内問）怎見好寺院？（末）但見：蘭若莊嚴，〔三〕蓮臺整肅。〔四〕佛殿嵯峨耀金璧，回廊繚繞畫丹青。千層塔高聳侵雲，半空中時聞清鐸；七寶樓晶光耀日，六時裏頻扣洪

〔一〕眉批：兩下免憂憶：諸本作『做個好筵席』，似俗。

〔二〕眉批：『年老』四句，唐靈徹答章丹詩。

〔三〕眉批：蘭若：若，人者切。梵言阿蘭若，唐言無諍也。

〔四〕眉批：《文殊傳》：世尊之座高七尺，名曰七寶蓮臺。

鍾。松下山門，紅塵不到；竹邊僧舍，白日難消。阿羅漢神像威儀，如靈山三十六萬億佛祖；比丘僧戒行清潔，(一)似祇園千二百五十人俱。且看幡影石壇高，惟有棋聲花院静。(二)休提清浄法界，且説嚴肅道場。只見珠幢寶蓋影飄飄，玉磬金鍾聲斷續。龍瓶中插九品紅蓮，開浄土(三)春秋不老；鳳蠟内吐千枝紅蕊，照佛天晝夜常明。齊整整的貝葉同翻，撲簌簌的天花亂墜。旃檀林裏，爇着清浄香、道德香；香積厨中，獻這禪悦食、法喜食。人人在十洲三島，個個浄五藴六根。(四)擊大法鼓，吹大法螺，仙樂一齊奏動；開甘露門，入甘露城，幽魂盡獲超昇。正是：寄言苦海林中客，好向靈山會上修。今日寺中建設大會，怕有官員貴客來此遊玩，不免將着疏頭，就抄化幾文香錢，添助支費。道猶未了，遠遠望見有兩個官人來到。（浄、丑扮風子上）

【中吕過曲・縷縷金】（浄）胡廝啞，(五)兩喬才。家中無宿火，有甚强追陪？（丑）我自來粧風子，如今難悔。向叢林深處且徘徊，特來看佛會。

(一) 眉批：比丘僧：《金覺要覽》：梵言比丘僧，唐言乞士也。

(二) 眉批：『幡影』二句，唐司空圖詩。

(三) 眉批：土：音『度』。

(四) 眉批：五藴：謂色受想行識。六根：眼耳鼻舌身意。

(五) 眉批：啞：音敬，遠也。

(末)官人，請坐告茶。(净)五戒，(一)這佛會支費太多？(末)便是。官人，休怪冒瀆，今日天與之幸，得遇兩位貴客到此，斗膽抄化幾文香錢，添助支用則個。(丑)五戒，你要抄化，將疏頭來看。錢是倘來之物，那裏不使？那裏不用？(净)兄弟，你説得是。俺這般人，那一日不使幾貫鈔？我便捨他五錠。(丑)我也捨他五錠。(末)如此，多謝官人。(净)呀！遠遠望見一個婦人來，且是生得有些意思。(丑)真有一個婦人來，背着一面琵琶，到和你家姐姐廝像。(净)休胡説！遠觀不審，近看分明。

(旦上)

【前腔】(旦)途路上，寔難捱。盤纏都使盡，好狼狽。試把琵琶撥，逢人乞丐。薦公婆魂魄免沉埋，特來赴佛會。

奴家今日且喜已到洛陽，聞説彌陀寺中如今起做佛會，不免就此抄化幾文錢鈔，追薦公公婆婆則個。

(末)道姑，請裏面赴齋。(旦)如此多謝！(净)道姑，你背着甚麼東西？(旦)是奴家公婆的真容。

(净)道姑，你從那裏來？

【仙吕入雙調・銷金帳】(旦)聽奴訴與：奴是良人婦，爲兒夫相擔誤。(净)他怎的擔誤了你？(旦)他一去赴選及第，未歸鄉故。饑荒喪了，喪了親的舅姑。(丑)你丈夫既不在家，喪了

(一)　眉批：五戒，行者之稱，凡出家師許之，爲授五戒。謂一不殺生，二不偷盜，三不邪淫，四不妄語，五不飲酒食肉。

公婆，誰人與你安葬？（旦）苦！ 我造墳墓。（淨）你如今來這裏做甚麼？（旦）今爲尋夫來此。（丑）你丈夫在那裏？（旦）未知他在何處所。(一)（淨）道姑，你抱着琵琶做甚麼？（旦）奴家將此琵琶彈一個曲兒，抄化幾文鈔，就此追薦公婆。（丑）原來如此。道姑，你會彈甚麼曲兒？ 你會彈《也兒四》麼？（旦）不會。（淨）你會彈《八俏手》麼？（旦）也不會。奴家只會彈些孝順曲兒。（末）道姑，難得這兩位官人在此，你好生彈一兩個曲兒伏侍他，教他重重賞你。（旦）既然如此，只怕奴家彈得不好，望官人休責。（丑）你只管好好的彈，我重重賞你。（旦）官人，請坐聽着。（彈科）凡人養子，懷抱最艱辛。欲語未能行未得，此際苦雙親。

【前腔】（旦）凡人養子，最是十月懷擔苦，更三年勞役抱負。休言他受濕推乾，萬千勞苦。真個千般愛惜，萬般回護。兒有些不安，父母驚惶無措。直待可了，可了歡欣似初。

（淨）彈得好！ 彈得好！（末）真個彈得好！（丑）錢鈔我那裏不使？ 我且先與你一領好襖子。（脱衣與旦科）（丑）道姑，你再彈一彈。（旦）官人，請坐聽着。（彈科）孩兒漸長成，父母略歡欣。教語教行并教禮，一意指望成人。

【前腔】（旦）兒行幾步，父母歡欣相顧，漸能言能走路。指望飲食羹湯，自朝及暮。懸懸望

(一) 眉批：或謂此枝似涉玷穢可削，則琵琶置之何用？ 而取名之義甚無着落。且數折皆行孝之詞，寓勸世之義；又以見趙氏受此辛苦，遭此侮慢而其毅然不可回之至情，凛然不可犯之清操，爲女流之永鑑也。

他，望他不知幾度。爲擇良師，只怕孩兒愚魯。略得他長俊可，便歡欣賞賜。[一]

（丑）彈得好！彈得好！（末）真個彈得好！（浄）錢鈔那裏不用？我也先與你一領好襖子。（脱衣與旦科）（浄）道姑，你再彈一彈。（旦）官人，請坐聽着。（彈科）勤於教道，暮史及朝經。願得榮親并耀祖，一舉便成名。

【前腔】（旦）朝經暮史，教子勤詩賦，爲春闈催教赴。指望他耀祖榮親，改换門户。懸懸望他，望他腰金衣紫。兒在程途，又怕餐風宿露。求神問卜，把歸期暗數。

（丑）彈得好！彈得好！（末）寔是彈得好！（丑）錢鈔是人賺來的，我再與你一領好襖子。（脱衣與旦科）（末）原來裏面都是破衣裳呵。官人，你把襖子都脱了，身上這般様寒，成甚意思？（浄）寒也自寒，不可壞了局面。咱每這般様人使鈔慣了，怕他甚麽寒？道姑，你再唱唱。（末）道姑，你再彈彈，且看他再把甚麽東西與你？（旦）官人，請坐聽着。（彈科）孩兒在外，須早回程。忤逆男兒并孝子，報應甚分明。

【前腔】（旦）兒還念父母，及早歸鄉土，看慈烏亦能返哺。莫學我的兒夫，把雙親擔誤。常言養子，養子方知父母。算却忤逆男兒，和孝順爹娘之子。若無報應，果是乾坤有私。[二]

（一）眉批：『可』字屬上，作助語。賞賜：一作『賞賀』，一作『相賀』。

（二）眉批：此枝凡五折，第二、四折末句數字猶與『所』字相叶，至『賜』『私』字則不可解矣。俟考。

（末）彈得好！彈得好！（淨）他彈得自好，唱得自好，我没甚麽東西與他了。（末笑云）可知道！（淨作寒科）（丑）兄弟，我和你這般的走回家去，成甚模樣？（淨）我只賴五戒，取衣裳便了。（揪末科）（末）呀！你扯我怎的？（丑）扯你怎的？你到粧成騙局，把我每的衣裳都剥去了。（末）咳！我幾曾粧局騙你？是你自把衣裳與他。（淨）秃驢！你道不曾粧局騙我？我看見道姑彈了，喝一聲采；你也喝一聲采，只管攛掇我把衣裳與他。這不是粧局騙我？（丑）你不取還我，我扯你到洛陽縣裏去！（末）天那！我不曾見這般没行止的人！道姑，没奈何了，把衣裳還他去罷。（旦）衣裳在這裏，拿還他去。既不情願，我要他做甚麽？（丑）錢鈔雖則那裏不用，只是寒冷，又忍不得。（穿衣科）（淨）道姑，我方纔説道你彈得好，唱得好；我如今尋思起來，你彈得也不好，唱得也不好。你不信時，再彈唱一和看看。（旦）奴家也彈不得了，也唱不得了。（淨）可知道不敢再彈唱了。（丑）兄弟，他既不敢彈唱了，我和你且回家去。（淨）説得是，我和你回去罷。（丑）五戒，我小子不是豪富。（末）枉了教你題疏。你衣裳敢是借的？（淨、丑）可知道我腿上無個布袴。（末并下）（旦）一斟一酌，莫非前定。奴家準擬今日抄題幾文錢鈔，就此追薦公婆。誰知撞着這兩個風子，攪鬧一場。如今雖没東西備辦奠禮，且將公婆真容掛在此間，追薦一番，也展個時候。（掛真容拜科）

【賞秋月】（旦）在途路，歷盡多辛苦，把公婆魂魄來超度。焚香禮拜祈回護，願相逢我丈

夫。(一)（丑、末隨生上）

【縷縷金】（生）時不利，命何乖。雙親在途路上，怕生災。（丑、末）相公，此是彌陀寺，略停車蓋。（合）辦虔誠懇禱拜蓮臺，特來赴佛會。

（丑）道姑迴避。（旦）正是：在他簷下過，誰敢不低頭？（慌下失真容科）（生）那得這軸畫像？（丑）敢是適間道姑遺下的？（生）叫他轉來，將還他去。（丑叫不應科）去遠了，叫不應。（生）既叫不應，且與他收下。左右，喚和尚過來。（淨扮和尚上）

【前腔】（淨）能喫酒，會噇齋。喫得醺醺醉，便去摟新戒。講經和回向，全然䰐魀。你官人若是有文才，休來看佛會。

（相見科）（生）和尚，下官爲迎父母來此，不知路上安否何如？特來三寶面前，祈個保佑。（淨）原來如此。小僧請佛。（請佛科）

【佛賺】（淨）如來本是西方佛，却來東土救人多，救人多。結跏趺坐坐蓮花，丈六金身最高大，他是十方三界第一個大菩薩。摩訶薩，摩訶般若波羅糖。（末）和尚，你念差了，是波羅蜜。（淨）糖也這般甜，蜜也這般甜。南無南無十方佛十方法十方僧，上帝好生不好殺。好人還

(一) 眉批：諸本無此折，掛真容時似覺冷靜。

有好提掇，惡人還有惡鑒察。好人成佛是菩薩，惡人做鬼做羅刹。第一滅却心頭火，心頭火。第二解開眉間鎖，眉間鎖。第三點起佛前燈，佛前燈。真個是好也快活我，快活我。諸惡莫作，奉勸世上人則個。浪裹稍公牢把舵，行正路，莫蹉跎。大家都去誦彌陀，誦彌陀。善男信女笑呵呵。聽大法鼓䶒䶒䶒，聽大法鐃乍乍乍。手鐘摇動陳陳陳，獅子能舞鶴能歌。木魚亂敲逼逼剥剥，海螺響處嘖嘖嘖嘖。積善道場隨人做，伏願老相公老安人少夫人萬里程途悉安樂。(一) 南無菩薩摩訶薩，金剛般若波羅蜜。

小僧請佛完，請相公上香，通達情旨。（生炷香拜科）

【仙吕入雙調·江兒水】（生）如來證明，聽蔡邕啓：我雙親在途路，不知他何如的？仰惟菩薩大慈悲。（合）龍天鑒知，龍神護持，護持着他登山渡水。

【前腔】（净）如來證明，覽兹情旨。蔡邕的父母，望相保庇，仰惟功德不思議。（合前）

【前腔】（末）我東人鎮日常懷憂慮，只愁二親在路途裏，孝思誠意感神祇。（合前）(二)

(一) 眉批：坊本『老相公』下有『老豬婆』等謔語，甚失體。

(二) 眉批：閩本無末折。

【前腔】（丑）我聞知做會，特來隨喜，饅頭素食多多與。若還不與，我自入齋廚去取。（合前）[一]

（淨）我佛有緣蒙寵渥，（生）願親路上悉平安。（末）因過竹院逢僧話，（丑）又得浮生半日閒。[二]（并下）（旦復上）

【縷縷金】（旦）原來是，蔡伯喈，馬前都喝道，狀元來。料想雙親像，他每留在。敢天教我夫婦再和諧？都因這佛會。

正是：不因漁父引，怎得見波濤？方纔那官人，奴家詢問起來，正是蔡伯皆。好也！好也！今日也會相見。只一件，奴家慌忙中失去公婆真容，想必是他收下。且待明日徑投他家去，以乞丐爲由，問取消息。倘或天天可憐，大家因此相會，也不見得？

今朝喜見那喬才，真容收去不疑猜。
縱使侯門深似海，從今引得外人來。

釋義：五戒：行者之稱謂。一不殺生，二不偷盜，三不邪淫，四不妄語，五不飲酒。蓮臺：《文殊傳》：世尊之座高七尺，名曰七寶蓮臺。千層塔：阿育王造浮屠塔藏釋迦佛真身舍利子，見於明州鄞

[一] 眉批：浙本無丑折。
[二] 眉批：『因過』二句，唐李涉詩。

縣。唐太宗取舍利，度開寶寺地，造浮屠十二級以藏之也。**半空中時聞清鐸**： 北魏作永寧寺，有金像高丈八者，一如中人者十王像，二爲九層浮屠。 掘地築臺，下及黄泉。浮屠高九十丈，上刹復高十丈，每夜静，鈴鐸聲聞十里。**七寶樓**： 梁武帝建佛樓，以七寶飾佛三尊，名曰七寶樓。**阿羅漢**：《大覺》註：『西方有僧一十八人，相貌狰獰，名曰阿羅漢。』**靈山三十六萬億佛相**：《大藏經》註：『世尊於靈山雷音寺演説金經，集衆三十六萬億。』**祇園千二百五十人俱**：《金刚經》註：『須達長者曰： 佛言弟子欲營精舍請佛住，惟有祇陀太子園廣八千頃，林木茂盛可居。白太子，太子戲曰：「滿以金帛，便當相與。」須達出金布八十頃。精舍告成，凡千三百區，亦曰給孤園。』**玉磬**： 樂器也，股廣三寸，長尺三寸半，夔擊石拊石是也。**九品紅蓮**：《明皇雜録》：『後苑天泉池内有九様蓮花，惟白蓮連蒂同幹，號雙頭千葉蓮花。』**净土**：《佛書》：『佛土名净土，常清净無雜穢。』**天花亂墜**：《維摩詰經》：『世尊令天女以天花散諸菩薩，即皆墜亂矣。』**旃檀林裏**：《楞嚴經》：『佛告阿難： 汝嗅此旃檀，燃於一株，四十里内同時氣。又，六祖碑云： 林是旃檀，更無雜樹也。』**清净香**： 出三佛齊國，其香，乃樹之脂也，其形色類胡桃肉，而不宜於燒，然能發衆香，故人取之以爲和香焉。又名安息香。**道德香**： 出真臘國，樹如松杉之類，而香藏之皮，樹老而自然流溢者，色白而透明，故其香雖盛暑不融。**香積厨**： 維摩居士遣化菩薩往衆香國禮佛，言願得世尊所食之餘，欲以娑婆世界施作佛事。於是香積如來以衆香盛飯與之。**蟬蜕食**： 蟬委形也。《維摩经》：『佛於雪山修行，作蟬蜕食以賜苦爽滞魄。』**法喜食**： 梁武帝於阿育王寺設無碍法食。《維摩經》：『有菩薩問維摩詰居士，父母妻子親戚眷屬悉爲是誰？維居士答曰：如度菩薩母，方便以爲父，法喜以爲妻，慈悲以爲女，善心成實男，畢竟空寂舍利。』十洲：東方朔著《十洲記》：漢武帝既見西王母，言八方巨海之中有洲凡十，曰祖瀛、玄炎、長元、流生洲、鳳麟洲、聚窟洲，并是人跡稀絶處，故云。三島：《郊記志》：『海中有山曰島，一蓬萊，二方丈，三瀛洲。』甘露門：《群品經》：『慧可和尚事達摩祖師，夜雪，侍立不動。遲明，積雪至膝。謂師曰：「天寒極矣，願開甘露門濟群品。」遂潛取利刃斷左臂於前，師知是法器。』苦海：《華嚴經》云：『地獄邊有一海，凡人在世業重者，必三沉之，其中龟蛇鱉蝪傷人。』五逆：邵應曰：『一逆天，二逆地，三逆君，四逆親，五逆師。』方丈：僧之燕居。唐顯慶中，王玄策使西域，至昆耶城，有維摩居士石室。以手扳，縱横量之，得十笏，故云方丈。如來本是西方佛：《異記》云：『周穆王二十四年，天竺國浄梵王妃摩耶氏夢天降金人，遂有孕，於四月八日剖右肋，生太子悉達多。年十九，入雪山修行成道，號佛世尊。於泥蓮河側説《大般涅槃經》，以正法眼藏，將金縷僧迦禪衣傳與弟子大迦葉，爲弟子一世佛祖，往拘屍維國婆羅雙樹間。入般涅槃，住十七十九年。』却來東土救人多：《傳燈録》云：『后漢明帝永平十一年，夢金人巍巍丈六，飛至殿廷，光明柄耀。以問群臣，通事舍人傅毅對曰：「臣聞西域有得道之神，其名曰佛。陛下聞見，得無是乎？」帝曰：「然。」乃遣傅士蔡倍等十八人至西域，求其道，得其書及沙門以來，由是化流中國。』結跏趺坐：謂兩足蟠而坐也。《娑婆論》云：『結跏趺坐，是相完滿。』《大覺經》云：『全跏趺是如來坐，半跏趺是菩薩坐。』丈六金身：《後漢天竺國傳》：『西天有佛，其形長一丈六尺，面黃金色。』東坡詩：『問禪不契前三語，施佛空留丈六身。』菩薩：《金剛經》註：『菩，普也；薩，濟也。能救衆生，故曰菩薩。猶儒者仁人長者稱。』般若：清凉禪師云：『夫般若者，苦海之慈航，昏衢之巨燭。』波羅蜜：出安南奉化、加休等處，大如斗，剖之若蜜，其香滿室，皮有軟刺。五六月熟，香甜可煮食，能飽人也。羅刹：《文殊傳》：『世尊於靈山雷音寺説法，嘗有惡神十餘人手執凶器來圍道場，世尊令大力王降之。』誦彌陀：《佛地論》云：『彌陀佛居西天兜率宫，極慈悲，世人受苦惱者，誦其號即救之。』西方極樂世界：《大覺經》云：『西方有國，名極樂世界，比世之善男信女及忠臣義士，死後咸居之，受諸快樂。』金剛：《法苑珠林》云：『西方有神八人，相貌狰獰，身被金甲，手持寶刀，名曰金剛，嘗衛世尊説法於雷音寺。』如來：《道院集》『晁迥云：「本覺爲如，今覺爲來，故云如來。」』

音釋：鐸：音托。臈：音蠟。幢：音床。旃：音詹。螺：音羅。啞：音敬。磬：音慶。護：音户。醺：音勳。薩：音殺。鼕：音冬。狼：音郎。狽：音貝。飆：音摇。齣：音出。

第三十五齣　兩賢相遘

【商調引子·十二時】（貼）心事無靠托，這幾日番成悶也。父意方回，夫愁稍可。未卜程途裏的何如，教我怎生放下？

自古道：不如意事常八九，可與語人無二三。(一)奴家自嫁蔡伯皆之後，見他常懷憂悶。費盡心機去問他，他又不説。比及奴家知道，去對爹爹説，和他同回奉事雙親，誰想爹爹不肯。被奴家道了幾句，爹爹心裏不安，遣人去取他爹媽媳婦；又不知他路上安否？爲他這些事，教我擔了多少煩惱！又一件，公婆早晚來到，只是要一兩個婦人去伏侍他。我府裏雖有使喚的，那裏中用？怎生得個精細婦人與他使喚方好？院子那裏？(末)書當快意讀易盡，客有可人期不來。(二)世上幾般能稱意，光陰何況苦相催。夫人，有何使令？(貼)院子，我府中缺少幾個使喚的，你與我去街坊尋問，有精細的婦人，討一兩個來用。(末)小人理會得。踏破鐵鞋無覓處，得來全不費工夫。

【遶地遊】(旦)風餐水卧，甚日能安妥？問天天怎生結果？

府幹哥，稽首！(末)道姑何來？(旦)遠方人氏。(末)此來何幹？(旦)特來抄化。(末)少待。通報夫人：這精細婦人到没有，有一個道姑在門首抄化。(貼)着他裏面來。(末)道姑，夫人着你裏面去見他。(貼作見科)

【前腔】(貼)梳粧淡雅，看丰姿堪描堪畫。是何人近來問咱？

(一)眉批：『不如』二句，漢張堪詩。

(二)眉批：『書當』二句，陳后山詩。

（旦）夫人，稽首！（貼）道姑何來？（旦）貧道遠方人氏。（貼）到此何幹？（旦）特來府中抄化。（貼）你有甚本事？（旦）貧道不敢誇口，大則琴棋書畫，小則針黹工夫，次則飲食餚饌，頗諳一二。（貼）呀！道姑，你有這等本事，在街坊上抄化也生受，何似在我府中喫些安樂茶飯如何？（旦）若得如此，感恩非淺。只怕貧道没福，無可稱夫人之意。（貼）院子，道姑是遠方人氏，須要問他來歷詳細，方可留他。（末）道姑，我且問你，你是從幼出家，在嫁出家？（旦）貧道在嫁出家的。（貼）院子，從幼出家的怎麽説？在嫁出家的怎麽説？（末）告夫人知道：從幼出家是没丈夫的，在嫁出家是有丈夫的。那道姑是有丈夫的。（貼）呀！險些兒差了。他既有丈夫的，難以收留。院子，你多打發些齋糧與他，叫他别處去抄化。（末）道姑，夫人説你有丈夫，多打發齋糧與你，别處去抄化罷。（旦）天那！我不合説有丈夫的。府幹哥，貧道非因抄化而來，特來尋取丈夫。（末）夫人，這道姑非因抄化而來，却是尋取丈夫的。（貼）原來如此。道姑，我且問你，你丈夫姓甚名誰？（旦背説科）夫人問我丈夫姓名，若直説出來，恐怕夫人嗔怪；若不和他説，此事又終難隱忍。我如今且把『蔡伯皆』三字拆開與他説，看他意下如何，再作道理。夫人，貧道丈夫姓祭名白諧，人人都説道在牛府中廊下住。敢是夫人也知道？（貼）我那裏知道？院子，你管各廊房，有那姓祭名白諧的麽？（末）小人管許多廊房，并没有這個人。（貼）道姑，我這裏没有，你可到别處去尋，休得要誤了你。（旦）天那！人人道我丈夫在貴府廊下住，如今道是没有，奴家想將起來，莫不是死了呵？咳！丈夫，你若是死了，教我倚着誰人？（哭科）（貼）可憐這婦人！你且不須愁煩，權住我府中；我着院子在街坊上訪問你丈夫踪跡，你意下如何？（旦）若得如此，再造之恩！（貼）道姑，只一件，你在我府中休要恁般扮妝，我與你換了這衣妝。（旦）貧道不敢換。（貼）因甚不敢換？（旦）貧道有十二年大孝在身，所以不敢換。（貼）呀！大孝不過三年，如何有一十二年？（旦）貧道公公死了三年，婆婆死了三年；薄倖兒夫，久留都下，一竟不還，替他帶六年，共成一十二年。（貼）呀！有這等行孝的婦人。道姑，你雖然如此，争奈我老相公最是嫌人這般打扮。院子，你去叫惜春取妝奩衣服出來。（末）畫堂傳懿旨，幽閣取妝資。（下）（丑上）寶劍賣與烈士，紅粉贈與佳人。夫人，妝奩衣服在此。（貼）道姑，你且臨鏡改換則個。（旦）天那！如何是好？（照鏡科）咳！鏡兒，我自從嫁與蔡家，只兩月梳妝，這幾時不曾照你？呀！好苦，元來這般消瘦了。

【商調過曲·二郎神】（旦）容瀟灑，照孤鸞嘆菱花剖破。（一）（貼）道姑，你既不肯梳粧，且換了衣服罷。（旦提衣看科）苦！記翠鈿羅襦當日嫁，誰知他去後，釵荆裙布無些？（貼）道姑，你不換衣服，且帶着這釵兒。（旦看釵科）他金雀釵頭雙鳳嚲，（二）奴家若帶了，可不羞殺人形孤影寡？（貼）道姑，你不肯带釵兒，且簪些花朵，別些吉凶。（旦看花科）說甚麽簪花，捻牡丹，（三）教人怨着嫦娥。

（一）眉批：「灑」作「索」，「嘆」作「把」，非。
（二）眉批：嚲：音朵，垂下貌。作「朵」，非。
（三）眉批：「捻牡丹」三字自爲句，連唱者非。

【前腔換頭】（貼）嗟呀，他心憂貌苦，真情怎假？只爲着公婆珠淚墮，道姑，我公婆自有，不能彀承奉杯茶。你比我没個公婆承奉呵，不枉了教人做話靶。道姑，我且問你：(一)你公婆，爲甚的雙雙命掩黄沙？

【囀林鶯】(二)（旦）荒年萬般遭坎坷，丈夫又在京華。糟糠暗喫擔飢餓，公婆死，賣頭髮去埋他。把孤墳獨造，土泥盡是我麻裙包裹。（貼）呀！這道姑好誇口！（旦）也非誇，手指傷，血痕尚染衣麻。

【前腔】（貼）道姑，愁人見説愁轉多，使我珠淚如麻。（旦）夫人，你眼淚爲何？（貼）道姑，我丈夫亦久别雙親下。（旦）他怎的不回家去？（貼）他要辭官家去，被我爹蹉跎。(三)（旦）他家有妻麽？（貼）他妻雖有麽，怕不似恁會看承爹媽。（旦）他如今在那裏？（貼）在天涯。（旦）夫人，何不取他同來一處？（貼）教人去請，知他途路上如何？

(一) 眉批：我且問你：一本作唱『我且問你咱』。

(二) 眉批：【囀林鶯】：【集賢賓】頭，【黄鶯兒】尾。

(三) 眉批：被我爹蹉跎：坊本作『被我爹爹把他來蹉跎』，覺滯。

【啄木鸝】[一]（旦）聽言語，教我悽愴多，料想他每也非是假。[二]（背說科）我且把幾句言語來試他一試。他那裏既有妻房，取將來怕不相和。（貼）道姑，但得他似你能挃靶，我情願讓他居他下。只愁他程途上苦辛，教人望得眼巴巴。

【前腔】（旦）錯中錯，訛上訛，只管在鬼門前空占卦。夫人，若要識蔡伯喈妻房，[三]（貼）他在那裏？（旦）奴家便是無差。（貼）呀！你果然是他非謊詐？（旦）夫人，奴家豈敢誑言？（貼）你原來爲我喫折挫，爲我受波查。教伊怨我，教我怨爹爹。

（貼）既然如此，姐姐請上坐，奴家見禮。（旦）奴家豈敢？

【金衣公子】（貼）一樣做渾家，我安然你受禍。你名爲孝婦，我被傍人罵。（旦）呀！傍人罵夫人怎的？（貼）公死爲我，婆死爲我，姐姐，我情願把你孝衣穿着，把濃粧罷。（合）事多磨，冤家到此，逃不得這波查。

[一] 眉批：【啄木鸝】：【啄木兒】頭，【黄鶯兒】尾。

[二] 眉批：此『假』應『真情怎假』之假，故用一『也』字。諸本作『埋妒』字，非。

[三] 眉批：此折描寫二媛心口，絕勝圖畫。坊本以『他』字作『真』字，未可。即爲不是，但欠咀嚼耳。以下至第三十六齣【仙吕過曲・醉扶歸】前原闕，據明萬曆金陵繼志齋刊本《重校琵琶記》及明刻本《重刻音釋題評琵琶記》補。

【前腔】（旦）夫人，他當原也是没奈何，被强來，赴選科。辭爹不肯聽他話。(一)（貼）姐姐，他在這裏豈不要回來？ 辭官不可，辭婚不可。（旦）只爲三不從，做成災禍天來大。（合前）

（貼）姐姐，休怪奴家説。 我教你改換衣妝，你又不肯，只怕相公見你這般襤褸，萬一不肯相認，如何是好？ 我想起來，相公回來時，便入書館中看文章。 姐姐，你既是無所不通，何似去書館中寫幾句言語打動他，那時節我與你説個明白，却不好？（旦）夫人説得是。 便寫得不好，也索從命。

（旦）無限心中不平事，一番清話又成空。(二)

（貼）一葉浮萍歸大海，人生何處不相逢。

釋義： 翠鈿： 金花飾面也。 唐韋固妻王氏極姿容，因眉間有傷痕，常以翠花鈿占之，故後人效焉。 牡丹： 百花之王也，有三十餘種，若開元中禁中初得四種，種植於興慶池東沉香亭前。 會花方開，明皇引太真賞玩，命李白作《清平樂》四章。 其一曰：『名園國色兩相歡，常得君王帶笑看。 解釋春光無限恨，沉香亭北凭欄杆。』

音釋： 針： 音針。 黹： 音指。 丰： 音風。 姿： 音兹。 餚： 音爻。 諳： 音庵。 隙： 音

(一) 眉批：『辭爹』句諸本作『爲功名把父母相擔誤』，於『三不從』欠應。

(二) 眉批：『無限』二句，唐李涉詩。

戲。 彈：音朵。 牡：音某。 靶：音霸。 坎：音砍。 坷：音軻。 訛：音俄。 悽：音妻。
愴：音倉。 襤褸：音藍呂。

第三十六齣　孝婦題真

（末）爲問當年素服儒，於今腰下佩金魚。分明有個朝天路，何事男兒不讀書？自家乃是蔡相公府中一個院子，我相公雖居鳳閣鸞臺，常在螢窗雪案。退朝之暇，手不停批；閒居之際，口不絶吟。如今將次回府，不免灑掃書館，聽候相公到來。真個好書館！但見：明窗瀟灑，碧紗内烟霧輕盈；净几端嚴，青氈上塵埃不染。粉壁間掛三四幅名畫，石床上安一兩張古琴。緗帙縹囊，數起看何止一萬卷？牙籤犀軸，乘將來殼有三十車。芸葉分香走魚蠹，芙蓉藏粉養龍賓。（一）鳳咮馬肝，（二）和那鸜鵒眼，無非奇巧；兔毫麋尾，和那犀象管，分外精神。積金花玉版之箋，列錦紋銅緑之格。正是：休誇東壁圖書府，賽過西垣翰墨林。且住着，我相公昨日在彌陀寺中燒香，拾得一軸畫像，不知甚麼故事。相公當時教我收下，我如今也將來掛在此間。我相公飽學多才，必然曉得這故事。正是：早知不入時人眼，多買胭脂畫牡丹。（下）

（一）眉批：龍賓：唐明皇墨精事。

（二）眉批：東坡詩『蘇子一硯名鳳咮，坐令龍尾羞後生。爲把栗尾書溪藤』，又生出掛真容，爲題詩張本。

【仙吕引子・天下樂】（旦）一片花飛故苑空，(一)隨風飄泊到簾櫳。玉人怪問驚春夢，只怕東風羞落紅。(二)

堦下落紅三四點，錯教人恨五更風。(三) 當初只道蔡伯皆貪名逐利，不肯回家，原來被人逗留在此。奴家昨日抄化來到這裏，感得牛氏夫人收録；又怕伯皆見我一身襤褸，不肯廝認，教我到書館中題幾句言語打動他，奴家只得從命。(四) 來到此間，却寫在那處好？呀！公婆真容，原來也掛在這裏。何似就此真容背後，題幾句便了。苦！向日受饑荒，雙親已死亡。如今題詩句，報與薄情郎。（脱真容科）

【仙吕過曲・醉扶歸】（旦）丈夫，我有緣千里能相會，難道是無緣對面不相逢？鳳枕鸞衾也曾共，今日呵，到憑着兔毫繭紙將他動。休休，畢竟一齊分付與東風，把往事如春夢。(五)

（題詩科）崑山有良璧，鬱鬱璠璵姿。嗟彼一點瑕，掩此連城瑜。人生非孔顔，名節鮮不虧。拙哉西河守，胡不如皋魚？宋弘既以義，王允何其愚。風木有餘恨，連理無傍枝。寄與青雲客，慎勿乖天彝。

(一) 眉批：此是比體。

(二) 眉批：怕：一作『恐』，但上三句第二字俱陽字。

(三) 眉批：『錯教』句，王建《宫詞》。

(四) 眉批：坊本填題詩於此白尾，則下□折無意味，今從古本更定。

(五) 眉批：首二句引成語是興體，坊本改『千里』爲『結髮』，與下『對面』二字作對，殊失作者之意。

【前腔】總使我詞源倒流三峽水，丈夫，只怕你胸中別是一帆風。(一) 牛氏夫人見我衣裳襤褸，怕伯喈見我不肯相認。我須戴孝！ 還是教妾若爲容？ 咳！ 我若不寫詩打動他呵，夫人，只怕爲你難移寵。（掛真容科）休休，縱認不得這丹青貌不同，(二)呀！ 我的筆蹟兀自如舊。若認得我的翰墨，教奴心先痛。

奴家題詩已了，不免説與夫人知道，且待伯喈來看。莫不是天教相逢，在此一遭，也未見得？(三)

未卜兒夫意，全憑一首詩。

得他心肯日，是我運通時。

釋義：金魚：唐《輿服志》：『自一品至六品皆服魚袋，以明貴賤。三品以上飾以金，五品以下飾以銀。』手不停披：韓文：手不停披於百家之篇。緗帙縹囊：唐李泌封鄴侯，積書萬卷，皆縹囊緗帙。牙籤：《唐・經籍志》：『開寶中，玄宗於兩都各聚書四部，皆以令甲乙丙丁爲號。甲經書，朱牙籤；乙史書，綠牙籤；丙子書，碧牙籤；丁集書，白牙籤，列爲四庫。』犀軸：唐田弘正爲魏傳節使，

(一) 眉批：首二句一詩一諺捏合作對，極好。坊本改爲『綵筆墨潤鸞封重，玉簫聲斷鳳樓空』，甚無着落。

(二) 眉批：杜荀鶴詩：『承恩不在貌，教妾若爲容？』

(三) 眉批：諸本無結尾白，若非先與説知，則牛氏安知真容源委？而後折遂有『丹青入眼』之句也。

封沂國公，樂聞前代忠孝之事。於府舍起書樓，聚書萬卷，皆錦帙犀軸。乘將來彀有三十車：晉張華，字茂先，好書籍。嘗徙居，載書三十乘，天下奇秘，世所未有，悉在華所，由是博洽無與敵焉。芸葉分香走蠹魚：芸香，葉也；蠹，壞書蟲也。芸香可辟蟲。芙蓉藏粉養龍賓：《記聞録》：『唐玄宗以芙蓉花汁調香粉作御墨，曰龍香劑。一日，墨上有小道士如蠅而行，上叱之即呼萬歲，曰：「臣墨之精黑松使者，凡世人有文者，墨上皆有龍賓十二。」上神之，以墨賜，掌文官。』馬肝：漢武帝時，郢文進馬肝石以和丹砂，食之則逾年不饑；以拭白髮，盡黑。遂以之作硯，常有光起焉。象犀管：王羲之《筆經》曰：『昔人以琉璃象犀爲筆管，然筆雖輕，較若重則不爲貴。』金花玉枝之箋：《太真外傳》：唐玄宗與貴妃賞牡丹，李龟年持金花玉枝之箋賜李白，製《清平詞調》三章，白欣然承詔，援笔賦之。帝大悦。錦紋銅緑之格：《歸田賦》：蔡君謨爲歐陽永叔寫《集古目序》，永叔以鼠鬚栗尾筆、銅緑筆格等爲潤筆，君謨笑以爲太清而不俗。東壁圖書府：《晉·天文志》：東壁三星主文章，天下國書之秘府也。西垣翰墨林：垣，墻也。《權德輿傳》：左右掖垣，承天子誥命。禁中亦有東西兩掖，號曰翰林院是也。繭紙：《法書要録》云：王右軍以蠶繭紙、鼠鬚笔書《蘭亭記》。詞源倒流三峽水：杜詩：巴陵有三峽，一曰明月，二曰巫山，三曰廣洋。心先痛：齊裴納爲邠州刺史，母在鄴心痛，而納之是日心亦驚痛，遂棄官，倍道而歸，母果然死矣。

音釋：籛：音千。犀：音西。蠹：音妒。鸜：音瞿。箋：音煎。繭：音檢。皋：音高。披：音批。峽：音匣。櫳：音籠。襤：音藍。褸：音呂。輻：音逐。

第三十七齣　書館悲逢

【中吕引子・鵲橋仙】（生）披香侍宴，(一)上林遊賞，醉後人扶馬上。金蓮花炬照回廊，正院宇梅稍月上。

日晏下彤闈，(二)平明登紫閣。何如在書案，快哉天下樂。自家早臨長樂，夜直嚴更。(三)召問鬼神，或前宣室之席；光傳太乙，時分天禄之藜。惟有戴星銜黑出漢宫，(四)安能滴露研硃點《周易》？(五)俺這幾日且喜朝無繁政，官有餘閒，庶可留志於詩書，從事於翰墨。正是：事業當要勤萬卷，人生須是惜分陰。（看書科）這是甚麽書？是《尚書》。呀！這《堯典》道：『虞舜父頑母嚚象傲，克諧以孝。』咳！他父母那般相待他，他猶自克諧以孝。我父母虧了俺甚麽，我到不能彀奉養他？看甚麽《尚書》！這是甚麽書？是《春秋》。呀！《春秋》中潁考叔曰：『小人有母，未嘗君之羹，請以遺之。』咳！他有

(一) 眉批：披香：漢殿名。
(二) 眉批：彤闈：彤，赤色，宫中門也。
(三) 眉批：夜直嚴更：督夜行鼓也。
(四) 眉批：戴星銜黑：言夜歸也。
(五) 眉批：『滴露』句，唐高駢《步虚詞》。滴露研硃：唐高駢□□□。

一口湯喫，兀自尋思着娘。我如今做官享天禄，倒把父母撇了。看甚麽《春秋》！[一] 天那！ 枉看這書，行不得，濟甚麽事？ 你看那書中那一句不説孝義？ 當先我父母教我讀詩書，知孝義，誰想道反被詩書誤了我，還看他怎的？

【仙吕過曲・解三醒】（生）嘆雙親把兒指望，教兒讀古聖文章。似我會讀書的，到把親撇漾。少甚麽不識字的，到得終奉養。書呵，我只爲其中自有黄金屋，反教我撇却椿庭萱草堂。還思想，畢竟是文章誤我，我誤爹娘。

【前腔】（生）比似我做個負義虧心臺館客，到不如守義終身田舍郎。《白頭吟》記得不曾忘，緑鬢婦何故在他方？[二] 書呵，我只爲其中有女顔如玉，反教我撇却糟糠妻下堂。還思想，畢竟是文章誤我，我誤妻房。

書既懶看他，且看這壁間山水古畫，散悶則個。呀！ 這一軸畫像，是我昨日在彌陀寺中燒香拾得的，如何院子也將來掛在此間？ 這是甚麽故事？（看畫科）

【南吕過曲・太師引】（生）細端詳，這是誰筆仗？ 覷着他，教我心兒好感傷。（細看科）好似

[一] 眉批：借二種書又生出兩段思親的話。
[二] 眉批：《白頭吟》、緑鬢婦，司馬相如、卓文君故事。

我雙親模樣。差矣，我的媳婦會針指，便做是我的爹娘呵，怎穿着破損衣裳？他前日有書來，道別後容顔無恙，怎的這般淒涼形狀？呀！我這裏要寄一封書回去，尚且不能得彀。他那裏呵，有誰來往，直將到洛陽？天下也有人面貌廝像的，須知道仲尼陽虎一般龐。〔一〕

【前腔】（生）我理會得。這是街坊誰劣相，砌莊家形衰貌黄。〔二〕假如我爹娘呵，若沒個媳婦來相傍，少不得也這般淒涼。敢是個神圖佛像？呀！却怎的？我正看間，猛可的小鹿兒心頭撞。這也不是神圖佛像，敢是當原的畫工有甚麼緣故？丹青匠，由他主張，須知道毛延壽誤了王嬙。

且慢着，若是個神圖佛像，背面必有標題，待我轉過來看。呀！原來有一首詩在上面。（讀詩科）這廝好無禮，句句道着下官。等閒的怎敢到此？想必夫人知道。待我問他，必知分曉。

【雙調引子·夜遊湖】〔三〕（貼）猶恐他心思未到，教他題詩句，暗裏相嘲。〔四〕翰墨關心，丹青入眼，强如把語言相告。

〔一〕眉批：與前『描真容』二折恰相稱。

〔二〕眉批：砌：一作『切』字，合音，諸本作『覷』，非。

〔三〕眉批：即【夜行船】。

〔四〕眉批：古本『相嘲』與下折『他把我嘲』正相照應，今本作『指挑』，非。

（生怒科）夫人，誰人到我書館中來？（貼）没有人。（生）我前日去彌陀寺中燒香，拾得一軸畫像，院子也將來掛在此間，甚麽人在背面題着一首詩？（貼）敢是當原寫的？[一]（生）那裏是？墨蹟尚未曾乾。（貼背説科）我理會得了。相公，這詩如何説？請讀與奴家知道。（生念詩科）（貼）相公，奴家不省其意，請解説與奴家知道。（生）『崑山有良璧，[二]鬱鬱璠璵姿。嗟彼一點瑕，掩此連城瑜。』崑山是地名，産得好玉，顔色瑩潤，價值連城。若有些兒瑕玷，掩了他顔色，便不貴了。『人生非孔顔，名節鮮不虧。』孔子、顔回是個大聖大賢，德行渾全。大凡人非聖賢，能忠不能孝，能孝不能忠，所以名節多至欠缺。『拙哉西河守，胡不如皋魚？』西河守是吴起，戰國時人，魏文侯拜他爲西河郡守，母死不奔喪。皋魚是春秋時人，只爲周遊列國，父死母亡。後回歸自刎。『宋弘既以義，王允何其愚。』[三]宋弘，光武時人，光武要把姐姐湖陽宫主嫁他，宋弘不從。對官裏道：『貧賤之交不可忘，糟糠之妻不下堂。』王允是桓帝時人，司徒袁隗要把姪女嫁他，他就休了前妻，娶了袁氏。『風木有餘恨，連理無旁枝。』孔子聽得皋魚啼哭，問其故。皋魚説道：『樹欲静而風不止，子欲養而親不在。』西晉時東宫門前有槐樹二株，連理而生，四旁皆無小枝。『寄與青雲客，慎勿乖天彝。』傳言與做官的，切莫違了天倫。（貼）相公，

[一] 原：原闕，據明萬曆金陵繼志齋刊本《重校琵琶記》補。
[二] 眉批：崑山：山名，産玉。《書》：『火焚崑崗，玉石俱焚。』
[三] 王：原作『黄』，據史實改。下同改。

那不奔喪的和那自刎的，那一個是孝道？（生）那不奔喪的是亂道。（貼）相公，那不棄妻的和那休妻的，(一)誰是正道？（生）那休妻的是亂道。（貼）相公，比如你待要學那一個？（生）呀！我的父母知他存亡如何？我決不學那不奔喪的見識。（貼）相公，你須不學那不奔喪的，且如你這般富貴，腰金衣紫，假若有糟糠之婦，襤褸醜惡，可不辱没了你？你莫不也索休了？（生）夫人，你説那裏話！縱是辱没殺了我，終久是我的妻房，義豈可絶？(二)

【越調過曲・鏵鍬兒】（生）夫人，你説得好笑，你説得好笑，可見你心兒窄小。我決不學那王允薄倖的見識，没來由漾却苦李，再尋甜桃。古人有云：棄妻有七出之條。他不嫉不淫與不盜，終無去條。那棄妻的，衆所誚；那不棄妻的，人所褒。縱然他醜貌，怎肯干休棄了？(三)

【前腔】（貼）伊家富豪，伊家富豪，那更青春年少。看你紫袍掛體，金帶垂腰。做你的媳婦呵，應須有封號。金花紫誥，必俊俏，須媚嬌。若還他醜貌，怎不相休棄了？

【前腔】（生）夫人，你言顛語倒，你言顛語倒，惱得我心兒轉焦。莫不是你把咱奚落，(四)特兀

(一) 棄：原作『娶』，據明萬曆金陵繼志齋刊本《重校琵琶記》改。
(二) 眉批：此白與諸本不同。
(三) 眉批：此枝與前二十七齣【鏵鍬兒】不同。
(四) 眉批：奚落：相侮弄之意。

自粧喬？引得我淚痕交，撲簌簌這遭。這題詩的是誰？（貼）相公，你待怎的？（生）夫人，他把我嘲，難恕饒。你説與我知道，怎肯干休罷了？

【前腔】（貼）相公，我心中忖料，我心中忖料，想他不是薄情分曉。管教你夫婦會合，在今朝。相公，你還認得那題詩的麼？（生）夫人，我一時認不得。（貼）伊家枉然焦，只怕你哭聲漸高。(一)（生）是誰人？（貼）是伊家大嫂，身姓趙。正要説與你知道，怎肯干休罷了？姐姐有請。（旦上）

【入賺】（旦）聽得鬧炒，敢是我兒夫看詩囉唣？（貼）姐姐快來呵，（旦）是誰忽叫？想是夫人召，必有分曉。（貼）相公，是他題詩句，你還認得否？（生）他從那裏來？（貼）相公，他從陳留郡，爲你來尋討。（生認科）呀！我道是誰，原來是你呵。娘子，你怎的穿着破襖，衣衫盡是素縞？莫不是我雙親不保？（旦）官人，從别後，遭水旱，我兩三人只道同做餓殍。（生）張太公曾周濟你麼？（旦）只有張公可憐，嘆雙親别無倚靠。（生）後來却如何？（旦）兩口顛連相繼死。(二)（生）苦！原來我爹媽都死了。娘子，那時你如何得殯斂？（旦）我剪頭髮賣錢來送伊妣考。

(一) 眉批：『只怕你』句：一本作『兀自未瞧』。

(二) 眉批：顛連：一本作『公婆』，非。

（生）娘子，如今安葬了未曾？（旦）把墳自造，土泥盡是我麻裙裹包。（生）娘子，聽伊言語，怎不痛傷噎倒？

（生倒，旦、貼作扶起科）（旦）官人，這畫像就是你爹媽的真容。（生哭拜科）

【山桃紅】〔一〕（生）蔡邕不孝，把父母相抛。爹娘，我與你別時，豈知恁地？早知你形衰耄，〔二〕怎留聖朝？娘子，你爲我受煩惱，你爲我受劬勞。謝你葬我爹，葬我娘，你的恩難報也。又道是養子能代老。（合）這苦知多少，此恨怎消？天降災殃人怎逃？

娘子，這真容是誰畫的？

【前腔】（旦）這儀容像貌，〔三〕是我親描。（生）娘子，路途遥遠，你那得盤纏來到此間？（旦低唱科）乞丐把琵琶撥，怎禁路遥？官人，説甚麽受煩惱？説甚麽受劬勞？不信看你爹，看你娘，比別時兀自形枯槁也。我的一身難打熬。（合前）

【前腔】（貼）設着圈套，被我爹相招。相公，你也説不早？〔四〕況音信杳。姐姐，你爲我受煩

〔一〕眉批：【下山虎】頭，【小桃紅】尾。

〔二〕眉批：耄：今作『貌』，又添一『槁』字，甚非。

〔三〕眉批：相貌：坊本作『想像』。

〔四〕眉批：『你也説不早』二句，一本作『逼爲東床婿，怎行孝道』。

惱，爲我受劬勞。相公，是我誤你爹，誤你娘，誤你名不孝也。做不得妻賢夫禍少。（合前）

【前腔】（生）我脱却巾帽，解却衣袍。（貼）相公，急上辭官表，共行孝道。（生）夫人，只怕你去不得。（貼）相公，我豈敢憚煩惱？豈敢憚劬勞？同去拜你爹，拜你娘，親把墳塋掃也。使地下亡靈安宅兆。[一]（合前）

【餘文】（合）幾年間别無音耗，奈千山萬水迢遥。天那！只爲三不從，生出這禍苗。

（生）只爲君親三不從，（旦）致令骨肉兩西東。

（貼）今宵賸把銀缸照，（旦）猶恐相逢是夢中。

釋義：召問鬼神：宣室，未央宫前殿之正室也，齋戒則居之。賈誼，洛陽人，漢文帝時拜長沙王太傅，後徵之。至入見，上方受釐宣室，因問鬼神之本，誼道其所以然。夜半，不覺前席。曰：『久不見。』賈以爲過之，今不及也。光傳太乙：漢劉向校書天禄閣，夜有老人着黄衣，植青藜杖叩閣而進。時向坐暗中誦書，乃吹杖端烟焰照之，曰：『我太乙之精，天帝聞卯金之子博學，下而見焉。』乃出懷中竹牒，有天文地圖之書授之，至曙而去。由是向學日進矣。分陰：言光陰。陶侃言：大禹，聖人，乃惜寸陰，至於衆人當惜分陰。《尚書》：《書經》，虞夏商周四代史記所作，孔子删之。《春秋》：孔子所作者，

[一] 眉批：今本作『與地下亡靈添榮耀』，非賢媛口語。

周東迁之後，世道衰微，邪説暴行有作。臣弑其君者有之，子弑其父者有之。孔子作《春秋》以寓王法，然後亂臣賊子懼。**潁封人**：《左傳》：鄭莊公置母姜氏於潁城，誓不相見。潁谷封人潁考叔聞之，有献於公。公賜之羹，食而捨肉。公問之，對曰：『小人有母，曾嘗臣之食矣，未嘗君之羹，請以遺之。』公感其言，遂使母子如初也。**終養**：李密，字伯令，蜀人也，事祖母劉氏至孝。晉武帝平蜀，徵爲太子洗馬。密上表陳情云：『臣無祖母，無以至今日；祖母無臣，無以養終年。烏鳥私情，願乞終養。』**《白頭吟》、緑鬢婦**：司馬相如因過茂陵，見一女子，緑鬢白齒，特聘之爲妾。其妻卓文君作《白頭吟》以自絶。其詞曰：『淒淒重淒淒，嫁女不須啼。願得同心人，白頭不相離。』相如乃止。**無恙**：謂無疾也。恙本蟲名，入腹食人心。古人草居，嘗被此害，故相問得無恙乎。**陽虎**：季氏家臣，曾暴於匡，孔子弟子顔尅時與虎俱。夫子適陳過匡，尅御，匡人識尅。孔子貌文似虎，匡人以兵圍之，五日始解。**小鹿兒心頭撞**：《南史》：梁武帝相貌威嚴，臣下雖燕見，率或失措。太清中，侯景逼之於靈臺，因入見而退。謂人曰：『子帝迫困於斯，而吾見之，汗洽衣襟，猛然若小鹿兒觸吾心爾。』**毛延壽誤了王嬙**：《西京雜記》：漢元帝后宫既多，不得常見，乃使畫工毛延壽圖其形，按圖召幸之。諸宫人多賄延壽，多者十萬，少者不減五萬，獨王嬙字昭君恃其貌不與，遂不得見。熙寧初，匈奴單于來朝，自言願婿漢氏以自親，於是帝按圖以昭君賜之。及至召見，貌爲第一，善應對，舉止閒雅。帝悔之，而名籍已定，恐失信於外國，故不復更。遂窮按其事，得收延壽，棄於市。**連城**：趙王得楚和氏璧，秦昭王欲之，請易以十五座城。故稱美玉有連城之價。**西河守**： 吴起，衛人，嘗學於曾子，好用兵。出衛郭門，與母訣曰：『起不爲卿相，不復入衛。』頃之，母死，起終不歸，曾子絶之。後爲魯將，破齊，尋爲魏將，擊秦。魏以之爲西河守，大振聲名。既而見疑，適楚，楚聞其賢，以爲相，於是撫養士卒，平越取陳却晉伐秦，諸侯畏之。**皋魚**： 春秋時人，有口辯，周遊天下。聞父母已死，遂倍道而歸，哭泣七日，自刎而亡。**宋弘**： 長安人，建武中爲太尉。時光武姊胡陽公主新寡，帝與共論群臣而微觀其意。主曰：『宋弘威容，群臣莫及。』帝曰：『試圖之。』主坐於屏後，召弘問曰：『貴易交，貧易妻，人情乎？』弘曰：『貧賤之交不可忘，糟糠之妻不下堂。』帝曰：『事不諧矣。』**王允**： 後漢濟陰人，以俊才知名。司徒袁隗爲從女求親，見允笑曰：『得婿如是，足矣。』允聞，乃遣其妻夏侯氏。婦謂姑曰：『今當見棄，與王允長辭，乞一會親屬。』於是大集賓客三百餘人，婦坐中攘袂數允隱匿穢惡十五事，言畢，登車而去，允以此廢於時焉。**風木**： 《韓文外傳》：孔子一日聞哭聲甚悲，至，則皋魚也。問其故，曰：『樹欲静而風不止，子欲養而親不在。』後自刎而死。**連理**： 摯虞頌： 東宫正德門槐樹二株，連理而生。《長恨歌》：『在地願爲連理枝。』**棄妻有七出之條**： 《禮記》：『婦有七出： 不順父母，去； 無子，去； 淫，去； 妬，去； 惡疾，去； 多言，去； 竊盜，去也。』**漾却苦李，再尋甜桃**： 晉王戎年六七時，與群兒戲於郊外，見桃李隔墻而生，皆可食。群兒竟趨李，戎獨取桃。人問其故，曰：『李在道傍而多，必苦； 桃在墻内而少，必甜。』人驗之，果然是也。**紫袍金帶**： 唐制，三品以上咸賜金帶紫袍。

音釋：披：音批。彤：音同。瞽：音古。嚚：音銀。翎：音林。藕：音偶。恙：音樣。嬙：音祥。璠：音潘。隗：音居。噎：音意。邈：音莫。捋：音臘。賸：音乘。

第三十八齣　張公遇使

【南吕引子・虞美人】（末）青山今古何時了，斷送人多少。孤墳誰與掃荒苔？連塚陰風吹送紙錢來。冥冥長夜不知曉，寂寂空山幾度秋。泉下長眠人未醒，悲風蕭瑟起松楸。老漢曾受趙五娘之托，教我爲他看守墳塋。前兩日有些閒事，不曾看得，(一)今日不免去走一遭。

【仙吕入雙調・步步嬌】（末）呀！只見黄葉飄飄把墳頭覆，斷趕的皆狐兔。（望科）敢是誰砍了樹木去？爲甚松楸漸漸疏？（滑倒科）咳！甚麽絆我這一倒？却原來是苔把磚封，笋迸泥路。老員外，老安人，自古道：未歸三尺土，難保百年身。已歸三尺土，難保百年墳。只怕你難保百年墳。我老夫在日，尚來爲你看管。若老夫死後呵，教誰添上你三尺土。遠遠裏見一個漢子來了，不知是甚麽人？且看他如何。（丑扮李旺上）

(一) 看：原闕，據明萬曆金陵繼志齋刊本《重校琵琶記》補。

【前腔】(丑)渡水登山多勞苦，來到這荒村塢。遥觀見一老夫，試問他家住在何所。趲步向前行，呀！却是一所荒墳墓。

(末相見科)小哥，你從那裏來？(丑)小人從京都來。(末)却要往那裏去？(丑)我奉蔡相公差來的。(末)你相公却是那裏人？差你來有甚麽勾當？(丑)我相公特差小人來請他老員外、老安人和小娘子一同到洛陽去。(末)你相公叫做甚麽名字？(丑)我相公的名字，小人不敢説。(末)荒僻去處，但説無妨。(丑)我相公姓蔡字伯皆。(末發怒科)

【風入松】(末)你不須提起蔡伯皆，説着他每忒歹。(丑)呀！他有甚歹處？(末)他中狀元做官六七載，撇父母抛妻不采。(丑)他父母在那裏？(末)兀的這磚頭土堆，是他雙親在此中埋。

(丑)呀！元來太老爹、太夫人都死了呵。不知爲甚的死了？

【前腔】(末)一從他別後遇荒災，更無人倚賴。(丑)這等，是誰人承直他這兩個？(末)虧他媳婦相看待，把衣服和釵梳都解。(丑)就將釵、衣解，他須有盡時。(末)便是。這小娘子解得錢來糴米，做飯與公婆喫。他背地裏把糟糠自捱，公婆的反疑猜。

(丑)公婆敢道他背後自喫了些好東西麽？(末)便是。後來呵，

【前腔】(末)他公婆的親看見，雙雙痛倒，無錢斷送，剪頭髮賣買棺材。(丑)他那般無錢，如何

築得這一所墳墓？（末）他去空山裏，裙包土，血流指，感得神明助，與他築墳臺。

（丑）自古道：孝感天地，果然有此。這小娘子如今在那裏？

【前腔】（末）他如今逕往帝都來。（丑）他把甚麽做盤纏？（末）他彈着琵琶做乞丐。（丑）我蔡相公特地差小人來接取他父母妻子，如今太老爹、太夫人既死了，小娘子却又去了，如何是好？（末）你且謾着，我替你説與他父母知道便了。（叫科）老員外，老安人，你孩兒做官，如今差人來取你到京，同享富貴，你去不去？（哭科）叫他不應魂何在？空教我珠淚盈腮。（丑）公公，你休要啼哭。小人就此回去，教俺相公多多做些功果，追薦他便了。（末笑科）他生不能養，死不能葬，葬不能祭。這三不孝逆天罪大，空設醮，枉修齋。

你相公如今在那裏？（丑）我相公如今入贅在牛丞相府裏。

【前腔】（末）小哥，你如今疾忙便回，説我張老的道與蔡伯喈。（丑）道甚麽來？（末）道你拜别人的爹娘好美哉，親爹娘死，不值你一拜。（丑）公公，你休錯埋冤了人。他要辭官，官裏不從；辭婚，牛太師不允；也只是没奈何了。（末）恁的呵，元來他也是無奈，好似鬼使神差。他當原在家不肯赴選，他爹爹不從他。這是三不從把他厮禁害，三不孝亦非其罪。（丑）公公，你險些錯埋冤了人。（末）這是他爹娘福薄運乖，人生裏都是命安排。

（丑）敢問公公高姓？（末）小哥，老漢不是别人，張太公便是。當初蔡伯皆臨去時，把父母看付與我。

如今他父母身死，小娘子又去京師尋他，將近去了個半月日。你如今回去，一路上但見一個婦人，似道姑打扮，拿着一張琵琶，背着一軸真容，便是你相公的小娘子。你把盤纏好好承直他去便了。（丑）理會得。小人告别了。

（末）雙親死了已無依，今日回來也是遲。

（丑）夜静水寒魚不餌，滿船空載月明歸。

釋義：狐兔：桓譚《新論》：『雍門周以琴見孟嘗君曰：「臣竊恐千秋萬歲，墳墓生荆棘，狐狸穴其中。」』官裏：言皇上即稱官裏，古之言也。

音釋：楸：音秋。磚：音專。塢：音烏。逕：音敬。丐：音蓋。

第三十九齣　散髮歸林

【仙呂入雙調・風入松慢】（外）女蘿松柏望相依，況景入桑榆。他椿庭萱室齊傾棄，怎不想家山桃李？中雀誤看屏裏，乘龍難駐門楣。

自古道：人無遠慮，必有近憂。自家當初不仔細，一時間不信我那院子的説話，定要招蔡伯喈爲婿，指望他養老百年。誰想道他父母俱亡，如今他媳婦徑來尋取。聞説我女孩兒也要和他同去，不知是否？待我唤院子出來問他，便知端的。院子那裏？（末）紋犀欲下意沉吟，棋局排來仔細尋。猶恐中間差一着，教人錯用滿枰心。相公有何鈞旨？（外）院子，說道蔡狀元的父母身死，他媳婦來尋他，我的小姐也要和他同去，你知道麽？（末）男女不知，問老姥姥必知端的。（外）如此，叫老姥姥過來。

【仙呂過曲・光光乍】（淨）女婿要同歸，岳丈意何如？忽叫阿奴緣何的？想必與他做區處。

（外）老姥姥，見說蔡狀元的父母身死，他的媳婦來此尋他，我的小姐也要和他同去，此事是否？（淨）果是，小姐要同去。（外）呀！我小姐同去做甚麽？（淨）相公，他父母都死了，只是一個媳婦支持；如今小姐要同他回去守服，有何不可？（外怒科）我的小姐如何與別人帶孝？（淨）相公息怒，聽老奴告禀。

【南呂過曲・古女冠子】（淨）媳婦事舅姑合體例，相公，怎不教女孩兒同去？當初是相公相留住，今日裏怨着誰？（外）胡說！我不教女孩兒去，却待怎的？（淨）相公，事須近理，怎使聲勢？休道朝中太師威如火，那更路上行人口似碑。（合）說起此事，費人區處。

【前腔】（末）我相公只慮着多嬌女，怕跋涉萬山千水。相公，只一件：女生外向從來語，況既已做人妻。夫唱婦隨，不須疑慮。這是藍田種玉結親誤，[一]今日裏船到江心補漏遲。（合

[一] 誤：原作『娛』，據明萬曆金陵繼志齋刊本《重校琵琶記》改。

前）

【前腔】（外）當初是我不仔細，誰知道事成差池？痛念深閨幼女多嬌媚，怎跋涉萬餘里？天那！我嫡親更有誰？怎忍分離？罷，罷。不教愛女擔煩惱，也被傍人講是非。（合前）

老姥姥，你和院子也説得是，且由他去。（浄）恰好狀元、小姐都來了。

【雙調引子·五供養】（生）終朝垂淚，爲雙親使我心瘵。（貼）親墳須共守，只得離神京。（生）夫人，且商量個計策，猶恐你爹行不肯。（合）若是他不肯，難説道君王有命。

（相見科）（外）賢婿，我聞説你父母背棄，你媳婦來此相尋，此事果否？（生）此事果然，劣婿正來禀知岳丈。（外）這可是伯喈的媳婦麽？（旦）奴家便是。（外）賢哉！賢哉！（貼）孩兒有一事拜覆爹爹知道：孟子云：娶妻所以養親。孔子云：生事之以禮；死葬之以禮，祭之以禮。若姐姐爲蔡氏之婦，生能竭奉養之力，死能備棺槨之禮，葬能盡封樹之勞；孩兒亦爲蔡氏之婦，生不能供甘旨，死不能盡躃踊，葬不能事窀穸。以此思之，何以爲人？誠得罪於舅姑，寔有愧於姐姐。今特講於爹爹之前，願居姐姐之下。（外）賢哉吾女！道得是。（旦）自古道：人有貴賤，不可概論。夫人是香閨繡閣之名姝，奴家是荆釵裙布之貧婦；況承君命以成婚，難讓妾身而居右。（外）五娘子，你今日既無父母，又喪公婆，你便是我女孩兒一般；況你身先歸於蔡氏，年又長於吾兒；此寔當禮，不必多辭。（生）你兩個只做姊妹稱呼便了。（衆）這個説得極是。（生）劣婿今日拜辭岳丈，領二妻同歸故里，共行孝道。待服滿之後，再來侍奉尊顔。（外）賢婿，我其寔捨不得你去。今日你爹娘既不幸了，我也難再留你。（貼）爹爹，孩兒暫别尊顔，寔出無奈。爹爹善保尊體，不必掛牽。（外哭科）孩兒，你如今去拜舅姑墳墓，竟不念我？（貼）爹爹放心，孩兒此去，不過三年之期。（外悲科）苦！女兒終是外向。兀的不痛殺我也！（衆）相公不須煩惱。（生、旦、貼拜辭科）

【大石調過曲・催拍】（生）念蔡邕爲雙親命傾，遭不孝逆天罪名，今辭了帝廷。感岳丈慇懃，豈敢忘情？痛父母恩深，久負亡靈。（合）辭别去，同到墳塋。心慽慽，淚盈盈。

【前腔】（旦）念奴家離鄉背井，謝公相教孩兒共行。非獨故里榮，我泉下爹婆，死也目瞑。（外）五娘子，我女孩兒少長閨門，凡事望你看顧。（旦）我自看承你孩兒，不須叮嚀。（合前）

【前腔】（貼）覷爹爹衰顔皤鬢，思量起教人淚零。爹爹，我進退不忍。我待不去呵，誤了公婆，被人訊評；我待去呵，撇了爹爹，没人温清。（合前）

【前腔】（外）孩兒，此别去，你的吉凶未憑。再來時，我的存亡未審。賢婿，吾今已老景。畢竟你没爹娘，我没親生。若是念骨肉，一家須早辦回程。（合前）

【正宫過曲・一撮棹】（生）岳丈，你寬心等，何須苦掛牽？（外）賢婿，把音書寫，頻頻寄郵亭。（貼）老姥姥，爹年老，伊家須是好看承。（净）程途裏，各願保安寧。（旦）死别全無準，生離又

難定。(合)今去也，未知何日返神京？[一]

(外)你三人去，路途中要保重。(生、旦、貼)謝得尊人掛念。

【哭相思尾】(合)最苦生離難拋捨，未知再會何時也。(生、旦、貼并下)

(外)女婿今朝已別離，老身孤苦有誰知。

(合)夫唱婦隨同歸去，一處相思一處悲。

釋義：女蘿松柏：古詩：蔦與女蘿，施于松柏。家山桃李：歐陽公詞『買花載酒長安市，又争似家山桃李』者也。紋犀卜：《方術記》：黄石公用紋犀棋十二子卜吉凶以行師，萬無一失。封樹：《禮記》疏曰：『子高之意，人死可惡，故備飾以衣食棺槨，欲其深邃，不使人知。今乃反使封壤爲墳，而種樹以標之哉？』躃踊：撫心跳躍也。《孝經》：『躃踊哭泣，哀以送之。』今人心不安，亦此踊之跳也。

音釋：駐：音住。概：音蓋。塋：音榮。軀：音區，身體也。叨：音滔。穸：音夕。

皤：音婆。拚：音判。娱：音魚。縈：音容。姝：音樞。郵：音由。慽：音戚。

[一] 神京：原作『京神』，據明萬曆金陵繼志齋刊本《重校琵琶記》改。

第四十齣　李旺回話

【柳穿魚】（丑扮李旺上）心忙似箭走如飛，歷盡艱辛有誰知？夜静水寒魚不餌，滿船空載月明歸。歸來後，到庭除，未知相公何處？

李旺蒙老相公差去陳留，請取蔡相公老員外、老安人、小娘子。不想他兩位老的都死了，小娘子又來了；教我空走這一遭。如今且未好對老相公説，先説與蔡相公知道。呀！怎的房門都閉了？敢是蔡相公入朝去了，小姐要幽静，閉了門呵？（叫科）開門，開門。

【翫仙燈】（外）門外有人聲，是誰來諠譁閙炒？

（丑）老相公，是李旺。（外）李旺，你回來了？你知道麼，我小姐和蔡相公都回家去了。（丑）却原來閉了門。蔡相公的小娘子曾到這裏不曾？（外）我見他了。李旺，我且問你：蔡相公父母既死了，媳婦又來了；（一）你到那裏，曾見甚麼人？

【南吕過曲・風帖兒】（丑）相公，我到得陳留，逢着一個故老，在他爹娘墳上拜掃。他爹娘呵，果然饑荒都喪了。他媳婦也來到，枉教人走這遭。

（一）來：原作「死」，據明萬曆金陵繼志齋刊本《重校琵琶記》改。

【前腔】（外）李旺，我如今去朝廷上表，奏蔡氏一門孝道。管取吾皇降丹詔，把他召。我自去陳留走一遭。

（丑）老相公，這個趙氏，其寔難得！（外）便是，一家都難得。一來蔡伯喈不忘其親，二來趙五娘孝於舅姑，三來我小姐又能成人之美；一門孝義如此，理當保奏，請行旌表。（丑）相公道得最是。

（外）五更三點奏朝廷，（丑）今古難逢此樣人。

（合）管取一封天子詔，表揚四海孝賢名。

釋義：成人之美：《論語》云：『君子成人之美，不成人之惡。』

音釋：邃：音絮。諠：音宣。譁：音華。

第四十一齣　風木餘恨

【雙調引子·梅花引】（生）傷心滿目故人疏，看郊墟，盡荒蕪。（旦、貼）惟有青山，添得個墳墓。（合）慟哭無聲長夜曉，問泉下有人還聽得無？

〔玉樓春〕（生）他鄉萬點思親淚，不能滴向家山地。（旦）如今有淚滴家山，欲見雙親渾無計。（貼）荒墓衰草連寒烟，蒼苔黃葉飛蘋蘩。（生）欲聽鷄聲來問寢，忽驚蟻夢先歸泉。（旦）人生自古誰無死，嗟君此恨憑誰語。（貼）可憐衰絰拜墳塋，不作錦衣歸故里。（生）夫人，如今且喜回到家鄉，此處便是爹

媽墳墓，我和你先拜了雙親，然後去拜謝張太公。（旦、貼）正是如此。（拜莫科）

【仙吕入雙調·玉雁兒】（生）孩兒相誤，爲功名擔擱了父母。都緣是孩兒不得歸鄉故。爹爹、媽媽，你怎便先歸黄土？乾坤豈容不孝子？名虧行缺不如死，只愁我死缺祭祀。（合）對真容形衰貌枯，想靈魂悲咽痛苦。

【前腔】（旦）百拜公姑，望矜憐恕責我夫。你孩兒贅居牛相府，日夜要歸難離步。你這新媳婦呵，堅心雅意勸親父，同歸故里守孝服，今日雙雙來廬墓。（合前）

【前腔】（貼）不孝的媳婦，恨當初爲我耽誤了丈夫。喫人談笑生何補？我待死呵，又羞見公姑。公公、婆婆，我生前不能彀相奉侍，何如事你向黄泉路？只一件，我死了呵，家中老父誰看顧？（合前）（一）

（生）呀！只見朔風四起，瑞雪横空天氣冷。左右，且迴避着。（衆下）（末扮張太公上）

【前腔】（末）樓臺銀鋪，遍青山渾如畫圖。乾坤似他衣衰素，故添個縞帶飛舞。你躃踊慟哭直恁苦，那堪大雪添淒楚？事當逆來順受，抑情就禮通今古。（合前）

（一）眉批：此折後諸本有張太公爲生旦暖寒【玉山供】四折，極爲背理。豈有前日對差人盡言相斥，今却卑詞厚禮？前倨後恭，廣才決不如此。且落場詩云：『休道世情看冷暖，果然人面逐高低。』説得廣才是何等樣人？坊本之不通如此。

（生）呀！張太公來了。（相見科）（生）卑人父母生死，皆蒙太公周濟，正道拜了父母墳塋，就到宅上拜謝，少效啣環之報，何勞太公先降？（末）説那裏話？蔡相公，你腰金衣紫，可惜令尊令堂相繼謝世，不得盡你孝心。正是：樹欲静而風不寧，子欲養而親不逮。這也是他命該如此。你今日榮歸故里，光耀祖宗。雖是他生前不能享你的禄養，死後亦得沾你的恩典。老夫茍延殘喘，又得相見。僥倖，僥倖。你今在此盧墓，老夫合當陪伴，但有牛氏夫人在此，怕不穩便。暫且告别，再來相看。

（生）多謝深恩不敢忘，（末）稍寬愁緒節悲傷。

（旦）親墳共掃添榮耀，（貼）不負詩書教子方。

釋義：泉下有人聽得無：《太平廣記》：鄭郊路逢一塚，有二竹，詠之曰：『塚上兩竿竹，風吹長㛹㛹。』塚中人續之曰：『中有百年人，長眠不知曉。』萬點思親淚：蘇東坡詞云：『寄我相思千點淚。』蟻夢：《異聞録》：『淳于棼廣陵宅南有古槐，棼醉卧其下，夢二使者曰：「槐安國王奉邀。」棼隨二使入穴中，大槐安國王曰：「南柯郡政事不理，屈卿爲守。」棼至郡，數日寐寤，尋古槐下穴，洞然明朗，可容二指。有一大蟻，乃槐安國王。又尋一穴，直上南枝，乃南柯郡也。』衰絰：《儀禮》：喪衣上衰下裳經首。絰，腰絰也。錦衣歸故里：漢朱買臣上書，帝拜爲侍中，遷會稽太守。上曰：『富貴不還鄉，如衣繡夜行。』買臣辭謝而歸。詳見第十七齣。黄土：孟郊詩云：『高原黄土自成堆』。廬墓：註見第一齣。樓臺銀鋪：蘇東坡詩云：『銀鋪青瑣玉，樓臺詠雪地。』衰素：《儀禮註》：『服，父之斬衰，母之齊衰。』蹝踊：義見前。

音釋：墟：音虛。蘋：音貧。蘩：音煩。蟻：音疑。帖：音鐵。絰：音帖。贅：音注，招贅也。齊：音資，母服也。縞：音姣，素衣也。蹝：音辟。踊：音勇，跳也。逮：音大。緒：音序。

第四十二齣　一門旌奬

【商調引子・逍遥樂】（生）寂寞誰憐我？空對孤墳珠淚墮。（旦）光陰撚指過三春。（貼）幽途渺渺，滯魄沉沉，誰與招魂？(一)

（生）夫人，你看兩木連枝誰手栽？相馴白兔走墳臺。（旦）無心動植呈祥瑞，否極應須會泰來。（末上）一封丹詔從天下，忽聽傳聞動郊野。説道旌表一門閭，未卜此爲何人也？（相見科）（末）蔡相公，外面喧傳有詔書到此，旌表孝義，想必爲足下而來。（生）人間孝子亦多，卑人不足稱孝。假如大舜、曾參之孝，亦是人子當爲之事，何足旌表？（末）説那裏話？老夫當初也只道你貪名逐利，撇了父母妻室，不肯還家，到如今纔知分曉。《孝經》云：孝弟之至，通於神明，光於四海，無所不通。今見你墳頭

(一) 眉批：按調，【逍遥樂】上二句一韻，下二句一韻。古本『藍』字與『殺』字韻協，□□淚輕□。

枯木生連理之枝，白兔有馴擾之性。祥瑞若此，吉慶必來。

【仙吕入雙調·六么令】（末）連枝異木新，見墳臺白兔如馴。〔一〕禽獸草木尚懷仁，〔二〕這一封丹詔必因君。（合）料天也會相憐憫。

【前腔】（生）皇恩若念臣，我也不圖禄及吾身。只愁恩不到雙親，空辜負，這孤墳。（合前）

【前腔】（旦）知他假與真？謝得公公，報説殷勤。太公，空教你爲我受艱辛，今日裏，有誰旌表你門庭？（合前）

【前腔】（貼）來的是何人？悶中無由，詢問一聲。（生）夫人要問甚的？（貼）無由詢問我家君，知他安與否，死和存？（合前）（丑扮縣官上）

【前腔】（丑）敕書已來近，看街市上人亂紛紛。咱每只得忙前走，備香案，接皇恩。（合前）

（相見科）（生）何處官長？因甚到此？（丑）下官本縣知縣。告大人得知：今日天朝牛丞相親賫詔書，到此開讀。旌表大人一門孝義，加官進職，起復到京。令尊令堂，皆有封贈；二位夫人，亦有封號。下官敬來鋪設香案，迎接皇恩，請大人改换吉服，俟候謝恩。（生）卑人孝服，不可更易。（丑）先王

〔一〕眉批：墳台、白兔俱是實事。

〔二〕眉批：獸：一作『蟲』。

制禮，賢者俯而就，不肖者跂而及。今足下服制已滿，況天朝恩典，禮當從吉。（衆）説得是。（生）門閭旌表感吾皇。（旦、貼）孝服今朝换吉裳。（合）不是一番寒徹骨，争得梅花撲鼻香？（生、旦、貼下换衣科）（外引侍從上）

【前腔】（外）風霜已滿鬢，玉勒雕鞍，走遍紅塵。今日到此喜欣欣，重相見，解愁悶。（合前）左右，這是那裏？（浄）這裏就是蔡相公廬墓所在，請相公駐節。（生、旦、貼上）

【前腔】（合）心慌步又緊，想皇恩已到寒門。披袍秉笏更垂紳，冠和帶，一番新。（合前）

（外）聖旨已到，跪聽宣讀。（生、旦、貼俯伏科）（浄讀科）皇帝詔曰：朕惟風俗爲教化之基，孝弟爲風俗之本。去聖逾遠，淳風日漓。彝倫攸斁，朕甚憫焉。其有克盡孝義，敦尚風化者，可不獎勸，以勉四海？議郎蔡邕，篤於孝行。富貴不足以解憂，甘旨常關於想念。雖違素志，竟遂佳名。委職居喪，厥聲尤著。其妻趙氏，獨奉舅姑。服勞盡瘁，(一)克終養生送死之情，允備貞潔韋柔之德。糟糠之婦，今始見之。牛氏善諫其父，克相其夫。罔懷嫉妬之心，實有遜讓之美。曰孝曰義，可謂兼全。斯三人者，朕甚嘉之。使四海億兆，皆當儀刑斯人，垂範將來。風移俗易，教美化行。唐虞三代，誠可追配。是用寵錫，以彰孝義。蔡邕授中郎將，妻趙氏封陳留郡夫人，牛氏封河南郡夫人，限日赴京；父從簡贈十六

（一）眉批：服勞：夫子云：『有事，弟子服其勞。』

勳，(一)母秦氏贈天水郡夫人。於戲！風木之情何深，式彰風化之表；霜露之思既極，宜沾雨露之恩。服此休嘉，慰汝悼念。謝恩！（生、旦、貼謝恩科）（外拜墳科）（生、旦、貼拜謝外科）（生）荷蒙岳丈保奏，劣婿何以克當？（貼）自別尊顏，且喜無恙。（外）孩兒，且喜各保安康，今得相見。（丑、末相見科）（外）此二人是誰？（丑）下官是陳留縣知縣。（末）老漢是蔡相公鄰人張廣才。（生）劣婿父母，多多得他周濟。(二)（外）原來就是張太公呵，我朝裏也聞他仗義高名。賢婿，你今起服回朝，未得展報深恩。我有黃金一笏送與太公，聊爲報答之禮。（生）如此，多謝厚恩。太公，請收下。（末）救災卹鄰，古之道也。又况你二親不保，實有愧顔，何敢受令岳之賜？（生）太公且暫收下，卑人尚當申奏朝廷，還有犬馬之報。（末）説那裏話？此金決不敢受。（外）賢婿，太公高義的人，不可再瀆。老夫回京，當奏請官職，以酬大恩便了。

【仙吕過曲·一封書】（外）我恭奉聖旨，跋涉程途千萬里。吾皇親賢意甚美，探取孩兒并女婿。賢婿，你夫婦呵，數載辛勤雖自苦，一旦榮華人怎比？（合）耀門閭，進官職，孝義名傳天下知。

(一) 眉批：十六勳：勳皆有等級，如秦時五大夫、七大夫之類。

(二) 眉批：江右梨園於此處有張太公將拄杖、頭髮出示牛丞相以羞蔡伯喈一段，如《荆釵記》之『祭江』、《岳飛傳》之□□，皆演本有之，刻本不載。

【前腔】（生）兒不孝，有甚德，蒙岳丈過主維？（作悲科）何如免喪親？又何須名顯貴？可惜二親饑寒死，博得孩兒名利歸。（合前）

【前腔】（旦）把真容重畫取。公公、婆婆，如今封贈伊，把你這眉兒放展舒。只愁你瘦儀容難做肥。今日呵，豈獨奴心知感德，料你也銜恩泉世裏。（合前）

【前腔】（貼）從別後倍哀戚，(一)況家中音信稀。爲公姑多怨憶，爲爹行常淚垂。今日見公姑無愧色，又得與爹行相依倚。（合前）

【永團圓】(二)（衆）名傳四海人怎比？豈獨是耀門閭？人生怕不全孝義，(三)聖明世，豈相棄。這隆恩美譽，從教何所愧，萬古青編記。如今便去，相隨到帝畿。拜謝皇恩了，歸院宇一家賀喜。共設華筵會，四景常安聚。顯文明，開盛治。説孝男，并義女。玉燭調和歸聖主。(四)

(一) 倍：原作「培」，據明萬曆金陵繼志齋刊本《重校琵琶記》改。

(二) 眉批：一名【錦繡毬】。

(三) 怕不：原闕，據明萬曆金陵繼志齋刊本《重校琵琶記》補。

(四) 眉批：末句作「聖主垂衣」。

（生）自居墓室已三年，（旦）今日徵書下九天。

（末）要識名高并爵貴，（合）須知子孝與妻賢。

釋義：招魂：宋玉憫師屈原放逐，恐其魂魄不返，遂托帝命假巫語以招之，而復其精神，其盡愛致禱，尤古人之遺意。皇帝：伏羲、神農、黄帝以道治，故稱三皇；少昊、顓頊、高辛、堯、舜以德治，故稱五帝。秦始皇初併天下，以爲德兼三皇，功過五帝，故稱皇帝。至今仍之。唐陸贄《尊號表》曰：德合天謂之皇，德合地謂之帝，皆至尊之殊號。霜露之思：《禮記・儀祭》曰：霜露既降，君子履之，必有悽愴之心，非其寒之謂者也。知縣：《唐朝會要》曰：天中五年二月，景陵有幾所憒神門。戟棨六年四月，裴讓權知知县事，知縣之名始起於宋矣。起復：國朝定制，凡官吏等聞表，不計圍二十七，下月服滿起復。犬馬之報：晉中陽音今養狗，甚愛之。後生飲酒，行大澤草中，時冬月，野火起，風又狂，狗號喚生不醒。前有坑水，狗便走往水中。還，以身灑生左右。草沾水得濕着地，火盡過去，生方醒見之。他日又暗行，墮於井中，狗呻吟徹曉。人過，怪之。往視生，生曰：『君可出我，當票三。』其人（中闕）玉燭：出《爾雅》：『四時和謂之玉燭。』又，東皙《補亡》詩：『玉燭陰陽照萬里。』

音義：齣：音出。寞：音莫。憐：音怜。墳：音弘。（中闕）艱：音間。旌：音精。詢：音循。俯：音府。裳：音嘗。雕：音刁。（中闕）笏：音勿。紳：音申。詔：音召。

朕：音定。基：音飢。奬：音蔣。邕：音榮。（中闕）稀：音希。棄：音氣。昊：音號。

中：音草。（中闕）顓：音專。糟：音曹。糠：音康。

下卷終

陳眉公先生批評琵琶記

目録

陳眉公先生批評琵琶記卷上目録

卷上目錄終

陳眉公先生批評琵琶記卷下目錄

卷下目録終

鼎鐫琵琶記卷之上

雲間眉公　陳繼儒　評
一齋敬止　余文熙　閱
書林慶雲　蕭騰鴻　梓

第一齣　副末開場

【水調歌頭】秋燈明翠幕，夜案覽芸編。今來古往，其間故事幾多般。少甚佳人才子，也有神仙幽怪，瑣碎不堪觀。(一) 正是：不關風化體，縱好也徒然。論傳奇，樂人易，動人難。知音君子，這般另作眼兒看。休論插科打諢，也不尋宮數調，只看子孝共妻賢。正是：驊騮方獨步，萬馬敢爭先。

（問内科）且問後房子弟，今日敷演誰家故事，那本傳奇？（内應科）三不從《琵琶記》。（末云）元來是這本傳奇。待小子略道幾句家門，便見戲文大意。

(一)　眉批：果是真話。

【沁園春】趙女姿容，蔡邕文業，兩月夫妻。奈朝廷黄榜，遍招賢士；高堂嚴命，强赴春闈。一舉鰲頭，再婚牛氏，利綰名牽竟不歸。饑荒歲，雙親俱喪，此際實堪悲。堪悲，趙女支持，剪下香雲送舅姑。把麻裙包土，築成墳墓；琵琶寫怨，逕往京畿。孝矣伯喈，賢哉牛氏，書館相逢最慘悽。重廬墓，一夫二婦，旌表門閭。(一)

極富極貴牛丞相，施仁施義張廣才。

有貞有烈趙真女，全忠全孝蔡伯喈。

釋義：(二)　芸編：芸香草薰書，可辟蠹。傳奇：小説也。唐有傳奇，宋有戲曲。知音：伯牙善琴，子期善聽。伯牙志在高山，子期曰：『峨峨然若泰山。』志在流水，曰：『洋洋然若江河。』及子期死，伯牙絶響，以世無知音者。驊騮：良馬名，赤黑色。黄榜：古用蜀中麻黄紋寫之，以招賢才。春闈：禮闈。國家以禮進賢，故試士禮部掌之。鰲頭：《列子》：『渤海之東大壑中有五山，曰：岱嶼、圓嶠、方壺、瀛洲、蓬壺，根無所着，常隨潮波上下。帝命禺强使巨鼇十五頭戴首舉之。』故進士中魁者謂之占鰲頭。香雲：髮也。琵琶：胡樂器。推手前曰琵，引手却曰琶。

(一) 眉批：幾句括盡大全。
(二) 釋義及音字原闕，據民國十五年上海掃葉山房發行《第七才子琵琶記》補。下同補。

音字：齣：渠。綰：宛。諢：渾。

第二齣　高堂稱慶

【正宫引子・瑞鶴仙】（生唱）十載親燈火，論高才絶學，休誇班馬。風雲太平日，正驊騮欲騁，魚龍將化。沉吟一和，怎離却雙親膝下？且盡心甘旨，功名富貴，付之天也。（一）

〔鷓鴣天〕宋玉多才未足稱，子雲識字浪傳名。奎光已透三千丈，風力行看萬里程。　經世手，濟時英，玉堂金馬豈難登？要將萊綵歡親意，且戴儒冠盡子情。蔡邕沉酣六籍，貫串百家。自禮樂名物，以及詩賦詞章，皆能窮其妙；由陰陽星曆，以至聲音書數，靡不得其精。抱經濟之奇才，當文明之盛世。幼而學，壯而行，雖望青雲之萬里；入則孝，出則弟，怎離白髮之雙親？到不如盡菽水之歡，甘虀鹽之分。正是：行孝於己，責報於天。自家新娶妻房，纔方兩月。却是陳留郡人，趙氏五娘。儀容俊雅，也休誇桃李之姿；德性幽閒，儘可寄蘋蘩之託。正是：夫妻和順，父母康寧。《詩》中有云：『爲此春酒，以介眉壽。』今喜雙親既壽而康，對此春光，就花下酌杯酒，與雙親稱壽，多少是好？昨已囑付五娘子安排，不免催促則個。娘子，酒完了，請爹媽出來。（旦内應科）（外扮蔡公、净扮蔡婆上）（二）

（一）眉批：劈頭喝破幾句，便知伯喈只要養親，不欲求功名矣。

（二）眉批：不宜用净扮蔡婆，易以老旦爲是。

【雙調引子·寶鼎現】（外唱）小門深巷，春到芳草，人間清晝。（浄唱）人老去星星非故，春又來年年依舊。（旦扮趙五娘上）最喜今朝春酒熟，滿目花開如繡。（合）願歲歲年年，人在花下，常斟春酒。〔一〕

（外云）孩兒，你請我兩個出來做甚麼？（生跪科）告爹媽得知：人生百歲，光陰幾何？幸喜爹媽年滿八旬，孩兒一則以喜，一則以懼。〔二〕當此青春光景，閒居無事，聊具一杯蔬酒，與爹媽稱壽則個。（浄笑云）阿老有得喫。（外云）阿婆，這是子孝雙親樂，家和萬事成。（生進酒科）

【雙調過曲·錦堂月】（生唱）簾幕風柔，庭幃晝永，朝來峭寒輕透。親在高堂，一喜又還一憂。惟願取百歲椿萱，長似他三春花柳。（合）酌春酒，看取花下高歌，共祝眉壽。

【前腔】（旦唱）輻輳，獲配鸞儔。深慚燕爾，持杯自覺嬌羞。怕難主蘋蘩，不堪侍奉箕箒。惟願取偕老夫妻，長侍奉暮年姑舅。〔三〕（合前）

【前腔】（外唱）還愁，白髮蒙頭，紅英滿眼，心驚去年時候。只恐時光，催人去也難留。孩兒，

〔一〕眉批：曲妙。

〔二〕眉批：喜懼心事，不可告爹媽。

〔三〕眉批：是個新婦嬌様。

惟願取黄卷青燈，及早换金章紫綬。[一]（合前）

【前腔】（净唱）還憂，松竹門幽，桑榆暮景，明年知他健否安否？嘆蘭玉蕭條，一朵桂花堪茂。媳婦，惟願取連理芳年，得早遂孫枝榮秀。[二]（合前）

【醉翁子】（生唱）回首，嘆瞬息烏飛兔走。喜爹媽雙全，謝天相佑。（旦唱）不謬，更清淡安閒，樂事如今誰更有？（合）相慶處，但酌酒高歌，共祝眉壽。[三]

（外云）孩兒，你今日爲我兩個慶壽，這便是你的孝心。人生須要忠孝兩全，方是個丈夫。我纔想將起來，今年是大比之年。昨日郡中有吏來辟召，你可上京取應。倘得脱白掛緑，濟世安民，這纔是忠孝兩全。（生云）爹媽高年在堂，無人侍奉，孩兒豈敢遠離？寔難從命。

【前腔】（外唱）卑陋，論做人要光前耀後。勸我兒青雲萬里，早當馳驟。（净唱）聽剖，真樂在田園，何必區區公與侯？[四]（合前）

[一] 眉批：這老功名之心，一刻不忘。
[二] 眉批：老婆心更遠大。
[三] 眉批：真可樂也。
[四] 眉批：達語。

【僥僥令】（生、旦唱）春花明彩袖，春酒泛金甌。但願歲歲年年人長在，父母共夫妻相勸酬。[一]

【前腔】（外、浄唱）夫妻好厮守，父母願長久。坐對兩山排闥青來好，看將一水護田疇，緑遶流。

【十二時】山青水緑還依舊，嘆人生青春難又，惟有快活是良謀。

（外）逢時對景且高歌，（浄）須信人生能幾何。

（生）萬兩黄金未爲貴，（旦）一家安樂值錢多。[二]

齣末批：

各還它本色，像個慶壽光景。

釋義：班馬：後漢班固，字孟堅，明帝時典校秘書，著《西漢書》。司馬遷，子子長，爲太史令，作《史記》。後世稱良史，必曰班馬是也。風雲：《易》云：『雲從龍，風從虎。』喻士之乘時也。宋玉：楚人屈原弟子，閔其師忠而見放，作《九辯》述其志以悲之。又作《高唐》《神女》等賦，皆寓言有所諷也。子

[一] 眉批：有景。

[二] 眉批：妙詩，可勒諸屏風中。

雲：揚雄字也。博學群書，口吃，訥不能劇談，而好沉思，善識奇字。九萬里：『北溟有魚曰鯤，鯤之大，不知其幾千里。化而爲鵬，鵬之徙，擊水三千里，摶扶摇而上者九萬里。』扶摇，風上行也。玉堂：漢武帝所建，猶今翰林也。宋蘇易簡爲學士，太宗以紅綃飛帛四字，曰：玉堂之署，賜掛之。金馬：門名，宦者之署，在未央宫右。武帝時得大宛馬，以銅鑄像立於署門，因以爲名。萊綵：老萊子，楚人，事親至孝。年七十，身着五色斑斕之衣。常取水上堂，佯仆地，爲小兒啼；弄雛於親側以娛之。青雲：莆田鄭僑，乾道中省，未廷對，夢空中一梯，雲氣圍繞，俄至梯側，既而果登第一。菽水：菽，豆也。《禮記》：『啜菽飲水，盡其歡心。』齏鹽：《送窮文》：『朝齏暮鹽。』言學者燈窗窮苦。蘋蘩：皆草名，古人以奉祭祀。《詩》云：『采蘋采蘩。』星星：髮變斑也。椿萱：《莊子》云：『山中有大椿木，以八千歲爲春，八千歲爲秋。』凡稱父爲椿，取久長之義。萱，忘憂草也，食之令人忘憂。凡稱母爲萱者，蓋取忘憂之義者也。輻輳：輻，車輻也。輳，輻共轂也。喻夫婦合而成家也。鸞儔：鸞鳳常和鳴，故以喻夫婦和合。箕帚：單父呂交，字叔平，善相貌。高祖狀非常，曰：『吾有女，願爲箕帚妾。』箕帚，掃除之器也。偕老：偕，同也。《詩》：『與子偕老。』黄卷：古人爲書，用黄紙。有誤，以雌黄塗之，故曰黄卷。金章：章，印也。以金爲印，故曰金章。紫綬：紫，組以貫玉珮者。桑榆：《淮南子》：『日西垂，影在木端。』端，木末也。喻人老不久也。蘭玉桂花：俱喻子孫也。晉謝玄與從兄朗輩爲叔父安所器，曰：『子弟亦何預人事，正欲使其佳。』玄答曰：『譬如芝蘭玉樹，欲使其生於庭堦耳。』孫枝：《風俗通》云：『梧桐生孫枝。』瞬息：瞬，一轉目也；息，一呼吸也。言光陰之迅速。烏飛：《淮南子》：『日中有三足烏。』兔走：《酉陽雜俎》：『月中有兔，與蟾蜍并明。』

音字：騁：逞。健：見。瞬：舜。闥：達。湫：幽。

第三齣　牛氏規奴

（末扮老院子上）風送爐香歸别院，日移花影上閒庭。晝長人静無他事，惟有鶯啼三兩聲。〔一〕小子不是别人，却是牛太師府裏一個院子。若論俺太師的富貴，真個：只有天在上，更無山與齊。舉頭紅日近，回首白雲低。怎見得富貴？他勢壓中朝，資傾上苑。白日映沙堤，青霜凝畫戟。門外車輪流水，城中甲第連天。瓊樓酬月十二層，錦障藏春五十里。香散綺羅，寫不盡園林景致；影摇珠翠，描不就庭院風光。〔二〕好耍子的油碧車輕金犢肥，没尋處的流蘇帳暖春雞報。畫堂内持觴勸酒，走動的是紫綬金貂；繡屏前品竹彈絲，擺列的是朱唇粉面。玳瑁筵前蓺寶香，真個是朝朝寒食；琉璃影裏燒銀燭，果然是夜夜元宵。這般様福地洞天，可知有仙姝玉女。休誇富貴的牛太師，且説賢德的小娘子。真個好一位小娘子呵！看他儀容嬌媚，一個没包彈的俊臉，似一片美玉無瑕；體態幽閒，半點難彀

〔一〕眉批：見道之詩。

〔二〕眉批：兀的不是牛欄光景？

引的芳心，如幾層清冰徹底。珠翠叢中長大，倒堪雅淡梳粧；綺羅隊裏生來，却厭繁華氣象。怪聽笙歌聲韻，惟貪針指工夫。愛景清幽，鎮白日何曾離繡閣？笑人游冶，傍青春那肯出香閨？開遍海棠花，也不問夜來多少；飛殘楊柳絮，竟不道春去如何。要知他半點貞心，惟有穿瑣窗的皓月；能回他一雙嬌眼，除非翻翠幌的清風。[一]決非慕司馬的文君，肯學選伯鸞的德耀。更羨他知書知禮，是一個不趨蹌的秀才；若論他有德有行，好一位戴冠兒的君子。多應是相門相種，可惜不做廝兒；少甚麼王子王孫，爭要求爲佳配。呀！理會得麼？他是玉皇殿前掌書仙，一點塵心謫九天。莫怪蘭香薰透骨，霞衣曾惹御爐烟。[二]呀！好怪麼！只見府堂中老姥姥和惜春姐兩個，笑哈哈舞將出來。我且躲在一邊，看他來此做甚麼？（净扮老姥姥、丑扮惜春上）

【仙吕入雙調·雁兒落】（净唱）庭院重重，怎不怨苦？要尋個男兒，又無門路。（丑唱）甚年能彀和一丈夫，一處裏雙雙雁兒舞？

（相見科）（末云）來，我且問你兩個：往常間不曾恁的快活，今日如何這般快活？（丑云）院公，你那得知我喫小姐苦哩！并不許半步胡踹，又不要我説男兒那邊廂去。[三]咳！苦也！你不要男兒，我

[一] 眉批：説牛氏女不該從院子口中出，姥姥、惜春則可。
[二] 眉批：犁牛之子，騂且角。
[三] 眉批：小姐煞有家教。

須要哩！他也道我和他相似，笑也不許我笑一笑。今日天可憐見，喫我千方百計去説動他，只限我半個時辰去後花園閒耍一遭。你道我如何不快活？（浄云）院公，便是我也千不合萬不合前生不曾種得福田，爹娘把我送在府堂中做個丫頭。到今年紀老了，不曾得一日眉頭舒展。今日天可憐見，老相公入朝，我纔得偷身來此閒耍一遭。你道我如何不快活？（末云）元來恁的，可知道你二人快活也。（浄云）院公，你伏侍相公，却是公的又撞着公的；我與惜春伏侍小姐，却是雌的又撞着雌的。(一)（末云）呀！老姥姥，你怎的説這話？惜春年紀少，也怪他傷春不得。你年紀這般老大，也説這般傷春的話，成甚麼樣子？（浄云）哱嗯老畜生，倒喫你識破了！却不道秋茄晚結，秋菊晚發？我雖然老便老，似京中棗。外面皺，裏面好。(二)你不聞東村有個李太婆，年紀七八十歲，頭光撻撻的，也只要嫁人。人問道：婆婆，你這般老了，又要去嫁人怎的？那婆婆做四句詩，應得好。（末云）如何説？（浄云）道是：人生七十古來稀，不去嫁人待何時？下了頭髻床上睡，枕頭上架兩個大擂搥。(三)（末云）你有些欠尊重。（丑云）休閒説，今日能彀得來此花園遊嬉，也不容易。又撞着院公在此，咱每三個何不做個耍子？（末云）也説得是。還是做甚麼耍子好？（浄云）院公，和你踢戲毬耍子？（末云）不好。（浄

(一) 眉批：易地便不好了。
(二) 眉批：老去却傷秋。
(三) 眉批：有真宗語。

云）怎的不好？〔西江月〕（末云）白打從來逞藝，官場自小馳名。如今年老脚跛蹭，圓社無心馳騁。空使繡襦汗濕，漫教羅襪生塵。兀的是少年子弟俏門庭，老姥姥，不似你寶粧行徑。(一)（丑云）院公，踢戲毬不好，便和你鬥百草耍子？（末云）不好。（丑云）怎的不好？（末云）香徑裏攀殘柳眼，雕闌畔折損花容。又無巧藝動王公，枉費工夫何用？鶯起嬌鶯語燕，打開浪蝶狂蜂。若還尋得個并頭紅，惜春姐，早把你芳心引動。（净、丑云）院公，你道兩樣都不好，如今打鞦韆耍子好麼？（末云）這個却好。你聽我説：玉體輕流香汗，繡裙蕩漾明霞。纖纖玉手綵繩拿，真個堪描堪畫。本是北方戎戲，移來上苑豪家。女娘撩亂隔墻花，好似半仙戲耍。（净、丑云）恁地便打鞦韆。只是没有架子。（末云）這花園中那裏得他？一來老相公不喜，二來小娘子不好；縱有也倒壞了。（丑云）院公，没奈何，我每三個在這裏廝輪做個鞦韆架，一人打，兩人擡。(二)（末云）如此也好。誰人先打？（净、丑云）我兩人擡，院公先打。（做架科）（末云）你兩人不要跌了我。（净、丑云）院公，你放心，只管上去打。（末打科）

【窣地錦襠】（末唱）花紅柳緑草芊芊，正值春光艶陽天。我和你不來此處打鞦韆，爲人一生也徒然。

(一) 眉批：三詞可厭，删去更好。

(二) 眉批：好個隨身的鞦韆。

（放跌科）（末云）你兩個跌得我好！ 如今輪該老姥姥打。（净云）你兩人也不要跌了我。（末云）老姥姥放心，不妨事，只管打。（净打科）(一)

【前腔】（净唱）春光明媚景色鮮，遊遍花塢聽杜鵑。那更上苑柳如綿，我和你不打鞦韆枉少年。(二)

（放跌科）（净云）你兩個騙得我好！ 如今輪該惜春打。（丑云）你兩人也不要跌了我。（净云）惜春放心，也只管打便罷。（丑打科）

【前腔】（丑唱）奴是人間快活仙，喫了飽飯愛去眠。莫教小姐來撞見，那時高高弔起打三千。

（放跌科）（貼扮牛氏上云）莫信直中直，須防仁不仁。是耍得好呵！（末、净走下）（丑做不知云）你兩個騙得我好！ 如今我打了，又該院公打。（貼扯丑耳科）賤人，恁的爲人不尊重，只要鬧嬉并鬧哄！（丑驚科）小姐，教人怎不去鬧哄？ 你看那鞦韆架尚兀自走動哩。（貼云）賤人！ 我只教你在此閒翫片時，誰許你如此？（丑云）小姐，奴家心裏憂悶，只得在此消遣則個。（貼云）賤人，你心中憂悶怎

(一) 眉批：重出可厭。

(二) 眉批：好。

的？（丑云）小姐，奴家名唤做惜春，見這春去了，便自傷春起來，教人如何不悶？(一)（貼云）賤人，有甚傷春處？（丑云）小姐，我早晨裏只聽疏辣辣寒風吹散了一簾柳絮，餉午間只見淅零零細雨打壞了滿樹梨花。一霎時囀幾對黄鸝，猛可地叫數聲杜宇。奴家見此春去，如何不悶？（貼云）春光自去，有甚麽悶來？我和你去習學女工便了。（丑云）咳，苦也！這般天氣，誰不去閒嬉？小姐却教惜春去習女工，兀的不是悶殺惜春麽？（貼云）婦人家誰許你閒嬉？不習女工，有甚勾當？你却不學那不出閨門的！（丑云）小姐，你有盈箱羅綺，滿頭珠翠，少甚麽子，却這般自苦？（貼云）賤人！好怪麽？做女工是你本分的事，問有和没有做甚麽？（丑云）恁地，惜春拜辭小姐去也。（貼云）你拜辭我那裏去？（丑云）小姐，我去伏事别人，與他傳消遞息，隨趁也得些快活。（貼云）咳！賤人，你伏事我，我有甚虧了你？（丑云）小姐，我伏侍着你時節，見男兒也不許我擡頭看一看。前日艷陽天氣，花紅柳緑，猫兒也動心，你也不動一動；如今暮春時候，鳥啼花落，狗兒也傷情，你也不傷一傷。惜春其寔難和小姐過活。(二)（貼云）呀！這賤人，你是顛是狂，説這般話？我就去對老相公説，好生施行你。（丑跪科）小姐，可憐見惜春心裏悶，因此這般説。（貼云）賤人，我饒你這遭。你看麽。

【越調引子·祝英臺近】（貼唱）緑成陰，紅似雨，春事已無有。（丑唱）聞説西郊，車馬尚馳

(一) 眉批：生情。

(二) 眉批：夫是之謂惜春。

驟。（貼唱）怎如柳絮簾櫳，梨花庭院，（合）好天氣清明時候？

〔玉樓春〕（丑云）清明時節單衣試，爭奈晝長人靜重門閉。（貼云）我芳心不解亂縈牽，羞睹游絲與飛絮。（丑云）小姐，我在繡窗欲待拈針指，忽聽鶯燕雙雙語。（貼云）賤人！無情何事管多情，任取春光自來去。（丑云）小姐，你有甚麼法兒，教惜春休悶哩？（貼云）你且聽我説。

【越調過曲・祝英臺序】（貼唱）把幾分春，三月景，分付與東流。（一）（丑云）（二）小姐，如今鳥啼花落，你須煩惱些麼？（貼唱）啼老杜鵑，飛盡紅英，端不爲春閒愁。（丑云）你不閒愁，也還去賞翫麼？（貼唱）休休，婦人家不出閨門，怎去尋花穿柳？（丑云）小姐，你不去賞翫，只怕消瘦了你。（貼唱）我花貌，誰肯因春消瘦？

【前腔】（丑唱）春晝，只見燕成雙，蝶引隊，鶯語似求友。（貼云）呀，賤人！你是人，却説那蟲蟻做甚麼？（丑唱）那更柳外畫輪，花底雕鞍，都是少年閒遊。（貼云）這賤人，你是婦人家，説那男兒的事做甚麼？（丑唱）難守，繡房中清冷無人，我待尋一個佳偶。（貼云）呀！你倒思量丈夫起來！（丑唱）這般説，我終身休配鸞儔？

（一）眉批：小姐不惜春乎？

（二）丑：原作『紅』，據汲古閣刊本《繡刻琵琶記定本》改。下同改。

【前腔】（貼唱）惜春，知否？我爲何不捲珠簾，獨坐愛清幽？（丑云）清幽，清幽，怎奈人愁！（貼唱）縱有千斛悶懷，百種春愁，難上我的眉頭。（丑云）小姐，只怕你不常恁的。（貼唱）休憂，任他春色年年，我的芳心依舊。(一)（丑云）只怕風流年少的哄動你。（貼唱）這文君，可不擔閣了相如琴奏？

【前腔】（丑唱）今後，方信你徹底澄清，(二)我好没來由。（貼云）惜春，你怎的不收斂了心？（丑唱）想像暮雲，分付東風，情到不堪回首。（貼云）你怎的不學着我？（丑唱）姐姐，聽剖，你是蕊宫瓊苑神仙，不比塵凡相誘。（貼云）恁地，自隨我習女工便了。（丑唱）我謹隨侍娘行，拈針挑繡。

（丑云）姐姐，你聽那子規却是啼得好哩！

（貼）休聽枝上子規啼，（丑）悶在停針不語時。

（貼）窗外日光彈指過，（丑）席前花影坐間移。(三)

(一) 眉批：解人解語。

(二) 你：原闕，據汲古閣刊本《繡刻琵琶記定本》補。

(三) 眉批：又是宗語。

齣末批：

得幾句宗風映帶，覺不冷落。

釋義：只有天在上：寇萊公童時詠華山詩也。沙堤：唐故事：拜相，府縣載沙填路，自私第至於城東街，名沙堤。清霜畫戟：儀衛兵仗也。清霜，言其森嚴也。車輪流水：言侍從奔趨之多也。瓊樓：唐翟乾祐於中秋翫月，或問月中何所有，答曰：『隨我手中看之。』月現半圓，瓊樓玉宇滿焉。酹月：酹，以酒沃地也。錦帳：晉常侍石崇與後將軍王愷鬥富，作錦帳五十里。金貂：貂，鼠屬，北方以其皮爲暖額，因以爲侍中冠飾。取其内勁捍而外温潤。玳瑁：狀類龜而殼稍長，其足有六，後兩足無爪，首尾如鷄鵝，甲有文，背有鱗大如扇。將作器煮，鱗如柔皮。取甲繫人臂，以辟蟲毒。寒食：冬至後百五日，有疾風暴雨，謂之寒食。其日不動火，預辦熟食，謂之禁烟節。琉璃：出高麗國，光彩瑩徹，逾於玉色。『油碧車輕』二句：温飛卿詞：『倦遊緑錦帳，盤綫繪緒之。』毬，五彩爲之，同心而下垂者曰流蘇。福地洞天：仙靈勝境有三十六洞天、七十二福地。包彈：猶言褒貶也。包肅公拯多所抨彈，故曰包彈。遊冶：冶，自飭也。少年恣遊而粧飾也。司馬、文君：漢司馬相如，字長卿；文君，字妙姬，臨邛卓王孫之長女。相如與臨邛令王吉善，王孫聞令有貴客，具酒召之，并召令。酒酣，令前奏琴，曰：『竊聞長卿好之，願以爲娱。』相如爲鼓之時，文君新寡，相如因以琴心挑之。文君竊窺，心悦之，夜自奔相如家。伯鸞、德耀：伯鸞，漢梁鴻字，家貧尚節。孟光，字德耀，體肥而黑，擇配不嫁。

曰：『欲得節操如梁鴻者。』鴻聞而娶之。及嫁，以裝飾入門，七日而鴻不答。妻曰：『妾自有隱居之服。』鴻乃喜，曰：『此真鴻之妻也。』鴻家貧，賃舂於皋伯通廡下。荆釵布裙，每具食，則不敢仰視，舉案齊眉。後共入灞陵山下耕織。

音字：酻：屋。爇：焫。姝：樞。謫：則。襦：儒。

第四齣　蔡公逼試

【南吕引子・一剪梅】（生唱）浪暖桃香欲化魚，期逼春闈，詔赴春闈。郡中空有辟賢書，心戀親闈，難捨親闈。

世間好物不堅牢，彩雲易散琉璃脆。(一)　蔡邕本欲甘守清貧，力行孝道。誰知朝廷黄榜招賢，郡中把我名字保申上司去了；一壁廂已有吏來辟召，自家力以親老爲辭。這吏人雖則去，只怕明日又來，我只得力辭便了。正是：人爵不如天爵貴，功名争似孝名高。

【南吕過曲・宜春令】（生唱）雖然讀萬卷書，論功名非吾意兒。只愁親老，夢魂不到春闈裏。便教我做到九棘三槐，怎撇得萱花椿樹？(二)　天那！我這衷腸，一點孝心對誰語？（末

(一)　夾批：語不倫。

(二)　眉批：招贅牛府便撇得？

扮張太公上）

【前腔】（末唱）相鄰并，相依倚，往常間有事來相報知。(一)（生云）來的却是張太公呵。（相見科）（末云）秀才，試期逼矣，早辦行裝前途去。（生云）公公，我雙親年老，不敢去。（末云）呀！秀才，子雖念親老孤單，親須望孩兒榮貴。你趁此青春不去，更待何日？(二)（生云）公公言極有理。争奈父母無人侍奉，如何去得？（末云）你既不肯去呵，且看老員外和老安人出來如何説。我想起來，也只是教你去的分曉。道猶未了，老員外來也。

【前腔】（外唱）時光短，雪鬢催，守清貧不圖甚的。有兒聰慧，但得他爲官吾心足矣。(三)（外末作相見科）（外唱）孩兒，天子詔招取賢良，秀才每都求科試。你快赴春闈，急急整着行李。（末云）呀！老安人也出來了。

【前腔】（净唱）娘年老，八十餘，眼兒昏又聾着兩耳。又没個七男八婿，只有一個孩兒，要他供甘旨。方纔得六十日夫妻，(四)老賊强逼他争名奪利。天那！細思之，怎不教老娘嘔氣？

(一) 眉批：冤家到了。

(二) 眉批：家中已有白頭的。

(三) 眉批：有子爲官心便足，已俗了；今世不要爲官，只賺錢更妙。

(四) 夾批：這句不消。

(相見科)(浄云)孩兒,我不合娶個媳婦與你。方纔得兩個月,你渾身便瘦了一半; 若再過三年,怕不成一個枯髏?(一) (末云)呀! 老安人,你要他夫妻不諧呵? (外云)孩兒,如今黄榜招賢,試期已逼。郡中既然辟召你,你的學問可知,如何不去赴選? (生云)告爹爹得知: 孩兒非不要去,争奈爹媽年老,家中無人侍奉。(末云)老員外和老安人,不可不作成秀才去走一遭。(浄云)咳! 太公,你豈不知道? 我家中又没有七子八婿,只有一個孩兒,如何去得? (外云)呀! 你怎説這話? 如今去赴選的,家中都有七子八婿麽? (浄云)老賊,你如今眼又昏,耳又聾,又走動不得。你教他去後,倘有些個差池,教兀誰來看顧你? 真個没飯喫便餓死你,没衣穿便凍死你,你知道麽?(二) (外云)你婦人家理會得甚麽? 孩兒若做得官時,也改换我門閭,如何不教他去? (生云)爹爹説得自是,只是孩兒難去。

【繡帶兒】(生唱)親年老光陰有幾? 行孝正當今日。(末云)秀才此去,必定脱白掛緑。(生唱)太公,終不然爲着一領藍袍,却落後五綵斑衣。思之,此行榮貴雖可擬,怕親老等不得榮貴。(外唱)孩兒,春闈裏紛紛的都是大儒,難道是没爹娘的方去求試?

【前腔】(末唱)秀才,你休疑,男兒漢凌雲志氣,何必苦恁淹滯? 秀才,你此回不去呵,可不乾費了十載青燈,枉捱過半世黄虀? 須知,此行是親志,你休固拒。秀才,那些個養親之志?

(一) 眉批: 甚粗,不成母子之話。

(二) 眉批: 句句先識,真是聖母。

（淨唱）我百年事只有此兒，老賊！難道是庭前森森丹桂？㈠

【太師引】（外唱）他意兒我也難提起，這其間就理我自知。㈡（末云）老員外知他爲着甚麼？（外唱）他戀着被窩中恩愛，捨不得分離海角天涯。㈢（生云）孩兒豈有此心！（外云）你是個讀書之人，我說一個比方與你聽。塗山四日離大禹，你今畢姻已曾兩月。真恁的捨不得分離？（末笑云）呀！秀才，你敢是如此麼？（生云）太公，卑人怎敢？（末唱）秀才，你貪鴛侶守着鳳幃，只怕誤了你鵬程鶚薦消息。

【前腔】（淨唱）太公，他意兒只要供甘旨，又何曾貪歡戀妻？自古道曾參純孝，何曾去應舉及第？功名富貴天付與，天若與不求而至。㈣（生唱）娘言是，望爹行聽取。（外云）呀！娘言的是，父言的非呵！你敢是戀新婚，逆親言麼？（生跪天科）天那！蔡邕若是戀着新婚不肯去呵，天須鑒蔡邕不孝的情罪！

（外怒云）畜生！我教你去赴選，也只是要改換門閭，光顯祖宗。你卻七推八阻，有許多說話！（生

㈠ 眉批：大家鬧炒誠可恨。

㈡ 夾批：兩句就是，何必說出粗話？

㈢ 眉批：這樣話不該你說。

㈣ 眉批：父逼母解雖是，然今日不肯去，他日不肯歸也，似有些嫌疑。

云）爹爹，孩兒豈敢推阻？爭奈爹媽年老，無人侍奉。萬一有些差池，一來人道孩兒不孝，撇了爹娘，去取功名；二來人道爹爹所見不達，只有一子，教他遠離；孩兒以此不敢從命。（外云）不從我命也由你，你且說如何喚做孝？（淨云）老賊！你年紀八十餘歲，也不識做孝？披麻帶索便喚做孝。(一)（外云）咦！你曉得甚麼？（生云）告爹爹：凡爲人子者，冬溫夏凊，昏定晨省，問其燠寒，搔其疴癢，出入則扶持之，問所欲則敬進之。所以父母在，不遠遊；出不易方，復不過時。古人的孝，也只是如此。（外云）孩兒，你說的都是小節，不曾說着大孝。（淨云）老賊！你又不曾死，只管教他做大孝，越出去赴選不得。(二)（末云）咦！這話有些不解。（外云）孩兒，你聽我說：夫孝始於事親，中於事君，終於立身。身體髮膚，受之父母，不敢毀傷，孝之始也。立身行道，揚名後世，以顯父母，孝之終也。是以家貧親老，不爲祿仕，所以爲不孝。你若是做得官時節，也顯得父母好處，兀不是大孝是甚麼？(三)（生云）爹爹說得極是。但孩兒此去，知道做得官否？若還不中時節，既不能彀事親，又不能彀事君，却兩下擔閣了。（末云）秀才所見差矣。老漢嘗聞古人云：幼而學，壯而行；懷寶迷邦，謂之不仁。孔席不暇煖，墨突不待黔，伊尹負鼎俎於湯，百里奚五羊皮自鬻，也只要順時行道，濟世安民。自古

(一) 眉批：激語，不祥。
(二) 眉批：妙話趣話，儘彀了！儘彀了！夾批：你也曉得？
(三) 眉批：做官就是孝乎？

道：學成文武藝，貨與帝王家。(一) 秀才，你這般才學，如何不去做官？（浄云）太公，你都有好言勸我孩兒去赴選，我有個故事說與你聽。（末云）老漢願聞。（浄云）在先東村李員外有個孩兒，也讀兩行書。他爹爹每日鬧炒，只是教孩兒去求官。孩兒喫不過爹爹鬧炒，去到長安，那裏無人擡舉他，遂流落去街上乞食。見個平章宰相，他疾忙在地上拜着，叫聲擡舉他。那宰相道：我與你做個養濟院大使，去管你爹娘。(二) 這孩兒自思道：做個養濟院大使，如何管得自己的父母？比及他回家，不想他父母無人供養，流落在養濟院裏居住。他父母見孩兒回來，說道：我教孩兒去得是？今日我孩兒做個頭目，衆人也不敢欺負我。你如今勸我孩兒去赴選，千萬叫他做個養濟院頭目回來，衆人也不敢欺負我。（末笑云）老安人，你說這乞丐事，儘彀我聽了半日。（外云）孩兒，你趁早收拾行李起程。（生云）爹爹，孩兒去則不妨，只是爹媽年老，教誰看管？（末云）秀才不必憂慮。自古道：千錢買鄰，八百買舍。(三) 老漢既忝在鄰居，你但放心前去；若是宅上有些小欠缺，老漢自當應承。（生云）如此，多謝公公！凡事仗托周濟。此行若獲寸進，決不敢忘恩。卑人没奈何，只得收拾行李便去。

【三學士】（生唱）謝得公公意甚美，凡事仗托扶持。假饒一舉登科日，難道是雙親未老時？

(一) 眉批：臭腐之談，可厭！可厭！
(二) 眉批：熱腸着冷語，蔡婆是個善知識。
(三) 眉批：爲你幾句俗話，賣了一隻兒子，說甚買鄰買舍？

只恐錦衣歸故里，怕雙親不見兒。(一)

【前腔】（外唱）萱室椿庭衰老矣，指望你改換門閭。孩兒，你道是無人供養我，若做得官來時節呵，三牲五鼎供朝夕，須勝似啜菽并飲水。(二) 你若錦衣歸故里，我便死呵，一靈兒終是喜。

【前腔】（末唱）托在鄰家相依倚，自當效些區區。秀才，你爲甚十年窗下無人問？只圖個一舉成名天下知。你若不錦衣歸故里，誰知你讀萬卷書？(三)

【前腔】（淨唱）一旦分離掌上珠，我這老景憑誰？苦！忍將父母饑寒死，博得孩兒名利歸。你縱然錦衣歸故里，補不得你名行虧。(四)

（外）急辦行裝赴試闈，（生）父親嚴命怎生違？

（淨）一舉首登龍虎榜，（末）十年身到鳳凰池。

齣末批：

一逼一勸，各盡親心；初辭終去，兩盡子情。

(一) 眉批：明明罵爺。

(二) 眉批：世味到底。

(三) 眉批：是個有錢人說的話。

(四) 眉批：臨了替孩兒做個斷業。

釋義：夢魂不到：宋崔翰累官瑞州團練使，從太祖征太原，謂人曰：『吾身雖在此，而夢魂不離親幃也。』九棘三槐：《周禮・秋官》：『朝士掌建外朝之法，左九棘，孤、卿、大夫位焉，群士在其後；右九棘，公、侯、伯、子、男位焉，群吏在其後。面三槐，三公位焉，州長、衆庶在其後。左嘉石，平罷民焉；右肺石，達窮民焉。』注：棘者，象忠心而外棘也；槐者，懷來人也。森森丹桂：燕山：『丹桂五枝芳。』塗山：禹娶塗山氏之女。鶚薦：漢禰衡，孔融愛其才，疏薦之云：『鷙鳥累百，不如一鶚。』墨突不得黔：突，竈窗出烟之處。墨翟遍歷天下，急於濟物，所居處竈窗烟熏未黑遂行。『千錢』二句：宋季雅市宅，居呂僧珍宅側。珍問宅價，曰一千一百萬。怪其貴，曰：『百萬買鄰，千萬買舍。』忍將父母飢寒死：宋薛英登進士，陳言忤旨，謫南海尉。及歸，親没。人曰：『可惜父母飢寒死，且喜孩兒名利歸。』

第五齣　南浦囑别

【雙調引子・謁金門】（旦唱）春夢斷，臨鏡緑雲撩亂。聞道才郎遊上苑，又添離别嘆。（生唱）苦被爹行逼遣，脉脉此情何限。（合）骨肉一朝成拆散，可憐難捨拚。

（旦云）官人，雲情雨意，(一)雖可抛兩月之夫妻；雪鬢霜鬟，竟不念八旬之父母。功名之念一起，甘旨之心頓忘，是何道理？（生云）娘子，膝下遠離，豈無眷戀之意？奈堂上力勉，不聽分剖之辭。咳！教卑人如何是好？（旦云）官人，我猜着你了。

【仙吕入雙調·忒忒令】（旦唱）你讀書思量做狀元，我只怕你學疏才淺。（生云）娘子，那見我學疏才淺？（旦云）官人，只是《孝經》《曲禮》，你早忘了一段。（生云）咳！我幾曾忘了？（旦唱）却不道夏清與冬温，昏須定，晨須省，親在遊怎遠？(二)

【前腔】（生唱）我哭哀哀推辭了萬千，（旦云）那張太公如何説？（生唱）他鬧炒炒抵死來相勸。（旦云）官人，你不去時，也須由你。（生唱）將我深罪，不由人分辯。（旦云）罪你甚的？（生唱）他道我戀新婚，逆親言，貪妻愛，不肯去赴選。

【沉醉東風】（旦唱）你爹行見得好偏，只一子不留在身畔。官人，公婆如今在那裏？（生云）在堂上。（旦云）既在堂上，我和你去説。（生云）你怎的又不去了？（旦云）罷！罷！罷！我和你去説時節呵，他又道我不賢，要將伊迷戀。苦！這其間教人怎不悲怨？（合）爲爹淚漣，爲娘淚漣，

(一) 夾批：俗。

(二) 眉批：還這女子善讀書。

何曾爲着夫妻上掛牽？

【前腔】（生唱）做孩兒節孝怎全？做爹行不從幾諫。（旦云）官人，你爲人子的，不當恁的埋冤他。㈠（生唱）非是我要埋冤，只愁他影隻形單，我出去有誰看管？（合前）

（生云）呀！爹媽來了。娘子，你且揾了眼淚。

【仙呂過曲・臘梅花】（外、淨唱）孩兒出去在今日中，爹爹媽媽來相送。但願魚化龍，青雲得路，桂枝高折步蟾宮。

（外云）孩兒，你行李收拾了未？（生云）行李收拾已了。（外云）收拾既了，如何不去？（淨云）老賊！他若出去了，家中別無第二人，只有一個媳婦，如何不分付幾句？㈡（生云）孩兒沒別事，只待張太公來，把爹媽拜托與他，教他早晚應承，孩兒庶可放心前去。（旦云）呀！張太公早來。（末云）仗劍對樽酒，恥爲遊子顔。所志在功名，離別何足嘆。（生云）太公，卑人如今出去，家中并無親人。爹媽年老，只有一個媳婦，却是女流，凡事全賴公公相與扶持；家中倘有些小欠缺，亦望公公周濟。昨日已蒙親許，今日特此拜懇。卑人倘有寸進，自當效結草啣環之報，決不敢忘恩。（末云）秀才，受人之托，必當終人之事；況一言既出，駟馬難追。昨日已許秀才，去後決不相誤。（生云）如此，多謝公公！

㈠ 眉批：賢女。
㈡ 眉批：說有理。

（外云）孩兒，既蒙張太公金諾，必不食言，你可放心早去。（生云）孩兒就此拜辭爹媽便去。

【仙呂入雙調・園林好】（生唱）兒今去爹媽休得要意懸，兒今去今年便還。（一） 但願得雙親康健，（合）須有日拜堂前，須有日拜堂前。

【前腔】（外唱）我孩兒不須掛牽，爹指望孩兒貴顯。 若得你名登高選，（合）須早把信音傳，須早把信音傳。

【江兒水】（淨唱）膝下嬌兒去，堂前老母單，臨行密密縫針綫。眼巴巴望着關山遠，冷清清倚定門兒盼。（二）（生云）母親且自寬懷消遣。（淨唱）教我如何消遣？（合）要解愁煩，須是頻寄音書回轉。

【前腔】（旦唱）妾的衷腸事，有萬千。（生云）娘子，你有甚麼事，當説與我知道。（旦唱）説來又恐添縈絆。（生云）娘子，有甚麼縈絆？（旦唱）六十日夫妻恩情斷，八十歲父母教誰看管？（生云）娘子，你這般説，莫不怨着我麼？（旦唱）教我如何不怨？（三）（合前）

（一） 夾批：未必。
（二） 眉批：似慈母口吻。
（三） 眉批：好曲。

【五供養】（末唱）貧窮老漢，託在隣家，事體相關。秀才，此行雖勉强，不必恁留連，（生云）卑人去後，只慮父母獨自在堂，難度歲月。（末云）秀才放心。你爹娘早晚間吾當陪伴。〔一〕（生悲科）（末唱）丈夫非無淚，不灑別離間。（合）骨肉分離，寸腸割斷。（生跪告科）

【前腔】（生唱）公公可憐，俺爹娘望你周全。（末扶起科）（生唱）此身還貴顯，自當效啣環。（旦挽生背唱）有孩兒也枉然，你爹娘到教別人看管。此際情何限，偷把淚珠彈。（合前）

【玉交枝】（外唱）別離休嘆，我心中非不痛酸。孩兒，非爹苦要輕拆散，也只是圖你榮顯。（淨唱）孩兒，蟾宮桂枝須早攀，北堂萱草時光短。（合）又未知何日再圓？又未知何日再圓？

【前腔】（生唱）雙親衰倦，娘子，你扶持看他老年。饑時勸他加餐飯，寒時頻與衣穿。（旦唱）官人，我做媳婦事舅姑，不待你言；你做孩兒離父母，何日還？〔二〕（合前）

【川撥棹】（外唱）孩兒，歸休晚，莫教人凝望眼。（生唱）但有日回到家園，〔三〕怕回來雙親老年。

〔一〕眉批：晚間怎麼陪得？
〔二〕眉批：聖婦。
〔三〕夾批：說不去。

（合）怎教人心放寬？ 不由人不珠淚漣。

【前腔】（旦唱）官人，我的埋冤怎盡言？（生云）你埋冤我如何？（旦唱）我的一身難上難。（生唱）娘子，你寧可將我來埋冤，莫將我爹娘冷眼看。[一]（合前）

【餘文】生離遠別何足嘆，但願得你名登高選。衣錦還鄉，教人作話傳。

（生）此行勉强赴春闈，（外）專望明年衣錦歸。

（合）世上萬般哀苦事，（淨）無過遠別共生離。

（外、淨、末下）（旦云）官人，你如何割捨得便去了？（生云）咳！卑人如何捨得？

【中呂・犯尾引】（旦唱）懊恨別離輕，悲豈斷絃，愁非分鏡。只慮高堂，風燭不定。（生唱）腸已斷，欲離未忍；淚難收，無言自零。（合）空留戀，天涯海角，只在須臾頃。[二]

【犯尾序】（旦唱）無限別離情，兩月夫妻，一旦孤另。官人，你此去經年，望迢迢玉京。思省，（生云）娘子，莫不是慮着山遥水遠麽？（旦唱）奴不慮山遥水遠，（生云）莫不是慮着衾寒枕冷麽？

（一） 眉批：孝哉！

（二） 眉批：關目大有理致。

（旦唱）奴不慮衾寒枕冷。奴只慮公婆没主，一旦冷清清。(一)

【前腔】（生唱）我何曾，想着那功名？（旦云）官人，你不想着功名，如今又去怎的？（生唱）欲盡子情，難拒親命。娘子，年老爹娘，望伊家看承。畢竟，休怨朝雲暮雨，且爲我冬温夏清。思量起，如何教我割捨得眼睁睁？(二)

【前腔】（旦唱）官人，你儒衣纔换青，快着歸鞭，早辦回程。十里紅樓，休戀着娉婷。叮嚀，不念我芙蓉帳冷，也思親桑榆暮景。咳！我頻囑付，知他記否？空自語惺惺。

【前腔】（生唱）娘子，你寬心須待等，我肯戀花柳，甘爲萍梗？只怕萬里關山，那更音信難憑。須聽，我没奈何分情破愛，誰下得虧心短行？從今後，相思兩處，一樣淚盈盈。(三)

（旦云）官人此去，千萬早早回程。（生云）卑人有父母在堂，豈敢久戀他鄉？（旦云）須是早寄個音信回來。（生云）音信不妨，只怕關山阻隔。（拜别科）

【鷓鴣天】（生唱）萬里關山萬里愁。（旦唱）一般心事一般憂。（生唱）桑榆暮景應難保，客館風光怎久留？（生下）（旦唱）他那裏，謾凝眸，正是馬行十步九回頭。歸家只恐傷親意，閣

(一) 眉批：令人潸然。

(二) 眉批：『眼睁睁』三字如畫。

(三) 眉批：臨行兩囑，曲盡真情。

淚汪汪不敢流。(一)

纔斟别酒淚先流，郎上孤舟妾倚樓。
片帆漸遠皆回首，一種相思兩處愁。

齣末批：

只家中離别夫婦，不通。

釋義：緑雲：《阿房宮賦》：『緑雲擾擾，梳曉鬟也。』《孝經》《曲禮》：言弟子之職。温清定省，皆其語也。其節目委曲，故曰『曲禮』。夏清：扇枕也。冬温：温衾也。昏定：安其床袵也。晨省：問安也。魚化龍：《三秦記》：『龍門，魚登者化爲龍。』譬士人及第得爲官也。《水經》：『鱣鯉出鞏穴，三月上渡龍門，得渡爲龍，否則點額而還。』青雲得路：譬士人得中也。桂枝：晉郗詵舉賢良射策，爲天下第一。武帝問：『卿才何如？』詵曰：『猶桂林一枝，崑山片玉。』步蟾宫：及第之榮，比步蟾宫。月，陰精。積而爲獸，象兔。陰之類，其數偶。其後有窮后羿請不死之藥於西王母，其妻姮娥竊之以奔月宫，是爲蟾蜍。《送赴省詞》：『姮娥剪就緑羅袍，待來步蟾宫與换。』結草：《左傳·宣公十五年》：『魏顆父武子有嬖妾，武子疾，曰嫁。是病劇，曰以殉。及卒，顆嫁之。疾病則亂，吾從其始

(一) 眉批：遠水遠山摩詰畫。

也。及敗秦師於輔氏，獲杜回。顆見老人結草而亢杜回，回躓，故獲之。夜夢老人曰：「余所嫁婦人之父也。爾用先人之始命，余是以報之耳。」』**啣環**： 漢楊寶爲童時，行泰山，見一黄雀被瘡，爲蟻損。寶收巾箱内，採黄花餧之十餘日。愈，旦去暮歸。忽一日變爲黄衣少年，與寶雙玉環。曰：『好掌此環，累世爲三公。』其子震至彪，果四世爲太尉。**金諾**： 謂人相許曰金諾。漢曹邱生揖季布曰：『楚諺曰：得黄金百斤，不如季布一諾。』**食言**： 欲人守信，曰望勿食言。**倚定門兒望**： 王孫賈事齊閔王，王出走，賈失王之處。母曰：『汝朝去而晚來，吾則倚門而望；暮出而不還，吾則倚閭而望。汝今事王，不知其處，汝尚何歸？』**衣錦**： 《南史》：『劉之遴除南郡太守，帝謂曰：「卿母年德并高，令卿衣錦還鄉，盡榮養之禮。」』**斷絃**： 漢武帝后趙氏善琴，常退朝令彈之。忽然絃斷，后悲之。帝謂后曰：『絃斷可續，奚爲悲之？』后曰：『絃斷者，凶兆也，是以悲之。』帝令左右以西海所獻鸞血作膠續之，而絃兩頭相着，雖彈不斷，帝悦。後后竟以太子幼故賜死。**分鏡**： 後陳太子舍人陳德言尚樂昌公主，陳政衰，隋遣楊越公素領兵伐之。德言謂妻曰：『國破，伊必入權豪之家。倘情緣未斷，尚冀相見。』乃破菱花鏡，各分其半，約他時正月望日賣於都市。及陳亡，其妻果爲楊素得之。後德言寄妻詩曰：『鏡與人俱出，鏡歸人未歸。無復姮娥影，空留明月輝。』樂昌得詩，悲泣不已。越公憫之，遂召德言，還其妻。**風燭**： 元初劉因穎悟絶人，留心性理，隱居事母。至元間，徵之不起。人問其故，曰：『母年九十，如風前之燭耳，豈可貪禄而取一朝之富貴乎？』**紅樓娉婷**： 白樂天詩：『紅樓富家女，娉婷女好貌。』**芙蓉帳**： 蜀後主孟昶於成都城種芙蓉，每至秋，四十里如錦，高下相照，因名錦城。以其花染繒爲帳。

第六齣　丞相教女

（末扮院子上云）珠幌斜連雲母帳，玉鈎半捲水晶簾。輕烟裊裊歸香閣，月影騰騰轉畫簷。小子不是別人，却是牛太師府中一個院子。這幾日老相公進朝，不知有甚勾當。久留省中，未曾回府，府裏幾個使女每，鎮日在後花園閒耍；今日知道老相公回來，都不見了。小子不免灑掃書館，伺候老相公回來。呀！好怪麽，只見一個婆子走入來做甚麽？（浄扮媒婆上）

【仙吕入雙調·字字雙】（浄唱）我做媒婆甚妖嬈，談笑。説開説合口如刀，波俏。合婚問卜若都好，有鈔。只怕假做庚帖被人告，喫栲。(一)

（末云）你來這裏做甚麽？（浄云）老媳婦特來與張尚書的舍人做媒。（末云）咳！我這小娘子的媒怕難做。（浄云）如何難做？（末云）老相公不肯輕許。（浄云）院公，我這頭親事你老相公必然許我。（末云）呀！且慢着，又一個婆子來了。（丑扮媒婆上）

【前腔】（丑唱）我做媒婆甚艱辛，尋趁。有個新郎要求親，最緊。咱每只得便忙奔，討信。

(一) 眉批：這媒更賺錢。

(淨云)你這老乞婆來這裏怎的？(丑唱)真個是路上更有早行人，心悶。(一)(末云)你這婆子也來這裏做甚麽？(丑云)告勾管哥得知，老媳婦特來與樞密使的舍人求親。(末云)我方纔正對那婆子説了，這媒怕難做。(丑云)如何難做？(末云)我老相公要揀擇得仔細。(丑云)院公，你休管，我説這樁親事，必定成也。(淨云)呀！我是張媒婆，幾年在府前住，今日這媒，倒喫作老乞婆做去了？(丑云)呀！老乞婆，偏你會做媒？但是門當户對的便好了。終不然你在府前住，定要你做媒？你與乞兒做媒，也嫁了他？(二)(末云)你們休鬧，老相公回來了，你每且躲開一邊立地。(外扮牛太師上)

【正宫引子・齊天樂】(外唱)鳳凰池上歸來環珮，衮袖御香猶在。棨戟門前，平沙堤上，何事車填馬隘？星霜鬢改，怕玉鉉無功，赤舄非材。回首庭前，淒涼丹桂好傷懷。

下官這幾日久留省府，不曾回家。左右，方纔甚麽人在我廳前喧鬧？(末云)有事不敢不報，無事不敢亂傳，適間有兩個婆子來老相公處求親。(外云)着他進來。你這兩個婆子做甚麽？(淨云)奴家是張尚書府裏差來求親。(丑云)奴家是李樞密府裏差來做媒。(外云)不揀甚麽人家，但是有才學，得做天下狀元的，方可嫁他。若是其餘，不許問親。(淨云)告相公得知：我的新郎，術人算他命，道他今年

(一) 眉批：這媒更圖主顧。
(二) 眉批：丞相女是皇帝媒，媒婆怎争得皇帝過？

做得狀元。[一]（丑云）告相公得知：他的新郎命不好，只有奴家這個新郎，人看他相，今科必定得中狀元。（淨、丑相打科）（外云）呀！這兩個婆子到我跟前無禮！左右，不揀有甚麼庚帖，都與我扯破；把那兩個弔起，各打十八。（末扯打科）（外云）急把媒婆打離廳。（末云）除非狀元方可問姻親。（淨云）甘喫十七八下黃荊杖。（丑云）那些個成與不成喫百瓶？（末、淨、丑下）（外云）光陰似箭催人老，日月如梭趲少年。自家没了夫人，只有一個女兒，如今不覺長成，未曾問親。只一件：我的女孩兒性格温柔，是事寔會。若將他嫁個膏粱子弟，怕壞了他；只將他嫁個讀書君子，成就他做個賢婦，多少是好？我這幾日不在家，適聽得那使喚的每日都在後花園中閒耍，這是我的女孩兒不拘束他。古人云：欲治其國，先齊其家。不免喚出女孩兒和老姥姥、惜春過來，好生訓誨他一番。[二]（貼扮牛氏帶淨、丑上）

【雙調引子·花心動】（貼唱）幽閣深沉，問佳人，爲何懶添眉黛？繡綫日長，圖史春閒，誰解屢傍粧臺？絳羅深護奇葩小，不許蜂迷蝶猜。（淨、丑唱）笑鎖窗，多少玉人無賴。

（外云）孩兒，婦人之德，不出閨門。你如今長成了，方纔有媒婆來與你議親。今日是我的孩兒，異日做他人的媳婦。我這幾日不在家，你却放老姥姥、惜春每都到後花園中閒耍，不習女工，是何道理？我

[一] 眉批：算命看相，公子更多狀元。

[二] 眉批：牛也會擇婿，也會教女，今世不如牛者固多。

想起來，都是你不拘束他。倘或做出歹事來，可不把你名兒污了？（貼云）謝得爹爹教道，孩兒從今自拘束他。（外怒云）老姥姥，你年紀大矣，你做管家婆，倒哄着女使每閒耍，是何所爲？（淨云）不干老身事，都是惜春小丫頭。（丑云）不干惜春事，都是老姥姥。（外云）這兩個賤人尚自相推，都拿下打。

（貼跪稟科）爹爹息怒。（外云）你且起來。〔一〕

【雙調引子・惜奴嬌】（外唱）孩兒，你杏臉桃腮，當有松筠節操，蕙蘭襟懷。閨中言語，不出閫閾之外。老姥姥，不教我孩兒伊之罪。惜春，這風情今休再。（合）記再來，但把不出閨門的語言相戒。

【前腔換頭】（貼唱）堪哀，萱室先摧，嘆婦儀姆教，未曾諳解。蒙爹嚴訓，從今怎敢不改？老姥姥，早晚望伊家將奴誨。惜春，改前非休違背。〔二〕（合前）

【仙呂入雙調・黑麻序】（淨唱）看待，父母心婚姻事，須要早諧。勸相公，早畢兒女之債。

（外唱）休呆，如何女子前，胡將口亂開？（合）記今來，但把不出閨門的語言相戒。

【前腔換頭】（丑唱）輕浼，我受寂寞擔煩惱，教我怎捱？細思之，怎不教人珠淚盈腮？〔三〕

〔一〕眉批：甚慈祥。

〔二〕眉批：恐教壞了你。

〔三〕眉批：傷春語恐不敢對牛說。

（貼唱）寧耐，温衣并美食，何須苦掛懷？（合前）

（外）婦人不可出閨門，（貼）多謝嚴君教育恩。

（净）休道成人不自在，（丑）須知自在不成人。

釋義：雲母帳：漢武帝賜趙氏紫茸雲母帳。水晶：性堅而脆，高麗出。色如白冰，清明而瑩。唐明皇天寶中，高麗以之制爲簾以貢焉。鳳凰池：中書省也。後魏及晉，中書監令掌贊詔命，記會時事，典作文書。以地在禁近，秉鈞持衡，多承寵任，是以人固其位。晉荀勖，武帝朝爲中書監，除尚書令。人賀之，荀曰：『奪我鳳凰池，諸君何賀也？』

第七齣　才俊登程

【中吕引子・滿庭芳】（生唱）飛絮沾衣，殘花隨馬，輕寒輕暖芳辰。江山風物，偏動別離人。回首高堂漸遠，嘆當時恩愛輕分。傷情處，數聲杜宇，客淚滿衣襟。(一)

【前腔】（末唱）萋萋芳草色，故園入望，目斷王孫。謾憔悴郵亭，誰與温存？（净、丑唱）聞道

(一)　眉批：旅中憂。

洛陽近也，還又隔幾座城闉。（合）澆愁悶，解鞍沽酒，同醉杏花村。(一)

〔浣溪沙〕（生云）千里鶯啼緑映紅，（丑云）水村山郭酒旗風，（净云）行人如在畫圖中。（末云）不暖不寒天氣好，或來或往旅人逢，（合）此時誰不嘆西東？（相見科）（净云）動問老兄尊姓？（生云）小子姓蔡。（净云）貴表？（生云）伯喈。（丑云）動問老兄尊姓？（末云）小子姓李。（丑云）貴表？（末云）群玉。（生云）動問老兄尊姓？（净云）小子姓落。（生云）貴表？（净云）得嬉。（末云）動問老兄尊姓？（丑云）小子姓常。（末云）貴表？（丑云）白將。(二)（净云）久聞列位高名，今日幸會，都是往長安赴選。（笑科）年兄年弟，休得拋撇。既然如此，且在此歇息片時，講些學識，説些志氣何如？(三)（衆云）正合愚意。（丑云）敢問蔡兄學識如何？（生云）小子坐則讀，行則吟，窮年屹屹苦搜尋。文章驚世無敵手，盡是當年惜寸陰。（丑云）有意思，有意思。（净云）敢問李兄學識如何？（末云）小子不將窮達付前緣，常把勤勞契上天。人事盡時天理見，才高豈得困林泉？（净云）自然，自然。（生云）敢問落兄學識如何？（净云）小子讀書費力，每在螢窗講習。常念青春不再，那更白日可惜？熟讀《孝經》《曲禮》，博覽《詩》《書》《周易》。《春秋》諸子百家，篇篇義理紬繹。前日行到學中，夫子潛自叫

(一) 眉批：旅中樂。
(二) 眉批：訪姓問表，相逢韋格。
(三) 眉批：臭腐語。

屈。（末云）呀！聖人如何叫屈？（净云）道是：可惜這個秀才，眼中一字不識。〔一〕（末云）你却説一場春夢！（生云）敢問常兄學識如何？（丑云）小子言不妄發，寫字極有方法。先將好墨磨濃，次把純毫蘸着。推開净几明窗，展舒錦箋繡札。不問真草隸篆，寫出都是法帖。大字麄如庭柱，小字細似頭髮。王羲之拜我爲師，歐陽詢見我詭殺。（笑科）早間寫個八字，忘了一撇一捺。（末云）又道是一筆走龍蛇。（净云）閒話休講。如今天色將晚，不免起程，趲行幾步。

【仙吕過曲·八聲甘州歌】（生唱）衷腸悶損，嘆路途千里，日日思親。青梅如豆，難寄隴頭音信。高堂已添雙鬢雪，客路空瞻一片雲。（合）途中味，客裏身，争如流水蘸柴門？休回首，欲斷魂，數聲啼鳥不堪聞。〔二〕

【前腔】（末唱）風光正暮春，便縱然勞役，何必愁悶？緑陰紅雨，征袍上染惹芳塵。雲梯月殿圖貴顯，水宿風餐莫厭貧。（合）乘桃浪，躍錦鱗，一聲雷動過龍門。榮歸去，緑綬新，休教妻嫂笑蘇秦。〔三〕

【前腔】（净唱）誰家近水濱，見畫橋烟柳，朱門隱隱。鞦韆影裏，墻頭上露出紅粉。他無情

〔一〕眉批：一字不識的更會讀書。
〔二〕眉批：曲絶妙。
〔三〕眉批：慣看戲的秀才。

笑語聲漸杳，却不道惱殺多情墻外人。（合）思鄉遠，愁路貧，肯如十度謁侯門？行看取，朝紫宸，鳳池鰲禁聽絲綸。

【前腔】（丑唱）遥瞻霧靄紛，想洛陽宫闕，行行將近。程途勞倦，欲待共飲芳樽。垂楊瘦馬莫暫停，只見古樹昏鴉棲漸盡。（合）天將暝，日已曛，一聲殘角斷樵門。尋宿處，行步緊，前村燈火已黄昏。（一）

【餘文】（合）向人家，忙投奔，解鞍沽酒共論文，今夜雨打梨花深閉門。

（生）江山風物自傷情，（浄）南北東西爲利名。

（丑）路上有花并有酒，（末）一程分作兩程行。

齣末批：

指點旅況，恍然在目。

釋義：杜宇：杜宇啼聲類『不如歸』，故客聞者淚下。芳草王孫：《楚詞》：『芳草生兮萋萋，王孫遊兮不歸。』郵亭：即今之急遞鋪。王羲之：晉人，字右軍，草書爲古今之冠。論者稱其筆勢飄若浮雲，矯若驚龍。狀若斷而實連，勢若斜而反直。皆最爲後世之崇重者。歐陽詢：初學王羲之書，後

（一）眉批：晚景如畫。

險勁過之。尺牘所傳，時人以爲法；高麗人最重之。隴頭音信：陸凱事吴，爲江南太守，與范曄相善。《寄梅花一枝》詩一首：『折梅逢驛使，寄與隴頭人。江南無所有，聊附一枝春。』隴頭，長安也。客路空瞻一片雲：唐狄仁傑貶并州司法參軍，親舍在河陽，仁傑登太行山，反顧白雲孤飛，謂左右曰：『吾親舍其下。』顧望久之，雲移乃去。流水蘸柴門：後漢姜肱，桓帝時常徵不起，常侍曹節柄政，徵爲太守，不從。人問其故，以詩喻之曰：『任他富貴不須論，且隱深山樂素餐。縱使一身居要地，争如流水蘸柴門？』芳塵：趙王石虎起高樓四十丈，異香爲屑，風作則揚之，名曰芳塵。妻嫂笑蘇秦：蘇秦説秦王不用，裘敝金盡，憔悴而歸。妻不下機，嫂不爲炊。後爲六國丞相。十度謁侯門：李觀初爲太學官，因上言役法不便，出通判處州。題詩自嘆云：『十謁侯門九不開，利名淵藪且徘徊。自知不是封侯骨，夜夜江山入夢來。』紫宸：漢之前殿，周之路寢也。鰲禁：禁，天子居也。儀林北謂之鰲禁。綵綸：帝音也。《禮記》：『王言如絲，其出如綸。』樵門：樵門，鼓角樓也。

音字：郵：由。闉：陰。澆：嫋。繹：易。蘸：站。嚑：熏。藹：愛。捺：納。

第八齣　文場選士

（末云）禮闈新榜動長安，九陌人人走馬看。一日聲名遍天下，滿城桃李屬春官。自家不是别人，却是禮部一個祗候的便是。今歲乃大比之年，朝廷委命試官，已在貢院之内；各省中式舉人，俱列棘闈之

前。如今試官將次升堂，小人只得在此聽候。正是：一封纔下興賢詔，四海都無遺棄才。道猶未了，試官大人早到。（淨扮試官上）

【南呂過曲・生查子】（淨唱）承恩拜試官，聲價重丘山。左右，那來科舉的，只問有文材，何必拘鄉貫？(一)（末云）那有文材的，如何發落他？（淨唱）取他居上第，做個清要官。（末云）那沒文材的，如何發落他？（淨唱）縱有父兄勢，也教空手還。(二)

（末云）好公道老爺！（淨云）今年却是大比之年，我爲國薦賢，但是各省府縣赴試的秀才，都喚入來。（末云）領鈞旨。

【黃鍾過曲・賞宮花】（生唱）槐花正黃，赴科場舉子忙。太學拉朋友，一齊整行裝。（合）五百英雄都在此，不知誰做狀元郎？

【前腔】（丑唱）天地玄黃，略記得三兩行。才學無些子，只是賭命强。(三)（合前）

（末叫開門科）（生云）貢院門已開，列位尊兄依次而進。（淨云）左右，這些秀才，每人給與卷子一本，蠟燭一條，各分東西廊下伺候題目。（末云）領鈞旨。（相見科）（淨云）你每衆秀才聽着：朝廷制度，

(一) 眉批：如此，則有冒籍的了。
(二) 眉批：口裏公道，做恐未必。
(三) 眉批：命强真不必論才學。

開科取士，雖有定期；立意命題，任從時好。下官是個風流試官，不比往年的試官。往年第一場考文，第二場考論，第三場考策；我今年第一場考對，第二場猜謎，第三場唱曲。若是做得對好，猜得謎着，唱得曲好，就取他頭名狀元，插金花，飲御酒，遊街兒耍子。若是對得不好，猜得不着，唱得不好，就將他黑墨搽臉，亂棒打出去。〔一〕（生、丑云）學生領命。（净云）東廊下秀才蔡邕過來領題。（生云）有。（净云）我出天文門一個對與你對。（生云）願聞。（净云）星飛天放彈。（生云）日出海拋毬。（净云）妙哉！妙哉！且站一邊。西廊下秀才落得嬉過來領題。（丑云）快些。（净云）《毛詩》三百首。（丑云）還有十一篇。（净云）不好！不好！且站一邊。蔡邕過來，我出天下八個省名的謎與你猜。（生云）願聞。（净云）一聲霹靂震天關，兩個肩頭不得閒。去買紙來作裱褙，欠人錢債未曾還。〔二〕（生云）第一句是京東、京西，第二句是江東、江西，第三句是湖東、湖西，第四句是浙東、浙西。（净云）妙哉！妙哉！且站一邊。落得嬉過來，我出山上四樣樹名的謎與你猜。（丑云）快些。（净云）雨中粧點望中黃，獨立深山分外長。廊廟之材應見取，家家織就綺羅裳。（丑云）第一句是栢樹，第二句是槐樹，第三句是楓樹，第四句是柳樹。（净云）不是！不是！且站一邊。蔡邕過來，我唱一隻曲兒，你末後湊一

〔一〕眉批：果是風流樣子。

〔二〕眉批：忒淺。

句，(一)要押得韻着。(生云)願聞高音。

【仙呂入雙調・北江兒水】(浄唱)長安富貴真罕有，食味皆山獸。熊掌紫駝峰，四座馨香透。你押下韻。(生唱)把與試官來下酒。(二)

(浄笑科，云)妙哉！妙哉！三場都好，這是個真秀才，且在東廊下伺候。(浄云)落得嬉過來，我再唱一隻曲兒，你末後也湊一句，要押得韻着。(丑云)快唱。

【前腔】(浄唱)看你腹中何所有，一袋醃臢臭。若還放出來，見者都奔走。你押下韻。(丑唱)把與試官來下酒。(三)

(浄云)不濟！不濟！將他黑墨搽臉，亂棒打出去。(丑云)不須打。正是：薄命劉生終下第，厚顔季子且還家。(浄云)蔡秀才，今科中式舉人雖多，只有你才學高邁，文字老成。俺就覆奏聖上，將你取爲第一甲頭名狀元，冠帶遊街赴宴。左右，取冠帶過來。(末取上，云)正是：袍笏賜進士，鐵鉞贈將軍。(浄云)蔡狀元換了冠帶，今就隨我入朝謝恩。(換冠帶科)

【南呂過曲・懶畫眉】(生唱)君恩喜見上頭時，今日方顯男兒志。布袍脱下換羅衣，腰間横

(一) 你：原闕，據汲古閣刊本《繡刻琵琶記定本》補。
(二) 夾批：不像生口吻。
(三) 眉批：太戲，非體。

繫黄金帶，駿馬雕鞍真是美。

【前腔】（浄唱）狀元，你讀萬卷非容易，喜得登科擢上第。功名分定豈誤期，那更三千禮樂無敵手，五百英雄盡讓伊。

【前腔】（末唱）人生當用顯門閭，廕子封妻榮自己。馬前唱道狀元歸，雁塔揮毫題姓字，一舉成名天下知。

（浄）一舉鰲頭獨占魁，（生）誰知平地一聲雷。

（末）明朝跨馬春風裏，（合）盡是皇都得意回。

齣末批：

用舉子戲謔則可，若用試官戲謔太欠通。　我亦云然。

釋義：禮闈：國家以禮進賢，故試事禮部掌之。九陌：長安有八街九陌。春官：禮部官也。棘闈：《選舉》：『禮部閲試之日，皆嚴設兵衛之，以防假濫。』禹門：禹鑿龍門，故龍門爲禹門。熊掌駝峰：俱美味。駝峰，駝上肉峰。瓊林雁塔：唐韋肇及第，偶於慈恩寺雁塔題名，後人效之，遂成故事。文衡：衡，平物之輕重，故試事者謂之司文衡。賓興：賓，禮也；興，起也。《周禮》：『以鄉三物教萬民以賓興之。』桃李：狄梁公爲相，姚元崇、桓彦範、史敬暉等一時名臣皆其所薦。或謂之曰：『天下桃李，奚在公門墻矣。』公曰：『薦賢爲國，非爲私也。』先鞭：劉琨與祖逖善，聞逖見用，曰枕戈待旦，志梟逆虜，常恐祖生先著鞭。』温飽：王沂公及第，或戲之曰：『狀元試三場，一生喫着不盡。』公正色曰：『某平生志不在温飽。』陶成：陶作瓦器也，喻作養人才也。請纓：南越與漢和親，終軍年二十餘，自願受長纓，必羈南越王致之闕下。

音字：駝：拕。叨：滔。鰕：鄒。醃臢：菴簪。鼕：音冬。絛：音滔。

第九齣　臨粧感嘆

【正宫引子·破齊陣引】（旦唱）翠減祥鸞羅幌，香銷寶鴨金爐。楚館雲閒，秦樓月冷，動是離人愁思。目斷天涯雲山遠，親在高堂雪鬢疏，緣何書也無？

〔古風〕明明匣中鏡，盈盈曉來粧。憶昔事君子，雞鳴下君床。臨鏡理笄總，隨君問高堂。一旦遠別離，鏡匣掩青光。流塵暗綺疏，青苔生洞房。零落金釵鈿，慘淡羅衣裳。傷哉憔悴容，無復蕙蘭芳。（一）有懷悽以楚，有路阻且長。妾身豈嘆此，所憂在姑嫜。念彼猸猱遠，眷此桑榆光。願言盡婦道，遊子不可忘。勿彈緑綺琴，絃絶令人傷。勿聽《白頭吟》，哀音斷人腸。人事多錯迕，羞彼雙鴛鴦。奴家自嫁與蔡伯喈，纔方兩月，指望與他同事雙親，偕老百年。誰知公公嚴命，强他赴選。自從去後，竟無消息。

（一）眉批：二語不像題。

把公婆抛撇在家，教奴家獨自應承。奴家一來要成丈夫之名，二來要盡爲婦之道，盡心竭力，朝夕奉養。正是：天涯海角有窮時，只有此情無盡處。

【仙吕入雙調·風雲會四朝元】春闈催赴，同心帶綰初。嘆《陽關》聲斷，送別南浦，早已成間阻。謾羅襟淚漬，謾羅襟淚漬，和那寶瑟塵埋，錦被羞鋪。寂寞瓊窗，蕭條朱户，空把流年度。嗏，瞑子裏自尋思，妾意君情，一旦如朝露。君行萬里途，妾身萬般苦。君還念妾，迢迢遠遠，也須回顧。

【前腔】朱顔非故，緑雲懶去梳。奈畫眉人遠，傅粉郎去，鏡鸞羞自舞。把歸期暗數，把歸期暗數，只見雁杳魚沉，鳳隻鸞孤。緑遍汀洲，又生芳杜。空自思前事，嗏，日近帝王都。芳草斜陽，教我望斷長安路。君身豈蕩子，妾非蕩子婦。其間就裏，千千萬萬，有誰堪訴？

【前腔】輕移蓮步，堂前問舅姑。怕食缺須進，衣綻須補，要行時須與扶。奈西山景暮，奈西山景暮，教我倩着誰人，傳語我的兒夫。你身上青雲，只怕親歸黄土，我臨別也曾多囑付。嗏，那些個意孜孜，只怕十里紅樓，貪戀着他人豪富。丈夫，你雖然是忘了奴，也須念父母苦！無人説與，這淒淒冷冷，怎生辜負？(一)

(一) 眉批：纔似口氣。

【前腔】文場選士，紛紛都是才俊徒。少甚麽鏡分鸞鳳，都要榜登龍虎，偏是他將奴誤。也不索氣蠱，也不索氣蠱，既受託了蘋蘩，有甚推辭？索性做個孝婦賢妻，也落得名標青史，今日呵，不枉受了些閒悽楚。嗏，俺這裏自支吾，休得污了他的名兒，左右與他相回護。丈夫，你便做腰金衣紫，須記得釵荆與裙布。苦！一場愁緒，堆堆積積，宋玉難賦。

回首高堂日已斜，遊人何事在天涯。
紅顔勝人多薄命，莫怨春風當自嗟。

釋義：翠減香銷：鸞幌翠減，寶鴨香銷，言閨中寂寞。雲閒月冷：楚館雲閒，秦樓月冷，見懷人憶遠。臨鏡理笄總：笄，簪也；總，裂練繒以束髮者。《禮記》：『婦人事舅姑，鷄初鳴，櫛縱笄總。』姑嫜：夫之父母也。腹笥：邊孝先《解嘲》語云：『腹便便，五經笥。』同心帶綰：柳耆卿詞：『羅帶綰結同心。』夫婦相契之義也。《陽關》聲斷：王維《送別陽關》之曲。送別南浦：齊江淹《別賦》：『春草碧色，春水緑波，送君南浦，傷如之何。』畫眉人遠：漢張敞爲京兆尹，以經自負，然無威儀。常爲妻畫眉，長安百姓傳之。有司奏聞，對曰：『閨房之内，夫婦之私，尤有過於此者。』上弗問之。傅粉郎：魏何晏爲吏部尚書，美姿容，面至白。帝疑其傅粉，夏月賜熱湯，汗出，拭之愈白，文帝方信之。鏡鸞：罽賓王一鸞不鳴，夫人曰：『見類則鳴。』懸鏡照之，鸞睹影悲鳴，中宵一奮而絶。雁杳魚沉：言無音信也。芳杜：《楚辭》：『采芳洲兮杜若。』香草也。西山景暮：《陳情表》：『日薄西山。』言祖母劉年老不久也。榜登龍虎：唐陸贄主試事，得韓愈、歐陽詹、賈棲、陳羽、李絳等，皆天下儁偉之士，時稱榜登龍虎。青史：史者，記事之籍也。謂之青者，蓋古人以火炙簡，令汗出，取青易書，故曰汗青，亦謂青史。蓮步：南齊東昏侯鑿金爲蓮花，貼地，令潘妃行其上，曰：『此步步生蓮花也。』

第十齣　春宴杏園

（末扮首領官上云）朝爲田舍郎，暮登天子堂。將相本無種，男兒當自强。自家不是别人，却是河南府一個首領官。往年狀元及第，赴宴遊街，但是鞍馬酒席供設祗應等件，都是府尹提調。今年蔡伯喈做狀元，及第赴宴，府尹却委着當職提調。昨日已分付太僕寺掌鞍馬的令史，并洛陽縣管排設的驛丞，專聽俺這裏鳴鼓三聲，都要到此聚會聽點。（擂鼓科）掌鞍馬的在那裏？（丑扮令史上）有問即對，無問不答。相公有何鈞旨？（末云）鞍馬備辦了未曾？（丑云）告相公得知：俺這裏在先有一萬匹好馬。（末云）怎見得好馬？（丑云）但見耳批雙竹，鬃散五花。展開鳳臆龍鬐，昂起豹頭虎額。響篤篤翠蹄削玉，點滴滴赤汗流珠。隅目青熒夾鏡懸，肉騣碨礧連錢動。一躍時尾捎雲漢，横鶩過玄圃崆峒；一霎時走遍神州，直趕上流星掣電。〔一〕 九方皋管教他稱賞，千金價不枉了追求。（末云）有甚顏色的？（丑云）布汗、論聖、虎刺、合里烏、赭啞兒、爺屈良、蘇盧、棗騮、栗色、燕色、兔黄、真白、玉面、銀鬃、秀膊、青花。正是： 五花散作雲滿身，萬里方看汗流血。（末云）有甚麽好名兒？（丑云）飛龍、赤兔、騕褭、驊騮、紫燕、驌驦、嚙膝、踰暉、騏驎、山子、白義、絶塵、浮雲、赤電、絶群、逸驃、騄驪、龍子、驎駒、騰霜驄、皎雪驄、凝露驄、照影驄、懸光驄、決波騟、飛霞驃、發電、赤流、金騧、翔麟、紫奔、紅赤、照夜白、一丈烏、九花虬、望雲騅、忽雷駁、拳毛騧、獅子花、玉逍遥、紅叱撥、紫叱撥、金叱撥。正是： 青海月氏生下，大宛越睒將來。（末云）有甚麽好廐？（丑云）飛龍、祥麟、吉良、龍媒、騊駼、駃騠、鵷鸞、出群、天花、鳳苑、奔星、内駒、左飛、右飛、左坊、右坊、東南内、西南内。正是： 畫印三花飛鳳字，中藏萬匹好龍媒。（末云）却怎的打扮？（丑云）錦韉燦爛披雲，銀鐙熒煌曜日。香羅帕深覆金鞍，紫游韁牽動玉勒。瑪瑙粧就轡頭，珊瑚做成鞍子。正是： 紅纓紫鞚珊瑚鞭，玉鞍錦籠黄金勒。〔二〕 （末云）如今選多少在這裏？（丑云）告相公，如今無了。（末云）如今無了？（丑云）元有一萬匹馬，却有一千三百個漏蹄，二千七百個抹靨，三千八百個熟瘤，二千二百個慈眼。那更鞍橋又破損，坐褥又傾敧。抽轡盡是麻繩，鞭子無非荆條。餓老鴟全然拉塔，雁翅板一發雕零。鞍轡既不周全，牽鞚何曾完備？此般物

〔一〕 眉批：厭，可删。

〔二〕 玉鞍：原闕，據汲古閣刊本《繡刻琵琶記定本》補。

件，其寔不中。（末云）休胡説！若還不完備時節，我稟過府尹大人，好生打你。（丑云）相公可憐見，容小人一壁廂自理會。（末云）鞍馬若完備時節，可牽在午門外廂，等候狀元謝恩出來乘坐。（丑云）理會得。只教他春風得意馬蹄疾，一日看遍長安花。〔一〕（丑下）（末云）管排設的在那裏？（净扮驛丞上）廳上一呼，堦下百諾。相公有何鈞旨？（末云）排設完備了未曾？（净云）告相公，俺揀上等排設倈候點視。（末云）怎見得上等排設？（净云）但見：珠簾高捲，繡幕低垂。珊瑚席鞞鑼得精神，玳瑁筵安排得奇巧。金爐内慢騰騰燒瑞腦，玉瓶中嬌滴滴插奇花。四圍環繞畫屏山，滿座重鋪錦褥子。金盤犀筯光錯落，掩映龍鳳珍羞；銀海瓊舟影蕩揺，翻動葡萄玉液。灑掃得乾乾净净，并無半點塵埃。鋪陳得整整齊齊，另是一般氣象。正是：移將金谷繁華景，粧點瓊林錦繡天。（末云）安排既齊整，你每且退去，待等狀元遊街了赴宴。（净云）領鈞旨。正是：瓊林勝處風光好，别是人間一洞天。（净下）〔二〕（衆云）遠遠望見一簇人馬閙炒，想是狀元來了。（末下）（生、净、丑騎馬上）

【仙吕入雙調·窣地錦襠】（同唱）嫦娥剪就緑雲衣，折得蟾宫第一枝。宫花斜插帽簷低，一舉成名天下知。

【哭岐婆】洛陽富貴，花如錦綺。紅樓數里，無非嬌媚。春風得意馬蹄疾，天街賞遍方歸去。

〔一〕眉批：簡頓更妙。

〔二〕下：原作「云」，據汲古閣刊本《繡刻琵琶記定本》改。

（生、淨先下）（丑墜馬科）救命！　救命！　爹爹、妳妳、伯伯、叔叔、哥哥、嫂嫂、孩兒、媳婦都來救我。

（末騎馬上）

【越調過曲・水底魚兒】（末唱）朝省尚書，昨日蒙聖旨，道狀元及第，教咱去陪宴席。（丑叫）踏壞了人了。（末唱）越着鞭越退，遣人心下疑。（丑云）救命！　救命！（末唱）轉頭回望，叫我的還是誰？

漢子，你是誰？（丑云）我是墜馬的狀元。㈠（末扶科）快起來。（丑云）尊官是誰？（末云）我是中書省陪宴官，不知足下爲甚墜馬？

【正宮・北叨叨令】（丑唱）鬧炒炒街市上遊人亂，（末云）你馬驚了呵？（丑唱）惡頭口抵死要回身轉。（末云）怎的不牽過一邊？（丑唱）我戰兢兢只怕韁繩斷。（末云）爲甚不打他？（丑唱）怯書生早已神魂散。（末云）你不害事麽？（丑呻吟科）險些跌折了腿也麽哥，險些舂破了頭也麽哥，我好似小秦王三跳澗。

（末云）這馬如今在那裏去了？（丑云）知他那裏去了！　傷人乎？　不問馬。（末云）咳！　你兀自文騾騾的。　我且就這裏人家借一個馬與你騎。（丑云）你靜辦，若借馬與我騎，便索死。（末云）呀！　怎

㈠　眉批：不雅，删。

的便死？（丑云）你不聞孔子説道：有馬者借人乘之，今亡矣夫。（末云）一口胡柴。呀！遠遠望見一簇人馬來，有馬就借一匹與你騎。（丑云）不須得，不須得。（生、浄騎馬上）

【窣地錦襠】（同唱）荷衣新惹御香歸，引領群仙下翠微。杏園惟有後題詩，此是男兒得志時。

（丑云）狀元，你每列位騎馬遊街，且是好。只不要似我騎馬，椿破了頭，跌折了脚。（生云）足下原來墜馬呵？（丑云）可知哩。（末云）不是下官搭救時節，險些送了一條性命。（浄云）如此，更賴足下之力。（生云）請整頓同行。（丑云）你們三位自去赴宴，我到太平坊下李郎中家去便來。〔一〕（衆云）你去做甚麽？（丑云）我去醫攧撲傷損瘡。（衆云）休要推故，我去借一個馬與你騎了同去。（丑云）小子告退，你三位自去。（末云）朝廷事例，如何不去赴宴？（丑云）赴宴也好，只是騎馬不得。這等，你三位騎馬前去，我隨後提着胡床來。（末云）成甚麽模樣！（丑云）這個不妨，却有兩説：路上人問你，便説是使唤的伴當；若是筵席中，却説是打伴當的人。（末云）好窮對副！〔二〕

【哭岐婆】（衆唱）玉鞭裊裊，如龍驕騎。黄旗影裏，笙歌鼎沸。如今端的是男兒，行看錦衣

〔一〕坊：原作『按』，據汲古閣刊本《繡刻琵琶記定本》改。

〔二〕眉批：删！

歸故里。(一)

(末云)這裏便是杏園，請列位駐馬。(丑云)左右，馬都牽到僻處去。倘或人道四位官員如何有三個馬，不象模樣。(末云)好高見識！如今請列位照依年例，留下佳作。(浄云)蔡兄先請。(生云)五百名中第一仙，花如羅綺柳如烟。緑袍乍着君恩重，黄榜初開御墨鮮。禮樂三千傳紫禁，風雲九萬上青天。時人謾説登科早，未許嫦娥愛少年。(浄云)妙！妙！紫金闕無極無上聖。(末云)這裏不是玉皇閣，休得誦他的寶號。如今却輪當足下。(浄云)我也有四句：遲日西山麗，春風花草香。(末云)且住。使不得，這是古詩。(浄云)呀！我前日三場也都是別人的文章，尚自中了。如何一首別人的詩，倒使不得起來？(末云)休道是七步成章。(浄云)咳！你道我真個不會作詩呵？我且將就做一首與列位看看：赴選何曾入棘闈，此身未擬着荷衣。三場盡是倩人做，一字全然匪我爲。自笑持杯惟戀酒，却愁把筆怎題詩？有人問我求佳作，(衆)如何答他？(浄云)問我先生便得知。(末云)又道是當仁不讓於師。(丑云)倉官不識串字，中中。(末云)且休誇口。如今又輪當足下。(丑云)有，有。列位做律詩，都把那赴試的事爲題，恐是熟套；小子如今另立一題。(末云)你把甚麽爲題？(丑云)便把小子方纔墜馬爲題，胡做古風一篇，以紀其事如何？(衆云)尤妙！尤妙！(丑云)君不見去年騎馬張狀元，跌了左腿不相聯？又不見前年跨馬李試官，跌了窟臀没半邊？世上三般拚命

(一) 眉批：厭。！

事，行船走馬打鞦韆。小子今年大拚命，也來隨趁跨金鞍。跨金鞍，(一)災怎躲？叵耐畜生侮弄我。大叫三聲不肯行，連攛兩攛不是耍。便把韁繩緊緊拿，縱有長鞭怎敢打？須臾之間掉下來，一似狂風吹片瓦。昨日行過樞密院，三個軍人來唱喏。小子慌忙走將歸，(末云)却如何？(丑云)怕他請我教戰馬。(末云)又説夢話。諸公請依位而坐，左右，看酒。(雜扮承直上)(二)色動玉壺無表裏，光揺金盞有精神。告相公，酒在此。(衆把酒科)

【仙吕入雙調·五供養】(末唱)文章過晁董，對丹墀已膺天寵。(合)赴瓊林新宴，顫宮花，緩引黄金鞚。

【前腔】(净、丑)九重天上聲名重，紫泥封已傳丹鳳。(合)便催歸玉簡侍宸旒，他日歸來金蓮送。

【中吕·山花子】(末唱)玳筵開處遊人擁，争看五百名英雄。(生唱)喜鰲頭一戰有功，荷君恩奏捷詞鋒。(合)太平時車馬已同，干戈盡戢文教崇，人間此時魚化龍。留取瓊林，勝景無窮。

(一) 跨金鞍：原闕，據汲古閣刊本《繡刻琵琶記定本》補。
(二) 雜：原闕，據汲古閣刊本《繡刻琵琶記定本》補。

【前腔】(浄唱)三千禮樂如泉湧，一筆掃萬丈長虹。(丑唱)看奎光飛躔紫宫，光耀萬玉斑中。(合前)

【前腔】(生唱)青雲路通，一舉能高中，三千水擊飛冲。(浄唱)又何必扶桑掛弓？也强如劍倚崆峒。(合前)

【前腔】(丑唱)恩深九重，絲絡八珍送，無非翠釜駝峰。(末唱)看吾皇待賢恁隆，不枉了十年窗下把書來攻。(合前)

【太和佛】(生唱)寶篆沉烟香噴濃，(衆唱)濃熏綺羅叢。瓊舟銀海，翻動酒鱗紅，一飲盡教空。(生悲)持杯自覺心先痛，縱有香醪，欲飲難下我喉嚨。他寂寞高堂菽水誰供奉？俺這裏傳杯諠鬨，(衆唱)狀元，你休要得對此歡娱意忡忡。

【舞霓裳】(合唱)願取群賢盡貞忠，盡貞忠；管取雲臺畫形容，畫形容。時清莫報君恩重，惟有一封書上勸東封，更撰個河清德頌。乾坤正，看玉柱擎天又何用？

【紅繡鞋】(合唱)猛拚沉醉東風，東風；倩人扶上玉驄，玉驄。歸去路，望畫橋東。花影亂，日朦朧。沸笙歌，引紗籠。

【意不盡】(合)今宵添上繁華夢，明早遥聽清禁鍾。皇恩謝了，鵷行豹尾陪侍從。

(生)名傳金榜换藍袍，(浄)酒醉瓊林志氣豪。

(丑)世上萬般皆下品，(末)思量惟有讀書高。

齣末批：

刪其煩冗，便覺直捷可觀。

釋義：太僕寺：太僕，衆僕之長。耳批雙竹：杜詩：『竹批雙耳駿。』鬃散五花：杜詩：『五花散作雲滿身。』鳳臆龍鬐：《胡馬行》：『鳳臆龙鬐未易識。』豹頭虎頷：伯樂《相馬經》云：『馬之可相者，必豹頭虎頷。』翠蹄削玉：杜詩：『脚下雙蹄削寒玉。』赤汗流珠：漢渥洼《馬歌》：『霑赤汗兮珠流赭。』杜詩：『赤汗微生白雪毛。』『隅目青熒』二句：杜工部《驄馬行》。隅目，目有角也；肉駿，肉豐也。夾鏡，喻其清熒。連錢，喻其磊落。東坡在岐下，見秦州進一馬，駿如牛，領毛生肉端。番人曰：『此肉駿馬也。』玄圃：臺名。居崑崙山之一角，而崑崙山在陝西肅州，其嶺峻極，經月積雪不消。周穆王見王母於此。崆峒：山名。在河南汝州，昔廣成子隱此。相傳崆峒有五：一在臨洮，一在安定。莊周述黃帝問道崆峒，遂言遊襄城、登具茨、訪大隗，皆與此山接壤。神州：《古今通論》：『崑崙山之東南方五千里，謂之神州。』九方皋：秦穆公謂伯樂曰：『子之年長矣，子姪有可求馬乎？』對曰：『良馬可以形容，筋骨相也。臣有所與者九方皋。』穆公見之，使行求馬。還報曰：『已得之，在沙邱。』穆公曰：『何馬？』對曰：『牡而黃。』使人往取之，牡而驪。穆公不悦，召伯樂，曰：『若皋之所觀，天機也；得其精而忘其麤，在其内而忘其外。』馬至，果良馬也。赤兔：呂布有馬，名赤兔，後爲關羽所獲。紫燕、絶塵、赤電、絶群、逸驃：《西京雜記》：『漢文帝自代還，有良馬九匹，曰浮雲、赤電、絶群、逸驃、紫燕、緑耳、驄龍、鱗駒、絶塵，名九逸。』奔電、踰暉：周穆王周行天下，得八龍之駿，名絶地、翻羽、奔電、越影、踰暉、超光、騰露、挾翼。追風：秦王有七名馬，曰追風、白兔、躡景、追電、飛翻、銅雀、晨鳧。一丈烏：梁太祖温以愛馬一丈烏賜寇彦卿。五花虬：《胡馬行》：『五花馬，千金裘。』紫叱撥：鮑生與外弟韋生嘗以美妓换駿馬，名紫叱撥。大宛：國名，極産良馬，漢武帝使壯士以千金求之。龍騏：劉牢之有馬號龍騏，嘗跳五丈澗以脱慕容垂之逼。錦韉：韉，以藉鞍者。以錦爲之，故曰錦韉。紫遊韁：以紫絲爲之。鄴下童謡：『青青御路楊，白馬紫遊韁。』玉勒：勒，馬銜也。以玉飾之，故曰玉勒。馬瑙：形似馬腦，多出北地，如纏絲者貴。有紅、黑、白三種，似人物、鳥獸形最貴。珊瑚：樹生海中也，色紅潤，出波斯、獅子等國。以鐵網沉水底，經年取之乃得。午門：鄭玄云：『天子之門有九，一縱一横，故曰午門。』又：天子正南之門曰午門。正南，午位也。瑞腦：香名，形如蟬、蚕。老龍腦樹節方有形，出交趾。銀海、瓊舟：俱酒器，各受酒一斗。葡萄玉液：葡萄出大宛，漢張騫使西域所得，有黑、白、黄三種。人釀以爲酒，名曰玉液。富人藏酒至千斛，十年不敗。金谷：園名，在河南府城西十三里，地有金水，自太白原南流經此谷。晋石崇因川阜造園館。三跳澗：小秦王，唐太宗也。武德初，宋金剛寇澮州，王與戰，敗績。其將尉遲敬德追王至澗邊，王計窮，遂策馬跳過之。王將秦叔寶來援，與戰，二人亦策馬而跳過。荷衣：緑袍也。劉蕡詩：『身掛緑荷衣。』翠微：山色也。山極上曰翠微。杏園：進士初宴，謂之杏園宴。緑袍：唐制：進士例賜緑袍。御墨鮮：狀元及第，御筆親註其名。禮樂三千：宋夏竦詩：『縱横禮樂三千字。』樞密院：《會要》云：『樞密院掌天子之機務，及天下邊境軍馬之政。』蓋取天樞之義。玉壺：晉武帝時，鮮卑貢一白玉壺，容酒斗餘，其中酒温、寒隨人意。晁董：晁錯，潁川人，學申、韓氏，以文學爲太常掌故。文帝遣受《尚書》於伏生，遷太子家令，號智囊。景帝時，遷御史大夫。董仲舒，廣川人，少治《春秋》。江夏爲教授，三年不窺園圃。以賢良對策，漢武帝嘉之，以爲江都相。丹墀：殿堦也，以丹朱漆地。瓊林新宴：朝廷賜宴及第人，謂瓊林宴。九重：天子之門有九，謂關門、遠郊門、城門、皋門、庫門、雉門、應門，象天九重門。紫泥：《漢書》云：『天子六璽，皆以成都紫泥封。』宸旒：旒，冕飾。《説文》：『垂玉也。』《禮》：『王衮冕十二旒，鷩冕九旒，毳冕七旒，希冕五旒，玄免三旒。』金蓮送：令狐綯，唐太宗初爲翰林承旨。夜對禁中，燭盡，上以乘輿金蓮花燭送歸院。詞峰：潘岳詞峰景焕。三千禮樂如泉湧：李嶠與蘇頲同知制誥，時稱其文思如泉湧。紫宫：《天文志》：『北極五星，皆在紫宫。』萬玉班中：唐李宗敏知貢舉，門生多清秀，時號『玉笋班』。『扶桑』二句：扶桑，日出處也。崆峒，山名也。襄王謂宋玉曰：『能爲大言乎？』對曰：『彎弓射扶桑，長劍倚天外。』絡繹：不絶也。八珍：食之美者曰珍。謂龍肝鳳髓，兔胎熊掌，鶚腑豹蹄，猩唇鯉魚尾。酒鱗紅：鱖魚大口細鱗斑綵，以煮酒，味極佳。雲臺：漢明帝因思中興功臣，乃圖二十八將於南宫雲臺。東封：東岳泰山封，用五色土雜封之。司馬相如病且死，有遺書勸上封泰山。河清頌： 南宋元嘉中，河、濟俱清，文帝命鮑照爲《河清頌》。玉柱擎天： 唐張説撰姚崇碑文曰：『玉柱擎天，高明之位列焉。』玉驄： 馬名，青白色。紗籠： 唐李藩少時問卜於葫蘆生，曰：『紗籠中人。』藩不省。後有新羅僧言，凡位當宰相者，冥司必潛以紗籠護之。元和中，果拜相。清禁鐘： 漢武帝時，未央宮殿前有鐘，號曰清禁，忽自鳴三日三夜。詔問東方朔，對曰：『銅者，土之子。子母感而相應，山恐有崩者，故鐘者先鳴。』後三日，蜀郡太守上言銅山崩。鵷行： 古詩：『簉跡鵷鷺行。』朝官班也。豹尾：《漢書》大駕法： 駕出屬車，最後一乘懸豹尾，以前皆省中也。

音字：梟：鳥。沸：費。惹：也。饕：滔。臀：屯。攛：竄。顫：戰。鞚：控。駝：拕。醪：勞。

第十一齣　蔡母嗟兒

【商調引子・憶秦娥先】（旦唱）長吁氣，自憐薄命相遭際。相遭際，暮年姑舅，薄情夫婿。

〔清平樂〕夫妻纔兩月，一旦成分別。没主公婆甘旨缺，幾度思量悲咽。 家貧先自艱難，那堪不遇豐年。恁的千辛萬苦，蒼天也不相憐。奴家自從兒夫去後，遭此饑荒；况兼公婆年老，朝不保夕，教奴家獨自如何應奉？婆婆日夜埋怨着公公，當初不合教孩兒出去；公公又不伏氣，只管和婆婆閒争。外人不理會得，只道是媳婦不會看承，以致公婆日夜鬧炒。且待公婆出來，再三勸解則個。

【憶秦娥後】（外唱）孩兒一去無消息，雙親老景難存濟。（净扯外耳科，唱）難存濟，不思前日，强教孩兒出去？

（旦勸科）（净云）老賊，你抵死教孩兒出去赴選，今日没有飯喫，他便做得狀元，濟你甚事？[一] 若是孩兒在家，也會區處，終不到得恁的狼狽。如今凍得你好，餓得你好。老賊，你死了休！（外云）老乞婆，你埋怨我則甚？我是神仙，知道今日恁的饑荒苦？[二] 這般時年，誰家不忍饑受餓？誰似你這般埋怨我？休休！我死！我死！今日饑荒也是死，被你埋怨不過也索死。（欲死，旦扯住科）（净云）老賊，你便死也消不得我這場嘔氣！（旦云）公公婆婆且息怒，聽奴家一言分剖：當初公公教孩兒出去時節，不道今日恁的饑荒，婆婆難埋怨公公；今日婆婆見這般饑荒，孩兒又不在眼前，心下焦躁，公公也休怪婆婆埋怨。請自寬心，奴家如今把些釵梳首飾之類，典些糧米，以充公婆一時口食。寧可餓死奴家，决不將公婆落後。（净云）媳婦，你説得好，我只是恨這老賊！

【南吕過曲·金索掛梧桐】（净唱）區區一個兒，兩口相依倚。没事爲着功名，不要他供甘

[一] 眉批：狀元子真不療饑！

[二] 眉批：也有先知的，怎不聽他説？

旨。你教他做官，要改換門閭，只怕他做官時你做鬼。(一) 老賊！你圖他三牲五鼎供朝夕，今日裏要一口粥湯却教誰與你？相連累，我孩兒因你做不得好名儒。（合）空争着閒是閒非，空争着閒是閒非，只落得雙垂淚。

【前腔】（外唱）養子教讀書，指望他身榮貴。黄榜招賢，誰不去求科試？老乞婆，我説個比方與你聽。譬如范杞良差去築城池，他的娘親埋怨誰？（淨云）老賊，你倒好比方！他是奉官差哩。（外唱）合生合死皆由命，少甚麼孫子森森也忍饑？（淨云）老賊，你固自口硬！再過幾時，餓得你口嗅屎哩！（外唱）休聒絮，畢竟是咱每兩口受孤恓。(二) （合前）

【前腔】（旦唱）婆婆，孩兒雖暫離，須有日回家裏。（淨云）媳婦，我豈不知孩兒自有一日回來？只是眼下受餓難過。（旦唱）婆婆，奴有些釵梳，解當充糧米。（淨云）老賊！我若没有這般孝順的媳婦會擺佈，可不把我的肝腸也餓斷了？（外云）老乞婆，這是時年如此，你苦死埋怨我怎的？（旦云）公公婆婆恁的閒争呵，教傍人道媳婦每有甚差池，致使公婆争鬥起。(三) 婆婆，他心中愛子，指望功

(一) 眉批：已做餓鬼了。
(二) 眉批：罵語不妨粗。
(三) 眉批：來得甚捷，解語最的。

名就；公公，他眼下無兒，因此埋怨你。難逃避，兀的不是天降下這災危？（合前）

【劉潑帽】（外唱）天那！我每不久須傾棄，嘆當初是我不是，不如我死了無他慮。（合）一度裏思量，一度裏肝腸碎。

【前腔】（淨唱）有兒却遣他出去，教媳婦怎生區處？媳婦，可憐誤你芳年紀。（合前）

【前腔】（旦唱）公公婆婆，媳婦便是親兒女，勞役事本分當爲，但願公婆從此相和美。[一]（合前）

（外）形衰力倦怎支吾？（旦）口食身衣只問奴。

（淨）莫道是非終日有，（合）果然不聽自然無。

齣末批：

曲好，白好，關目好，極其鬧熱。專用蔡婆罵處，尤見作手。

釋義：蒼天：春爲蒼天，夏爲昊天，秋爲旻天，冬爲玄天。狼狽：狽，狼屬，無前足，附狼而行，無狼則不能行。森森：衆多也。范杞良：秦始皇三十年，遣將軍蒙恬發兵三十萬北築長城。起於臨洮，至遼東，萬餘里。湖南人范杞良預役築城，未經一月，身死。其妻孟姜女送寒衣，聞夫身死，乃於城下

[一] 眉批：聽此一言，肚裏更添三分饑。

哭泣十餘日，城爲之崩。

音字：燥：皂。杞：起。聒：郭。

第十二齣　奉旨招婿

（末云）縹緲紗窗映霧烟，深深華屋鎖嬋娟。屏間孔雀人難中，幕裏紅絲誰敢牽？自家是牛太師府中一個院子，這幾日聽得府中喧傳太師要招女婿。況我這個小娘子不比别的小娘子：一來是丞相之女，二來他才貌兼全。必須有文章有官職有福分的，方可中選。且在此等候，相公出來，便知端的。

【南吕引子・似娘兒】（外唱）華髮漸星星，憐愛女欲遂姻盟，蟾宫桂子才堪稱。紅樓此日，紅絲待選，須教紅葉傳情。(一)

左右那裏？（末云）廳上一呼，堦下百諾。不知老相公有何鈞旨？（外云）自古道：男子生而願爲之有室，女子生而願爲之有家。我老夫人傾棄多年，只有一個小姐，美貌娉婷。昨日見官裏，問我道：你的女孩兒曾嫁人未？我回言道：未曾嫁人。官裏道：既不曾嫁人，如今新狀元蔡邕，好人物，好才學，朕與你主婚，你可招他爲婿。你意如何？俺奉着聖旨，就謝了恩。你每道此事如何？（末云）

(一)　眉批：不待父母之命何如？

覆相公：男大須婚，女大須嫁。小姐是瑶臺閬苑神仙，狀元是天禄石渠貴客。何況玉音主盟，金口説合。若做了百年夫婦，不枉了一對姻緣。這是：佳人才子兩堪誇，天付姻緣事不差。試看月輪還有意，定知丹桂近仙娃。（外笑云）你言正合我意。你就去唤府前官媒婆來，同去蔡狀元處説親。（末云）領鈞旨。（唤科）（丑扮媒婆拿秤、斧上）

【正宫過曲・醉太平】（丑唱）我做聰俊的媒婆，兩脚疾走如梭。生得不矮又不矬，人人都來請我。我只要金多銀多，綾羅段匹多，方肯做。又且張家李家誇談我，（末云）誇談你甚的？（丑唱）道我每須勝是别媒婆。(一)

媒婆媒婆，兩脚奔波。一斗好酒，一隻肥鵝。送到家裏，我和老公笑呵呵。（末云）婆子休閒説，且去見老相公。（外云）媒婆，你手裏拿着甚麽東西？（丑云）這是斧頭。（外云）要他何用？（丑云）這是媒婆的招牌。（外云）如何將他做招牌？（丑云）告相公得知：《毛詩》有云：『析薪如之何？匪斧弗克。娶妻如之何？匪媒不得。』以此將他爲招牌。（末云）休在班門弄斧。（外云）媒婆，你要秤何用？（丑云）相公，這唤作量人秤，最是要緊的。大凡做媒時節，先把新婦新郎秤得一般，方纔與他説親，久後夫妻也和順。若是輕重了，夫妻到底相嫌。(二)（外云）休閒説！媒婆，我昨日奉聖旨，教我將小姐招

(一) 眉批：雖有聖旨，不廢媒婆。
(二) 眉批：娶妻如何必告父母，何不一説？

贅蔡狀元爲婿，你如今去他跟前説知。若得成就了這頭親事，我多多賞你。（丑云）這個有甚難處？一來奉當今聖旨，二來托相公威名，三來小姐才貌兼全。是人知道，蔡狀元有何不可？（末云）這話極説得是。（外云）媒婆，你近前來聽我説。

【南呂過曲・鎖窗郎】（外唱）吾家一女娉婷，不曾許與公卿。昨承聖旨，招選書生。媒婆，你和他説：不須用白璧黄金爲聘。（合）説道姻緣前世已曾定，今日裏，共歡慶。

【前腔】（丑唱）住東京極有名聲，相公，論媒婆非自逞。今朝事體，管取完成。怕有一輕一重，全憑這條官秤。（合前）

【前腔】（末唱）雖然他高占魁名，得相招多少榮縈。依繡幕選中雀屏，媒婆，此一去他必從命。（合前）

（外）爲傳芳信仗良媒，（丑）管取門楣得俊才。

（末）百年夫婦今朝合，（合）一段姻緣天上來。㈠

釋義：華屋鎖嬋娟：漢武帝數歲時，公主抱而問曰：『兒欲得婦否？』曰：『欲得。』主指女阿嬌曰：『好否？』笑曰：『若得阿嬌，當以金屋貯之。』屏開孔雀：竇毅仕周，爲上柱國。有女數歲，讀

㈠　眉批：俗詩。

《列女傳》，一過不忘。聞隋祖受周禪，自投床下，曰：『恨非男子，不能救舅家之難。』毅掩其口，曰：『毋妄言，赤吾族矣。』毅常謂夫人曰：『此女有奇相，不可妄與人。』因畫二孔雀於屏間，令請婚者射二矢，約中目則與之。唐高祖最後射，各中一目，遂以妻之。後爲后焉。幕裏紅絲：太僕寺卿郭元振少有大志，中書令張嘉貞欲納之爲婿，謂曰：『吾女五皆有姿色，各持一綫，以帷幕之，子可隨便牽之。』元振牽一紅絲，遂得第三女。紅葉傳情：唐僖宗時，于祐見御溝流一紅葉，題詩云：『流水何太急，深宮盡日閒。慇懃謝紅葉，好去到人間。』祐見詩，亦題之云：『曾聞葉上題紅怨，葉上題詩寄阿誰？』祐託於韓泳門館，帝放宮女，韓夫人美姿，遂作伐而嫁於祐。韓於祐笥見紅葉，驚曰：『此詩乃妾之所題，不擬君拾之。今果配合，事豈偶然？』一日，祐開宴宴泳，泳曰：『今日可謝冰人也。』韓笑曰：『一聯佳句隨流水，十載幽思滿素懷。今日果成鸞鳳友，方知紅葉是良媒。』瑶臺：仙居之處。昔許澶暴卒，三日醒，作詩云：『曉入瑶臺露氣清，坐中惟見許飛瓊。塵心未盡俗緣在，十里空山秋月明。』驚起，改第二句云：『天風吹下步虚聲。』因謂人曰：『昨夜夢到瑶臺，有仙女三百餘人，一云飛瓊。今改一句，不欲世間知有我。』閬苑：崑崙山有三角，北曰閬風苑，西曰玄圃臺，東曰崑崙宫，有五城十二樓，衆仙往來其間。天禄：閣名，在未央宫之側。揚雄、劉向校書於此。石渠：閣名。漢蕭何所造，以藏入關時所得秦圖書。宣帝亦藏秘書於此。其下有石爲渠，以導水，故名。玉音金口：天子之言語，臣庶尊之爲玉音金口。班門弄斧：公輸子，名班，魯之巧人也。今人誇口於識者之前，譏之曰：『此班門弄斧。』

第十三齣　官媒議婚

【商調引子・高陽臺】（生唱）夢遶親闈，愁深旅邸，那堪音信遼絶。淒楚情懷，怕逢淒楚時節。重門半掩黄昏雨，奈寸腸此際千結。守寒窗一點孤燈，照人明滅。當時輕散輕别。嘆玉簫聲杳，庾樓明月。一段愁煩，翻成兩下悲咽。枕邊萬點思親淚，伴漏聲到曉方徹。鎖愁眉，慵臨青鏡，頓添華髮。(一)

〔木蘭花〕鰲頭可羡，須知富貴非吾願。雁足難憑，没個音信寄子情。田園將蕪，不知松菊猶存否？光景無多，争奈椿萱老去何？自家爲父母所强，來此赴選，誰知逗遛在此，竟不能歸。今又復拜皇恩，除爲議郎。雖則任居清要，争奈父母年老，安敢久留？天那！知我的父母安否如何？知我的妻室侍奉如何？欲待上表辭官，又未知聖意如何？苦！好似和針吞却綫，刺人腸肚繫人心。（末、丑同上）

【勝葫蘆】（末唱）特奉皇恩賜結婚，來此把信音傳。（丑唱）若是仙郎肯與諧姻眷，一場好事，管取今朝便團圓。

（生云）自家門户重重閉，春色緣何得入來？未審何人到此？（末、丑云）小人是牛太師府裏一個院

(一) 眉批：一字一淚。

子，老媳婦是媒婆，我兩人奉天子之洪恩，領太師之嚴命，特與狀元諧一佳偶。（生云）元來如此。不索多言，且聽我説。（一）

【商調過曲·高陽臺】（生唱）宦海沉身，京塵迷目，名韁利鎖難脱。目斷家山，空勞魂夢飛越。（丑云）狀元，是好一個小姐。（生唱）閒聒，閒藤野蔓休纏也。俺自有正兔絲，親瓜葛。是誰人無端調引，謾勞饒舌？

【前腔】（末唱）閥閱，紫閣名公，黄扉元宰，三槐位裏排列。金屋嬋娟，妖嬈那更貞潔。（丑唱）歡悦，秦樓此日招鳳侶，遣妾每特來執伐。望君家殷勤肯首，早諧結髮。

【前腔】（生唱）非别，千里關山，一家骨肉，教我怎生抛撇？妻室青春，那更親鬢垂雪。（丑云）狀元，老丞相見你這般青春年少，纔肯把小姐嫁與你，你不必推故。（生唱）差迭，須知少年自有人愛了，謾勞你嫦娥提挈。滿皇都豪家無數，豈必卑末？（二）

【前腔】（末唱）不達，相府尋親，侯門納禮，兀自拒他不屑。繡幕奇葩，春光正當十八。（丑云）休撇，知君是個折桂手，留此花待君攀。況親奉丹墀詔旨，非我自相攛掇。

（一）眉批：到是個奉欽差的媒婆。

（二）眉批：家有前妻，不敢奉命。

【前腔】(生唱)心熱,自小攻書,從來知禮,忍使行虧名缺?父母俱存,娶而不告須難說。悲咽,門楣相府雖要選,奈㕑㕑佳人寔難存活。(丑云)狀元,小姐生得十分美貌,你休錯過了。(生唱)縱然有花容月貌,怎如我自家骨血?

【前腔】(末唱)迂闊,他勢壓朝班,威傾京國,你却與他相別。只怕他轉日迴天,那時節須有個決裂。(丑唱)虛設,夜靜水寒魚不餌,笑滿船空載明月。下絲綸不愁無處,笑伊村殺。

【餘文】(生唱)明朝有事朝金闕,歸家奉親心下悦。(末唱)狀元,只怕聖旨不從空自說。

(生云)不須多言。你若果奉聖旨來,我明日上表辭官,一就辭婚便了。

(末)君王詔旨不相從,(生)明日應須奏九重。

(丑)有緣千里能相會,(合)無緣對面不相逢。

齣末批:

到此娶親已經年歲矣,尚説他青春年少,則古人三十而娶之語亦不可憑。緣何赴試之際,渠母已八十餘矣,天下豈有婦人五六十歲生子之理?

釋義: 玉簫聲杳: 言夫婦久别也。蕭史,秦穆公時人,善吹簫,作鳳鳴,能致孔雀白鶴。穆公有女弄玉,亦好吹簫,遂妻焉。乃教玉作鳳鳴,居十餘年,有鳳凰止其屋。穆公爲作鳳凰臺,夫婦止其上。一日,史乘龍,弄玉乘鳳,升天而去。 議郎: 漢靈帝建寧三年,蔡邕校書中觀,遷爲議郎。 清要: 唐李素以親喪去官，既除服，上詔受以七品清要官。有司擬雍州司户，上曰：『此官要而不清。』又擬秘書郎，上曰：『此官清而不要。』乃授侍御史職。宦海沉身：唐顔真卿，道士來訪，謂曰：『公骨可度世，不宜沉身宦海。』兔絲：女蘿在草爲兔絲。古樂府：『兔絲附女蘿。』瓜葛：瓜葛之藤，延蔓相及。謂親戚綿密。饒舌：猶言口多。閥閲：《史記》：『明其等曰閥，表其功曰閲。』又，門左曰閥，右曰閲。紫閣：宋劉汾拜中書舍人，請復古制，建紫薇閣於西省。黄扉：扉，户扇也。漢丞相黄扉黑幡。元宰：冢宰也，百官之長。門楣：唐玄宗間立楊貴妃從兄國忠，加御史大夫、銛騎鴻卿，女兄弟韓國、秦國、虢國三夫人。時謡云：『男不封侯女作妃，君看女却爲門楣。』楣，即門上横梁也。扊扅佳人：扊扅，門關也。百里奚仕秦爲相，其妻歌曰：『百里奚，五羊皮。憶别時，烹伏雌，炊扊扅，今日富貴忘我何爲？』問之，乃其妻也，遂就焉。轉日：魯陽公與韓搆難，戰酣。日暮，援戈而揮之，日反三舍。回天：唐太宗修洛陽宫，左庶子張玄素諫止之。魏徵聞之，曰：『張公論事，有回天之力。』『夜静水寒』三句：華亭和尚偈云：『千尺絲綸直下垂，一波纔動萬波隨。夜静水寒魚不餌，滿船空載月明歸。』

音字：庾：預。宦：患。攛：音參，去聲。掇：奪。扊：掩。扅：移。

第十四齣　激怒當朝

【黄鍾過曲・出隊子】（外唱）朝夕縈掛，只爲孩兒多用心。不知月老事何因？爲甚冰人没信音？顒望多時，情緒轉深。

目斷青鸞瞻碧霧，情深紅葉看金溝。自家昨遣院子和官媒婆去蔡狀元處説親，尚未回音，且待他來，便知端的。

【前腔】（末、丑）喬才堪笑，故阻佯推不肯從。豈無佳婿近乘龍？有甚福緣能跨鳳？料想書生，只是命窮。(一)

（相見科）（外云）媒婆，你回來了？事體若何？（丑云）覆相公得知：他千不肯，萬不肯，只是不肯不肯。（末云）你且住休，待小人覆知相公。蔡狀元道他家中有垂白之父母，年少之妻房；明日要上表辭官家去，寔難從命。

【正宮過曲・雙鸂鶒】（外唱）聽伊説教人怒起，漢朝中惟吾獨貴，我有女，偏無貴戚豪家求配？奉聖旨使我招狀元爲婿，媒婆，不知他回話有何言語？(二)

【前腔】（丑唱）媒婆告相公知：恨那人作怪蹺蹊。千不肯，萬推辭。（外云）我奉聖旨招他爲婿，你曾把這話對他説麽？（丑唱）這話頭不惹些兒。道始得及第，縱有花容月貌休提。他駡

(一) 眉批：做狀元也不窮。
(二) 眉批：世味滿口。

相公、小姐。(外云)他罵小姐甚麽?(丑唱)道脚長尺二。(末唱)這般説謊没巴臂。(跪科)

【前腔】(末唱)恩官且聽咨啓:蔡狀元聞説皺眉。忠和孝,恩和義,念父母八十年餘。況已娶了妻室,再婚重娶非禮。待早朝,上表文,要辭官家去。請相公别選一佳婿。

【前腔】(外唱)他元來要奏丹墀,敢和我廝挺相持。細思之,可奈他將人輕覷。我就寫表奏與吾皇知,與他官拜清要地。務要來我處爲門楣。(二)

【意不盡】(合唱)這讀書輩没道理,不思量違背了聖旨;只教他辭官辭婚俱未得。

(外云)自古道:殺人可恕,情理難容。我的聲名,誰不欽敬?多少貴戚豪家求爲吾婿而不可得,叵耐一書生顛倒不肯,反要辭官家去。且由他。左右,你和官媒婆再去蔡狀元處説,看他如何?我如今先去奏知官裏,只教不准他上表便了。

(外)枉把封章奏九重,(末)不如及早便相從。

(合)羈縻鸞鳳青絲網,牢絡鴛鴦碧玉籠。

齣末批:

進士中豈無一人足以做丞相女婿者?何執拗若是?

(二) 眉批:把女兒强招人,甚是難得!

釋義：月老：唐韋固求婚，客有議潘昉女，在新興隆寺門。固往，見有老人倚囊坐堦，向月檢書。固問何書？曰：『天下婚牘。』固曰：『吾議潘昉女，可乎？』曰：『未也。君婦適三歲，十七入君門。』店北賣菜陳老嫗女耳。』老人忽不見。固令奴刺女中眉。後十四年，相州刺史王泰妻以女。以眉間常貼翠鈿，歲餘，問之，乃知爲泰姪女。父終宋城宰，時乳母陳養之，後泰取以爲己女嫁焉。冰人：晉令狐策夢立冰上，與冰下人語。索紞占曰：『身在冰上，與冰下人語，爲陽語陰，媒介事也。當爲人作媒，冰泮婚成。』會太守田豹因策爲子，求張公女，果仲春成婚焉。青鸞：青鳥也。漢武帝七月七日齋居承明殿，忽有一青鳥啣書自西來，集殿上。帝問東方朔，朔乃對曰：『此西王母欲來。』已而，西王母果乘彩雲而至。近乘龍：漢孫儁與李元禮二人皆位至司徒，俱娶太尉桓叔元之女，時人謂兩女俱乘龍。言得婿如龍也。

音字：顒：音濃，顒望也。窘：窮也。跨：音胯，亦乘意。蹻：敲。蹊：溪。墀：音遲，丹墀也。縻：音眉。碌：綠。

第十五齣　金閨愁配

【中呂過曲・剔銀燈】（貼唱）忒過分爹行所爲，但索强全不顧人議。背飛鳥硬求來諧比翼，

隔墻花强攀做連理。姻緣，還是怎的？天那！我待對爹爹説呵，婚姻事女孩兒家怎提？[一]

姻緣姻緣，事非偶然。好笑我爹爹定要將奴家招贅蔡狀元爲婿，那狀元不肯，俺這裏也索罷了；誰想爹爹苦不放過。天那！他既不肯，便做了夫妻，到底也不和順。奴家待將此事對爹爹説，只是此事不是女孩兒每説的話。好悶呵！（浄魆地上探云）慚愧！慚愧！今日也能勾得小姐悶也。[二]小姐，你想着甚麽？（貼云）我不想着甚麽。（浄云）你既不想着甚麽，爲何手托香腮，在此憂悶？我且問你：你往常間件件不煩惱，事事不動情，我想起來你都是佯詐。今日莫不是對景傷情麽？（貼云）老姥姥，你説那裏話？我爲爹爹做事不停當，以此憂悶。（浄云）老相公做甚事不停當？（貼云）我爹爹要將奴家嫁與蔡狀元，使官媒婆去説，狀元不肯從命。他既然不肯，俺這裏也索罷了。如今爹爹苦不放過他，又叫媒婆去説。老姥姥，你怎生與我對爹爹説一聲也好。（浄云）小姐，這是你爹爹的主意，如何肯聽我每説？

【仙吕過曲·桂枝香】（浄唱）書生愚見，忒不通變。不肯坦腹東床，謾自去哀求金殿。想他每就裏，想他每就裏，將人輕賤。小姐，非爹胡纏，怕被人傳。（貼云）呀！怕人傳甚麽？（浄唱）道你是相府公侯女，不能彀嫁狀元。

[一] 眉批：關目妙絶！

[二] 眉批：許由避天下，逆旅主人疑其竊皮冠，大類此。

【前腔】（貼唱）百年姻眷，須教情願。他那裏抵死推辭，俺這裏不索留戀。想他每就裏，想他每就裏，有些牽絆。（淨云）有甚牽絆？（貼唱）怕恩多成怨。滿皇都少甚麽公侯子，何須去嫁狀元？〔一〕

【南呂過曲・大迓鼓】（淨唱）非干是你爹意堅，只怕春花秋月，誤你芳年。況兼他才貌真堪羡，又是五百名中第一仙。故把嫦娥，强與少年。

【前腔】（貼唱）姻緣雖在天，若非人意，到底埋冤。料想赤繩不曾綰，多應他無玉種藍田。休把嫦娥，强與少年。〔二〕

（淨）匹配本自然，（貼）何須苦相纏。

（淨）眼前雖成就，（貼）到底也埋冤。

齣末批：

老牛真俗氣，有女豈無個人物，只管挨與狀元？實是牛也。

釋義：比翼：東方有比翼鳥，不比不飛。連理：稱人夫婦曰連理枝。上官守愚與賈虛中爲友，各

〔一〕眉批：真不必苦苦嫁狀元。

〔二〕眉批：是。

有子女一人，議爲婚。既嫁未久，遇寇劫掠，逼爲妻。女詐曰：『吾家絶滅無倚，待妾埋葬公姑、夫婿，然後爲婚未遲也。』賊喜，從之。賊爲掘坑下夫屍，女執刀於手，曰：『寧共一坑死，不作兩處生。』遂刎死。賊怒曰：『汝要死，不與一坑。』移隔二十餘步埋之。曰：『使汝兩個空自相望。』其後，兩冢各生樹一，根枝柯相向，紐結連抱而生。**坦腹東床**：郗鑒一女，使門生求婿於王導，導令就東廂遍觀子弟門生。歸曰：『王氏諸少年并佳，然聞信至，或自矜持。惟一少在東床坦腹，食胡餅，若不聞。』鑒曰：『此佳婿也。』訪，乃羲之，遂妻焉。**葫纏**：歐陽璟《與金鑾長老》詩：『到了不干藤蔓事，葫蘆自去纏葫蘆。』**赤繩**：唐韋固問月下老：『囊中何物？』曰：『赤繩，以繫夫婦之足。雖讐敵之家，吴楚異鄉，富貴懸隔，此繩一繫，不可違也。』**無玉種藍田**：漢王雍伯兄弟六人，以傭菜爲業。少修孝敬，大道峻阪下爲居。晨夜輦水漿以給行旅，兼補履屩，不受其值，如是累年不懈。一日，天神化爲書生，問曰：『何故不種菜以給？』答曰：『無種。』書生就懷内出石子二升與之，曰：『種此，生美玉，并得美婦。』雍大喜，種其石數歲。北平徐氏有女，極姿容，人多求，不許。雍試求焉，徐戲曰：『得白玉一雙，乃可共婚。』雍於所種石處掘得白璧五雙，徐氏乃以女妻之。後生十男，皆俊異，位卿相。人皆謂陰德所致。

第十六齣　丹陛陳情

【仙吕引子・北點絳唇】（末唱）夜色將闌，晨光欲散，把珠簾捲。移步丹墀，擺列着金龍案。

【北混江龍】（末唱）官居宮苑，謾道是天威咫尺近龍顏。每日間親隨車駕，只聽鳴鞭。去螭頭上拜跪，隨着豹尾盤旋。朝朝宿衛，早早隨班。做不得卿相當朝一品貴，先隨着朝臣待漏五更寒。空嗟嘆，山寺日高僧未起，算來名利不如閒。

自家是漢朝一個小黄門。往來紫禁，侍奉丹墀。領百官之奏章，傳一人之命令。正是：主德無瑕因宦習，天顏有喜近臣知。如今天色漸明，正是早朝時分，官裏升殿，怕有百官奏事，只得在此祇候。（内問）怎見早朝時分？（末云）但見：銀河清淺，珠斗斕斑。數聲角吹落殘星，三通鼓報傳清曙。銀箭銅壺，點點滴滴，尚有九門寒漏；瓊樓玉宇，聲聲隱隱，已聞萬井晨鍾。曈曈曚曚，蒼茫紅日映樓臺；拂拂霏霏，葱蒨瑞烟浮禁苑。裊裊巍巍，千尋玉掌，幾點瀼瀼露未晞；澄澄湛湛，萬里璇空，一片團團月初墜。三唱天雞，咿咿喔喔，共傳紫陌更闌；百囀流鶯，間間關關，報道上林春曉。午門外碌碌刺刺，車兒碾得塵飛；六宮裏嘔嘔啞啞，樂聲奏如鼎沸。只見那建章宮、甘泉宮、未央宮、長楊宮、五柞宮、長秋宮、長信宮、長樂宮，重重疊疊，萬萬千千，盡開了玉關金鎖；又見那昭陽殿、金華殿、長生殿、披香殿、金鑾殿、麒麟殿、太極殿、白虎殿，隱隱約約，三三兩兩，都捲上繡箔珠簾。半空中忽聽得一聲轟轟劃劃，如雷如霆，震耳的鳴梢響；合殿裏只聞得一陣氤氤氲氲，非烟非霧，撲鼻的御爐香。縹縹緲緲，紅雲裏雉尾扇遮着赭黄袍；深深沉沉，丹陛間龍鱗座覆着彤芝蓋。左列着森森嚴嚴，前前後後的羽林軍、期門軍、控鶴軍、神策軍、虎賁軍，花迎劍佩星初落；右列着濟濟鏘鏘，高高下下的金吾衛、龍虎衛、拱日衛、千牛衛、驃騎衛，柳拂旌旗露未乾。金間玉，玉間金，炯炯爍爍，燦燦爛爛的神仙儀從；紫映緋，緋映紫，行行列列，整整齊齊的文武官僚。螭頭陛下，立着一對妖妖嬈嬈，花容月貌，繡鸞袍，鴛鴦靴的奉引昭容；豹尾班中，擺着一對端端正正，銅肝鐵膽，白象簡，獬豸冠的糾彈御史。拜的拜，跪的跪，那一個敢挨挨拶拶縱諠譁？升的升，下的下，那一個不欽欽敬敬依禮法？但願得常瞻仙仗，聖德日新日新日日新；與群臣共拜天顔，聖壽萬歲萬歲萬萬歲。從來不信叔孫禮，今日方知天子尊。道猶未了，一個奏事的官人早來。(一)

【黄鍾過曲・點絳唇】(生唱)月淡星稀，建章宫裏千門曉。御爐烟裊，隱隱鳴梢杳。忽憶年時，問寢高堂早。雞鳴了，悶縈懷抱，此際愁多少。(二)

不寢聽金鑰，因風想玉珂。明朝有封事，數問夜如何。自家爲父母在堂，故上表辭官回去侍奉。如今天色已明，這是午門外廂，不免進入去咱。(末云)奏事官搢笏三舞蹈。

【黄鍾過曲・神仗兒】(生唱)揚塵舞蹈，揚塵舞蹈，遥瞻天表，見龍鱗日耀。咫尺重瞳高照，遥拜着赭黄袍，遥拜着赭黄袍。

【滴漏子】(生唱)臣邕的，臣邕的，荷蒙聖朝。臣邕的，臣邕的，拜還紫誥。(三)(末云)狀元，你

(一) 眉批：一篇好對，道盡皇家光景。
(二) 眉批：舉足動念，不忘二親。
(三) 眉批：先辭官。

莫不是嫌官小麽？（生唱）念邕非嫌官小，奈家鄉萬里遥，雙親又老。干瀆天威，萬乞恕饒。

（末云）狀元，吾乃黄門，職掌奏章。有何文表，就此披宣。（生跪科）

【入破第一】議郎臣蔡邕啓：今日蒙恩旨，除臣爲議郎之職，重蒙賜婚牛氏。干瀆天威，臣謹誠惶誠恐，稽首頓首。伏念微臣，初來有志，誦詩書，力學躬耕修己，不復貪榮利。事父母，樂田里，初心願如此而已。不想州司，謬取臣邕充試。到京畿，豈料蒙恩，叨居上第。（一）

【破第二】重蒙聖恩，婚賜牛公女。臣草茅疏賤，如何當此隆遇？（二）況臣親老，一從别後，光陰又幾。廬舍田園，荒蕪久矣。

（末云）老親在堂，必自有人奉侍，狀元不必憂慮。

【衮第三】（生唱）但臣親老鬢髮白，筋力皆癯瘁。形隻影單，無兄弟，誰奉侍？況隔千山萬水，生死存亡，雖有音書難寄。最可悲，他甘旨不供，我食禄有愧。（三）

（末云）聖上作主，太師聯姻，狀元，這也是奇遇。

【歇拍】（生唱）不告父母，怎諧匹配？臣又聽得家鄉里，遭水旱，遇荒饑。多想臣親必做溝

（一）眉批：幾多想不到手的？

（二）眉批：再辭婚。

（三）眉批：懇切之至！

渠之鬼，未可知。怎不教臣，悲傷淚垂？

（生哭）（末云）狀元，此非哭泣之處，不得驚動天聽。

【中衮第五】（生唱）臣享厚禄掛朱紫，出入承明地。惟念二親寒無衣，饑無食，喪溝渠。憶昔先朝朱買臣守會稽，司馬相如持節錦歸。

【煞尾】他遭遇聖時，皆得回鄉里。臣何故別父母，遠鄉閭，没音書，此心違？伏望陛下特憫微臣之志，遣臣歸，得侍雙親，隆恩無比。

【出破】若還念臣有微能，鄉郡望安置，庶使臣忠心孝意得全美。臣無任瞻天仰聖，激切屏營之至。

（末云）元來如此。吾當與狀元轉達天聽，可在午門外廂俟候聖旨。正是：眼望旌捷旗，耳聽好消息。

（生起科）

【神仗兒】（生唱）彤廷隱耀，彤廷隱耀，見祥雲縹緲，想黄門已到。料應重瞳看了，多應是念我私情烏鳥。顒望斷九重霄，顒望斷九重霄。(一)

（生云）黄門已將我奏章轉達，未知聖意允否？不免乘間禱告天地一番。

(一) 眉批：如畫！

【滴漏子】（生唱）天憐念，天憐念，蔡邕拜禱。雙親的，雙親的，死生未保。天那！可憐恩深難報。一封奏九重，知他聽否？爹娘呵，俺和你會合分離，都在這遭。(一)黄門去了多時，怎的不見回報？想必是官裏准了。天那！若能彀回家侍奉父母，蔡邕何須做官？

（末奉詔同二昭容上）

【前腔】（末唱）今日裏，今日裏，議郎進表。傳達上，傳達上，聖目看了。（生云）聖目看了如何説？（末唱）道太師昨日先奏，把乘龍女婿招，多少是好？（生云）黄門大人，你莫不是哄我？

（末唱）見有玉音傳降聽剖。

（末云）聖旨已到，跪聽宣讀。皇帝詔曰：孝道雖大，終於事君；王事多艱，豈遑報父？朕以涼德，嗣纘丕基。眷兹警動之風，未遂雍熙之化。爰招俊髦，以輔不逮。咨爾才學，允愜輿情。是用擢居議論之司，以求繩糾之益。爾當恪守乃職，勿有固辭。其所議婚姻事，可曲從師相之請，以成桃夭之化。欽予時命，裕汝乃心。謝恩。（生云）黄門大人，煩你與我再去奏知官裏，我情願不做官。（末云）咳！這秀才好不曉事，聖旨誰敢違背？（生云）黄門大人，你不去時節，待我自去拜還聖旨如何？（末云）咳！這秀才好怪麽，這所在你如何去得？(二)（生哭科）

(一) 眉批：極盡科套。

(二) 眉批：秀才那裏識王法？

【啄木兒】(生唱)我親衰老，妻幼嬌，萬里關山音信杳。他那裏舉目悽悽，俺這裏回首迢迢。他那裏望得眼穿兒不到，俺這裏哭得淚乾親難保。閃殺人一封丹鳳詔。

【前腔】(末唱)狀元，你何須慮，不用焦，人世上離多歡會少。大丈夫當萬里封侯，肯守着故園空老？畢竟事君事親一般道，人生怎全忠和孝？却不見母死王陵歸漢朝？(一)

【三段子】(生唱)這懷怎剖？望丹墀天高聽高。這苦怎逃？望白雲山遥路遥。

【前腔】(末唱)狀元，你做官與親添榮耀，高堂管取加封號。與他改換門閭，(二)偏不是好？

【歸朝歡】(生唱)冤家的，冤家的，苦苦見招，俺媳婦埋冤怎了？(三)饑荒歲，饑荒歲，怕他怎熬？俺爹娘怕不做溝渠中餓殍？

【前腔】(末唱)狀元，譬如四方戰争多征調，從軍遠戍沙場草，也只是爲國忘家怎憚勞。

(生)家鄉萬里信難通，(末)争奈君王不肯從。

(合)情到不堪回首處，一齊分付與東風。

(一) 眉批：生的何如？

(二) 眉批：信也寄不得一個？回去改。换甚麼門閭？

(三) 夾批：怎説到這裏？

齣末批：

當時若有聖君賢相，自當着他迎養，何有許多話說？伯皆是個有用的人，亦當自着人迎養，奈何不然也？(一)

釋義：金龍案：金鑾殿上金龙案，玉案也。天威咫尺：齊桓公曰：『天威不違顏咫尺。』鳴鞭：唐及五代有之。《周官·條狼氏》：執鞭，趨避之遺法也。然則鳴鞭雖始於唐，亦本周事。螭頭：螭若龙，無角。《漢書》：『丹墀上之堦曰螭頭。』五更寒：吴班詩：『朝臣待漏五更寒。』小黄門：居禁中，在黄門之内，掌傳箋奏。紫禁：宫闕門。閹宦：内官，出入禁闥。珠斗斕斒：《律曆志》：『五星連珠。』斕斒：《唐韻》：『色不純也。』清曙：曉也。千尋玉掌：漢武帝作承露盤，高二十丈，大七圍，以銅爲之，上有仙人掌以承露。和玉屑飲之，可長生。紫陌：御墀也。《早朝》詩：『鷄鳴紫陌曙光寒。』五門：《周禮》：『君之門有五，一曰皋門，二曰雉門，三曰庫門，四曰應門，五曰露門也。』建章宫：漢武帝作建章宫，度爲千門萬户。甘泉宫：陝西涇陽縣甘泉山周十九里，去長安三百里，望見長安城。黄帝以來，圜丘祭天之處。武帝闕南，以象五色也。未央宫：漢高帝命蕭何治未央宫，取《詩》『夜未央』，聽政之義。長楊宫：本秦離宫，漢因之以備行幸，秦漢遊獵之所也。成帝行幸

(一) 眉批：是的。

長楊宮，揚雄《長楊宮賦》以諷之。五柞宮：宮有五柞樹。長秋宮：皇后宮。名長秋者，秋，陽之始，取其長而久。長信宮：始皇初，建以備幸行。漢太后所居。長樂宮：漢高帝建。昭陽殿：漢景帝王美人七月七日生武帝於此，後更名猗蘭殿。金華殿：在未央宮右。長生殿：唐玄宗每歲七月七日賜楊貴妃乞巧於此。披香殿：唐蘇世長嘗侍宴於此。金鑾殿：唐玄宗於此殿見李白，論當世事，奏頌一篇。帝賜食，親爲調羹。麒麟殿：漢明帝集公卿有文學八十人於此刊校書史。太極殿：即唐西内正殿。白虎殿：漢宣帝時，諸儒集論經傳，奏之曰白虎閣，因名曰《白虎通》。赭黄袍：赭，赤黄色，天子之袍。龍鱗座：王建《宮詞》：『座列龍鱗耀日月。』彤芝蓋：彤，赤色。《兩都賦》：『芝蓋九葩。』羽林軍：天有羽林大將軍之星，武帝故以名武臣。金吾衛：秦有中尉，漢武帝更名執金吾。千牛衛：朱謀綽《拾遺》：『千牛刀，人主防身刀也。故後魏有有千牛備身，掌執衛刀。』唐顯慶五年始置左右千牛府，龍翔二年改府曰千牛衛。陛下：人臣對天子言，不敢指斥，故呼陛下也。奉引昭容：唐女官，正二品。天子坐朝，昭容引坐。銅肝鐵膽：王素升臺憲，議者目爲銅肝鐵膽。白象簡：象牙簡也。獬豸冠：獬豸，神獸。似牛，號神羊，能觸邪佞，執法者服之。糾彈御史：御史之名，北齊謂之南臺，掌察糾彈劾，臨制百官。萬歲：臣下有對，皆呼萬歲。叔孫禮：叔孫通，薛人也，漢高帝六年爲博士，說帝起朝儀，采古禮與秦儀雜就之，始於長樂宮。自諸侯王以下，莫不震肅。帝曰：『今日乃知天子之貴』。問寢：文王之爲世子，朝於王季，日三至於寢門外，問內豎曰：『今日安否何如？』金鑰：禁門鎖也。玉珂：馬勒飾也。封事：漢舊儀，奏封板，故曰封事。搢笏：謂插笏於懷内。天表：猶云天際。咫尺：十寸曰尺，六尺曰咫。言近。重瞳：瞳，目童子也。舜目重瞳。紫誥：杜詩：『紫誥鸞回紙。』癯瘁：病也。出入承明地：翰林有承明金鑾。應璩詩：『三入承明廬。』朱買臣：字翁子，會稽人，家貧，賣薪自給。擔束薪，行且讀書。漢武帝時，以同邑嚴助詔見，説《春秋》，拜中大夫。後以爲會稽太守。司馬相如：漢武帝時，相如以詞賦得幸，爲中郎。烏鳥：李密《表》：『烏鳥私情，願乞終養。』王事多艱，豈遑報父：《詩》云：『王事靡盬，不遑將父。』不遑，言不暇也。涼德：天子自稱曰朕，涼薄也。謙言薄德。丕基：大業也。警動之風：四方不寧也。俊髦：士之俊者曰髦。《詩》：『髦士攸止。』繩糾：直正也。《書》：『繩愆糾謬。』丹鳳詔：後趙王石虎置戲馬觀，上安詔書，用五色紙啣於木鳳之口而頒行之。萬里封侯：班超字仲升，家貧，傭書養母。常投筆嘆曰：『大丈夫當立志異域，以取封侯，安能久事筆硯乎？』有相者曰：『燕頷虎額，飛而食肉，此萬里封侯相也。』後使西域，安集五十餘國，封爲定遠侯。母死王陵：陵，沛人。高祖微時，兄弟之。及高祖起沛，陵聚數千人以屬漢。西楚霸王收陵母，置軍中。陵使至，則東向坐陵母，欲以招陵。陵母私送使者，泣曰：『願爲妾語陵，善事漢王。漢王，長者，毋以老妾之故而持二心。』遂對使者伏劍而死，以絶陵念。後封陵安國侯。餓殍：歲饑餓死之人。遠戍：戍，守邊卒。沙場：平沙，戰場。

音字：菁：清。沸：肺。筋：斤。喔：惡。恪：確。蹈：道。闇：淹。雉：滯。

從：去聲。

第十七齣　義倉振濟

【仙吕入雙調·普賢歌】（丑唱）身充里正實難當，雜泛差徭日夜忙。官司點義倉，并無些子糧，拚一頓拖翻喫大棒。（一）

我做都官管百姓，另是一般行徑。破靴破帽破衣裳，打扮須要厮稱。到官府百般下情，下鄉村十分豪興。討官糧大大做個官升，賣私鹽輕輕弄條喬秤。點催首放富差貧，保解户欺軟怕硬。猛拚打强放潑，畢竟是個畢竟。誰知天不由人，萬事皆從前定。騙得五兩十兩，到使五錠十錠。田園盡都典賣，并無些子餘剩。（二）吋耐廳前首領，嫌恨司房喬令。把我千樣凌辱，將我萬般督併。動不動去了破帽，打得我黄腫成病。幾番要自縊投河，不要了這條性命。今番又點義倉，并無糧米抵應。若還把我拖翻，便叫高擡明鏡。小人也不是都官，也不是里正。休將屈棒，錯打了平民。（内問）你是誰？（丑云）我是搬戲的副凈。（内云）休道出本來面目！（丑云）苦！往常間把義倉穀子偷將家去，養老婆孩兒了。

（一）眉批：硬。

（二）眉批：有感情弊。

今日上司官點義倉放穀，賑濟貧民，倉中没有一些，那裏討還他？没奈何，我待把家私并老婆兒子都賣了，也賠不起，不免去與李社長商量則個。轉彎抹角，兀的便是李社長家裏。李社長！李社長！（净云）誰叫老爺？（丑云）咦！你慣要做大。(一)且出來。

【前腔】（净唱）身充社長管官倉，老小一家都在倉裏養。（丑云）好！好！你一家老小都在倉裏養，事發時節，如何擺佈？（净唱）事發儘不妨，里正先喫棒。（丑云）尊兄，饒得你過麽？（净唱）先打了都官，方纔打社長。

老夫年傍八旬，家中只有三人。因充社長勾當，誰知也不安寧。又要告官書題粉壁，又要勸民栽種翻耕。又要管淘河砌磡，又要辦水桶麻繩。若有人家嫁娶，須索請我做賓人。人人稱我年高伏衆，個個叫我社長官人。若得一紙狀子，强似廳上縣丞。原告許我銀子三錠五錠，被告送我猪脚十斤廿斤。若還得了兩家財物，只得朦朧寫個回文。每日去幹得泄水功德，竟不知自家家裏禍因。大的孩兒不孝不義，小的媳婦逼勒離分。單單只有第三個孩兒本分，常常將去了老夫的頭巾。激得我老夫性發，只得唱個陶真。（丑云）呀！陶真怎的唱？（净云）呀！到被你聽見了。也罷，我唱，你打和。（丑云）使得。（净云）孝順還生孝順子，（丑云）打打哈蓮花落。（净云）忤逆還生忤逆兒，（丑云）打打哈蓮花落。（净云）不信但看簷前水，（丑云）打打哈蓮花落。（净云）點點滴滴不差移，（丑云）打打哈蓮花落。（净

(一) 眉批：社長好大！

云）住休！（丑云）你若不叫住，直唱到天明。（净云）里正，你叫我出來有甚事説？（丑云）社長哥，今日官司給散義倉，倉中又無稻子，如何是好？我和你不免合賠些子。（净云）呀！倉中稻子都是你搬去喫了，怎的教我和你合賠？小畜生，到虧了你！上司來時，干我甚事？我自回去抱子弄孫嬉他娘。正是：閉門不管窗前月，一任梅花自主張。㈠（净下）（丑云）苦！李社長又去了，上司官又來了，如何是好？呀！喝道聲漸漸近，只得迎接則個。（外扮放糧官末扮隸人上）

【前腔】（外唱）親承朝命賑饑荒。（末唱）躍馬揚鞭到此方。（丑云）里正接老爺。（末云）起去。疾忙開義倉，支與百姓糧，從實支收休要謊。

（外云）里正，將支收簿來看。（丑云）簿在此。（外讀云）元管二十九石，新收三十六石；除支一十九石，見在四十六石。左右，開倉。呀！這倉裏那有四十六石？（丑云）有，有，相公。（外云）左右，與他取了甘結；一面着他唤饑民來支糧。㈡（丑云）一心忙似箭，兩脚走如飛。（下）（外云）左右，這厮説謊。倉裏那得這些稻子？（末云）相公且由他，若是不足數，只要他賠賞便了。㈢（外云）也説得是。（丑扮瞎子上）

㈠ 眉批：是社長一紙供狀。

㈡ 眉批：高手。

㈢ 眉批：又是。

【商調過曲・吴小四】（丑唱）肚又饑，眼又昏，家私没半分，子哭兒啼不可聞。聞知相公來濟民，請些官糧去救貧。

（丑作錯跪云）相公可憐見。（末云）相公在這裏。（外云）老的姓甚名誰？家裏有幾口？（丑云）小的姓丘名乙己，住上大村，有三千七十口。（外云）胡説！那裏有許多口？（丑云）告相公得知：上大人，丘乙己，化三千，七十士。〔一〕（末云）一口胡柴！（外云）你實有幾口？（丑云）小的夫妻兩口，孩兒兩口。（外云）支糧與他。（末云）支四口糧了。（丑云）多謝相公。正是：一日不識羞，三日不忍餓。（丑下）（淨扮聾子上）

【前腔】（淨唱）嘆連朝。饑怎忍？家中有五六人。前日老婆典了裙，今日媳婦又典裩，恰好遇官司來濟貧。

（淨云）相公可憐見。（外云）老的姓甚名誰？家裏有幾口？（淨作聾，外復問科）（淨云）小的姓大名比丘僧，住在祇樹給孤獨園，有一千二百五十口。（外云）胡説！那裏有許多口？（淨云）告相公得知：《彌陀經》中道：祇樹給孤獨園，與大比丘僧一千二百五十人俱。〔二〕（末云）佛口蛇心！（外云）你實有幾口？（淨云）小的有兩個媳婦，三個孩兒，和我共六口。（外云）支糧與他。（末云）支六

〔一〕眉批：謔未妙。
〔二〕眉批：這個到妙。

口糧了。（净云）多謝相公。正是：今日得君提掇起，免教人在污泥中。（净下）（旦上）

【雙調引子・搗練子】（旦唱）嗟命薄，嘆年艱。含羞忍淚向人前，猶恐公婆懸望眼。（旦云）路逢險處難迴避，事到頭來不自由。奴家少長閨門，豈識途路？今日見官司放糧濟貧，只得去請些稻子，以救公婆之命。（外云）婦人，你姓甚名誰？來此怎的？(一)（旦云）告相公，奴家姓趙，名五娘；公公蔡從簡。因兒夫出外，特來請些糧米，以救公婆之命。（外云）你丈夫那裏去了，使你婦人家來請糧？

【正宫過曲・普天樂】（旦唱）兒夫一向留都下。(二)（外云）你家裏還有誰？（旦唱）只有年老爹和媽。（外云）有兄弟麽？（旦唱）弟和兄更没一個。（外云）既没有弟兄，誰看承你的爹媽？（旦唱）看承盡是奴家。（外云）這般説起來，你好苦呵。婦人家不出閨門，你何不使個男子漢來請糧？（旦作悲科，唱）歷盡苦，誰憐我，相公，怎説得不出閨門的清平話？（外云）你家裏有幾口？（旦云）只有三口。（外云）左右，支糧與他。（末云）没糧了。（旦哭科，唱）若無糧，我也不敢回家。(三)（外云）怎的不敢回家？（旦唱）相公，豈忍見公婆受餒？天那！嘆奴家命薄，直恁摧挫。

(一) 眉批：癡。
(二) 眉批：不説丈夫名字，有意思。
(三) 眉批：這關目纔合拍。

（外云）左右，這倉中稻子没了。一來湊原數不起，二來這婦人説得好苦，你去拿那里正來，要這厮賠償。（末云）領鈞旨。假饒走到焰摩天，脚下騰雲須趕上。（旦云）望相公可憐見，主張些糧米，與奴家救濟公婆之命。（外云）我自有分曉。（末押丑上云）似甕中捉鱉，手到拿來。（外云）里正，這倉中稻子湊原數不起，盡是你自偷了，你好好招認狀。（丑云）相公，小人招不得。自古道：東量西折，難教小人賠償。（外云）畜生，尖斗量入，平斗量出，如何會折了許多？左右，拿下打四十！（丑云）相公不要打，小人情願招了。（丑讀招）〔一〕招狀人姓猫名狸，見年三十有餘。身上并無疾病，只有白帶不除。今與短狀招伏，因爲官糧久虧。説到義倉情弊，中間無甚蹺蹊。稻熟排門收斂，斂了各自將歸。并無倉廩盛貯，那有帳目收支。縱然有得些小，胡亂寄在民居。官司差人點視，便羅些穀支持。上下得錢便罷，不問倉實倉虚。假饒清官廉吏，被我影射片時。東家借得十扛，西家借得五箕。但見倉中有穀，其間就裏怎知？年年把當常事，番番一似耍嬉。不道今年荒旱，不道今年民饑。不因分俵賑濟，如何會泄天機？假饒奏到三十三天，我里正無甚罪過。〔二〕（末云）爲甚的？（丑云）只是點糧詐錢的做馬做驢。招狀執結是實，伏乞相公指揮。〔三〕（外云）左右，押這厮去，就要賠償。（末押丑下云）正是：懼

〔一〕眉批：尖巧。
〔二〕眉批：何清白若是？
〔三〕眉批：趣話。

法朝朝樂，欺公日日憂。（末押丑上云）假饒人心似鐵，怎逃官法如爐？告相公，里正賠償的稻子有了。（外云）支與那婦人去。（旦云）多謝相公。（末與旦，丑覷覷科，云）由你半路去，我好歹與你奪了便罷。（旦云）謝得恩官有主維，（丑云）只教中途有災危。（外云）當權若不行方便，（末云）如入寶山空手回。（外、末、丑下）（旦云）一斟一酌，莫非前定。今日奴家去請糧，誰知道里正作弊，倉中沒了。若不得相公督併，里正賠償，奴家如何得這些穀回家救濟二親？正是：饑時得一口，强似飽時得一斗。(一)（欲下）（丑上攔住科）恩人相見，分外眼明。仇人相見，分外眼睜。我也會見你過來呵！你快把稻子還我，萬事全休。（旦云）呀！相公與奴家的稻子，如何還你？（丑云）咳！方纔不是你只管告不休，相公如何要我賠償？這稻子是我賣老小賣家私的，你如何拿去？（搶科）（旦云）里正官人，休要用强；可憐奴家艱辛！（丑云）可憐你甚的？

【雙調過曲·瑣南枝】（旦唱）兒夫去，竟不還，公婆兩人都老年。自從昨日到如今，不能彀一餐飯。（丑云）你公婆沒飯喫，不干我事。（旦唱）奴請糧，他在家懸望眼。念我年老公婆，做方便。(二)

（拜丑科）（丑云）不要拜，不要拜。這般時年，我做不得方便；你將稻子還我便罷。

(一) 眉批：饑時若搶去一斗，又待如何？

(二) 眉批：情甚可憫。

【前腔】（旦唱）鄉官可憐見，這些稻子呵，是我公婆命所關。若是必須奪將去，寧可脱下衣裳，就問鄉官换。（脱衣科）（丑云）不要，不要，你身上也寒冷。(一)（旦唱）寧使奴身上寒，只要與公婆救殘喘。

（丑云）娘子，罷，罷。你説起這話，都是孝心，我不忍問你取了。(二) 莫怪，莫怪。你去罷。（旦云）如此多謝。（丑虚下躲科）（旦云）謝天謝地！且喜里正去了，不免趲行幾步。（丑上推旦奪下科）

【前腔】（旦唱）奪將去，真可憐，公婆望奴不見還。縱然他不埋冤，道我做媳婦的有何幹？他忍饑，添我夫罪愆，教奴怎見得我夫面？(三)

（旦云）千死萬死，終久是死；不如早死爲强。此間有一口古井，不免投入死休。（欲投科）

【前腔】（旦唱）將身赴井泉，思量左右難。我丈夫當年分散，叮嚀囑付爹娘，教我與他相看管。苦！我死却他形影單，夫婿與公婆，可不兩埋怨？(四)

【前腔】（外唱）媳婦去，不見還，教人在家凝望眼。（外跌倒旦扶科）（外唱）呀！你在這裏閒

(一) 眉批：不憐他餓，到憐他冷！
(二) 夾批：賊假仁心，高手。
(三) 眉批：苦中苦！
(四) 眉批：從容全生，所以全孝。

行，教我望得肝腸斷。（旦唱）公公，奴請糧爲你供午餐，又誰知被人騙。

（外云）媳婦，却怎麽説？（旦云）公公，奴家請得些稻子，到半途之中，却被里正奪去了。（外云）天那！元來如此。（哭科）

【前腔】（外唱）思量我命乖蹇，不由人不珠淚漣。料想終須餓死，不如早赴黄泉，免把你厮牽絆。媳婦，婆老年，不久延，你須是好看管。(一)

呀！這裏元來有一口古井，不免投入死休。

【前腔】（旦唱）公公，你若身傾棄，我苦怎言？公還死了婆怎免？你兩人一旦身亡，教我獨自如何展？公公，你喫苦辛其寔難過遣，我痛傷悲只得强相勸。(二)

【前腔】（外唱）媳婦，你衣衫盡解典，囊篋已罄然。縱使目前存活，到底日久日深，你與我難相念。苦！衣食缺你行孝難，活冤家不如早拆散。（外投井旦救科）（末挑穀上科）

【前腔】（末唱）不豐歲，荒歉年，官司把糧來給散。見一個年老的公公，在那裏頻嗟嘆。待向前，仔細看。呀！我道是誰，元來是蔡老員外和五娘子呵。你兩人在此有何幹？(三)

(一) 眉批：真是命乖蹇。

(二) 眉批：幾泣萇弘之血！

(三) 眉批：你尚不知耶？

(旦云)公公，一言難盡。奴家今日聞知官司給散義倉，去請些糧米與公婆充饑。誰想里正作弊，倉中没了稻子。謝得相公着令里正賠納，把些與奴家；來到半途，被里正奪去。奴家害羞回來，公公見説，也要投井死，奴家正在此勸解公公。(末云)咳！五娘子，你差了。老夫方纔也請得些官糧，正要將來分送你公公，你怎的不來與我商量，却自家出去，被那狂徒的欺侮？

【前腔】(末唱)我聽你説這言，待我趕去。駡那厮鐵心腸，昧心漢。(旦云)公公，他去得遠了。(外云)罷，罷。太公，我和你是良善之人，不要與那狂徒一般見識。只是我這幾日餓得難過。(末唱)員外，你且不須憂慮，我也請得些官糧，和你兩下分一半。[二] (旦云)這是公公請的，如何使得？(末云)咳！五娘子。你休恁推，莫棄嫌，且將回，權作兩厨飯。

(旦云)如此，多謝了公公。(末云)怎説這話？五娘子，你伯喈當初出去，把爹娘囑付與老夫。今日是荒年饑歲，虧殺你獨自支吾。終不然我自温飽，教你忍饑受餓？古語云：濟人須濟急時無。你胡亂將這些救濟公姑則個。五娘子，你先回去，我和你公公隨後緩緩的來。

【正宮過曲·洞仙歌】(旦唱)苦！家私没半分，靠着奴此身。只要救公婆，豈辭多苦辛？(合)空把珠淚揾，可憐饑與貧，這苦説不盡。

(二) 眉批：全與他何如？

【前腔】（外唱）太公，我本爲泉下人，他救我一命存。只怕我不久身亡，報不得媳婦恩。（合前）

【前腔】（末唱）見説不可聞，況我托在隣。終不然我享安和，忍見你受饑窘？（合前）

（旦）命薄多年受苦辛，（外）不如身死早離分。

（末）惟有感恩并積恨，（合）萬年千載不成塵。

齣末批：

遠水難救近火，遠親不如近鄰。

釋義：義倉：隋文帝開皇五年，令諸州百姓當社立義倉，貯之州縣，以備饑。䫜摩天：三十三天之上有天，曰䫜摩天。

音字：潑：撥。縊：意。擲：力。謊：慌。狸：梨。蹺：趫。蹊：溪。驢：閭。

䫜：焰。彀：垢。叮：丁。蹇：繭。漣：連。絆：靽。寔：十。篋：匧。罄：慶。

恁：任。靠：犒。

第十八齣　再報佳期

（丑扮媒婆上）

【越調過曲・蠻牌令】（丑唱）終日走千遭，走得脚無毛。何曾見湯水面？花紅也不曾見半分毫。到不如做個虔婆頂老，也落得些鴨汁喫飽。窮酸秀才直恁喬，老婆與他，故推不要。㈠

（丑云）咳！我做媒婆做到老，不曾見這般好笑。叵耐一個秀才，老婆與他不要。別人見了媒婆歡歡喜喜，他反和我尋争尋鬧。老相公又不肯干休，只管在家囉唣。把媒婆放在中間，旋得七顛八倒。走得我鞋穿襪綻，説得我唇乾口燥。也不怕你親事不成，也不怕你姻緣不到。只怕你紅羅帳裏快活，不叫媒婆聒噪。這裏便是狀元貴館。呀！恰好的狀元出來了。

【越調引子・金蕉葉】（生唱）愁多怨多，俺爹娘知他怎麽？擺不脱功名奈何？送將來冤家怎躲？㈡

（相見科）（丑云）狀元，賀喜！賀喜！牛太師選定今日與小姐畢姻，請狀元早赴佳期。（生云）天那！此事如何是好？㈢（丑云）狀元，事皆前定，不必再推。

【南吕過曲・三换頭】（生唱）名韁利鎖，先自將人摧挫。況鸞拘鳳束，甚日得到家？我也

㈠ 眉批：他非不要，只怕人笑。
㈡ 眉批：要躲也躲得。
㈢ 眉批：該和牛説明。

休怨他。這其間，只是我，不合來，長安看花。閃殺我爹娘也，淚珠空暗墮。（合）這段姻緣，也只是無如之奈何。

【前腔】（丑唱）鸞臺罷粧，鵲橋初駕。佳期近也，請仙郎到河。（生云）媒婆，我去也不妨；只是一心掛兩頭，如何是好？（丑唱）狀元，此事明知牽掛，這其間，只得把，那壁廂，且都拚捨。況奉君王詔，怎生別了他？（合前）

（丑云）狀元，門首轎馬都已齊備了。

（丑）及早赴佳期，（生）歡娛成怨悲。

（合）情知不是伴，事急且相隨。

齣末批：

簡頓可喜。

釋義：名韁：韁，馬紲也。人被功名羈絆，猶馬被紲所繫也。鵲橋：七月七日，烏鵲填河成橋，渡織女。仙郎到河：天河之東，有天帝之女機杼女工，年年勞役，織成雲霧綃縑之衣。辛苦殊無歡悦，容貌不暇整理。天帝憐其獨處，將嫁與河西之子。自後織紝竟廢，貪歡不歸。帝怒責歸河東，但一年一度與牛郎相會。

音字：虔：乾。聒：括。噪：譟。躲：朵。韁：姜。摧：㱕。挫：剉。

第十九齣　强就鸞鳳

（外扮牛太師上）

【黄鍾引子·傳言玉女】（外唱）燭影揺紅，簾幕瑞烟浮動，畫堂中珠圍翠擁。粧臺對月，下鸞鶴神仙儀從。玉簫聲裏，一雙鳴鳳。(一)

（外云）左右何在？（院子上云）獨立畫堂聽命令，珠簾底下一聲傳。老相公有何指揮？（外云）左右，我今日與小姐畢姻，筵席安排了未？（院子云）安排完備了。（外云）完備得如何？〔水調歌頭〕（院子云）屏開金孔雀，褥隱繡芙蓉。獸爐烟裊，蓮臺絳燭吐春紅。廣設珊瑚席子，高把真珠簾捲，環列翠屏風。人間丞相府，天上蕊珠宫。　錦遮圍，花爛熳，玉玲瓏。繁絃脆管，歡聲鼎沸畫堂中。簇擁金釵十二，座列三千珠履，談笑盡王公。正是：門闌多喜氣，女婿近乘龍。（外云）狀元來未？（院子云）望見一簇人馬喧鬧，想是狀元來了。（生上）

【女冠子】（生唱）馬蹄篤速，傳呼齊擁雕轂。（外唱）金花帽簇，天香袍染，丈夫得志，佳婿坦腹。

(一)　眉批：詞甚濃艶。

（外云）惜春，狀元已到，請小姐出來拜堂。（貼上）

【前腔】（貼唱）粧成聞喚促，又將彩扇重遮，羞蛾輕蹙。(一)（淨、丑執掌扇上）（合）這姻緣不俗，金榜題名，洞房花燭。

（淨云）狀元和小姐兩個，各自立一邊，請陰陽先生讚禮。（末扮賓人上云）禀相公，告廟。（末云）維大漢太平年，團圓月，和合日，吉利時，嗣孫牛某，有女及笄，奉聖旨招贅新狀元蔡邕爲婿。以此吉辰，敢申虔告。告廟已畢，請與新人揭起方巾。(二)（丑云）待我來。伏以窈窕青娥二八春，绿雲之上覆方巾。玉纖揭起西川錦，露出嬌容賽玉真。掌禮，請喝拜。（末云）竊以禮重婚姻，兹寔人倫之大；義當配偶，爰思宗系之承。張設青廬，(三)熒煌花燭。祀供蘋藻，首嚴見廟之儀；贄備棗榛，抑講拜堂之禮。集珠履玳簪之客，環金釵玉珥之賓。慶會良宵，觀光盛事。香薰寶鴨，濃騰裊裊之烟；步擁金蓮，請下深深之拜。（唱拜科）拜禮已畢，請狀元小姐把酒。

【黃鍾過曲・畫眉序】（生唱）攀桂步蟾宮，豈料絲蘿在喬木。喜書中，今朝有女如玉。堪觀

(一) 眉批：美人圖。

(二) 眉批：簡捷，好。

(三) 青廬：原作『青爐』，據文義改。

處絲幕牽紅，恰正是荷衣穿綠。（合）這回好個風流婿，偏稱洞房花燭。(一)

【前腔】（外唱）君才冠天祿，我的門楣稍賢淑。看相輝清潤，瑩然冰玉。光掩映孔雀屏開，花爛熳芙蓉穩褥。（合前）

【前腔】（貼唱）頻催少膏沐，金鳳斜飛鬢雲矗。喜逢他蕭史，愧非弄玉。清風引珮下瑤臺，明月照粧成金屋。（合前）

【前腔】（淨唱）湘裙展六幅，似天上嫦娥降塵俗。喜藍田今已種成雙玉。風月賽閬苑三千，雲雨笑巫山二六。（合前）

【滴溜子】（生唱）謾說道姻緣事，果諧鳳卜。細思之，此事豈吾意欲？有人在高堂孤獨。可惜新人笑語喧，不知我舊人哭。兀的東床，難教我坦腹。(二)

【鮑老催】（衆唱）翠眉謾蹙，赤繩已繫夫婦足，芳名已注婚姻牘。狀元，空嗟怨，枉嘆息，休摧挫。畫堂富貴如金谷。休戀故鄉生處好，受恩深處親骨肉。

【滴滴金】（衆唱）金猊寶鼎香馥郁，銀海瓊舟泛醽醁，輕飛彩袖呈嬌舞。囀鶯喉，歌麗曲，歌

(一) 眉批：曲已得意了。不似！不似！

(二) 眉批：纔是。

聲斷續，持觴勸酒人共祝。人共祝，百年夫婦永和睦。

【鮑老催】（衆唱）意深愛篤，文章富貴珠萬斛，天教艷質爲眷屬。似蝶戀花，鳳棲梧，鸞停竹。男兒有書須勤讀，書中自有黄金屋，也自有千鍾粟。

【雙聲子】（衆唱）郎多福，郎多福，看紫綬黄金束。娘萬福，娘萬福，看花誥紋犀軸。兩意篤，兩意篤。豈非福，豈非福。似紋鸞彩鳳，兩兩相逐。

【餘文】（合）郎才女貌真不俗，占斷人間天上福，百歲姻緣萬事足。

（合）清風明月兩相宜，女貌郎才天下奇。

正是洞房花燭夜，果然金榜掛名時。

釋義：真珠簾：漢武帝起神屋，以白真珠爲簾箔，玳瑁壓之，象牙爲鉤。蕊珠宫：神仙宫也。李詩：『請開蕊珠宫。』雕轂：轂，車輪也，三十輻輳一轂。宫花帽簇：梁純夫詩：『宫花簇帽簷。』天香袍染：杜詩：『袍染桂花香。』嬌面重遮：蘇武詩：『移扇重遮面。』修蛾：長眉也。《詩》：『螓首蛾眉。』金榜：登科謂金榜題名。《西京雜記》：『崔紹暴卒，見冥間列榜，書人姓名。將相金榜，其次銀榜，州縣小官鐵榜。』窈窕：静好貌。西川錦：賈島詩：『西川十樣錦，添花色更鮮。』玉真：楊貴妃字。泰山丈人：泰山在魯地東岳，其上有丈人峰。稱妻父曰岳父。有女如玉：宋真宗《勸學文》：『書中有女顔如玉。』荷衣穿緑：進士例緑衣。冰玉：翁冰清，婿玉潤。

膏沐：膏，澤髮也；沐，滌首也。金鳳斜飛：金鳳，鬢之飾也。矗：聳然上矗也。蕭史愧非弄玉：《春秋》：蕭史者，秦穆公時人，善吹簫。穆公有女名弄玉，好吹簫，嫁之。吹作鳳凰聲，鳳凰止其屋。公作鳳凰臺，數月，鳳凰從天而來，夫婦二人共升仙而去。湘裙：李群玉詩：『裙拖六幅瀟湘水。』喻縠紋也。雲雨巫山一六：楚王嘗遊高唐，怠而晝寢，夢一婦人，曰：『妾巫山之女，爲高唐之客，聞王遊高唐，願薦枕席。』王因留之，去而辭曰：『妾乃巫山之陽，高邱之北，朝爲行雲，暮爲行雨。』姻緣事果諧鳳卜：婚成，言鳳占協吉。《左傳》：『陳公子完奔齊，齊侯使爲卿。懿氏卜妻，敬仲占之曰：「吉，是謂鳳凰于飛，和鳴鏘鏘。有嬀之後，將育於姜，五世其昌。」遂妻之。敬仲在齊，五世之後果昌。』敬仲，完字。綵袖呈嬌舞：《酉陽雜俎》：『元和初，有士人因醉卧庭前。及醒，見石屏上婦人悉於床前踏歌曰：「長安兒女踏春陽，無處陽春不斷腸。舞袖弓腰渾忘却，蛾眉空帶九秋霜。」其中双環者問：若何是弓腰？歌者反手，髻及地，勢若弓焉。士人驚叱之，忽然上屏。』囀鶯喉：《詠歌妓》詩：『細敲檀板囀鶯喉。』金猊：香爐也。銀海瓊舟：以銀爲酒器。瓊，白也。醽醁：魏左相能治酒，其名醽醁。韓魏公稱醽醁似蘭生翠，能過玉薤，千日醉不醒，十年味不敗。蝶戀花：俱喻夫婦之美也。花誥：《春明退朝録》：官誥院敕，郡夫人使金花羅紙七張，錦綵袋，賜以湯沐邑也。紋犀：犀有二角，角之貴者有通天花文。常惡其影，欲以濁水自隱。萬事足：蘇東坡《賀子由生孫》云：『爛爛開眼電，磽磽峙頭玉。』『無官一身輕，有子萬事足。』

音字：褥：欲。脆：翠。沸：廢。簇：促。轂：谷。蹙：促。纖：先。廬熒：閭縈。藻：罩。贄：志。玳：代。珥薰：耳欣。矗：音畜。賽：塞。閬：浪。牘：讀。攉：嚯。挫：造。醽：零。醁：六。囀：頓。斛：觡。軸：逐。

第二十齣　勉食姑嫜

【南呂過曲・薄倖】（旦唱）野曠原空，人離業敗。謾盡心行孝，力枯形憊。幸然爹媽，此身安泰。恓惶處，見慟哭饑人滿道，嘆舉目將誰倚賴？

曠野蕭疏絶烟火，日色慘淡黯村塢。死別空原婦泣夫，生離他處兒牽母。睹此恓惶寔可憐，思量轉覺此身難。高堂父母老難保，上國兒郎去不還。力盡計窮淚亦竭，看看氣盡知何日？高岡黃土漫成堆，誰把一抔掩奴骨？奴家自從丈夫去後，頓遭饑荒。衣衫首飾，盡皆典賣，家計蕭然。争奈公婆年老，死生難保；朝夕又無甘旨膳奉，如何是好？只得安排一口淡飯與公婆充饑，（一）奴家自把些穀膜米皮俾饠來喫，苟留殘喘。喫時又怕公婆撞見，只得迴避，免致他煩惱。如今飯已熟了，不免請出公婆早膳則個。（二）（外、净上）

（一）眉批：誰不心酸？
（二）眉批：賢哉糟糠婦！

【雙調引子・夜行船】（外唱）苦！忍餓擔饑何日了？孩兒一去，竟無音耗。（淨唱）甘旨瀟條，米糧缺少。（合）天那！真個死生難保。

（旦云）請公公婆婆早膳。（淨云）有菜蔬麼？（旦云）没有。（淨云）有下飯麼？（旦云）也没有。

（淨云）賤人，前日早膳還有些下飯，今日只得一口淡飯。再過幾日，連淡飯也没有了。快擡去！㈠

（外云）咳！這般時年，胡亂喫一口充饑，還要分甚麼好歹？

【南吕過曲・鑼鼓令】（淨唱）我終朝受餒，賤人，你將來的飯教我怎喫？可疾忙便擡，非干是我有些饞態。

【前腔】（外唱）阿婆，你看他衣衫都解，好茶飯將甚去買？兀的是天災，教媳婦每難佈擺。

【前腔】（旦唱）婆婆息怒且休罪，待奴家霎時將去再安排。思量到此，珠淚滿腮。看看做鬼，溝渠裏埋。縱然不死也難捱，教人只恨蔡伯喈。㈡

【前腔】（淨唱）如今我試猜，多應他犯着獨噇病來，背地裏自買些鮭菜。（外云）阿婆，他那裏得錢去買？（淨云）阿公，我喫飯他緣何不在？這些意兒真是歹。

㈠ 眉批：蔡婆到底有些富貴相。
㈡ 眉批：好媳婦做不得没米飯。

【前腔】（外唱）阿婆，他和你甚相愛，不應反面直恁的乖。（旦背唱）我千辛萬苦，有甚疑猜？可不道我臉兒黄瘦骨如柴？

（浄云）擡去，擡去。（外云）媳婦，婆婆喫不得，你且收去。（旦收云）婆婆耐煩，待奴家去佈擺些東西，再安排過來。（浄云）你去，你去。（旦云）正是：啞子謾嘗黄柏味，難將苦口向人言。㈠（下）（浄云）阿公，親的到底是親。親生兒子不留在家，到倚靠着媳婦供養。你看前日兀自有些鮭菜，今日只得些淡飯，教我怎的喫？再過幾日，連飯也没了。我看他前日自喫飯時節，百般躲避我，敢是他背地裏自買些下飯受用分曉？（外云）阿婆，休要錯疑了，我看媳婦不是這般樣人。（浄云）恁的，等他自喫時節，我和你潛地裏去探一探，便知端的。（外云）也説得是。只一件那。（浄云）却怎的？

（外）荒年有飯休思菜，（浄）媳婦無良把我虧。

（外）混濁不分鰱共鯉，（合）水清方見兩般魚。

齣末批：

吃糠不難，吃這婆怨氣更難。

釋義：

一抔：前漢文帝時，張釋之爲廷尉，持法公平。有一人盜高祖廟玉環，捕獲其人，下廷尉。釋

㈠ 眉批：用得確。

之問罪，奏當殺之於市以示衆。文帝大怒曰：『吾欲滅其族，何治之以輕？』釋之對曰：『盜宗廟中一器則滅之，假令愚民取長陵一抔土，陛下則將何法以加之乎？』長陵，高祖之陵。獨噇：猶獨食也。

音字：鮭：奚。鏈：連。

第二十一齣　糟糠自厭

【商調過曲·山坡羊】(旦唱)亂荒荒不豐稔的年歲，遠迢迢不回來的夫壻。急煎煎不耐煩的二親，軟怯怯不濟事的孤身體。(一)苦！衣典盡，寸絲不掛體。幾番拚死了奴身已，争奈没主公婆，教誰看取？思之，虚飄飄命怎期。難挨，窒丕丕災共危。

【前腔】滴溜溜難窮盡的珠淚，亂紛紛難寬解的愁緒。骨崖崖難扶持的病身，戰兢兢難捱過的時和歲。(二)這糠，我待不喫你呵，教奴怎忍饑？我待喫你呵，教奴怎生喫？思量起來，不如奴先死，圖得不知他親死時。(合前)

奴家早上安排些飯與公婆喫，豈不欲買些鮭菜？争奈無錢可買。不想公婆抵死埋冤，只道奴家背地

(一) 眉批：喫不得這四『不』。

(二) 眉批：又當不得這四『難』。

自喫了甚麽東西。不知奴家喫的是米膜糠粃，又不敢教他知道。便使他埋冤殺我，我也不敢分説。苦！這糠粃怎的喫得下？[一]（喫吐科）

【雙調過曲·孝順歌】（旦唱）嘔得我肝腸痛，珠淚垂，喉嚨尚兀自牢嗄住。糠那！你遭礱被椿杵，篩你簸颺你，喫盡控持。好似奴家身狼狽，千辛萬苦皆經歷。苦人喫着苦味，兩苦相逢，可知道欲吞不去。（外、淨潛上探覷科）

【前腔】（旦唱）糠和米，本是相依倚，被簸颺作兩處飛。[二]一賤與一貴，好似奴家與夫婿，終無見期。丈夫，你便是米呵，米在他方没處尋。奴家恰便似糠呵，怎的把糠來救得人饑餒？好似兒夫出去，怎的教奴供膳得公婆甘旨？（外、淨潛下科）

【前腔】（旦唱）思量我生無益，死又值甚的。不如忍饑死了爲怨鬼。只一件，公婆老年紀，靠奴家相依倚，只得苟活片時。片時苟活雖容易，到底日久也難相聚。謾把糠來相比，這糠尚兀自有人喫。奴家的骨頭，知他埋在何處？

（外、淨上）（淨云）媳婦，你在這裏喫甚麽？（旦云）奴家不曾喫甚麽。（淨搜奪科）（旦云）婆婆，你喫

[一] 眉批：誰謂糠澀，其滑如脂。

[二] 眉批：原來蔡公是碓，蔡婆是臼，張太公是簸箕。

不得！（外云）咳！這是甚麽東西？

【前腔】（旦唱）這是穀中膜，米上皮，（外云）呀！這便是糠，要他何用？（旦唱）將來餔饠堪療饑。（净云）咦，這糠只好將去餵猪狗，如何把來自喫？（旦唱）嘗聞古賢書，狗彘食人食，也强如草根樹皮。（一）（外、净云）恁的苦澀東西，怕不噎壞了你？（旦唱）嚙雪吞氈，蘇卿猶健；餐松食柏，到做得神仙侣。這糠呵，縱然喫些何慮？（净云）阿公，你休聽他説謊，糠粃如何喫得？（旦唱）爹媽休疑，奴須是你孩兒的糟糠妻室。

（外、净看哭科）媳婦，我元來錯埋冤了你，兀的不痛殺我也！（外、净倒，旦叫哭科）

【仙吕入雙調·雁過沙】（旦唱）苦！沉沉向冥途，空教我耳邊呼。公公婆婆，我不能彀盡心相奉事，反教你爲我歸黄土。教人道你死緣何故？公公婆婆，怎生割捨得抛棄了奴？

（外醒科）（旦云）謝天謝地，公公醒了！公公，你鬧閧。

【前腔】（外唱）媳婦，你擔饑事姑舅。媳婦，你擔饑怎生度？（旦云）公公且自寬心，不要煩惱。（外唱）媳婦，我錯埋冤了你，你也不推辭，到如今始信有糟糠婦。媳婦，料應我不久歸陰府，也省得爲我死的，累你生的受苦。

（一）眉批：若使父母凍餓而不顧養者，真狗彘食人食矣！

（旦扶外起科）公公且在床上安息，待我看婆婆如何。（旦叫不醒科）呀！婆婆不濟事了，如何是好？

【前腔】（旦唱）婆婆氣全無，教奴怎支吾？咳！丈夫呵，我千辛萬苦，爲你相看顧，如今到此難回護。我只愁母死難留父，況衣衫盡解，囊篋又無。

（外云）媳婦，婆婆還好麽？（旦云）婆婆不好了！

【前腔】（外唱）天那！我當初不尋思，教孩兒往帝都。把媳婦閃得苦又孤，把婆婆送入黄泉路，算來是我相擔誤。〔一〕不如我死，免把你再辜負。

（旦云）公公休説這話，請自將息。（外云）媳婦，婆婆死了，衣衾棺槨，是件皆無，如何是好？（旦云）公公寬心，待奴家區處。（末云）福無雙降猶難信，禍不單行却是真。老夫爲何道此兩句？爲鄰家蔡伯喈妻房趙氏五娘。他嫁得伯喈，方纔兩月，伯喈便出去赴選。〔二〕自去之後，連遭饑荒。公婆年紀皆在八十之上，家裏更没個相扶持的。甘旨之奉，虧殺這五娘子。把些衣服首飾之類，盡皆典賣，辦些糧米，供給公婆；却背地裏把糠粃鉀鑼充饑。這般荒年饑歲，少甚麽有三五個孩兒的人家，供膳不得爹娘。這個小娘子，真個今人中少有，古人中難得。那婆婆不知道，顛倒把他埋冤；適來聽得他公婆知道，却又痛心，都害了病。如今不免到他家裏探望則個。呀！五娘子，你爲甚的慌慌張張？（旦云）

〔一〕眉批：悔之晚矣！

〔二〕眉批：都是你這個老兒。

公公，天有不測風雲，人有旦夕禍福。[一] 奴家婆婆死了。（末云）咳！ 你婆婆既死了，你公公如今在那裏？（旦云）在床上睡着。（末云）待我看一看。（外云）太公休怪，我起來不得了。（末云）老員外，快不要勞動。（旦云）太公，我婆婆衣衾棺槨，是件皆無，如何是好？（末云）五娘子，你不要愁煩，我自有區處。

【仙吕入雙調・玉包肚】（旦唱）千般生受，教奴家如何措手？終不然把他骸骨，没棺材送在荒坵？（合）相看到此，不由人不淚珠流。正是不是冤家不聚頭。

【前腔】（末唱）五娘子，不必多憂，資送婆婆，在我身上有。你但小心承直公公，莫教他又成不救。（合前）

【前腔】（外唱）張公護救，我媳婦寔難啓口。孩兒去後，又遇饑荒，把衣衫典賣無留。（合前）

（末云）老員外，你請進裏面去歇息。待我一霎時叫家僮討棺木來，把老安人殯斂了；選個吉日，送在南山安葬去。[二]（外云）如此，多謝太公周濟。

（旦）只爲無錢送老娘，（末）須知此事有商量。

（合）歸家不敢高聲哭，惟恐猿聞也斷腸。

[一] 眉批：删。

[二] 眉批：到會買棺材！

齣末批：

蔡公婆去得甚好，妙人！妙人！

釋義：餐松：《列仙傳》：『偓佺，槐里採藥父也。好餐松實，體毛數寸，能飛行逐馬。以松子遺堯，堯不服。時受服者皆三百歲。』食栢：田鸞入華山，遇黄河師，語曰：『栢葉，長生葉也。』教以服食法，後得道朝於上真。

音字：煢：瓊。疚：救。稔：忍。嗄：沙，去聲。秕：比。兠：治。囓：業。簸：播。饞：讒。

陳眉公先生批評琵琶記卷之上終

鼎鐫琵琶記卷之下

雲間眉公　陳繼儒　評
一齋敬止　余文熙　閲
書林慶雲　蕭騰鴻　梓

第二十二齣　琴訴荷池

【南吕引子・一枝花】（生唱）閒庭槐影轉，深院荷香滿。簾垂清晝永，怎消遣？十二欄杆，無事閒凭遍。悶來把湘簟展，夢到家山，又被翠竹敲風驚斷。(一)

〔南鄉子〕翠竹影摇金，水殿簾櫳映碧陰。人静晝長無個事，沉吟，碧酒金樽懶去斟。幽恨苦相尋，離别經年没信音。寒暑相催人易老，關心，却把閒愁付玉琴。院子，將琴書過來。（末將琴書上）黄卷看來消白日，朱絃動處引清風。炎蒸不到珠簾下，人在瑶池閬苑中。(二)相公，琴書在此。（生云）院子，

(一) 眉批：曲妙！
(二) 眉批：妙語！

你與我唤那兩個學僮過來。（末叫科）（浄執扇丑執香上）

【南吕過曲·金錢花】（浄、丑）自少承直書房，書房。快活其實難當，難當。只管打扇與燒香，荷亭畔，好乘涼。喫飽飯，上眠床。

（參見科）（生云）我在先得此材於爨下，斲成此琴，即名焦尾。自來此間，久不整理。今日當此清涼，試操一曲，以舒悶懷。你這三人一個打扇，一個燒香，一個管文書，休得熳誤。（衆云）領鈞旨。（生操琴科）

【懶畫眉】（生唱）强對南薰奏虞絃，只覺指下餘音不似前，那些個流水共高山？呀！只見滿眼風波惡，似離別當年懷水仙。(一)

（浄困掉扇科）（末云）告相公，打扇的壞了扇。（生云）背起打十三！那厮不中用，只教他燒香。（末云）領鈞旨。

【前腔】（生唱）頓覺餘音轉愁煩，似寡鵠孤鴻和斷猿，又如别鳳乍離鸞。呀！只見殺聲在絃中見，敢只是螳螂來捕蟬？

（丑困滅香科）（浄云）告相公，燒香的滅了香。（生云）背起打十三！那厮不中用，只教他管文書。

(一) 眉批：伯喈胸中有一張琴，只是難對牛彈耳。

（末云）領鈞旨。

【前腔】（生唱）藍田日暖玉生烟，似望帝春心托杜鵑，好姻緣翻做惡姻緣。只怕眼底知音少，争得鸞膠續斷絃。

（末掉文書科）（丑云）告相公，管文書的亂了文書。（生云）背起打十三！（貼上）（生云）左右，夫人來也，且各迴避。〔一〕（衆云）正是：有福之人人伏事，無福之人伏事人。（末、丑、浄下）

【南吕引子·滿江紅】（貼唱）嫩緑池塘，梅雨歇薰風乍轉。瞥然見新涼華屋，已飛乳燕。簟展湘波紈扇冷，歌傳《金縷》瓊巵暖。（衆唱）炎蒸不到水亭中，珠簾捲。〔二〕

（貼云）相公元來在此操琴呵。（生云）夫人，我當此清凉，聊托此以散悶懷。（貼云）奴家久聞相公高於音樂，如何來到此間，絲竹之音，杳然絶響？斗膽請再操一曲，相公肯麽？（生云）夫人待要聽琴，彈甚麽曲好？我彈一曲《雉朝飛》何如？（貼云）這是無妻的曲，不好。（生云）呀！説錯了。如今彈一曲《孤鸞寡鵠》何如？〔三〕（貼云）兩個夫妻正團圓，説甚麽孤寡！（生云）不然彈一曲《昭君怨》何如？（貼云）兩個夫妻正和美，説甚麽宫怨！相公，當此夏景，只彈一曲《風入松》好。（生云）這個却

〔一〕眉批：院子何必避夫人？
〔二〕眉批：點景新。
〔三〕眉批：和之而不和，彈之而不成聲。

好。（彈科）（貼云）相公，你彈錯了。（生云）呀！到彈出《思歸引》來。待我再彈。（貼云）相公，你又彈錯了。（生云）呀！又彈出個《別鶴怨》來。（貼云）相公，你如何恁的會差？莫不是故意賣弄，欺侮奴家？（生云）豈有此心！只是這絃不中用。（貼云）這絃怎的不中用？（生云）俺只彈得舊絃慣，這是新絃，俺彈不慣。（貼云）舊絃在那裏？（生云）舊絃撇下多時了。（貼云）爲甚撇了？（生云）只爲有了這新絃，便撇了那舊絃。（貼云）相公何不撇了新絃，用那舊絃？（生云）夫人，我心裏豈不想那舊絃？只是新絃又撇不下！㈠（貼云）你新絃既撇不下，還思量那舊絃怎的？我想起來，只是你心不在焉，特地有許多説話。

【仙呂過曲·桂枝香】（生唱）夫人，舊絃已斷，新絃不慣。舊絃再上不能，待撇了新絃難拚。我一彈再鼓，一彈再鼓，又被宮商錯亂。（貼云）相公，你敢是心變了麽？（生唱）非干心變，這般好涼天。正是此曲纔堪聽，又被風吹別調間。

【前腔】（貼唱）相公，非彈不慣，只是你意慵心懶。既道是《寡鵠孤鸞》，又道是《昭君宮怨》。那更《思歸》《別鶴》，《思歸》《別鶴》，無非愁嘆。相公，我看你心裏多敢是想着誰？（生云）夫人，我不想着甚麽人。㈡（貼唱）相公，有何難見？你既不然，我理會得了。你道是除了知音聽，

㈠ 眉批：一琴十四絃，怎麽和？

㈡ 眉批：即明説何害？

道我不是知音不與彈。(一)

(生云)夫人，那有此意？(貼云)相公，這個也由你，畢竟你無心去彈他。何似教惜春安排酒過來，與你消遣何如？(生云)我懶飲酒，待去睡也。(貼云)相公休阻妾意，老姥姥、惜春，看酒來。(淨、丑持酒上)

【燒夜香】(淨唱)樓臺倒影入池塘，緑樹陰濃夏日長，(丑唱)一架荼蘼滿院香。(合)滿院香，和你飲霞觴。捲起珠簾，明月正上。

(貼云)將酒過來。

【南吕過曲·梁州序】(貼唱)新篁池閣，槐陰庭院，日永紅塵隔斷。碧欄杆外，寒飛漱玉清泉。只覺香肌無暑，素質生風，小簟琅玕展。晝長人困也，好清閒，忽被棋聲驚晝眠。(合)《金縷》唱，碧筒勸，向冰山雪巘排佳宴。清世界，幾人見？

【前腔】(生唱)薔薇簾箔，荷花池館，一陣風來香滿。湘簾日永，香消寶篆沉烟。謾有枕欹寒玉，扇動齊紈，怎遂黄香願？(作悲科)(貼云)相公，你爲甚的下淚？(生唱)猛然心地熱，透

(一)眉批：要那彈琵琶的纔知音。

香汗，我欲向南窗一醉眠。〔一〕（合前）

【前腔】（貼唱）向晚來雨過南軒，見池面紅粧零亂。聽輕雷隱隱，雨收雲散。只覺荷香十里，新月一鈎，此景佳無限。蘭湯初浴罷，晚妝殘，深院黄昏懶去眠。（合前）

【前腔】（生唱）柳陰中忽噪新蟬，見流螢飛來庭院。聽菱歌何處？畫船歸晚。只見玉繩低度，朱户無聲，此景尤堪戀。起來攜素手，鬢雲亂，月照紗幮人未眠。〔二〕（合前）

【節節高】（浄唱）漣漪戲彩鴛，把露荷翻，清香瀉下瓊珠濺。香風扇，芳沼邊，閒亭畔。坐來不覺神清健，蓬萊閬苑何足羨？（合）只恐西風又驚秋，不覺暗中流年换。（合前）

【前腔】（丑唱）清宵思爽然，好涼天，瑶臺月下清虚殿。神仙眷，開玳筵，重歡宴。任教玉漏催銀箭，水晶宫裏把笙歌按。（合前）

【餘文】（衆唱）光陰迅速如飛電，好良宵可惜漸闌，管取歡娱歌笑喧。

（生云）樵樓上幾鼓了？（浄云）三鼓了。

（貼）歡娱休問夜如何，（生）此景良宵能幾何。

〔一〕眉批：推三調四，最可恨！

〔二〕眉批：景真。

（净）遇飲酒時須飲酒，（丑）得高歌處且高歌。

齣末批：

這齣三妙：曲妙在點景，白妙在含吐，關目妙在尋愁。

釋義：瑶臺閬苑：崑崙山閬風苑者，仙境也，有玉樓十二，玄室九層。弱水環之，非飈車羽輪不可到。焦尾：邕寓吴會，吴人燒桐以爨，邕聞火烈之聲，知爲美材，請爲琴。其尾尚焦，因名焦尾。南薰虞絃：虞舜彈五絃之琴，歌《南風》之詩。懷水仙：琴高善鼓琴，行涓滴之術，號水仙，浮游冀州涿郡間二百餘年。後人於水傍設祠，高果乘鯉來。經一月，復入水去。後有伯牙作《水仙》之操。寡鵠單鳧斷猿：劉道疆善琴，嘗爲《寡鵠單鳧斷猿》之操。雙鳳離鸞：張安世年十五，爲漢成帝侍中，善鼓琴，能爲《雙鳳離鸞》曲。螳螂捕蟬：蔡邕嘗外歸，鄰人設酒食，命邕至座上。先有一人彈琴，目視樹上鳴蟬，下有螳螂逐後捕之。彈琴者恐螳螂食蟬，心念殺之，其琴亦有殺音。邕聽琴音，即告去。主人問何爲，邕曰：『見有殺聲，故去。』主人曰：『何有此意？』邕曰：『向者見彈琴之中有殺伐之聲。』彈琴者笑而歌之。好姻緣惡姻緣：宋陶穀奉使江南，學士韓熙載迎之於集賓館，以妓秦弱蘭僞爲驛卒之女，令掃地。穀見而悦之，與狎，遂作一詞名《風光好》贈之，云：『好姻緣，惡姻緣，只得郵亭一夜眠。别神仙，琵琶撥盡相思調，知音少。那得鸞膠續斷絃，是何年？』宋主一日開宴，令弱蘭歌此詞以勸陶穀酒。穀大慚，即日北歸。梅雨：《稗雅》：『江南三月爲迎梅雨，五月爲送梅雨。』簟展湘波：山谷詩：『水亭長展湘波簞。』《金縷》唱：　舞服也。唐李錡之妾秋娘爲錡歌曰：『勸君莫惜金縷衣。』斗膽：　蜀姜維爲征西將軍，與魏兵戰，死之。將士剖其腹而視之，其膽大如斗。《雉朝飛》：　齊犢牧子五十無妻，見雌雄雉相隨，遂撫琴而歌，故有《雉朝飛》之操。《寡鵠》：　《列女傳》：『陶嬰夫死守義，魯人求娶之，嬰作《黄鵠歌》云：「早寡亡年兮不雙飛，宛頸獨宿兮想其故帷。」魯人聞之，曰：「斯女不可以強娶也。」』《昭君怨》：　漢元帝以宫女王昭君賜匈奴，後思慕漢恩，遂彈琵琶以寄其恨，名之曰《昭君怨》。《風入松》：　漢吴叔文善琴，隱居石壁山，山多松樹，嘗盛夏時作《風入松》之操。《思歸引》：　衛有賢女，衛王聘之，未至而王薨。太子留之，不聽，拘於深宫。思歸不得，援琴而歌，曲終，自縊死。別鶴：杜詩：『上絃驚白鶴。』霞觴：　《列仙傳》：『許碏嘗醉吟曰：「閬苑蓬壺是醉鄉，滔翻王母九霞觴。群仙拍手嫌輕脱，謫向人間作酒狂。」』寒飛漱玉清泉：　左太沖詩：『石泉漱瓊玉。』又陸士衡詩：『飛泉漱玉鳴。』蕙質：　東坡詞：『蓮蘭姿質，自是生風。』小簞琅玕展：　青琅玕，簞名。碧筒勸：魏鄭公慤率僚友避暑，取荷葉盛酒，以簪刺葉與柄通，屈之如象鼻然。吸之，名碧筒杯。冰山雪巘：　賈似道嘗於山頂開一大坑，深、闊數十丈，中立室。每遇隆冬，以冰雪藏之兩檻下。俟盛夏，設宴於山以避暑。欹寒玉：　晉石崇爲交趾採訪使，得白玉枕，名曰寒玉。夏天枕之，極清涼。扇動齊紈：　齊地出紈素。　班婕妤詩：『新製齊紈素，皎潔如霜雪。裁爲合歡扇，團圓似明月。出入君懷袖，動摇清風發。棄捐篋笥中，恩情中道絶。』怎遂黄香願：　後漢黄香事父母竭力致敬，熱扇枕寒温衾。紅粧：　指荷花也。蘭湯浴罷：五月五日以蘭湯沐浴。畫船：宋米芾字元章，喜蓄書畫，於江河之間發遣，揭牌曰『書畫船』。菱歌：採菱歌。古有《採蓮曲》。玉繩：玉衡北兩星爲玉繩。謝朓詩：『玉繩低建章。』紗幮：麻帳也。把露荷翻，清香瀉下瓊珠濺：《咏新荷》詩：『青盤亂濺朝來露。』又詩：『瓊珠碎玉員。』蓬萊：神仙所居山名，在東海中，高一千里，方三千里，海水甚黑。清虛殿：開元中八月望日，唐明皇與葉靖天師遊月宮，寒氣逼人，風露沾衣，其中題榜曰『廣寒清虛之府』。少頃，見素娥十餘人，皆皓衣，乘白鸞舞於大桂下。玉漏銀箭：梁《刻漏經》曰：『肇於軒轅之日，宣乎夏商之代。至周，挈壺氏掌之。』李白詩《烏棲曲》：『銀箭金壺漏水聲。』水晶宮：《逸史》：『户祀嘗騰上碧霄，見宮闕楼臺皆以水晶爲墻。有仙女在傍，問之，曰：「此水晶宮也。」』懶去眠：漢邊韶，字孝先，教授常有百餘人。弟子或嘲之曰：『邊孝先，腹便便；懶讀書，但欲眠。』韶應之曰：『邊爲姓，孝爲字。腹便便，五經笥。但欲眠，思史事。寐與周公共夢，静與孔子同意。師而可嘲出何典？』打十三：漢時極輕之笞刑也。

音字：簞：殿。鐏：尊。鵠：谷。膠：交。瞥：撇。紈：環。慣：灌。荼：途。蘼：迷。漱：瘦。巘：檻。箔：泊。篆：傳，去聲。鈎：勾。攜：奚。髩：擯。幮：厨。漣：連。漪：依。濺：薦。閬：浪。玳：代。娛：魚。

第二十三齣　代嘗湯藥

【越調引子·霜天曉角】（旦唱）難捱怎避？災禍重重至。最苦婆婆死矣，公公病又將危。〔一〕

（旦云）屋漏更遭連夜雨，船遲又被打頭風。奴家自從婆婆去後，萬千狼狽，誰知公公病又將危。如今賙得些藥，已煎在此，不免再安排一口粥湯。

【犯胡兵】（旦唱）囊無半點調藥費，良醫怎求？天那！縱然救得目前，飲食何處有？料應難到後。謾道有病遇良醫，饑荒怎救？〔二〕

公公這病呵，

【前腔】（旦唱）愁萬苦千恁生受，粧成這症候。藥呵，縱然救得目前，怎免得憂與愁？料應不會久。他只爲不見孩兒，纔得這病。若要這病好時呵，除非是子孝父心寬，方纔可救。

藥已熟了，且扶公公出來喫些，看何如？（旦下扶外上）

〔一〕眉批：曲不盡情爲妙。

〔二〕眉批：得一口飯，更勝幾帖藥！

【霜天曉角】（外唱）神散魂飛，料應不久矣。（旦云）公公請鬮閨。（外唱）我縱然擡頭强起，形衰倦，怎支持？

（旦云）公公，藥已熟了，慢慢喫些。（外云）媳婦，我喫不得這藥了。

【南吕過曲・香遍滿】（旦唱）論來湯藥，須索是子先嘗方進與父母。公公，莫不是爲無子先嘗，恰便尋思苦？[一]（外喫藥吐科）（旦云）公公，且耐煩喫些。（外云）媳婦，這藥我喫不得了。我寧可早死了罷，免得累你。（旦唱）公公，你須索鬮閨，怎捨得一命殂？（外云）媳婦，你喫糠，省錢贖藥與我喫，我怎的喫得下？（旦唱）苦！元來不喫藥，也只爲着糟糠婦。[二]

（旦云）公公，你既不喫藥，且喫一口粥湯，看如何？（外喫粥吐科）（旦云）公公，還慢慢喫些。（外云）媳婦，我肚腹膨脹，怎喫得下？

【前腔】（旦唱）公公，你萬千愁苦，堆積在悶懷，成氣蠱，可知道喫了吞還吐。（外云）媳婦，我不濟事了，必是死也。孩兒又不回來，只是虧了你。（旦云）公公且自寬心，不要煩惱。（旦背哭科）怕添親怨憶，暗將珠淚墮。（外云）媳婦，你喫糠，却教我喫粥。我怎的喫得下！（旦唱）苦！元來不喫

[一] 眉批：説來更苦。

[二] 眉批：寧吃無病糠，莫吃真病藥！

粥，也只爲着糟糠婦。（外云）媳婦，我死也不妨，只怨孩兒不在家，虧殺了你。你近前來，有兩句言語分付你。（旦云）公公，如何？（外作跌倒拜科）

【仙吕過曲·青歌兒】（外唱）媳婦，我三年謝得你相奉事，只恨我當初把你相擔誤。天那！我待欲報你的深恩，待來生我做你的媳婦。怨只怨蔡伯喈不孝子，苦只苦趙五娘辛勤婦。[一]（旦云）公公，奴身不足惜。

【前腔】（旦唱）我一怨你公死後有誰來祭祀，二怨你有孩兒不得相看顧，三怨你三年間没一個飽暖的日子。三載相看甘共苦，一朝分别難同死。（外云）媳婦，我死呵，

【前腔】（外唱）你將我骨頭休埋在土。（旦云）呀！公公百歲後，不埋在土，却放在那裏？（外云）媳婦，都是我當初不合教孩兒出去，誤得你恁的受苦。（外唱）我甘受折罰，任取屍骸露。（旦云）公公，你休這般説，被人談笑。（外云）媳婦，不笑着你。（外唱）留與傍人，道蔡伯喈不葬親父。怨只

[一] 眉批：山花落盡子規啼。

怨蔡伯喈不孝子，苦只苦趙五娘辛勤婦。(一)

(旦云)公公，倘你死呵，

【前腔】(旦唱)公婆已得做一處所，料想奴家不久也歸陰府。苦！可憐一家三個怨鬼在冥途。三載相看甘共苦，一朝分別難同死。

(外云)媳婦，我畢竟是死了，你與我請張太公過來。(旦云)公公，説猶未了，恰好張太公來也。(末上云)歲歉無夫婿，家貧喪老親。可憐貞潔女，日夜受艱辛。五娘子，你公公病症何如？(旦云)太公，我公公的病症，十分危篤。(末云)如此，待我向前看看。老員外，你貴體若何？(外云)苦！張太公，我不濟事了，畢竟是個死。你今來得恰好，我憑你爲證，寫下遺囑與媳婦收執。待我死後，教他休要守孝，早早改嫁便了。(旦云)公公，你休那般説！自古道：忠臣不事二君，烈女不更二夫。公公，休要寫！(外云)媳婦，你取紙筆過來。(旦云)公公，奴家生是蔡郎妻，死是蔡郎婦。千萬休寫，枉自勞神。(外云)媳婦，你不取紙筆來，要氣殺我也！(末云)五娘子，你休逆他；嫁與不嫁在乎你。且取將過來。(旦取上外作寫科)咳！這一管筆到有千斤來重。

【越調過曲・羅帳裏坐】(外唱)媳婦，你艱辛萬千，是我擔誤了伊。你不嫁人呵，身衣口食，怎

(一)　眉批：曲與白竟至此乎？我不知其曲與白也。但見蔡公在床，五娘子在側，啼啼哭哭而已。神哉，技至此乎！

生區處？休休！當元是我拆散了你夫妻，我如今死了呵，終不然教你，又守着靈幃？（放筆科）

已知死別在須臾，更與甚麽生人做主？

【前腔】（末唱）這中間就裏，我難説怎提。五娘子，你若不嫁人，恐非活計；若不守孝，又被人談議。可憐家破與人離，怎不教人淚垂？

【前腔】（旦唱）公公嚴命，非奴敢違。若是教我嫁人呵，那些個不更二夫，却不誤奴一世？公公，我一馬一鞍，誓無他志。[一]可憐家破與人離，怎不教人淚垂？

（外云）張太公，我憑你爲證，留下這條拄杖，待我那不孝子回來，把他與我打將出去。（外倒旦扶科）

（旦）公公病裏莫生嗔，（末）員外寬心保自身。

（外）正是藥醫不死病，（合）果然佛度有緣人。

齣末批：

流不盡千古滴淚，真稱情景雙絶。

釋義：子先嘗：《禮記》：『君有疾，飲藥臣先嘗之；親有疾，飲藥子先嘗之。』須臾：頃刻、暫時之間也。『忠臣』二句：周赧王三十年，燕昭王以樂毅爲上將軍，并將秦、魏、韓、趙四國之兵以伐齊，

[一] 眉批：却是兩馬共一鞍。

連克七十二城。毅聞畫邑人王蠋素賢，令軍中環畫邑，三十里無入。乃使人請蠋，蠋曰：『忠臣不事二君，烈女不嫁二夫。』遂自縊死。生受：困苦、憂累、磨障也。鬧鬩：勉强以定神色也。糟糠婦：宋弘云：『貧賤之交不可忘，糟糠之妻不下堂。』

音字：耽：單。僝：讒。僽：湊。鬧：争。鬩：債。彀：勾。憊：敗。歎：遣。漬：恣。暴：抱。蠱：古。墮：隋。殂：雎。

第二十四齣　宦邸憂思

【正宫引子·喜遷鶯】（生唱）終朝思想，但恨在眉頭，人在心上。鳳侶添愁，魚書絶寄，空勞兩處相望。青鏡瘦顔羞照，寶瑟清音絶響。歸夢杳，繞屏山烟樹，那是家鄉？（一）

〔踏莎行〕怨極愁多，歌慵笑懶，只因添個鴛鴦伴。他鄉遊子不能歸，高堂父母無人管。湘浦魚沉，衡陽雁斷，音書要寄無方便。人生光景幾多時，蹉跎負却平生願。

【正宫過曲·雁魚錦】（生唱）思量，那日離故鄉。記臨期送别多惆悵，攜手共那人不斷放。教他好看承，我爹娘，料他每應不會遺忘。聞知饑與荒，只怕捱不過歲月難存養。若望不

（一）眉批：肝腸百結。

見我信音，却把誰倚仗？

【前腔】思量，幼讀文章，論事親爲子也須要成模樣。(一)真情未講，怎知道喫盡多魔障？被親强來赴選場，被君强官爲議郎，被婚强做結鸞凰。三被强，(二)我衷腸事説與誰行？埋怨難禁這兩廂：這壁廂道咱是個不撑達害羞的喬相識，那壁廂道咱是個不睹親負心的薄倖郎。

【前腔】悲傷，鷺序鴛行，怎如那慈烏反哺能終養？謾把金章，綰着紫綬；試問斑衣，今在何方？斑衣罷想，縱然歸去，又恐怕帶麻執杖。(三)天那！只爲那雲梯月殿多勞攘，落得淚雨如珠兩鬢霜。

【前腔】幾回夢裏，忽聞雞唱。忙驚覺錯呼舊婦，同問寢堂上。待朦朧覺來，依然新人鴛幃鳳衾和象床。怎不怨香愁玉無心緒？更思想，被他攔當。教我，怎不悲傷？俺這裏歡娱夜宿芙蓉帳，他那裏寂寞偏嫌更漏長。謾悒怏，把歡娱翻成悶腸。蕤水既清涼，我何心，貪

(一) 眉批：如今不成模樣了。

(二) 眉批：果然有三强，你何不强一强？

(三) 眉批：帶麻執杖更要歸。

着美酒肥羊？閃殺人花燭洞房，愁殺我掛名金榜。魆地裏自思量，正是歸家不敢高聲哭，只恐猿聞也斷腸。(一)

院子何在？（末云）有問即對，無問不答。相公，有何指揮？（生云）你是我心腹之人，有一件事和你商量；你休要走了我的消息。(二)（末云）小人安敢？（生云）我自從離了父母妻室，來此赴選。不擬一擢高科，拜授當職。將謂數月之後，可作歸計，誰知又被牛太師招爲門婿。一向逗留在此，不得還家見父母一面，故此要和你商量個計策。（末云）相公，自古道：不鑽不穴，不道不知。小人每常間見相公憂悶不樂，豈知這般就裏？相公何不説與夫人知道？(三)（生云）院子，我夫人雖則賢慧，争奈老相公之勢，炙手可熱。待説與夫人知道，一霎時老相公得知，只道我去了不回，如何肯放我去？不如姑且隱忍，和夫人都瞞了；且待任滿尋個歸計。(四)（末云）這的却是。老相公若還知道，如何肯放相公回去？（生云）院子，我如今要寄一封書家去，没個方便的人；欲待使人逕去，又怕老相公知道。你與我出街坊上體探，倘有我鄉里人來此做買賣，待我寄一封家書回去。（末云）小人謹領便去。

(一) 眉批：傳神入妙！

(二) 眉批：若怕牛，便狗也不值。

(三) 眉批：一片胡説！

(四) 眉批：先與閻王做下文書，方等得你任滿回家。

（生）終朝長相憶，（末）尋便寄書尺。

（生）眼望旌捷旗，（末）耳聽好消息。

釋義：魚書：古樂府：『客從遠方來，遺我雙鯉魚。呼童烹鯉魚，中有尺素書。長跪讀素書，書中意何如？上有加餐飯，下有長相憶』云云。家鄉：詩：『歸心隨雁落家鄉。』鷺序鴛行：朝班也。慈烏反哺：慈烏，孝鳥，長則反哺其母。雲梯：莆田鄭僑，乾道乙丑春省試中選，未廷對，夢空中一梯，雲氣圍繞。竊自念曰：『世所謂雲梯者，玆其是歟？』俄身至其梯側而登之，及高層，既而爲天下第一。故今稱人御試中及第者，謂登青雲梯。象床：《戰國策》：『齊公子田文，號孟嘗君，出行至楚，獻象牙床。』怨香：晉韓壽美姿貌善，司空賈充辟爲掾。武帝時，西域進奇香，一襲人衣，則經月不散。帝以賜充，充女盜以遺壽。充因宴諸賓掾，聞壽衣芬馥，疑女與壽私通而得香。因勘婢得實，竟以女妻壽焉。芙蓉帳：白樂天詩：『芙蓉帳暖度春宵。』菽水既清涼：《史記》：『孔子曰：「啜菽飲水盡歡，斯之謂孝。」』菽，大豆也。清涼，猶荒涼也。猿聞也斷腸：《格物論》：『猿性急而腸狹，聞類死，聲鳴則腸俱斷而死。』

音字：慵：容。攜：奚。魔：磨。朦：蒙。朧：龍。攔：蘭。悒：邑。怏：鞅。擢：濯。鑽：鄭。

第二十五齣　祝髮買葬

【雙調引子·金瓏璁】（旦唱）饑荒先自窘，那堪連喪雙親。身獨自，怎支分？我衣衫都解盡，首飾并没分文。無計策，只得剪香雲。

〔蝶戀花〕萬苦千辛難擺撥，力盡心窮，兩淚空流血。裙布釵荆今已竭，萱花椿樹連摧折。金刀盈盈明似雪，遠照烏雲，掩映愁眉月。一片孝心難盡説，一齊分付青絲髮。奴家前日婆婆没了，已得張太公周濟。如今公公又没了，無錢資送，難再去求告他。我思想起來，没奈何了，只得剪下頭髮，賣幾貫鈔，爲送終之用。雖然這頭髮值錢不多，也只把他做些意兒，恰似教化一般。（一）苦！不幸喪雙親，求人不可頻。聊將青絲髮，斷送白頭人。

【南吕過曲·香羅帶】（旦唱）一從鸞鳳分，誰梳鬢雲？妝臺懶臨生暗塵，那更釵梳首飾典無存也。頭髮，是我擔閣你度青春，如今又剪你，資送老親。剪髮傷情也，怨只怨結髮薄倖人。

【前腔】思量薄倖人，辜奴此身。欲剪未剪，教我先淚零。我當初早被剃入空門也，做個尼

（一）眉批：妙入神。

姑去，今日免艱辛。〔一〕 咳！ 只有我的頭髮恁般苦。 少甚麼佳人的，珠圍翠擁蘭麝熏。 呀！ 似這般狼狽呵，我的身死兀自無埋處，説甚麼剪頭髮愚婦人？ 堪憐愚婦人，單身又窮。 頭髮，我待不剪你呵，開口告人羞怎忍？ 我待剪你呵，金刀下處應心疼也。 却將堆鴉髻，舞鸞鬟，與烏鳥報答鶴髮親。 教人道霧鬢雲鬟女，斷送霜鬟雪鬢人。（剪下哭科）

【南吕引子・臨江仙】（旦唱）連喪雙親無計策，只得剪下香鬟。 非奴苦要孝名傳，正是上山擒虎易，開口告人難。

頭髮既已剪下，免不得將去貨賣。 穿長街，抹短巷，叫一聲賣頭髮。

【南吕過曲・梅花塘】（旦唱）賣頭髮，買的休論價。 念我受饑荒，囊篋無些個。 丈夫出去，那堪連喪了公婆。 没奈何，只得剪頭髮資送他。

呀！ 怎的都没有人買？

【香柳娘】（旦唱）看青絲細髮，看青絲細髮，剪來堪愛，如何賣也無人買？ 這饑荒死喪，這饑荒死喪，怎教我女裙釵，當得恁狼狽？ 況連朝受餒，況連朝受餒，〔二〕我的脚兒怎擡？ 其

〔一〕 眉批： 這樣尼姑便是佛！

〔二〕 況連朝受餒： 原不疊，據汲古閣刊本《繡刻琵琶記定本》補。

實難捱。[一]（跌倒起科）

【前腔】（旦唱）往前街後街，往前街後街，并無人買。我待再叫一聲，咽喉氣噎，無如之奈。苦！我如今便死，我如今便死，暴露我屍骸，誰人與遮蓋？天那！我到底也只是個死。將頭髮去賣，將頭髮去賣，賣了把公婆葬埋，奴便死何害？[二]

（作倒科）（末上）慈悲勝念千聲佛，造惡徒燒萬炷香。今日蔡老員外病症不知如何？我且去看一看。呀！五娘子，你爲何倒在街上？（旦云）苦！太公可憐見，救奴家則個。（末杖扶科）五娘子，你手裏拿着頭髮做甚麽？（旦云）奴家公公又没了，無錢資送，只得把自己頭髮剪下，欲□□□□□送終之用。（末哭科）元來你公公又死了呵。你怎的不□□□□□？把頭髮剪下做甚麽？（旦云）奴家多番來定害公公，不□□□□□□呀！你說□□□？五娘子。

□□□□兒夫曾付托，兒夫曾付托，我怎生違背？你無錢使用，我須□□□□□髮剪下，將頭髮剪下，又跌倒在長街，都緣我之罪。（合）歎□□□□□□破敗，否極何時泰來？各出珠淚盈腮。

[一] 眉批：關目妙。

[二] 眉批：尚不知死乎？

□□□□□□□慷慨，謝公公慷慨，把錢相貸，我公婆在地下相感戴。□□□□□□恐奴身死也，兀自没人埋。公公，誰還你恩債？（合前）

（末云）五娘□□□□□□去，我即着人送些布帛米穀之類與你使用。（旦云）如□□□□□公。請收這頭髮。（末云）咳！難得，難得。這是孝婦的頭髮，剪來斷送公婆的，我留在家中，不惟流傳做個話名□□□□□；日後蔡伯喈回來，將與他看，也使他惶愧。

（旦）謝得公公救妾身，（末）伊夫曾托我親鄰。

（合）從空伸出拿雲手，提起天羅地網人。

齣末批：

『餐糠』『剪髮』俱在空裏出奇。『餐糠』之意寓於『糟糠媳婦』句；『剪髮』之意寓于『結髮薄倖』句，猶奇中之奇。

釋義：涙流血：高柴，字子羔，孔子弟子。執親之喪，泣血三年，未嘗見齒。蛾眉：《詩》：『螓首蛾眉。』蛾之眉，曲而長。結髮：宋子京詩：『結髮爲夫婦。』披剃：披，被袈裟也；剃，削髮也。《因果經》：『過去者佛爲成就無菩提，故捨飾好剃鬚髮，他發願言：「今落髮，故願與一切衆生斷除煩惱及諸惡障。」』空門：《智度經》：『涅槃有三門，一曰空門，二曰無相門，三曰無作門。』謂諸法無我無作者，受者是空門。尼姑：漢明帝聽洛陽婦女阿潘等出家，此蓋中國尼姑之始。蘭麝：蘭，一幹一花而香有餘。麝如小麋，人逐則自高岩舉爪，剔出臍香，以自珍重。堆鴉髻：杜詩：『新髻似堆鴉。』舞鸞鬟：王雍《宮詞》：『宮粧掠出舞鸞鬟。』鶴髮：賀方回詞：『童顏愁鶴髮。』剪髮：晉陶侃家貧，范逵訪之，侃倉卒無以款待，母湛氏乃剪髮以易酒肴，又徹所卧薪薦，剉給其馬。

音字：窘：扃。撑：鋥。股：古。鬟：枕。鬟：還。狽：背。噎：意。篋：怯。

第二十六齣　拐兒紿誤

【仙吕入雙調・打毬場】（净唱）幾年間，爲拐兒，脱空説謊爲最。遮莫你是怎生俏倘的，也落在我圈套。

自家脱空爲活計，掏摸作生涯。劍舌鎗唇，伶俐的也引教他懵懂；虚脾甜口，慳吝的也哄教他粧風。鄉貫何曾有定居？姓名誰人知真實？粧成圈套，見了的便自入來；做就機關，入着的怎生出去？騙了鍾馗手裏寶劍，拐了洞賓瓢裏仙丹。果然來無跡，去無踪，對面騙人如撮弄。縱使和你行，和你坐，當場賺你怎埋冤。拐兒陣裏先鋒，哄局門中大將。何用剜墻穵壁？强如黑夜偷兒。不索挾斧持刀，真個白晝劫賊。正是：天不生無禄之人，地不生無根之草。〔一〕自家打聽得蔡狀元家住陳留，父母

〔一〕眉批：想頭好，句法好，關目好。

在堂，久無消息。他如今要寄家書回去。況我在陳留走得慣熟，頗習語音，不免粧扮做陳留人，假寫他父母家書遞與他，必有回音。倘或附帶些金帛回家，也不見得覓却一個小富貴；便不然也索與我些路費回家。[一] 這裏便是蔡狀元府前，不免進入去咱。呀！怎的不見一個人？我且咳嗽一聲。（末云）侯門深似海，不許外人敲。（相見科）你是那裏人？來此有甚勾當？（淨云）小子從陳留來，蔡相公的老大人有家書在此。（末云）呀！我相公正要乘便寄家書回去。你來得恰好，待我請相公出來。（請科）

【商調引子·鳳皇閣】（生唱）尋鴻覓雁，寄個音書無便。謾勞回首望家山，和那白雲不見。淚痕如綫，想鏡裏孤鸞影單。

（末云）告相公得知，有一個漢子，說他從陳留郡來，有老相公的家書在此。（生云）快請他進來。（相見科）（生云）多承足下帶得我家書來呵。（淨云）小人奉老大人尊命，特遞在此。（淨遞書科）

【仙吕過曲·一封書】（生唱）一從你去離，我在家中常念你。功名事怎的？想多應折桂枝。幸得爹娘和媳婦，各保安康無禍危。謝天謝地！且喜家中多安樂。見家書，可知之，及早回來莫更遲。[二]

[一] 眉批：世上如今都是君。

[二] 眉批：如此假書，絕無破綻，這拐子也是個高手。

天那！我豈不要回去？争奈不由我。院子，你引鄉親到後堂茶飯，一面取紙筆，待我寫家書，就付與他去；可取些金珠碎銀過來。（生寫書科）(一)

【越調過曲・下山虎】男邕百拜大人尊前：一自離膝下，頓經數載。目斷萬里關山，鎮日望懸。一向那堪音信斷。名利事，嘆牽絆，謾勞珠淚漣。上表金殿，要辭了官，争奈君王不見憐。(二)

【蠻牌令】忽爾拜尊翰，激切意懸懸。幸喜爹娘和媳婦，盡安健。奈兒身淹留旅邸，不能彀承奉慈顏。匆匆的聊附寸箋，草草伏乞，尊照不宣。

鄉親，我這一封書，并這金珠，托你將到俺家裏，與老相公收下。傳示家中大小，俺早晚便回來，教他放心，不須憂慮。(三)（淨云）小子理會得。（生云）這些碎銀，送與鄉親路上做盤費。（淨云）多謝！多謝！

【中吕過曲・駐馬聽】（生唱）書寄鄉關，説起教人心痛酸。鄉親，傳示俺八旬爹媽，道與俺兩月妻房，隔涉萬水千山。啼痕緘處翠綃斑，夢魂飛遶銀屏遠。（合）報道平安，想一家賀喜，

(一) 眉批：如何筆跡也不認一認？

(二) 眉批：全不敢説牛府事，何故？

(三) 眉批：『早晚回來』句更是馬扁頭。

只説道再來相見。

【前腔】（末唱）遥憶鄉關，有個人人凝望眼。他頻看飛雁，望斷孤舟，倚遍危欄。見這銀鈎飛動彩雲箋，又索玉筯界破殘粧面。（合前）

【前腔】（浄唱）西出陽關，却嘆今朝行路難。念取經年離别，跋涉萬里程途，帶着一紙雲箋。只怕豺狼紛擾路途間，雁鴻怕不到家鄉畔。（合前）

（生）憑伊千里寄佳音，（末）説盡離人一片心。

（浄）須知相别經多載，（合）方信家書抵萬金。

齣末批：

世上只有官長騙百姓耳，百姓騙官長，更妙！更妙！

釋義：舌劍：閬仙詩：『三寸舌爲安國劍。』鍾馗：鍾馗，終南山人也。唐武德中舉不第，觸殿堦而死。後明皇病疫，居小殿，夢二鬼，一大一小。小者跣一足，懸一履於腰間，竊大者紫香囊及玉笛吹之。大者仗劍逐之，喧擾不已。既而大者奏曰：『臣終南進士鍾馗也，將爲陛下殺之。』遂擒小者，以右手大指摘其目，食之盡。覺而疾愈，命畫工吴生貌而圖之。洞賓：吕嵒，字洞賓，河東人，唐禮部侍郎渭之孫。咸通中，兩舉進士不第，遂遊廬山，遇異人，得長生訣。多遊湖湘鄂岳之間。嘗題岳陽樓上云：『朝遊北海暮蒼梧，袖有青蛇膽氣粗。三入岳陽人不識，朗吟飛過洞庭湖。』自號純陽真人。侯門深似海：

崔郊妾鬻於滇帥于頔，郊以詩寄之曰：『侯門一入深如海，從此蕭郎是路人。』頔見之，以妾還郊。大人：子稱父曰大人。漢霍光，去病之弟也，父仲儒以縣吏給事平陽侯曹壽家，與侍妾衛少兒私通，生去病。爲驃騎將軍，擊匈奴，至平陽傳舍，遣吏迎仲儒，跪曰：『去病不早自知爲大人遺體。』雙南美：謂金也。古詩：『客從東海來，遺我雙南美。』九品珍：《西越志》：『珠有九品，大五分以上至一寸八九分爲九品光彩，一邊似鍍金者名當珠，次爲走珠，又次爲滑珠，又次爲螺珂珠，又次爲官雨珠，又次爲税珠，又次爲葱符珠。』陽關：地名。唐王維《送别》詩：『渭城朝雨浥輕塵，客舍青青柳色新。勸君更盡一杯酒，西出陽關無故人。』後人以爲《陽關三疊》之唱。行路難：白樂天詩『行路難，不在水，不在山』云。跋涉：早行曰跋，水行曰涉。豺狼：喻盜賊也。

音字：馗：葵。穵：抑。箋：尖。湲：元。羈：基。緘：監。

第二十七齣　感格墳成

【南吕引子・掛真兒】（旦唱）四顧青山静悄悄，思量起暗裏魂銷。黄土傷心，丹楓染淚，謾把孤墳獨造。(一)

(一) 眉批：畫。

〔菩薩蠻〕白楊蕭瑟悲風起，天寒日淡空山裏。虎嘯與猿啼，愁人添慘悽。窮泉深杳杳，長夜何由曉。灑淚泣雙親，雙親聞不聞？奴家自從喪了公婆，家中十分狼狽。昨已多承張太公將公婆靈柩搬得到山，免不得造一所墳塋，把公婆安葬了。争奈無錢倩人，難以再去求他，只得自家搬泥運土。（把裙包土科）

【南呂過曲・五更轉】（旦唱）把土泥獨抱，麻裙裏來打熬。空山靜寂無人吊，但我情真實切，到此不憚勞。苦！何曾見葬親兒不到？又道是三匝圍喪，那些個卜其宅兆？思量起，是老親合顛倒。公公，你圖他折桂看花早，不想自把一身，送在白楊衰草。謾自苦，（作悲科）這苦憑誰告？（一）

【前腔】我只憑十爪，如何能彀墳土高？苦！只見鮮血淋漓濕衣襖，天那！我形衰力倦，死也只這遭。休休！骨頭葬處，任他血流好，此喚做骨血之親，也教人稱道。教人道趙五娘真行孝。苦！心窮力盡形枯槁，只有這鮮血，到如今也出盡了。這墳成後，只怕我的身難保。（二）

（一）眉批：冷落多少教兒心。

（二）眉批：不消說。

呀！我氣力都用乏了，不免就此歇息睡一覺呵。（睡科）（外扮山神上）

【仙呂引子・卜算子先】（旦唱）墳土未曾高，筋力先自倦。

【中呂引子・粉蝶兒】（外唱）趙女堪悲，天教小神相濟。(一)

善哉！善哉！吾乃當山土地，今奉玉帝敕旨：爲見趙五娘行孝，特令差撥陰兵，與他併力築造墳臺。不免叫出南山白猿使者，北岳黑虎將軍前來聽用。猿、虎二將何在？（淨、丑扮猿、虎上）（外云）吾奉玉帝敕旨：爲見趙五娘獨自在山築墳，特差汝等率領陰兵，與他併力。汝等可變作人形，與他運化土石，務要頃刻完成，不得驚動孝婦。（淨、丑云）領法旨。（造墳科）告大聖，墳臺已成了。（外云）趙五娘，你擡起頭來，聽吾囑付。

【仙呂入雙調・好姐姐】（外唱）五娘聽吾道語：吾特奉玉皇敕旨，憐伊孝心，故遣陰兵來助你。（合）墳成矣，辭了二親尋夫婿，改換衣裝往帝畿。

趙五娘，你好生記着：正是：大抵乾坤都一照，免教人在暗中行。（外、淨、丑下）（旦醒科）

【仙呂引子・卜算子後】(二)（旦唱）夢裏分明有鬼神，想是天憐念。

呀！怪哉，怪哉。奴家睡間，恍惚似夢非夢。見神人囑付道，墳已成了，教奴家前往京畿尋取丈夫。

(一) 眉批：這裏天何等近，緣別處却又遠？

(二) 子：原闕，據汲古閣刊本《繡刻琵琶記定本》補。

我思忖起來，獨自一身，幾時能穀得墳成？（起看科）呀！果然這墳臺都成了。謝天謝地！分明是神通變化。

【五更轉】（旦唱）怨苦知多少？兩三人只道同做餓殍。公公、婆婆，今日幸賴神明救濟，成此墳臺，你兩人已得安妥。只一件，我未曾葬時節，也還恰象相親傍的一般；如今葬了呵，窮泉一閉無日曉，嘆如今永別，再無由相倚靠。我死和公婆做一處埋呵，也得相伏侍。只愁我死在他途道，我的骨頭何由來到？從今去，墳呵，只願得中乾燥，福子蔭孫也都難料。[一]呀！天那！便做蔭得個三公，也濟不得親老。淚暗滴，復把蒼天來禱。（末同丑帶鉏器上）

【越調過曲·鏵鍬兒】（末唱）悲風四起吹松柏，山雲黯淡日無色。（丑唱）虎嘯與猿啼，怎不慘慽？（合）趲步行來到峭壁，都與孝婦添助力。

（末云）老夫張廣才，只爲蔡老員外夫妻相繼棄世，虧殺他媳婦趙五娘子支持。如今又聞得他把裙包土，築造墳臺。我想人家造一所墳，没有千百工造不成，他獨自一個女流，如何成得此事？不免帶將小二，與他添助力氣則個。呀！好怪哉，如何墳都成了？只見：松柏森森繞四圍，孤墳新土掩泉扉。五娘子，空山獨自無人問，爲築墳臺又阿誰？（旦云）太公，夢裏鬼神多怪異，陰兵運石與搬泥。[二]

[一] 眉批：丈夫未到手，又想生兒子了。

[二] 眉批：孝感蒼天，却是正大道理。

墳臺成了親分付，教奴尋婿往京畿。（丑云）公公，自古流傳多有此，畢竟感格上蒼知。長城哭倒稱姜女，五娘子，你他日芳名一樣題。（合云）正是：善惡到頭終有報，只争來早與來遲。

【好姐姐】（旦唱）公公，念奴血流滿指，獨自要墳成無計。深感老天，暗中相護持。（合）墳成矣，辭了二親尋夫婿，改换衣裝往帝畿。

【前腔】（末唱）五娘子，老夫帶領小二，待與你添助些力氣，誰知有神暗中相救濟。（合前）

【前腔】（丑唱）你每真個見鬼，這松柏孤墳在何處？恰纔小鬼是我粧扮的。（合前）

（末）孝心感格動陰兵，（旦）不是陰兵墳怎成？

（丑）萬事勸人休碌碌，（合）舉頭三尺有神明。

齣末批：

文家妙境，每每寄居於鬼神。若只用太公助葬，便不奇。

釋義：　黄土傷心：《列子》：『骨肉歸於黄土，心其有不傷乎？』丹楓染淚：《麗情集》：『王子敬與燕公情篤，公死，子敬過其墳，忍淚急趨，似有不覺，淚已沾衣。墳間楓葉，染淚者皆紅。蓋情動不可制也。』三匝圍喪：晉陽休之夢繞墳頭銅柱三匝。又，韓愈詩：『繞墳不假號三匝。』卜其宅兆：《孝經》：『卜其宅兆而安厝之。』三公：太師、太傅、太保爲三公。

第二十八齣　中秋賞月

【大石調・念奴嬌引】（貼唱）楚天過雨，正波澄木落，秋容光浄。誰駕玉輪來海底，碾破瑠璃千頃。環珮風清，笙簫露冷，人在清虚境。（浄、丑唱）真珠簾捲，庾樓無限佳興。

〔臨江仙〕（貼云）玉作人間秋萬頃，銀葩點破碧瑠璃。（浄云）瑶臺風露冷仙衣，天香飄到處，此景有誰知？（丑云）未審明年明夜月，此時此景何如？（貼云）珠簾高捲醉瓊卮，（合）正是：莫辭終夕歡，動是隔年期。（貼云）老姥姥，今夜中秋，月色澄清，你與我請相公出來賞翫則個。（浄云）是，是。夫人請相公翫月。（生内應云）我已睡了，不來。（丑云）你甚麼嘴臉，可知道請他不來？（貼云）惜春，你再去請。（丑云）我去請。相公，夫人請相公出來翫月。（生云）來也。（丑笑云）老姥姥，你看我嘴兒纔動一動，相公就出來了。

【南吕引子・生查子】（生唱）逢人曾寄書，書去神亦去。今夜好清光，可惜人千里。（一）

（貼云）相公，今夜中秋，月色可愛，我請你賞翫一番，你没事推阻怎的？（生云）月色有甚麼好處？（貼云）相公，怎的不好？〔酹江月〕你看：　玉樓金氣捲霞綃，雲浪空光澄徹。丹桂飄香清思爽，人在

（一）眉批：千里未遠，可惜人九泉矣。

瑶臺銀闕。（生云）影透鳳幃，光窺羅帳，露冷蛩聲切。關山今夜，照人幾處離別。（浄云）須信離合悲歡，還如玉兔，有陰晴圓缺。便做人生長宴會，幾見□□皎潔？（丑云）此夜明多，隔年期遠，莫放金樽歇。（合云）但願人長久，年年同賞明月。（飲酒科）

【大石調・念奴嬌序】（貼唱）長空萬里，見嬋娟可愛，全無一點纖凝。十二欄杆光滿處，涼浸珠箔銀屏。偏稱，身在瑶臺，笑斟玉斝，人生幾見此佳景？（合）惟願取年年此夜，人月雙清。

【前腔】（生唱）孤影，南枝乍冷。見烏鵲縹緲驚飛，栖止不定。萬點蒼山，何處是修竹吾廬三逕？追省，丹桂曾攀，嫦娥相愛，故人千里謾追情。（合前）

【前腔】（貼唱）光瑩，我欲吹斷玉簫，乘鸞歸去，不知風露冷瑶京。環佩濕，似月下歸來飛瓊。那更，香霧雲鬟，清輝玉臂，廣寒仙子也堪並。（合前）

【前腔】（生唱）愁聽，吹笛《關山》，敲砧門巷，月中都是斷腸聲。人去遠，幾見明月虧盈。惟應，邊塞征人，深閨思婦，怪他偏向別離明。（合前）

【中吕過曲・古輪臺】（浄唱）峭寒生，鴛鴦瓦冷玉壺冰，欄杆露濕人猶凭，貪看玉鏡。況萬里清明，皓彩十分端正。三五良宵，此時獨勝。（丑唱）把清光都付與，酒杯傾。從教酩酊，

拚夜深沉醉還醒。酒闌倚席，漏催銀箭，香銷金鼎。斗轉與參横，銀河耿，轆轤聲已斷金井。〔一〕

【前腔】（净唱）閒評，月有圓缺與陰晴，人世有離合悲歡，從來不定。深院閒庭，處處有清光相映。也有得意人人，兩情暢詠；也有獨守長門伴孤另，君恩不幸。（丑唱）有廣寒仙子娉婷，孤眠長夜，如何捱得更闌寂静？此事果無憑。但願人長久，庾樓翫月共同登。

【餘文】（衆唱）聲哀訴，促織鳴。（貼唱）俺這裏歡娱未罄，（生唱）他幾處寒衣織未成。

（貼）今宵明月正團圓，（生）幾處淒涼幾處諠。

（合）但願人生得長久，年年千里共嬋娟。

釋義：玉鏡、銀葩、冰輪：喻月也。琉璃千頃、瑶臺銀闕、玉壺冰：俱喻長空月色之澄瑩也。『環珮清風』二句：言夜景也。朱希真詞：『露冷笙簫，風清環珮。』庾樓：晉庾亮鎮武昌，諸佐史殷浩之徒乘夜月登南樓，俄而不覺亮至，將趨避之。亮曰：『諸君且住，老子於此興不淺。』遂據胡床，與浩等談詠。玉樓绛氣：绛氣，月映樓中瑞色也。天香：宋之問詩：『丹桂月中落，天香雲外飄。』嬋娟：美好貌，指姮娥也。玉斝：酒器，受六升。吾廬：淵明詩：『吾亦愛吾廬。』三徑：蔣詡

〔一〕眉批：得這裏吐些光景，不然幾冷落了。

於竹下開三徑，惟與羊仲求來往。瑶京：李白詩：『天上白玉京。』飛瓊：飛瓊姓許，西王母侍女。漢武帝時，王母於七月七夕進蟠桃七顆，有侍女四人。帝問其名，曰董雙成、許飛瓊、婉凌華、段安香。『香霧雲鬟』二句：杜詩：『香霧雲鬟濕，清輝玉臂寒。』廣寒：月宫。吹笛關山：古有《關山月》，遠戍思歸之曲。敲砧門巷：秋至，搗寒衣以寄遠也。三五：十五夜也。『邊塞征人』三句：崔令欽詞：『沙場征夫，幽閨思婦，閒殺長安一片明月，偏向别離明。』斗轉參横：斗星七點，參星三點。斗柄轉，參星横，則月落而天曙。轆轤聲：轆轤，井上汲水圓木也。獨守長門伴孤另，君恩不幸：漢武帝時，后陳氏退居長門，日夕愁思，以金百斤賂司馬相如，作《長門賦》以悟帝，復得幸。促織：《爾雅》：『蟋蟀也。至秋則鳴，爲促人織也。』音字：磃：斂。珮：倍。庾：雨。葩：巴。姥：母。澄：程。玩：岸。孅：仙。興：杏。思：四，意思也。箔：薄。斝：假，酒器也。縹緲：飄眇，飛貌。瑩：潤。臂：避。憑：并。拚：判。綺：倚。酩酊：名頂，沉醉貌。促：簇，催促也。轆轆：音碌爐。

第二十九齣　乞丐尋夫

【雙調引子·胡搗練】（旦唱）辭别去，到荒坵，只愁出路煞生受。畫取真容聊藉手，逢人將此免哀求。

鬼神之道，雖則難明；感應之理，未嘗不信。奴家昨日獨自在山築墳，正睡間，忽夢一神人，自稱當山土地，帶領陰兵，與奴家助力；却又囑付教奴家改換衣裝，逕往長安尋取丈夫。待覺來，果然墳臺並已完備，這的分明是神通護持。正是：寧可信其有，不可信其無。今二親既已葬了，只得改換衣裝，扮作道姑，將琵琶做行頭，沿街上彈幾個行孝的曲兒，抄化將去。只是一件，我幾年間和公婆廝守，如何捨得一旦撇了他？奴家自幼頗曉得些丹青，何似想像畫取公婆真容，背着一路去，也似相親傍的一般。但遇小祥忌辰，展開與他燒些香紙，奠些酒飯，也是奴家一點孝心。不免就此畫描真容則個。（描畫科）(一)

【仙吕入雙調·三仙橋】（旦唱）一從他每死後，要相逢不能彀，除非夢裏暫時略聚首。苦要描，描不就，暗想像，教我未描先淚流。描不出他苦心頭，描不出他饑症候，描不出他望孩兒的睁睁兩眸。只畫得他髮颼颼，和那衣衫敝垢。休休，若畫做好容顏，須不是趙五娘的姑舅。(二)

【前腔】我待要畫他個龐兒帶厚，他可又饑荒消瘦。我待要畫他個龐兒展舒，他自來長恁面

(一) 眉批：何緣乞得這靈想頭？

(二) 眉批：不特傳蔡公蔡婆之神，并傳趙五娘之神。

皺。若畫出來，真是醜，那更我心憂，也做不出他歡容笑口。(一)不是我不會畫着那好的，我從嫁來他家，只見他兩月稍優游，其餘都是愁。那兩月稍優游，我又忘了。這三四年間，我只記他形衰貌朽。這真容呵，便做他孩兒收，也認不得是當初父母。休休，縱認不得是蔡伯喈當初爹娘，須認得是趙五娘近日來的姑舅。(二)真容既已描就了，就在這裏燒些香紙，奠些酒飯，拜別了公婆出去。（拜辭科）

【前腔】（旦唱）公公婆婆，非是奴尋夫遠遊，只怕我公婆絶後。奴見夫便回，此行安敢久？苦！路途中，奴怎走？望公婆相保佑我出外州。天那！□□自没人看守，如何來相保佑？這墳呵，只怕奴去後，冷清清有誰來祭掃？縱使遇春秋，一陌紙錢怎有？休休！你生是受凍餒的公婆，死做個絶祭祀的姑舅。(三)

奴家既辭了墳墓，只得背了真容，便索去辭張太公。呀！如何恰好張太公來也？（末上）衰柳寒蟬不可聞，金風敗葉正紛紛。長安古道休回首，西出陽關無故人。（旦云）奴家適間拜辭了墳塋，正要到宅上來告別。（末云）呀！五娘子，你幾時去？（旦云）太公，奴家今日就行了。（末云）你背的是甚麼

(一) 眉批：妙不容言境界。

(二) 眉批：胸中常有一軸畫。

(三) 眉批：更出至言，五娘辭墓，讀之真痛哭流涕！

畫？（旦云）是奴公婆的真容，待將路上去藉手乞告些盤纏，早晚與他燒香化紙。（末云）是誰畫的？畫得像！（旦云）是奴家將就描摸的。（末云）五娘子，你孝心所感，一定逼真。借我看一看。咳！畫得像！畫得像！（作悲科）老員外，老安人，〔鷓鴣天〕死後多應夢裏逢，謾勞孝婦寫遺蹤。可憐不得圖家慶，辜負丹青泣畫工。衣破損，鬢鬔鬆，千愁萬恨在眉峰。(一)只怕蔡郎不識年來面，趙女空描別後容。五娘子，我聽得你要遠行，將幾貫錢與你路上少助些盤纏。（旦云）多多定害公公了。奴家又有不識進退之愆：奴家去後，公婆墳塋，早晚望太公可憐見，看這兩個老的在日之面，與奴家看管則個。(二)（末云）這個不妨，你但放心前去，老夫少不得如此。（拜辭科）

【越調過曲·憶多嬌】（旦唱）公公，他魂渺漠，我没倚托。程途萬里，教我懷夜壑。此去孤墳，望公公看着。（合）舉目蕭索，滿眼盈盈淚落。(三)

【前腔】（末唱）五娘子，我承委托，當領料。這孤墳我自看守，决不爽約。但願你途中身安樂。（合前）

【仙呂入雙調·鬥黑麻】（旦唱）奴深謝公公，便相允諾。從來的深恩，怎敢忘却？只怕途

(一) 眉批：又是畫。
(二) 眉批：醜伯喈極矣！
(三) 淚：原闕，據汲古閣刊本《繡刻琵琶記定本》補。

路遠，體怯弱，病染災纏，衰力倦脚。（合）孤墳寂寞，路途滋味惡。兩處堪悲，萬愁怎摸？

【前腔】（末唱）伊夫婿多應是，貴官顯爵，伊家去須當審個好惡。五娘子，只怕你這般喬打扮，他怎知覺？一貴一貧，怕他將錯就錯。〔一〕（合前）

（旦云）公公，奴家拜别去也。（末云）五娘子，且謾着，老夫還有幾句言語囑付你。（旦云）望公公指教。（末云）五娘子，你少長閨門，豈識路途？當初蔡郎未别時節，你青春正媚。你如今又遭這饑荒貧苦，貌怯身單。正是：桃花歲歲皆相似，人面年年大不同。蔡郎臨别之時，可不道來。（旦云）公公，他道甚的？（末云）他道是：若有寸進，即便回來。如今年荒親死，一竟不回，你知他心腹事如何？正是：畫虎畫皮難畫骨，知人知面不知心。呀！蔡郎元是讀書人，一舉成名天下聞。久留不知因個甚？年荒親死不回門。〔二〕五娘子，你去京城須仔細，逢人下氣問虚真。若見蔡郎謾説千般苦，只把琵琶語句訴元因。未可便説他妻子，未可便説喪雙親。未可便説裙包土，未可便説剪香雲。若得蔡郎思故舊，可憐張老一親鄰。〔三〕我今年紀七十歲，比你公公少一句。你去時猶有張老來相送，你回時不知張老死和存。我送你去呵，正是：流淚眼觀流淚眼，斷腸人送斷腸人。（哭科）（旦云）謝得公公訓誨，

〔一〕眉批：安得長者言？

〔二〕眉批：豈不知中狀元招相府？

〔三〕眉批：真。

奴家銘心鏤骨，不敢有忘。如今只得告别去也。（末云）五娘子，你早去早回。

（旦）爲尋夫婿别孤墳，（末）只怕兒夫不認真。

（合）惟有感恩并積恨，萬年千載不成塵。

齣末批：

兩人真容，一生行境，俱在五娘口中畫出。絶妙傳神文字。

釋義：丹青：閻立本爲主爵郎中，上與侍臣泛舟春苑池，見異鳥容與，召立本作狀。傳呼畫師，立本至則俯伏池左，研既丹青，羞愧流汗。歸，戒其子曰：『吾少讀書，文辭不減儕輩。今獨以畫見其名，與厮役等，若曹慎毋習丹青。』小祥：祭名。去凶從吉之義，故曰小祥。忌辰：親死之日，故謂之忌辰。家慶：父母骨肉歡聚，故謂家慶。眉峰：后山詩：『眉聳三峰秀。』萬愁：庾信《愁賦》：『且將一寸心，容此萬斛愁。』將錯就錯：因其錯而從，錯以爲之也。藁砧：夫也。古詩：『藁砧今何在？山上復有山。何當大刀頭，破鏡飛上天。』

音字：彀：勾。睁：争。颼：搜。龐：忙。辜：孤，負情也。藁：鎬。灣：彎。鏤：婁。

第三十齣　瞯問衷情

【中呂引子・菊花新】（生唱）封書遠寄到親闈，又見關河朔雁飛。梧葉滿庭除，爭似我悶懷堆積。

〔生查子〕封書寄遠人，寄上萬里親。書去神亦去，兀然空一身。自家喜得家書，報道平安。已曾修書附回家去，不知何如？這幾日常懷想念，翻成愁悶。正是：雖無千丈綫，萬里繫人心。

【南呂引子・意難忘】（貼唱）緑鬢仙郎，懶拈花弄柳，勸酒持觴。眉顰知有恨，何事苦相防？（生唱）夫人，些個事，惱人腸。(一)（貼唱）相公，試説與何妨？（生唱）只怕你尋消問息，添我恓惶。

（貼云）古人云：顰有爲顰，笑有爲笑。是以君子，當食不嗟，臨樂不嘆。無事而戚，謂之不祥。相公，你自來我家，不明不暗，如醉如癡，鎮日憂悶，爲着甚的？你還少了喫的？少了穿的？相公，我待道你少喫的呵，

【南呂過曲・紅衲襖】（貼唱）你喫的是煮猩唇和燒豹胎。我待道你少穿的呵，你穿的是紫羅

(一) 眉批：無限意味。

襴，繫的是白玉帶。你出入呵，我只見五花頭踏在你□□□，□□□□在你頭上蓋。(一) 相公，休怪奴家説你，你本是草廬中一秀才，如今做着□□□□棟材。你有甚不足，只管鎖了眉頭也，唧唧噥噥不放懷？

（生云）夫人，你道我有穿的呵，

【前腔】（生唱）我穿的是紫羅襴，倒拘束得我不自在。我穿的是皂朝靴，怎敢胡去踹？你道我有喫的呵，我口裏喫幾口慌張張要辦事的忙茶飯，手裏拿着個戰兢兢怕犯法的愁酒杯。到不如嚴子陵登釣臺，怎做得揚子雲閣上災？似我這般樣爲官呵，只管待漏隨朝，可不誤了秋月春花也，干碌碌頭又早白？(二)

（貼云）相公，我知道了。

【前腔】（貼唱）莫不是丈人行性氣乖？（生云）不是。（貼唱）莫不是妾跟前缺管待？（生云）不是。（貼唱）莫不是畫堂中少了三千客？（生云）不是。（貼唱）莫不是繡屏前少了十二釵？（生云）也不是。（貼唱）相公呵，這意兒教人怎猜？這話兒教人怎解？我今番猜着你了。敢只

(一) 眉批：終是婦人見識，看得有穿有喫就彀了，做官就大了。

(二) 眉批：林下何曾見一人？

是楚館秦樓，有個得意人兒也，悶懨懨常掛懷？

（生云）夫人，不是。

【前腔】（生唱）有個人人在天一涯，天那！我不能彀見他。只落得臉銷紅眉鎖黛。（貼云）我道甚麼來？可知哩！（生云）不是。我本是傷秋宋玉無聊賴，有甚心情去戀着閒楚臺？（貼云）相公，你有甚麼事，明說與奴家知道。（生唱）夫人，三分話兒只恁猜，一片心兒直恁解。（貼云）你有話如何不對與我說？（生唱）罷，罷。夫人，你休纏得我無言，若還提起那籌兒也，撲簌簌淚滿腮。

（貼云）由你，由你。我若不解勸，你又只管憂悶；待問着你，你又遮瞞我。我也没奈何。相公，夫妻何事苦相防？莫把閒愁積寸腸。難道各人自掃門前雪，莫管他人瓦上霜？（貼虛下潛聽科）（生云）天那！自古道：難將我語和他語，未卜他心似我心。自家娶妻兩月，別親數年。朝夕思想，翻成愁悶。我這新娶的媳婦，雖則賢慧，我待將此事和他說，他也肯教我回去。只是他的爹爹若知我有媳婦在家，如何肯放我回去？（一）不如姑且隱忍，待改日求一鄉郡除授，那時却回去見雙親便了。咳！夫人，非是隄防你太深，只緣伊父苦相禁。正是：夫妻且說三分話。（貼云）呀！我理會得了，你道

（一）夾批：怨。

是：未可全抛一片心。好，好。你瞞我也由你，只是你爹娘和媳婦嗟怨你！(一)

【雙調·江頭金桂】（貼唱）相公，我怪得你終朝嚬暗，只道你緣何愁悶深？教咱猜着啞謎，爲你沉吟，那籌兒没處尋。我和你共枕同衾，你瞞我則甚？你自撇了爹娘媳婦，屢换光陰，他那裏須怨着你没音信。笑伊家短行，笑伊家短行，無情忒甚。到如今兀自道且說三分話，未可全抛一片心。(二)

【前腔】（生唱）夫人，非是我聲吞氣忍，只爲你爹行勢逼臨。怕他知我要歸去，將人厮禁，要説又將口噤。我待解朝簪，再圖鄉任。那時節呵，他不隄防着我，須遣我到家林，我和你雙雙兩人歸晝錦。苦！我雙親老景，我雙親老景，存亡未審。我實不瞞你，前日曾附一封書回去，只怕雁杳魚沉。（貼云）你既有書信附去，怎的也没有回報？（生唱）又不是烽火連三月，真個家書抵萬金。

（貼云）元來如此。我去對爹爹說，和你同去便了。（生云）你爹爹如何肯放我回去？你且休說破了。（貼云）不妨事。我爹爹身爲太師，風化所關，具瞻在望，終不然恁的不顧仁義。（生云）你休説，不濟

(一) 眉批：辭婚已説破了，如何瞞得？

(二) 眉批：賢慧極矣！

事，干枉了。（貼云）相公，你不必憂慮，我自有道理；不由我爹爹不從。(一)

（貼）雪隱鷺鷥飛始見，柳藏鸚鵡語方知。

（生）假如染就乾紅色，也被傍人説是非。

齣末批：

寧可餓殺爹娘，不可惱了丈人。

釋義：關河：詩云：『雁書無奈隔關河。』家書報道平安：宋胡瑗讀書太山，攻苦食淡，十年不歸。得家書，見上有『平安』二字，即投之澗中，不復展讀。尋消問息：杜工部詩：『童稚情親四十年，中間消息兩茫然。』煮猩唇：猩猩，人面豕身，似猿，常數百爲聚。人皆以酒并糟設路側，連結草履，猩猩見之，即知爲張己者。狙先往呼曰：『奴欲張我，亟捨去。』復自謂試共嘗酒，逮醉，取履着之，爲人所擒。其肉之最美者，無踰於唇。豹胎：豹毛赤黄，其文黑如錢而中空。其胎最美，爲八珍之一。草廬：劉備在荊州，訪士於司馬徽，時適徐庶來新野見備。謂曰：『諸葛孔明，卧龍也，可就見，不可屈致，將軍宜枉駕顧之。』備由是奉禮，三顧於草廬之中。梁棟材：稱人才幹，云有『梁棟之材』。荒獐：《古今註》：『獐，麋屬。鹿有角不能觸，獐有牙不能噬。性最驚，見人急走。』嚴子陵：後漢嚴光，字子

(一) 眉批：太師是牛！

陵。少與光武同學，及光武即位，乃變姓名，隱身不見。帝令以物色訪之，齊國上書，有一男子，披羊裘釣澤中。帝疑爲光，備安車玄纁聘之，三反而後至。車駕幸其館，光卧未起。帝即卧所，撫其腹良久。光張目熟視曰：『昔唐堯著德，巢父洗耳；士各有志，何相逼乎？』後人名其釣處爲嚴陵瀨。揚子雲：揚雄，字子雲，新莽時爲大夫，校書天禄閣。會劉棻等以作符命，爲莽所誅，辭連及雄。使者來，欲收之。雲恐不能得免，乃從閣上投下，幾死。三千客：黄歇爲楚相，號春申君。相楚凡二十餘年，門下食客三千人，其上客皆服珠履。十二釵：牛僧孺，字思黯。唐文宗時，治第於洛陽甲仁里，多致嘉石美花，與賓客相娱樂。多寵妾，嘗自誇服鍾乳。白樂天贈其詩曰：『鍾乳三千兩，金釵十二行。』在天一涯：李陵《别蘇武》詩：『風波一失路，各在天一涯。』臉銷紅眉鎖黛：愁思之容也。傷秋宋玉：宋玉，屈原弟子。聞其師忠而放逐，作《九歌》以述其志。其一曰：『悲哉，秋之爲氣也。』楚臺：楚襄王夢神女之臺也。聲吞：李白詩：『死别已聲吞。』朝簪：荆公詩：『君方困旅食，我亦懼朝簪。』歸書錦：唐張玄素，虢州人。貞观中，拜虢州刺史。帝曰：『令卿衣錦晝遊耳。』烽火連三月，家書抵萬金：古者十里一烟墩，舉火以報軍情。言世亂三月，連舉烽火，家書斷絶。若得家書，可抵萬金之重。

音字：猩：星。襴：闌。碌：六。簌：俗。嚬喑：顛印。

第三十一齣　幾言諫父

【黃鍾引子・西地錦】（外唱）好怪吾家門婿，鎮日不展愁眉。教人心下常縈繫，也只爲着門楣。

入門休問榮枯事，觀看容顔便得知。自家招贅蔡伯喈爲婿，可謂得人。只一件，他自從到此，眉頭不展，面帶憂容，不知爲着甚麼？必有緣故。且待女孩兒出來問他，便知端的。㈠

【前腔】（貼唱）只道兒夫何意，如今就裏方知。萬里家山，要同歸去，未審爹意何如？

（外云）孩兒，吾老入桑榆，自嘆吾之皓首；汝身乖琴瑟，每爲汝而懊懷。夫婿何故憂愁？孩兒必知端的。（貼云）告爹爹得知：他娶妻六十日，即赴科場；別親三五年，竟無消息。温清之禮既缺，伉儷之情何堪？㈡ 今欲歸故里，辭至尊家尊而同行；待共事高堂，執子道婦道以盡禮。（外怒云）呀！吾乃紫閣名公，汝是香閨艷質。何必顧此糟糠婦？焉能事此田舍翁？㈢ 他久別雙親，何不寄一封之音信？汝從來嬌養，安能涉萬里之程途？休聽夫言，唯從父命。（貼云）爹爹，曾觀典籍，未聞婦道而

㈠ 眉批：豈不知？不知乃是牛！

㈡ 眉批：代伯喈訴狀。

㈢ 眉批：臭牛屁！

不拜舅姑；試論綱常，豈有子職而不事父母？若重唱隨之義，當盡定省之儀。彼荆釵布裙，既已獨奉親闈之甘旨；此金屏繡褥，豈可久戀監宅之歡娛？爹爹身居相位，坐理朝綱，豈可斷他人父子之恩，絶他人夫婦之義？使伯喈有貪妻之愛，不顧父母之愆；俾孩兒有違夫之命，不事舅姑之罪。望爹爹容恕，特賜矜憐。（外云）休胡説！他既有媳婦在家，你去做甚麽？（一）

【黄鍾過曲・獅子序】（貼唱）爹爹，他媳婦雖有之，念奴家須是他孩兒次妻。那曾有媳婦不侍親闈？（外云）孩兒，你去有甚麽勾當？（貼唱）若論做媳婦的道理，須當奉飲食，問寒暄，相扶持蘋蘩中饋。（外云）便做有許多勾當，他有媳婦在家裏，你不去也不妨。（貼唱）爹爹，又道是養兒代老，積穀防饑。

（外云）既道是養兒代老，積穀防饑，何似當初休教他來應舉？（二）

【太平歌】（貼唱）爹爹，他求科舉，指望錦衣歸，不想道爹爹留他爲女婿。（外云）這個是有緣千里能相會，須强他不得。（貼唱）他埋冤洞房花燭夜，那些個千里能相會？只要保全金榜掛名時，他事急且相隨。

（外云）孩兒，你到説我不是，這般埋冤着我？

（一）眉批：甚可惡！
（二）眉批：伯喈頂門一針！

【賞宫花】(貼唱)他終朝慘悽，我如何忍見之？(外云)他自慘悽，你管他怎的？(貼唱)若論爲夫婦，須是共歡娱。(外云)你對他説，他若在這裏，我教他做個大大的官！(貼唱)爹爹，他數載不通魚雁信，枉了十年身到鳳凰池。

(外云)呀！你聽着丈夫的言語，却不聽我説。這妮子好癡迷呵！

【降黄龍】(貼唱)爹爹，須知，非奴癡迷。已嫁從夫，怎違公議？(外云)孩兒，你去也不妨，只是我没個親人在傍，如何捨得你去？(貼唱)爹猶念女，怎教他爹娘不念孩兒？(一)(外云)孩兒，不是我不放你去。他既有媳婦在家，你去時節，只怕擔閣了你。(貼唱)休提，縱把奴擔閣，比擔閣他媳婦何如？(外云)便不然，只教蔡伯喈自去便了。(貼唱)爹爹，那些個夫唱婦隨，嫁雞逐雞飛？

(外云)孩兒，他是貧賤之家，你如何伏事他的父母？

【南吕過曲・大聖樂】(貼唱)爹爹，婚姻事難論高低，若論高低何似休嫁與？假饒親賤孩兒貴，終不然便拋棄？(外云)他自有媳婦，你管他做甚麽？(二)(貼唱)奴須是他親生兒子親媳婦，難道他是何人我是誰？(外云)孩兒，據你説起來，我到説得不是了？(貼唱)爹居相位，怎説着

(一) 眉批：痛切！酸骨！
(二) 眉批：他自有媳婦，你爲何又把女兒嫁與他？傷風是牛喘。

傷風敗俗非理的言語？

（外怒云）這妮子無禮，却將言語來衝撞我。我的言語到不中聽呵。孩兒，夫言中聽父言違，懊恨孩兒見識迷。我本將心托明月，誰知明月照溝渠。（外下）（貼云）自古道：酒逢知己千鍾少，話不投機半句多。好笑我爹爹不顧仁義，却道奴家把言語衝撞他。昨日我丈夫教我休説破，我如今有何顔見他？只得且在此坐一坐，尋思個道理去回他則個。（悶坐科）（生上）

【南吕引子·稱人心】（生唱）撇呆打墮，早被那人瞧破。他要同歸，知他爹怎麽？我料想他每不允諾。呀！夫人，你緣何獨坐？想你爹爹不肯麽？伊家道俐齒伶牙，争奈爹行不可。

【前腔】（貼唱）天那，我爹爹，全不顧，人笑呵，這其間只是我見差。禍根芽，從此起，災來怎躲？相公，他道我從着夫言，罵我不聽親話。

【南吕過曲·紅衫兒】（生唱）夫人，你不信我教伊休説破，到此如何？算你爹心性，我豈不料過？我爲甚亂掩胡遮？也只爲着這些。你直待要打破砂碙，是你招災攬禍。（一）

【前腔】（貼唱）不想道相揺靶，這做作難禁架。我見你每每咨嗟要調和，誰知好事多磨起風波。相公，把你陷在地網天羅，如何不怨我？天那！懊恨只爲我一個，却擔閣了兩三個。

（一）眉批：事雖不濟，明説便快心。

【正宮過曲・醉太平】（生唱）蹉跎，光陰易過，縱歸去，晚景之計如何？名韁利鎖，牢絡在海角天涯。知麽？多應我老死在京華，孝情事一筆都勾罷。苦！這般摧挫，傷情萬感，淚珠偷墮。

【前腔】（貼唱）非詐，奴甘死也。縱奴不死時，君去須不可。（生云）夫人，你如何説這話？（貼唱）相公，奴身值甚麽？只因奴誤你一家。差訛，假饒做夫婦也難和，你心怨我心縈掛。奴身拚捨，成伊孝名，救伊爹媽。（一）

（生云）夫人，你不要這般説。萬一你爹爹知之，反加譴責。（貼云）相公，妾當初勉承父命，遣事君子。不想君家有白髮之父母，青春之妻房。致君衷腸不滿，名行有虧。如今思之：誤君之父母者，妾也；誤君之妻房者，妾也；使君爲不孝薄倖人，亦妾也。妾之罪大矣！縱偷生於今世，亦公議所不容。昔者聶政姊死，倚屍傍以成弟之名；王陵母死，伏劍下以全子之節。妾豈愛一身，誤君百行？妾當死於地下，以謝君家。小則可以解君之縈掛，大則可以救君之父母；近則可以成孝子之令名，遠則可以免後世之公議。妾死何憾焉！（二）（生云）夫人，你知其一，不知其二。古人云：身體髮膚，受之父母，不敢毀傷。豈可陷親于不義？此事決然不可。（貼云）相公，你也説得是；只是累你一時回去不

（一）眉批：長牛如虎！
（二）眉批：牛産麒麟，果然！

得，如何是好？（生云）夫人且慢着，怕你爹爹也有回心轉意時節。且更寧耐，看如何？

（生）一心只欲轉家鄉，（貼）争奈爹行不忖量。

（生）大風吹倒梧桐樹，（合）自有傍人説短長。

齣末批：

辨駁剀切，節孝雙彰，無奈不入牛耳何！

釋義：伉儷：匹偶也。《左傳》：『齊侯請繼室於晉，韓宣子使叔向對曰：「寡君未有伉儷，君有辱命，惠莫大焉。」』田舍翁：《南史》：『刘宋武帝大修宫室，袁顗盛称高祖儉素。帝曰：「田舍翁得此過矣。」』中饋：中饋，主飲食也。撇呆打墮：猶言粧呆作癡。聶政姊死倚屍傍：《史記》：『韓相俠累與濮陽嚴仲子有隙，仲子聞軹人聶政之勇，以黄金百鎰爲政母壽，欲因以報讐。聶不許，曰：「老母在，不敢以身許人也。」及母卒，仲子又使政刺俠累。累方坐府上，衛兵甚嚴，政直入刺之。因自破面抉目，自屠出腸。韓人暴其屍於市，莫能識。其姊聞而往哭之，曰：「是軹深井里聶政也。以妾在之故，重自刑以絶跡，妾不敢畏没身之誅，終滅賢弟之名。」遂死政屍之傍。』

第三十二齣　路途勞頓

【仙吕過曲·月雲高】（旦唱）路途多勞倦，行行甚時近？未到洛陽城，盤纏都使盡。回首孤墳，空教奴望孤影。天那！他那裏，誰偢倸？俺這裏，誰投奔？正是西出陽關無故人，須信道家貧不是貧。

〔蘇幕遮〕怯山登，愁水渡。暗想雙親，淚把麻裙漬。回首孤墳何處是？兩下瀟條，一樣愁難訴。玉消容，蓮困步。愁寄琵琶，彈罷添淒楚。惟有真容時時顧，惟悴相看，無語恓惶苦。奴家爲尋丈夫，在途路上多少狼狽。況獨自一身，拿着一個琵琶，背着二親真容，登山履險，宿水飡風，其實難捱。只是一件，若去到洛陽，尋見丈夫，相逢如故，也不枉了這遭辛苦；倘或他駟馬高車，前呼後擁，見奴家這般藍縷，不肯相認，可不擔閣了奴家？

【前腔】（旦唱）暗中思忖，此去好無准。只怕他身榮貴，把咱不廝認。若是他不偢倸，空教奴受艱辛？他未必忘恩義，我這裏自閒評論。他須記一夜夫妻百夜恩，怎做得區區陌路人？唉！只一件，他在府堂深隱，奴身怎生進？他在駟馬高車上，又難將他認。我有個道理，若到他跟前，只提起二親真容。天那！又怕消瘦了龐兒，他猶難十分信。呀！他不到得非親却是親，我自須防仁不仁。

哽咽無言對二真，千山萬水好艱辛。

見説洛陽花似錦，只恐來時不遇春。

齣末批：

短兵相接更勝。

第三十三齣　聽女迎親

【仙呂引子·番卜算】（外唱）兒女話堪聽，使我心疑惑。暗中思忖覺前非，有個團圓策。

自古道：良藥苦口利於病，忠言逆耳利於行。昨日女孩兒要和伯喈歸去，同事雙親，自家不肯放他回去，却將幾句言語衝撞我，我一時不勝焦躁。如今尋思起來，他的言語，句句有理，節節堪聽。待要放他回去，只慮他幼長閨門，難涉路途；況俺年老，無人奉侍，如何捨得他去？如今有個道理，不免使一個人，多與盤纏，教他一去陳留，將蔡伯喈爹娘和媳婦都迎來，多少是好？不免叫孩兒和伯喈過來商議則個。(一)

【前腔】（生唱）淚眼滴如珠，愁事縈如織。（貼唱）早知今日悔當初，何似休明白。

（相見科）（外云）孩兒，你夜來説話，我仔細尋思起來，都説得有理。但我待教你同女婿回去，路途跋涉，這個也難。不如徑使人去陳留，取他爹媽媳婦來做一處居住，你兩人心下如何？（貼云）這個隨爹爹主張。（生云）若得如此，感恩非淺！（外云）院子李旺何在？（丑上云）頻聽指揮黃閣下，又聞呼喚畫堂前。老相公有何使令？（外云）李旺，我要差你去陳留走一遭。（丑云）去做甚麽？（外云）差

(一)　眉批：牛亦有人心，伯喈當時何不早説？

你去那裏接取蔡狀元的老員外、老安人、小娘子三人來我府中同住。[一]（丑云）如此，李旺不去。（貼云）李旺，你去請得來，我重重賞你。（丑云）夫人，你如今説道重重賞我；只怕取得他小娘子來時，夫人又要和他爭大爭小。到那時節，可不埋冤李旺？那裏還肯把東西賞我？（外云）休閒説！我如今修一封書去相請，外有銀錢與你一路去做盤纏，休得落後了。（生云）李旺，你去時節，須要多方詢問；若是來時，路途上千萬小心承直。（丑云）不妨，我出路慣便，自有分曉。

【正宮過曲·四邊静】（外唱）李旺，你去陳留仔細詢端的，專心去尋覓。請過兩三人，途中好承直。（合）休憂怨憶，寄書咫尺。眼望旌捷旗，耳聽好消息。

【前腔】（生唱）只怕饑荒散亂無踪跡，他存亡也難測。何況路途間，難禁這勞役。[二]（合前）

【福馬郎】（貼唱）李旺，你休説新婚在牛氏宅。（外云）孩兒，便説又待怎的？（貼唱）他須怨我相擔誤；歸未得，只恐傍人聞之，把奴責。（合）若是到京國，相逢處做個好筵席。

【前腔】（丑唱）相公，多與我盤纏添氣力，萬水千山路，曾慣歷。（拜科）辭却恩官去，管取好消息。（合前）

[一] 眉批：黄土城去接。

[二] 眉批：依你説不要去更好。

(外)限伊半載望回音，(生)路上看承須小心。

(貼)但願應時還得見，(丑)果然勝似岳陽金。

齣末批：

□□□□□□□擔伯喈身上去了。

第三十四齣　寺中遺像(一)

□□□□□□□□□□外事，麻衣草座亦容身。相逢盡道休□□□□□□□□□□家乃是彌陀寺中一個五戒便是。今□□□□□□□□□□□，不揀甚麽人，或是薦悼雙親，保安身己□□□□□□□。真個好寺院好道場呵。(内問)怎見得好寺院？(末云)但見：蘭若莊嚴，蓮臺整肅。佛殿嵯峨耀金壁，回廊繚繞畫丹青。千層塔高聳侵雲，半空中時聞清鐸；七寶樓晶光耀日，六時裏頻扣洪鐘。松下山門，紅塵不到；竹邊僧舍，白日難消。阿羅漢神像威儀，如靈山三十六萬億佛祖；比丘僧戒行清潔，似祇園千二百五十人俱。且看旛影石壇高，惟有棋聲花院静。休提清净法界，且説嚴肅道場。只見珠幢寶蓋影飄飖，玉磬金鐘聲斷續。龍瓶中插九品紅蓮，開净土春秋不老；鳳蠟内吐千枝絳蕊，照

(一) 本齣齣目原闕，據目録補。

佛天晝夜常明。齊整整的貝葉同翻，撲簌簌的天花亂墜。旃檀林裏，爇着清浄香、道德香；香積厨中，獻這禪悦食、法喜食。人人在十洲三島，個個浄五蘊六根。擊大法鼓，吹大法螺，仙樂一齊奏動；開甘露門，入甘露城，幽魂盡獲超昇。正是：寄言苦海林中客，好向靈山會上修。今日寺中建設大會，怕有官員貴客來此遊翫，不免將着疏頭，就抄化幾文香錢，添助支費。(一)道猶未了，遠遠望見兩個官人來到。（浄、丑扮風子上）

【中吕過曲·縷縷金】（浄唱）胡廝啞，兩喬才。家中無宿火，有甚强追陪？（丑唱）我自來粧風子，如今難悔。向叢林深處且徘徊，特來看佛會。

（末云）官人，請坐告茶。（浄云）五戒，你這佛會支費太多？（末云）便是。官人，休怪冒瀆，今日天與之幸，得遇兩位貴客到此，斗膽抄化幾文香錢，添助支費則個。（丑云）五戒，你要抄化，將疏頭來看。錢是儻來之物，那裏不使？那裏不用？（浄云）兄弟，你説得是。俺這般人，那一日不用幾貫鈔？我便捨他五錠。（丑云）我也捨他五錠。（末云）如此，多謝官人。（浄云）呀！遠遠望見一個婦人來，且是生得有些意思。（丑云）真個有個婦人來，背着一面琵琶，到和你家姐姐廝像。（浄云）休胡説！遠觀不審，近覷分明。（旦上）

【前腔】（旦唱）途路上，實難捱。盤纏都使盡，好狼狽。試把琵琶撥，逢人乞丐。薦公婆魂

(一) 眉批：説嘴未了思抄化，僧家常套。

魄免沉埋，特來赴佛會。

奴家且喜已到洛陽，聞説今日彌陀寺中做佛會，不免就此抄化幾文鈔，追薦公公婆婆則個。（末云）道姑，請裏面赴齋。（旦云）多謝！ 多謝！ （浄云）道姑，你背着甚麽東西？（旦云）是奴家公婆的真容。（浄云）你從那裏來？

【仙吕入雙調・銷金帳】（旦唱）聽奴訴與：奴是良人婦，爲兒夫相擔誤。（浄云）他怎的擔誤了你？（旦唱）他一向赴選及第，(一)未歸鄉故。饑荒喪了，喪了親的舅姑。（丑云）你丈夫既不在家，喪了公婆，誰人與你安葬？（旦唱）苦！ 我造墳墓。（浄云）你如今來這裏做甚麽？（旦唱）今爲尋夫來到此。（丑云）你丈夫在那裏？（旦唱）未知他在何處所。

（浄云）道姑，你抱着這個琵琶做甚麽？（旦云）奴家將此琵琶彈一兩個曲兒，抄化幾文鈔，就此寺中追薦公婆。（丑云）元來如此。 道姑，你會彈甚麽曲兒？ 你會彈《也兒四》麽？（旦云）不會。（浄云）你會彈《八俏手》麽？（旦云）也不會。 奴家只會彈些行孝曲兒。（末云）道姑，難得這兩位官人在此，你好生彈一兩個曲兒伏侍他，等他重重賞你。（旦云）既然如此，只怕奴家彈得不好，望官人休責。（丑云）你只管好好的彈，我重重賞賜你。（旦云）官人，請坐聽着。（彈科）凡人養子，懷抱最艱辛。 欲語未

(一) 眉批：『及第』二字相矛盾。

能行未得，此際苦雙親。

【前腔】（旦唱）凡人養子，最是十月懷擔苦，更三年勞役抱負。休言他受濕推乾，萬千勞苦。真個千般愛惜，萬般回護。兒有些不安，父母驚惶無措。直待可了，可了歡欣似初。

（浄云）彈得好！彈得好！（末云）真個彈得好！（丑云）錢鈔那裏不使？我且先與他一領好襖子。（脱衣與旦科）（丑云）道姑，你再彈一彈。（旦云）官人，請坐聽着。（彈科）孩兒漸長成，父母漸歡欣。教語教行并教禮，一意望成人。

【前腔】（旦唱）兒行幾步，父母歡欣相顧，漸能言能走路。指望飲食羹湯，自朝及暮。懸懸望他，望他不知幾度。爲擇良師，只怕孩兒愚魯。略得他長俊，可便歡欣賞賜。(一)

（丑云）彈得好！彈得好！（末云）真個彈得好！（浄云）錢鈔那裏不用？我也先與你一領好襖子。（脱衣與旦科）（浄云）道姑，你再彈一彈。（旦云）官人，請坐聽着。（彈科）勤於教道，暮史及朝經。願得榮親并耀祖，一舉便成名。

【前腔】（旦唱）朝經暮史，教子勤詩賦，爲春闈催教赴。指望他耀祖榮親，改換門户。懸懸望他，望他腰金衣紫。兒在程途，又怕餐風宿露。求神問卜，把歸期暗數。

(一) 眉批：自未養過兒子，何緣識得許真？

（丑云）彈得好！　彈得好！（末云）寔是彈得好！（丑云）錢鈔是人賺來的，我再與你一領襖子。（脫衣與旦科）（末云）元來裏面都是破衣裳呵。官人把襖子都脫了，身上這般寒，甚麼意思？（淨云）寒由他自寒，不可壞了局面。[一]　咱每這般人興頭來了，使鈔慣了，怕甚麼寒？　道姑，你再唱一唱。（末云）道姑，你再彈，且看他再把甚麼與你？（旦彈科）孩兒在外，須早回程。忤逆男兒并孝子，報應甚分明。

【前腔】（旦唱）兒還念父母，及早歸鄉土，看慈烏亦能返哺。莫學我的兒夫，把雙親擔誤。[二]常言養子，養子方知父母。算那忤逆男兒，和孝順爹娘之子，若無報應，果是乾坤有私。

（末云）彈得好！　彈得好！（淨云）他彈得自好，唱得自好，我沒甚麼與他了。（末笑云）可知道！（淨作寒科）（丑云）兄弟，我和你這般的走回家去，成甚麼模樣？（淨云）我只賴五戒取衣裳便罷。（末云）呀！　你扯我怎的？（丑云）扯你怎的？　你到粧成騙局，把我每的衣裳都剝去了。（末云）咳！　我幾曾粧局騙你？　是你自把衣裳與他。（淨云）秃驢，你道不曾粧局騙我？　我看見道姑彈了，喝一聲采；你也喝一聲采，只管攛掇我把衣裳與他。不是粧局騙我？（丑云）你不取還我，我扯你到洛陽縣裏去！（末云）天那！　我不曾見這般没行止的人！　道姑，没奈何了，把衣裳還他去罷。（旦云）衣裳在這裏，拿還他去。既不情願，我要他做甚麼？（丑云）錢鈔雖則那裏不用，只是寒冷，又忍不

[一] 眉批：假話却是真話。

[二] 夾批：必説此話。

得。（穿衣科）（浄云）道姑，方纔説道你彈得好，唱得好； 我如今尋思起來，你彈得也不好，唱得也不好。你不信時，再彈唱一和看看。（旦云）奴家也彈不得了，也唱不得了。（浄云）可知道不敢再彈唱了。（丑云）兄弟，他既不敢彈唱了，我和你且回家去。（浄云）説得是，我和你回去罷。（丑云）五戒，我小子不是豪富。（末云）枉了教你題疏。你衣裳敢是借的？（浄、丑云）可知道我腿上無個布袴。（末並下）（旦云）一斟一酌，莫非前定。奴家準擬今日抄化幾文錢鈔，就此追薦公婆。誰知撞着這兩個風子，攪鬧了一場。如今雖没東西備辦奠禮，且將公婆真容掛在此間，拜囑一番，以表來意便了。(一)

（掛真容拜科）

【賞秋月】（旦唱）在途路，歷盡多辛苦，把公婆魂魄來超度。焚香禮拜祈回護，願相逢我丈夫。（末、丑隨生上）

【縷縷金】（生唱）時不利，命多乖。雙親在途路上，怕生災。（末、丑唱）相公，此乃是彌陀寺，略停車蓋。（合）辦虔誠懇禱拜蓮臺，特來赴佛會。

（丑云）道姑迴避。（旦云）正是：在他簷下過，誰敢不低頭？（慌下失真容科）（生云）那得這軸畫像？（丑云）敢是適間道姑遺下的？（生云）叫他轉來，將還他去。（丑叫不應科）去遠了，叫不應。（生云）既叫不應，且與他收下。左右，喚和尚過來。（浄扮和尚上）

(一) 眉批：即此便是經懺了。

【前腔】（浄唱）能喫酒，會噇齋。喫得醺醺醉，便去摟新戒。講經和回向，全然尷尬。你官人若是有文才，休來看佛會。（相見科）（生云）和尚，下官爲迎取父母來此，不知路上安否何如？（一）特來三寶面前，祈求保佑。（浄云）元來如此。小僧先請佛。

【佛賺】（浄唱）如來本是西方佛，西方佛。却來東土救人多，救人多。結跏趺坐坐蓮花，丈六金身最高大，他是十方三界第一個大菩薩。摩呵般若波羅糖。（末云）和尚，你念差了，是波羅密。（浄唱）糖也這般甜，密也這般甜。南無南無十方佛十方法十方僧，上帝好生不好殺。好人還有好提掇，惡人還有惡鑒察。好人成佛是菩薩，惡人做鬼是羅刹。第一滅却心頭火，心頭火。第二解開眉間鎖，眉間鎖。第三點起佛前燈，佛前燈。真個是好也快活我，快活我。諸惡莫作，奉勸世上人則個。浪裏梢公牢把舵，行正路，莫蹉跎。大家却去誦彌陀，誦彌陀，善男信女笑呵呵。聽大法鼓鼕鼕鼕，聽大法鐃乍乍乍乍。手鐘摇動陳陳陳陳，獅子能舞鶴能歌。木魚亂敲逼逼剥剥，海螺響處嘖嘖嘖嘖。（二）積善道場隨人做，伏願老相

（一）眉批：父母早來也。
（二）眉批：却有妙諦。

公老安人小夫人萬里程途悉安樂。南無菩薩薩摩訶，金剛般若波羅密。

小僧請佛了，請相公上香，通達情旨。（生炷香拜科）

【仙吕入雙調・江兒水】（生唱）如來證明，聽蔡邕啓：我雙親在途路，不知何如的？仰惟菩薩大慈悲。（合）龍天鑒知，龍神護持，護持着登山渡水。

【前腔】（浄唱）如來證明，覽兹情旨。蔡邕的父母，望相保庇，仰惟功德不思議。（合前）

【前腔】（末唱）我東人鎮日常懷憂慮，只愁二親在路途裏，孝思誠意感神祇。（合前）

【前腔】（丑唱）我聞知做會，特來隨喜，饅頭素食多多與。若還不與，我自入齋厨去取。（合前）

（浄云）我佛有緣蒙寵渥。（生云）願親路上悉平安。（末云）因過竹院逢僧話。（丑云）又得浮生半日閒。（並下）（旦復上）

【縷縷金】（旦唱）原來是，蔡伯喈。馬前都唱道，狀元來。料想雙親像，他每留在。敢天教我夫婦再和諧，都因這佛會？

正是：不因漁父引，怎得見波濤？方纔那官人，奴家詢問起來，正是蔡伯喈。好也！好也！今日也會相見。只一件，奴家慌忙中失去了公婆真容，想必是他收下。且待明日徑投他家裏去，以乞丐爲

由，問取消息。倘或天、天可憐，因此相會，也不見得？(一)

今朝喜見那喬才，真容收去可疑猜。

縱使侯門深似海，從今引得外人來。

釋義：五戒：行者之稱，謂一不殺生，二不偷盗，三不邪淫，四不妄語，五不飲酒。蘭若：若，人者切。梵言阿蘭若，唐言無争也。蓮臺：《文殊傳》：世尊之座，高七尺，名曰七寶蓮臺。千層塔：阿育王造浮屠塔藏釋迦佛真身舍利子，見於明州。唐太宗開寶寺地造浮屠十二級以藏之。半空中時聞清鐸：北魏作永寧寺，爲九層浮屠，高九十丈，上刹復高十丈，每夜静，鈴鐸聲聞十里。七寶樓：梁武帝建佛樓，以七寶飾佛三尊，名曰七寶樓。阿羅漢：西方有僧一十八人，相貌猙獰，名曰阿罗漢。靈山三十六萬億佛相：世尊於靈山雷音寺演説金經，集衆三十六萬。比丘僧：梵言比丘，唐言乞士也。祇園千二百五十人俱：須達長者曰：『佛言弟子欲營精舍請佛住，惟有祇陀太子園廣八千頃，林木茂盛可居。』白太子，太子戲曰：『滿以金布，便當相與。』須達出金布八十頃。精舍告成，凡千三百區，亦曰給孤園。玉磬：樂器也，股廣三寸，長尺三寸半。夔擊石拊石是也。九品紅蓮：《明皇雜録》：『後苑天泉池内有九様蓮花，惟白蓮連蒂同幹，號雙頭千葉蓮花。』浄土：佛土名浄土，常清浄无雜穢。

(一) 眉批：憂中一喜。

貝葉：西域經多以貝葉書之。天花亂墜：《維摩詰經》：『世尊令天女以天花散諸菩薩，即皆墜落。』旃檀林裏：佛告阿難，汝嗅此旃檀，燃於一株，四十里内同時氛。又，六祖碑云：『林是旃檀，更无雜樹也。』清净香：出三佛齊國，其香乃樹之脂，其形色類胡桃肉，而不宜於燒，然能發衆香，故人取之以爲和香焉。又名安息香。道德香：出真臘國，樹如松杉之類，而香藏之皮。樹老而自然流溢者，色白而透明，故其香雖盛暑不融也。香積厨：維摩居士遣化菩薩往衆香國禮佛，言願得世尊所食之餘，欲以娑婆世界施作佛事，於是香積如來以衆香鉢盛飯與之云云。蟬蜕食：蟬委形也。佛於雪山修行，作蟬蜕食以賜苦爽滯魄。法喜食：梁武帝於阿育王寺設无礙法喜食。又，《維摩經》：有菩薩問維摩詰居士父母妻子親戚眷屬悉爲是誰，居士答曰：『如度菩薩母，方便以爲父，法喜以爲妻，慈悲以爲女，善心成實男，畢竟空寂舍利。』十洲：漢武帝既見西王母，言八方巨海之中有洲凡十，曰祖、玄、炎、長、元、流、生、洲、鳳麟洲、聚窟洲，并是人跡稀絶處。三島：海中有三山，一蓬萊，二方丈，三瀛洲。五蘊：謂色、受、想、行、識是也。六根：眼、耳、鼻、舌、心、意。甘露門：《群品經》：『慧可和尚事達摩祖師，夜雪，侍立不動。遲明，積雪至膝。謂師曰：「天寒極矣，願開甘露門濟群品。」遂潛取利刀斷左臂於前，師知是法器。』苦海：《楞嚴經》云：『地獄边有一海，凡人在世業重者，必三沉之，其中龟蛇鰲蝎傷人。』叢林：僧寺曰叢林。五逆：邵應曰：『一逆天，二逆地，三逆君，四逆親，五逆師。』和尚：萬里相聚曰和，父母反拜曰尚。方丈：僧之燕居。王玄策使西域，至昆耶城，有維摩居士石室。

以手板縱横量之，得十笏，故云方丈。如來本是西方佛：周穆王二十四年，天竺國浄梵王妃摩耶氏夢天降金人，遂有孕，於四月八日剖右臂，生太子悉達多。年十九，入雪山修行成道，號佛世尊。於泥蓮河側説《大般涅槃經》，以正法眼藏，將金縷僧迦禪衣傳與弟子大迦葉，爲第一世佛祖。往拘尸維國裟羅雙樹間入般涅槃，住世七十九年。却來東土救人多：後漢明帝夢金人巍巍丈六，飛至殿庭，光明柄耀。以問群臣，傅毅對曰：『臣聞西域有得道之神，其名曰佛。陛下所見，得無是乎？』帝曰：『然。』乃遣蔡倍等十八人至西域求其道，得其書及沙門以來，由是化流中國。結跏趺坐：謂兩足蟠而坐也。《大覺經》云：『全跏趺是如來坐，半跏趺是菩薩坐。』丈六金身：《後漢書・天竺國傳》：『西天有佛，其形長二丈六尺，面黄金色。』菩薩：《金剛經》註：『菩，普也；薩，濟也。普濟衆生，故曰菩薩。』般若：般若者，苦海之慈航，昏衢之巨燭。波羅蜜：出安南奉化、加休等處，大如斗，剖之若蜜，其香滿室。皮有軟刺，五六月熟，香甜可煮食，能飽人也。羅刹：《文殊傳》：『世尊於靈鷲山雷音寺説法，嘗有惡神十餘人手持凶器來圍道場，世尊乃令大力王降之。』誦弥陀：彌陀佛居西天兜率宫，極慈悲，凡世之受諸苦惱，誦其號即來救之。西方極樂世界：西方有國，名極樂世界，凡世有善男信女、忠臣義士，死後咸居之，受諸快樂。金剛：西方有神八人，相貌狰獰，身披金甲，手持宝劒，名曰金剛。如來：本覺爲如，今覺爲來。龍天：八部龍神嘗擁護如法。

音字：鐸：度。蠟：臘。幢：同。旃：詹。磬：慶。蘊：醞。

第三十五齣　兩賢相遘

【商調引子・十二時】（貼唱）心事無靠托，這幾日翻成悶也。父意方回，夫愁稍可。未卜程途裏的如何，教我怎生放下？

不如意事常八九，可與人言無二三。奴家自嫁蔡伯喈之後，見他常懷憂悶。費盡心機去問他，他又不説。比及奴家知道，去對爹爹説，要和他同去奉事雙親，誰想爹爹不肯。被奴家道了幾句，幸喜爹心回轉，教人去取他爹媽媳婦；又不知那行人路上安否如何？爲這些事，教我擔了多少煩惱！又一件，公婆早晚到來，只是要一兩個精細人去伏事他。我府裏雖則有使喚的，那裏中用？怎生得精細婦人與他使喚方好？院子那裏？（末上）書當快意讀易盡，客有可人期不來。世上幾般能稱意，光陰何況苦相催。夫人有何使令？（貼云）院子，我府中缺少幾個使喚的，便與我去街坊上尋問，有精細的婦人，討一兩個來用。（末云）小人理會得。踏破鐵鞋無覓處，得來全不費工夫。

【遶地遊】（旦唱）風餐水宿，甚日能安妥？問天天怎生結果？

（旦云）府幹哥稽首！（末云）道姑何來？（旦云）遠方人氏。（末云）到此何幹？（旦云）特來抄化。（末云）少待。通報夫人：精細婦人到没有，正遇一個道姑，在門首抄化。（貼云）着他裏面來。（末云）道姑，夫人着你裏面相見。（貼作見科）

【前腔】（貼唱）梳粧淡雅，看丰姿堪描堪畫。是何人來近問咱？（旦云）夫人稽首！（貼云）道姑何來？（旦云）貧道遠方人氏。（貼云）到此何幹？（旦云）特來府中抄化。（□□）你有甚本事，來此抄化？（旦云）貧道不敢誇口，大則琴棋書畫，小則針指工夫，次則飲食餚饌，頗諳一二。（貼云）道姑，你有這等□□，在街坊上抄化也生受，何似在我府中喫些安樂茶飯如何？（□□）若得如此，感恩非淺。只怕貧道沒福，無可稱夫人之意。（貼云）□□，道姑是遠方人氏，須要問他來歷詳細，方可留他。(一)（末云）道姑，□□問你，你是從幼出家的？還是在嫁出家的？（旦云）貧道在嫁出家的。（貼云）院子，從幼出家的怎麽說？在嫁出家的怎麽說？（末云）告夫人知道：從幼出家是沒丈夫的，在嫁出家是有丈夫的。那道姑是有丈夫的。（貼云）呀！險些差了。他既有丈夫的，難以收留。院子，你多打發些齋糧與他，教他別處抄化去。（末云）道姑，夫人説你有丈夫，多打發齋糧與你，別處去抄化罷。（旦云）天那！我不合説有丈夫的。府幹哥，貧道非因抄化來，特來尋取丈夫。（末云）夫人，這道姑非因抄化來，却是尋取丈夫的。（貼云）元來如此。道姑，我且問你，你丈夫姓甚名誰？（旦背説云）夫人問我丈夫姓名，若直説出來，恐怕夫人嗔怪；若不和他説，此事又終難隱忍。我如今且把『蔡伯喈』三字拆開與他説，看他意兒何如，再作道理。(二) 夫人，貧道丈夫姓祭名白

(一) 眉批：能人，能人。
(二) 眉批：妙！

諧，人人都説道在牛府中廊下住。敢夫人也知道？（貼云）我那裏知道？院子，你管各廊房，有那姓祭名白諧的麽？（末云）小人管許多廊房，并没有這個人。（貼云）道姑，我這裏没有，你可到别處去尋，休得要誤了你。（旦云）天那！人人道我丈夫在貴府廊下住，如今既道是没有，奴家想起來，莫不是死了呵？咳！丈夫，你若是死了，教我倚着誰人？〔一〕（哭科）（貼云）可憐這婦人！你且不須愁煩，權住在府中；我着院子到街坊上訪問你丈夫踪跡，意下如何？（旦云）若得如此，再造之恩！（貼云）道姑，只一件，你在我府中，休要這般打扮，我與你换了這衣粧。（旦云）貧道不敢换。（貼云）因甚不敢换？（旦云）貧道有一十二年大孝在身，所以不敢换。（貼云）呀！大孝不過三年，如何有一十二年？（旦云）貧道公公死了三年，婆婆死了三年；薄倖兒夫，久留都下，一竟不還，替他帶六年，共成一十二年。（貼云）咳！有這等孝行的婦人。道姑，你雖然如此，争奈我老相公最嫌人這般打扮。院子，你可叫惜春取粧奩衣服出來。〔二〕（末云）畫堂傳懿旨，幽閣取粧資。（丑云）寶劍賣與烈士，紅粉贈與佳人。夫人，粧奩衣服在此。（貼云）道姑，你且臨鏡改换則個。（旦云）天那！如何是好？（照鏡科）咳！鏡兒，我自從嫁與蔡家，只兩月梳粧，這幾時不曾照你？呀！好苦，元來都這般消瘦了。

【商調過曲·二郎神】（旦唱）容瀟灑，照孤鸞嘆菱花剖破。（貼云）道姑，你不梳粧，且换了衣服。

〔一〕眉批：甚乖巧。

〔二〕眉批：只嫌自己如此。

（旦看衣唱）記翠鈿羅襦當日嫁，誰知他去後，釵荊裙布無些？（貼云）道姑，你不换衣服，且帶着這釵兒。（旦看釵唱）他金雀釵頭雙鳳朵，奴家若帶了呵，可不羞殺人形孤影寡？（貼云）道姑，你不帶釵兒，且簪些花朵，别些吉凶。（旦看花唱）説甚麽簪花捻牡丹，教人怨着嫦娥。

【前腔】（貼唱）嗟呀，他心憂貌苦，真情怎假？只爲公婆珠淚墮，道姑，我公婆自有，不能彀承奉杯茶。你比我没個公婆承奉呵，不枉了教人做話靶。我且問你：你公婆，爲甚的雙雙命掩黄沙？

【囀林鶯】（旦唱）苦！荒年萬般遭坎坷，丈夫又在京華。糟糠暗喫擔饑餓，公婆死，賣頭髮去埋他。把孤墳自造，土泥盡是我麻裙包裹。（一）（貼云）這道姑好誇口！（旦唱）也非誇，手指傷，血痕尚染衣麻。

【前腔】（貼唱）道姑，愁人見説愁轉多，使我珠淚如麻。（旦云）夫人都淚下爲何？（貼唱）道姑，我丈夫久别雙親下，（旦云）他怎的不回家去？（貼唱）他要辭官家去，被我爹蹉跎。（旦云）他家有妻麽？（貼唱）他妻雖有麽，怕不似恁會看承爹媽。（旦云）他爹媽如今在那裏？（貼唱）在天涯。（旦云）夫人，何不取他同來一處？（貼唱）教人去請，知他途路上如何？

（一）眉批：堪作五娘銘。

【啄木鸝】（旦唱）聽言語，教我悽愴多，料想他每也非是假。（背説科）我且把句言語來試他一試。(一)他那裏既有妻房，取將來怕不相和？（貼唱）道姑，但得他似你能揑靶，我情願讓他居他下。只愁他程途上苦辛，教人望得眼巴巴。

【前腔】（旦唱）錯中錯，訛上訛，只管在鬼門前空占卦。夫人，若要識蔡伯喈妻房，（貼云）他在那裏？（旦唱）奴家便是無差。（貼唱）呀！你果然是他非謊詐？（旦云）夫人，奴家豈敢誑言？（貼唱）你元來爲我喫折挫，爲我受波查。教伊怨我，教我怨爹爹。

（貼云）姐姐請上坐，待奴家見禮。（旦云）奴家怎敢？(二)

【金衣公子】（貼唱）一樣做渾家，我安然你受禍。你名爲孝婦，我被傍人罵。（旦云）呀！傍人罵夫人怎的？（貼唱）公死爲我，婆死爲我，姐姐，我情願把你孝衣穿着，把濃粧罷。（合）事多磨，冤家到此，逃不得這波查。

【前腔】（旦唱）夫人，他當原也是没奈何，被强來，赴選科。辭爹不肯聽他話。（貼云）姐姐，他

(一) 眉批：高手！

(二) 眉批：女中堯舜。

在這裏豈不要回來？（貼唱）辭官不可，辭婚不可。（旦唱）只爲三不從，做成災禍天來大。(一)

（合前）

（貼云）姐姐，休怪奴家説。我教你改換衣粧，你又不肯，只怕相公見你這般襤褸，萬一不肯相認，如何是好？我想起來，相公往常朝回時，便入書館中看文章。姐姐既是無所不通，何似去書館中寫幾句言語打動他？那時節我與你説個明白，却不好？（旦云）夫人説得是。便寫得不好，也索從命。

（旦）無限心中不平事，幾番清話又成空。

（貼）一葉浮萍歸大海，人生何處不相逢。

齣末批：

兩賢不相阨，女中二難。

釋義：翠鈿：金花飾面也。唐韋固妻王氏極姿容，因眉間有傷痕，常以翠花鈿貼之，故後人效之。

牡丹：百花之王也，有三十餘種，若開元中禁中初得四種，植於興慶池東沉香亭前。會花方開，明皇引太真賞翫，命李白作《清平樂》四章。其一曰：『名花國色兩相歡，常得君王帶笑看。解得春光無限恨，沉香亭北凭闌干。』

(一) 眉批：開伯喈一綫生路！

音字：丰：風。姿：兹。餚：爻。鷩：執。靶：霸。坎：砍。坷：可。訛：俄。

第三十六齣　孝婦題真

（末云）爲問當年素服儒，於今腰下佩金魚。分明有個朝天路，何事男兒不讀書？自家乃是蔡伯喈府中一個院子，我相公雖居鳳閣鸞臺，常在螢窗雪案。退朝之暇，手不停披；閒居之際，口不絶吟。如今將次回府，不免灑掃書館，聽候相公到來。真個好書館！但見：明窗瀟灑，碧沙内烟霧輕盈。淨几端嚴，青氈上塵埃不染。粉壁間掛三四幅名畫，石床上安一兩張古琴。緗帙縹囊，數起看何止一萬卷？牙籤犀軸，乘將來穀有三十車。芸葉分香走魚蠹，芙蓉藏粉養龍賓。鳳味馬肝，和那鸜鵒眼，無非奇巧；兔毫栗尾，和那犀象管，分外精神。積金花玉板之箋，列錦紋銅緑之格。正是：休誇東壁圖書府，賽過西垣翰墨林。且住着，我相公昨日在彌陀寺中燒香，拾得一軸畫像，不知甚麽故事。相公當時教我收下，我如今也將來掛在此間。我相公博學多才，必然曉得這故事。正是：早知不入時人眼，多買胭脂畫牡丹。（下）

【仙吕引子・天下樂】（旦唱）一片花飛故苑空，隨風飄泊到簾櫳。玉人怪問驚春夢，只怕東

風羞落紅。(一)

堦下落紅三四點,錯教人恨五更風。當初只道蔡伯喈貪名逐利,不肯回家,元來被人逗留在此。奴家昨日抄化來到這裏,感得牛氏夫人收録; 又怕伯喈見我一身襤褸,不肯厮認,教我到書館中題幾句言語打動他。奴家只得從命。來到此間,却寫在那處好? 呀! 公婆真容,元來也掛在此。(哭拜科)我如今就公婆真容背後題詩幾句便了。(二) 苦! 向日受饑荒,雙親俱死亡。如今題詩句,報與薄情郎。

【仙吕過曲·醉扶歸】(旦唱)丈夫,我有緣千里能相會,難道是無緣對面不相逢? 鳳枕鸞衾也曾共,今日呵,到憑着兔毫繭紙將他動。休休。畢竟一齊分付與東風,把往事如春夢。

(題科)崑山有良璧,鬱鬱璠璵姿。嗟彼一點瑕,掩此連城瑜。人生非孔顔,名節鮮不虧。拙哉西河守,胡不如臯魚? 宋弘既以義,王允何其愚。風木有餘恨,連理無傍枝。寄語青雲客,慎勿乖天彝。

【前腔】(旦唱)縱使我詞源倒流三峽水,丈夫,只怕你胸中别是一帆風。牛氏夫人見我衣裳藍褸,怕伯喈不肯相認,還是教妾若爲容? 我若不寫詩打動他呵,夫人,只怕爲你難移寵。(掛真容科)休休。縱認不得這丹青貌不同,我的筆蹟,兀自如舊。若認得我翰墨,教心先痛。

奴家題詩已了,不免説與夫人知道,且待伯喈來看。莫不是天教相逢,在此一遭,也未得見?

(一) 眉批:曲好。
(二) 眉批:關目好。

未卜兒夫意，全憑一首詩。
得他心肯日，是我運通時。

釋義：金魚：《唐・輿服志》：『自一品至六品皆服魚袋，以明貴賤。三品以上飾以金，五品以下飾以銀。』雪案：晉孫康家貧，映雪讀書。手不停披：韓文：手不停披於百家之篇。緗帙縹囊：唐李泌封鄴侯，積書萬卷，皆縹囊緗帙。牙籤：唐玄宗於兩都各聚書四部，皆令以甲乙丙丁爲號。甲經書，朱牙籤；乙史書，緑牙籤；丙子書，碧牙籤；丁集書，白牙籤。列爲四庫。犀軸：唐田弘正起書樓，聚書萬卷，皆錦帙犀軸。乘將來轂有三十車：晉張華，字茂先，好書。遷居，載書三十乘，博洽無敵焉。芸葉分香走魚蠹：芸，香草也；蠹，壞書蟲也。芸香可避蟲。芙蓉藏粉養龍賓：唐玄宗見墨上有小道士如蠅而行，上叱之即呼萬歲，曰：『臣墨之精，凡世人有文者，墨上皆有龍賓十二。』上神之，以墨賜掌文官。鳳咮：蘇東坡硯名。馬肝：漢武帝時，鄧文進馬肝石以和丹砂，食之則逾年不飢。以拭白髮，盡墨；以之作硯，常有光起焉。鴝鴿眼：《東坡筆録》：『端硯有鴝鵒眼，黄白相間。』兔毫：漢制：天子筆毛皆以秋兔毫爲之。栗尾：筆也。東坡詩：『爲把栗尾書溪藤。』象犀管：王羲之《筆經》云：『昔人以琉璃象犀爲筆管。』金花玉枝之箋：唐玄宗與貴妃賞牡丹，李龜年持金花玉枝之箋賜李白，製《清平詞調》三章。錦紋銅緑之格：蔡君謨爲歐陽永叔寫《集古目序》，永叔以鼠鬚栗尾筆、銅緑筆格等爲潤筆，君謨笑以爲太清而不俗。東壁圖書府：《晉・天文志》：『東壁二星主文章，天下圖書之秘府也。』西垣翰墨林：垣，墻也。禁中有東西兩掖，號曰翰墨院。有緣：范式少遊太學，與張邵爲友，并告歸。式曰：『後二年某日過訪。』至期，邵白母殺鷄炊黍待之。母曰：『二年之約，千里戲言，何相信之甚？』邵曰：『式信士，必不失期。』至是日，果至。式謂邵曰：『自别後連年遘疾，今得會子，真所謂有緣而會。』無緣：晉末董仲甫聘舅女陳氏，將畢婚之期，值石勒陷泗水，將邑之婦女盡掠而去。仲嬰哭之幾死，父慰之曰：『此女與吾兒對面無緣分。』繭紙：王右軍以蚕繭紙、鼠鬚筆書《蘭亭記序》。崑山：山名，産玉。連城：趙王得楚和氏璧，秦昭王欲之，請易以十五座城，故稱美玉有連城之價。心先痛：齊裴納之爲邠州刺史，母在鄴心痛，而納之是日心亦驚痛。遂倍道棄官而歸。

音字：籤：千。鸜：瞿。箋：煎。繭：檢。

第三十七齣　書館悲逢

【仙吕引子·鵲橋仙】（生唱）披香侍宴，上林遊賞，醉後人扶馬上。金蓮花炬照回廊，正院宇梅梢月上。

日晏下彤闈，平明登紫閣。何如在書案，快哉天下樂。自家早臨長樂，夜直嚴更。召問鬼神，或前宣室之席；光傳太乙，時頒天禄之藜。惟有戴星衝黑出漢宫，安能滴露研硃點《周易》？俺這幾日且喜朝無繁政，官有餘閒，庶可留志於詩書，從事於翰墨。正是：事業要當窮萬卷，人生須是惜分陰。（看書科）這是甚麼書？是《尚書》。呀！這《堯典》道：『虞舜父頑母嚚象傲，克諧以孝。』咳！他父母那般相待他，他猶自克諧以孝。我父母虧了我甚麼，我到不能彀奉養他？[一]看甚麼《尚書》！這是甚麼書？是《春秋》。呀！《春秋》中潁考叔曰：『小人有母，未嘗君之羹，請以遺之。』咳！他有一口湯喫，兀自尋思着娘。我如今做官享天禄，到把父母撇了。看甚麼《春秋》！天那！枉看這書，行不得，濟甚麼事？你看那書中那一句不説着孝義？當元俺父母教我讀詩書，知孝義，誰知道反被詩書誤了我，還看他怎的？

【南吕□□·解三酲】（生唱）嘆雙親把兒指望，教兒讀古聖文章。似我會讀書的，到把親撇漾。少甚麼不識字的，到得終奉養。書呵，我只爲其中自有黄金屋，反教我撇却椿庭萱草堂。[二]還思想，畢竟是文章誤我，我誤爹娘。

【前腔】（生唱）比似我做個負義虧心臺館客，到不如守義終身田舍郎。《白頭吟》記得不曾忘，緑鬢婦何故在他方？書呵，我只爲其中有女顔如玉，反教我撇却糟糠妻下堂。還思想，畢竟是文章誤我，我誤妻房。

[一] 眉批：《孝經》《曲禮》早忘了，如何記得《尚書》《春秋》？

[二] 眉批：自立供狀。

書既懶看他，且看這壁間山水古畫，散悶則個。呀！這一軸畫像，是我昨日在彌陀寺中燒香拾得的，如何院子也將來掛在此間？且看甚麼故事。

【南呂過曲·太師引】（生唱）細端詳，這是誰筆仗？覷着他，教我心兒好感傷。（細看科）好似我雙親模樣。差矣，我的媳婦會針指，便做是我的爹娘呵，怎穿着破損衣裳？前日已有書來，道別後容顏無恙，怎的這般淒涼形狀？(一) 且住，我這裏要寄一封書回去，尚不能彀。他那裏呵，有誰來往，直將到洛陽？天下也有面貌厮像的，須知道仲尼陽虎一般龐。我理會得了，這是街坊上誰劣相，砌莊家形衰貌黄。假如我爹娘呵，若沒個媳婦來相傍，少不得也這般淒涼。敢是個神圖佛像？呀！却怎的，我正看間，猛可的小鹿兒心頭撞？(二) 這也不是神圖佛像，敢是當元的畫工有甚緣故？丹青匠，由他主張，須知道毛延壽誤了王嬙。

若是個神圖佛像，背面必有標題，待我轉過來看。呀！元來有一首詩在上面。（讀詩科）這厮好無禮，句句道着下官。等閒的怎敢到此？想必夫人知道。待我問他，便知分曉。夫人那裏？

【雙調引子·夜遊湖】（貼唱）猶恐他心思未到，教他題詩句，暗裏相嘲。翰墨關心，丹青入

(一) 眉批：這個書又是誤你的。

(二) 眉批：畫出情狀，酷似！酷似！

眼，强如把語言相告。

（生怒云）夫人，誰人到我書館中來？（貼云）没有人。（生云）我前日去彌陀寺中燒香，拾得一軸畫像。院子不省得，也將來掛在這裏，甚麽人在背面題着一首詩？（貼云）敢是當原寫的？（生云）那裏是？墨蹟尚未曾乾。（貼背云）[一]我理會得了。相公，這詩如何説？請讀與奴家知道。[二]（生讀詩科）（貼云）相公，奴家不省其意，請解説一遍，與奴家曉得也好。（生云）『崑山有良璧，鬱鬱璠璵姿。嗟彼一點瑕，掩此連城瑜。』崑山是地名，産得好玉，價值連城。若有些兒瑕玷，便不貴重了。『人生非孔顔，名節鮮不虧。』孔子、顔子是大聖大賢，德行渾全。大凡人非聖賢，能忠不能孝，能孝不能忠，所以名節多至欠缺。『拙哉西河守，胡不如皐魚？』西河守吴起，是戰國時人，魏文侯拜他爲西河守，母死不奔喪。皐魚是春秋時人，只爲周遊列國，父母死了。後來回歸，自刎而亡。『宋弘既以義，王允何其愚。』宋弘是光武時人，光武試把姐姐湖陽公主嫁他，宋弘不從。對道：『貧賤之交不可忘，糟糠之妻不下堂。』王允是桓帝時人，司徒袁隗要把侄女嫁他，他就休了前妻，娶了袁氏。[三]『風木有餘恨，連理無傍枝。』孔子聽得皐魚啼哭，問其故。皐魚説道：『樹欲静而風不止，子欲養而親不在。』西晉時東宫門

[一] 背云：原作『云云』，據汲古閣刊本《繡刻琵琶記定本》改。

[二] 眉批：以能問于不能。

[三] 眉批：只會説都市，不會説屋裏。

有槐樹二株，連理而生，四傍皆無小枝。『寄語青雲客，慎勿乖天彝。』傳言與做官的，切莫違了天倫。（貼云）相公，那不奔喪和那自刎的，那一個是孝道？（生云）那不奔喪的是亂道。（貼云）相公，那不棄妻和那棄妻的，那一個是正道？（生云）那棄了妻的是亂道。（貼云）相公，比你待學那一個？（生云）呀！我的父母知他存亡如何？我決不學那不奔喪的見識。（貼云）相公，你雖不學那不奔喪的，且如你這般富貴，腰金衣紫，假有糟糠之婦，襤褸醜惡，可不辱没了你？你莫不也索休了？(一)（生怒云）夫人，你説那裏話！縱是辱没殺我，終是我的妻房，義不可絶。

【越調過曲·鏵鍬兒】（生唱）夫人，你説得好笑，可見你心兒窄小。我決不學那王允的見識，没來由漾却苦李，再尋甜桃。古人云：棄妻止有七出之條。他不嫉不淫與不盜，終無去條。那棄妻的，衆所誚。那不棄妻的，人所褒。縱然他醜貌，怎肯相休棄了？

【前腔】（貼唱）伊家富豪，那更青春年少。看你紫袍掛體，金帶垂腰。做你的媳婦呵，應須有封號。金花紫誥，必俊俏，須媚嬌。若還他醜貌，怎不相休棄了？

【前腔】（生唱）夫人，你言顛語倒，惱得我心兒轉焦。(二)莫不是你把咱奚落，特兀自粧喬？引得我淚痕交，撲簌簌這遭。這題詩的是誰？（貼云）相公，你問他待怎的？（生云）夫人，他把我

(一) 眉批：這樣方是真講學。

(二) 我：原闕，據汲古閣刊本《繡刻琵琶記定本》補。

嘲，難恕饒。你說與我知道，怎肯干休罷了？

【前腔】（貼唱）相公，我心中忖料，想不是個薄情分曉。管教你夫婦會合，在今朝。你還認得那題詩的麼？（生云）不認得。（貼唱）伊家枉然焦，只怕你哭聲漸高。（生云）是誰？（貼唱）是伊大嫂，身姓趙。正要說與你知道，怎肯干休罷了？

姐姐有請。

【入賺】（旦唱）聽得閙炒，敢是我兒夫看詩囉唣？（貼云）姐姐快來。（旦唱）是誰忽叫？想是夫人召，必有分曉。（貼唱）相公，是他題詩句，你還認得否？（生云）他從那裏來？（貼唱）相公，他從陳留郡，爲你來尋討。（生認科）呀！我道是誰，元來是你呵。娘子，你怎的穿着破襖？衣衫盡是素縞？莫不是雙親不保？(一)（旦唱）官人，從別後，遭水旱，我兩三人只道同做餓殍。（生云）張太公曾周濟你麼？（旦唱）只有張太公可憐，嘆雙親別無倚靠。（生云）後來却如何？（旦唱）兩口顛連相繼死。（生云）苦！元來我爹娘都死了。娘子，那時如何得殯斂？（旦唱）我剪頭髮賣錢送伊妣考。（生云）如今安葬了未曾？（旦唱）把墳自造，土泥盡是我麻裙裏包。（生云）罷了。聽伊言語，怎不痛傷噎倒？

(一) 眉批：是了，是了。

（生倒旦、貼作扶起科）（旦云）官人，這畫像就是你爹媽的真容。（生哭拜科）

【小桃紅】（生唱）蔡邕不孝，把父母相抛。爹娘，我與你别時，豈知恁地？早知你形衰耄，怎留聖朝？㈠娘子，你爲我受煩惱，你爲我受劬勞。謝你葬我爹，葬我娘，你的恩難報也。又道是養兒能代老。（合）這苦知多少，此恨怎消？天降災殃人怎逃？

娘子，這真容是誰畫的？㈡

【前腔】（旦唱）這儀容像貌，是我親描。（生云）娘子，路途遥遠，你那得盤纏來到此間？（旦低唱科）乞丐把琵琶撥，怎禁路遥？官人，説甚麽受煩惱？説甚麽受劬勞？不信看你爹，看你娘，比别時兀自形枯槁也。我的一身難打熬。（合前）

【前腔】（貼唱）設着圈套，被我爹相招。相公，你也説不早？況音信杳。姐姐，你爲我受煩惱，爲我受劬勞。相公，是我誤你爹，誤你娘，誤你名兒不孝也。做不得妻賢夫禍少。（合前）

【前腔】（生唱）我脱却巾帽，解却衣袍。（貼唱）相公，急上辭官表，共行孝道。㈢（生云）夫人，只怕你去不得。（貼唱）相公，我豈敢憚煩惱？豈敢憚劬勞？同去拜你爹，拜你娘，親把墳塋掃

㈠ 眉批：父母之年，豈可不知也？

㈡ 眉批：何暇問及此？

㈢ 眉批：丁憂方行孝道。

也，使地下亡靈安宅兆。（合前）

【餘文】（合）幾年間分別無音耗，奈千山萬水迢遥。天那！只爲三不從，生出這禍苗。

（生）只爲君親三不從，（旦）致令骨肉兩西東。

（貼）今宵賸把銀缸照，（旦）猶恐相逢是夢中。

齣末批：

慘不可言。

釋義：披香：漢殿名。彤闈：彤，赤色，宫中門也。夜直嚴更：督夜行鼓也。召問鬼神：宣室，未央宫前殿之正室也，齋戒則居之。賈誼，洛陽人，漢文帝時拜長沙王太傅，後徵之，至入見。上方受釐宣室，因問鬼神之本，誼道其所以。夜半，不覺前席。曰：『久不見賈生，以爲過之，今不及也。』光傳太乙：漢刘向校書天禄閣，夜有老人着黄衣，執青藜杖叩閣而進。時向坐暗中誦書，乃吹杖端烟焰照之，曰：『我太乙之精，天帝聞卯金之子博學，下而觀之。』乃出懷中行牒，有天文地圖之書授之。由是向學日進。戴星衝黑：言夜歸也。滴露研硃：唐高駢《步虚詞》。分陰：言光陰也。侃言：大禹，聖人，乃惜寸陰，至於衆人當惜分陰。《尚書》：《書經》，虞夏商周四代史官所作，孔子删之。《春秋》：孔子所作者。潁封人：《左傳》：鄭莊公置母姜氏於城潁，誓不見之。潁谷封人潁考叔聞之，有獻於公。公賜之羹，食而舍肉。公問之，對曰：『小人有母，曾嘗小人之食矣，未嘗君之羹，請以遺之。』公感其言，母子如初。終養：　李密，字伯令，蜀人也，事祖母劉氏至孝。晉武帝平蜀，徵爲太子洗馬，密上表陳情云：『臣無祖母，無以至今日；　祖母無臣，無以終餘年。烏鳥私情，願乞終養。』《白頭吟》、緑鬢婦：　司馬相如因過茂陵，見一女子，緑鬢白齒，特聘之爲妾。其妻卓文君作《白頭吟》以自絶。其詞曰：『淒淒重淒淒，嫁女不須啼。願得同心人，白頭不相離。』相如乃止。無恙：　謂無病也。陽虎：　季氏家臣，曾暴於匡，夫子適陳過匡，匡人以孔子貌似陽虎，以兵圍之。小鹿兒心頭撞：《南史》：　梁武帝相貌威嚴，臣下雖燕見，率或失措。太清中，侯景逼之於臺，因入見而退。謂人曰：『武帝迫困於斯，而吾見之，汗洽衣襟，猛然若小鹿兒觸吾心爾。』毛延壽誤了王嫱：　漢元帝後宫既多，不得常見，乃使畫工毛延壽圖其形，按圖召幸之。諸宫人多賄延壽，多者十萬，少者亦不減五萬，獨王嫱字昭君恃其貌不與，遂不得見。熙寧初，匈奴單于來朝，自言願婿漢氏以自親，於是帝按圖以昭君賜之。及至召見，貌爲第一。帝悔不及，遂窮按其事，得情狀，收延壽，棄於市。七出之條：《禮記》：『婦有七出：　不順父母，去；　無子息，去；　淫，去；　妬，去；　惡疾，去；　多言，去；　竊盜，去。』漾却苦李，再尋甜桃：　晉王戎年十七時，與群兒戲於郊外，見桃李隔墻而生，皆可食。群兒競趨李，戎獨取桃。人問其故，曰：『李在道傍而多，必苦；　桃在墻内而少，必甜桃也。』人驗之，果然。紫袍金帶：　唐制：三品以上咸賜金帶紫袍。素縞：　白繒也。考妣：　父母也。

音字：　嚚：　銀。養：　去聲。翎：　林。藕：　偶。恙：　様。嫱：　祥。璠：　播。隗：　尾。

噎：意。邈：莫。捋：臘。賸：剩。

第三十八齣　張公遇使

【南呂引子・虞美人】（末唱）青山古木何時了，斷送人多少。孤墳誰與掃荒苔？連塚陰風吹送紙錢遶。〔一〕冥冥長夜不知曉，寂寂空山幾度秋。泉下長眠人未醒，悲風蕭瑟起松楸。老漢曾受趙五娘之託，教我爲他看管墳塋。這兩日有些閒事，不曾看得，今日只索去走一遭。

【仙吕入雙調・步步嬌】（末唱）呀！只見黄葉飄飄把墳頭覆，厮趕的皆狐兔。（望介）敢是誰砍了樹木去？爲甚松楸漸漸疏？（滑倒科）咳！甚麽絆我這一倒？〔二〕却元來是苔把磚封，笋迸泥路。老員外，老安人，自古道：未歸三尺土，難保百年身。已歸三尺土，難保百年墳。只怕你難保百年墳。我老夫在日，尚來爲你看管。若老夫死後呵，教誰添上你三尺土。（丑扮李旺上）

【前腔】（丑唱）渡水登山多勞苦，來到這荒村塢。遥觀一老夫，試問他家住在何所。趲步向

〔一〕眉批：有遠神。
〔二〕眉批：關目趣。

前行，呀！却是一所荒墳墓。

（相見科）（末云）小哥，你從那裏來？（丑云）小人從京都來。（末云）却往那裏去？（丑云）奉蔡相公差至此。（末云）你相公是那裏人？差你來有甚勾當？（丑云）我相公特差小人來請取他的太老爹太夫人和那小夫人，一同到洛陽去。（末云）你相公叫甚麽名字？（丑云）我相公的名字，小人怎敢説？（末云）荒僻去處，但説不妨。[一]（丑云）我相公是蔡伯喈。（末發怒科）

【風入松】（末唱）你不須提起蔡伯喈，説着他每忒歹。（丑云）呀！他有甚歹處？（末唱）他中狀元做官六七載，撇父母抛妻不采。（丑云）他父母在那裏？（末唱）兀的這磚頭土堆，是他雙親在此中埋。

（丑云）呀！元來太老爹太夫人都死了呵。不知爲甚的死了？[二]

【前腔】（末唱）一從他別後遇荒災，更無人倚賴。（丑云）這等，是誰承直他兩個？（末唱）虧他媳婦相看待，把衣服和釵梳都解。（丑云）解也須有盡時。（末云）便是。這小娘子解得錢來糴米，做飯與公婆喫。他背地裏把糟糠自捱，公婆的反疑猜。

（丑云）公婆敢道他背後自喫了些好東西麽？（末云）便是。後來呵，

[一] 眉批：好關目。

[二] 眉批：有不知死的主人，亦有不知死的走使。

【前腔】（末唱）他公婆的親看見，雙雙痛倒，無錢斷送，剪頭髮賣買棺材。（丑云）他那般無錢，如何築得這一所墳墓？（末唱）他去空山裏，裙包土，血流指，感得神明助，與他築墳臺。

（丑云）自古道孝感天地，果然有此。這小娘子如今在那裏？

【前腔】（末唱）他如今逕往帝都來。（丑云）他把甚麼做盤纏？（末云）小哥，我不瞞你。他彈着琵琶做乞丐。（丑云）蔡相公特地差小人來取他父母妻子，如今太老爹太夫人既死了，小夫人却又去了，如何是好？（末云）你慢着，我與你説與他父母知道便了。老員外，老安人，你孩兒做官，如今差人來接你到京，同享富貴，你去不去？[一]（哭科）叫他不應魂何在？空教我珠淚盈腮。（丑云）公公，你休啼哭。小人如今回去，教俺相公多多做些功果，追薦他便了。（末笑科）他生不能養，死不能葬，葬不能祭。這三不孝逆天罪大，空設醮，枉修齋。[二]

你相公如今在那裏？（丑云）我相公如今入贅牛丞相府裏。

【前腔】（末唱）小哥，你如今疾忙便回，説我張老的道與蔡伯喈。（丑云）道甚麼來？（末唱）道。你拜別人的爹娘好美哉，親爹娘死，不值你一拜。[三]（丑云）公公，你休錯埋冤了人。他要辭官，官

[一] 眉批：好甚！趣甚！冷甚！辣甚！

[二] 眉批：罵得好。

[三] 眉批：盡彀了！

裏不從；他要辭婚，我太師不從。也只是没奈何了。（末唱）恁的呵。元來他也是無奈，好似鬼使神差。他當元在家不肯赴選，他的爹爹不從呵。這是三不從把他厮禁害，三不孝亦非其罪。（丑云）公公，你險些錯埋冤了人。（末唱）這是他爹娘福薄運乖，人生裏都是命安排。

（丑云）敢問公公高姓？(一)（末云）小哥，我老漢不是别人，張太公的便是。當初蔡伯喈臨别之時，把父母囑付與我。如今他父母身死，小娘子又去京都尋他，將近去了個半月日。你如今回去，一路上但見一個婦人，道姑打扮，拿着一個琵琶，背着一軸真容的，便是你相公的小娘子。你把盤纏好好承直他去便了。（丑云）理會得。小人告别了。

（末）雙親死了已無依，今日回來也是遲。

（丑）夜静水寒魚不餌，滿船空載月明歸。

齣末批：

全傳都是罵，餘俱包藏罵，此獨真罵。

釋義：狐兔：桓譚《新論》：『雍門周以琴見孟嘗君，曰：「臣竊恐千秋萬歲墳墓生荆棘，狐狸穴其中。」』官裏：言皇上。

(一) 眉批：適才説張老，如今又問姓。

第三十九齣　散髮歸林

【仙吕入雙調·風入松慢】(一)（外唱）女蘿松柏望相依，況景入桑榆。他椿庭萱室齊傾棄，怎不想家山桃李？中雀誤看屏裏，乘龍難駐門楣。

自古道：人無遠慮，必有近憂。自家當初不仔細，一時間不信我那院子的説話，定要招蔡伯喈爲婿，指望養老百年。誰想道他父母俱亡，如今他媳婦逕來尋取。聞説我孩兒也要和他同去，不知是否？待我唤院子出來問他，便知端的。院子那裏？（末上）紋犀欲下意沉吟，棋局排來仔細尋。猶恐中間差一着，教人錯用滿枰心。相公有何鈞旨？（外云）院子，説道蔡狀元的父母身死，他媳婦來尋他，我的小姐也要和他同去。你知道麽？（末云）男女不知，老姥姥必知端的。（外云）如此，叫老姥姥過來。

【仙吕過曲·光光乍】（浄唱）女婿要同歸，岳丈意何如？忽叫阿奴緣何的？想必與他做區處。

（外云）老姥姥，見説蔡狀元的父母身死，他的媳婦來此尋他，我的小姐也要和他同去，此事是否？（浄云）果是，小姐要同去。（外云）呀！我小姐同去做甚麽？（浄云）相公，他父母都死了，只是一個媳婦

(一) 入：原闕，據汲古閣刊本《繡刻琵琶記定本》補。

支持；如今小姐要同他回去守服，有何不可？（外怒云）我的小姐如何與別人帶孝？[一]（浄云）相公息怒，聽老奴告稟。

【南吕過曲·古女冠子】（浄唱）媳婦事舅姑合體例，相公，怎不教女孩兒同去？當初是相公相留住，今日裏怨着誰？（外云）胡説！我不教女孩兒去，却待怎的？（浄唱）相公，事須近禮，怎使聲勢？休道朝中太師威如火，那更路上行人口似碑。（合）説起此事，費人區處。

【前腔】（末唱）我相公只慮着多嬌女，怕跋涉萬水千山。相公，只一件，女生向外從來語，况既已做人妻。夫唱婦隨，不須疑慮。這是藍田種玉結親誤，今日裏船到江心補漏遲。（合前）

【前腔】（外唱）當初是我不仔細，誰知道事差池？痛念深閨幼女多嬌媚，怎跋涉萬餘里？天那！我嫡親更有誰？怎忍分離？罷，罷。不教愛女擔煩惱，也被傍人講是非。（合前）

（外云）老姥姥，你和院子也説得是，只得由他去罷。（浄云）恰好狀元小姐都來了。

【雙調過曲·五供養】（旦唱）終朝垂淚，爲雙親使我心疼。（貼唱）親墳須共守，只得離神京。（生唱）夫人，且商量個計策，猶恐你爹行不肯。（合）若是他不肯，難説道君王有命。（相見科）（外云）賢婿，我聞説你父母皆棄，你媳婦來此相尋，此事果否？（生云）此事果然，愚婿正來

[一] 眉批：老牛終不改狗骨。

稟知岳丈。（外云）這可是伯喈的媳婦麽？（旦云）奴家便是。（外云）賢哉！賢哉！（貼云）孩兒有一事，拜覆爹爹知道：娶妻所以養親。孔子云：生事之以禮；死葬之以禮，祭之以禮。若姐姐爲蔡氏之婦，生能竭奉養之力，死能備棺槨之禮，葬能盡封樹之勞；孩兒亦爲蔡氏婦，生不能供甘旨，死不能盡躃踊，葬不能事窀穸。以此思之，何以爲人？誠得罪於舅姑，寔有愧於姐姐。今特講於爹爹之前，願居於姐姐之下。（外云）賢哉吾女！道得是，道得是。（旦云）自古道：人有貴賤，不可概論。夫人是香閨繡閣之名姝，奴家是裙布釵荆之貧婦；況承君命以成婚，難讓妾身而居右。（外云）五娘子，你今日既無父母，又喪公姑，恰便是我的女孩兒一般；況你身先歸於蔡氏，年又長於吾兒；此實當禮，不必多辭。（生云）你兩個只做姊妹相呼便了。（衆云）這個説得極是。（生云）愚婿今日拜辭岳丈，領二妻同歸故里，共行孝道。待服滿之後，再來侍奉尊顔。（外云）賢婿，我其寔捨不得你去。今日你爹娘既不幸了，我也難再留你。（貼云）爹爹，孩兒暫別尊顔，寔出無奈。爹爹善保尊體，不必掛牽。（外哭云）孩兒，你今拜舅姑的墳墓，竟不念我？（貼云）爹爹放心，孩兒此去，不過三年之期。（外悲云）苦！女兒終是向外。(一) 兀的不痛殺我也！（衆云）相公不須煩惱。（生、旦、貼拜辭科）

【大石調過曲・催拍】（生唱）念蔡邕爲雙親命傾，遭不孝逆天罪名，今辭了帝廷。感岳丈慇懃，豈敢忘情？痛父母恩深，久負亡靈。（合）辭別去，同到墳塋。心慽慽，淚盈盈。

(一) 眉批：別人的兒，你却不與歸做孝，女生外向，又何苦留？

【前腔】（旦唱）念奴家離鄉背井，謝公相教孩兒共行。非獨故里榮，我泉下公婆，死也目瞑。（外云）五娘子，我女孩兒少長閨門，凡事望你指顧。〔一〕（旦唱）我自看承你孩兒，不須叮嚀。（合前）

【前腔】（貼唱）覷爹爹衰顏皤鬢，思量起教人淚零。爹爹，我進退不忍。我待不去呵，誤了公婆，被人譏評；我待去呵，撇了爹爹，没人温清。〔二〕（合前）

【前腔】（外唱）孩兒，此別去，你的吉凶未憑。再來時，我的存亡未審。賢婿，吾今已老景。畢竟你没爹娘，我没親生。若是念骨肉，一家須早辦回程。（合前）

【正宮過曲·一撮棹】（生唱）岳丈，你寬心等，何須苦掛縈？（外唱）賢婿，把音書寫，頻頻寄郵亭。（貼云）老姥姥，爹年老，伊家須是好看承。（淨唱）程途裏，各願保安寧。（旦唱）死別全無準，生離又難定。（合）今去也，未知何日還神京？

（外云）你三人去，途中須要保重。（生、旦、貼云）謝得尊人掛念。

【哭相思尾】（合唱）最苦生離難拋捨，未知再會何時也。（生、旦、貼並下）

（外）女婿今朝已別離，老身孤苦有誰知。

〔一〕眉批：這分付是。

〔二〕眉批：女子可温清之禮。

（合）夫唱婦隨同歸去，一處思量一處悲。

釋義：女蘿松栢：古詩：『蔦與女蘿，施于松栢。』家山桃李：歐公詞：『買花載酒長安市，又争似家山桃李？』紋犀卜：黄石公用紋犀棋十二卜吉凶以行師，萬無一失。封樹：《禮記疏》曰：『人死可惡，故備餙以衣衾棺槨，欲其深邃，不使人知。今乃反使封壤爲墳，而種樹以標之哉？』擗踊：撫心跳躍也。《孝經》：『擗踊哭泣，哀而送之。』名姝：姝，美姬也。

音字：駐：住。概：蓋。瑩：縈。叨：滔。穸：夕。皤：波。拚：判。娱：魚。縈：容。姝：樞。郵：尤。

第四十齣　李旺回話

（丑扮李旺上）

【柳穿魚】（丑唱）心忙似箭走如飛，歷盡艱辛有誰知？夜静水寒魚不食，滿船空載月明歸。歸來後，到庭除，未知相公在何處？

李旺蒙老相公差去陳留，請取蔡相公的老員外、老安人、小娘子。不想他兩位老的都死了，小娘子又來了；教我空走這一遭。如今且未好對老相公説，先説與蔡相公知道。呀！怎的房門都閉了？敢是蔡相公入朝去了，小姐要幽静，閉着門呵？開門，開門。

【翫仙燈】（外唱）門外有人聲，是誰來諠譁鬧炒？（丑云）老相公，是李旺。（外云）李旺，你回來了？你知道麽，我小姐和蔡相公都回家去了？（丑云）蔡相公小娘子曾到這裏不曾？（外云）我見他了。李旺，我且問你：蔡相公父母既死了，媳婦又來了；你到那裏，曾見甚麽人？

【南吕過曲·風帖兒】（丑唱）相公，我到得陳留，逢着一個故老，在他爹娘墳上拜掃。他道他爹娘呵。果然饑荒都喪了。他媳婦也來到，枉教人走這遭。

【前腔】（外唱）李旺，我如今去朝廷上表，奏蔡氏一門孝道。管取吾皇降丹詔，把他召。我自去陳留走一遭。

（丑云）老相公，這個趙氏，其寔難得！（外云）便是，一家都難得。一來蔡伯喈不忘其親，二來趙五娘子孝於舅姑，三來我小姐又能成人之美。一門孝義如此，理當保奏，請行旌表。（丑云）相公道得最是。

（外）五更三點奏朝廷，（丑）今古難求此樣人。

（合）管取一封天子詔，表揚四海孝賢名。

第四十一齣　風木餘恨

（生、旦、貼帶侍從上）

【雙調引子・梅花引】（生唱）傷心滿目故人疏，看郊墟，盡荒蕪。（旦、貼唱）惟有青山，添得個墳墓。（合）慟哭無聲長夜曉，問泉下有人還聽得無？[一]

〔玉樓春〕（生云）他鄉萬點思親淚，不能滴向家山地。（旦云）如今有淚滴家山，欲見雙親渾無計。（貼云）荒墳衰草連寒烟，蒼苔黃葉飛蘋蘩。（生云）欲聽雞聲來問寢，忽驚蟻夢先歸泉。（旦云）人生自古誰無死，嗟君此恨憑誰語。（貼云）可憐衰絰拜墳塋，不作錦衣歸故里。（生云）夫人，此處便是爹媽墳墓，我和你先拜了雙親，還要去拜謝張太公。[二]（旦、貼云）正是如此。（拜奠科）

【仙呂入雙調・玉雁兒】（生唱）孩兒相誤，爲功名擔擱了父母。都緣是孩兒不得歸鄉故。爹爹、媽媽，你怎便先歸黃土？乾坤豈容不孝子？名虧行缺不如死，只愁我死缺祭祀。（合）對真容形衰貌枯，想靈魂悲咽痛苦。

【前腔】（旦唱）百拜公姑，望矜憐恕責我夫。你孩兒贅居牛府，日夜要歸難離步。你這新媳婦呵，堅心雅意勸親父，同歸故里守孝服，今日雙雙來廬墓。（合前）

【前腔】（貼唱）不孝的媳婦，恨當初爲我耽誤了丈夫。喫人談笑生何補？我待死呵，又羞見

[一] 眉批：雨落泉聲咽。

[二] 眉批：不哀便不像。

公姑。公公、婆婆，我生前不能彀相奉侍，何如事你向黄泉路？只一件，我死了呵，家中老父誰看顧？（合前）

（生云）呀！只見朔風四起，瑞雪横空，天氣甚冷。左右，且迴避着。（衆下）（末扮張太公上）

【前腔】（末唱）樓臺銀鋪，遍青山渾如畫圖。乾坤似他衣衰素，故添個縞帶飛舞。你躃踊慟哭直恁苦，那堪大雪添凄楚？事當逆來順受，抑情就禮通今古。（合前）㈠

（生云）呀！張太公來了。卑人父母生死，皆蒙太公周濟，正道拜了父母墳塋，就到宅上拜謝，少效啣環之報，㈡何勞太公先降？（末云）説那裏話？蔡相公，你腰金衣紫，可惜令尊令堂相繼謝世，不得盡你孝心。正是：樹欲静而風不寧，子欲養而親不在。這也是他命該如此。你今日榮歸故里，光耀祖宗。雖是他生前不能享你的禄養，死後亦得沾你的恩典。㈢老夫苟延殘喘，又得相見。僥倖，僥倖。你今在此廬墓，老夫合當陪伴，但有牛氏夫人在此，怕不穩便。暫且告别，再來相看。

（生）多謝深恩不敢忘，（末）稍寛愁緒節悲傷。

（旦）親墳共掃添榮耀，（貼）不負詩書教子方。

㈠ 眉批：天地爲愁，草木淒悲。

㈡ 銜：原作『御』，據汲古閣刊本《繡刻琵琶記定本》改。

㈢ 眉批：冷語令人汗顔。

釋義：泉下有人聽得無：《太平廣記》：『鄭友路逢一塚，有二竹，詠之曰：「塚上兩竿竹，風吹長㛹㛹。」塚中人續之曰：「中有百年人，長眠不知曉。」』萬點思親淚：蘇東坡云：『寄我相思千點淚。』蟻夢：淳于棼。廣陵城南有古槐，棼醉卧其下，夢二使者曰：『槐安國王奉邀。』棼隨二使入穴中，曰大槐安國。王曰：『南柯郡政事不理，屈卿爲守。』棼至郡。數日乃寤。尋古槐下穴，洞然明朗，可容二指。有一大蟻，乃槐安國王。又尋一穴，直上南柯，乃南柯郡也。衰絰：《儀禮》：『喪衣上衰下裳絰首。』絰，腰絰也。錦衣歸故里：漢朱買臣上書，帝拜爲侍中，迁會稽太守。上曰：『富貴不還鄉，如衣繡夜行。』買臣辞謝而歸。功名：如管仲、商鞅之徒是也。黄土：孟郊詩云：『高原黄土自成堆』。樓臺銀鋪：蘇東坡詩云：『銀鋪青瑣玉樓臺。』詠雪也。衰素：《禮儀註》：『父之服斬衰，母之服齊衰。』

音字：鬖：煩。寑：侵，去聲。蟻：擬，小蟲也。虧：魁。衰：催。絰：跕。齊：資，母服也。縞：姣，素衣也。逮：音大。緒：序。

第四十二齣　一門旌奬

【商調引子·逍遥樂】（生唱）寂寞誰憐我？空對着孤墳珠淚墮。（旦唱）光陰撚指過三春。（貼唱）幽途渺渺，滯魄沉沉，誰與招魂？

（生云）夫人，你看兩木連枝誰手栽？ 相馴白兔走墳臺。（旦、貼云）無心動植呈祥瑞，否極應須會泰來。（末上云）一封丹詔從天下，忽聽傳聞動郊野。說道旌表一門閭，未卜此爲何人也？（末云）蔡相公，外面喧傳有詔書到此，旌表孝義，想必爲足下而來。（生云）人間孝者亦多，卑人何足稱孝？ 假如大舜、曾參之孝，亦是人子當盡之事，何足旌表？（末云）你說那裏話？ 老夫當初也只道你貪名逐利，撇了父母妻室，不肯還家，到如今纔得個分曉。《孝經》云：孝弟之至，通於神明，光於四海，無所不通。今見你墳頭枯木生連理之枝，白兔有馴擾之性。祥瑞若此，吉慶必來。

【仙呂入雙調・六么令】（末唱）連枝異木新，見墳臺白兔如馴。禽獸草木尚懷仁，這一封丹詔必因君。（合）料天也會相憐憫。

【前腔】（生唱）皇恩若念臣，我也不圖禄及吾身。只愁恩不到雙親，空辜負，這孤墳。（合前）

【前腔】（旦唱）知他假與真？ 謝得公公，報說慇懃。太公，空教你爲我受艱辛，今日裏，有誰旌表你門庭？（合前）

【前腔】（貼唱）來使是何人？ 閟中無由詢問一聲。（生云）夫人要問甚麽？（貼唱）無由詢問我家君，知他安與否，死和存？[一]

[一] 夾批：不忍。

【前腔】（丑唱）敕書已來近，看街市上人亂紛紛。咱每只得忙前奔，備香案，接皇恩。（合前）

（相見科）（生云）何處官長？因甚到此？（丑云）下官本縣知縣。告大人得知：今日天朝牛丞相親賫詔書，到此開讀。旌表大人一門孝義，加官進職，起服到京。下官特來鋪設香案，迎接皇恩，請大人改換吉服等候。〔一〕（生云）卑人孝服未可更易。（丑云）先王制禮，賢者俯而就，不肖者跂而及。今大人服制已滿，況天朝恩典，禮當從吉。（衆云）説得是。（生云）門閭旌表感吾皇。（旦、貼云）孝服今朝換吉裳。（合云）不是一番寒徹骨，争得梅花撲鼻香？（生、旦、貼下）（外引侍從上）

【前腔】（外唱）風霜已滿鬢，玉勒雕鞍，走遍紅塵。今日到此喜欣欣，重相見，解愁悶。（合前）

（淨云）這裏就是蔡相公廬墓所在，請相公駐節。（生、旦、貼吉服上）

【前腔】（合唱）心慌步又緊，想皇恩已到寒門。披袍秉笏更垂紳，冠□□□番新。（合前）

（外云）聖旨已到，跪聽宣讀。皇帝詔曰：朕惟風俗爲教化之基，孝弟爲風俗之本。〔二〕去聖逾遠，淳風日漓。彝倫攸斁，朕甚憫焉。其有盡克孝義，敦尚風化，可不奬勸，以勉四海？議郎蔡邕，篤於孝行。富貴不足以解憂，甘旨常關於想念。雖違素志，竟遂佳名。委職居喪，厥聲尤著。其妻趙氏，獨奉舅

〔一〕眉批：今世旌表多如此。
〔二〕眉批：鄉愿皇帝。

姑。服勞盡瘁，克終養生送死之情，允備貞潔韋柔之德。糟糠之婦，今始見之。牛氏善諫其父，克相其夫。罔懷嫉妒之心，寔有遜讓之美。曰孝曰義，可謂兼全。斯三人者，朕甚嘉之。使四海億兆，皆當儀刑斯人，垂範將來。風移俗易，教美化行。唐虞三代，誠可追配。是用寵錫，以彰孝義。蔡邕授中郎將，妻趙氏封陳留郡夫人，牛氏封河南郡夫人，限日赴京；父從簡贈十六勳，母秦氏贈天水郡夫人。於戲！風木之情何深，式彰風化之表；霜露之思既極，宜沾雨露之恩。服此休嘉，慰汝悼念。謝恩！（生、旦、貼謝恩科）（外拜墳科）（生、旦、貼拜謝外科）（生云）荷蒙岳丈保奏，愚婿何以克當？（貼云）自別尊顔，且喜無恙。（外云）孩兒，且喜各保安康，再得相見。（丑、末相見科）（外云）此二位是誰？（丑云）下官是陳留縣知縣。（末云）老漢是蔡相公鄰人張廣才。（生云）卑人父母，多多得他周濟。（外云）元來就是張太公呵，俺朝裏也聞他仗義高名。賢婿，你今起服回朝，未得展報深恩。我有黄金一笏送與，聊表報答之意。(一)（生云）太公，請收下。（末云）救災卹鄰，萬古之道；又況你二親不保，實有愧顔。何敢受令岳之賜？（生云）太公且暫收下，卑人尚當申奏朝廷，還有區區犬馬報效。（末云）説那裏話？此金斷然不敢受。（外云）賢婿，張太公高義的人，不可再强。老夫回京，當奏請官職俸禄，以酬大恩便了。

【仙吕過曲·一封書】（外唱）我恭奉聖旨，跋涉程途千萬里。吾皇親賢意甚美，因探孩兒并

(一) 眉批：也該請他喫鄉飯。

女婿。賢婿，你夫婦呵，數載辛勤雖自苦，一旦榮華人怎比？（合）耀門閭，進官職，孝義名傳天下知。

【前腔】（生唱）兒不孝，有甚德？蒙岳丈過主維。（作悲科）何如免喪親？又何須名顯貴？可惜二親饑寒死，博得孩兒名利歸。〔一〕（合前）

【前腔】（旦唱）把真容重畫取。公公、婆婆，如今封贈伊，把你這眉兒放展舒。只愁你瘦儀容難做肥。〔二〕今日呵，豈獨奴心知感德，料你也啣恩□□□。（合前）

【前腔】（貼唱）從别後倍哀戚，况家中音信稀。爲公姑多怨憶，爲爹行常淚垂。今日見公姑無媿色，又得與爹行相依倚。（合前）

【永團圓】（衆唱）名傳四海人怎比？豈獨是耀門閭？人生怕不全孝義，聖明世，豈相棄。這隆恩美譽，從教何所愧，萬古青編記。如今便去，相隨到帝畿。拜謝皇恩了，歸院宇一家賀喜。共設華筵會，四景常歡聚。顯文明，開盛治。説孝男，并義女。玉燭調和歸聖主。

（生）還居墓荻已三年，（旦）何幸丹書下九天。

〔一〕眉批：駡不絶口。

〔二〕眉批：妙！妙！

（衆）莫道名高與爵貴，須知子孝共妻賢。

卷末批：

《西廂》《琵琶》俱是傳神□□□□□□□人解頤，讀《琵琶》令人酸鼻。從頭到尾，無一句快活話。□□□□□□勝讀一部《離騷經》。純是一部嘲罵譜：贅牛府，嘲他是畜類；遇饑荒，罵他不顧養；厭糠、剪髮，罵他撇下結髮糟糠妻。裙包土，笑他不奔喪；抱琵琶，醜他乞兒行；受恩於廣才，刺他無仁□；操琴賞月，雖吐孝詞，却是不孝題目。訴怨琵琶，題情書館，盧墓旌表，罵到無可罵處矣！

釋義：招魂：宋玉閔師屈原放逐，恐其魂魄不返，遂託帝命，假巫語以招之，而復其精神。皇帝：伏羲、神農、黃帝以道治，故稱三皇。少昊、顓頊、高辛、堯、舜以德化，故稱五帝。秦始皇初併天下，以爲德兼三皇，功過五帝，故稱皇帝。盡瘁：《出師表》：『臣鞠躬盡瘁。』億兆：十萬爲億，十億爲兆。儀型：儀，像也；型，法也。《詩》：『儀刑文王。』霜露之思：《禮記·儀祭》曰：『霜露既降，君子履之，必有懷愴之心，非其寒之謂。』知縣：唐裴讓權知縣事。蓋知縣之名始起於宋。起復：國朝定制，凡官吏等聞喪，不計閏，二十七個月服滿起復。犬馬之報：晉太和中，楊生養狗，甚愛之。後生飲酒，行大澤草中，時冬月，野火起，風又狂，狗號喚生不醒。前有坑水，狗便走入水中。還，以身灑生左右。草沾水得濕着地，火盡過去，生方醒見之。韋皋得大宛良馬一匹，極愛之。後吐蕃率以兵四十八萬入寇，皋率兵禦之，敗績。走至青城山下墜馬，敵將近，馬四足伏地，垂韁以迎之，竟得還營。玉燭：四時和謂之玉燭。

音字：鞍：安。笏：勿。昊：號。

陳眉公先生批評琵琶記卷之下終